那年榴花红似火

向阳 题

江瀚 ◎ 著

中国言实出版社

图书在版编目（CIP）数据

那年榴花红似火 / 江瀚著 . -- 北京 : 中国言实出
版社, 2023.7

ISBN 978-7-5171-4537-0

Ⅰ . ①那… Ⅱ . ①江… Ⅲ . ①长篇小说—中国—当代
Ⅳ . ①I247.5

中国国家版本馆 CIP 数据核字 (2023) 第 124518 号

那年榴花红似火

责任编辑：李　岩
责任校对：李　颖

出版发行：中国言实出版社
　　　　　地　　址：北京市朝阳区北苑路180号加利大厦5号楼105室
　　　　　邮　　编：100101
　　　　　编辑部：北京市海淀区花园路6号院B座6层
　　　　　邮　　编：100088
　　　　　电　　话：010-64924853（总编室）　010-64924716（发行部）
　　　　　网　　址：www.zgyscbs.cn　电子邮箱：zgyscbs@263.net

经　　销：新华书店
印　　刷：成都市兴雅致印务有限责任公司
版　　次：2023年7月第1版　　2023年7月第1次印刷
规　　格：710毫米×1000毫米　1/16　27.5印张
字　　数：422千字

定　　价：98.00元
书　　号：ISBN 978-7-5171-4537-0

目录

CONTENTS

引子

走千走万，不如淮河两岸。

在广袤的苏北腹地，有一个沭阳县，因地处"沭水之阳"，也就是沭河北面而得名。不过，除了沭水，此地还有淮河、沂河两条河流过境。既然沾了淮河的光，毫无疑问，沭阳也就成了古往今来当之无愧的一块宝地。这里河网棋布，湖荡星罗。历史上，年景好的时候，人们衣食无忧；但遇荒年，老百姓逮鱼摸虾，挖点莲藕，捞点菱角，日子也还能将就过得下去。新中国成立后，人民政府大力治水，变害为利，如今的沭阳，各行各业无不繁荣昌盛，多年跻身全国百强县行列，是个人见人爱的好地方！

沭阳是有名的人口大县，户籍人口将近二百万，位居全国第二。除此之外，这里还是赫赫有名的"中国花木之乡"。在这里，即便是三尺童子，也能道几句"花木经"。这么说吧，全国各地，无论城市还是乡村，凡有炊烟处，就有沭阳人。他们干啥去了？做生意；做啥生意？不用问，十有八九做的是花卉苗木生意。你需要什么，沭阳人就有什么，从大型绿化工程，到家庭室内盆栽，只有你想不到的，没有他做不了的。奇怪吗？不奇怪。沭阳人玩花至少玩了一两千年。清代才子李汝珍写了本小说《镜花缘》，书中说唐代女皇武则天，因怜惜在东海郡做官的侄儿武八思没有子嗣，便特地差人，千里迢迢给武八思送去了一批石榴，期望他广加种植，以祈多子多福。沭阳在唐代曾隶属东海郡，自此以后，沭阳地方无论官民，人们无不广植石榴，并培育出许多优良品种，延续至今，竟收获"沭阳石榴甲天下"的美誉。

每到春天，不论城里还是乡下，到处石榴花开。那花红得似火，鲜而不媚、艳而不俗，看上几眼，就能感受到一种沁人心脾的甘甜。

花开花落，周而复始。时光像流水一般，在无色无香中平静地流淌；石榴，像一支意味深长的歌曲，从远古唱到如今。

2020 年春天，一个阳光明媚的上午，一位老人领着他漂亮的孙女，来到沭阳县新沂河北一个叫作九龙口的地方。那里是乡下，比较偏僻，九龙河岸边有一片石榴树林，叶绿如蓝，花红似火。树林深处，有一座不大的坟茔，墓碑上的字迹已被经年的尘土覆盖，显得有些孤寂、荒凉。只见那老人从口袋里掏出一方手帕，轻轻地擦拭着墓碑，渐渐地，墓碑上显现出六个大字：刘红烈士之墓。

"爷爷，刘红是谁呀？"孙女问。

老人的眼角挂着泪水，半晌，才哽咽着说："孙女，刘红是我的亲人，也是你的亲人。她和我一样，来自遥远的北京。我还活着，可是她，却已经在这里躺了半个世纪……"

"爷爷，你们为什么从北京来到这里？难道这里比北京好吗？"

老人没有回答，只是默默地在田野上采集着各色各样的野花，并把野花分成三把，用草茎扎好；又采了几朵鲜红的榴花，和野花一起，恭恭敬敬地摆放在墓碑前。然后，他又恭恭敬敬地鞠了三个躬，口中大声说道："刘红，我代表知青老战友看你来了！等将来我们作古后，一定来和你做伴……"

话没说完，老人早已泪雨滂沱、泣不成声。

五十年匆匆去也。忘的，不能忘的；理解的，不能理解的；承受的，不能承受的，似乎一切都成了过眼烟云。人生，难道就是这样毫无意义？

一个时代有一个时代的主题，一个时代有一个时代的使命，一个时代有一个时代的担当。推不脱、躲不过，既然来了，就要勇敢面对。

这位老人，名叫南军生，一个出身于高干家庭的老知青，他和他战友们的故事，都要从五十年前北京永定门站那趟绿皮火车说起……

第一章

"大雪"下大雪，来年雨不缺。

冬天麦盖三层被，来年枕着馒头睡。

——民间谚语

一

1968 年 12 月 7 日，北京天降大雪。绒花般的雪片飘飘洒洒，在空中轻盈地飞舞着，片片交叉着洁白如玉、晶莹剔透的美丽身姿，随着阵阵北风吹拂，它们又急促无序地与大地接触，亲吻和拥抱它短暂的归宿。

我们的故事，要从大雪的第二天下午说起。

那天，北京永定门火车站显得异常喧闹、繁忙。候车室里，站前广场上，车站站台上，到处都站满了人。下午三点，将有一千多名北京知青乘车南下，到南方的各地农村插队落户，接受贫下中农再教育。冰雪丝毫阻挡不了火车站锣鼓喧天、红旗招展的热烈气氛，高音喇叭里反复播放着革命歌曲："知识青年到农村去，接受贫下中农的再教育，很有必要。"

候车室门前，站着一个十八九岁的年轻人，他叫南军生，今天也要乘坐这班火车南下。只见他头戴一顶军用"火车头"棉帽，身穿一件草绿色军大衣，脚下穿一双军用胶底棉鞋，肩上背着一个捆扎得方方正正的背包，手里提一个草绿色的旅行袋，高大的身躯在风雪中颇显出几分伟岸。南军生站在那里，不停地四处张望，看得出来，他心中充满焦虑和期盼。

候车室里里外外都挤满了人，一圈挨着一圈，每个圈都围着一个戴着大红花的年轻人。这些戴着大红花的年轻人都是初、高中学生，他们即将离家远行。惜别之际，母亲们一边拭着眼泪，一边唠叨着给孩子整理围脖；父亲们帮孩子拎着沉重的行李包裹，虽然没多少言语，可从他们的眼

神里，还是能看出心中的恋恋不舍。已经开始进站的学生一遍遍地回头，和送行的亲朋好友们打招呼；亲朋好友们则挤在铁栅栏外，有的连连招手，与即将远行的知青们告别。

正当南军生在车站广场茫然四顾的时候，一位身穿旧军大衣、戴着一副近视眼镜的瘦高个中年人大步流星向他走来。

"军生！"中年人高声问道。

"爸！"

这个中年人是南军生的父亲，名叫南山，目前正在本系统设在郊区的一个"学习班"里参加学习。今天他特地请假赶来为儿子送行。父亲从口袋里掏出一朵皱巴巴的红纸花，脸上露出微笑，将花别在儿子胸前。别好之后，父亲双手扶着儿子肩膀，一边端详着一边说："行，小子，有点男子汉的样子！你妈妈最近比较忙，不能过来送你，放心，她没事儿。你要去插队的地方是革命老区，我在那一带前后打了将近十年仗。那里的人朴实、厚道，思想觉悟高，你去那里插队，我放心。记得我当年在苏北打的最后一仗是在宿迁北面，连敌人的师长都干掉了！宿迁离那地方很近。你到了那里，要虚心接受贫下中农再教育，和群众同吃同住同劳动，不要怕苦怕累。能为建设社会主义新农村做贡献，才是英雄好汉。我当年参军打鬼子时，才十七岁，睡觉都不知头高低。你今年十九岁，比我当年还大两岁，老爸相信你能照顾好自己，也能在农村干出一番事业！你妈妈的事儿不用担心，我了解她，很快就会搞清楚的。"

南军生心里明白，他眼里噙着泪花，并无言语，只是朝着爸爸默默点头。

"哎，我说南山，时间差不多啦，见个面道个别就行了！"奉命"陪同"南山来送行的两位同事，开始催促他。

"小子，"南山向儿子说道，"到那边来信。你准备上车吧，我回去了！"说罢，毅然转身离去。

"知道了爸！我会给你和妈妈写信的！儿子绝不会给你们丢脸！"南军生大声说道。

父亲走了，南军生怔怔地望着渐渐消失在人海里的父亲的背影，两行热泪不由自主地落了下来。

"南军生！"

南军生正在发愣，肩膀突然被人重重地拍了一下，心里一惊，回头看时，竟然是同班同学时枫！这家伙，还是那副德行，矮墩墩、胖实实，大圆脸，嘴唇上还留着一字平胡，只见他身穿一件蓝色的劳动布二大衣，戴一顶半新半旧的火车头棉帽。帽子上有两只棉耳朵，一只支棱着，一只耷拉着，满脸都是笑，一副很开心的样子。

"老时？你也下乡？"南军生没想到能在这里遇见老同学，心中顿时高兴起来。

"那是！咱是正儿八经的工人阶级子弟，我们不去，谁还有资格去？我们班除了我，还有华子、彬子、大刘、苏琴琴、顾小雨他们都去！还有二班的江淮海，也和我们一起去。"

"江淮海？就是白白净净、会写书法的那小子？"

"对！就是丫！"时枫说，"那丫老家是苏北的，他老爸是黄克诚的兵，团里边的一个什么干部，解放后转业到地方。"

"人呢？他们在哪儿？"南军生急切地问道。

"都在里面等华子呢！这小子早就该到，可一直到现在还没来——华子不会当逃兵了吧？"时枫一脸坏笑地说道。

"不会，华子虽然言语不多，但绝不是孬人。"南军生说，"老时，你去把彬子和刘红他们都喊出来，我们在外面等华子。人太多，不然华子来了找不到我们。"

"成！"时枫便转身往候车室跑去。

不一会儿，徐彬彬、刘红、苏琴琴、顾小雨，连同时枫、江淮海都出来了。

老同学相见，分外亲热。

"南军生，你小子这是去哪儿？"刘红是土生土长的老北京人，快言快语，典型的"北京大妞"。

"到江苏插队，你们呢？"南军生答。

"那还用问？和你一样，我们班的六名同学，还有二班的江淮海，"时枫指着江淮海，"都分配到江苏。那地方叫什么来着？哦，叫沭阳县沂北公社！"

"我呸！"刘红笑呵呵地纠正时枫，"老时，你高中算是白念了！那个字不念沐，念沭！叫沭阳县——你丢人不丢人？"

"大刘，这你还真别怨我：这个'沭'字，以前没学过，是个冷字——那沂北公社的'沂'字，我咋没念错？论起来，我的学问还是可以的！"时枫说。

"沭阳县，沂北公社，太巧了，我也是去那地方插队！"南军生更没想到，几个老同学竟然都分在一块儿了。

南军生问江淮海："听说你老家也是苏北的，是不是沭阳县？"

江淮海答道："不是。我老家叫涟水县，听说和沭阳县紧挨着，不过我从来没回过老家。"

"我说各位别叨叨了！这方华咋还不来？"苏琴琴问。

"这家伙再不来，就要检票了。丫是不是要临阵脱逃？"时枫撇着大嘴岔子，大声嚷道。

"估计不会，咱再等一等。"徐彬彬说。

"南军生，班上插队光荣榜里怎么没有你的名字？"刘红问。

"我是后报的名。"南军生不好多说，只能含糊搪塞过去。

"华子！华子！"时枫扯着喉咙，大声叫唤。

说曹操，曹操到。只见方华高一脚低一脚，一步三趔趄地往这边走来。他用木棍撅着一个超大号的行李卷儿，见了老同学，气喘吁吁地嚷道："公交车刚到甘家口就抛锚，还没有车换！我怕你们着急，就走过来了。要不是下大雪，我早就到了！咦！军生也来了？"

"来了华子，"南军生接过话，"刚才大家说了，我们哥儿几个，一起去江苏沭阳县沂北公社插队。"

"太好了！"方华一脸的兴奋。

"我们刚才还以为你临阵脱逃、撒丫子了呢！"

"不能够！要当逃兵，这事儿也只有你老时能干得出来——这位是？"方华看着江淮海，皱着眉头想了想，然后大声说道，"你是二班的江、江……"

"江淮海！"江淮海赶紧自报家门。

"怪不得看着面熟，都是老同学！"方华伸出手去，和江淮海使劲握了握。

"华子，我老时好歹也是革命军人的后代，岂能临阵认怂！别看我老爸只是个车间工人，他老人家也是四野的兵！他的领导说过——走吧，咱们先检票去！"

这时，大喇叭里传来通知检票的声音："开往徐州方向的2123次列车开始检票了！"

"你丫咋说了个半句？说完了再走不迟。咋说的？"刘红追问道。

时枫把行李扛上肩膀，接着说道："上战场，枪一响，老子下决心，今天就死在战场上！"

"这话硬气！咱们走，老子下决心——哥儿几个，帮女生拿点东西，咱们检票去！"南军生就是南军生，什么时候都是一副大将风度。

大伙儿呐一声喊，往检票口走去。

二

车厢喇叭里开始播放乐曲《大海航行靠舵手》。列车缓缓启动。

站台上，车厢里，大呼小叫，乱乱哄哄。

"车辚辚，马萧萧，行人弓箭各在腰。耶娘妻子走相送，尘埃不见咸阳桥。牵衣顿足拦道哭，哭声直上干云霄……"徐彬彬平时喜欢读书，此时，他忽然想起杜甫的那首《兵车行》来，随口念叨了几句。

"彬子嘀咕啥呢？"

"没啥。"徐彬彬戴着一副近视眼镜，个子比他们几个都矮些，白净的脸上稀稀拉拉地长着几个汗疙瘩，小嘴薄唇的，看上去比较斯文。他老家山东，父亲原先是傅作义手下的兵，参加过绥远抗战，后来跟傅作义起义了。起义时是团里的军需官。部队整编后，他父亲脱下军装，被分配到北京市商业部门工作，现在是北京二商的普通职工，在甘家口商场看仓库。

火车急速地向南行驶，车厢里一片闹哄哄的声音，坐定之后，刘红对几位老同学说道："各位，我说一句。昨天咱们是同学，今天就是战友了。既然在一起插队落户，接受贫下中农再教育，我们就是一个新的战斗集体。是集体就得有个头儿，我看是不是得选个头儿出来，以后有事，也好

有个商量。"

"这话我爱听！"方华道。

"还是大刘有主意，我支持！"时枫也积极响应。

"我选刘红当头儿！"苏琴琴率先表态。

"不成！"刘红赶紧推托，"我这人性子急，冲锋陷阵还行，拿大总不成，稳不住劲儿。我看，还是老班长南军生合适。他办事稳当，又有组织能力和外交能力——各位同意不同意？"

"过去是在学校里，咱们这是去插队劳动，往后都是人民公社新社员了——我看就算了吧！"南军生应道。

"军生，今天你答应了是你，不答应也是你，你就从了吧！"时枫肠子直，说话不会拐弯，一家伙就把南军生给顶死了。

"军生，你就从了吧！"大家一致表态，同意！

"那好，既然大家瞧得起我，我就暂时应承下来，继续为大家效力！"南军生见无法推托，只好答应下来。

刘红又说："既然咱们是一支新的队伍，就得有一个新的番号是不是？"

大家说："是。"

"那我们就攒一个！顾小雨先说，挨着来！"

到底是北京的孩子，顾小雨张口就来："北京市知识青年上山下乡总指挥部——"

刘红："南下挺进纵队——"

时枫："淮海第一支队——"

苏琴琴："沭阳县大队——"

徐彬彬："沂北中队！"

方华："中队长南军生，中队副刘红！"

这回算是齐了。

江淮海不由得从心里佩服：一班的这帮家伙，真有几把刷子！

"哎——我说，咱们这是去插队锻炼，又不是去刺秦王，干吗搞得跟生离死别似的？得乐呵着！各位的家伙事儿都带着没有？"南军生问。

"带着呢！"大家齐声应道。

"大家伙儿别动，先把小的拿出来，活动活动嘴巴！"

于是，各人把口琴从包里拿出来，南军生说："哥儿几个，咱们吹个小合奏——跟我走着！"

南军生率先吹了个《打靶归来》的过门儿，几个同学自动就跟上去了，车厢里顿时充满了欢乐的气氛，刚刚还挂着的一脸愁云顷刻间一扫而光。车厢里的知青们，先是跟着曲子哼哼，然后就是放开喉咙大声唱起歌来。一曲吹罢唱罢，南军生又吹了个《真是乐死人》，几个老同学自动跟了上去，大伙儿又唱起来……

就这样一曲接着一曲，吹啊、唱啊、跳啊，年轻人的阳光与快乐，在这欢快的乐曲声中展现得淋漓尽致。

折腾了半个多小时，南军生说："歇会儿，歇会儿，老时，你给换个花样吧！"

"成！"

别看时枫学习成绩不咋地，身上的花活儿可不少，算是个多才多艺的鬼聪明，只要是玩的东西，他没有不会的，尤其快板说得好。只见时枫不慌不忙，从包里取出一副油紫发亮的竹板儿，开说之前，先站在座位上耍了一套板花儿。甭说别的，单是手上这一套活儿，没有三五年功夫下不来，听得你浑身上下没有一个毛孔不舒坦！一通板花儿耍过，时枫亮开喉咙，一板一眼，大声说起著名曲艺表演艺术家李润杰先生的快板书代表作《劫刑车》来——

华蓥山，巍峨耸立万丈多，
嘉陵江水，滚滚的东流像开锅，
赤日炎炎如烈火，
路上的行人烧心窝。
突然间，黑云密布遮天日，
"哗——"一阵暴雨就似个瓢泼……

时枫刚说了个开头，全车厢就爆发出一阵热烈的喝彩声。时枫见状，感觉很露脸，心里受用无比，便把平生的本事都使将出来，说得绘声绘色，有松有紧，十分引人入胜。二十多分钟的台词一口气说完，没有半点儿磕巴，车厢里再次爆发出一阵阵雷鸣般的掌声。

说也说了，唱也唱了，乐也乐了，知青们沉浸在兴奋与喜悦之中。那个时代的滚滚洪流，让这一代风华正茂的年轻人全赶上了。各派大联合刚有了点儿眉目，他们又响应国家号召，上山下乡接受贫下中农再教育。

列车奔驰在广袤的华北大平原上，车窗外，银装素裹，莽莽苍苍，低矮的民居被厚厚的白雪覆盖着，烟囱中冒出缕缕炊烟。原野上，粗壮的老柳树歪斜着身躯，树枝上蜷缩着几只乌鸦，一声不吭。寒风中，只剩下一个黑白世界，平添了几分悲壮、几分苍凉。

年轻人的情绪变化最大，也最快。前后不过两三个小时，他们就经历了车站里的依依不舍，车厢里的放声歌唱，现在呢，又开始触景生情、浮想联翩了。车厢里渐渐安静下来。

"开饭！肚子抗议了！"时枫说。

"怎么吃？"苏琴琴问。

"大伙都把带着食物拿出来，共同享用。"刘红接上说。

"且慢！"方华边掏包边说。

第二章

在家千日好，出门一时难。

——民间谚语

一

方华身高一米八五，比南军生还高出几厘米，长得一表人才，是学校篮球队的主力队员。那年月，学习成绩好不好无所谓，只有进了学校球队，隔三岔五打个比赛；或者进宣传队，绕世界去演出，才能吸引同学们的关注，说不定啥时候就被部队招兵带走了。只听方华说道："我还有好东西！"说罢，便在包裹里摸摸索索，捣鼓了半天，竟然掏出一瓶红星二锅头来。

"华子，哪来这玩意儿？好东西哎！"

"我爸藏的，藏了好几年，临走时我悄没声地揣了一瓶！"

时枫拿过酒瓶，用牙齿只一咬，圆瓶铁盖儿就开了。那架势，一看就是个老把式，酒没少喝！几个老同学也不客气，拿过来，轮流着一人一口，直接对着嘴吹。就这么连吃带喝，两圈转下来，一瓶二锅头就见底了。

知青生活的第一顿晚餐，就在这样的氛围中圆满结束。

吃过喝过，随着列车有节奏的运行声，大伙儿渐渐感到疲倦起来，他们紧紧地裹起大衣御寒，有的头靠头，有的倚在靠背上，有的趴在桌台上，各自打起瞌睡来。南军生眯着眼，瞟了一下方华、刘红他们，大家早已进入梦乡。身边的江淮海，正津津有味地读着浩然的长篇小说《艳阳天》。南军生心里有事，睡不着，便把脑袋仰靠在椅背上，闭着眼，回想起这些天发生的一系列事情。

下乡插队，南军生本来是和大家一起报的名，可政审没通过。所以，在学校公布上山下乡人员名单时，大红榜上没有他的名字。后来他又去街道办事处报名，办事处那边稀里糊涂还真的就通过了。让他万万没想到的是，竟然也被分配到江苏沭阳那边去插队，而且和几个老同学同在一个公社。冥冥之中，莫非是命中注定？

南军生他们属于"老三届"中的 1968 年高中毕业生。说是高中毕业，其实，满打满算，他们只读完了高中一年级课程。

南军生父亲十七岁就参加了新四军，把脑袋掖在裤腰里打鬼子，身经百战，身上留有三处伤疤，解放后调到国家某部担任机关领导干部。母亲沈慧，虽然出身于农村富裕家庭，可她在抗战中以进步学生的身份投奔苏北解放区，成为新四军某师师部电台报务员，解放后担任某部机要干部。

想起这些，南军生掉头向车窗外望去。窗外，大雪还在纷纷扬扬地下着，天地间一片苍茫、灰暗，他的眼前仿佛出现了一个模模糊糊的身影，在雪地里高一脚低一脚地往前走。只见那人头戴一顶毡笠，身披一件黑色的披风，脚穿一双皂色短靴，肩膀上扛着一杆红缨枪，枪上还挑着一个酒葫芦——他是谁？哦，想起来了，那是林冲，八十万禁军教头，逼上梁山的豹子头林冲！

过了一会儿，那身影又变成了另一个人，穿一件厚厚的蓝色棉布长袍，藏青色的老棉裤，裤脚扎得紧紧的，肩上还背着一支老掉牙的"汉阳造"——那个身影咋么这么熟悉？哦，那是老爸！老爸那年十七岁，正在县城里读中学，爷爷在乡下老家给他寻了一门亲事，要他在春节前成亲，可是老爸断然拒绝了：匈奴未灭，何以为家！这个老爸，竟然偷走了爷爷看家用的枪和三十发子弹，还有家里的五十块大洋，谁也没告诉，偷偷地连夜跑了，去安徽泾县投奔了"四老爷"！

父亲跟他讲过：自己偷跑的那天夜里也下着大雪，差点迷了路，掉进路边雪窟窿里，费了好大劲才爬上来。

父母那一代人，有理想、有干劲，心目中满满的都是家国情怀，放着好日子不过，说走就走了，不图升官发财，就是跟敌人玩儿命去，硬碰硬跟日本人死磕！

南军生站在玻璃窗前，想着自己将要奔向父母战斗过的地方，接受不一样的锻炼和洗礼，心里充满了期待，也充满了迷茫。那地方叫什么来着？想起来了——沭阳县沂北公社。到那里以后，等稳定下来，一定抽时间去看看父亲当年打宿北大战的地方。

列车在雪原上运行，他是那一千年前的林教头，还是三十年前的老爸？那个晚上，南军生想了很多很多……

二

半夜时分，列车到达徐州。经过转车，南军生他们最终在新沂火车站下了车。

苏北的雪停了，南军生和同学们走出车厢，一阵寒风迎面吹来，大伙儿不由自主地打了一个寒战，男同学放下棉帽耳朵，女同学围紧围巾。

"好家伙！这里怎比北京还冷？"苏琴琴说道。

乍从火车车厢里出来，又是夜间，温度反差很大，几个男生还能扛得住，女生则被冻得瑟瑟发抖。

站台上除了他们几个，还有稀稀拉拉几个旅客，大家活动活动有点坐麻了的双腿，拿起行李，开始往出站口走。

站台上有一间不大的值班室，从玻璃窗向里看去，一个五六十岁的老头蜷缩在被窝里睡得正香，墙上的挂钟指向四点三十分，煤炭炉上的烧水吊子正"滋滋"冒着热气。

南军生敲了敲快要腐烂的木头门。

"谁个！进来！"里面有人答应。

南军生推开门。

"有事吗？"老头掉转脑袋问。

"大伯，请问沭阳县知青接待站在什么地方？"

"站外马路对面。"

"几点上班？"

"按道理是八点。"说完，老头又转身睡去。

八点？还没准？这才四点半。

走出火车站，路灯照耀下，只见对面砖墙上清晰地写着一行石灰大字：热烈欢迎上山下乡知识青年！虽说没见到一个接待人员，也没见到一个欢迎的贫下中农社员，但映入眼帘的这条标语对远方来的知青们来说，还是感到很温暖，人没到，话到了，怎么说也是一种安慰。

"离天亮还有三个多小时！"时枫说。

"我们到候车室去等吧！"方华建议。

候车室是铁将军把门，夜间没有班车，也没有旅客。

没地方去，咋办？现在南军生是头儿，大家自然把目光投向他，等他拿主意。

"我相信天亮会有人来接待我们，咱们不能乱走，就在这儿等！"南军生说。

"死等？让大家冻死？"

"是啊！待在这里不是个办法。"

"不如找个旅社睡一觉，天亮后再联系他们！"

南军生见大家七嘴八舌，心想，这才是下乡后的第一个考验，以后的问题会更多、困难会更大，没有个心理准备不成。可目前的形势，是先要稳住大家不安的情绪。

"苦不苦，想想红军两万五；累不累，想想革命老前辈。"南军生也没有好办法，只能先做思想工作，拿大道理压一压，稳住劲再说。他接着说道："我说各位，待着也是待着，还冷，我们不如跑跑步，活动活动，一来暖和暖和身子，二来打发打发时间，怎样？"

"成！"

几圈跑过，一个个浑身热乎起来，红扑扑的脸庞上挂着汗珠。

"哎呀！我跑不动了！南军生这办法真绝！"时枫一屁股蹲在背包上，喘息未定。

"停！停！大家休息会儿！"南军生见大家跑得也够呛，遂宣布停止跑操。

"热死我了！"

"累死我了！"

"我跑不动了！"

"别跑了，来来来，都抽支烟，歇会儿！"时枫向大家喊道。

"你小子，还会抽烟？"南军生问。

"我也是瞎抽。"时枫从口袋里掏出一盒"八达岭"牌香烟，"来来来，都点一支！"

南军生、方华、徐彬彬都接过香烟，凑到时枫划着的火柴上，把烟点上了。几个人坐在背包上，人五人六地抽起烟来。

"江淮海，你也来一支！"时枫说道。

"我不会。"

"别跟个娘们儿似的！不学咋会？来，点一支！"

江淮海小心翼翼地接过香烟，时枫划着火柴，江淮海凑上去，连吸了好几口，才把香烟点着。嘴巴里还嘟囔着："这么好的烟，让我抽都糟践了……"

"老时，给我也来一支！"刘红说道，"时代不同了，男女都一样！"

"嘿！你一个丫头片子，竟然抽烟！"时枫嘴里打着趣，手里却忙不迭地给刘红递上一支："姐姐，烧上，烧上！"

"你找抽吧？谁丫头片子？"刘红笑呵呵地一边说，一边点上香烟。

远处隐约传来高音喇叭《歌唱祖国》的音乐声，"中央人民广播电台，现在是新闻和报纸摘要节目"。

"六点半了！天亮了！"时枫接过说。

一支烟刚抽完，只见车站广场上驶来一辆轮式大拖拉机，刚一停稳，便从驾驶室里跳下来一个三十来岁的男人，扯着破锣嗓子大喊道："有北京来的知青吗?!"

"咋样？来了不是?!"南军生笑着对大伙儿说道，"收拾东西，准备出发！"然后冲着来人大声应道："人在呢！人在呢！"

三

来接知青的男子三十来岁，是公社党委秘书，姓王；司机姓李，个子大，诨名"大老李"。王秘书见有人答应，便把知青们都招拢过来，问道："你们是北京来的？"

南军生他们说"是"。王秘书又从上衣口袋里掏出一张纸，说道："那好，都过来，我先点点名，对对号。刘红——"

"到！"

"时枫！"

"到！"

……

最后一个点的是南军生。点完了，王秘书说道："同志们，首先，我代表沭阳县沂北公社党委、革委会，欢迎你们的到来！我受公社司书记、李主任的委托，前来接你们。你们本来应该先到县里报到的，因为下大雪，县里怕路上来来回回不安全，特地电话通知我们，派车到火车站来直接接你们去沂北公社。相关手续，由我们公社去办交接，你们就不用管了。大家上车吧！"

知青们先把行李放进车斗，然后一个个再爬上去，王秘书站在下面喊道："大家仔细检查一下，有没有落下东西？"待大家检查完毕，他又说道："大家可以坐在自己的背包上，我们带来的十几床被子，可以披在身上，也可以盖在腿上，车子跑起来会拉风。"等大家都准备停当了，王秘书才爬进车斗，朝司机大老李喊道："走吧！稳着点啊！"

当年的205国道还是沙石公路，很窄，只够两辆汽车并行。从新沂县城到沂北公社四十来公里路程，放在平时，个把小时就能到，可是那天不一样，路上有雪，打滑，县里领导反复强调，必须绝对保证安全！要是出了问题，先砍公社书记司守明的头；司书记安排拖拉机时，当面交代王秘书和大老李："路上慢点开！要是出了问题，在县里砍我头之前，我先把你侉子和你大老李砍了！"

司书记说的"侉子"就是王秘书，因为他老家是徐州那边的，全公社就他一个人口音侉，所以司书记喊他"王侉子"。大概是秘书能当半边家的缘故吧，除了司书记，全公社没有谁敢当面喊王秘书"王侉子"的。至于背地里有没有人喊，那就不知道了。

这次接人非同寻常，王秘书和大老李丝毫不敢大意，所以，车开得比较慢，本来一个多钟头就能到家的，那天竟然开了两个多钟头。幸运的是，拖拉机上路之后，雪地能见度还算高，路上也没有什么车，接人的拖拉机稳稳当当开回沂北，直接进了公社大院。

大伙儿下了车，把行李搬进公社党委办公室。办公室里的煤炉子正旺旺地烧着火，很暖和，王秘书说："这里热水冷水都有，大家先刷牙洗脸，喝口茶，喘口气，准备吃早饭。"

几个知青，经过十几个小时的颠簸，早已疲惫不堪，现在终于到了目的地，并受到了公社热情接待，心中那份温暖和高兴甭提了！于是，各人拿出牙具、毛巾洗漱起来。刷过洗过，再有一杯热茶下肚，身上开始热乎起来，脸色也变得红润好看。休息了一会儿，王秘书便领着知青们到公社食堂用餐。

早餐吃的是大米粥、懒龙卷子、大白菜烩豆腐、韭菜炒千张子、鸡蛋包大椒，一人还有一个咸鸭蛋。大米粥早就熬上了，黏糊糊的，不稀不厚；卷子切成四两一个，热菜是用瓷盆装的。这顿饭不限量，敞开了造，账记在公社头上。知青们早就饿得前墙贴后墙，那时也顾不上自己是刚来的北京知青身份了，叮呤咣啷，个个吃了个肚儿圆！

"真局气！"时枫吃饱了，放下碗，打了个饱嗝，大声说道。

"你丫小声点儿。"方华提醒他。

"伙食不错，比家里还好。"刘红小声嘀咕着。

南军生微微笑着，说道："都吃饱了没有？吃饱了，咱们还去办公室，看公社怎么安排。"

"等等，我得再来碗粥——真好喝！"方华说道。

等方华喝完粥，一行人才来到办公室，见一个五十来岁的干部模样的人正和王秘书说话，王秘书见知青们回来了，便站起身，向大家介绍道："这是我们公社党委的司守明司书记。"又向司书记说："这几位就是北京来的知青同志。一共八个人，五个男的，三个女的。"

"很好很好，大家请坐。"司书记没有一点架子，招呼大家坐下，"王秘书，你先说。"

王秘书清了清喉咙，提高声音说道："我们开个小会，会议结束后，同志们就要奔赴新的战斗岗位了。欢迎司书记讲话，大家鼓掌！"

知青们鼓了掌，司书记就开始讲话了。他说："首先，我代表沂北公社党委、沂北公社革委会，向首都北京来的知青同志们表示热烈的欢迎！革委会李主任下乡检查雪灾情况去了，他临走之前，要我代表他向你们问好！"

司书记顿了顿，又接着说道，"我们沭阳是革命老区。在战争年代，沭阳人民为革命事业做出了很大贡献。但是，我们这里还很穷，各方面也比较落后，希望你们能够为我们带来新思想、新风尚、新知识，在农村这个广阔天地里大展身手，有所作为！我的讲话完了。请知青代表也说几句吧！"

知青们把目光转向南军生，南军生是头儿，自然不好推托，但他以前从来没在正式场合讲过话，现在又是到了一个陌生的地方，面对陌生的人，心里难免有点紧张。他定了定神，稍微想了想，站起身说道："首先，我代表我们几个来自北京的知青，也代表各位知青的家长，对沂北公社党委、革委会的热情接待和周到安排表示衷心的感谢！今后，我们一定要在农村这个广阔天地里，磨一手老茧，练一颗红心，决不辜负党和人民的期望，也绝不辜负公社领导的期望，一定努力为建设社会主义新沭阳做出应有的贡献！"

南军生讲完，司书记小声对王秘书说："这个小的不孬，会说，很有水平。"然后提高声音，对大伙儿说道："今后你们有什么困难，找我和李主任也行，找王秘书也行，我们一定会尽量解决。还有点零碎事由王秘书跟你们交代，我还有些事情要处理，先走一步了。"

司书记和知青们一一握手道别后，就去忙自己的工作了，主要是研究怎样解决生产队和群众的雪灾救助问题。司书记走后，王秘书对大家说："我马上安排人送你们到虞家湾大队第六生产队，那里才是你们插队的地方。往后，你们就要在那里生活、劳动。由于你们错过了生产队的秋后分配，所以呢，你们的口粮暂时由粮所供应，一直到明年夏收。从明年夏收开始，你们就要和社员一样，自苦自吃了。另外，目前每个月补助你们每个人十块钱生活费，夏收过后就没有了，在生产队苦多少就得多少。多劳多得，少劳少得，不劳不得——大家听明白了没有？"

"明白了。"其实，知青们一点也不明白，什么夏收啊、分配啊、自苦自吃啊，他们根本一无所知。

王秘书又扯起嗓子喊道："吴以林来了吗？"

"没看到呢！"办公室跑腿的小刘应道。

"这个以林！通知他来接人的。他怎不来！"

大家面面相觑，一时不知怎么办才好。

第三章

各人自扫门前雪，不管他人瓦上霜。

——民间谚语

一

王秘书没见到吴以林，心里非常着急，众人正不知如何是好时，只见一辆大车慢慢悠悠进了公社大门。王秘书定睛一看，赶车的是虞家湾大队六队车把式吴以勤，便问他："老吴，怎么到现在才来？"

"下雪，路不好走。"

"吴以林人呢？"

"他在家拾掇知青住的房子呢，来不了，派我来的。"

"你怎么把人带回去？"

"这不带大车来了吗？"

"能蹲下不？"

"能！"

"那中，赶快装东西！快去！"

"放心王秘书，保证宜当！"

吴以勤到底是老把式，把知青们的行李包裹都妥妥当当装上了车，正好够坐八个人的，他自己则坐在大车前边的位置上赶车，一切都弄得稳稳当当！

时枫笑道："弄牛车拉人，真够新鲜的！"

确实够新鲜。在北京，他们只见过郊区县的马车往城里送煤送菜送西瓜，还真没见过牛车拉人。

"老时，别瞎嘀咕，让人听到不好。"南军生小声关照时枫。

"没事。他们说话口音特重，十句话有九句咱们听不懂，咱们说话他们能听懂？"

"不一定。他们是地方土语，咱们可是普通话，八成他们能懂，你说是不是？"

"是的呢！以后可不能乱说。"

王秘书来到车前，一边和大家打招呼告别，一边交代吴以勤："路不好，你稳着点儿，路上千万不能出事！你告诉以林，回去之后，一定要安排好知青们的生活。不要忘记了哦！我这话你一定要带到！"

"没事！你只管放心！"

吴以勤虽然只是生产队里的一个车把式，但他在沂北公社的知名度却不低：老荣军，跟敌人拼过刺刀，面对面亲手干掉过五个敌人，是战斗英雄，要不是受伤复员，留在部队继续干下去，大了不敢说，弄个营长什么的当当应该不在话下。他个头不高，却很结实，瘦削的脸庞上布满了一道道皱纹，弯弯曲曲如同沟壑纵横。他在战斗中腿受了伤，留下残疾，走路有点瘸。只见他戴一顶半新不旧的黑线织的老头帽，帽顶上还缀着一个绒线球，身穿一件青布对襟大棉袄，腰间扎着一条分不清什么颜色的褡裢，褡裢里斜插着杆一尺多长的旱烟袋，烟袋杆上系一个牛皮缝的烟荷包，看上去一副地地道道的乡间老农打扮。在公社大院子里，他和王秘书关系最熟，也最好，他两人到一起，三天三夜也聊不够。

"走喽！回家喽！"只见吴以勤把手中鞭子一扬，"啪"地甩了个响，那牛便挪动双腿，慢腾腾地向大门外走去。

"大伯，你这叫什么车？"苏琴琴从没见过这样的车，没有车厢，也没有座位，仅有格子般的车架子。

"姐嫁啊，这叫大车！"吴以勤笑呵呵地答道。

沭阳有个风俗，年长的人管年轻的姑娘或者小媳妇儿都叫"姐嫁"，是一种很亲切的称呼，可几个新来的知青不知道，心里还直犯嘀咕：这老汉怎么管人家小姑娘叫"姐嫁"呢？老头儿脑袋是不是有毛病？

"哟！还是两头牛拉的木头车！"徐彬彬也感到新鲜。

"小同志啊，别看咱这不是四个轱辘的大汽车，用处可是不少：队里收下来的小麦、黄豆、秫秸秫，全靠这牛车运载呢！"吴以勤乐呵呵地回答道。看得出来，这位大伯对他的车和牛，心里充满着喜爱，也充满着自豪。

雪后晴空万里，一轮红日高高挂在天空，漫野的白雪在阳光的照射下晶莹闪亮，有点刺眼。牛车优哉游哉地行进在乡间道路上，一副与世无争的样子；村庄和田野露出浅淡的起伏轮廓线，被一层又一层似有似无的晨雾包围着；白雪遮盖着麦苗，间或露出一些淡淡的墨绿，安静且又神秘；几缕炊烟缓缓飘在空中，像轻纱，又像浮云；一只公鸡站在村庄边的矮墙上，时不时传来几声啼叫。

哦！好一幅乡村雪景图！

"小雨你看，这景色美不美？"南军生指着远方。

"是的！农村的原野风光，景色美得像国画。"顾小雨到底是顾小雨，说出来的话，句句都充满着艺术的优雅。也难怪，她的父亲在区文化馆工作，母亲是美术教师，她自己曾在北京市少年宫美术班专门学过绘画。她有一个梦想，就是要把西方油画和中国国画的各种技法融合起来，创造出一种新的画法，做一个中西合璧的新式画家。

牛车走得很慢，可南军生却觉得越来越颠，颠得屁股蛋儿疼，他不由得扶了一下方华的肩膀。方华也颠得坐不稳，掉头望了一眼南军生，然后又紧紧地攥住身旁时枫的手。时枫又手牵着顾小雨，顾小雨又与刘红的手拉着。幸运的是女生都把被包垫在身下，减轻了颠簸。

原来，这牛车不是胶皮轱辘，而是用木头做的轮子，一点让劲也没有。乡间道路原本坑坑洼洼，因被大雪盖住了，所以看上去才好像是平的。眼睛看不出来，身体却能感觉得到。

南军生问吴以勤："伯伯，您老贵姓？"

"免贵姓吴，叫吴以勤。往后就叫我吴大爷吧！我们这里不兴叫伯伯，叫大爷。"吴以勤接着说，"我们这大队叫虞家湾。全大队，姓吴、姓周、姓徐的，是三大姓，其他的都是杂姓、小姓，说话不当家。"

"为什么姓吴、姓周、姓徐的三大姓说话当家呢？"刘红忍不住插上嘴。

"这三大家人口多呗！"

"为什么偏偏这三大家人口多呢？"

"谈古了。"吴以勤说道,"譬如说没头虞故事,楚汉相争时候,传说虞姬是我们这一带人,虞姬随楚霸王项羽征战,后来兵败。吕后追杀虞姬家族,刘邦认为楚霸王虽败亦英雄,便下令赦免虞姓族人,不杀人头,只杀虞姓头。后来虞姓全部舍头改姓吴。恕刘邦不杀,吴姓千年下来家族人口越来越多。"

"《霸王别姬》故事中的虞姬?"南军生问。

"是啊。"吴以勤说道。

"吴大爷,你是贫下中农吗?"刘红好奇心重,总是爱打听事。她想,既然咱们是到农村来接受贫下中农再教育的,就得先看看贫下中农究竟长什么样。

"我当然是!我家三代都是穷苦人出身。解放初土改时,定的成分是贫农。"

"以前你们吴家不是大户吗?怎么后来变成穷人了?"方华这家伙头脑一根筋,遇事爱刨根问底。他提出的这个问题确实有点刁钻,南军生他们几个根本没想到方华会提出这样的问题。

谁知吴大爷竟哈哈一笑,说道:"大户人家只是家族大、人口多,家族里头有富人也有穷人,不是家家户户都有钱。论起老祖上,都是一支,后来有的人家遇到天灾人祸,慢慢家道败落,时间一长,就成穷人了。但是,你可以租种家族里有钱人家的地,也能生活下去——你虽然是穷人,但还算是这个大家族里的人。知道不?"

"不知道。"

是的。知青们确实不知道,在大城市里长大的十几头二十岁的孩子,头脑里只有好人坏人、穷人富人之分,哪里知道农村里还有这么多陈芝麻烂谷子的复杂往事?

"大爷,听说沭阳过去是革命老根据地。你当过兵打过仗吗?"南军生临行前听他爸爸说过沭阳的事,特地想问一问。

"当过!"提到这一段,吴以勤特别兴奋,自豪地说,"不但当过,我还是陈毅陈老总的兵,正经的新四军!"

"打过日本人吗?"

"打过!我当年参军,就是为了干小日本!"吴以勤说,"狗日的小日本，除了仗着武器好、弹药足，别的其实没有什么了不起。我们每次打仗，发五颗子弹都算多的，三枪一放就冲锋，跟狗日的拼刺刀！个顶个单挑，我一个打他两个！有一回，三个鬼子剁我一个，我根本不怵他，拼就拼呗！一个鬼子玩孬种，从屁股后头偷袭我，把我腿上戳了个窟窿，我一急逗，回身一枪托子，把狗日的脑袋瓜都砸散了！那两个鬼子一吓，蹿了。"吴以勤越说越兴奋。

"大爷，你是老革命老英雄了！"刘红听吴以勤这么一说，敬佩之情油然而生。

"好汉不提当年勇。我现在老了，只能跟在牛屁股后头赶赶大车。要说英雄，那时候我们沭阳遍地都是！吃菜要吃白菜心，当兵要当新四军！想当年，年轻人敢跟鬼子摽摽的，才算英雄好汉，哪个想当粪堆王、锅门糗？"吴以勤一口沭阳话，知青们虽然不是全懂，但是看得出来，沭阳当年是个出好汉、出英雄的地方。

"吴大爷！到生产队还远吗？"方华坐得屁股酸痛，有些忍耐不住。

"快了！到前面大道尽头，再沿九龙河边拐个弯就到。"吴大爷指着前方树林里隐约的庄子说。

这一路，走得不算寂寞。

二

终于到了他们要去的地方了！

九龙口村头有一棵石榴树。据村八十多岁的周老爹说，他父亲小的时候，这棵石榴就在。这样看来，其树龄至少一百多年了。这是冬天，石榴的树叶早已落尽，只有枝干在寒风中瑟瑟发抖。

"都走哦！去看北京知青哦！"

大车一到，小小的九龙口村便顿时沸腾起来了，人们纷纷涌出家门，踏着雪，扶老携幼、大呼小叫地赶来看热闹。这是九龙口村几百年头一回遇见的大事，岂能不轰动！不是中央有号召，人家京城里的知青能到咱这穷乡僻壤来？别说看，你想都不敢想！

农村人没见过大世面，看热闹成为迎接知青们的头道礼仪，见到北京

知青，难免要来一番品头论足。

"好家伙！一下子来了八个，有男有女的。"

"北京人个子狠了，都是大高个子！"

"喏！你看那女的，"他们指着刘红，"这个小大姐跟大洋马似的！"

确实，刘红身高一米七五，在那个年代是绝对的高个儿，又何况是在偏僻乡村，更是难得一见。另外，南军生、方华，他俩的个头都在一米八以上，就连时枫、江淮海身高也都在一米七五左右。这样的个头能不吸引人们的目光？

"北京下来的都分我们队了。前些天二队下来的都是南京和淮阴的小猫子，五队的全是我们沭阳本地造。"

"唔，看上去人高马大，却都是细皮嫩肉，不晓道能不能做活？"

"做什么活？人家是来接受贫下中农再教育的，跟上学一样。"

"我一个字不识，还能教育人家？人家教育我们还差不多！"

社员们七嘴八舌，围着知识青年看来看去，说什么的都有。

南军生他们呢，一边被人家看，也一边看着人家。京城里长大的孩子，见多识广，心理素质超强。他们虽然没好意思一个个去仔细打量人家，但是却获得了一个总体印象：土。土也没啥，北京郊区的农民也一样土。至于每年秋天到北京胡同里摇煤球的河北乡下人，那就更土了！他们最好奇的是九龙口村男人们穿的鞋子：一种叫毛窝子，还有一种叫高木屐——那东西也能叫鞋？

"让让，让让！队长来了！"人群里有人高声喊道。

"大家都来了？欢迎欢迎！"只见人群中挤进一名中年汉子，戴一顶狗皮帽子，红铜色的脸庞上深深地刻着劳作的沧桑，他一边寒暄，一边笑吟吟地自报家门："我叫吴以林，是六队队长、政治指导员，一肩担两职。刚才去帮你们拾掇住房，迟来一步。"

"您是吴队长啊！我叫南军生。"南军生激动地握住吴队长伸来的粗糙大手，一边向吴以林挨个介绍刘红他们。

"同志们！"吴以林脸上堆满歉意，继续说道，"是这样的：我们前两天才接到大队通知，说你们要来插队，叫我安排你们的吃住。吃还好弄，这住房确实有点难。安顿你们的房屋要等到春天化冻了才能建，眼下只能委屈你们一下，临时拾掇腾出一间籽种库，两间草料房，先将就住着。女生住一间，男生住两间——你们把东西拿着，跟我走吧！"

说罢，吴以林便领着知青们来到籽种库，自己先进屋看了看，屋里已经被几名社员打扫干净，他又说道："这间给你们三位女知青住，等上街买柴席的社员回来，就好打地铺了。"

南军生、刘红、苏琴琴和顾小雨四个人进屋仔细一瞅，说是房间，其实就是堆放籽种和杂物的大通间，只不过是把杂物撮到一起挤出的一点空隙而已。籽种、农药、喷雾器、塑料布、农具、化肥塞满另两间。空气中弥漫着一股浓烈的农药和化肥气味，刺鼻子辣眼睛，四人有点扛不住，赶紧从屋里退了出来，苏琴琴连打几个喷嚏，南军生、刘红、顾小雨揉了揉眼睛，直喘粗气。

"住这儿？闹不好得出人命哪！"苏琴琴捂着鼻子，忍不住当着吴以林的面说。

"受不了！受不了！"顾小雨一边咳嗽一边说道。

"生产队就这几间队房，实在不好弄啊！再看看南头这两间吧！"吴以林尴尬地解释。

南头是牛屋，一共五间，后墙没开窗户，前墙的三角形窗户被麦草塞死，屋里黑咕隆咚，开裂的泥墙被长年累月的黑烟熏得油光锃亮；屋笆上、梁柱上，悬挂着一串串粗细不等的灰条，随着上冲的烟尘飘晃欲坠，空气中散发着一股股浓烈的牲畜粪便的臊臭气味。

一进牛屋正门，支着一口闷灶大锅，锅腔里头正旺旺地烧着火，锅里煮着豆沫饲料，开锅的豆沫像沸腾的洗衣泡沫溢在灶边，滴在地上。牛屋里浓烟滚滚，呛得几名知青连声咳嗽，连眼泪都出来了。

右侧两间屋是储放冬牛饲料的地方，堆积着到屋顶的麦穰，两名社员正在用大铡刀铡草，一掀一铡，配合默契。南军生等人弯下腰，借着微弱的亮光努力往里瞧，只见屋内左侧拴着六七头耕牛，正围着石槽吃草，发出"呼哧呼哧"的响声，不时有满嘴沫子的水牛抬起头，茫然地望着进屋的陌生人。一头母猪躺在草中，任由一群嗷嗷待哺的小猪崽子围着母猪争抢乳房，吸吮过程中不时发出"喳喳"的满足叫唤。

如果说能将就住人的地方，大概就是这右边的草料间了！

众人退了出来，你望我，我望你，一脸窘相，半天没有人说话。吴队长心里也清楚，知青们肯定不满意这样的住屋，但眼下的九龙口就这条件，没有好办法，他只有耐心等待知青们的意见。

"怎么办？大家说说。"南军生竭力稳住自己。美好的期望和残酷的现实如此大相径庭，不由得让知青们一下跌到冰点，此时的南军生和大家一样，心中也涌起一阵阵失望和悲凉。爸爸要他到他们战斗过的老解放区锻炼成长，南军生二话没说，服从安排，可是做梦也未想到苏北农村竟然如此贫困。

"让我们跟牲口睡一块儿？开什么玩笑！"时枫有点恼火。

"这地方是养牲口的，太脏，库房又气味难闻，如何是好？"苏琴琴低声咕哝着。

"队里还有没有可供知青住宿的地方？"徐彬彬小声问道。

"你没听吴队长刚才说过，要到春天才能盖新房子。"方华插上了嘴。

江淮海虽然心中不悦，但嘴上不好说。

"我想回家。"顾小雨感情脆弱，有点承受不住，眼泪在眼眶里打转。

苏琴琴心里也不好受，勉强撑着，她见顾小雨想哭，本想去安慰小雨，不料却抑制不住自己的情绪，泪水夺眶而出。

不仅是在三位女知青中，就是在所有人当中，也要数刘红的性格比较坚强，她见顾小雨和苏琴琴在大庭广众之下竟然这副模样，实在丢知青的脸，不禁有些生气："哭什么哭！丢人现眼！想回去，自己走！上山下乡，接受贫下中农再教育，都是自愿报名来的，我们当初宣誓时是咋说的？转眼就反悔了?!"

南军生耐心劝道："刘红，你也别为难她们！我说各位，刚遇到点困难，思想就开小差，打退堂鼓，哪像首都来的知青！刚才你们也看到了，这儿的农民哪一家住的不是低矮的泥墙茅草屋？哪一个大人小孩穿的不是破衣旧袄？但你看他们，虽然生活贫苦，却个个精神抖擞，脸上挂着笑容。有困难，生产队肯定会想办法为我们解决。我相信吴队长！各位，打起精神来，给贫下中农们留下个好印象要紧！"

南军生嘴上这么说，其实心里也有点动摇。既然打道回府是不可能的，那就咬牙挺住，坚持留下来再说。南军生想，男生皮实，好将就。当务之急，是把几个女生安置好。刚才看的这两个地方确实不适合女生住，得请吴队长再想想辙。

吴队长人未走出牛屋，耳朵却在外面，他听大家的七嘴八舌议论，知道孩子们心里不得劲儿，要让这班小青年留下来，还是得发扬民主，让全队社员一起来想想办法。

三

"孩子们！先到我家吃饭，然后再解决大家住宿问题。放心吧！"吴以林向知青们说道。

听吴队长这么一说，知青们才感到肚子有点饿，便跟着吴队长往回走。正走着，突然从斜刺里冲出一只动物，两只尖尖的耳朵支棱着，大长腿，直奔知青们而来，把大伙儿吓了一跳，时枫大叫一声："狼狗！"话音一落，苏琴琴和顾小雨吓得把手中的行李都扔在雪地上了，赶紧往男生背后躲。

"莫怕莫怕，这是驴驹子，不咬人！"吴以林见状，赶紧安慰大家，并在驴驹子的屁股上拍了一巴掌，那驴驹子便一阵风似的跑开了。

"队长，什么是驴驹子？"南军生问道。

"驴子知道不？这就是生下来几个月大的小驴。"吴以林解释道。

"咬人不？"

"不咬人。大驴也不咬人。"

"老时说是狼狗，看把大伙儿吓的！"

南军生说罢，吴以林哈哈大笑起来。

和当地社员一样，吴队长家也是泥墙草屋。院门外堆着一个草堆，草堆外是一小片菜园子；院子里支着一盘磨，南墙根垒着一个鸡圈，鸡圈边上码着一堆劈柴，看上去有点乱。一只半大不小的花斑土狗在院子里傻傻地站着，望着人群发愣。

进了堂屋，只见一个三十岁左右的男人正忙里忙外端饭端菜，见知青们进了屋，便客气道："大家都来了？快坐下！"

"哦！介绍一下，"吴队长向知青们介绍道，"这是我们生产队的记工员徐士成，徐记工员。"

"谢谢！谢谢！"

像这种事情，沭阳人会说"有累啊"！徐士成第一次听人家说"谢谢"，还有点不太适应，只嘿嘿干笑着，连声说："没有什么，没有什么！"

"孩子们！饿坏了吧？快洗把脸吃饭！"吴大娘头上顶着一条又黑又旧的毛巾，端着一个瓦罐从烟雾腾腾的小厨房里走出来。

"农村条件差，将就洗吧！"吴队长把毛巾递给刘红。

知青们怔住了，啥？这就是脸盆？他们哪里晓得这就是当年沭阳农村烧热水的土办法：用一个小陶罐，装上大半冷水，利用做熟饭后的余火，将陶罐塞进灶膛内取热，节省柴火。

看着又黑又土气冒着热气的陶罐，刘红犹豫了一下，本想打开提包取自己的毛巾，但见到吴队长递给她毛巾，虽然旧，看上去还有点脏，但这是热情、是心意，她不好拒绝，便朝大伙儿笑了笑，蹲下身去洗手，边洗边说："水还挺烫！"众人也学着刘红样子，先后把手洗了。

"趁热吃饭吧！"徐士成给苏琴琴、顾小雨递上筷子。

一桌子饭菜，看上去挺丰盛：大白菜炖豆腐、辣椒炒小虾、萝卜条烧粉丝，外加一碟酱豆子。

"农村不比北京，没条件招待，家常便饭。"吴队长端上一大盆菜稀饭。

"孩子们！早就饿了吧？来！吃煎饼！"吴大娘端着盖帘儿，上面是一大摞玉米煎饼。

"这是煎饼？怎么这样大啊？"知青们第一次见到苏北的大鏊煎饼，感到十分惊奇——北京的煎饼果子比这小多了，一时间竟然不知如何下手。

徐记工员见大家发愣，知道他们不会吃，便热情说道："来来来，我教你们，这样卷着吃！"说罢，从碟子上抓了一根大葱，又倒点酱豆子放进煎饼里，卷起来递给顾小雨。

"我，我，我……不吃生葱！"顾小雨说。

"嗨，这不跟吃烤鸭差不多嘛！你不吃给我，我来试试！"时枫接过徐士成递来的煎饼卷大葱，"吭哧"就是一口，葱辣味混合着黄豆的发酵香味儿和玉米的香甜味儿，别有一番风味。女知青拣出大葱，但咬起来忒费牙劲，徐彬彬撕碎煎饼一块块泡在稀饭中，才勉强下肚。大伙你望我我望你，都学着徐彬彬的吃法吃起来。

看着知青们吃煎饼的狼狈样子，吴以林脸上在笑，内心却一阵阵发紧：住的问题，他嘴上说叫知青们放心，可是心里却一点底都没有。火烧眉毛的事情，立马就要解决。

这个干部，不好当。

第四章

人靠心好，树靠根牢。

有话说在当面，有事摆在眼前。

——民间谚语

一

"社员们注意啦！都到庄门开会啦！一袋烟后我就点名！不来的，迟到的，我要一律扣工分啊！"村里传来周成富的喊叫声。

周成富，九龙口生产队副队长，五短身材，浓眉大眼，不知道是什么原因，他的鼻子一年到头都发红，人送外号"大红鼻子"。他在庄户活上是一把响当当的好手，生产队队长本来应该是他，吴以林也早就想把周成富弄起来当一把手正队长，这样，吴、周、徐三大姓基本上就平衡了，偏偏周成富一个字不识，没有文化，上边通不过。好在吴以林没拿他当外人，生产队无论大事小情，都把周成富喊来开会讨论。"三大员"到齐，"六眼无私"，就算是民主决定；要是吴以林和会计徐维成两个人决定，哪怕是百分之百正确，姓周的那一门子也会告他个"瞎窝团"，好事也得给捣散。

今天队里开会，大伙儿都很高兴，天天出工，一点闲空都没有，难得今天开会，不干活儿。会也不是白开的，除了能休息，还有一个好处：记工分！

可是，任周成富怎么喊，社员们总是那么不急不躁，一个个迈着老牛慢八步子，沥沥拉拉、摇摇晃晃、不紧不慢地往庄门来。有的自带着小板凳，有的坐在大碾盘上，有的干脆站在大场上。姑娘们倚靠着石榴树纳鞋底，老人们悠然自得地抽着旱烟，男子汉与妇女们调侃嬉笑，大的哭、小的闹，乱乱糟糟，不成规矩。

"都不要吵了，开会！士成点名！"周成富嚷道。

记工员徐士成从口袋里掏出花名册，开始点名——"大法子！"

"来了！"社员吴以法回答。徐士成熟悉本庄社员，直呼小名和外号，不忌口。

"老财主！"

"到！还财主呢？我连打半斤洋油钱都没有，好几晚都摸黑了！"青年社员周成财愁眉苦脸地说。

"露头青！"

"来了！"社员吴大茂应道。吴大茂家只有母子二人。因家里太穷，都二十七八岁了还没说到女人。

"哎！士成，我来了！我来了！小宝在屙屎！"远远传来一个妇女的声音。是李三嫂。她一边朝徐士成招手，一边给小孩擦屁股。

"哈哈！李三嫂，还没点到你呢，就答应了！"一女社员笑着朝李三嫂喊。

"懒驴上磨尿屎多！"周成富笑骂道。

点名结束后，周成富就开始讲话了："各位社员！首先，我们欢迎从毛主席身边来的北京知青，来！大家鼓鼓掌！"

"大家都静一静！静一静！"终于，队长吴以林出面了。他不紧不慢地说道："大家名也点了，趣也撮了，现在说点正事！"

一听要说正事，会场立马安静下来，各人竖起耳朵仔细听，生怕漏掉一句与自己切身利益有关的话。

吴队长接着说道："大家也看到了，北京来了八个知青，到我们九龙口插队落户。都是自家人！一家人不说两家话！我们一不能慢待，二不能歧视。今后，大家要多关心他们，生产上多帮助他们，生活上多照顾他们。知道不？现在知青的吃住有点困难。大家都清楚，我们队条件差，一时半会儿不太好弄，等过年开春三四月，队里才能帮他们盖新屋。今天开这会，主要落实这班知青的吃住问题。我想跟大家协商一下，看怎样安排他们目前这几个月的生活。我们队委会的意见，凡是有条件的户，能安排知识青年吃住的，生产队补粮草，帮做饭补工分。怎么样？大家考虑一下！"

现场群众交头接耳，议论纷纷。

知青们有些感动，也有些局促不安，九龙口生产队遇到困难，直接与社员商议还是挺民主的。南军生想，吴队长虽然做了努力，但社员们能不能接受还是个未知数。实在不行，他们几个男的就去睡牛屋，但是让几个女生去住库房心里总感到不落忍。自己应当表个态，尽量赢得社员们的理解和支持。想到这里，他便清了清喉咙，大声说道：

"贫下中农同志们！我叫南军生，我们到这里，是向你们学习来的，参加劳动锻炼来的，接受再教育来的。我们给父老兄弟姐妹们添麻烦了！队里的情况，我们也有所了解，我们几个男知青好办，就是几个女知青没有着落。请大家想想办法，尽力而为吧！"

"牛屋可以住人，还暖和。"有人提议道。

"我家小孩多房子少，没办法安排别人住。"社员陈进首先把口子堵死。

"是啊！大冬天本来住宿就紧张，哪家能一下安顿八个知青？"社员周业民说。

"难道没有一家能多住人？业民你家来亲戚都是怎弄的？"吴队长往前走了两步，看着周业民问道。

周业民还没来得及回话，他媳妇赶紧接过话茬："爷啊！我们家来亲戚，都是跟我家小孩在西屋挤一张床的。小孩溺尿，屋里头一股臊味！"

"哈哈哈！"社员们笑了。

"照我说，"中年妇女赵菊花在人群中大声说道，"北京这些小孩千里迢迢来到我们九龙口，没亲没故，怪可怜的，确实应该关心，我家拾掇拾掇，能腾出一间边屋，安顿几个人没问题，就是没有床。"

"不行！见鬼似的！是你当家还我当家？"说这话的是吴以林的堂兄弟，叫吴以法，排行老四，人称"四哥"。只见他用烟袋头指着老婆，说道："那间西屋是存放驴草的，过几天老母猪又要进屋下窝。他们住进来了，猪往哪里去？驴草往哪里堆？不行，赵菊花你不要瞎想点子啊！"

"嘿！四哥今天怎么拖后腿、不架势了？"人群中有人调侃他。

"我就当回家！你别自私自利！放驴草有地方，棚舍里放得下！腾个地方给人住住又能怎样？这点小事你也要当家？"大庭广众之下，四嫂赵菊花有点得理不饶人。

"就你这个倔女人爱出风头！今天你动西屋试试？"吴以法被女人抢白了几句，脸上有点挂不住，边说边往女人那边去，想捶她。

过去，农村里有个坏习惯，男人爱打女人。好像打女人是一种能耐，不打女人就不像男子汉。

"以法你想干什么？给我回来！"吴以林见堂兄弟要动粗，当着知青的面，又因为知青的事两口子打仗，影响不好，赶紧制止他。

"就动！待散会我就收拾屋子！"四嫂不服，仗全场都是人，谅男人也不敢对自己怎样。

"我叫你犟！"吴以法脱下毛窝子鞋就要捆四嫂。

"哎哎哎！不能打！"几个男子汉见吴以法要动手打老婆，赶紧喝住，陈进、方二喜两个小青年跑过来，一人抱住吴以法一条膀子，看似劝架，其实是拉偏仗，叫吴以法动弹不得。

这个吴以法，平时最爱说"尖嘴子"，又特别喜欢和妇女开玩笑，时常被妇女们捉住，按在地上来个"老头看瓜"，也就是把他手脚绑住，扔在田里。玩笑虽然开得过头，却从来不变恼，大家呵呵一笑，事情就算了了。但是以法有个毛病，就是动不动打四嫂，陈进、方二喜等人见四哥平时老是欺侮四嫂，心中早就有点气不忿，又不好阻止，今见四哥又想打四嫂，便上前拉偏仗，把四哥控制住，大声喊道："上啊！还等什么的？！"

妇女们见吴以法动弹不得，又见陈进和方二喜使计，便一拥而上，把四哥团团围住，拔出纳鞋底的针锥和大针，照吴以法的屁股上扎："叫你思想落后，戳你个狗蛋！"

"哎哟！哎哟——嗬！我亲妈妈哦！"吴以法痛得像杀猪一般号叫起来，任他怎么挣扎，陈进和方二喜就是死死抱住他两只膀子不撒手。

"哈哈！哈哈！"全场社员哄然大笑，连知青们也跟着笑了起来，刘红笑得抱着肚子，眼泪都笑出来了！

吴以法受够了妇女们的"虐待"，好不容易挣脱陈进两人，歪着嘴"咝咝"吸着凉气，手伸棉裤里摸摸，屁股都冒血珠子了，心里想发狠扑向妇女，刚往前走两步，一个妇女就亮出手中针锥："吴以法你要是敢动，把你废了！"吴以法一吓，只好作罢。

"不要再闹了！以法，我告诉你！你这人什么都好，就是私心太重！男子汉还没有女人觉悟高！你必须做自我检查！生产队给你半天时间考虑，同意不同意，今晚回我话。"还是吴队长说话有骨劲，当场就把堂兄弟吴以法给镇住了。

刚才吴队长见四弟媳赵菊花主动提出要腾出一间屋安顿知青，喜出望外，心里一块石头刚要落地，谁知猪圈跳出驴来，四弟吴以法竟然不架势，还想当众打菊花，心中着实气恼："以法这东西，不知轻重，不晓好歹，带头拆我的台！"

快言快语的四嫂说过之后就有点后悔了。她所提的小西屋正如吴以法所说，确实不合适住人，大伙儿也清楚，不过赵菊花是从关心知青住宿出发，一时嘴快随便说说而已。以法被妇女和大哥吴以林教训了一顿，不再吭声，四嫂赵菊花也不再主动提房子之事，这事就算暂时搁在一边了。

"吴指导！四嫂集体主义观念强，待人诚心实意，真该感谢她关心知青。可是她家西屋太小，又是她家堆驴草养母猪的地方，不太适合住人。我家有间放杂物的小边屋，收拾一下，挤挤能住三名女知青。"

说话的是生产队妇女队长丁凤琴。只见她大大的眼睛、圆圆的脸庞，留着一头乌黑的短发，身穿一件蓝格子棉袄，围一条粉红色三角巾，看上去落落大方。

"那敢情好啊！吴旭呢？吴旭同不同意？"吴以林见丁凤琴帮他解决了一个大难题，笑呵呵地问道。

"她当家！我没意见。"丁凤琴丈夫吴旭在人群中举手。

"还是人家两口子，凤琴妹当家，男人支持，相互体谅，不吵不闹，多好！"人们不禁啧啧称赞。

"快回家拾掇拾掇，我现在就让三位女知青跟你去！"吴以林怕夜长梦多，先把生米做成熟饭再说。

"谢谢大姐！我们去吴队长家拿行李。"刘红、苏琴琴和顾小雨见丁凤琴将安置知青工作主动揽过去，住宿终于有了着落，不免松了一口气，连声称谢。

"哎！凤琴！这几个人的饭，一就手，也在你家吃吧！你嫂子老胃病，说犯就犯，我傍晚想去请先生看看呢！"吴以林趁热打铁，把知青吃饭的事情也摁在丁凤琴头上。

"反正什么难事都推给我了，我能不同意吗？"丁凤琴说。

"哎！解决集体困难，到时多补点工分和粮草给你。"吴以林小声地对丁凤琴说。

"去你的吧，净许空愿！这几年，不管是拖拉机耕地、大队变压器电工架线，还是公社干部下来检查，你都拉到我家来吃饭。你说说，到如今你补了我几个钱粮？"听到吴队长又在许愿，丁凤琴心中有点生气，便半真半假地反问他。

要说这生产队的干部还真要好人来当，一般人还真当不了。老百姓不管你什么大道理，万事都讲个实在，一点点小事都能和争个脸红脖子粗，没有超厚的脸皮和超强的心理素质，一天都干不下来。

"队里不是没钱吗？"吴以林见事情有了着落，被妇女队长数落几句，他根本无所谓，只要目的达到，其他的就啥也不管了，怎么说都行。他划着一根火柴，点起旱烟，深深吸了一口，满脸堆笑，催促丁凤琴："欠着！欠着！认账还不行吗？快去帮她们拿行李吧！"

"三位妹妹，走吧！"丁凤琴招呼刘红、苏琴琴和顾小雨。丁凤琴说话时，无意间瞟了南军生一眼。这一眼，不禁让她心里一动："这个人我好像在哪里见过？"可一时又想不起来。

二

男知青们见三个女同学住处解决了，剩下他们五个男知青没有着落，心中虽然有点失落，但女同学有了去处，也算是一种安慰。南军生早就想好了，万一吴队长与社员协商不成，今晚他们就去住生产队库房。虽然化肥农药的刺激气味不好闻，但总算是个安身之处，比睡在雪地里强。

开始，时枫、方华和徐彬彬还心存侥幸，认为生产队能解决女知青的住处，就能解决男知青的住处，谁知最后无论如何也安插不下去，吴队长只能歉意地希望知青们能体谅生产队的难处。

既然吴队长他们尽力了，知青们也就不好再说什么。

南军生说:"我们去住库房吧!"

来到库房,吴以勤大爷打开房门,顿时,一股刺鼻气味扑面而来。

"什么味儿?这么刺鼻?"方华用手扇了扇。

"这能住吗?没事儿吧?"徐彬彬也捏着鼻子说。

"先将就着住吧,这总比牛屋强吧?"南军生笑着说。

"牛屋又黑又臭,到处是烟灰,还有耕牛和老母猪,能睡得着吗?"时枫不愿去牛屋。

江淮海把头伸进屋里看了看,说:"这里比牛屋干净多了。"

"孩子们!先坚持一下!过些天就习惯了。坚持到开春,盖了新房就好了。我每天晚上都在这里看库房,咱们做个伴吧!"吴大爷抱来刚买回的大柴席,准备为知青们打地铺。

听说老英雄吴大爷每天都住在这儿并无性命之忧,南军生他们也就放心了,不再发牢骚。

"这盏马灯挂这里,夜间有人要起来小解,拧小点,睡觉时就关了,这样省油。这里不像你们大城市,电灯尽管烧,这里洋油供应紧张。"吴大爷将马灯挂在泥墙的木钉上。

"哦!是这样,不要紧!我爸爸为我买了只手电筒。"徐彬彬从包里掏出手电筒,打开电门,满屋光亮。

"这洋玩意儿费钱,咱社员可用不起!庄上姑娘们纳鞋底时,为了省油,都凑到一家去,围着一盏灯借亮。"

大家你望着我,我望着你,没了言语。今天是第一次接受贫下中农艰苦朴素教育,知青们切实体验到了农民生活的艰辛,徐彬彬悄悄按灭了手电筒。

第一晚住在库房里,睡的又是地铺,大家都有点不习惯。从小到大,第一次遇到这种情况,原先那股满怀信心下乡来的浪漫豪情被眼前这残酷的现实冲击着,知青们一时转不过弯来。

三

吴大爷有事出去了,几个人便解开行李,开始铺铺。

天才刚刚擦黑，不是睡觉的时候，哥儿几个便躺在铺上扯起闲淡来。

"哎我说，今儿个我才弄懂我们为什么不受人待见了。"时枫起了个头。

"你懂啥了？"南军生问道。

"我们来这儿叫啥？叫插队。大家知道，在北京，你买东西、乘公交车，就连上茅房都得排队吧？你要是插队，就不招人待见，会被人揪出来扔一边去是不是？"

"那是肯定的。"

"人家贫下中农在这儿过得好好的，咱们几个冷不丁地跑过来插队，人家能让你插吗？没把你踹出去就算烧高香了！"

"老时你是这么理解插队的？"

"可不嘛！话糙理不糙。"

"我还有一事不明，想请教各位。"时枫继续说道，"我爸参军前，祖祖辈辈都是保定乡下的贫苦农民。土改时，我爷爷家、我姥爷家都定的是贫农。我爸我妈算是贫下中农了吧？我都被他们教育了小二十年，现在还要我来接受贫下中农再教育——到底教育啥哩？"

"我认为，"南军生说，"解放前，你爸你妈家算是旧农民；解放后，你爸你妈是工人阶级；咱们接受再教育呢，应该是接受新农民——贫下中农的再教育。老时，你说呢？"

"军生说得好像有点道理。照我看，既来之则安之。这才哪儿到哪儿？人家这队能让你插就已经很不错了。哥儿几个，是这理儿不？"时枫这人天生是个乐天派，在他那里，就没有过不去的坎儿。在这一点上，别说方华、徐彬彬、江淮海，就连南军生，也不如他。

天擦黑时，外面突然传来一阵嚷叫声，知青们闻声出屋一看，只见生产队的麦穰草堆旁边，有几个人正争吵不休。

"我说就剩这点麦穰，还不知道够不够牛吃到麦口，铺点地铺，你们扯这么多干什么？"会计徐维高气呼呼地大声呵斥。

"天气这么冷，女知青新来乍到，不铺厚实点能行吗？就你关心集体，别人都是自私自利！"不用问，一听这伶牙俐齿的声音，就知道是妇女队队长丁凤琴。

"我看你们这些人就是损公肥私，想方设法找借口，能多扯些就多扯些，扯少了跟吃亏似的！"徐维高不依不饶。

"徐会计你站着说话不嫌腰疼！你家靠队场，长年累月扯集体麦穰还少吗？"丁凤琴反将一军。

"你这是血口喷人！你看到我家扯队里麦穰的啊？"徐维高越说越气，指着丁凤琴大声嚷道。

月光下，徐维高和丁凤琴吵得不可开交，刘红、苏琴琴和顾小雨围着盛麦穰的柳条筐子左右为难。

"哎哟哟！你们吵什么呀？有事好商量，低头不见抬头见，而且都是生产队干部，让社员知道多不好！"出去办事的吴大爷回来了，见二人吵得不可开交，便上前劝解。

"我说你徐会计也太小题大做了！为知青扯点麦穰打地铺，你为难她们干什么？人家都有私心杂念，就你大公无私！"丁凤琴丈夫吴旭闻讯赶到打麦场上，气呼呼地对着徐会计道。

"你吴旭算什么东西？也教训我不成？"徐维高一见吴旭来了，知道他为老婆打抱不平，气不打一处来。

"我不是东西，你徐维高是东西！上次拖拉机来耕地，你凭什么把招待驾驶员剩下的两瓶酒揣怀里拿去家了？"吴旭二十五六岁，正是血气方刚的年纪，他不管三七二十一，"吭当"捣了徐维高一个实锤，弄得徐维高满脸出火，下不了台。

"吴旭！今晚是不是要摆平？"徐维高恼羞成怒，上前欲与吴旭厮打。

"来！算你好佬！我今天要和你摆平高低！"吴旭甩掉棉衣，亮出肌肉，徐维高也不甘示弱，上前抓住吴旭双臂，就要开打。

看这架势，今天不见个高低是不行了！

第五章

灯不挑不亮，话不说不明。

吃得苦中苦，方为人上人。

——民间谚语

—

这壁厢吴旭和会计徐维高已经摆开架势，眼看就要打起来，只听吴以勤大声喝道："都给我住手！你看看，这都成什么样子了，也不怕人笑话！"

南军生等一班知青见吴旭要动手，也急忙跑过来劝架。

"吴旭！我和徐会计争执，是干部之间的不同意见，关你什么事？不要胡来！"丁凤琴见自己丈夫赶来挡横，还要打架，有点急了。她知道丈夫体格健壮、力大如牛，是个吃软不吃硬的主儿，如果两人真动手，吃亏的肯定是徐会计，弄不好，还会造成姓吴的和姓徐的两大家族群殴。

"不许打仗！"这时，传来队长吴以林吼叫声。

副队长周成富、记工员徐士成也都赶到打麦场上，急忙拉开徐维高和吴旭。

"我作为生产队会计，有权维护咱集体利益，说她几句就受不了了！"徐维高气呼呼地先告状。

"扯点麦穰是为了给女知青打地铺，也不是我自家用，你徐会计死活不让扯——生产队麦穰是你家的？这不是成心刁难是什么？还有理！这些知青要是到你家住，你怎么办？就让她们就地睡？"丁凤琴一百个不服气。

"都少说几句，看看以林怎么说。"吴大爷劝道。

"有多大的事，值着这么吵吗？你们都是生产队干部，让社员看到了，好不好？徐会计是出于公心，维护生产队利益；凤琴扯点麦穰，是为了知青们住宿。都对。牛重要，人也重要。牛饲料不够喂，可以去借嘛！算了！算了！"吴队长不偏不倚，劝解纷争。

"哪个去借？我没有这么大面子！"徐维高还是一肚子气。

"没事，我去借。"周成富说道。

既然有人答嘴借牛草，徐会计也就不好再说什么，便怏怏地走了。

"扯草！"丁凤琴愤愤地指挥着几个女知青。

一场因扯麦穰引起的纠纷就这样结束了，留给知青们的，是满满的苦涩：小小的九龙口，几把麦草就能整出这么大动静来，往后的事儿，能少得了？

入夜，方华睁着一双大眼睛盯着马灯，用手使劲地捂着鼻子，似乎在想什么。

"你还没睡？"南军生问。

"睡不着！"方华说。

"唉！真难闻！班长，这要闻上一夜，会不会撂这儿了？"徐彬彬翻过身来问。

"农药就在这里，今夜咱们都成害虫了！"时枫也没睡，问睡在靠边上的江淮海，"你怎么样？吃得消吗？"

江淮海是老实人，和南军生他们不是一个班，这时还有点生，不好深说什么，只是随口应道："还成。"

"与其让农药熏着，咱们干脆不睡了，说说话儿，等困时睡着就闻不到气味了！"徐彬彬建议说。

"我也睡不着。既然你们不想睡，咱们爷儿几个说说话怎样？"从库房西头传来吴大爷的声音。

"好啊！"大家都不想睡了，索性从被窝里坐起。

吴大爷坐在床上，打开烟荷包，倒些碎烟丝，从底边下抽出一张报纸，撕下一角作烟皮，慢悠悠卷起了烟卷儿。吴大爷卷好烟点着火，"吧嗒吧嗒"吸起来，然后吐出几个烟圈儿，咳了几声，一副悠然自得的模样。

"唉！孩子们啊，下农村、住库房、睡地铺，要说不苦，那是骗人。

可是，不吃苦中苦，怎做得人上人！想当年打宿北战役，我们连队担任穿插任务，化装成国民党兵，不料与敌人遭遇，身份暴露了。身份一暴露，就开打呗。敌人打不过我们，就撒腿跑，我们饿着肚子，穷追敌人四十多里。等战斗结束后，大家都饿瘫了。想想从前，看看现在，我们处在和平年代，不打仗，安安稳稳过日子，还有什么不满足呢？虽然现在生活还不富裕，但我们有共产党领导，日子总会一天天好起来的！"吴大爷谈过去，说现在，句句在理。知青们一字儿背靠墙，睡意全无，忘记了气味难闻，专心听老人叙说。

吴大爷从祖上过苦日子讲到自己参军打仗，一直讲到鸡叫三更。他最后说："我们这代人，把头脑瓜别在裤腰带上，枪林弹雨，九死一生，为了个啥？不就是为了建立一个新中国吗？过去，绝大多数人家没有吃的，没有穿的，还要受地主老财和国民党欺负。现在，哪个敢欺负你？谁家有困难，还有政府救济。这些年我也想过，我们这里农村为什么穷？主要还是因为老百姓没有文化、思想落后。就说打农药吧，小大姐不识字，不知道药水怎么配，年年都有农药中毒的，拉到公社卫生院抢救，慢一慢就死人。其实农药怎么用，人家瓶子上写现成的，她认不得，你有什么法子？上级叫实行科学种田，还有农业八字宪法，这些大老粗们啥都不懂！拿什么去科？拿什么去宪？你们来就好了，一边接受贫下中农再教育，还要一边教育贫下中农，教他们开窍——你们要做的事情多着呢！"

吴大爷一番话对知青们震动很大，心中忽然升起一种"改天换地，舍我其谁"的自豪感。每个人都在默默想着自己的心事，往后的路怎么走，关键要看自己了。

那一夜，他们睡得很香。

二

那一夜，知青们确实睡得很香。等他们睡醒，已经是早上七八点钟。从下半夜起，天上又飘落起小雪来。

南军生他们赶紧起身，把铺整理好。生产队牛屋前有一口水井，他们端着脸盆，拿着牙具、毛巾去井边洗漱。

方华边走边说道："昨天夜里，我本来准备为革命献身的，没想到啥事没有！"

"我也是做好了牺牲准备的，既然没牺牲，咱们就要继续战斗下去哦！"南军生笑呵呵地回应着。

"入什么什么之肆，久而不知其臭；入什么什么之室，久而不闻其香。有这说头吧，彬子？"时枫记不住词，问徐彬彬。

"鲍鱼之肆，芝兰之室。"徐彬彬答道。

"啥是鲍鱼？谁吃过？"时枫还是一副满不在乎的样子。

"老时，你就知道吃！没事向彬子学学，多读点书！"南军生一边说，一边用木桶打水。

"多读书又能咋地？彬子还不是跟我一样，来闻这鲍鱼味儿？"

……

此时虽然天寒地冻，井口却冒着热气，打上来的井水并不是那么凉，刷牙、洗脸，温乎乎的正合适。洗好之后，各人又都从口袋里掏出"百雀羚"搽了手和脸。单凭早上起来洗漱的这一套程序，就能看出他们是城里人。那时的乡下，绝大多数人还没有这样的卫生习惯。

然后，他们便一起去丁凤琴家吃早饭。

那天早上，丁凤琴用面粉给他们擀了一锅汤面，还用葱花炝了锅，放了大半棵黄芽菜。热乎乎的面条端上来时，吴旭和丁凤琴却借口有事，出去了，直到知青们吃完，他们两口子才回来，喝剩下的面条汤，吃自己家的煎饼。

南军生他们一看就明白了，暂时粮管所供应知青是面粉，他们自己吃的是粗粮，丁凤琴他们不愿占知青的便宜。

南军生说："丁姐，以后我们就一起做一起吃，你和吴哥要是这样，我们就不在你们家吃了，忒生分。你俩这样做，我们吃不下去。"

丁凤琴说："没事的，我和你吴哥都不是外人，你们不要这样客气。我们帮大伙儿做点饭也累不着，怎能占你们的便宜呢？"

"因为不是外人，才不应该分出你我。那样就见外了！哥儿几个，你们说是不是？"

"就是嘛！以后我们一起吃！"刘红他们几个异口同声地支持南军生的

意见。

"再说吧。"吴旭喃喃地说道。

"不是再说，就这么定了！"南军生毫不犹豫、斩钉截铁。

"昨天晚上你们睡得着吗？"丁凤琴问南军生他们。

"睡得死死的，一夜到天亮。"时枫笑嘻嘻地答道。

"刘红，你们睡着了没有？"南军生问道。

"乍换新地方，有点睡不踏实，不过还行。"

"还行就行，习惯了就成。"

三

九龙河不算太宽，三四十米的样子，河面被一层厚厚的冰盖住，失去了春夏季节那波光粼粼、荷色青青的景象，但这里的人们都知道，河底下蕴藏着大家急需的三件宝贝：藕，鱼，淤泥。

藕是一种高级蔬菜，可以清炒，也可以冷烩，是酒桌上不可或缺的"响菜"；鱼，不管野生的还是放养的，都可以满足那个时代人们对荤腥的强烈渴望；淤泥，在当年化肥还没有普遍使用的情况下，是生产队不需要花钱购买的天然有机肥料，有了它，就能多生产粮食。

吴以林和徐维高、周成富二人商定，在祭灶节前戽干九龙河水，一来可以起些鱼和莲藕上来，分给社员准备过年；二来可以掘起淤泥，为冬麦覆盖一层有机肥料。

除了挖淤泥抬淤泥，剩下的两件事都是男子汉们非常愿意干的。说办就办，大伙儿开始筑坝拦河，准备戽水和逮鱼的工具，家里有"皮岔"的，就找出来穿上。真个是男女老少齐上阵，天寒地冻不怕难！人们全力以赴，从四面八方摆开阵势，砸开冰上缺口，两人一组，一组一只笆斗，积极投入戽水劳动。

沭阳有句老话：鱼头有火。这话果然不假！尽管天上下着小雪，野外寒风呼啸，但完全挡不住人们的满腔热情。你听！九龙河畔传来了一阵阵有节奏的戽水号子声：

"戽起来喏，哟嗬！"

"起大鱼喽，哟嗬！"

"有酒菜哟，哟嗬！"

"生活好了，哟嗬！"

"感谢党哦，哟嗬！"

"哗啦！""哗啦！"一斗斗水被戽到支河中。

"哇！多么美的国画意境啊！你看：冰面上残荷片片卷叶，根茎弯弯地插入冰下；堤堆上插着几面鲜艳的红旗，在皑皑白雪中迎风飘扬；堤堆下是一片热火朝天的劳动景象，戽水展示着劳动的英姿，看起来十分潇洒。如果画出来，肯定很美的！"顾小雨兴奋地说。

随着九龙河水被一斗斗戽出，河水越来越少，冰层开始塌陷，岸边渐渐地现出淤泥层。现出的淤泥经过一夜的冷冻，表层上结成一厘米左右的冰层。吴以林要求全队女社员和几个知青一起，先投入抬淤泥劳动。妇女队长丁凤琴拿来了布兜和扁担，两人一副担子，落单的女生顾小雨和江淮海搭档。

丁凤琴穿着水靴，手握铁铲，站在河底挖出一铲铲淤泥，上到妇女们的布兜里，让妇女们一担担抬到麦田中间去。

"士成，给她们少上点啊！"她见记工员徐士成给刘红这副担子装了很多，便特别关照了一下。

"你看她个子这么大，劲头肯定小不了，多抬点没事！你看，她们担子比其他社员轻多了！"徐士成指着刘红布兜说道。

"她们是才来的城里知青，没干过活，肩膀嫩，比不上你们土生土长的男子汉！"丁凤琴说。

"参加劳动嘛，就应该一视同仁、同工同酬，不然社员们会有意见，我这工分也不好记哟！"徐士成嬉皮笑脸地说。

"滚一边去！不好记我来记。我看你就是没安好心！"丁凤琴本来对徐士成攥着一把铁铲子在妇女群里混工分就不满，碍着会计徐维高的面也不好深说，毕竟是记工员。今天徐士成突然酸溜溜地对知识青年指手画脚，好像成心跟人家过不去，丁凤琴很生气，边说边用铁铲子撩起薄淤泥，狠狠地向徐士成甩去。

丁凤琴铁锨这一甩，甩了徐士成一身淤泥，徐士成一看急了："哎哟我的嫂姐！我才上身的新棉袄，你看，弄脏了不是？不好洗呢！"

"哈哈！"抬淤泥的社员们全笑了。

"不好好表现，我这边不要你，滚上吴队长那边戽水去！"丁凤琴冷下脸来，假装要变恼的样子。

"好好好！嫂姐手下留情！手下留情！"徐士成彻底告饶。他仗着叔叔是生产队会计，说话做事总是在人上，心里容不下外来人，今天见到知青第一次干活，本来只是想抖点小威风，显显自己是个记工员、生产队里的"第五把手"，大小也是说话能算点数的人，没想到妇女队长丁凤琴横插一杠子，自己反倒被弄了个"二脸子"，心里有点恼巴巴的。尽管如此，徐士成敢得罪外乡来的知青，却惹不起妇女队长丁凤琴，何况她还有个二五壮实的丈夫吴旭，一双拳头攥起来有煨罐大小，徐士成不得不忌惮她几分。

"第一次劳动，慢慢干！"丁凤琴对知青们说。

南军生和方华一副担子，与其他社员相比，上的淤泥还算比较少的，但沉甸甸的担子压在肩上，很痛。南军生竭力用双手支撑着扁担，试图让扁担离开肩膀，但无济于事，两手往上重心就往上移，走路反而失去平衡，两条腿好像也不听使唤，左右摇晃、步履蹒跚。

南军生望了望身边过往的社员，社员们也在望着他们，当地妇女们抬起淤泥来，并不感到沉重，每副担子配合默契一致，走起路来甩起胳膊，趁着那股劲，步履轻盈，大步流星地从他们身旁走过，把他们远远地甩在后面。

南军生涨红了脸，不好意思再去望人，感到担子越来越压人，喘吁吁的他再也坚持不下去。

"歇会儿！歇会儿！"方华在前头也撑不下去了，放下了担子。

"太累人了！"身后传来唉声叹气的声音，南军生掉头一看，是徐彬彬和时枫，再后是刘红和苏琴琴，顾小雨和江淮海落在最后头。

"受不了，太重了！"刘红和苏琴琴艰难地走到南军生身边，撂下担子。苏琴琴气喘吁吁，一屁股蹲在麦田里，掏出手帕擦汗。

刘红用扁担支撑着自己的身体，想多歇一会儿。

没有人记起知识青年抬了多少趟淤泥，比起九龙口的小媳妇和姑娘

们，他们明显不如人家。

四

收工后，知青们聚到丁凤琴家等待吃饭，丁凤琴和丈夫正锅上锅下忙碌着。两口子在劳动后还要为他们做饭，令知青们很过意不去，大家自觉地抱草、烧火、洗菜，帮着打下手。

开饭前，知青们坐在凳子上发呆，一动也不动，劳动一天下来，各人都觉得腿肚子又酸又疼又胀，几乎迈不开步子，实在太累了；肩膀被扁担压得红肿，碰一碰都感到酸痛难忍。大家心里都非常清楚，这样的磨炼才刚刚开头，将来还要坚持下去，接受再教育没有时间表。

"我建议晚饭后大家开个学习会如何？"南军生说。

"累死了，还学什么习！这是在北京啊？我看还是早点睡觉，养精蓄锐，明天继续抬泥才是正事。"看来时枫是真累了，说话不像平时那么神气。

"洗洗睡吧，你看我那棉衣棉裤浑身上下都是泥，大冬天怎么洗哟？"徐彬彬考虑更多的是眼前。

"刀不磨会生锈，人不学习思想会落后，我赞成学习。"刘红说。

"吃过饭早点开，开短会，男同学还要回库房休息呢！"苏琴琴不说不开，却不支持开长会。

"吃过饭就开，早点结束，我早困了！"时枫不耐烦地说。

吃罢晚饭，几个人就在丁家厨房内，开始了来到九龙口之后的第一次学习。

"报纸上说：要使全体青年懂得，我们的国家现在还是一个很穷的国家，并且不可能在短时间内根本改变这种状态，全靠青年和全体人民在几十年时间内，团结奋斗，用自己的双手创造出一个富强的国家。社会主义制度的建立给我们开辟了一条到达理想境界的道路，而理想境界的实现还要靠我们的辛勤劳动。"南军生是知青的头儿，他带领大家学习。

"苏琴琴！你听一听！"刘红见苏琴琴坐在墙角，眼皮发沉，想睡觉的样子，便拍了拍苏琴琴的臂膀。

"不少青年人由于缺少政治经验和社会生活经验，不善于把旧中国和新中国加以比较，不容易深切了解我国人民曾经怎样经历千辛万苦的斗争才摆脱了帝国主义和国民党反动派的压迫，而建立一个美好的社会主义社会要经过怎样的长时间的艰苦劳动。因此，需要在群众中间经常进行生动的、切实的教育，并且应当经常把发生的困难向他们做真实的说明，和他们一起研究如何解决困难的办法。"南军生继续读下去。

"上面说的句句都是真理，关键是我们头脑理解得不够深，辛勤劳动才能锻炼人，只有坚持下去，青年人才有光明前途！我不希望有退缩之人，更不愿狼狈地回京城。那样我们将一无是处！"刘红率先谈了自己的学习心得。

"是的，《钢铁是怎样炼成的》书中保尔·柯察金的成长道路告诉我们，一个人只有在革命的艰难困苦中战胜敌人也战胜自己，只有在把自己的追求和祖国、人民的利益联系在一起的时候，才会创造出奇迹，才会成长为钢铁战士。我们八个人就是一个战斗集体，不能在困难面前低头，不能当革命的逃兵！坚持就是胜利！"南军生鼓励大家。

"上山下乡，插队劳动，锻炼自己，我们当初就是抱着这样的决心来的。没想到会这样艰苦，累死个人，我确实承受不了！"半天未开口的苏琴琴突然激动地说。

"当年邢燕子、董加耕志愿到农村去当新一代农民，知识青年不通过劳动如何来磨炼？不过艰苦日子又怎能向贫下中农学习？"刘红抢过话头。

"通过学习，大家可以想一想，建议抽空写一篇学习心得，谈谈接受贫下中农再教育的体会，怎样？"南军生最后说。

"行！我困了，还是先睡觉吧！"时枫有气无力地说。

第六章

当家才知盐米贵，出门才晓路难行。

打铁的要自己把钳，种地的要自己下田。

——民间谚语

一

一连几天抬下来，知青们个个疲惫不堪，浑身酸软无力，两条腿老是跟头脑较劲，身体承受力几乎到达极限。

"凤琴队长，挖淤泥呀？"岸上传来问话声。

"哟！是周书记来了！"丁凤琴正在挖淤泥，闻声抬头一看。

"北京的知青都来了吧？"周成华书记问。

"来了！他们都已经抬好几天淤泥了！喏！在那边呢！南军生！大队周书记看你们来了！"丁凤琴喊道。

"周书记好！"南军生见到周书记，礼貌地打着招呼。

"哦！这就参加队里劳动了，不简单！"周书记夸道。

"接受贫下中农再教育嘛，就是得抢时间！"刘红一边放开布兜，一边回头说。

"好！不愧是从首都来的知青，就是不一样。有志向、有抱负、有干劲！"周书记伸起大拇指。

"周书记来了？"吴队长从水塘对面赶过来，掏出烟荷包让周书记卷："亲戚从郯城带来二斤红花埠大紫柳，软和平正又不冲嗓子，你卷一袋尝尝！"吴队长和周书记一屁股坐在雪地上，卷起了旱烟。

"唔！确实不孬，比我们当地土烟叶好多了！那鲁南土质就适合长大紫柳，专赚苏北老烟民钱。以林，你用老墙土种点试试，种好了我们推广推广。"周书记滋滋咂咂连抽了几口，呼出一口气。

"哈哈！种烟叶子？试试就试试，多大点事唷？我有周书记当后台，不怕！"吴队长笑着说。

"以林啊！这两天我一直在公社开会，趁下午我到各队看看知青安置情况。咱大队一下子分来六十多，有北京的、南京的、淮阴的，还有沭阳县城的。时间太紧，住、吃都是问题。上面要求把安置知青当作任务来完成，压力太大了！老战友啊，炸碉堡又让咱们班上了！"周书记说。

"是啊，老班长！有你指挥，我吴以林抱炸药包上，认死不说孬话！北京派来的知识青年我已经安置好了：三个女的住丁凤琴家，五个男的暂时住在库房，吃饭在凤琴家代伙。"吴队长详细汇报了知青安置情况。

"可！以林办事就是宜当，我放心。我再分几个沭阳县城来的知青给你，怎样？"周书记用商量的口气问。

"不要了！不要了！就这八个人，都差点要了我的命，多一个我也不能要了！"吴队长连连摆手。

"你不想多要啊？以后知青可都是壮劳力哟！"周书记知道，要想把这六十多名知识青年妥善安置下去，谈何容易！他还得到各生产队去走走，多做做动员工作。

"我说书记大人啊，他就是比王大锹还厉害，我也不要了，实在没有办法！"吴队长知道生产队条件太差，不得不拒绝。

"我说以林啊，等有一天他们个个锻炼成钢，你一个都舍不得撒手！不过现在呢，这些知青年龄小，不像我们当年参军打仗，有口饱饭吃就行。他们都是在父母身边长大的，娇生惯养，缺少磨炼，也缺少社会经验。你们在妥善安置的同时，还要做好思想工作，让他们安心在这里锻炼。好了，我再到七队去看看！"周书记站起身来，拍拍屁股上的残雪。

"放心吧，书记！我吴以林还能不替你架势啊？你等等，我去逮几条鱼给你拎着！"吴队长说。

"拉倒吧！我提着鱼到七队八队转悠，社员肯定要骂我周成华多吃多占贪污腐败了！"周书记连连摆手。

"哈哈哈，那我晚上送你家去！"

二

收工后，南军生他们拖着沉重的双腿，踉踉跄跄回到住处。一连三天抬淤泥，累得他们饭都不想吃，就想躺在铺上伸伸腿、直直腰，好好养养精神。

库房里的那股味儿依然存在，只不过大家已经习惯了，似乎不再那么难以忍受。几个家伙一个个斜躺在卷起来的铺盖上，闭着眼，一动也不想动。

歇了半晌，南军生才有气无力自言自语地说："为什么咱们几个干点活儿就累，人家那些大姑娘小媳妇儿就不嫌累呢？"

"就是，"时枫搭上话茬，"我本来觉得我力气还是可以的。你们说，我在学校时，哪次拔河比赛不是我打头阵？咋抬点淤泥就把我累得跟孙子似的？咱们互相按摩按摩，放松一下怎样？来，华子，我先给你按按。"

"老时你心真够大的！都累成这个样子了，还按摩享受！来，我先给你按按。"方华一边说，一边坐起身，拽过时枫一条腿，就准备给他按摩。

方华刚用手捏一下时枫的小腿肚子，那时枫便"哎哟"一声大叫起来："——疼死我了，疼死我了！华子你丫少使点劲儿！"

"我根本就没用劲儿，瞧你嚷成这样——你腿肚子咋硬得像一块铁？"方华说道。

"不会吧？我试试。"时枫爬起来，伸手一摸自己的小腿，"我的个妈耶，还真是！完了完了完了！"

"躺下别动，让你看看你华哥的手艺！"方华一边笑着，一边对时枫说道，"我要不替你归置归置，你这两条腿就算废了，媳妇儿也别想娶到！"

"咋样老时，不好受吧？"南军生躺在铺上大笑起来。

"丫就是受罪的命！"徐彬彬说道，"疲劳是身体的一种自我保护机制，适应一段时间就好了。"

一群青年人说说笑笑，艰苦的劳动没有摧垮他们的精神和肉体，依然活跃着革命乐观主义气氛。

"军生，我帮你按摩。"徐彬彬爬起来，坐到南军生身边。

"按按就按按，咱也尝尝是啥滋味儿！"南军生伸直了腿，"彬子，下点功夫，不能偷工减料啊！"

"赌好吧！哥哥！"徐彬彬假模假式地搓搓手，还"呱唧呱唧"拍了几下巴掌，乐呵呵地说道。

"啊呦——嗬！"南军生吸着凉气儿，"又酸又疼还胀！"

徐彬彬和方华两人又是按、又是捏、又是捶，时枫和南军生开始时有点不适应，摆弄了一阵子后，渐渐放松起来，两只眼睛又涩又沉，竟然昏昏睡去。等时枫和南军生醒过来，又帮徐彬彬和方华二人按摩。这一阵子折腾，少说有两三个小时，总算有点回过劲来了。

"想起来了！"南军生突然说道："腰酸背痛还能扛得住，肩膀疼实在吃不消。我看咱们一人做一副垫肩吧？"

"啥是垫肩？"徐彬彬不解地问。

"我知道！"时枫说道，"我爸在部队时当过机枪手。他老人家说过，一挺机关枪，头二十斤重，一扛就是几十里，他们就有垫肩垫着，不然的话，不但磨破肩膀，也磨坏衣服——就是不知道是什么样子。"

"我知道，跟围脖差不多，外面是层布，里面是棉花。"南军生找出钢笔，在纸上画了个大致的样子。

几个人说干就干，方华有个旧的被单，正好用上，裁四副垫肩都有富余；没有棉花，各人把褥子从一头撕开，揭下一层来，将就够用。材料有了，可就是没有缝垫肩的针线，也不会用。咋办？他们只好去请凤琴姐帮忙了。

夜幕降临，村庄里漆黑一片。九龙河边"哗啦哗啦"的戽水响声一刻也没停，男社员们歇人不歇笆斗，加班加点戽水，只盼着早点起鱼起藕。

丁凤琴家的油灯仍然亮着。从窗户向里面望去，她正在灯下为知青们缝着垫肩。除了几个男知青，她还特地找了点旧花布，准备给女知青们也一人做一副。

三

这边丁凤琴忙着做垫肩，那壁厢刘红却睡不着，心里想的事情很多，尤其是她和南军生之间的关系，更让她思绪翻翻。

自打上小学起，刘红就与南军生是同班同学。上初中后，又在一个班，而且是同桌。刘红出身工人家庭，在北京的胡同里长大，说话直来直去，办事雷厉风行，思想活跃而又敢作敢为，拐弯抹角的事儿她不会，方就是方，圆就是圆。南军生的性子正好与她相反：冷静、沉着、稳重，遇事爱动脑筋，事情没考虑成熟时，从不乱表态；一旦考虑成熟，便义无反顾地去做。所以，在小的时候，刘红老说南军生做事磨唧，没个男子汉的样儿，因此也就没少欺侮他。南军生斗不过她，只能忍气吞声，任由刘红折腾。

女孩子懂事早。随着年龄增长，朦朦胧胧中，她对南军生产生了一种莫名的好感，而且越来越强烈。大胆的她竟然悄悄地在南军生书包里塞上"我喜欢你"的小纸条，谁知南军生这个"死心眼儿"，竟然在"我喜欢你"后面添上"书包的颜色"几个字，气得刘红照南军生的后背狠狠捶了几拳，好多天不搭理他。偏偏冤家路窄，进了高中，两人又在一班，那时的他们都已经是朝气蓬勃的青年了，互相都有了爱慕之心，只是忙于学习，谁也没有去捅破这层窗户纸，免得影响前途。

所以说，几个人当中，刘红和其他人只是普通同学，而和南军生则是"发小"，关系不同一般。

高中刚上一年，南军生和刘红他们一起，到延安、韶山、井冈山等革命圣地串联，或乘车、或步行，长途跋涉途中，他们互相关心、互相爱护、互相帮助，成为同一战壕里关系密切的革命战友。

后来，因为一些事情，刘红对南军生的态度发生了微妙的变化，不知不觉间渐渐疏远了他。

让刘红万万没料到的是，这次来江苏沭阳插队，竟然又和南军生分到了一起，或许，这就是天意？身居他乡的孤独中，刘红忽然对这位发小产生了一种特别的依恋。有了他，心灵就有了安顿的地方，也是有了停靠的港湾。尽管劳动如此辛苦，但她依然感到幸福，心里有一种踏踏实实的安全感。

隔壁人家的公鸡开始叫头遍时，她才带着万千思绪静静睡去。

四

"咚咚！咚咚！"一阵急促敲门声，把熟睡的南军生惊醒。

"谁呀？"南军生问。

"南军生，快起来！出大事了！"门外传来刘红的声音。

"咋了，大清早一惊一乍的！"

"顾小雨和苏琴琴两人不见了！"

"啥?!"

屋里人一听，急忙穿衣服，南军生不等棉袄扣子扣好，便赤着脚下地打开门栓。

"怎么回事？"南军生一见刘红，急忙问道。

"天蒙蒙亮时，我睡得迷迷糊糊的，听见顾小雨和苏琴琴两人出门，以为她们是上厕所，也没在意。等我起床后一看，她们的铺空了，到处找都没找到！"刘红火急火燎地告诉大家。

南军生定了定神，说道："她们是不是看风景去了？刘红你别着急。你和凤琴姐、吴哥带人村前村后去找，问问有人见过她俩没有。快去！半小时之内回来给信！"

"老时、华子、彬子、淮海，你们在这儿暂且别动，哪儿也不要去，做好分头去找的准备。我现在就去报告吴队长！"

南军生正准备去找吴以林，正巧吴队长和丁凤琴两人过来了，大家一碰头，吴队长决定，丁凤琴路熟，让她先带知青分头去村里村外找。

不多时，丁凤琴、刘红她们回来了，说打听了很多人，都没看到。

没找到人，吴以林头脑里"嗡"的一声就炸了：这还得了！要是出了事，我吴以林罪过就大了！

第七章

久住坡，不嫌陡。

人怕没志，树怕没皮。

——民间谚语

一

苏琴琴和顾小雨不见了，四下寻找无果，众人都意识到问题的严重性，不由得心惊肉跳。

"凤琴，你赶快替我去向周书记报告！我和吴旭、南军生几人现在就去公社汽车站，怕就怕她们受不了累，不声不响走了。她们人生地不熟的，出了纰漏怎弄！"吴队长心急如焚，带着几个人，踏着半尺深的雪，急匆匆往公社汽车站赶去。

到了沂北公社汽车站，四处寻找也没发现她俩的身影。车站顾站长告诉他们，第一班车没停；第二班仅上去三个人，都是男的，不是女知青。只有看下午一点半和三点半两班车了。

汽车站没有，她们会不会拦顺便车去了沭阳县城汽车站？或者直接去了新沂火车站？吴以林想到这里，顿时头皮发麻，赶紧和南军生商量，让吴旭和徐彬彬、江淮海去沭阳县城找，自己和南军生、时枫去新沂找。南军生说行，这样比较稳妥。

却说吴以林三人拦下一辆路过的大货车，好说歹说，人家才答应把他们带到新沂。他们赶到新沂火车站，候车室里没有她们俩。南军生询问售票处，售票员告诉他，小站没有直达北京的车次，只有到徐州或者连云港的区间车。上午去徐州的一班已开出，下一班要到下午五时。

事到如今，吴以林已经没有一点门子了，他站在车站广场上，一支接着一支抽烟，半晌才问南军生："你看这事情怎么弄？"

南军生说："吴队长别着急。从目前的情况分析来看，她们俩肯定没从沂北公社乘车离开。万一她俩去了沭阳县城呢？这也不是没有可能。新沂这边，我们就在火车站死守，等下午五点那班车。她俩也不是小孩子，不会出什么大事的。"

"要是还没有呢？"

"要是还没有，只有两个办法：一是打电报去北京她们家里问，二是向上级报警。这事情太大，不能隐瞒！"

"也只能如此了。"吴以林叹口气，"我们几人再到新沂街头找找吧，万一她们要是在城里转转呢？"

大家想想也是，于是，几个人一起，就在新沂大街小巷苦苦寻找。好在那时候的新沂县城并不算大，商店、饭店、理发店、旅社，个把小时，就找得差不多了。凡是大家认为她俩能去的地方都找过了，结果还是不见踪影。

放下南军生、吴旭他们分头寻找不提，虞家湾那边也早就乱成了一锅粥，周书记深感事关重大，一边安排人在虞家湾周边拉网般地仔细寻找，一边打电话向公社司书记做了汇报。司书记不敢怠慢，又向县里做了汇报，并指定王秘书带人四下去找。

"当初来时都是自愿申请，参加劳动锻炼也是自己要求的，吃了一点苦，就当逃兵！"对顾小雨、苏琴琴两人的无组织无纪律行为，刘红气得要死。

"我不相信她俩会背叛我们，自己跑了。如果回北京，她俩什么东西都没带，顾小雨的画板，苏琴琴的小提琴，都是她们心爱的东西，难道就扔了不要？"方华提出异议。

"什么人嘛！惊动这么多人找！"刘红心里那股气还是没消。

顾小雨，苏琴琴，你们在哪里？

二

新沂、沭阳都没找到，吴以林、吴旭他们两路人马都筋疲力尽地回到了九龙口。

北京那边，苏琴琴的父亲苏里接到一封加急电报，令这位京城解放军空军高级军官吃惊不小。女儿高高兴兴去苏北插队，怎么就和同学顾小雨失踪了？这封电报是南军生发的，苏里细细揣摩着电报内容：

苏琴琴和同学顾小雨外出未归，是否回京？甚念。盼复。

南军生

如果苏琴琴遇到不测或意外，但她和同学顾小雨是两个人，这种情况不大可能存在。肯定是她们嫌劳动辛苦了，思想动摇，开了小差。

苏里气得脸色铁青，给夫人李琼打电话，要她回来处理这件事情。他自己近期很忙，部队战备任务很重，一点空闲没有。夫人所在幼儿园已放假，希望她多关心一下女儿。

苏里的夫人李琼是空军某部后勤上的幼儿园主任，听说女儿不知去向，心中又气又急："这个死丫头，真不省心，她八成要偷偷溜回来。现在我也忙着，幼儿园老师们正在排练节目，准备迎接'九大'的召开，脱不开身，先等等再说。"

苏里老家山西，也是老革命，年轻时参加过抗日决死队，一路枪林弹雨冲杀过来。解放战争大军南下后，才和李琼结婚成家。李琼那时还是个中学生，崇拜解放军，便和比她大十几岁的苏里结了婚。苏琴琴上山下乡离开家后，李琼就坐立不安，整天跟丢了魂似的。女儿是母亲的心头肉，小小年纪去苏北农村插队，疼爱、焦虑、牵挂之心一直放不下来。现在苏琴琴失踪了，她能不愁？李琼考虑再三，决定抽空给顾小雨的母亲打电话问问情况。顾小雨的母亲也收到了南军生的电报，正一筹莫展的她无疑像遇见了大救星。她相信，凭李琼的能力和关系，肯定能找到自己的女儿。

连续三天过去了，苏琴琴和顾小雨还是杳无音讯。在顾小雨的母亲的鼓动下，李琼决定找苏里从前的老部下、苏北某军分区的徐政委，请他帮助查找女儿下落。于是，她拿起了苏里桌上的内线电话。

刚准备打电话，只听一阵门铃声响，"谁呀？"楼下的保姆刘妈打开院门，苏琴琴和顾小雨两人跌跌撞撞走了进来。

李琼急忙下楼，苏琴琴一见，大喊一声："妈！"

"我的宝贝儿！"李琼见到女儿，心中一块石头陡然间落了地，一把抱住苏琴琴，眼泪唰唰往下流。

"妈，我饿！"苏琴琴娇滴滴地说道。

"刘妈赶快做饭吃！"李琼急忙吩咐。

不一会儿，饭做好了。大米饭、红烧肉，苏琴琴和顾小雨两人狼吞虎咽，大吃起来。李琼在边上看着，心中难受，盘算着，看来孩子在农村受苦不少，这次回来，还放不放她走？

晚上苏里回家，一见到苏琴琴，劈头盖脸就是一顿狠训，责令她在家稍作休息，赶快返回苏北——

"你是军人的女儿，军人的女儿开小差，是不是影响极坏？你要是军人，这么做就是战场上的逃兵，轻则关禁闭，重则枪毙！"苏里钢炮连珠，对女儿一点也不留情。

李琼知道苏里的脾气，北方人性如烈火，哪里还敢插嘴？只听苏里继续训道："琴琴你想想，其他知青都拼死拼活坚守阵地，你俩却临阵脱逃，成什么样子啦？！赶快给我回去，不锻炼出个人样儿，别回来见我！"

苏琴琴原以为回家后向父母倒倒苦水、撒撒娇，就能获得父母同情，争取留下来。谁知事与愿违，受到爸爸严厉批评，没有一点含糊。苏琴琴思来想去，觉得生在这个家庭，就得服从这个道理，没有其他选择，必须重返农村。

李琼理解丈夫对琴琴的严格要求，毕竟自己也是一名军人，再舍不得，也只能忍痛割爱。多少年了，都是这样，她不禁深深地叹了一口气。

三

就在大家兴师动众苦苦寻找苏琴琴和顾小雨时，南军生接到李琼的电报，告知苏琴琴和顾小雨即日从北京返回九龙口。大家终于松了口气。

南军生一秒钟都不敢耽误，急忙向吴队长汇报；吴队长急忙向周书记汇报；周书记急忙赶到大队部，用电话向司书记汇报；司书记如释重负，立即向县里汇报。这几天上上下下都在忙着安置插队知青，紧要关头，虞

家湾大队竟然失踪两名女知青。此事非同小可，万一两人真的出事，自己就是有十个头都不够砍的！

众人为何死活找不到苏琴琴和顾小雨呢？原来，她俩根本没有到沂北公社汽车站和新沂火车站，而是步行几个小时来到县城。在东风浴室洗浴后，然后坐汽车到南京，再从南京乘火车去了北京。

这个迷藏捉得有点过分！

一辆军用吉普车在通往九龙口的土路上颠簸着行驶，车上坐着李琼、苏琴琴和顾小雨，随行副驾驶上坐着某军分区司令部的刘参谋。

苏里要妻子来苏北，亲自把女儿苏琴琴和顾小雨送到九龙口，一是赔礼道歉，二是做检讨，看在孩子年少无知的分上，请地方党委、政府和贫下中农们多多批评谅解，让她们在这里踏踏实实锻炼成长。

令苏里没想到的是，这李琼竟然背着他，给老战友徐政委打电话，徐政委安排专车接送李琼。后来苏里得知消息，大发雷霆，战备紧张时刻，擅自动用军车办私事，错误十分严重。苏里要求李琼向组织做出深刻检讨，并责成她向军分区汇了汽油费。

小小九龙口村，破天荒来了一辆军用吉普，令全大队的老百姓都感到惊奇，男女老少纷至沓来，围着观看。

"苏琴琴和顾小雨回来了！"

"哎哟！还有一名女解放军！"

"女解放军还是四个口袋，肯定是军官！她是谁呀？"

说话间，从车里下来李琼、苏琴琴、顾小雨和刘参谋，正在劳动的吴以林、南军生等围上去热情招呼，苏琴琴顾小雨归队了。

直到此时，大伙儿才知道，知青苏琴琴的父母是部队大官！身穿军装的李琼见到女儿插队的生产队指导员，向他敬了一个军礼。

吴队长也是当过兵的人，急忙立正敬礼，说道："报告首长！我是九龙口生产队政治指导员吴以林！我们没有照顾好苏琴琴和顾小雨，让您费心了，请指示！"

吴以林虽然打过火线，冲锋陷阵不怕，但第一次和女军官交谈，心里还是有些紧张。

"吴指导员！苏琴琴和同学们都是来锻炼的，我没教育好女儿，给你们添了麻烦，非常抱歉！她爸爸请求你们严格要求苏琴琴，不要搞特殊，劳动、生活和大家都一个样！"李琼对吴以林说。

"是！首长！"

"琴琴！小雨！"丁凤琴闻讯从田里赶来。

"凤姐！"苏琴琴和顾小雨激动地拥抱着伸出双手的丁凤琴，泪流满面。知青们与丁凤琴一家朝夕相处，虽然时间不长，却结下了深厚的感情。在远离家乡远离亲人的情况下，丁凤琴家成了知青们的家，凤琴姐也俨然成了自己的亲姐姐。见面之后，丁凤琴什么都没说，只是"哗哗"流眼泪，她心中多日来的牵挂、气恼和着急，顿时化为乌有，一切都烟消云散了。

不过，在南军生和刘红心里，这事儿还没完。牵动了上上下下这么多人，道个歉就拉倒了？如果大家今后都这样，想来就来，想走就走，还锻炼个什么？！

四

多日来的辛苦终于有了回报，九龙河水渐渐见底，全庄男女老少都集中到九龙河岸堤，每个人的脸上挂着丰收的喜悦，笑逐颜开地观看集体起鱼的场景。

顾小雨也和知青们一起来到河堤上，望着九龙河，不时指指点点，她被这欢快的场景感染着，恨不能架起画板画几幅速写出来。南军生暗中瞟了顾小雨一眼，见她正陶醉在九龙河的热烈气氛中，心中有了一丝慰藉。

对于顾小雨和苏琴琴私自回京这件事，他早就想开个会，让她俩好好检讨一番，也给其他人敲个警钟。但考虑到她俩的情绪刚刚稳定下来，就暗自盘算，先把这事放一放，过一段时间再说。

"孩子们！看过戽鱼吗？"吴队长脚穿水靴，肩扛铁铲走过来。

"队长，我看过钓鱼、网鱼，戽鱼这种捕鱼方式，我还是第一次看到，太让人兴奋了！"苏琴琴脸露笑容。

"就是竭泽而渔。"徐彬彬随口说了一句，吴队长没听懂，转头对顾小雨说："顾小雨，听说你是位小画家，我们农民也要有文化，怎么样？把这起鱼的场景画下来？"

"成啊，没问题！"顾小雨感到有点意外，没想到吴队长一个老农民，竟然还是个挺有生活情趣的人。

九龙河水被戽得越来越少，现出的鱼儿越来越多，银色的鲫鱼，黑色的乌鱼，洁白的草鱼，红彤彤的鲤鱼，金黄的昂针鱼，五颜六色，煞是好看。但鱼很快就被泥水包裹，成了一条条黑褐色的泥鱼。缺了水的鱼儿们显然再无法跳跃，只能竭力扭动着身躯，"啪啪"乱蹦乱扎乱拱。泥鳅们弯弯曲曲穿行着，甲鱼在泥浆间爬来爬去，就连岸上的小狗也掩饰不住兴奋，跑来跑去撒着欢儿，对着河里的鱼"汪汪"叫唤。

男人们穿着大裤衩和单褂，袖子卷起来，在吴队长的指挥下，先起鱼。不论大小，统统逮上来。起鱼的人们，有的在身边放一只柳条筐，有的放一只笆斗，逮到大家伙时，就直接扔上岸。每扔一次，都会引起岸边人们的一阵喝彩与骚动。人们望着河里成群结队的大大小小的鱼儿，不时指东指西，大呼小叫地提醒着在河里逮鱼的人们："这儿呢！瞧你那眼，长裤裆里去啦?！这儿呢！那边！那边！你个笨蛋——这边！"

无论河里还是岸边，满满的都是激动和欢乐！

逮完了鱼，再接着戽藕。戽藕也是个技术活儿。在行的，能把很长的藕完整地取上来而不会折断；外行的，很难找到藕，就是找到，也很难把藕完整地取上来，动不动就断成几截，淤泥灌进去，不好洗。

起出来的鱼和藕都集中在河岸上，分别按照大、中、小分开，全队不分男女老少，连知青在内，人人有份儿。只撮堆儿，不过秤。参加戽水的老少爷们，另有一份馈赠。吴以林长期主持生产队工作，对于分配物资这种事情，驾轻就熟，没有人说他不公道。

知青们这顿晚饭可真够奢侈的，因为他们也和社员一样，分到了这么多鱼。来到九龙口快两个月了，这还是第一次见到荤腥！大家在丁凤琴的指挥下，洗鱼、刮鳞、剖鱼、撒盐、装缸，一个个忙得不可开交。

"大的腌起来，留春节和节后慢慢吃；小的吃了。今天晚上，咱们吃小鱼锅贴！"丁凤琴卷起袖口，围着围裙，兴奋地对大家说。

"哎！谁干不下去走了，就别享受到腌鱼了！"徐彬彬随口说道，可说完又觉得不合适，有点后悔，因为这话会伤害到顾小雨和苏琴琴的自尊心。他左右看了看，扮了个鬼脸，伸出舌头，幸好两人不在场。

"说谁享受不到腌鱼啊？"门口传来周成华书记的说话声。

"哟！书记来了！"

周成华笑呵呵地从门外进来，后面跟着吴以林队长、徐维高会计、周成富副队长，连记工员徐士成也来了。徐会计手里提着两瓶高粱酒，吴旭打眼一瞧，正是上次他揣走的那两瓶！

丁凤琴闻声，从厨房走出来，笑呵呵地说道："周书记，今晚什么风把你刮来了？"

"是这样子的，"周书记说，"按道理，我们大小队早就应该给北京来的知青接风洗尘了，但这段时间实在太忙，抽不出时间。今天上午，公社司书记来电话，本来要和李主任、王秘书一起来我们大队，慰问新来的知青，他们已经跑了几个大队，因为下雪，路不好走，就委托我和以林、维高、成富他们，陪知青同志们吃顿饭。春节马上就要到了，一来表示慰问，二来也是表示道歉。安置上、劳动上、生活上，到与不到的，请大家多多谅解！"

周书记这几句话真有水平，说得南军生他们心里暖洋洋的，就差热泪盈眶了。

"好啊周书记，这阵子不见你来，是不是成天忙开宝啊？"丁凤琴笑着问。

"也想开两宝的，实在没有时间！凤琴，这顿饭钱算我们大队的啊！"周书记笑眯眯地说。

"瞧书记说的！一顿饭算个啥？你们先坐坐，我拾掇菜，今晚好好喝两盅！"说罢，丁凤琴就往厨房走去。

不多时，菜就备齐了，四冷四热，摆上桌来。

四个冷盘：炝芫荽、炝萝卜丝、油炸花生米、油炸小鱼。四个热菜：烧豆腐、烧千张、烧鸡蛋糕、红烧小杂鱼。

"周书记、吴队长、徐会计、周队长、士成、南军生你们都过来坐，周书记和吴队长坐上首！"吴旭热情地招呼大家。

沭阳这边深受齐鲁文化影响，就连吃饭的座次都很有讲究，不是胡乱坐的。南军生他们在吴旭的安排下坐了下来。一顿由大队党支部书记和生产队"三大员"参加的、慰问知青的晚宴就这样开始了。

前三杯过后，就是分头碰杯，周书记和生产队干部分别向知青们碰杯敬酒，两瓶高粱酒没多会儿就差不多见底了。让周书记和吴队长他们没想到的是，北京几个知青，不分男女，个个都能喝，就连文质彬彬的顾小雨、徐彬彬都是一口一干，绝不推杯！眼看酒要有点"塌场"，时枫说："我出去一下。"不一会儿，他拎了两瓶酒进来，往桌上一蹾，说道："这是正宗的牛栏山二锅头！大伙儿尝尝！"

北京来的酒，不喝白不喝，倒上！

"好家伙！度数不低，有点杠！多少度？"号称"大酒缸"的周成富问道。

"60 度。北京的酒，度数最低的 55 度，再低了没人喝。我爸平时都喝 65 度的。"时枫回答说。

知青们向大小队干部，向吴旭、丁凤琴两口子轮流敬酒，感谢他们的关心和照顾，也感谢他们的理解和宽容，觥筹交错之间，人们的感情在逐步加深。

那天晚上，沭阳人算是第一次见识了北方孩子的酒量。知青们还跟没事人似的，周书记和吴队长他们一个个早都高爽爽的了……

第八章

谷要自长，人要自强。

有山必有路，有水必有渡。

——民间谚语

一

断断续续又下了两天雪，知青们休整了两天，除了吃饭，就是躺在地铺上闲聊。

连续多天抬淤泥，把南军生累得实在够呛，真想倒下头来，昏天黑地睡他三天！直到此时，他才从内心里理解了苏琴琴和顾小雨为什么会私自跑回北京，说实话，别说是女孩子，就是他们男生，不也照样累得七死八活找不到北吗？前些日子他还想开个会，好好教育教育苏琴琴和顾小雨，帮助她们提高思想觉悟，让她们做个检讨，现在想想，算了吧，别整这些不靠谱的事儿了。人同此心，心同此理，还是同舟共济，团结起来向前看更现实点儿。

躺在地铺上，南军生两眼直勾勾地望着屋笆，想起父亲曾经说过，他是十六七岁参加革命的，也是这个懵里懵懂的年龄，却把脑袋掖在裤腰带上，南征北战、出生入死。为什么老爸当年能扛得住，而自己却有点扛不住了？只听说枪子儿能打死人，没听说干农活累死人的！南军生心里清楚，来到九龙口，不过是万里长征刚跨出第一步，今后的路还很长，无论多么艰苦，都得咬紧牙关挺住，不能当逃兵，更不能给老一辈丢脸。

想到这里，南军生想给爸妈写封信，把来到沭阳后的生活、劳动情况告诉他们，让他们放心。

想到这里，南军生一骨碌爬起来，找出纸笔，把被子叠好，当作写字

台用。信怎么写呢？他仔细想了想，不能过多地描述沭阳农村的贫穷、落后与艰苦，要是那样写，只会徒增父母的担忧。把这些问题都想清楚了，南军生才开始落笔——

爸爸妈妈：

　　你们好！我们来到沭阳县虞家湾大队已经有一个多月，在这里接受贫下中农再教育，收获很大，学到了他们思想政治上的坚定，一颗红心永向党，全心全意学大寨，为社会主义建设事业做贡献。社员们淳朴、忠厚、友爱，待我们知识青年如同亲人，手把手教我们神田，大家积极参加队里的生产劳动，各人进步都很大。我们已经适应了这里的气候和环境。苏北气温比北京高点儿，大家是集体伙食，男女分住两处地方，粮食暂时由公社粮食所供应，主要品种为面粉和大米。生产队提供灶草，安排妇女队长为我们做饭。开春后，生产队还要为我们盖新房。总之，我在这边一切都好，请勿挂念！我已经下定了决心，要在这里磨炼革命意志，克服种种困难，扎根农村，为革命事业做贡献。

　　春节快到了，提前祝二老节日愉快！

儿子：军生
1969 年 2 月 6 日于九龙口

　　写完这一切，他又仔仔细细一字一句斟酌了一遍，觉得没有什么问题了，才把信封封上口，贴上邮票。

　　"军生，给我一枚信封和邮票，我也给家里写封信。"

　　"也给我信封和邮票，我也写封信。"

　　大家纷纷伸过手来要信封和邮票。

　　受南军生的影响，方华、徐彬彬、时枫、江淮海他们才想起也得给家里写信，汇报下乡这段时间的劳动和生活情况。

　　南军生抬起头来，见大家都在写信，便递给每人一枚信封和邮票。他下乡前就想到这些，信笺信封和邮票都带齐了。那年头，主要的通讯方式就是写信，十分紧急的事才去公社邮电局发电报、打电话，而这些都是奢侈的通信方式。

"烽火连三月，家书抵万金。"南军生一边粘着信封口，一边自言自语。

"国破山河在，城春草木深。"徐彬彬接过话头，接着背诵道，"感时花溅泪，恨别鸟惊心。烽火连三月，家书抵万金。白头搔更短，浑欲不胜簪。"

"这是谁的诗？"时枫问。

"杜甫的。"

徐彬彬出身普通职工家庭。家里虽然说不上富裕，但也是衣食无忧。自出生那天起，就从未离开过父母，进幼儿园、入小学、上中学，都在北京城。

徐彬彬爱读书、爱思考，平时话也不多，来到九龙口之后，他发现这里很少有人谈政治。他曾经问过吴队长，吴队长说，农村不像你们城市。城里人闹，有人给发工资，不缺吃喝；农村地里长不出庄稼，就得饿肚子。抓革命，促生产，抓生产就是抓革命！多打粮食就是为革命做贡献，填饱肚子就是最大的政治！

这话说得确实有点意思，徐彬彬琢磨了好多天，再看看身边的社员，一门心思埋头搞生产，头脑里就是怎么多挣点工分，把家里的小日子过好，外面的事儿他们不懂，也不想懂。知识青年到农村来，接受贫下中农再教育。他们将学习农民什么呢？或许，贫下中农们才是真正的唯物主义者？

徐彬彬心中有些纳闷，一连好多天，把脑仁儿都绕得疼，也没绕出个所以然来。

二

写完信，几个人便躺在被窝卷上扯闲淡，方华时不时伸手到后脊梁和胳肢窝里胡抓乱挠，南军生问道："华子，你抓挠什么呢？"

"痒痒！彬子，过来帮我挠挠！"方华说道。

"我也总觉得有点不对劲，老觉得有什么东西在身上爬。"时枫从被窝里坐起来，他边脱毛衣边说："彬子，电筒借我使使！"

徐彬彬从枕头边拿过手电筒，递给时枫。时枫脱了个光膀子，披着棉袄，把毛衣和衬衣脱下来仔细翻找着，找着找着，突然大叫起来："大伙都来瞅瞅，衣服里头有虫子，丫肚子鼓鼓的，还爬得挺欢实！"时枫一惊一乍，像发现了"新大陆"。

南军生爬过来一看："是虱子！"他知道这种寄生虫，继续说道，"哥儿几个地铺上一起睡，咱们几人一个也跑不掉，都得有！这小东西传染快，大家都脱光了仔细找找，往后可要勤换衣服勤洗澡了！"南军生说。

"洗什么？这地方连个澡堂子都没有！"时枫几个人异口同声说道。

"等吴大爷来了，咱们打听打听，看哪儿有澡堂子，等哪天歇工，咱们一起洗洗澡去！"南军生安慰大家。

"等哪天回北京，我要带两只虱子献给动物园，就说是北京知青发现的珍稀动物。"时枫一本正经地调侃。

"哈哈！哈哈！"

……

九龙河的水荅干了，鱼也逮了，藕也吃了，剩下的就是把河里的淤泥弄上来。别小看这黑乎乎的淤泥，它可是树叶、杂草、残荷和各种微生物常年沤制成的天然上等肥料，用它来为麦苗施肥，春麦会得到充分的养料补充，为丰收奠定基础。向大自然要肥料，向大地要粮食，成为我国千百年来生态种植循环往复的不二选择。

趁着淤泥表层刚刚结冰，能站得住人，也趁着离"祭灶节"还有些日子，队里得抓紧时间把淤泥弄上来。否则，等到大家开始忙年，就没有工夫办这事儿了。

这回弄淤泥不同上回。上回是男人戽水女人抬泥，这次男女社员齐上阵，有一个算一个，谁也跑不掉。出淤泥是个重活儿，挖淤上淤的工作自然得由两只膀子有劲的男社员来干；女人臂力小，挖不动，负责抬；知青和臂力小的男社员也负责抬。抬淤泥要脚不停步，将淤泥送到 500 米开外的麦田中，倒下淤泥再返回。挖淤上淤的男人们仗着有把子力气，握把铁铲在河底挖淤泥，抽空还能抽袋烟，吹几句牛，开个玩笑。那抬泥的就得马不停蹄，来回走动。你不服还不行。不服，你来挖几下试试？

徐士成是记工员，这几年生产队一直在学习外面的先进记工方法，都换了好多回了，甚至还学过"八小时工作制"。这办法在城里行，到了乡下就不灵。今天，他又按照新学到的办法，换新花样。他掏出本本，对大家说：

"今天抬淤泥，咱们改变一下过去出工不出力的'大呼隆'老办法，学习大寨大队先进的管理办法，以趟数记工分，多劳多得，少劳少得，不劳不得，奖勤罚懒，男女同工同酬。"

"徐士成，你那头脑瓜子一天到晚就是琢磨怎么来折腾我们妇女！这回又耍什么花样？"丁凤琴不满地说。

"这回不是耍花样，是大寨先进经验，也是吴队长的要求。他今天去公社开会，临走时特地交代我的。"徐士成这话说得有劲：一是全国学大寨，你丁凤琴敢不学？二是把吴以林抬出来，队长的话你丁凤琴敢不听？

"吴队长怎么没跟我说？"丁凤琴反问道。

"他临走时还说，淤泥要抓紧挖，不然的话，雪再下大就前功尽弃了！"徐士成手里握着"尚方宝剑"，说起话来自然底气十足。

丁凤琴一边理开布兜，一边冷着脸说道："这里我说了算，老样子！上淤泥！"

"不按照新法子，你们干也是白干！"徐士成今天似乎也改了常，和丁凤琴较起了劲。

社员们见记工员和妇女队长意见不一致，心中有些犹豫。身体强壮的妇女愿意这样干：多劳多得，公平合理；但身体弱的妇女却不想改变老办法；丁凤琴身为妇女队长，当然要为妇女们说话，她坚持按照老办法干，不是自己干不过人家，而是因为有几个女社员怀孕，还有几个身上来例假坚持上工的。另外就是几名知青也是弱劳力。如果按照徐士成那一套，他们肯定吃不消。

两个干部意见不一致，到底听谁的？大家有些为难。

"就这样，开始！"徐士成下令。

徐士成一说，身体强壮的那些妇女马上行动起来，身体弱的男女社员则在犹豫不决。丁凤琴见状，心中恼火，冲徐士成吼道："把你家女人也喊来，我跟她抬！"

丁凤琴心中有数：徐士成老婆年纪轻轻的，按道理算一个整劳力，可

是徐士成却经常说她生病，动不动就告假，今天她理应来上工抬淤泥，却该来没来。

记工员和妇女队长因为怎么记工的事情发生冲突，南军生他们都看在眼里，也都明白丁凤琴的好意，但徐士成的记工方法也不能说没有道理——本来就应该按劳分配、同工同酬嘛！令丁凤琴没有想到的是，现在的知青已经不是刚到九龙口时的知青了，城里孩子的体质本来就好，再经过头两个月的高强度劳动锻炼，身子骨已经结实起来；另外，他们个个还都有一副垫肩，不怕压肩膀。抬淤泥这种劳动，对他们来说，已经不在话下。南军生平静地对丁凤琴说："丁姐，没事，就按照徐记工员说的办吧！"

丁凤琴说："南军生，你们行吗？"

"行，没事！"

"真没事？"

"真没事！"

"那好！"丁凤琴转向徐士成，"今天就按你说的办，记趟数得分。不过，这工分得由我来记，你来抬！"丁凤琴从徐士成手中抢过记分本，递给他一副布兜。

"这——不中吧？"徐士成没想到丁凤琴会来这一手。

"什么中不中的？来！上淤泥！"副队长周成富不问三七二十一，抢起铁锹，给他上了个满载。

"这样，"南军生说，"我跟徐记工员一副抬子吧。"

"士成！抬！你还能抬不过人家知青？"俗话说看二层不嫌局大，在场的男子汉们跟着起哄。

徐士成见南军生要和他一副抬子，心想：这不中，他个子太高，跟大洋马似的，我在前头吃亏，便拿眼睛把男知青扫了一遍，暗自盘算，得找个软柿子捏捏，便捡起扁担："抬就抬，我怕哪个啊？你个子高，我跟你一副抬子不得劲，要抬也得一个跟我差不多高的——江淮海，我俩一副抬子！"

众人见徐士成盯上江淮海，都明白这小子没安好心，也看出他是欺软怕硬，专拣软柿子捏的，令大伙儿没想到的是，汇淮海竟然丝毫不打怵，反而笑眯眯地应道："成！"

不管怎么说，徐士成是九龙口土生土长的庄稼汉，虽然平时干活不多，但力气还是有的。他本来是想拿江淮海来将丁凤琴和知青们一军，没想到白白净净文文雅雅的江淮海竟然一口答应了。徐士成心中暗喜，今天不露两手给他们看看，怎知道我徐士成也是马王爷三只眼！

徐士成个子矮，抬前头；江淮海稍微高一点，抬后头。布兜系子放正中间，公平合理。抬点淤泥，徐士成本来应该没有什么问题，千不该万不该，他不该早饭没吃饱，等十几趟抬下来，江淮海倒是面不改色，那徐士成的两条腿却渐渐发软，吭哧吭哧有点吃不消，于是说道："江淮海，歇歇！歇歇！"

"江淮海，看你把人累的，你去跟彬子抬，待徐哥歇会儿，我跟他俩抬！"时枫说道。

时枫长得五大三粗、皮糙肉厚，比江淮海结实多了，徐士成一见，要是跟时枫抬，自己会更吃亏，但到了这个份上，绝对不能装孬，只能硬撑着。

徐士成在上头喘息了半晌，副队长周成富在河底下催促道："士成，不能老是歇着，再歇天快黑了，快点抬啊！"

"不中！我再喘喘的！"

"士成，你快去看看，淤泥都倒在路边了，根本没倒在麦地里！"丁凤琴对徐士成说，"今天都是按你说的那样干的，数趟数就数趟数，倒淤泥的事该归你管吧！现在还要返工费事！你看怎么弄吧！"

"咹？还能这样子？我去看看！"徐士成好歹找到了一个借口，拍拍屁股跑了。

"学大寨学什么？学他们攻克虎头山、战天斗地思想，学他们艰苦奋斗的革命精神，不是要蛮干！把这些妇女都整垮了，谁给男人们洗衣做饭、生儿育女？到时候累垮两个，人家男人不把你狗皮扒了才怪！"丁凤琴的嘴巴跟小刀子似的，自顾自地说，徐士成呢？早跑得没影儿了。

这一切，南军山和知青们看在眼里，无法判断其中的对与错：丁凤琴的记工方法是维护体弱妇女和知青们的利益，没有什么不对；徐士成要实行的按劳分配记工方法，是社会主义的分配原则，本来就应该这样——可

是为什么会发生今天这样的冲突呢？这些实实在在的问题给他们上了一堂生动的社会实践课。

抬淤泥的事还没消停，又出事了。事情虽然不大，但足够闹心——几个女知青的牙刷牙膏丢了，死活找不到！

第九章

有志不在年高，无志空长百岁。

好汉凭志强，好马凭胆壮。

——民间谚语

一

刘红她们几个女知青放在窗台上的牙刷牙膏不见了，只剩下牙缸和一张做铺垫的报纸，几个人遍寻不见，心里有点着急。东西虽不值钱，但天天用得着，就是重新买，也要等到哪天歇工，才能去街上供销社买。没买来新的之前，几位姑娘就刷不成牙。

"肯定是被哪个促唠鬼摸去了。"丁凤琴心里有数。正好邻居四嫂赵菊花来串门，听说这事，随口说道："要想找到，没有好法子，只有骂庄！一骂就出来了！"

"骂?!"刘红愕然。

"骂人就能把东西骂出来了?"苏琴琴闻所未闻，不解地问。

"能！"

骂庄就是骂街，通过大声传告自己的损失，让众人知晓，再以骂人的方式，让被骂者感到丢人出丑，不得不交出所偷拿的物品。现在的苏北农村已经没有骂庄这种行为了，而当年的苏北农村一直沿袭着这种恶俗。骂庄的人都没有什么文化；骂出来的话低级、粗野、庸俗、下流，不堪入耳，他们以气急败坏、侵犯人格和揭露个人隐私的方式来达到目的，是农民在无能为力状态下处理问题的一种最为直接有效的办法。

"咋骂?"

"我骂两句给你们听听。"赵菊花清了清嗓子，攒足一口气，扯开嗓子大声骂道："全庄都给我听着！哪个孬种龟孙子，把人家知青牙刷牙膏偷去了……"

刘红见状，急忙阻止道："四嫂，算了算了，不能这样。不能因为一点小事，把全村的人都给得罪了。千万不能这样，明天上街去买吧。"

苏琴琴和顾小雨听四嫂一开骂，两人笑得肚子疼，上气不接下气地说："妈耶，这骂人跟唱歌似的！"

"那就这样算了？"四嫂问。

"算了。可是我搞不清楚，牙刷牙膏又不能吃，谁拿这个干什么？"

丁凤琴笑着说："你们来到九龙口也这么长时间了，除了我，还看到庄子上谁刷过牙了？"

知青们仔细一想，还真是，苏琴琴问道："这东西又不值钱，为什么不刷牙？"

丁凤琴说，不是钱的事，是老百姓没有讲卫生的习惯。

"我们庄上这些老百姓，那牙黄彤彤，跟啃过砂礓似的，刷也没用处！"四嫂说话，就喜欢捣实锤。

"你们知青来了，教农民个人卫生习惯带了头。"丁凤琴说。

"会吗？"

"肯定会！"

下午四五点钟的时候，知青们正在丁凤琴家吃晚饭，吴以林来了。丁凤琴一见，赶紧招呼："吴队长！正好赶上吃饭，兴一起吃点儿吧！"

"你们快吃吧！我吃过了！"吴队长摆了摆手，转身找个木墩子蹲了下来，掏出烟袋往烟荷包里揉烟丝。

吴队长今天去公社开三级干部会，公社布置了任务，一方面要向广大人民群众传达党的"九大"即将召开的喜讯，另一方面，要在春节期间，利用人民群众喜闻乐见的文艺方式宣传党的方针政策，过一个革命化的春节。做得好的要表扬；做得不好的要批评。散会后，参加会议的生产队干部个个愁得要死：要是找干农活的，到处都是；吹拉弹唱会演戏的，哪里找去？吴以林却胸有成竹，一点都不着急。他见这本队来的北京知青都会玩乐器，吹拉弹唱，样样在行，吴以林想让知青在春节期间为社员们做做宣传、搞搞演出，热闹热闹。

"吴队长有什么事啊？"南军生问。

"找你们有点事情，等你们吃过饭再说。"

"说呗，我们听着。"

"这事，离开你们办不成。"

"不会吧？生产队还有离开我们办不成的事？"

"这不是党的'九大'快要召开了吗，公社布置任务，要搞宣传、演出。弄好了，公社还要表扬。"

"我以为啥事呢，就这事？没问题，咱哥儿几个包了！"南军生大包大揽，把这事儿给应承下来了。他心里有数，搞文艺宣传是他们强项，伸手就来，刘红的京胡、江淮海的二胡、苏琴琴的小提琴、徐彬彬的笛子、时枫的快板、顾小雨的诗朗诵、方华的京剧，都能派上用场。

"你们研究一下分工，编排一台节目，大年三十演出。缺什么跟我说。等过了年，再到大队和各生产队演几场，时间紧，任务重，你们能行吗？"

南军生还没来得及回答，吴以林又补充了一句："戏也不白唱，每人每天补助一个整劳力工分！"

"行！保证完成任务！"

吴队长见事情有了着落，心里很高兴，站起身来说道："到底是北京人，办事就是撒妥！"

吃过饭，大家一起来到女知青宿舍，商量节目演出的事情。谁知根本不是南军生想的那样。时枫和徐彬彬早就准备回北京过年；刘红原计划和大家一起回北京过年，现在见南军生一口应承下来，搞得她进退两难。不走吧，实在想家；走吧，就等于拆了南军生和队里的台，很为难；方华走不走无所谓；苏琴琴和顾小雨内心里想回家，但是因为上次的事，这次只好随大流，人家走我就走，人家不走我也不走，只有江淮海态度明确："我不走，完成任务要紧。"

刘红想了想，说："我也不走了。"

"华子你走不走？"南军生问道。

"不走了。"

南军生有点后悔，自己没和大家商量，就自作主张同意了，要是平时都好弄，关键现在是春节。

"我承认没有民主，就擅自决定，现在我检讨！大家想回去看看，也没有什么不对，我也没有理由拦着你们。我就是想，来到九龙口，村里老少爷们对咱们不薄，吴队长对咱们方方面面都照顾得很好，现在用得着咱们时，咱们却拍拍屁股走人了，怎么说都不太合适。你们说是吧？"南军生跟大家掏起了心窝子。

方华这时明确表了态，不走。苏琴琴和顾小雨因为刚从北京回来，需要好好表现，立功赎罪，也明确表示不走，参加排练。只有徐彬彬和时枫坚持要走。走就走吧，还剩下六个人，好歹也能攒一台节目出来，可少了徐彬彬和时枫，心里总感到有点不舒服。

"我心里真的不想你俩走，有你俩参加，节目会更多、更精彩。既然你俩铁了心想回北京，我也没辙。但是走前这些天，希望你俩还和我们一起排练。万一回心转意不走了，也能用得着。"南军生说了个活话。

南军生有一种感觉，徐彬彬和时枫不一定走得了。你想啊，春节期间，全国各地得有多少北京知青返城，火车票肯定不好买。买不到票，他俩还得回来。说句心里话，南军生是打内心里不想让他俩走，彬子的竹笛、老时的快板，都是顶呱呱的好节目，缺了他俩，演出质量多少会受到影响。

任务接手后，大伙儿一研究，各人都有自己擅长的乐器，打算回北京的两人，彬子准备两个笛子独奏，老时的快板书备用；剩下的六个人，节目数量要增加，种类尽可能多点儿，弄上十几二十个节目，就能对付一个多小时，晚会节目也会比较充实、好看。

这几天知青们淤泥也不抬了，上下午都在排演节目。排节目重要，乘机休息一下也很重要，南军生和知青们都明白，机会难得，得好好表现一下。

缺少一套锣鼓家伙，公社的供销社没有卖，冰天雪地又去不了县城，算了。谁知道老荣军吴以勤面子大，他和公社王秘书有交情，请王秘书到公社中心小学借了一套锣鼓；要化妆，到村里大姑娘小媳妇那儿去借；没有眉笔，用小毛笔蘸锅灰代替。反正，一切因陋就简。

排练场地就选在牛屋，没有别的宽敞地方。副队长周成富亲自动手，带人腾出饲草，把地面打扫干净，垫上干净新土，撒上麦糠，再洒上水，用石头磙子压平，捶平。一块上好的室内排练场地就出来了。

农历腊月二十六上午，以北京知青为主体的虞家湾大队第六生产队毛泽东思想文艺宣传队就在这间牛屋里成立了。队长刘红，兼京胡伴奏；导演南军生，报幕员顾小雨。主要节目有：南军生演唱京剧《智取威虎山》选段《迎来春色换人间》，刘红京胡伴奏；方华演唱京剧《智取威虎山》选段《誓把那反动派一扫光》，还是刘红京胡伴奏；江淮海二胡和苏琴琴小提琴协奏；南军生、方华、江淮海三人合唱京剧《沙家浜》选段《要学那泰山顶上一青松》。至于江淮海的二胡独奏《赛马》，六个人的口琴合奏，都是熟门熟路，没有问题。本来想让江淮海、时枫和顾小雨三人排演《沙家浜·智斗》，因为时枫要走，没有人演胡传魁，加上缺少服装道具，只好放弃，改为江淮海和顾小雨演《白毛女·扎红头绳》，服装道具也都好找。排练让知青们忘却了劳累，紧张的情绪得到缓释，牛屋里洋溢着欢乐的气氛。

腊月二十八早上，徐彬彬和时枫踏上了回京的路程，留下来的人紧锣密鼓，继续排练。

节目大致排得差不多了，请队长吴以林来审查。吴以林虽然识字不多，但把关极严，要是出了什么问题，那可不是闹着玩的。

"苏琴琴拉的叫什么曲子，听起来好听，就是好像不对味儿，是不？"吴以林吸着旱烟，不紧不慢地问道。

"哦，这是苏联民歌《红莓花儿开》。"南军生不敢隐瞒，如实回答。

"既然如此，那就换一个吧！"吴以林绝不敢含糊。

换个什么呢？苏琴琴想了一会儿，换了个《苗岭的早晨》，这也是有名的小提琴独奏曲，一拉，吴队长说这个好，是咱中国的味道。

"可惜的是彬子和老时走了，要不然，彬子的笛子、老时的快板，亮出来非轰动虞家湾不可！"南军生怅叹。

"增加一段淮海戏怎样？"吴队长试着问道。

"淮海戏？什么是淮海戏？"南军生问道。

"淮海戏就是我们这里的地方小戏，也好听。"吴以林说，"全淮阴唱得最好的，是我们沭阳淮海剧团，主角演员叫范珍美。"

"是吗？可是我们几个都不会唱，咋办？"南军生问吴以林。

"许兰兰会，叫她来唱，你们看行不行？"吴以林问。

"那太好了！快请她过来吧！"大家表示热烈欢迎。

吴以林马上派人去喊。

淮海戏是苏北淮海地区一带流行的地方小戏，用方言土语说唱，很有地方特色。只要是沭阳人，不论大人还是小孩，都能来上几句，是沭阳人民喜闻乐见的舞台艺术。

吴队长推荐的许兰兰也是九龙口人，本乡女知青，现在大队教学点任代课教师。没多会儿，许兰兰来到牛屋，和大家见了面，互相介绍过之后，许兰兰用淮海戏的唱腔演唱了一段《沙家浜》里阿庆嫂的《风声紧雨意浓天低云暗》，大家听了觉得确实别有风味，可惜没有乐谱，干唱没意思，还是有伴奏才好。江淮海自告奋勇，他来伴奏，不过需要许兰兰多唱几遍，他来听音记谱。南军生几人大吃一惊：没想到江淮海这小子还有这么一手！

节目虽是临时拼凑，好歹也有十几个，有独唱有合唱，有独奏有合奏，试演了一次，队里的几个干部都看了，感到非常满意。

二

就在大家紧张排练之际，吴队长又笑眯眯地来了，告诉大家一个好消息，今晚奖励大家洗把澡。

知青们一听非常高兴，自从来到九龙口以后，就没有洗过澡。方华耸了耸肩膀："身上虱子又开始串门了。"

"哈哈哈！"女知青们笑了。

"别笑我，你们也跑不了！虱子咬人可不分男女！"

女知青们脸红了，难言之隐，方华这小子非要给捅破。南军生心想，等到将来老了，一定要著书立说，把插队当知青时生虱子的事记入其中。

知青们实在是太想洗澡了！身上脏得一塌糊涂。八个知青，加上丁凤琴一家，每天晚上，光洗脚水就得烧两三锅，太费草了。农村条件落后，社员们冬天里想洗把澡，难哪！

洗澡？浴室在哪儿？知青们想不明白。很简单，牛屋就是浴室！外面滴水成冰，室内却暖烘烘的，早被饲养员不停地烧水升高了温度。里屋有两口半人高的大水缸，本来是饮牛用的，现在当浴缸用，里面已经加上热水，正热气腾腾。吴队长说："男的都出来，女知青先洗！女知青洗过，男的再洗！女的洗时，男的都在外边给女的站岗！"

"这招不错！高！实在是高！"方华高兴地说。

南军生大声说道："趁着水热，女生先洗吧。刘红，你们还等什么，快回去拿换洗衣服，我们在外面给你们站岗。快去！"

三个女知青赶快跑回去，把换洗衣服拿来，刘红说："南军生，站外面别走啊！"

"赌好吧您哪！"南军生他们站在牛屋外的雪地里，一步也不敢离开。

刘红说："苏琴琴，顾小雨，你俩先洗。我等你俩洗过再洗。"

两个月没洗澡了，皮肤干燥发痒，乍泡进热水里，甭提多舒服了！苏琴琴和顾小雨一人一口大缸，半蹲在热水缸里，热气包裹着她们，满满的都是放松和温馨。泡了一会儿，她们用瓷盆舀出热水，站在缸下面的木板上洗头；洗完头，再往身上打香皂；打过香皂，稍微闷一会儿，再用热水冲。好舒服啊！

刘红说："来，我替你们搓搓泥儿！"说罢，刘红接过苏琴琴的毛巾，拧干，裹在手上，帮苏琴琴搓起来。别说，还真下来不少泥儿。搓过苏琴琴，再搓顾小雨，一边搓，一边对顾小雨说："你俩是豁牙对豁牙——谁也别豁（说）谁！"

顾小雨问："怎么啦？"

"泥儿都不少！"

苏琴琴和顾小雨搓过冲过，开始穿衣服，刘红又往缸里加了几盆热水，自己接着再洗。泡在热水缸里，她想起自己在北京业余体校身着泳衣游泳的情景。红墙内是蓝湛湛的泳池，清澈见底，舒适的水温，她无拘无束、自由自在地变换着各种姿势游来游去，犹如一条快活的美人鱼。想到这儿，她不由得唱起了《让我们荡起双桨》：

让我们荡起双桨，
小船儿推开波浪，

海面倒映着美丽的白塔，

四周环绕着绿树红墙，

小船儿轻轻飘荡在水中，

迎面吹来了凉爽的风……

虽说现在的水缸过于狭窄，伸不开手脚拉不开栓，既不是北海湖面，也不是游泳池，但雾气腾腾的牛屋仍然令人感到舒适而又温暖。苏琴琴和顾小雨侍奉左右，不停地为刘红加热水，搓背。她有些满足，多天的艰辛随热水而去，她感到疲倦，甚至昏昏欲睡。

刘红她们洗好了，各人端着盆出来了，南军生他们一见，"姑奶奶们，你们可洗好了！水还热吗？"

"热着哪！快去洗吧！要不要我们替你们站岗？"

"不用了！都是大老爷们，怕啥！你们快回去吧！"

南军生他们呐一声喊，拥进牛屋。方华当着大家的面，迫不及待地脱光衣服，团成一团朝南军生怀中一塞："劳驾一下，我先洗了！"

"嘛！皇上，小的为您服务，你洗澡，我成伺候你的宫女了！"

"哈哈！"

几个男生，加上吴队长，踏踏实实洗了个痛快！搓下来的泥，少说有小拇指粗！

这一把澡，是吴队长的特殊照顾。别的社员想都不要想！

知青们洗舒服了，可屋里的老牛们却看糊涂了：自从我们进了这间屋，从来也没见过这阵仗！

三

除夕傍晚，又是一年的终结，辞旧迎新之际，家家户户都在忙着贴上新对联、新挂浪（凿纸年品），鞭炮声、音乐声传出，九龙口洋溢着节日的喜庆。

太阳还没有落山，鲜红的阳光照在茫茫的雪地上，照在高低错落的村庄上，颇有几分诗情画意。虽然天气寒冷，但是，大家观看演出的热情却丝毫不减。庄门石榴树旁，不仅九龙口全生产队，就连其他生产队的男女老少也都赶来了，围得里三层外三层，一起观看以北京知青为主的文艺晚会。孩子们直接坐在雪地里，大人们站在后排，实在看不到的，跑回家扛来高板凳，站在板凳上观看。

晚会在悠扬的器乐合奏曲《东方红》中开始。首先，报幕员顾小雨出场，只见她上身穿一件蓝底白花颜色素雅的棉袄，下身穿一条深蓝色的棉裤，脚穿一双带气扣系鞋带的棉鞋，脖子上围一条鲜红的围巾，朗声说道："贫下中农同志们，沭阳县沂北公社虞家湾大队第六生产队迎'九大'庆新春文艺演出现在开始！第一个节目，全体社员演唱革命歌曲《大海航行靠舵手》！指挥：刘红！"

刘红一身黄军装，健步走上台，给观众行了个军礼，然后转向乐队，一抬手，《大海航行靠舵手》的过门响起，知青们一起高唱"大海航行靠舵手，万物生长靠太阳"，刘红向社员们高喊一声"一起唱"。大家刚开始还有点不好意思，声音较小，越唱胆子越大，到后来，直唱得声震四野、气势如虹！

这光景，现在叫演员和观众互动，其实早在几十年前，南军生他们就这样干了。

接着，演出按照事先编排好的顺序有条不紊地进行，刘红京胡伴奏，南军生演唱了激昂高亢的京剧唱段《打虎上山》：

穿林海跨雪原气冲霄汉！
抒豪情寄壮志面对群山。
愿红旗五洲四海齐招展，
哪怕是火海刀山也扑上前。
我恨不得急令飞雪化春水，
迎来春色换人间！

随后，节目一个个往下演，演一个，大家鼓掌一次，次次都非常热烈。人们最感兴趣的，一是江淮海和顾小雨二人演出的《白毛女》选段《北风那个吹》，唱得真好听！二是许兰兰演唱的淮海戏《沙家浜》选段

《风声紧雨意浓天低云暗》，伴奏的居然是北京小伙江淮海！

北京的知青真够厉害的：论武的，抬淤泥，人家中；论文的，吹拉弹唱，人家也中！

知青的表演丰富了九龙口社员们的文化生活，音乐、歌声飘荡在九龙口上空，给这偏僻的小村庄带来了勃勃生气，令社员们耳目一新，啧啧称羡，穷乡僻壤也能享受到城里喇叭筒里美妙动听的音乐声。

不出南军生意料，演出到一多半时，徐彬彬和时枫突然从村外赶了回来。原来两人在沭阳城里等了三天，也没有买到去徐州火车站的汽车票，更不要说乘上火车。无奈之下，两人只得返回九龙口，加之步行返回，早已饿得前墙贴后墙，瘫作一团。

众人一见，喜出望外，丁凤琴拿来煎饼，两人狼吞虎咽，南军生赶紧安排他们参加演出。好在徐彬彬、时枫排节目时都有准备，徐彬彬上场吹了竹笛《逛新城》，苏琴琴和江淮海协奏；时枫则表演了快板书《劫刑车》。虞家湾的社员们着实开了眼界，啥也不说了，只有鼓掌和喝彩的份儿。

演出刚一结束，就有好几个生产队长找吴以林，邀请北京知青去他们队里演出。吴以林狮子大开口：想请我们演出也行，演一场一千斤麦穰，一两也不能少，还得管饭，饭桌上还得有酒！条件如此苛刻，也挨不上号！

第十章

腊月忙过年，正月忙赌钱，二月忙种田。

赌输赌赢不赌赖。

——民间谚语

一

北京知青的演出大获成功，当天晚上就有本大队和外大队十几个生产队预约，邀请知青去他们那里演出，吴以林队长也顿时成了香饽饽："好说好说！各家先把麦穰拉来，一千斤一次。按次序排队，先到的先演，后到的后演，哥不大，姐不小，都一样！"

从正月初二到正月十五，知青们一天都没闲着，这家请，那家带，天天有酒有肉，吃香喝辣，作为宣传队领队的吴以林队长，更是天天不醉不归。那小日子过的，滋润！

真是三全其美：社员们看上戏了，知青们快活嘴了，队里的牛草也顺利解决了——不用求人，自己送上门！

当然，这是后话。

却说年三十演出结束后，知青们回到丁凤琴家开始包饺子，准备第二天早上吃。知青们的年货都是丁凤琴两口子代购的，一样不缺。回到家，吴旭开始斩肉馅，斩好肉馅再斩菜馅。只见那小青菜绿得发黑，知青们从没见过，心中好奇，不禁问道："这是什么菜？"吴旭笑眯眯地答道："黑菜。"他一边叮呤咣啷斩着菜，一边说着顺口溜："古邱庄，好黑菜；秋天种，春天卖。平车拖，毛驴拽，不到青坊就谈寨，哪有心思学大寨！"

见知青们傻呵呵地听不懂，丁凤琴解释道："古邱庄离我们这儿大概有七八里路，他们那儿家家种黑菜。吴旭他表姐家在古邱，昨天特地送了

一口袋黑菜来给我们包饺子，好吃着呢！"

斩馅子是个耐心活，不过今天有的是人手，谁斩累了就换人。叮叮当当的斩菜声是那么动听！说实话，北方的孩子喜欢吃饺子，可自从到了九龙口，至今还没吃过一顿饺子。一是包饺子比较麻烦，没有时间；二是猪肉实在不好买，也贵，那年月，不年不节的，谁家能平白无故包顿饺子吃呢？

馅子斩好，剩下的就是包了。尽管吃的人多，但北京知青个个都会——刘红擀饺子皮的功夫，就连丁凤琴也望尘莫及！

包好了饺子，大家分头去睡觉。鸡叫头遍的时候，村里村外响起了震耳欲聋的鞭炮声。鞭炮声此起彼伏，接连不断。南军生他们也急忙爬起来，兴高采烈地放了一挂五千头的炮仗。

1969年的大年初一，就在这热烈而又响亮的鞭炮声中到来了。

放完炮仗，烟雾散去，洁白的雪地上散落着一层鲜红的炮仗纸屑，就像春天里盛开的石榴花瓣，充满了诗情画意。

离天亮还早，知青回到屋里继续睡觉，可是谁也睡不着。一个个默不作声，呆呆地望着房顶，想想这几个月来的经历，再想想未来的岁月，何去何从，真的是一片渺茫，孤独无助。身在他乡的年轻人，怎能不感到深深的忧虑？谁能睡得着？要说不想家，那绝对是骗人！牵挂自己的，除了远方的爹娘，还能有谁？不知他们这个春节过得怎样。在这阖家团圆的日子里，大伙儿是真的想家了。

天蒙蒙亮时，他们才渐渐合上眼睡去，竟然忘记了去丁凤琴家吃饭，直到吴旭来敲门，才把他们喊醒。

苏北乡间的春节风俗与北方大致相同，初一早上起来，先吃"开口糕"，就是糯米粉和白糖、红绿丝做成的一种点心，"糕"与"高"谐音，图的是一个吉利；新年第一顿饭吃的是"元宝（元宵、汤圆）""弯弯顺（饺子）"。吃饭之前，吴旭还一口气放了六个两响"高升"，北方叫"二踢脚"，也是图个好口彩——一路高升——人们期盼着在新的一年里交个好运。

丁凤琴和女知青们负责下饺子，吴旭负责捣蒜泥，配上酱油醋，倒在一个大盘子里；又舀了一大勺酱豆子，半勺酱豆汁儿，装在另外一个盘子里。热气腾腾的猪肉黑菜饺子出锅了，知青们蘸着蒜汁儿和酱豆汁儿，要论滋味，就一个字：鲜！

九龙口洋溢在浓浓的过年氛围里。再穷的人家，大人孩子也都换上了干净的新衣服。孩子们的口袋里装着糕点、糖果、花生，当然还有拆零了的小炮仗。他们在雪地里追逐打闹，吃零食、放鞭炮、打雪仗、堆雪人，到处欢声笑语，祥和而又喜庆。

吃过了早饭的知青们站在丁凤琴家门口，沐浴着金色的阳光，欣赏着美丽的乡村景色。南军生赞道："好一幅乡村行乐图！"

江淮海把两只手揣在袖笼里，眯着眼，口中念叨着："子贡曰：贫而无谄，富而无骄，何如？子曰：可也。未若贫而乐，富而好礼者也。"

方华问道："这是怎么个意思？"

徐彬彬帮他解释："这是《论语》里的话。孔子有个叫作子贡的学生，他问孔子，贫困时不低三下四去献媚，富贵了也不骄横，怎么样呢？孔子回答说，很好啊！不过，我认为还是不如在贫困时保持乐观的态度，富贵了就去讲求礼义来得好些。"

时枫说："之乎者也的，我是听不懂！"

南军生想了想，说："要是单从这句话的字面上来理解，困难时保持积极向上的乐观态度，确实很好。"

刘红说："毛主席说过：我们的同志在困难的时候，要看到成绩，要看到光明，要提高我们的勇气。你们说呢？"

知青到底是知青，他们讨论问题的水平就是有高度。即使眼前发生的是最普通的事情，他们也能说出个一二三四来。

几个人正在闲扯，本村青年方二喜、周成财和陈进路过丁凤琴家门口，他们一个个嘴上叼着香烟，摇摇晃晃，一副悠然自得的样子。

见知青们都在，方二喜笑嘻嘻地和他们打招呼："都吃过啦？今天没事，去看看热闹吧？"

这段时间，知青和队里的年轻人已经混熟了。他们年龄相仿，精力旺盛，正是好朋好友又好奇的岁数，所以，他们隔三岔五就会聚到一起。地方青年教知青怎样干农活，北京知青教地方青年怎样学会过文明生活。上次刘红她们丢失牙刷牙膏的"案子"，没用四嫂骂庄，后来几个小青年就

主动坦白交代了：东西是他们拿的。他们也想学城里人，早上起来刷刷牙、洗洗脸，搽点雪花膏什么的，拿知青东西就是想先学学怎么用。待大家知道了此事的来龙去脉，原来都是庄上熟贼，于是哈哈一笑，好事情嘛，还追究什么责任呢！

"二喜！有什么热闹？说来听听！"时枫接过方二喜递过来的香烟，仔细看了看，又放在鼻子上使劲嗅了嗅，一边点烟，一边嚷道："二喜今天发财了！好烟哪——华新的！"

不仅是九龙口，其他地方也是，那时的农村，基本上没有文化生活，知青们听说有玩的地方，自然来了兴趣，莫不是这地方也有鲁迅先生说的社戏？

"好啊，走着！"

"走就走着！"和大家一样，南军生也充满了好奇心，没考虑太多，就跟方二喜他们踏着雪去了。

二

好在村庄不大，只拐了两个弯，他们就来到了社员吴大茂家。吴大茂家实在太穷：三间破旧低矮的茅草屋，屋檐下长长短短地挂着一排"冻琉璃"，一圈低矮的围墙好像随时都可能坍塌。院内杂乱无章地堆放着一些农具和破烂杂物，杂物被冰雪覆盖着，也分不清是什么东西。一只小花狗站在门外，冲着南军生他们狂吠。

"好大胆子！北京知青你也敢咬！"周成财指着花狗，跺了跺脚，双手抓起一把雪，搓成雪团，狠狠地砸向花狗，花狗尖叫一声，惊慌地逃走了。不过，花狗似乎不肯罢休，仍躲在远处"汪汪"叫个不停。

院门内外，雪地上脏兮兮的，脚印凌乱，显然被很多人踩踏过。"嗬！人还不少！"

只见昏暗狭窄的茅屋内烟雾腾腾，一片嘈杂，原本不大的地方挤满了人，或站或坐，人们全神贯注地围着一张吃饭用的小方桌。桌上用粉笔对角画了两条直线，从左向右顺时针写着"1、2、3、4"；桌后面坐的是庄家吴以法。只见吴以法低着头，把脸贴在桌面上，双手伸在桌底下的红布袋里，一声不吭，神神秘秘地操作着，大家屏住呼吸，倾听着口袋里稀里哗啦的响声，琢磨着他要把哪一块宝子放进宝盒里。

吴以法在桌子底下捣鼓了半天，有人小声地说着话，你一言，我一语，有猜大猜小的，有猜单猜双的，也有猜红猜黑的，还有猜其中某个具体数字的。大约过了五六分钟，只听吴以法大喝一声："出！"便把一个木头做的小盒子放到桌面上来。

"这是干啥的？"南军生低声问身边的周成财。

"代宝。"

"赌钱？"

"小玩玩。"

赌徒们顿时兴奋起来了，大呼小叫地忙着下注，有的把钱直接放在自己要押的画好的桌面上，有的把钱叠成内行人才看得懂的记号放在所要押的位置上。在没打开宝盒之前，你随时都可以调整自己想押的点数；赌场老油条们一边嘴里嘟哝着，一边观察吴以法的脸色。吴以法两手捂着脸，不让他们看，生怕被他们看出自己内心的破绽来。

"我一十三吊铳三！"

"我三十三吊三铳幺！"

"我单杠！"

"我双杠！"

……

赌场上说的"吊"，相当于人民币中的"角"。宝这种赌博方法，看似简单，其实很有学问，是庄家和玩家之间的心理搏斗，谁技高一筹，谁就有较大赢率，不单是运气问题。

"开！开！开！"

随着众人的一片催促声，吴以法再次大声嚷道："还有下注的没？要下注的赶快！没下的都往后让让！"只见他猛地把狗皮帽子往后脑勺一推，使劲往手心吐了口唾沫，大喝一声："我开——！"

说时迟，那时快，不等吴以法打开宝盒，早有赌徒迫不及待地伸过手去，将宝盒盖高高拿起，使出吃奶的劲儿，"咣"地往桌上一磕，盒内的宝子便呈现在赌徒面前了。

众人一声大叫。

宝子现身，有人欢喜有人愁：赢钱的红光满面，喜笑颜开；输钱的愁眉苦脸，唉声叹气。最懊恼的，是原本押对了却又改错了的那些人。这场面，正应了乡间那句老话：赢钱雄赳赳，输钱夹尾狗！

"吃喜面！吃喜面！"桌面上的输赢赔付与收进工作刚一落停，角落里便钻出一位挎篮子的中年妇女。她的篮子里有香烟、洋火、麻花、油条、大糕、朝牌、花生、瓜子等一应吃食儿。这些紧俏而又好吃的东西诱惑着赢了钱的赌徒们。

这位大嫂缠着赢家买她的东西消费。东西还是那东西，价钱却比平常贵了几倍。

"原来是赌博啊！咱们不看了，回去吧！"南军生掉头对知青们说。他不想在这里看热闹，农村赌博这种不良习俗他也不感兴趣，他想回去看看书。

"着什么急啊，闲着也是闲着，再看会儿，蛮有意思的！"方华、徐彬彬和时枫此时却看上了瘾，舍不得离开这热闹场合。全生产队的男人大多聚集在这里，人气满满，兴高采烈。况且，他们都是贫下中农社员，看看热闹还能咋的了？

直到这时，赌徒们才注意到几位北京知青也来了，大家朝他们笑了笑，继续进行下一局。

经不住大家的盛情挽留，南军生也不走了，看看就看看，这也算是和贫下中农打成一片。他初次见到村民聚赌，觉得新鲜。

"南军生，你也代两宝吧，大新年的，试试手气。"方二喜赢了几毛钱，乐在脸上，极力怂恿知青们也玩两把。

"我不会。"南军生朝二喜笑笑，摆摆手。

"简单，一学就会，我先帮你们下一注子。"陈进也帮腔。

方华望了望徐彬彬和时枫，有些犹豫，但经不住方二喜他们竭力相劝，徐彬彬首先坚持不住了，从裤兜里掏出两角钱，交给陈进。

"我代徐彬彬铳三！"陈进从徐彬彬手中接过钱，往三上一摆。

宝开了，果不出陈进所料，铳了个正着，徐彬彬不仅赢了，还赢三倍的钱。

六毛钱啊，相当于九龙口生产队一个壮劳力辛辛苦苦劳动一天的全部所得，来得居然这么容易，徐彬彬有点激动，心里怦怦跳个不停。

抽过头，陈进从吴以法手中取回五毛五分钱交给徐彬彬。

连续开三局，徐彬彬都赢，陈进手气真好，料事如神，赌钱赛诸葛。平时，这些庄稼汉们一分钱都舍不得乱花，到了赌场上呢，辛苦劳累所得来的钱还不如花纸片，来来往往是那么轻松随意！眼看着徐彬彬手中仅有的两毛钱本钱转眼变成了两块多，方华和时枫不禁手痒起来。赌场的博弈深深刺激着每个人狂热的神经，涉世未深的知青也不例外。

"单杠！"方二喜帮方华下了注。

"红杠！"周成财帮时枫下了注。

"一吊八铳二！"徐彬彬赢出了甜头，竟然不要陈进帮助，自己下了注子。

大家惊讶地注视着南军生他们，没想到北京的知青也会跟自己一起玩，心理距离顿时拉近了很多。正当方华他们玩得兴起时，谁料风云突变，形势急转直下，刚才还赢得风生水起，此时却接连败北，投入的赌资瞬时变成肉包子打狗——有去无回。几名知青越输越投，越投越输，几个回合下来，身上钞票输个精光。当初劝知青们参赌的方二喜、陈进、周成财见状，早都脚底下抹油——溜了。

几名知青输光了钱，没有了赢时的风光和兴奋，脸上泛起尴尬的红晕，后悔不该参赌。众人正忙活着，吴以林队长进来了。

吴以林见人群中还有南军生他们，有点意外，便责备大家道："你们玩就玩，怎把知青也带来了？"说罢，便向南军生嘬了嘬嘴，意思让他赶紧回去。南军生感到脸红，几名知青都参了赌，自己有责任。

"他们就是来看看热闹，没，没赌……"吴以法真没想到吴以林能跑到这里来。因为赌钱的事，老大都劝过他好几回了，他也表示金盆洗手，不再赌了，今番不仅被逮个正着，中间还有几个知青，不免有点尴尬，只能吞吞吐吐敷衍着。众人见状，也只能帮着隐瞒事实，替吴以法打圆场。

"我告诉你们，不能拉知青参赌，万一出点纰漏什么的，谁拉我饶不了他！你们在这里小玩玩可以，千万不要大赌。春节期间公社到处抓局，逮到了我可帮不了你们！"吴队长连吓带劝，提醒大家注意。

"没事，没事，都是小玩玩，几角输赢。"大家相互挤眉弄眼，赔着笑脸，目送吴以林离开。

南军生也想走，暗中拉了拉时枫胳膊，时枫却沉湎其间不想离开，方华、徐彬彬也不动。

屋内一切恢复如初，赌博继续进行。

"大家都不要吱声，听我说两句。"吴以法大声说道："几个小知青是从北京来的，是我们的客人，更是我们队的新社员，大新年来捧场凑个热闹，不是存心来赌输赢的。我提议，知青们输的钱，还给他们，不能要。大家架架势，怎样？"

吴以法是庄家，又是队长吴以林的兄弟，见知青们输了钱，一是于心不忍，二是怕老大知道了又要"熊"他，追究到底是谁引诱知青学坏，自己是庄家、赌头，肯定跑不掉。关键时刻，他突然提出这个建议，本想来个大事化小、小事化了，讨个安生，没想到却遭到大家一致反对。

"四哥，你这话不对！愿赌服输，又没有人上他手里抢，对吧？"

"赌输赌赢不赌赖。我输的钱出去了，赢的钱还要往回挺，这叫什么道理？反正我是不同意！"

"哪有这样赌钱的？要是我们输了，知青赢了，他能还给我？"

"是的呢！四哥净瞎说！"

见众人不肯还钱，吴以法有点来火，气呼呼地说道："一个个财迷心窍！能玩就玩，不能玩就走，我还不想跟你这些熊人玩！"

"以法你骂谁？"社员周亮两眼瞪得牛蛋大，愤怒地指着吴以法。

"我就骂你，你还能咬我啊？！"吴以法也是霸道之人，见周亮不但不响应，还敢顶他，一股无明业火腾地就蹿上来了。

"我就捣你！"周亮仗着家族大，也仗着年轻力壮，顿时火冒三丈，冲到桌前，一把抓住吴以法衣领，就要动手厮打。

"哎！哎哎！"众人一见，纷纷上前劝架，拉开两人，大年初一开点小宝玩玩，打架不值当；再加上有人手气正旺，想扩大战果，不肯散局；输钱的想再捞捞本，更怕赌局被搅散了。

"人家知青大老远来到我们九龙口，跟走亲戚似的，说不定哪天就走了。大新年的，亲戚来你家玩玩，你好意思赢钱就装进挎包里啊？再说了，刚才我大哥说那话，都听不出什么意思啊？"吴以法又坐到小板凳上，气呼呼地说了一通，从身上掏出几张皱巴巴的钞票，数出七毛钱，往桌上一拍："这是我赢的，给人家！"

"四哥你要是这样说，我们也不是不晓好歹的人，中，就照你说的办！"

包括周亮在内，各人纷纷掏出赢的钱来，放到桌子上。

"算了算了！不必再退，输就输了吧！"时枫赔着笑脸道。

本来是一场小小的娱乐，弄成这样的结果，南军生真的没想到。

三

从大年初二开始，吴以林就领着知青到各个生产队去演出。下午两点钟左右去，三点钟左右演出。演出结束后，队里留下来招待，有酒有菜，一连几天，天天如此。回到住处，还不到晚上八点钟。冬天黑得早，加上到处是雪，又冷，知青们无事可做，就在住处扯扯闲篇、练练乐器，或者看看书，打发那无聊的时光。

上次赌钱，江淮海没去，独自留在家看书。南军生、方华、徐彬彬接受教训，不再去赌场。吴队长说了，春节后公社有抓赌的，万一撞到枪口上，那可就太跌面儿了。只有时枫，自从参与那次赌宝后，竟跟吸了大烟似的有点上瘾，思思念念想去赌两把。虽然南军生提醒过几次，时枫还是抱有侥幸之心：咋这么巧就被抓去了？所以，每天演出回来，他总是借故溜号，到吴大茂家去代几宝。

那天夜里，大约凌晨一两点钟，睡梦中只听"叭叭"两响，把吴以勤惊醒："有情况！"到底是当过兵的老把式，只见他从床上一跃而起，叫道："快起！"

"怎么啦？"几个知青睡得正香，迷迷糊糊地问。

"有人打枪！"吴以勤说。

"不会是放鞭炮的吧？"

"不是鞭炮，是二膛盒子！"

吴大爷急忙穿上衣服，纽子也没扣，直接把搭膊往腰间一扎，随手抄

起一把锹杠，轻轻拉开门栓，打开点门缝，从门缝里朝外望了望，轻声对知青们说道："你们起来，在屋里待着别动，我去张张。"说罢，打开门，身影一闪，便出去了。

有人打枪！莫不是抓赌的？大家这才醒悟过来，心中怦怦跳个不停，赶紧穿上衣服。南军生拧亮马灯，朝铺上一瞅，发现时枫到现在还没回来睡觉。

"老时要完！"

南军生再紧张，也紧张不过此时在吴大茂家赌博的时枫他们，大伙儿都被这突如其来的枪声吓了一大跳："抓局的来了，快跑！"

赌徒们赶紧把灯吹灭。大家都晓得公社抓赌来了，有人趁乱去抢桌上的钱，有人赶紧藏身上的钱，有的朝破棉袄里塞，有的往草窝里塞，有的往锅底草木灰中塞，有人想趁乱扒墙逃走……

茅草屋里乱作一团，走投无路的赌徒们急得像热锅上的蚂蚁！

几个打算翻墙逃走的赌徒刚露头，便被墙外雪亮的手电筒光束照住，还被人拿枪指着，吓得屁滚尿流，又赶紧缩回来。赌徒们见被围得跟铁桶似的，脱身已不可能，干脆朝地上一坐，摆出一副死猪不怕开水烫的架势，随他去了！时枫从未遇到这样的场面，心跳加快，嗓子眼里像被什么东西堵住，裤衩早已尿透，湿漉漉地贴着大腿根，他也学着其他人的样子，颤巍巍地将钱塞进棉鞋里。

"叭！叭！"又是两声枪响，公社治安股汤股长堵在院门口，手里举着一把二十响驳壳枪，喝道："一个也不许动！都回屋里去！"

那时的基层公安很少配发统一的制式枪械，大多配发革命战争时期留下来的老枪。枪虽老，但管用。一枪在手，威风我有！

吴大茂家早已被手握三八大盖和水火棍的民兵围个水泄不通——果然是公社治安、人武部门组织禁赌来了。

门早被翻入院墙内的民兵打开，两个持枪的民兵把住大门，手电筒光柱乱闪，吆喝声不绝于耳。

"都给我去墙根坐好了！蹲下！民兵准备！"随着公社武装部陈部长的一声命令，又传来一阵拉枪栓的声音。

赌徒们早已吓得魂飞魄散，谁还敢乱动！

汤股长厉声喝道:"大家听着!钱都给我掏出来,放桌上!"

赌徒们乖乖地坐成一排,在手电筒照射下,一个个垂头丧气,老老实实往外掏钱。一分、两分、五分;一毛、两毛、五毛;一块、两块,最大面额就是一张五块的。桌上、地上,到处都是钱。时枫无奈,将手心里攥着的一元纸币丢了出去。

"翻!"汤股长下令搜身。民兵们立即如狼似虎地扑上前去,硬生生地扒掉各人身上的棉袄棉裤,拽下各人的棉鞋、毛窝鞋、高木屐,就连棉帽也抹下来。有的赌徒没穿裤衩,只能光着屁股贴墙站着,冻得浑身发抖。

"啪啪!"时枫挨了民兵两记耳光。原来是他的棉鞋露出了破绽,藏的钱被发现。要说这时枫,也算是北京的一爷们儿,胡同里出名的"浑不吝",要是平时吃了这样的亏,他不跟人玩命才怪!可是今天犯了错,挨了惩戒,一声也不敢吭,只羞得满脸通红。此时此刻,他恨不得地上有道缝,一头钻进去才好!唉!他后悔不听南军生等人的劝阻,落得个如此下场。要是传出去,不但自己丢人现眼,也给全体北京知青都蒙上了羞。

真佩服抓赌的民兵们,凡是能藏钱的地方都一一搜到了,赌资几乎一分不漏,全被缴获。

民兵开始登记,要把参赌的人留下案底。再抓住,就是惯赌,要从严处理。

"你,叫什么名字?"

"我叫时枫。"

民兵给记下了。

"你!"民兵指着方二喜。

"周大明。"方二喜狡黠地编了一个假名字。九龙口姓周的人多,他说姓周,人信。

"你!"民兵指着陈进。

"陈以标。"陈进也编了一个假名字。

虞家湾的赌徒都是赌场上的"老把式",登记姓名这一套他们都懂;时枫是新手,不懂得这里的名堂,老老实实报出了自己的真名实姓。因为不是本地人,时枫口音露出北京方言,引起抓赌人员注意:这小子是北京插队知青。

"你是知青？"陈部长问。

"是。"

"你不该来赌博。"

"是。"

时枫瞟了方二喜一眼，见别人都不说真名，这才明白他们瞎编名字是为了应付抓赌人员。他后悔刚才自己说了真话。

登记结束后，汤股长开始训话："大家听着！现在，革命形势一派大好！在广大社员欢度春节之际，你们竟然违反规定，聚众赌博，按理应该严惩法办！原谅你们都是初犯，不在惯赌处理名单之中，这次提出警告！希望你们悬崖勒马，洗手不干，保证以后不再参赌。否则，再抓到严惩不贷，坚决法办！听到没有?!"

"听，听到了……"赌徒们一个个有气无力。

屋外挤满了九龙口老百姓，明知赌场有亲人涉赌，但一看这场面气氛，谁敢上前！只能相互嘀咕着，打听被抓的有哪些人。

吴以林站在人群中，脸色铁青，一句话也不说。作为政治指导员，队里有人聚赌，他负有"教育不力"的领导责任。

抓赌人员准备带走几名"熟脸子"惯赌，其中一名就是四哥吴以法。吴以勤大爷见状，急忙拉着吴以林，一起从人群中挤出来，把汤股长和陈部长拉到一边，悄悄说了一番好话，协商留下三人让队里处理。其实公社干部也不想麻烦，把人带到公社，也只能关他三两天，罚点款，吓吓他，公社还得供他饭。既然老革命吴以勤和九龙口政治指导员吴以林出面说话，还是给个面子，把人留下来了。

禁赌人员撤走，众人帮吴以法解开绳子，赌徒们像泄了气的皮球，一个个垂头丧气，狼狈地走出院子，铳宝时的神气荡然无存。

此时此刻，赌徒们成了众矢之的：老人骂儿子，女人骂丈夫，姊妹骂兄弟，骂声此起彼伏，不绝于耳。

南军生和知青们都在现场，个个气鼓鼓不好发作，他们没有像老百姓那样破口大骂。刘红本想发作，但苏琴琴和顾小雨扯了扯她的胳膊，示意她别说话。家丑不可外扬，时枫的问题，只能回去关起门来批评，现在还是给他留点面子为好。

　　回到住处，灰头土脸的时枫向大家做了深刻检讨。是啊，国家发给咱们的生活补贴，你到赌场上输了，成何体统！南军生见大家空闲时无事可干，天长日久也不是办法，便特地去供销社买了一副扑克，一盒象棋，供大家闲时娱乐。此后，再也没有人去赌场。

第十一章

一顿省一口，一年省几斗。

当家才知柴米贵，出门才知路难行。

——民间谚语

一

出了正月，天气一天天回暖，冰雪开始消融，麦苗也开始返青。几场春雨过后，大地渐渐恢复了生机。村口的那棵石榴树上，悄悄钻出了几点紫色的芽尖；路边枯萎的小草在雪水和春雨的滋润下，也孕育出一片片新绿。九龙河水一天天看涨，河水绿得单纯而又可爱。河面上，一群鸭子在白鹅的带领下游来游去。有时，它们会抖动着翅膀，发出"嘎嘎"的欢叫；有时，它们又会潜入水下，去捕捉小鱼小虾。

春色固然美好，但是，和全国绝大多数地方一样，虞家湾大队也面临着春荒的恐惧。家家户户存粮一天天见少，家家半干半稀、半菜半粮一点点地算计着吃，否则就难以维持到新小麦下来。那天傍晚，丁凤琴找到吴以林，向他反映知青即将缺粮的危机。

知青刚下乡时，由公社粮管所每月供应 30 斤粮食，看上去不少，但他们不像本地社员，社员有自留地，可以种点蔬菜和粮食补贴生活。另外，一般的社员家里虽然人口多，但有大有小、有老有少，扯平均，好歹能做到撑不死饿不死。而正吃壮饭的知青们，却只能实打实单靠这点计划供应粮。这点粮食显然不够吃，丁凤琴家已经搭进去不少粮食和蔬菜，距离收割新麦还有两三个月，丁凤琴实在有点扛不住。怎么办？她只能找队里想想办法。

说实话，当年的农村，生产队最敏感的问题就是粮食，几百双眼睛都死死盯着呢，谁能多分到一斤，谁就能多吃一顿饱饭，何况粮食又是最紧俏、最稀缺的生活物资呢。丁凤琴提起知青缺粮的事，确实叫吴以林挠头。吴队长考虑了半晌，对丁凤琴说："晚上开个会吧！"

"在哪里开？"丁凤琴问。

"这事涉及知青，在库房那边和你家都不合适，成不成的，知青们听到了不太好。到周成富家怎样？"

"中。"

"徐会计和士成那边我去通知，你到时自己直接去成富家就行。"

"中。"

晚上，生产队的几大员都来到副队长周成富家，议题只有一个，就是解决知青的缺粮问题。吴以林把事情一说，大家都不吭声，自顾自只是抽烟。吴以林见大家都不愿说话，只好自己先表态："我看这样行不行，能不能把队里的备用粮先支点出来，给知青救救急。我知道这事不太好弄，但不管怎么说，总不能让知青千里迢迢跑到我们这里来饿肚子吧？"

"不行啊，老吴。"副队长周成富首先提出不同意见，"话是这么说，知青粮食不宽绰，全队哪家也都不宽绰。备用粮就这么一点点，队里好几十户人家，不知哪天哪家就会摊上点事情，万一哪家有点大事小情缺着了怎么办？另外，还有两三家五保户也要想到。所以说，备用粮能不动就尽量不要动。"

"是的，周队长说得有道理。"会计徐维高也不同意，"知青新来乍到，有点困难就吃备用粮，社员也不会让。离麦收还有两个多月，生产队粮草早早弄个精光，万一有急事怎么办？"

"士成你说说。"吴队长转向徐士成。他知道徐士成有点文化，头脑活络，也许他能出点有用的主意来。

"照我说啊，"徐士成道，"我只是说说啊，大主意还是你们三位领导拿。"

"有什么你就直说，不要拐弯抹角的。"吴队长磕了磕烟袋锅。

"我说能不能动员知青向北京家里伸手要一点。小孩在外边不够吃，他家大人总不能不管吧？大家齐心协力一起来解决问题。"

"我看行，"徐会计说，"有困难大家一起想办法解决。"

吴以林说："这也是个办法，就是跟知青说时有点张不开嘴。"

研究了大半天，副队长周成富和会计徐维高两人就是不松嘴，吴以林个人也不好擅自决定。妇女队长丁凤琴本来也有发表意见权的，但这事与她有关系，她不好表态，免得别人怀疑是她想占队里的便宜。五个人开会，三个人反对，一个人赞成，一个人弃权，动用备用粮的事情基本上就算泡汤了。即使吴以林身为生产队队长兼指导员，假如他想要自作主张，开仓动用粮食，这事也办不成，因为还有一个掌印的那关过不去。石灰掌印握在贫下中农代表手中，公家有制度：只要动用归了仓的粮食，必须全队干部统一决定，然后才有权招来掌印人。掌印人不到场，天老爷也不敢动。在粮囤上破印与盖石灰印关系重大，这是队里多年沿用下来的老规矩，不是谁想破坏就可以破坏的。就连吴以勤这样的老革命、老党员、老荣军，即使他和吴以林是亲堂兄弟关系，他也只有看管库房的权利，想擅自动用粮食，门也没有。

会议开了一晚上，最后还是没有结果，要散会时，吴队长对大家说："就按士成说的那样，让知青们自己也想想办法。没脸没皮的事，还是我去做吧，这话我去跟他们说！"

二

第二天上午，吴以林专门来到生产队库房，见知青们都在，便走进去，和大家打了招呼，并招呼南军生："跟我来一下，有点事想跟你说说。"

他把南军生带到牛屋，便在牛草堆边上坐下了。南军生见吴队长单独找他一个人谈话，必定有重要的事情要跟他讲，便主动开口道："队长，有什么事情您就说吧。"

吴以林吧嗒吧嗒把一袋烟抽完，才开口道："大家来到我们九龙口几个月了，我们这是乡下，样样都比不上你们北京，不知道你们习惯不习惯？"

"队长，我们来到九龙口给您添了不少麻烦，全队干部社员都尽心尽力，把我们照顾得非常周到，没有什么不习惯的。我们要是哪里做得不好，您尽管批评指正，我们一定接受，努力改正。有什么事，队长您尽管说。"

"是这样：我们这里的经济条件你也是看到的，社员生活水平普遍比较差。尤其是到了春天，青黄不接，口粮比较紧张。队里虽然有点备用粮，不到万不得已，这粮食不能动。你们那点粮食不够吃，我们都是知道的。丁凤琴家平时搭进去不少，我作为生产队队长，心里清楚得很。现在丁凤琴家实在有点招架不住了，你们看是不是……"

话说到这里，南军生什么都明白了。他知道春天是粮食最紧张的季节，不能再依赖生产队这个集体，更不能依赖同样也非常缺粮的贫下中农社员了！社员们一年到头，面朝黄土背朝天，到了年终分配，每工只有几角钱，有的人家还得倒拨钱。老百姓家中大大小小的开支全指望养了一年的那头肥猪收入。平时油盐火耗，就靠小鸡小鸭下蛋兑点现钱，家家生活清苦，平时少有荤腥，很多人家吃稀饭时就糊盐（一种用面糊和盐炒出来的下饭小菜）。即使个别有余粮的人家，平时也是省吃俭用，勒紧腰带过日子。麦子一天没打下来进仓，就一天没有底，谁也不知道老天爷给吃不给吃。就拿最会过日子的丁凤琴来说吧，也是过得紧紧巴巴，能省则省，不敢错花一分钱。凤琴姐不仅要参加生产劳动，还要操持他们的一日三餐，再加上怀孕，营养不够，竟患上了贫血。前些天，几个女知青心中不忍，写信给家中，请家人在北京给买些滋补品寄了过来。她两口子省吃俭用接济他们，他们都看在眼里，记在心里。眼下，确实不能再为难凤琴姐了。

"吴队长，您不用再说了。剩下的话，我去和大家说。您放心好了！"

"那就好。小南，我们九龙口对不起你们哪！"

"队长，千万不能这么说。您要是这么说，就拿我们当外人了。有困难时，我们本来就应该同舟共济，齐心协力渡过难关。"

"小南，那就请你多费费心。万一不行，我再另想办法。"

"放心吧，队长。"

回到住处，南军生把刚才吴队长和自己谈话的内容一五一十地跟大家说了一遍，然后与大家商量，看怎么办。方华、老时、彬子、江淮海等人一致表示没有问题，可以朝家里要一点救救急，并答应马上就向家中写信求援。

"刘红她们呢？"

南军生说："我再去和她们商量，估计问题不大。"

这边几个男知青开始向家里写信，南军生就去丁凤琴家找刘红她们，把事情一说，各人一致同意，答应马上写信。南军生见事情落实到位，便回到住处，也给家里写了信。

知青们开始了自救，生产队那边也没消停。在吴队长、徐会计和周副队长的动员下，社员们纷纷捐粮、捐菜，周成富和徐士成一人拎着一只空口袋，挨家挨户上门凑，你一升我半升，没有人计较给知青凑点吃的，一上午竟然凑了一百多斤粮食，几十斤干菜。

"给知青凑点吃的，照办！"方二喜二话不说，十分撇妥。

"只要不是给你们队干部大吃大喝，什么都好弄！"陈进话虽说得有点难听，但还是从缸里盛了满满一大升玉米倒进口袋，全队数他捐得最多。

"全队二百多口人，一人省一口，就够知青吃的了！"四哥吴以法是仗义人，捐了一升粮食，外带一捆干菜。

全队三十八户人家，没有一家打赖毛，家家慷慨解囊，就连全队最穷的吴大茂，也拿出小半口袋山芋干来。这让知青们感动不已。革命老根据地的人们就是不一样！不久，知青们家中又陆续寄来一些钱和粮票，总算解决了春荒危机。

三

日子过得真快。一转眼，就到了清明，农村进入春耕春种大忙时节。眼见得地里的麦子一天天铆着劲儿往上蹿，绿油油的麦子在春风的吹拂下，像一望无际的绿色海洋。燕子在柳树间穿梭飞行，蝴蝶在油菜花丛中翩翩起舞，河岸边，小路旁，到处盛开着各种颜色的野草花。和煦的春风吹在身上，温暖而又舒适，让人犯困。

村口的那棵石榴树此时已开满了火红的花朵。那花，一朵朵、一串串、一簇簇，有鲜红色的，有水红色的，还有粉红色的，看得人眼花缭乱。花体长长的，温润如玉，顶着六个尖尖的瓣儿，看上去就像一只只漂亮的小喇叭，在演奏着一支春天的赞歌。

知青们每天和社员们一起下田整地、施肥、清沟，为播种春玉米做好准备。这时的知青们已经习惯了田间劳动，也渐渐适应了乡村生活，逐步融入了这片广阔天地。

劳动中途休息时，南军生他们迎着太阳，躺在九龙河边毛茸茸、暄腾腾的草地上，尽情享受着春日的阳光。躺了一会儿，南军生问方华："华子，你打算将来干什么？"

"我？没想好。照目前情况来看，恐怕要扎根农村干一辈子革命。"

"彬子你呢？"

"我吗，我是这样想的，"徐彬彬说，"毛主席让我们到农村来接受贫下中农再教育，没说教育之后再让我们干什么。我想在接受了教育之后，当一名白求恩式的白衣天使，治病救人。至于在城里当还是在乡下当，我无所谓。"

"好想法。老时你呢？"

"我啊？我就想回北京当一名工人，拿工资，抽八达岭，喝二锅头，没事到中山公园遛遛弯儿，看看风景。"

"淮海，你有什么想法？"

这段时间，江淮海已经和大家混熟了，大家不再称呼他的全名，有时叫他"淮海"，有时喊他"老海"，不管称呼他什么，江淮海都感到亲切，心里想说什么就说什么，不再忌口。见南军生问他的理想和志向，他想都没想，脱口就说："当作家！当赵树理、柳青、李心田、浩然那样的作家！用我的笔，表现广大人民群众建设社会主义新农村的先进事迹！怎么样，各位？"

"我看行！"南军生赞道，"还是淮海志向远大！你文学底子好，有空时要坚持练练笔，不要荒废了。"

"好小子，成！"几个人异口同声："苟富贵，勿相忘啊！"

"没见我还在九龙口晒太阳吗？何富贵之有？"江淮海一句糙话捎带一句文言，还真有点特殊的味道。

"说了半天，军生你呢？"

"我和华子一样，扎根农村干革命。"

"你打算将来娶个农村媳妇儿？"

"保不准！我娶个大屁股媳妇儿，养一窝孩子！"南军生说罢，自己哈哈大笑起来。

收工了，他们回到丁凤琴家吃晚饭。吴队长说了，忙完春耕春种，就给他们盖新房，暂时还在丁凤琴家代伙。正准备开饭，时枫从外面进来，手里捏着一封信。

"南军生！信！"

南军生接过信，一看信皮儿："我爸我妈寄来的。"

"快拆开，看伯父伯母说些什么。"徐彬彬催促南军生打开。

南军生并没理睬徐彬彬，默默地将信塞进口袋里，继续埋头吃饭。他不想让别人知道他父母的情况。

刘红抬头望了一眼南军生，心里有数。南军生越是不想公开信的内容，她越迫切想了解南军生的父母近况。

吃罢饭，在丁凤琴家屋角，南军生终于撕开了信封。

军生：

来信收悉，已知近况，心甚欣慰。在农村插队劳动是艰苦的，也是磨炼人意志的最好机会。希望你坚定不移锻炼成长，在农村这个广阔天地大有作为！

我和你妈妈还是老样子，等待重新安排上班，相信党的"九大"后会有新的变化。

祝

进步

父字

1969 年 3 月 26 日

南军生看完信悄悄地出门去了，刘红放下碗筷乘机也跟了出去。

仲春的傍晚，风已停息了，隐隐地还有一丝春寒，落日的余晖照在九龙河上，波光粼粼，南军生独自站在岸边，望着河面出神。

"军生，咱们遛遛弯儿吧！"刘红从后面赶来，在南军生身边轻轻地说。

南军生打断思绪，弯腰捡起一块碎瓦片，侧身扔向河中心，"砰砰"地擦溅起一束束小小浪花，波圈四散，一圈一圈向外延伸，只不过它的动力有限，水圈无力再继续扩展，波纹很快就消失了。河面渐渐恢复了它原有的平静，好像什么也没有发生。

寂寥的河边只有他们两人的身影，刘红与南军生并排往前踱着步。"伯父伯母来信了？"刘红关心地问。

南军生点点头。

"他们都好吗？"

"还算好吧！"南军生从爸爸来信中看出一丝希望。

刘红似乎从南军生这句话中得到一种信息，心中觉得慰抚，她把持不住内心的激动，大胆地试探着将手伸过去触碰南军生的手背。南军生没有推开，刘红的手依然执拗地伸着，南军生转头望了刘红一眼，天色微黑，看不清她的面部表情。南军生一直很犹豫。他不太喜欢刘红的性格，认为她虽然热情、爽朗、敢作敢为，但有点过于强势、高调、好动、爱出风头，还爱发脾气。特别是刘红在特殊时期的表现，让他感到这个北京大妞看上去大大咧咧，其实内心里有点"势利"。后来刘红又频频向南军生发起主动进攻，好像非他南军生不嫁似的，这让他的感情多年来处于矛盾之中，一直保持着不远不近的"发小"关系。

来到九龙口插队后，刘红处处关心体贴照顾南军生，南军生深深感受到了这一切，潜意识中愧对刘红。下乡乍一脱离母爱，内心的孤独常常让南军生产生一种莫名的失落感。刘红觉察到了，她时常以女性的柔情来弥补南军生情感上的空虚。

南军生从没主动与异性亲近接触过，刘红的主动暗示，让他心里怦怦直跳。犹豫片刻，还是抵挡不住爱的侵入，心动了，不由自主地伸手握住刘红冰冷的手。

"你的手真冷。"南军生这句话掩饰内心的鲁莽。

"嗯，我是凉骨头……"

刘红心中咚咚直跳，担心南军生会拒绝她，让她失望和难堪，当对方伸过手来，如暖流如触电，她终于如愿以偿，主动地转过身来，又把另一

只手搭了上去。她终于俘获了南军生。此时此刻，幸福感、成就感和收获感充满着她的内心。

南军生也把左手搭在刘红右手上，两人成了面对面，你看着我，我看着你，一句话也不说，只有暖暖的爱意从手上传递过来。是啊，当感情升华时，一切海誓山盟都成了废话，彼此仿佛听到对方心脏激烈的跳动声。朦胧的夜色中，双方都深情地凝视着对方的眼睛，脉脉的眼神充满着柔情蜜意。

刘红将头主动靠近南军生，像是偎依着他，南军生身体在倾斜，刘红感觉到一股热气流冲击她的嘴唇，南军生的嘴唇在靠近她的嘴唇，她全身颤抖起来，瞬间如同触电一样。他与刘红忘乎所以，陶醉在这悠悠的九龙河岸边。

天地间一片苍茫，夜色如此迷人，安静而又祥和。时光走了一圈，如今又回到了原点。难道，这就是命运？

第十二章

有理不怕势来压，人正不怕影子歪。

脚正不怕鞋歪，心正不怕雷打。

——民间谚语

一

1969 年 4 月，县里决定，不管城里还是乡下，给家家户户都装上有线广播，也就是俗称的"红色小喇叭"。凡是通了电的大队，还要架一只高音大喇叭。

有线广播在农村开通后，家家户户响起了广播喇叭声，社员们非常高兴。每天早晨，在《东方红》开始曲的音乐声中，就会传来"沭阳人民广播站，现在对农村广播"的男女播音员的声音。尽管沭阳地处苏北，所讲方言属于江淮官话海泗小片，不太好懂，但沭阳广播站播音员的普通话水平却相当不错，吐字清晰，音质优美。小喇叭让九龙口有了生气，有线广播成了除报纸外信息传递的重要渠道，人民群众不仅能了解到国家大事，也丰富了农村文化生活，那些经常播放的革命歌曲几乎人人会唱。尤其是本县的地方新闻，讲的都是地方人、地方事，听起来更加入耳入心。

女知青可以在丁凤琴家收听广播，但男知青收听广播却成了问题。因为他们住的是生产队库房，离村庄还有一里多路，计划中的有线广播通不到。这让男知青们非常沮丧。

"这家伙！狗含猪尿泡——空欢喜一场！"

"不怕，我有办法。"时枫自告奋勇。

"你能有啥办法？"

"我有个主意：咱们自己装个收音机，不就可以听到北京的声音了

吗？"

"你小子说得轻巧。装收音机是个细活儿，你会？"

"我当然会了！"时枫不屑一顾地说，"不是跟你们吹，只要有零件，我立马就能攒一个出来。"

时枫还真不是吹。你别看他人长得粗豪，学习成绩也不咋地，却是心灵手巧，不管什么东西，打眼就会。读初中时，他还参加过区少年宫的无线电爱好小组，学过组装矿石收音机，更给力的是，他北京家中还有些元件和工具。

一听说还有这等好事，南军生几人的眼睛顿时就亮了："早说啊！这几个月，除了干活吃饭睡觉打牌下棋吹牛，我们哥儿几个差不多都成聋子瞎子了。老时，快写信回家，把元件和家伙事儿一起寄过来，弄个收音机听听！"

"成！"

没到半个月，北京的东西就寄过来了。当时枫捧着北京寄来的包裹时，大家都激动了，迫不及待地打开了包裹。

展现在大家面前的是：二极管、三极管、电阻、电容、磁棒、线圈、双联、电烙铁、焊锡、香、听筒等一大摊无线电元件。除了时枫，其他人都不认识，也不知道它的作用。

"快装吧，老时！"大家急不可耐地催促时枫。

"我忘了这里没通电。没有电就用不上电烙铁，怎么办？"

时枫一句话让大家扫了兴，没通电啥事儿办不成。

"装收音机用电烙铁干什么？"方华不解地问。

"用它来熔化锡丝，然后焊接元件和线路。不焊起来，一摊散件，听什么？"时枫解释道。

"还有别的什么办法能熔化锡丝吗？"徐彬彬望着屋顶，眯着眼睛在想。

"木炭，木炭成不成？反正是给烙铁加热。要是行，这里到处是木炭。"江淮海脑筋活络，有当无地提了个建议。

"我看成。老海说得有道理。要不咱们试试？"方华感到可行。

"试试就试试。"

　　说干就干，大家就在丁凤琴家的锅屋里干开了，吃饭的小饭桌权当作工作台。虽说是土法上马，但也管用，缺点是靠木炭烧热的烙铁头刚焊完一个点很快就冷了，操作起来比较慢。慢就慢点儿，有了总比没有强，耐着性子慢慢来。

　　在时枫的指导下，大家克服种种困难，没有矿石改用电子三极管；没有天线，因陋就简用铅丝做一个；农忙没时间，趁雨天和晚上搞。当时枫焊完最后一个接点调试后，宣布单管半导体收音机试制成功。大家欣喜若狂，争先恐后戴上听筒，但接收广播电台的声音却非常微弱，大家气馁了。

　　"什么玩意儿？怎么这点声音？"徐彬彬像泄了气的皮球。

　　"估计是信号太弱。要想提高信号质量，唯一的办法就是架高天线，越高越好！"时枫心中有数，给大家鼓劲。

　　"也是啊！县里有线广播到了公社，不还得建一个放大站吗？老时说得靠谱。弄天线！"

　　南军生带领大家找来两根队里闲置的大树棒，七手八脚捆好，在库房门前架起了十多米高、二三十米长的天线。功到自然成，果然，收音机信号灵敏度和音量都提高了。

　　大家又高兴起来。南军生戴上听筒，一边听一边记，然后宣布能收到包括中央台、省地台等六七个电台信号，而且播音非常清楚。

　　"这下大家有事干了！"南军生摘下听筒，神秘地说，"连老毛子的广播电台也能收到！"

　　北京人那时管苏联人叫"老毛子"。

　　"我听听！"方华急忙从南军生手中拿过听筒。

　　"我也听下——还真是！"徐彬彬也猴急起来。

　　"莫斯科广播电台，莫斯科广播电台……"播音员用华语播报，接着播放的音乐是《牢不可破的联盟》，也就是苏联的国歌。

　　徐彬彬一边听一边跟着唱，唱着唱着，大家不由自主地跟着一起小声唱起来。他们上小学时，北京校园内的学生大都会唱苏联的国歌。那时，这首激昂慷慨的歌曲，曾让无数中苏两国青年人热血沸腾，它见证了两国人民兄弟般的情谊。而现在，早已不复当初，在这远离首都的穷乡僻壤，再唱起这首歌曲，不禁感慨良多。

"嘘！停，停！"南军生说，"往后，我们要有规定，只许听中央人民广播电台和省地台的播音，任何人不能偷听这个台，知道不？今天这事儿，谁也不许出去乱讲！"

"那是，绝不能够！"

二

自从有了这台收音机，谁有空谁就戴上听筒听广播，活跃了这个五人之家的气氛，听收音机成了知青们不可或缺的业余文化生活。

谁知天有不测风云。这样的好日子没过几天就出事了。收音机个头小，搁在屋里人家看不见，但那十几米高的天线戳在外面，能瞒得住谁？这里面肯定有名堂嘛！何况，当时的人，一个个头脑里都绷紧了那根弦。

他们被人给举报了，怀疑他们是特务。

那天上午，县公安局驻沂北公社公安特派员王晨和虞家湾大队治保主任仲跻武一起，前来九龙口调查。此事非同小可，吓坏了队长兼指导员吴以林，他急忙从田里赶过来。

"把你们的东西交出来！"王特派员一脸严肃，对知青们大声断喝道。

"东西？什么东西？"知青们感到莫名其妙。

"不要装痴装傻！快拿出来！"

"我们不知道你到底要什么。"

"电台！"

"真新鲜，我们这里哪有那玩意儿？"

王特派员一边问知青，一边把眼睛满屋乱看，发现了放在南军生枕头边的收音机。

"这是什么？"王特派员搜出那台土造收音机，指着它问。

"嗨！这个，这是矿石收音机，我们自己组装的，不是正规产品，我们用它接听无产阶级司令部的声音，不行吗？"南军生不卑不亢地解释道。

"就你们几个，能摆弄无线电？鬼才相信呢！"

"这有什么了不起的？不就是个矿石收音机吗？"

"什么矿石不矿石的，我不懂！我就问你外边竖的杆子是什么？"王特派员又指着门外的天线追问。

"那是天线，接收信号用的，怎么啦？"南军生问。

"天线！这是谁装的？你们头头是谁？"王特派员厉声问道。

"我是头，我叫南军生。"

屋里面的人正在争执，吴以林赶到了，进门就说："这位领导，我是生产队政治指导员吴以林，你有什么事跟我说。他们都是北京的知青，才来没多长时间。"吴以林仗着自己是土生土长，又是党员干部，上过战场打过仗，谅他特派员奈何不了自己，怕知青们出意外，就想把这件事揽到自己身上。

"与你无关！"王特派员口气生硬，"这两人我要带走！仲主任，你现在带这两人到公社治安办公室！"王特派员吩咐治保主任。

"你想带走就带走啊？凭什么?!"吴以林也来了横的。

王特派员也不搭理吴以林，把收音机放进车斗，跨上边三轮摩托车，"突突突"一溜烟开走了。

"仲主任！这到底是怎么回事？"一头雾水的吴以林问治保主任仲跻武。

"我也不懂，好像有人举报知青搞特务活动。"

"胡说！知青在老革命吴以勤眼皮子底下搞特务？怎么可能呢？这是哪个吃饱了撑的，瞎告状！"

原来知青们又装收音机，又架天线，引起了人们的注意，社员们没有人知道这矿石收音机是什么新玩意，特别是头戴听筒让人怀疑。那个年代反特电影看多了，在人们的印象中，头戴听筒的，多半是国民党特务用电台发报。党的"九大"召开期间，人们不得不提高警惕，防止有人乘机捣乱破坏。

王特派员昨天接到检举，今天就来到虞家湾，找管治保的仲主任来九龙口，要是在这个关键时刻抓两个特务出来，那可就立了大功了。

知青们见上面来人把矿石收音机当作发报机，要说他们不认得，发生些误会，还算情有可原，但硬生生把他们知青当成特务，还不问青红皂白就要拿人，颠倒是非、混淆黑白，这叫什么话！南军生他们越想越生气，可人家是专政机关，你不管怎么解释，人家就是不听，你一点办法也没有。

没文化，真可怕！

待吴以林弄清楚事情的来龙去脉，感觉这事说大不大、说小不小，万一真有什么，自己也扛不住。目前不能把人硬留下来，事不宜迟，得赶快去找大队书记周成华。他脑袋大，路子广，说得上话，只有他才能向王特派员解释清楚，把大事化小，小事化了。

南军生是知青们的头儿，机子是时枫装的，特派员要拿的就是他俩。去公社就去公社，难不成还能给他们来个屈打成招？他俩就跟随治保主任仲跻武去了公社。他俩一走，虞家湾全大队就传开了：北京来的两个知青，一个姓南，一个姓时，就是那个留着小胡子的胖子，两人都是潜伏特务。逮到了，被大队解到公社去了！

在公社治安室，王特派员戴起听筒，捣鼓了半天，见南军生和时枫带到，抬头问道："按键在什么地方？"

听了王特派员这句讯问，南军生和时枫原先紧张的心情反倒放松下来，甚至想笑。他们知道这个公安是误会了。

"这是我们组装的矿石收音机，不是收发报机，没有按键。我们知青没有钱，买不起新的，只能自己组装，一共才几块钱成本。我们装个收音机，是为了收听中央人民广播电台播音，随时了解国家大事，不是给敌人发报用的。"南军生回答。

"不对！你这样式的收音机，我怎么没见过？明明就是电台！"王特派员见过电子管台式收音机，却从没见到过这种头戴听筒的简易收音机。九龙口没通电，收音机怎么能听到播音？那长长的接收天线，跟县公安局大院和驻军团部的那种天线差不多少。他在反特培训班学习时看到过的，是缴获美蒋潜伏特务用过的电台，印象中大致就是这个模样。

王特派员坚信自己的判断，说不准敌人就隐藏在九龙口的知青中，案情重大，不可懈怠，他决定将这个案件移交到县公安局审理。

"仲主任！你去租两辆脚踏车来，把他们送县公安局治安办公室。"王特派员吩咐仲跻武。

"行，但是王特派员，租车钱谁给？"

"你先垫上，回去找大队报销！"

"大队没有钱，上两次送小偷的钱到现在还没给我报呢！"

"你先去，等我见到周书记时，我对他说，你不用怕，会给你报的。属地管理，地方发案由地方负责经费！"

车来了，王特派员对南军生说道："我先走，你俩骑车去县公安局。老仲不会骑车子，你俩换着带他去。今天就不为难你们，不绑了！"办案拿人是王特派员的职业，熟门熟路。今天对北京知青还算客气，没上绳子。他自己骑上那辆三轮摩托车先走了。

放下仲跻武南军生他们三人暂时不提，再说这边的吴以林。

眼看着南军生他们被人带走，吴以林火急火燎，急忙四下去找大队书记周成华。周书记一听急了，饭也没顾上吃，就骑上自行车直奔公社。他不相信知青队伍中会出现耸人听闻的特务案件：都是才离开校门的学生，乳臭未干，怎么可能是特务呢？简直是胡来！他正酝酿要从全大队知青中挑选一位兼职团支部副书记，加强对知青的管理辅导。吴以林反映北京来的南军生素质不错，父母是北京的高级干部，应该是个人选。正在这节骨眼上，偏偏出了这样的事情。周振华又急又恼，满头大汗，后车座上又坐着吴以林，周成华头脑越想越乱、越骑越沉、越走越慢，于是干脆跳下车来，步走。

等两人急匆匆赶到公社，王特派员已经去了县公安局，南军生和时枫也送走了。周成华二话没说，转身就去找公社司守明书记，可司书记偏偏又去县里开会，他想都没想，带上吴以林急忙赶往县城。

三

南军生和时枫做梦也没想到，因为装个收音机收听广播能惹出这么大麻烦，还被人送县公安局审查，真是晦气！

从公社到县城，骑车一个多小时。到了公安局后，一刻也没停留，就把南军生和时枫带进审讯室进行审讯，主审的是两名公安干警和王特派员。

姓名、年龄、籍贯、职业、身份、家庭成分、住址都按惯例讯问清楚；还有伯父母、姑父母、姨父母、舅父母等所谓的关系和政治背景也要交代。当得知南军生父母是北京某部高级干部时，公安人员目光相视一下，也许是从事公安工作较久，他们仅仅凭着自己的主观判断，不但不深入细致地去调查研究，反而更加怀疑。身份特殊也许问题更大，要是从南军生身上打开缺口，挖出北京高级干部身边子女作案线索，他们三位就能立下大功！

三人围着桌子上的矿石收音机研究来分析去，越看越像伪装的无线电台。他们决定下午向公检法军管会领导汇报，在没有搞清楚这物证到底是收音机还是电台之前，先将这两名知青关起来再说，别让他们跑了。

此时此刻，周书记和吴以林焦急万分，在公社找不到司书记，就骑车直奔沭阳县城县政府招待所。在开会人员就餐的食堂内，周成华终于找到了正在吃饭的司守明。

"先坐下吃饭，然后慢慢说。"司书记见两人着急忙慌地跑到县城来找他，心想必有急事、大事。

服务员刚把饭端来，饥肠辘辘的周、吴两人也不客气，就狼吞虎咽地吃开了，一边吃，一边向司书记汇报。

"瞎弄！小知青下农村劳动，收集什么情报？他们有这么大本领装电台啊？公检法越搞越乱，不抓案件专钻牛角尖！到现在他抓到几个真正犯了事的人？"司书记一脸怒气。

在招待所宿舍，司书记找到也参加会议的县公检法军管会负责人，把事情跟他说了。

"我打个电话问一下。"负责人是当地驻军干部，做事雷厉风行，听完司书记的介绍，就起身去了招待所办公室。

司书记、周书记和吴以林在宿舍里焦急地等待。

"这样吧！请大队来人到局里办公室等一下，我已安排专人调查，看看案件处理结果。"负责人打完电话回来，对司书记他们说。

周书记和吴以林总算松了一口气，骑上车子，直奔坐落在城西头的县公安局。

南军生和时枫此刻被关在四平方米的格子间式拘留室，肩并肩坐在柴席上，南军生望着铁栅栏，低声问时枫："老时，你怕不怕？"

"怕啥？我又没干坏事，他能咋着我？"

"他们要是搞逼供信，你能扛得住吗？"

"除非他们把我搞死，屈打成招是不可能的！"

"老时，是条汉子！挺住啊！打死也不能乱说。"

"还公安，连个收音机和电台也搞不清楚。"

"身正不怕影子歪，我相信总有人会认识这个东西。"南军生和时枫坚信，事情会搞清楚的，他们会恢复自由。

傍晚时分，拘留室的铁门打开了，门外站着周书记、吴以林和王特派员。

"二位，对不起，冤枉你们了！我向你们道歉！"王特派员手抱矿石收音机，尴尬地对南军生和时枫说。

"司书记、周书记、吴队长！"南军生和时枫见到公社和大小队的领导都来了，心中一阵委屈，不禁眼泪夺眶而出。

"没事了！都回去吧！"司书记说。

王晨将收音机还给时枫，并且递上一只新听筒，时枫感到纳闷。

"机要室马科长说你的听筒阻抗不匹配，会影响收音机音量，他送你一只新的！"王特派员说。

"谢谢马科长！"时枫深感意外，衷心地感谢这位未晤面的无线电专业人士。

事件戏剧性地发生逆转，是因为司守明书记找了那位公检法军管会领导，公安局局长出面调查研究，由机要室负责电台工作马科长参与鉴别。马科长不用检验，一看这所谓的电台哈哈大笑，连声说道："世界上哪有这样的电台？这就是简易收音机，你们搞错了！"

误会消除，南军生和时枫如释重负，轻松地走出了公安局大门。

"南军生！时枫！"大门外拥来一群人喊着，他们是刘红、方华、徐彬彬、江淮海、苏琴琴和顾小雨。大家心情激动，相互握手拥抱，犹如久未见面的老朋友。当众目睽睽之下刘红拥抱南军生时，也公开了她与南军生的关系，引来大家一阵热烈的掌声。

"饿坏了，饿坏了，我们回去吧！"南军生和时枫有气无力地说。

"不忙。"周书记说，"我身上带着钱，先带你们去澡堂洗把澡，去去晦气再说！"

第十三章

学好千日不足，学坏一日有余。

不摸锅底手不黑，不拿油瓶手不腻。

——民间谚语

一

大约到了四月中下旬，队里的春耕春种工作便告一段落，此后的一个多月时间，相对来说，雨水较少，正是农村盖房的好时候。为知青盖新房便提上了生产队议事日程。

盖房是大事，农村人特别讲究，虽然是给北京来的知青居住，也不能糊弄，首先要选一块合适的宅基地。具体把房子盖在什么地方呢？生产队班子开了好几次碰头会，就是定不下来。研究来研究去，大家觉得社员陈发乾家隔壁的那块菜园地比较合适。陈家菜园边上原先是五保户仲大爹住的地方，因仲大爹没有后代，他死后不久，房子没有人管，没几年就坍塌了。但这块空地只有二分多，只够盖三间，八个知青，五男三女，还要有做饭的厨房，三间明显不够用。假如能盖五间房，男生住两间，女生住两间，再留一间做厨房，这样就比较合适。问题是要盖五间，就要占用陈发乾家房屋西边的二分菜园地。班子决定，副队长周成富出面，与陈发乾商议，占用他家的地，可以调到队里大田地边上，用公家地给他补齐。实在不行，还可以多补一点，不让陈家吃亏。周成富耐住性子，多次上门和陈发乾协商，好话说了一大堆，可陈发乾来个"王八咬鲇鱼——死活不松嘴"。遇到陈发乾这种蒸不熟、煮不烂、捶不扁、剁不碎的滚刀肉，饶是像周成富这样有千斤力气的好佬也拿他没有办法。

在农村，一般社员大多都是比较好说话的，像陈发乾这样的人的确不是太多。他这个人，不但自私自利，还特别小抠油，一分钱贴在屁眼沟上，三盒枪也打不下来，是全大队出了名的"钱摽子"。至于为人处世，他能说会道，做事八面玲珑，是人不得罪，比泥鳅还滑，一般人很难对付。周副队长一说队里想和他调地，他心里的小九九就扒拉开了：大田地离家远，自留地只能种粮食；自留地在家跟前，就能种蔬菜卖。俗话说：一亩园，十亩田。种蔬菜收入比种粮食高得多。再说了，他那二分菜园地刚下过塘粪，地劲足足的，每年能多收入好多钱。他心里这样想，嘴上却不这样说，脸上还表现出一副诚恳而又惋惜的样子，慢条斯理地对周成富说道："我说表侄子，队里想调我这点小菜地，那是看得起你表叔，按照道理，我不能说二话，得坚决支持你们工作。你是知道的，我们家小五丫头眼看就要出门子了，一套嫁妆钱全指望这点菜园子出哩！你看这样行不行，等小五丫头出门过后，我立马就换给你们！"

陈发乾这番话把周成富噎了个半死，还发作不得——小五丫头今年才十六七岁，还没有人提亲呢，结什么婚？要结婚也得三四年以后，这明摆着就是推辞嘛！周成富见这事谈不拢，只能实打实向队长吴以林和会计徐维高汇报。徐维高听罢，眉头一皱，说道："他又来这一套，我去！"

徐维高虽然只有高小文化，但他多年担任生产队会计，又长期生活、工作在基层，天天和社员打交道，老百姓的脾性和心思，他摸得透透的。徐维高找到陈发乾，见陈发乾正在菜园里给青菜浇水，便向他打招呼："表叔，忙着呢？"

陈发乾回过身来，笑眯眯地回答道："嗯哪！你吃过饭没有？要是没吃，我家里现成的，叫你表婶给热一下就行！"

"我吃过了，表叔。"徐维高摆出一副不恼人态度，"表叔啊，我听说成富来跟你说事，你不太同意是吧？不是我说你啊表叔，这回成富来找你谈，不是代表他自己，而是代表生产队，代表上级，这死活点子你也看不出来？他三番五次找你协商，好话跟你说了几笆斗，你就是不松口，再拗下去，恐怕你要吃大亏哦！"

陈发乾见徐维高不软不硬，话里有话，知道这事可大可小，弄不好得罪了生产队"三大员"，往后就会有穿不完的小鞋，便苦巴着脸，还带点哭腔，弱弱地答道："大侄子，不是我觉悟不高，实在是不好弄。我家一年到头，全指望这点小菜园挣点油盐火耗钱，还要准备小五丫头出门的嫁妆。你们这一调，我真要穷得拉血了！你生产队要是能供应我一年到头的开支用度，到时给我一套嫁妆钱，我这就换给你们……"

"看表叔这话说的，有点不讲理是吧？生产队又不是你养老儿子，凭什么供你？！"

"你要是不供，我就没有法子了。"

"表叔，我现在好言好语跟你谈，你要是油盐不进，到时把事情弄大了，我没法替你说话。"徐维高越说声音越大。

"全队那么多人家，凭什么偏要调我家的？旁人让我就让，旁人家不让我就不让！"陈发乾肉泥烂酱，摆出死猪不怕开水烫的架势。

"给知青盖屋，就是把仲大爹那点宅基地利用起来。你也看到的，那宅基地只能盖三间，不够知青住的；要是你家这二分地调换出来，能盖五间，就宽敞了。你说呢？"

"知青宽敞不宽敞碍我什么事？维高，你还是去找旁人说说吧！"

徐维高见还是做不通陈发乾的工作，只好跟他摊牌："老表叔啊，我跟你说：这是给知青盖屋，不是给我盖屋，也不是我要给他盖屋，是上边下来的任务，不盖不行，还就得在你家旁边盖。你呢，自己做过什么事先掂量掂量，就凭你的身份，你觉得你能不能扛得住吧。"

这几句话算是真正抠住了陈发乾的"腮"，让他动弹不得。再擘，恐怕还真够他喝一壶的。

"老表叔"有软手把子被徐维高攥住，吃不住吓。原来这陈发乾在解放前干过几天伪保丁，本来这也不算什么大事，像他这种小鱼小虾，农村里多的是。要是不认真呢，也不会有人非要跟他过不去；要是认起真来呢，他也没有脾气。好在他和本队社员沾亲带故，叙起来还是长辈，乡里乡亲的，大家也就睁一眼闭一眼放他一马。这回徐维高竟然撕破脸皮，新账老账跟他一起算，他不禁心虚起来。

到了这一步，陈发乾的转轴不灵光了，一句话也说不出，吧嗒吧嗒自顾自只是抽烟。徐维高看透了他的心思，轻描淡写地说道："老表叔，我的话已经说到，换与不换，随你。我走了。"

陈发乾两眼直勾勾地望着徐维高远去的身影，半天没回过神来，站在那里发呆。事情明摆着，胳膊扭不过大腿。

半晌，陈发乾忽然两手抱头，蹲下身来，一把鼻涕一把泪，自言自语哭诉道："姓陈的，你这个没志气的人，啊呜——"

当天晚上，陈发乾主动敲开吴队长家的门，低声下气地做了检讨，答应给知青换地，具体怎么调，怎么补偿，任凭队里做主。

二

一阵噼里啪啦的鞭炮声响彻九龙口上空，陈发乾家隔壁顿时热闹起来。周成富副队长带着六七名青壮年社员，准备开工行碃，为知青盖新房夯实地基。

"抬起来哦哟！"周成富掌碃领唱，沉重的石碃被四个人高高抬起，跟随掌碃人的节奏，齐声跟唱"嗬嗨！"然后石碃落下，边唱边行碃。

这就是苏北沭阳一带农民在劳动中形成的号子《打夯歌》。曲调明快、节奏感强，有力有气势，调门不变，词可任意发挥，一人领唱，众人和唱，流行于需要夯实地基的建设工程场所。

"夯地基哦哟！""嗬嗨！"

"盖新房哦哟！""嗬嗨！"

"住知青哦哟！""嗬嗨！"

"有个家哦哟！""嗬嗨！"

"扎下根哦哟！""嗬嗨！"

"办喜事哦哟！""嗬嗨！"

"生儿郎哦哟！""嗬嗨！"

"哈哈！哈哈！"

为知青们盖房子无疑成了九龙口的一件大喜事，知青们笑意写在脸上，南军生他们都来到现场，敬烟倒茶递毛巾，忙得不亦乐乎。

"抽烟，抽烟，歇歇再干！"南军生和时枫向参加打夯和推泥的社员递烟。为了招待来盖房子的乡亲，知青们特地凑钱，买了两条"红骑兵"牌香烟。"好家伙，还吃洋烟啊！徐州红骑兵，好烟！"接烟的社员乐不可支。

"喝水，喝水！"苏琴琴和顾小雨为打夯休息的社员倒水，她们将自己的竹壳水壶和脸盆也带来了，还从丁凤琴家拿了一摞蓝边碗。

夯实地基后，接着就是和泥。泥要和透，和出韧劲来才中用。几名社员用独轮车推来泥土，撒上草，泼上水，吴以勤大爷卷起裤腿，双腿站在泥浆中心，一手拿短鞭吆喝，一手牵头水牛，在泥水中间转圈圈，借用水牛的四条粗壮的腿来回踩踏和搅拌来和泥。

虞家湾大队一带的土壤比较黏。农民盖房，用黏土加麦穰多次搅拌，成为熟土后再垒墙。这样垒出的墙，即使不用一块砖也同样结实坚固，不掉泥渣。土墙苫上草顶，冬暖夏凉，农民家家都住这种茅草屋，可以住上几十年。从虞家湾往南七八里路是黄沙土，老百姓盖屋时，直接把黄土倒进夹板里，用大小榔头使劲夯，苫上草顶后，住的效果一样。

真佩服农民的智慧！

知青们等啊等啊，巴不得马上将房子盖好，让他们搬进新房，再也不用闻仓库刺激人眼睛鼻子的难闻气味。吴以勤大爷看出知青们的心思，乐呵呵地告诉他们：盖房子不能抢时间，急火打不出好烧饼。筑墙要有周期，每筑一尺高泥墙，就要日照风吹，干上个七八天，等墙体干透结实了，才能再往上筑。

"那要得多少天啊？"顾小雨急急追问道。

"起码要两个月吧！墙干透了，才能上梁打笆苫草。"

"苫什么草呢？"苏琴琴问。

"麦穰就行，"吴大爷说，"本来队里麦穰留喂牛的，怕不宽绰，要不是你们唱戏挣来那么多麦穰，恐怕得到麦收之后。现在看来，如果天气好，头麦搬进新家住，应该没有问题。"

"噢——！"知青们听了，顿时欢呼起来。

三

清晨，九龙口被春雾和炊烟笼罩着，朦朦胧胧，犹如仙境。这真是个好兆头——春雾晴，夏雾热，秋雾连阴冬雾雪——知青们盼望每一天都是响晴白日，这样，他们很快就可以住上新房了。

"吴指导，出事了！"副队长周成富匆匆赶往队长吴以林家，大嗓门儿老远就听见了。

吴以林正在洗脸，听到周成富喊他，手拿毛巾就出来了，见周成富的眉梢上沾满了雾水，问道："什么事？你嚎的！"

"昨天白天给知青新砌的墙头，今夜被人扒倒了！"周成富报告。

"真的假的？"

"那还能假？不信你去看看！"

"这还了得！"吴以林眼一翻，吼道，"真是反了！谁这么大胆，敢破坏知青盖房？走！去看看！"吴以林边说边将毛巾往石磨上一扔，跟着周成富就往村西头走。

到了知青新房屋基处，只见刚筑出两尺高的墙头被人推倒几处，泥块散落一地，围观的社员议论纷纷。

闻讯赶来的知青们目睹眼前的情景，心里十分难受。

"这明摆着是有人搞破坏！给我查，一查到底，我非扒了他的皮不可！"吴以林见状，气不打一处来，先把事件定了性。

"有人搞破坏？"南军生乍听吴队长这么定性，吃了一惊，莫非九龙口还真有敌人？要说有，几个月来没见着一个；要说没有，这墙是谁推倒的？

"肯定有，那还用说！"周成富接上一句，并且朝在场的陈发乾瞟了一眼。

"不是我干的啊，成富你不要朝我望……"

陈发乾被周成富望得心里发毛。陈发乾清楚，开始时他确实是反对在他家隔壁盖知青房的，后来虽然勉强同意，但却得罪了副队长周成富和会计徐维高，夜里墙头倒了，不是他也是他，他浑身长嘴也说不清这事。又见大伙七嘴八舌朝他指指戳戳，周成富有意朝他望，大家明显是怀疑他了。哪怕他陈发乾是九条尾巴的老狐狸，这时也沉不住气了。

"全庄社员都听着！我陈发乾原先反对盖屋不假，后来在队干部的教育下，我又同意换了。是哪个推倒墙头，有意栽赃于我，让我受连累！"陈发乾赌咒发誓，连嚼带骂，撇清自己。

看陈发乾这副急逗的样子，众人反倒大笑起来。

"我说老表叔，好汉做事好汉当，你急什么逗！是你推的就承认，不

要自己溺尿怪别人没喊你！"四哥吴以法半真半假，"打靠"老表叔陈发乾。

"就是啊，老表叔，赶快招了吧！犯了错误就改，还是好同志。"方二喜生怕事小不热闹，在一旁煽风点火。

陈发乾走投无路，干脆骂起庄来："你听着：你要是干这缺德事，赶快出来认账！你要是不认账，我叫你吃饭噎死、喝水呛死、洗澡淹死、干活累死、走路挨驴踢死！"

陈发乾发飙骂庄，众人听得津津有味，反倒把正事放一边了。

吴以林和周成富调查了相邻的好几户人家都没有结果，都说没看见，看老表叔陈发乾的表现，又不像是他干的。

"表叔，你说不是你干的，那会是谁干的？"吴以林问。

"我夜里睡得着着的，没听到动静，我也不知道。"陈发乾结结巴巴，说不出个子丑寅卯来。确实，没有证据他不敢乱说，都是本庄亲戚和邻居，低头不见抬头见，瞎骂可以，瞎猜不行。

调查没有结果，队里只好又将推倒的墙头重新补上，此事也就暂时搁在一边。但是，警惕性高而又好奇心重的知青们倒是想搞个水落石出，不为别的，就是想看看这个人长的啥模样。

四

事后，知青们曾向吴队长了解生产队政治状况。吴队长说，九龙口大多数社员都是贫下中农；三户地富成分的，经过这些年教育改造，也都安分守己，不敢乱说乱动；加上与贫下中农家庭有亲戚关系，从没有发生过相似事件。

面对这起推墙事件，知青们议论，这里面肯定大有文章。一帮涉世未深的小青年决心要抓住这个人。

江淮海献计道："想捉这人不难。这几天队里不查了，坏人的心里也放松了，他肯定还会再来破坏。咱们就杀他个回马枪，悄悄潜伏蹲守，死等他！"

"好小子，你真不愧是个小诸葛，能行！"大家一致赞同，蹲守，拿人！

　　说干就干。南军生对八个知青进行了分工：第一组，徐彬彬和顾小雨，值班时间为上半夜八点至十点。这段时间坏人出来的可能性不大，但也要提防。第二组，方华和苏琴琴，值班时间为十点至十二点，这段时间可能性加大，需要特别警惕，不能打瞌睡。第三组，南军生和刘红，值班时间为零点到凌晨两点，这段时间最紧张也最容易出事。第四组，时枫和江淮海，值凌晨两点到四点的班。这段时间虽然危险系数有所降低，但是不能大意，关键是这段时间最容易犯困打瞌睡，不好熬。过了四点钟，天麻花亮，爱起早的人一多，也就没事了。

　　"要不要带家伙？"

　　"要，但尽量不要打他脑袋。"

　　"不管怎么说，咱们自己人不能吃亏。"

　　计划好了，大家静静地等待天黑。

　　夜幕终于降临。只见弯弯月牙儿高高挂在深蓝色的天幕上，无数的星星或明或暗，调皮地眨着眼睛。除了远处偶尔传来的几声狗叫，村里村外一片安宁。

　　徐彬彬和顾小雨值第一班。按照事先计划，他俩躲在距离新屋十几米外的腊条丛后面蹲守。此时的顾小雨满脑都是《莫斯科郊外的晚上》，诗情画意，高兴了，还轻轻哼出声音来；而徐彬彬呢，则满脑子都是"月黑杀人、风高放火"的场景，他手握哨棒，两眼死死盯着新筑的墙框，片刻也不敢走神。

　　第一班时间到，平安无事，徐彬彬和顾小雨回去休息；第二班值完也平安无事。方华和苏琴琴来换班。

　　方华把脑袋缩进大衣领子里，睁大眼睛观察着四周动静。苏琴琴紧挨着方华，不时靠近方华耳边悄悄说话，方华担心暴露，劝她不要讲，可苏琴琴就是不听。这不，她又把嘴巴靠近方华耳朵边，问："华子你说，这人会来吗？"

　　方华压低声音回答："说不准。"

　　"哦——会来几个人呢？"

　　"说不准。"

"要是来了俩坏人，我们打得过吗？"

"说不准。实在打不过就喊人。"

"坏人有枪吗？会不会带刀？"

"说不准。"

方华的"说不准"让苏琴琴越来越没有底，心里多少有些害怕。但她毕竟是军人的女儿，从小在军营里长大，舞刀弄枪这些事她见得多，应该说，她的胆子比方华大。不过，在今天这个美好的夜晚，她总是装出一副胆小怕事、小鸟依人的样子。

苏琴琴是高干子女，而方华出身普通工人家庭，在艰苦环境中长大成人，诚实、质朴、憨厚是方华的优秀品质。上山下乡以来，他咬紧牙关挺住，不怕苦不怕累，处处顾全大局，维护知青的集体形象和利益。他的缺点是头脑一根筋，说话做事有时会过于执着，用北京话来说，就是有点"轴"。

春天本来就使人犯困，加上劳动了一天，又到了该休息的时候，渐渐地，那股困劲就上来了。方华不禁揉了揉双眼，不让自己在战斗岗位上打瞌睡。

此时的苏琴琴心中却七上八下，不能平静。第一次和方华单独在一起，周边静悄悄连个人影也没有，她不由自主地往方华身边靠了靠。

"哇儿！哇儿——！"

突然，前面传来一阵令人毛骨悚然的怪叫，把方华和苏琴琴吓了一大跳，两人汗毛孔都爹开了。凄惨的叫声中，几只黑影在地上厮打、翻滚，并一直向他俩身边冲过来。方华不顾一切地站起身来，把苏琴琴往身后一拉，举起手中哨棒，使劲向黑影抢了过去……

第十四章

经一番挫折，长一番见识。

好汉凭志强，好马凭胆壮。

——民间谚语

一

却说刚才那几只黑影冷不丁向方华和苏琴琴冲过来，把两人吓了一跳；这方华猛地站起身，用棒子使劲一抢，又把那几只黑影吓个半死。黑影们一声叫唤，连滚带爬，飞快逃走了。

双方各被惊吓一次，算是扯平了。

方华仗着手里有家伙，想追上去看个究竟，谁知被苏琴琴紧紧搂住后腰，动弹不得。他很快镇静下来，问苏琴琴："这什么玩意儿？半夜三更不睡觉，在外头闹腾？"

"你看清了吗？"

"好像是老猫在打架。"

"就是老猫。你知道老猫为啥打架吗？"

"不知道。"

"你呀，傻小子一个！"

苏琴琴绕到前面来，钻进方华怀中，从前面搂住方华。方华进也不是，退也不是，脸红脖子粗，茫然不知所措，只感到胸口怦怦怦跳得厉害。过了好大一会儿，方华才平静下来，轻轻说道："琴琴，别这样。"

苏琴琴扎在方华怀中，一句话也不说。

一抹云彩悄悄遮住了月牙的光辉，夜色朦胧，方华的头脑里一片空白。此时此刻，他除了能听见自己和苏琴琴急迫的呼吸声，其他什么也感

觉不见。

"琴琴。"

"嗯——"

此时此刻，一切语言都是多余的。

方华和苏琴琴也是多年的同班同学，同学们在一起说说笑笑，那是很自然也很平常的事，他从来没有产生过任何的非分之想。即使是从全班几十人的大集体转变为现在只有几个人的小集体，他也没有其他任何想法。刚才这一切来得太过突然，他一点思想准备都没有，况且又是苏琴琴主动，因此不禁心慌意乱起来。

在感情这个问题上，女孩子比男孩子懂事早。

"华子哥，你知道老猫为什么夜里打架？"苏琴琴靠在方华怀里，嗲声问道。

"我真不知道，你告诉我呗！"

"那是猫叫春呢。"

"什么是叫春？"

"死脑筋，不告诉你！"

悄悄话说到这份儿上，方华就是死人，也明白过来：苏琴琴爱上自己了！

苏琴琴就这样依偎在方华怀中，倾听着方华不安的呼吸声和激烈的心跳声，享受着依靠在男人强健肌体上的那种无可名状的安全感。方华试图推开她，可她反而搂得更紧。无奈之下，方华用手轻轻拍了拍苏琴琴的头，贴着她的耳朵边低声说道："坐下来吧，这样傻站着会暴露。"

这句话管用。苏琴琴调皮地笑了笑，松开手，紧挨着方华坐了下来。苏琴琴是真的爱上方华了。本来嘛，对异性的喜爱、仰慕和渴望是人类的天性，只不过在天性的背后隐藏了许多非天性的东西。而这些非天性的东西却能禁锢并扼杀那些美好的感情！不信？一部《诗经》唱出了多少痴男怨女的欢愉、无奈和心酸！两千年后，依然余音袅袅，不绝于耳。

在这远离父母的穷乡僻壤，苏琴琴经常感到孤独、寂寞、无助和失望，她需要青春萌动的精神寄托，需要心灵停靠的静静港湾，而帅气且忠厚的方华便成了她追逐的对象。

其实，苏琴琴本来对南军生有些好感，只是这种好感从未表露出来。她认为，南军生的父亲南山和自己的父亲苏里是老熟人，都身居高位，从家庭方面来看比较合适。但这一切因为一些他们年轻人所不能左右的变故而改变。时势改变了两个年轻人的命运，今后何去何从，谁能看得清楚？苏琴琴畏缩了，和刘红一样，她渐渐疏远了心中的"白马王子"南军生。

九龙口一起插队，无论何种出身，大家"同是天涯沦落人"，苏琴琴心底再度燃起爱的火苗。谁知正在她犹豫不决之时，刘红这死丫头竟胆大包天，来个先下手为强，迅速抢占了爱情制高点，一下子把南军生揽入怀中，这让苏琴琴既气恼又懊悔。如今，刘红和南军生出双入对，苏琴琴见了，心中多少有些醋意。

苏琴琴认为，与南军生相比，方华没有南军生的成熟与老练，却有着劳动人民的勤劳和朴实，有朝一日，接受再教育期满回京，凭借父母的帮助，完全可以改变方华的人生轨迹，和自己建立一个幸福美满的家庭。但这突然降临的爱情却让方华感到相当被动。俗话说：笆门对笆门，板门对板门。门不当户不对，再好的感情最后也往往会做成夹生饭。方华思忖：自己的条件和苏琴琴比相差实在太多，将来很难逾越传统观念走到一起。想到这里，方华有点泄气，心想还是保持一定距离为好。

然而此时此刻，爱的冲动已经战胜理性，方华感觉苏琴琴用身体贴住他的胸膛，他有些抵挡不住，情不自禁地抱紧了苏琴琴，双双堕入爱河不能自拔。

等到南军生和刘红赶来换班时，方华正拥抱着苏琴琴，脸贴脸睡得正香。刘红见了，踢了一下苏琴琴的腿："呦嗬！你俩干的好事！这是值班还是睡觉呢？起来！"

"华子，行！这样睡，暖和！"南军生乐呵呵地调侃方华。

方华和苏琴琴在温存中竟不知不觉沉沉睡去，没想到让南军生和刘红撞个正着，不禁感到有点狼狈。谁知人家苏琴琴反倒无所谓，一边揉着惺忪的双眼，一边假装生气地责备刘红："做梦刚做到关键时候，被你俩给搅和了，你俩得赔！"

二

连续三天值班蹲守都没有发现异常情况，知青们认为这人不敢再来了，考虑到白天都要干活，南军生决定再守最后一晚，抓不到就算了。那怎么能行？革命不能半途而废，一定要进行到底！这回，江淮海设计出一个"金钩钓鳖"之计，专候坏人上钩。

到了第四天夜晚，南军生和刘红值零点到凌晨两点的班。时间一到，他俩就来换方华和苏琴琴。此时，熟睡的村庄万籁俱寂，只有蟋蟀声点缀着宁静的夜。

南军生和刘红都身穿军大衣，抵挡着料峭的春寒。进入蹲守阵地，南军生就急不可耐地拥抱住刘红，劈头盖脸一阵狂吻，整得刘红喘不过气来，她想说话，却被堵住嘴巴说不出。

好不容易等南军生消停下来，刘红问道："你说坏人会来吗？"

"嘘！"南军生阻止刘红讲话，蹲守时千万不能有动静，如果让坏人知道，岂不前功尽弃？

"如果抓到坏人怎么办？"

"交给队里发落呗！估计还是以批评教育为主。"

"我认为一定要给他点厉害尝尝。"

"我们只负责拿人，怎么处理，不能擅自做主。"

"为啥？"

"农村里的情况实在太复杂，还是应该听贫下中农的。不然的话，我们会很被动。你说呢？"

"也是啊！"

两人在黑暗中叽叽咕咕说了半天，南军生和刘红又开始亲吻起来，双双再度驶进爱的港湾。

突然，南军生一怔，似乎听到了什么动静，他转过头来，四处观察。刘红也感觉到了，把脑袋从大衣领中伸出，双耳警惕地捕捉动静。

今夜果然有了情况！从南边传来轻轻的脚步声，黑暗中，隐约有个人蹑手蹑脚往墙头边走来。

南军生和刘红赶紧卧倒，警惕地盯着黑影的一举一动。只见那人鬼鬼祟祟走到墙头前面，先是站立不动，左顾右盼，窥探四周动静，过后又围着墙走了一圈；停下之后，又东张西望打探了一回，这才把手搭上墙头，试推了几下。刘红见状，想立刻起身冲上去，南军生一只手紧紧抓住她的胳膊，另一只手捂住她的嘴巴。

南军生不想过早去抓这个人，他要等到有充分证据后再上前抓人；能抓到现行最好，万一让人跑掉，还有第二招等着他。

"轰隆"一声，墙头倒下一截。

"你丫敢破坏！"刘红再也按捺不住，挣开南军生，提着棒子就冲了上去。

"站住！"南军生见刘红去抓人，也大喊一声，左手打开手电筒，右手提着短棍，也冲了上去。

那厮做梦也没想到，都这个点儿了，还会有人在此埋伏！听到喊声，又看到两个大块头挥舞着家伙冲杀过来，顿时吓得魂飞魄散，"妈呀"一声，撒开丫子就跑。

南军生和刘红奋勇追了上去，在手电筒光束照射下，来者惊恐万状。二人仔细一瞧，竟然是本队社员、外号"小神仙"的刘玉恒。

两人正准备上前锁拿，不料刘红"哎哟"一声，脚踩进一个洼坑，把脚给崴了，南军生赶紧停下脚步，去搀扶刘红。刘玉恒见状，不顾一切乘机逃跑了。

"怪我，关键时候掉链子。"刘红自责道。

"跑得了和尚跑不了庙！"南军生肯定地说。

"人跑了，没有证据咋弄？"

"没事，早给他下好套了！"

这时，庄上的狗也被惊动起来，"汪汪"吠个不停，犬吠声惊动了左邻右舍，大家纷纷出门探个究竟。

"怎么回事？"

"抓推墙的坏人。"

"谁干的？"

"不晓得呢！"

"谁抓的？"

"知青。喏，就是他。"

人们围住南军生打听："哪个干的？逮到人没有？"

"是南边的，暂时没逮到。"南军生不想说明，虽然证据确凿，但在没报告吴队长之前，他不想公开那人的姓名。

不多一会儿，吴以林、周成富、徐维高、丁凤琴、徐士成也都闻讯赶来了。

"是谁？看清了吗？"

"看清了，"南军生小声对干部们说道，"是——我在墙四角撒了石灰粉，他肯定踩到鞋底上了，这就是证据！"

当吴队长等人得知青们轮流蹲守，终于查获证据之时，很是佩服，当场交代徐士成说："知青轮流蹲守抓人也是替生产队办事，给他们记工分。"

徐士成点点头。

"南军生，"吴队长又招呼其他干部，"你们都跟我走，到南边去看看！"

三

"小神仙"刘玉恒吓死了！

回到家中后，他仍然惊魂未定，胸口"咚咚"跳个不停，坐在院子里的磨盘上直喘粗气，心里急得像热锅上的蚂蚁。原以为趁夜深人静之时去办事，神不知鬼不觉，不料夜里杀出南军生和刘红两个煞星，让自己现了原形。原来人家早就埋伏好了，专等自己来上钩。他们也忒损了！我刘玉恒"小神仙"的英名，算是被你们给彻底毁了！要不是那女的崴了脚脖子，自己肯定会被当场拿住，那样的话，丢人可就丢大发了！当务之急，是要赶紧编一套说辞，把这事抵赖过去。

刘玉恒正在紧张地盘算着，屋后小路上传来一阵叽叽喳喳的说话声。他紧张极了：这回就是真神仙来，恐怕也吃不了兜着走！

刘玉恒是本队社员，看过两本看相算命和看风水的书，属于自学成才的"海青"。以前，本大队或周边大队的人家遇到红白喜事，都要请他去帮推推生辰八字，合合日子；谁家盖房子，也请他去看看风水定定向。农村人比较迷信，要是不请刘玉恒去看看，心里不踏实。刘玉恒这人也比较地道，不管谁请，一律不收费。谁家不过意，买两包香烟抽抽就行，留他吃顿饭也行，从来不讲究。因此，左邻右舍、前庄后村的都捧他，送他一个外号——小神仙。

前些天，他得知生产队要在他家后面给知青盖屋，他又拉罗盘又掐算，知青宅基地冲着他家，对他居住不利。他算来算去，想出了"上中下"三个计策破解：上策是用口舌挑动陈发乾出面干扰，不让他换地，这样就能置身事外，不用惹火烧身；中策是在自家屋后竖立一块"泰山石敢当"，扶正祛邪；下策是亲自出面干扰，然后散布谣言，让队里另外给知青找宅基地。

但事情的发展并不如其所愿。首先，他确定的上策，陈发乾虽然顽强地抵抗了一阵子，但经不住徐维高的"威逼利诱"，没几下就屈服认输了。无奈，刘玉恒又准备实施中策。自己掐算了一下，没有一人多高的石碑，根本镇不住。这样的石碑，连货带运费再带竖碑的人工，没有七八十块钱下不来。太贵了，自己拿不出这钱，只好作罢。剩下的就是下策了，半夜去推人家墙头。

"咚！咚咚！"敲门声一响，把刘玉恒吓得小腿肚子转筋，他知道生产队干部找上门来了。

"刘大先生啊！"门一开，吴队长和队干部们一起拥了进来，南军生亮着手电筒，吴队长问，"玉恒，你这么大年纪，怎么做这种事啊？"

"吴队长，不是我，我没干什么。"刘玉恒还故作镇静。

吴以林笑笑，向南军生说道："他说不是他。"

"你把鞋抬起来看看！"南军生用手电筒照着刘玉恒的脚。

刘玉恒一头雾水，不由自主地抬起他的脚，脚底上明显沾有石灰粉。

"说吧，玉恒！争取主动坦白机会，不然送你去公社治安股！"徐维高吓唬刘玉恒。

"小神仙"刘玉恒再也沉不住气了，没料到会栽在这班小知青手里。脚底石灰粉印是铁证，他心里清楚不交代过不了关，万一依徐维高真把他送走，这辈子就完了！刘玉恒没有办法，只得一一交代。所谓的作案动机，竟然是封建迷信在头脑里作祟！这个结果让南军生他们哭笑不得。

刘红原以为有敌人乘机破坏，没料到竟然是一名社员捣的鬼；刘玉恒也不是什么敌人，而是真正的贫农出身。

怎么处理他呢？吴队长打算放刘玉恒一马，毕竟是本生产队社员，平时人缘不错，将来谁家有事，还用得着他。得饶人处且饶人。他不想把这事闹大，但又得给知青们有个交代，便征询知青们的意见："你们看怎么处理好呢？"

"我看——"刘红刚要说话，南军生马上抢过话头："我看这样处理行不行？刘玉恒推墙头肯定不对，检讨是必要的。另外，他推倒墙头，队里又重新弄，这个人工损失他得赔偿。"

他这么一说，大家都同意，就这样办。只有刘红，心里那个小疙瘩解不开：这么严重的事，到了农村怎就大事化小，小事化了了呢？她见南军生同意了，也就不再吭声。南军生明白，在今后漫长的插队岁月里，还需要和社员们搞好团结，不能事事认真，否则，就会把自己孤立起来，接受贫下中农再教育也就成了一句空话。

后来发生的一系列事实证明，南军生是对的。

四

给知青盖房的工作照常进行。在九龙口干部群众的心目中，这班北京知青和刚来时相比，变化很大，越来越懂得人情道理，社员们与知青的感情交流也越来越深。

春耕春种的主要工作虽然基本告一段落，但九龙河西北角还有十来亩地，队里准备种上黄豆。等秋收后，能分些黄豆给社员，各家做点豆腐、炸点酱豆子，或者换点豆油什么的，改善改善生活。

那天上午，生产队牛把式、青年社员周以民肩披一条大牛鞭，赶着一头水牛，水牛后面拖着犁拖儿，犁拖儿上面架着犁铧。不用问，他是到田间耕地去。

"以民，我们也去跟你学学犁地，中不中？"南军生他们一班男知青对犁地这种农活感兴趣。来到九龙口四五个月了，他们也学会了一些沭阳方言。北京话"成不成"，沭阳话叫"中不中"，就是"行不行"的意思。

"中是中，不过你得叫队长安排跟我学，不然没有工分！"周以民笑眯眯地说。

周成富副队长当然同意这班知青尽快学会各种农活，成为全劳力投入生产。这段时间周成富经常与知青们接触，针对刘玉恒捣鬼，他们竟然想出一些办法来应对，可见这帮年轻人不简单。最后在处理刘玉恒的问题上，南军生提出的处理方法合情合理、有情有义，干部群众都接受。周成富开始喜欢上南军生。

周以民一声吆喝，一声响鞭，手扶犁柄，大水牛乖乖地听从他的指挥，光亮的铧犁在黑色的土地上耕耘。所经之处，一犁犁油光光的黑土像波浪翻滚卷起，翻出一条条沟壑，往返又覆盖上一层层土壤，肥沃的田野里散发着一阵阵浓郁的泥土的芬芳。

南军生等人好奇地跟在周以民身后走，看周以民如何耕田。只见他侧着身子，跟在牛屁股后面一步步向前，全凭手扶犁梢左右摆动，深浅度靠手的提放和压力决定。拐弯的时候，他一手拉缰绳，引导水牛掉头；另一只手斜拉铧犁出土，再回头复位。

"叭！"周以民一记响鞭，虽未打在水牛身上，但水牛的行进速度明显加快了。周以民扶正犁柄，又快又稳，口中情不自禁地哼起了劳动号子《打揹揹》：

"哦罗罗罗！罗罗！哦罗罗罗！罗罗！"

"哦罗罗罗！罗罗！哦罗罗罗！罗罗！"

"真有意思！"

《打揹揹》是沭阳农民用牛耕地时吆喝的劳动号子，有曲无词。那曲调简单明了，节奏感强，不知歌是唱给牛听的，还是唱给人听的，反正人和牛都得劲。都说"对牛弹琴"是瞎费劲，难道"对牛唱歌"就不是瞎费劲了？但眼前的情景，周以民唱的《打揹揹》明显有用嘛！南军生等人来了兴趣，也跟着哼起了劳动号子。俗话说，光说不练假把式，光练不说傻把式，连说带练才是真把式。见周以民驾驭水牛耕地动作娴熟自如，颇有点"执辔如组，两骖如舞"的意思，众人跃跃欲试，也想亲自操作一番。

"我来试一下！"南军生自告奋勇要耕地，周以民将驾驭水牛耕地的动

作要领和注意事项一一交代给他。

俗话说，看人家吃豆腐牙快，自己上手就不行了。使牛耕地看似简单，真正操作起来还是很难，南军生费了九牛二虎之力，累得满头大汗，犁沟被耕得弯弯曲曲，有深有浅。

"哈哈！不容易吧？猫盖屎的地方我还得费事重耕。"周以民一边卷烟叶，一边笑着说。

"让我来！"徐彬彬早就急着要试，南军生一停下，他就急不可耐地上前扶住犁柄。

徐彬彬手忙脚乱，还是掌握不住要领，勉强往前耕了十来米远，耕牛就停下了，似乎不认识这位生面孔，不想为徐彬彬出力。

徐彬彬见水牛不走，吆喝几次都无效，他想起肩上的牛鞭子，他要试试鞭打快牛的结果。牛鞭子举起还未落到水牛身上，水牛圆瞪着那一对通红的大眼睛，恶狠狠朝着徐彬彬看。

"不能打牛！"周以民坐在地头，见徐彬彬举起了牛鞭，急忙站起身喝止。

说时迟，那时快，只见那牛早已暴躁起来，一个猛回头，把徐彬彬吓了一跳，缰绳一松，犁柄脱手，犁铧倒地，水牛失去控制，拖着犁铧就猛冲过来。

"不能松开！"周以民一边喊一边冲向脱缰之牛。

水牛毫无约束地冲向徐彬彬，企图用牛角顶他，徐彬彬侧身一闪，躲过了牛角，不料左腿却被犁铧撞到了，顿时血流不止。

"不好！徐彬彬受伤了！"

第十五章

百闻不如一见，百见不如一干。

吃一回亏，学一回乖。

——民间谚语

一

徐彬彬学习驾牛耕地，由于操作失误，腿被犁铧刮伤，痛得嗷嗷直叫，双手抱着伤腿，半躺在地头，显出一副痛苦不堪模样。

周以民见状大惊失色，急忙飞奔过去，抓住缰绳，解开牛具，然后把水牛拉过去，拴到树上。

这时，正在地里干活的人们也都跑过来，吴队长一面查看徐彬彬的伤势，一面向周以民询问情况："怎么回事？"

"牛惊了，犁刮到他腿了……"周以民怯生生地回答道，"是周队长同意我教他们的，要不然也不会出这事。"

"唉，使牛是简单的吗？教没教，你就敢放手给他们弄？回头来再找你算账！"吴队长一边批评周以民，一边撕开自己的白小褂袖子，给徐彬彬包扎止血。

吴以林当过兵，打过仗，懂得一点战场救护知识，也大致了解些伤兵骨折的症状，便按了按徐彬彬的伤点。徐彬彬杀猪一般"哎呀呀"大叫起来，吴以林站起身："可能骨折了，赶快送公社医院！"

"叫你凶！叫你凶！"刘红得知徐彬彬被耕牛撞成骨折，心中恼怒，捡起地上的牛鞭就抽打水牛。

"不许打牛！"吴队长喝道。

"偏要打！"刘红仍然执拗地抽打着，拴在树上的水牛围着树转圈。

"真要打，你就先把我打倒再说！"吴队长冲过去，伸开双臂，护住耕牛。

刘红愣住了，举着鞭子的手停在半空，她从没见过吴队长发这么大火，更没想到吴队长会挺身护牛。

"丫头，我跟你说，牛是咱老百姓的命根子，宁愿咱自己吃苦受累，也不能亏待它！咱九龙口四百亩土地，耕种拖运轧打，全指望这几头耕牛，没有它，光凭人力，咱社员可就苦惨了！耕牛它通人性，要善待它才对啊！"

吴队长掏心掏肺一席话说得刘红哑口无言。大家这才明白过来，为什么周以民使牛光扬鞭子吆喝，听上去"叭叭"响，没一下是真抽打在牛身上——那是舍不得啊！南军生赶紧过去，夺下刘红手中的鞭子，把她推离水牛。

吴队长吩咐周成富："周队长，你快安排几个男子汉，抬绳床送小徐去医院！"事到如今，先不谈追究责任，治伤要紧。

"吴队长，周队长，队里派两个人，我和方华、时枫，还有江淮海，都去。你看行吗？"南军生问。

"行！远路无轻担，多几个人，轮换着抬，快去！"

"我和二喜一起去吧！"陈进说。

周成富说："行，你们快去以民家把绳床绑好，抬到这里来。"

陈进、方二喜和周以民一起，撒开丫子就往回跑，到家三下五除二把绳床绑好，杠子一插，做成一副非常实用的简易担架。一刻也没停留，便飞奔到地头，然后把徐彬彬抬上绳床，吴以林、周成富、陈进、方二喜、南军生、方华、时枫、江淮海一伙人，抬着徐彬彬一路小跑，向医院赶去。

七八里路，不到一个小时便到达医院，安排徐彬彬就诊。众人都站在医院走廊里，等待徐彬彬拍X光片。知青们的心情糟糕透了，陈进和方二喜在边上宽慰他们："没事的，都是硬伤，养养就好了。"

周以民蹲在一边懊恼不已，眼泪唰唰直淌。南军生见周以民太过自责，便劝他宽心，这事不全怪他，徐彬彬也有责任，他们知青都有责任。

检查结果出来了，徐彬彬左腿胫腓骨骨干骨折，需立即住院打石膏和夹板固定。

"伤筋动骨一百天。马上就要'四夏'大忙，谁来照料小徐呢？"吴队长有点发愁。

"队长，我们几个知青轮流来照顾他。"南军生答道。

"也只能这样了。"吴队长叹了口气，又对周以民说，"以民你和家里人也抽空来照顾照顾，不要撂工。"

"中呢！"

周以民是老实巴交的农民，家境拮据，孩子多，自闯了祸以后，觉得责任不可推卸，主动承担了徐彬彬治疗费和住院费，隔三岔五来陪护，老婆还把家中下蛋鸡杀了，煲汤送到医院。这让徐彬彬内心很是过意不去：明明是自己惹的祸，却要周以民来背锅。南军生和几名知青轮流步行赶来照顾他。没有钱大家凑，给徐彬彬增加营养。在医院，全靠南军生、方华、时枫、江淮海哥儿几个悉心陪护。丁凤琴、刘红、苏琴琴和顾小雨她们也常来探望，带来他喜爱吃的蛋炒饭和葱花油饼。生产队干部也会抽空来慰问。这让徐彬彬既感到温暖，又感到不安。因为大忙季节就要到了，往后大家不容易挤时间来照顾他，他不想给大家添麻烦，想回北京家中休养。

一封电报召来了徐彬彬父母，知青和乡亲们依依不舍地送徐彬彬上了车，说了很多安慰和勉励的话。患难见真情。自此以后，知青和乡亲们的感情越来越融洽了。

二

九龙口一带属于半丘陵地带，以种植小麦、玉米、大豆、山芋等旱作物为主，老百姓多以石磨磨小麦或玉米糊摊煎饼为主食。旱作物产量低，受自然气候影响较大。而知青们正处在长身体阶段，饭不够吃，加上参加劳动，风吹日晒，个个又黑又瘦。丁凤琴看在眼里，疼在心中，自己怀孕推不了大石磨，刘红、苏琴琴、顾小雨三人二话没说，拿起磨杖就推。晕眩了就休息一会儿，接着再继续推，大家硬是学会了推磨。

南军生琢磨，这九龙口要是能种水稻就好了。水稻稳产高产，口感也

好，要是社员们能吃上大米，就不用再为口粮犯愁了！他把这个想法向吴队长做了汇报，吴队长说这事比较难："一是九龙口属半丘陵地带，平田整地难度太大；二是缺水；三是水稻生长在南方，恐怕不适合我们沭阳种植。"

"平整土地旱改水，学习大寨攻克虎头山精神，蚂蚁啃骨头，一点一点啃！"南军生建议用人海战术。

"把丘陵整成平地不是小工程。深层生土朝哪放？熟土又怎么移？再怎么归位覆盖？水又从哪里来？"吴队长提出了一系列技术问题。

"九龙河水资源这么丰富，可以用它来浇灌水稻。"

"我们没有柴油机水泵，靠人力戽水劳动量太大！"

"想办法去申请柴油机计划指标。"

"柴油机是国家计划物资，小小生产队不易弄到。"

"事在人为，我想试试。"南军生想起父亲的老战友在省机械公司，想去找他碰碰运气，说，"我们先不要大搞，先小规模试验，等有了经验再扩种，这样比较稳妥。"

"这样最好，把握性大些——就怕水稻到咱们这里不适应，还有技术，我们这边没人会。怎么办？"

"我听我爸说过，他过去在苏中里下河一带打仗时，就见过老百姓种水稻吃大米。那地方离我们这儿不过二百多公里，气候变化不大。再说了，我们北京郊区的温泉、上庄、东北旺、西北旺一带，也都能种水稻，难道我们苏北还不能种？我看可以试一试。至于技术嘛，可以派人去学习，掌握种稻技术后，回来再干不迟。"

"军生，你很有志气，也很有想法。这样吧，我先报告一下周书记，看看他对旱改水是什么态度。"

吴以林没想到，南军生竟然有如此远大抱负。他们结合九龙口现状，大胆设想，细心规划，决心打破祖祖辈辈流传下来的种植传统，开辟一条崭新的农业发展道路——这帮小知青，还真不能小看！

南军生提出这个建议，也绝不是头脑一热，而是经过了深思熟虑。老师讲过的"三大革命运动"，其中一条就是科学实验。不去实验怎么知道不行？他想起了苏联加加林的航天飞行，米丘林的苹果，以色列的蔬菜，科威特的沙漠绿洲，吴运铎的兵工厂，中国的原子弹爆炸。这些，不都是经历了多少次的实验才从失败走向成功的吗？

吴以林向周成华书记做了汇报，周书记又向公社司守明书记做了汇报，司书记很欣赏这个建议。他说："我支持你们的大胆设想，并希望早日把它变成现实！"

司书记的支持让周书记和吴队长喜出望外，司书记当即同意派人去苏南学习的计划，让其他各大队都要派人去学习，并要求在虞家湾大队先试点，早日攻克"旱改水"这个难关，落到实处。

司书记为何对"旱改水"感兴趣？三年困难时期的群众生活情景，老八路出身的司守明至今刻骨铭心。那时候，老百姓能吃的吃，不能吃的也吃，有人饿得皮包骨头，有人饿得浑身浮肿。归根结底，都是靠天吃饭，粮食产量太低。他也曾有过"旱改水"的设想，决心在粮食生产上有所作为，但这几年形势特殊耽搁了抓生产的宝贵时间，"旱改水"计划也就被束之高阁。现在北京知青南军生的建议真是"一曲肝肠断，天涯何处觅知音"，他终于找到了志同道合之人。

既然决定派人去苏南学习，司书记马上打电话给在省委党校学习时的同学、苏州南湖公社党委书记老黄，联系派人去学习水稻种植的相关事宜，并希望得到他的帮助。那边黄书记二话不说，满口答应。落实好这些，司书记又指示王秘书："你督促各大队，两天内确定学习人员名单。去学习的人要好好选拔，拣那踏实肯干、有点文化、头脑活络的人送去学。大后天早上六点钟出发，指定北京知青南军生为领队。到时你给他们开介绍信。"

三

第三天上午五点半，沂北公社赴苏南学习人员在公社家院聚齐，一共十八人。拖拉机站大老李早已把拖拉机开在大门口等候，王秘书的介绍信也已经开好，当面交给了南军生。临行前，王秘书又交代了相关事宜，嘱咐他要和这边保持密切联系，有任何问题及时汇报，具体学习内容听从苏州那边安排。南军生一一记在心里，便带人出发了。

当天下午五六点钟，南军生等人到达苏州南湖公社，先到公社报了到，公社立即安排人把他们送到下属的林家浜大队。林家浜大队早就接到通知，做好了苏北学习人员的接待与安排工作。十八名学习人员，分散安排在社员家里食宿。南军生等人休息了一个晚上，便在第二天早晨投入到紧张的水稻栽培学习之中。

江南春来早。浸种、催芽、落谷等农活已经错过了时间，南军生等人只能进入灌溉、整田、拔秧、栽插、耘耥、施肥、灭虫等中期阶段的学习。

南军生被安排在社员林阿妹家食宿。林阿妹是大队水稻技术员，长相俊俏，微黑的皮肤透露出少女的成熟。与北方人的人高马大相比，江南女子小巧玲珑，林阿妹紧身细腰，身着蓝印花布偏襟斜对扣上衣，短短的裤脚伸出长长的腿，看上去精明能干、俊俏靓丽。只见她挑着一副装满秧把的柳筐，迈着轻快的步伐，风一般走在田埂上。南军生忍不住从水田里站起身来，双手攥着秧苗，愣愣地欣赏着林阿妹婀娜的身姿——原来劳动也可以这样优雅！抛秧时，只见林阿妹将一把把秧苗抛出去，秧苗如同燕子般在空中划了一条弧线，准确布点在镜面一样的水田中，想抛哪儿就抛哪儿。社员们水中的倒影，把苏南水乡点缀得分外妖娆。

"侬插错了耶！"银铃一般的声音从林阿妹口中传来，南军生虽然暂时还听不懂吴侬软语，但他知道一定是自己做错了什么，便停下手中的工作，傻傻地看着这位俊俏的女技术员。

"少了一行耶！"林阿妹纠正南军生。

南军生低头数了一下自己已经栽出来的秧苗，果然错了，应该是六行，自己栽成了五行，少了一行。

"侬插的秧也不对！这叫拳头秧，凭力气硬捺下去，根会弯曲耶，不利还秧生长，应该这样直插——侬看好了耶！"林阿妹说罢，伸出三根手指，用食指和中指靠秧，大拇指搭秧，以食指和中指作为插头，三个手指配合夹秧，直插下去。

"哦！"

林阿妹不厌其烦，手把手给这位来自苏北的知青传授栽秧技术。她弯腰作插秧示范，随着她步步后退，灵巧地将秧苗插入田中，又快又匀又整齐。

南军生仔细看着林阿妹的每一个动作，心中佩服她插秧技术一流。无意中从弯腰的林阿妹敞开脖领望去，南军生脸红了，站在水田中怔怔地一动不动。

"就这样插！"林阿妹直起腰来，对着呆呆站立直视自己的南军生说。

"哦！"南军生内心觉得很尴尬。林阿妹见南军生傻傻站着看自己，不禁抿嘴一笑，继续弯腰插秧。

南军生在林阿妹家搭伙暂住，受到林阿妹一家无微不至的照顾，这让他颇为感动。林老伯家就阿妹一个女儿，他们期望将来能招个好女婿，入赘上门生活，到老来也有个依靠。林阿妹今年十八岁了，提亲的人不少，可就是没有合适的人选。林阿妹不急父母急，老两口看到南军生，觉得这个小青年不错，眉清目秀的，又有文化，模样倒很符合他们的择婿标准。后来再一打听，人家是北京到苏北沭阳插队的知青，将来再教育期满，还要回到父母身边去，这让林老伯夫妻很是失望。

其实林阿妹心底也埋藏着一个小秘密——她喜欢上了南军生。林阿妹知道南军生的身世，甚至还知道南军生身边有个刘红。她想放弃对南军生的好感，但他的身影一直萦绕在她的脑海里，挥之不去。她甚至有个梦想，尝试接近南军生，感化他、俘获他，最终让他放弃刘红。林阿妹思来想去，决定为爱拼一场。今生今世，如果得不到他，自己也会为一生中认识南军生而毫无遗憾！所以，林阿妹在生活上非常关心南军生，培训中她全心全意地教南军生水稻种植技术。

南军生头脑并不笨，他也感觉到了林阿妹的内心想法。毫无疑问，像林阿妹这样可爱的女子也值得追求，但他有刘红在先，大丈夫得信守承诺，决不能背叛这份感情。再说了，自己也没有在江南落户定居的打算，他的根和归宿在九龙口和北京。林阿妹过度的热情和主动让他退缩，咄咄逼人的软攻势让他畏葸，甚至他有点想躲避林阿妹。但自己使命在肩，来学习就离不开林阿妹，如何处理好这两者关系，南军生一时还没有想出好办法。

就在南军生进退两难的时候，身在九龙口的刘红开始想念南军生了。刘红原本也想随南军生一道赴江南学习的，但大队和生产队没有批准。来

林家浜已经十多天，南军生前天晚上休息时已经给刘红写好了信，但一直没有机会上街寄。刘红也许生气了，又该骂他没心没肺了！这天晚上，南军生做完学习笔记后，静静地躺在床上，思念着爸爸妈妈，想着刘红和九龙口一班知青，还有司书记、王秘书、周书记、吴队长、丁凤琴等人，觉得应该给他们都写上一封信，汇报一下来到南湖公社后的工作和生活情况，让他们放心，免得他们牵挂。想到这里，他一骨碌翻身起床，认真写起信来。

四

十几天音信全无，刘红确实急了，每天都盼望着南军生的消息，每天都在心里感到不安，为什么南军生没有写信？是不是他纸鸢撒手飞走了？是不是南飞的大雁不愿意再回到北方了？是不是南军生他们遇到什么困难了？是不是南军生迷上了水乡姑娘了？一个又一个无解的问题困扰着刘红，千头万绪，越理越乱。这个北京胡同里长大的姑娘，大大咧咧没心没肺的人，竟辗转反侧，一夜无眠。

"想南军生了吧？"苏琴琴问道。

"我才不想他呢，狼心狗肺的玩意儿！"刘红装出一副无所谓的样子来。

"南军生一走十几天没有信来，你看刘红天天跟丢了魂儿似的，敢说没想？"顾小雨帮苏琴琴分析情况。

"我叫你鸡一嘴鸭一嘴乱说！"刘红转过身就胳肢顾小雨，痒得顾小雨连连告饶。

想念南军生的并不只有刘红一个人，其实大家都在想念他。知青队伍中先是徐彬彬回京养伤，现在南军生又去江南学习，原来的八个人突然少了两个，一下子冷清了很多。

"唉！'思君如满月，夜夜减清辉'。"顾小雨吟诵了一句唐诗。

"是啊！'两情若是长久时，又岂在朝朝暮暮'！"苏琴琴也来了一句。

"我说二位，别操这份闲心了，还是忙你的吧！"刘红想得脑仁儿正疼，就想自己安静一会儿。

就在刘红思潮起伏之时，放学的小学生捎来了南军生的信，刘红抑制不住内心的激动，迫不及待地撕开信封。

红红：

你还好吧？常思念你，分别数日如隔三秋。我离开九龙口已经半个多月了，因为劳动和学习太忙，耽搁了多天，请你见谅。

我们在林家浜大队学习种植水稻，实习体验，最累的农活是插秧。人赤脚在水田里不停地弯腰插秧，每栽完一天秧，腰板就硬得直不起来，躺在床上感觉就像要折了似的。而且水中有蚂蟥叮人、水蛇咬人，但我们都克服了困难，掌握了插秧技术，现在转入秧田耘耥阶段。

我们分别安排在社员家代伙与住宿，林伯伯一家对我照顾得很好。他的女儿林阿妹是农业技术员，她认真指导我们水稻栽培技术，我们进步很快。

代问大家好！

此致

敬礼

南军生

1969 年 5 月 12 日

看完南军生来信，刘红心中安慰了许多，唯一让她感到忐忑的，是南军生在信中说有一位女技术员教他们水稻栽培技术，并且，这个女孩还是房东的女儿。刘红作为一名女性，心底也具有敏感、细腻、自私、醋意的本性，她怀疑南军生天天和女孩子在一起会不会发生变化，要是南军生移情别恋，自己所爱的人就会被别人夺走。

刘红对南军生的思念越来越深，也越来越让她不安。她默默地打开地图册，量了量沭阳到林家浜的距离，估算着多少公里路程。她的心早飞到南军生身边。

刘红决定去江南见南军生，她不想让外人知道，她委托苏琴琴帮她请假，苏琴琴显然不太情愿。

"你自己去向凤琴姐请假吧！我不太合适，如果不批准怎么办？"苏琴

琴说。

"批不批我都要去！你只需将请假条交到凤琴姐手中就行。"刘红来了犟脾气，执意要走。

次日吃早饭时，丁凤琴才知道刘红去江南的消息，心中感到纳闷，刘红是为思念南军生而擅自离开，还是有其他因素？一个女知青单身远行，让丁凤琴放心不下。

第十六章

不怕学不成，就怕心不诚。

人心换人心，八两换半斤。

——民间谚语

一

水稻栽插后有个还秧过程，老叶死去新叶长出，随着施用化学肥料，还秧后秧苗茁壮成长。同时各种杂草也随之冒出，趁秧苗长合垄之前，拔草松根，这时候的农活就是耘耥。

秧田耘耥的工具叫耥耙，人们手握耥耙在秧苗之间像刷牙一样来回耘耥，既清除杂草又松根松土，有利于秧苗成长。

夏日炎炎似火烧。人们顶着骄阳，赤脚站在水田里耘耥和拔草，还要防备水蛇和蚂蟥的叮咬，这对南军生来说又是一种考验。这种农活比栽秧要轻松一些。十几天的插秧让南军生腰疼难忍，他体验到了栽秧的辛苦，种水稻远比种麦子复杂。种小麦，麦种撒播后任其生长，不管不问，基本上是人种天收。没想到种水稻这么复杂，工作量这么大。大米好吃稻难种。此时的南军生已经考虑到，在沭阳推广水稻，首先要改变人们的懒汉思想、怕苦怕累思想。要想收获更多的粮食，实实在在吃饱饭，不付出艰辛劳动是不行的。

在林阿妹的指导下，南军生学会了耘耥，也学会了辨认田间杂草。秧田中有一种杂草叫稗子，与秧苗长得非常像，一不留神，就把秧苗当稗子拔掉了。

"哎哟！又拔错了！"林阿妹惋惜地说。林阿妹捡起南军生拔错的秧苗，顺势薅了一棵稗子，向南军生讲解秧苗与稗子的区别。

　　"再靠近点！"正在此时，县里报社的记者下乡采访，看到此情景，赶快打开相机镜头盖，对焦林阿妹和南军生，快门"咔嚓"一声，留下了这田间劳动的瞬间。

　　"真的好看，忒煞情多，倷看像一对金童玉女！"社员们见状纷纷夸赞。

　　林阿妹脸红了，不好意思再与南军生靠近，又去教其他学习人员。

　　刘红真的来找南军生了。此刻，她坐在往林家浜的班车候车室，一个多小时后她就能见到南军生。候车室里多是江南旅客，叽里呱啦全是吴语，她也听不懂。她把视线转向邻座旅客所看的报纸上，一幅熟悉的照片跃入刘红的眼帘，照片上正是南军生和林阿妹。两人靠得很近，林阿妹面带笑容亲昵地教南军生识别稻田杂草。不看还好，一看这幅照片，刘红头脑里"嗡"的一声就炸开了，心底那股醋意顿时升起。情不自禁地从邻座旅客手中夺下报纸，三下五除二撕得粉碎。

　　"哎！哎！倷怎么回事呀？"这位旅客感到很意外，对刘红的举动莫名其妙，想责问她，但见她人高马大，还怒形于色，旅客胆怯了，不敢问。他不明白这姑娘为何要对他发火，惹不起还躲不起？赶紧拎起提包，口中嘟嘟哝哝地走了。

　　周围的旅客也大惑不解，以为姑娘神经有问题，纷纷离座远避。

　　耘耥了一上午稻田，南军生和林阿妹感到饥肠辘辘，林伯伯和林阿婆去了大队奶牛场，林阿妹端来父母做好的饭菜，两人就坐在对面桌吃了起来。林阿妹含情脉脉地注视着南军生，不时为他夹菜。南军生只顾埋头吃饭，好像完全不懂姑娘的一片情意。

　　刘红早来也好，晚来也好，偏偏此时真该凑巧，正在林阿妹往南军生碗中夹菜时，刘红撞见了，不禁大吼一声："南军生！"

　　"刘红？你咋来了？"南军生一抬头，见刘红站在大门口，感到十分诧异。

　　"我再不来，你就变了！"刘红怒气冲冲地站在那里，进也不是退也不是，心中一把无名火腾地燃起，她想爆发，又觉得不是地方。林阿妹见状，尴尬地站起身来，问南军生："这个姐姐是谁？"

　　"她叫刘红，我的女朋友，我们一起插队的。"

南军生放下碗筷，走到刘红身边，接过她手中的旅行包。

刘红想也未想掉头就走，不理会南军生的招呼，南军生追了出去。见刘红气呼呼的，知道她误会了，上前抓住刘红的手解释。

"不听你说！你要在这里落户，我也不反对！我走，不在这里碍你们的眼！"刘红想挣开南军生的手。

南军生见刘红那牛脾气上来，三匹马都拉不回，左说右劝就是不听，执拗地要回去，北京爷们儿的那股浑劲儿也上来了，把攥住刘红的手松开道："你走！走！你想去哪儿去哪儿，我不拉你！我不走了！就在这里安家了！"

刘红见南军生也生了气，心中一怔，走也不是，不走也不是，禁不住哭泣起来，既伤心又委屈。

刘红心中的弯一时转不过来，还是固执地原地不动。南军生见状，顿时心软下来，叹了一口气，又好言好语劝慰刘红："公社派我来江南学习，是为全公社实行旱改水做准备的，不是叫我来'拍婆子'的，我们还要回去教全公社的社员种水稻。我能不顾我俩感情，在这儿胡作非为搞对象、留在林家浜吗？换了你，你能这样干吗？是不是？"

这番话，刘红听着还有点顺耳，觉得是这个理儿，自己生气全是因为林阿妹的出现。林阿妹是农业技术员，妙龄少女，南军生住她家，她看见南军生这样的北京小伙，心动也属正常。南军生不是到处惹草拈花之人，同窗多年，她深知他的为人，自己的担心是不是多余了？可不知怎的，心中就是有点过不去那个坎儿。

南军生见刘红不说话，有点消气的样子，便拉着她的手，小声跟她说："跟我回去吧！"

"哟！军生在这里，还有个熟人，都进家里。"林阿伯林阿婆老两口从奶牛场回来，客气地说。

"阿婆，不是熟人，这是我女朋友。"

"啊哟，军生有女朋友啦，好的呀，好的呀！"

刘红听南军生向人家介绍自己是他的女朋友，心中高兴起来，不禁破涕为笑，跟着南军生往回走。南军生向刘红介绍了林阿伯和林阿婆，刘红便礼貌地问候道："大大好！阿姨好！"

"阿伯阿婆，大大阿姨就是阿伯阿婆的意思。北京都这样叫。"

"好的呀，军生，把女朋友领到家里来吧！"

林阿妹见南军生和刘红随自己的父母回来了，心想刘红肯定是误会自己了——女孩儿心眼小，多心了呢！解铃还得系铃人。要化解矛盾，还得自己亲自出马。

作为南方女子，说话办事显然比刘红灵活多了，林阿妹大大方方地喊刘红"姐姐"，又递毛巾又沏茶，还端上一碗大米饭。林阿妹的热情让刘红得到些许安慰，也有点得胜的感觉，便一边与林阿妹搭讪，一边端起碗吃了起来。她饿坏了，从南湖公社汽车站下车，一路打听，走了七八里路才找到这里。

北京大妞的脾气，来得快去得也快，前后不过十来分钟就烟消云散了。刘红一边吃着大米饭，一边问林阿妹："这是什么米？咋又香又甜还特黏糊？好吃！"

"这个大米叫'桂花黄'，新品种。省里推广的。"林阿妹轻声回答。

"桂花黄？真好吃！"

"好吃就多吃点儿。"

南方人饭量小碗也小，一碗只能装二两左右，不像北方人的碗够"憨儿"，一碗能装半斤多。在北京的时候，家里的大蓝边碗，她能吃岗尖儿两碗。今天她一连吃了三小碗还没感觉，但不好意思再吃了，便放下碗和林阿妹聊起天来，想探探她的底，看她和南军生到底是什么关系。

南军生看到这一切，心中稍稍宽慰一些，当着大家的面拉开刘红的提包。哇！朝牌、煎饼、馓子、小虾、小干鱼，沭阳的土产食品都被刘红带来了。几个月来，南军生已经吃惯了沭阳地方土产，离开以后，总会思念这些"吃食儿"。刘红另外的意思，是让南军生不要忘了九龙口和她。

南军生如何不明白，趁着这和谐气氛，将这些食品分发给林家人品尝。

"咬不动！太有劲！"林阿婆咬了一口朝牌，直摇头。难怪，吃惯了米饭的南方人没有口劲，嚼不动。

"阿婆，这样卷。"南军生将馓子夹入朝牌，递给林阿伯。

"哎哟！这么香啊！"林阿伯边尝边夸。

"这叫朝牌。只有苏北沭阳人才会做的一种炉饼。因像古代大臣上朝手握的笏，当年楚霸王项羽称之为朝牌。您知道，楚霸王项羽和他的心上人虞姬，就是宿迁和沭阳人哦！"南军生耐心地给林阿伯解释。

"晓得的，晓得的！"

林阿伯听南军生讲起项羽，也来了精神。其实楚霸王开始起兵反秦时，就在江南苏州一带。喜爱历史故事的林阿伯听过楚汉相争的评弹，听说项羽和虞姬都是沭阳那边的人，一下来了兴趣，滔滔不绝地讲起了项羽的民间传说。

看林阿伯和南军生聊得投机，大家渐渐放松下来。林阿妹终于明白，刘红和南军生是一对恋人，南军生是刘红的恋爱专利，风刮不进，雨滴不透。此时此刻，林阿妹只有回归理性，选择急流勇退，主动放弃对南军生的暗恋。

林阿妹不愧是江南女子，聪明伶俐，待人接物落落大方，她把内心的一切想法都掩饰得严严实实，看不出一点醋意和忧伤。她以主人身份主动接触刘红，为她沏水夹菜，客气有加，看上去诚心实意，这反让刘红不好意思起来。

二

刘红在林家浜那段时间，每天都和南军生一起去稻田，在林阿妹的辅导下，学习并掌握了许多秧田管理技术。她彻底放弃了对林阿妹的醋意和小心眼，实心实意与她相处，俨然像一对亲姐妹。

随着秧苗渐长合垄，秧田的农活进入后期田间管理阶段。也就是说，南军生等人的学习也快结束了。林家热情款待南军生和刘红，摆上江南的黄酒为他们送行。

"我说抢不去就抢不去！阿妹！"刘红几杯黄酒下肚，直通通地说出了真心话。

"谁稀罕傢的宝贝！我早就有心上人了！"林阿妹也喝了不少，也乘着酒意，不软不硬地把刘红怼回去。

"好了！不喝了！"南军生见两人都在装醉说假话，心中暗想：怪不得

孔老夫子说"唯女子与小人难养也"。女人，还真捉摸不透。

结束了江南的学习任务，南军生、刘红和同来学习的其他学员即将打道回府，南军生想起另外一件事，这里靠省会南京很近，他想去趟南京，试探着找父亲的老战友，为九龙口"旱改水"争取一台柴油机计划指标。他安排其他学员先回沂北公社，并写了几封信，托他们带回去：一封交给王秘书，一封交给周书记，还有一封交给队长吴以林，汇报大家的学习情况和自己下一步的去向，让他们放心。

却说南军生和刘红初次来省城，两人无心欣赏六朝古都的风景名胜，到处打听省农业机械化公司，转了几次公交车，谢天谢地，终于来到了大门左右是一棵棵法桐的省农业机械化公司。

"你找谁呀？"传达室里的看门老者摘下老花镜，抬头问道。

"我找罗长凯伯伯。"南军生不假思索地回答。

"找他？"老者又望了望两人，沉吟半晌，才冒出一句话："你们是他什么人？"

"我们是苏北沭阳县的知青，找他有点事。"南军生不想告诉外人罗长凯与他爸爸的关系，免得出现麻烦。

南军生向看大门的老者详细询问了罗叔叔的家庭住址，终于在公司后院民国时期的一幢旧式小楼里找到了罗叔叔的家。南军生叩了叩门，开门的是一位面容略显憔悴、身穿中山装、戴着眼镜的中年人。

"你找谁？"开门者问这两位不速之客。

在南军生印象中，罗长凯叔叔是一位很帅气的中年干部，十年前他作为江苏省先进代表进京开会，曾受到父亲热情款待。当时他抚摸着南军生的头说："这是我为你保护下来的孩子！屈指算来，已有八九年了。"

少年南军生还不懂罗伯伯话的含义，却对他和蔼可亲的形象留下深刻的印象。

可是眼前这位中年人一脸严峻，满脸的纹沟，表情有些呆滞，完全不像南军生头脑中原来的中年罗伯伯的形象。

"我找罗，罗长凯同志。"南军生怕找错人，没有亲热地喊罗伯伯。

"我就是，进来吧！"长者放开门。

"您就是罗伯伯！我是北京南军生啊！"南军生喜出望外。

"你是军生，南军生？"罗长凯眼中露出亮光，脸上现出一丝笑容。

对于南军生和刘红的突然登门，罗长凯无疑在抑制心中的兴奋，他了解南山和沈慧的情况。从南军生口中得知老战友的现状，罗长凯长叹了一口气。看到南军生长成了生龙活虎的大小伙子，目前在自己曾经战斗过的地方插队劳动，心里非常高兴。

"青山处处埋忠骨。我们都老了，中国的希望全在你们这一辈人身上了！"罗长凯拍着南军生的肩说。

"罗伯伯，您能为我们批一台柴油机吗？"南军生道出此行目的。

"唉！如今情况特殊，谁还顾去抓生产柴油机，柴油机成了紧俏计划产品，批条要由军管会签发。"罗长凯遗憾地说。

南军生和刘红一听，心凉了半截，来得不是时候，他们理解罗伯伯爱莫能助的苦衷。

"罗伯伯，您多保重，我们告辞了。"南军生和刘红站了起来。

"别急，还有一条路试试看。省属柴油机厂的侍厂长我熟悉，帮助照顾一台应该问题不大。"罗长凯不想让孩子们失望，试图从源头找关系疏通一下。

罗长凯竭力从中帮忙，让南军生和刘红喜出望外，罗长凯决定写封信，让他们去厂里找找人，也许能如愿以偿。他在家里寻找空白信笺，却没有找到一页，罗长凯苦笑一下，从纸篓中找出一张废纸，反过来凑合着写了一封信。

"你们找谁？"南军生和刘红出了门，从隔壁屋里走出两个人，带着怀疑的态度盘问他俩。

"我们找刘南红。"南军生反应快，编了个假名字。这个办法，他还是听时枫在被抓赌后回来学舌说的，陈进他们当时就是靠编假名字蒙混过关的。

"没有这个人！"

"大概我们找错了！"

"你们快走，这是机关大院，不能乱窜！"

他们匆匆离开了省农机公司，满怀信心地奔赴省属柴油机厂，找到了罗长凯所认识的侍厂长。侍厂长将信看了，感慨万分。

"既然老罗请我帮忙，我一定会想办法。这样，你们先回去，到县里写封申请寄给我，下面的程序由我来办理。"侍厂长说。

"谢谢侍厂长！"看到厂长愿意帮忙，南军生和刘红十分高兴。

"近期柴油机出口支援阿尔巴尼亚任务很重，我想办法为你们争取一台手扶拖拉机指标吧！既能灌溉、打场，还能运输和耕地。"

南军生和刘红一听侍厂长的话，两人抱着侍厂长的胳膊高兴得几乎跳起来。这种他们从来没听说过的机械还有这么多功能！如果为生产队里争取到一台，岂不是天大的好事！

"快松手！袖子上有油污，别沾你们一手。"侍厂长连忙说。

南军生和刘红这才注意到侍厂长的穿着：一身劳动布工作服，还套着两只护袖，完全是一名车间工人打扮。不是有人指给他们，还真没人知道他就是省柴油机厂厂长。

三

南军生和刘红高高兴兴地回到九龙口，吴队长也知道了两人的关系，学习归来的同时，又带来一个好消息：南军生正在为九龙口争取一台手扶拖拉机的指标。吴以林当然高兴，有了机械，这要解放多少劳动力啊！

知青们的新屋正在苫草顶，外面有几人抹泥刮墙，再有几天就能搬家了。

方华、时枫、江淮海、苏琴琴和顾小雨闻讯，都来到了新屋前，见到多日不见的南军生、刘红，少不得问长问短，细叙走后这里所发生的一切。

"门前这一分多地也作小园田分给你们，种点菜，养几只鸡，像庄户人家那样，好好过日子。"吴以林对大家说。

"盖这屋将来可是喜房哟！"屋顶上苫草的社员大声喊道。

刘红脸红了，两人的秘密也因她去江南而公开了，看来社员相信他俩会在此地安家。

"南军生，你好好休息两天，队里研究决定，让你临时担任妇女队队长，带领妇女和知青劳动。"吴以林对南军生宣布。

"这行吗，队长？还有凤琴姐呢。"南军生很惊讶，根本没想到会让他担任妇女队长。

"凤琴姐快临月了！"苏琴琴说。

"我还不懂农活，恐怕难以胜任。"南军生不是谦虚，而是感到没有把握，三四十名妇女加上知青，能领导下来吗？南军生犹豫不决。

"在劳动中学习，在带领妇女们干活中积累经验，干干就会了。生产队几大员都赞同你干，大队周书记对你满怀期望，不要推辞。"吴队长的一番鼓励让南军生心里感到热乎乎的。

"答应吧！我们大家都支持你！"知青们七嘴八舌劝道。

"好，那我就试试看。"南军生望着吴队长和大家期待的眼光，心中鼓起了勇气。

"先干起来！有问题和困难找我，我支持你！"吴以林握着南军生的手说。

南军生心中涌动着一股暖流，让他感动的是队干部们这样信任他、支持他，他觉得自己肩上的担子重了。不同于当年的校园班长，他面对的是全生产队的妇女，都是成年人，有着不一样的思想、性格、背景。这碗水，要端得平才行啊！

南军生要去见见丁凤琴。两个月没见到凤琴姐，心中有些思念，他想了解她当妇女队长的经验体会和领导艺术。

当大家见到丁凤琴时，她正挺着大肚子择韭菜。她知道南军生和刘红回来了，想在中午为知青们包一顿饺子。

"凤琴姐！"南军生和刘红亲热地喊道。丁凤琴、吴旭夫妻俩为知青们做饭，照顾他们的生活，知青们与丁凤琴、吴旭的感情与日俱增，生活中遇到什么问题，都找他们解决，俨然当作亲哥姐看待。

"你们回来了呀！"丁凤琴见到他俩，很高兴，艰难地挺着臃肿的身躯站起来，抚摸着南军生的手，两个月不见，南军生晒黑了皮肤，人也瘦了一圈。丁凤琴又望了望刘红，拉了拉她的手，点了点头，心中对他俩的爱情萌芽早就心知肚明。

"哎哟！哪能再让你择菜呢？让我们一起来！"顾小雨见状，招呼大家齐动手。

"吴哥呢？"南军生问。

"他呀？"丁凤琴答道，"好像跟徐会计上街给你们买什么东西去了。"

"买什么呢？"

"你们这几天就要搬出去住了，锅碗瓢勺吃饭桌子什么的，总用得着吧？"丁凤琴回答。

几个月来与知青们朝夕相处，丁凤琴心中感到充实、欣慰和快乐，知青的房子盖好了，大家即将搬过去，与丁凤琴家在一起生活的时间不多了。

第十七章

有理说实话，没理说蛮话。

坛口封得住，人口封不住。

——民间谚语

一

夏日的九龙口，骄阳似火，柳树成荫。知了脱光壳衣，爬到树的高处，实现了身份的转变。当阳光照耀它软软的躯体不久，它就越来越坚挺，开始炫耀薄纱似的美丽两翼，抖抖翅膀，快乐地奏鸣单调的音符，向大自然宣示着它的存在。夏天，是属于知了的季节。

九龙河的水有点发浑，河面上平铺着菱角和"鸡头米"的藤和叶，高高低低的莲叶像伞一般擎着，粉红色的荷花正开得旺相，成群结队的鱼儿在水中游来游去。田野里一片葱绿，无边无际的青纱帐似一块巨大的天然屏障，又像绵延不断的绿色城墙，阻隔着人们的视野，不由得让人们多了一分神秘感。

南军生第一次带妇女和知青干活就是从这里开始。玉米田间套种着大豆，社员们要在歇晌之前，去玉米地里摘掉缠绕在大豆上的菟丝。

菟丝是一种寄生植物，如果用于中草药，它具有清热解毒、凉血止血、健脾利湿之功效，能治很多种病，比如痢疾、黄疸、便血、血崩、目赤肿痛、咽喉肿痛、痈疽肿毒等。但是，如果长在大豆地里，它则会通过快速生长的须丝缠附在大豆根茎部，汲取大豆生长的水分和营养，导致大豆枯萎死亡。菟丝是大豆的天敌，只有从大豆根茎部摘除菟丝，才能保证大豆的正常成长。

南军生告诉了大家今天的劳动任务，希望大家一定要认真仔细，把菟丝摘除干净。每人揽两米宽，到了前面地头再摘回来，然后休息。

摘菟丝的活儿看上去不重，其实不轻松。南军生刚一走进这密不透风的玉米丛，便感到整个玉米地像一个巨大的蒸笼，又潮又热，叫人喘不过气来。只待了一小会儿，便已大汗淋漓。况且，正在旺盛生长期的玉米叶子又宽又长，叶边上还长满了密密的锯齿。糟糕的是，他以前没干过这种活儿，出工的时候，穿了一件短袖衬衣！玉米叶的锯齿在他的胳膊上拉出一道道红绺。红绺经汗水一淹，又痛又痒。他边走边用胳膊挡开宽大的玉米叶，仔细寻查每一棵大豆，发现菟丝，就蹲下身来细细剥除。

南军生从丁凤琴处得知，菟丝的生命力非常顽强，如果不摘除干净，或者乱丢乱放菟丝，菟丝就会复活，继续蔓延。

南军生第一天当队长，又是初次进玉米田摘菟丝，不敢掉以轻心，他耐心而又认真地处理着，不让一根菟丝丢在田间。当南军生和知青们一身汗水走出地头，妇女们却早已在田头的柳树下乘凉多时。南军生歉意地对大家笑笑。他知道自己是新手，干这种活还比较生疏，速度太慢，跟不上队伍。南军生用毛巾擦去汗水，蹲在田头休息片刻，边用草帽扇风，边望着休息的女社员。望着望着，他发现一个奇怪的现象，就是所有人都背着大背篓，篓内盛满了大豆棵。

"大嫂！你怎么把大豆棵也拔了？"南军生指着社员陈小花的背篓问。他发觉她薅得最多，心中感到可惜。

"都是菟丝太多没法摘的棵子，只有薅掉。不然的话，一天也摘不了几棵。"陈小花答道。

"我们一直都是这样弄的，如果不连棵子薅起来，会繁殖更多！"女社员们七嘴八舌，在为陈小花说话的同时，也在为自己开脱。

"不对啊！这棵没有菟丝的大豆也被你薅了？"南军生从陈小花背篓里找出一棵大豆，心存疑问："你看，下面还有好几棵。"

"哦，都是没注意带出来的。"陈小花不以为然地答道。

"你这背篓里也有，看看！"南军生从旁边另一名女社员背篓中也发现了两棵，显然，她是有意这样做。

"小知青管多少闲事！"

"是的呢，临时代理队长，管太宽了！"

"新官上任三把火。"

"脖子底下长疙瘩——多蛋！"

"我看也是的。我们这些人，都是虎丫长毛——老手了。你才干几天，就这样？"

"大男子汉，学碎嘴！哈哈哈哈！"

女社员们显然是不高兴了，叽里呱啦，你一句我一句，嬉皮笑脸，根本不把南军生这官当回事。

南军生心里明白了，女社员们这是损公肥私，趁摘菟丝机会，薅些大豆棵回家喂猪。

"这样干活儿，有速度没有质量，明显是想占集体的便宜！"刘红见大家不尊重南军生，心里有点起急，立即为南军生打抱不平。

女社员们一听，立即把不满情绪转向刘红。

"噫嘻！女知青也管起咱生产队的事了！"

"还没过门就晓得护男人了，啧啧！"

"黄毛丫头，不知好歹！"陈小花一边抠着鞋底上的泥巴，一边旁若无人地说道。

"说谁呢你！谁不知好歹？你给我说清楚！"刘红突然站起身，指着陈小花吼道。

"我就说你的，怎么着？狗逮老鼠——多管闲事！九龙口不是你们知青撒野的地方！你们来，是接受我们贫下中农再教育的，不是来教育我们贫下中农的，晓得不晓得！"陈小花见南军生指出她薅大豆棵还有点不好意思，说了几句不咸不淡的话，总算不伤和气，但刘红在旁边吃了"枪沙子"，把矛头对准自己，她心中岂能服气！

碍于大家都知道自己和刘红的关系，又是当代理妇女队长第一天，南军生不好和社员们变恼，今后的工作还要做，一点小事，提醒一下就行，弄僵了不值得。他知道，建设社会主义新农村，首先要培养社会主义新农民。而新农民的培养将是一个漫长的过程，不是几句话几件事就可以做到的，需要有极大的耐心。但时枫见社员们瞧不起南军生，又挤对刘红，心中气恼不过，北京小伙的那股"不吝"劲儿就上来了："不错，组织上让我们来接受贫下中农再教育，是让来接受你们好思想的教育，不是来接受

你们坏思想的教育。你们说，损害集体利益是不是好思想？南军生是代理队长，凭什么就不能批评你们了?!"

这明摆着已经不是两种思想的争论，而是进入到社员与知青这两种力量的对垒。社员们没想到，这几个北京知青羽翼渐丰，竟敢拿鸡毛当令箭，大胆挑战他们这些土生土长的"地方势力"了。这还了得！

"小花，你也不要死犟。我这个人，向理不向人。人家南军生和知青说的还能不对啊？大家都图快，把好豆棵子薅掉，秋后我们还要不要推豆腐、换豆油、炸酱豆子了？"四嫂赵菊花对个别思想落后社员的自私自利行为一直看不惯，又见她们七嘴八舌围攻知青，有些不服气，也不由得打抱不平。

"哎哟！锣鼓听声，听话听音，赵菊花你是说我呢！你是队长弟媳妇儿，我们惹不起。话说回来，你也就是吃灯草放轻快屁，你敢让大家看看你薅了豆棵子没有？"陈小花见赵菊花横插一杠子，心里来气，不管酸甜苦辣咸，给四嫂赵菊花来了个"水漫金山"。

"是啊！四嫂你也把自己的背篓给大家看看，免得人家疑心生暗鬼！"几名妇女跟着起哄。农村妇女就喜欢这种事情，不然不够热闹。至于是非对错，在她们心里并没有那么重要。

"好啊！大家都过来呀，看吧！看吧！"赵菊花见陈小花想抓她小辫子，就想让她在大众面前丢丢面子，便一面招呼大家，一面当众把背篓的东西倒了出来，摊在地上。

众人上前一看，赵菊花薅的都是缠绕着太多菟丝无法处理的大豆棵，背篓底全是摘下来的菟丝段子。

陈小花原来估计赵菊花和她一样，也会借机薅点豆棵回家喂猪，没想到赵菊花不是她想象的那样，不免一时语塞。

南军生也没想到，第一天当代理队长就遇到这么多问题。职务不大，担子不轻，麻烦不少。别看这小小的代理妇女队长，要想当好了，还真不容易，里头学问不少。在九龙口，既有像陈小花这样思想觉悟低的人，也有像四嫂赵菊花这样思想觉悟高的人。她们都是贫下中农。在这种条件下，是不是表现为两种思想的不同？他一时还没想清楚。

二

"不好好做活，都瞎嚷嚷什么？我隔二里路都听到了！"这时，吴以林队长正好路过，闻声过来看看。

南军生还没来得及说话，陈小花来了个恶人先告状："就他们没事找事。几根倒霉豆棵子，嘘得天都要塌了！"

吴队长一看地上的豆棵和菟丝，什么都明白了，便说道："摘菟丝是细活慢活，靠的是耐性，要认真、细致，急火打不出好烧饼，如果全指望薅，几十亩地黄豆能吃得住几薅？"

吴队长不急不躁，连说道理带批评，女社员自觉理亏，便不吭声了。因为人家说得全在理，而且在全队有绝对权威。南军生打心眼里佩服吴队长，人家有工作方法，不像自己这样简单、生硬。于是他试探着问："能不能再返工细查一次？"

"天晌了，要做饭。"

"家里猪要喂，人要吃。"

"天都快到中午了，地里会热死人。"

"小孩要喂奶……"

社员们提出各种理由，对南军生的建议来个软抵抗。

吴队长也觉得南军生的建议不太合适，又不好当大家的面否定他，便附在南军生耳朵边上悄悄说了几句。

"南军生当代理妇女队长是大队党支部的决定。他觉悟高、有文化、有魄力，也有能力，我们大家都相信他能够带领社员搞好生产。再说了，这班知青来到我们九龙口，都是想扎根农村干革命的，不是'脚面支锅——踢倒就走'的人，所以啊，我希望你们要支持他、配合他、帮助他、尊重他。老实说，今天的活儿没有干好，许多人还是大呼隆，干好干坏一个样，个别人还有私心杂念，思想觉悟天天提还是不进步。从今天起，南军生不单是担任代理妇女队长，同时还兼记工员，挣工分高低，看做活质量和数量，一切他说了算。"吴以林一边对大伙说，一边用脚踢踢背篓，顺势倒下各人背篓里的大豆棵，给自己刚才说的话做个验证。

"队长你不要吓我们啊！记工员是徐士成，不是他南队长。"有个别妇女不相信记工员换了。

"士成家属生病住院，他要去照顾一段时间，不在家。队里决定南军生兼记工员。"吴队长当着众妇女和知青们宣布这个决定。

吴队长这番话有力度，震撼了全场，大家窃窃私语，这记工员职务意味着南军生掌握了妇女队的真正实权。再马虎就扣工分，算是拿住了各人的"七寸"！

"我当代队长，有责任带领大家干好农活，由于我不懂农业知识，监督管理不到位，导致今天个别地段摘菟丝不彻底，我有责任，不怪大家，我向各位道歉！"南军生听了吴以林的话，无疑为他打气撑腰，这坚定了他当好队长的决心，同时也感到肩上担子更沉了。

"小南啊，自己做活做得再好，只能算是好社员；能带领大家一起把活干好，才是好干部啊！"吴以林语重心长地引导南军生。

听了吴队长的教育，南军生觉得很有道理，确实是这样。对于刚才发生的事，南军生想来想去，往后还是得与妇女们打交道，需要团结、宽容、善待，即使要纠正她们的错误思想，也得一步步慢慢来。不是自己想当老好人，因为不管怎么说，农民的自私自利意识根深蒂固，要改变他们，除了用和风细雨式的教育去引导，还要慢慢建立起一套合理的规章制度，靠制度来管理人、约束人。目前，自己对生产管理还一窍不通，以后的路还长，只能一步一个脚印，踏踏实实摸索着往前走。

三

"妇女队干活不好带，有人不认真去摘菟丝，倒薅了不少大豆棵带回家去喂猪，省去割猪草。马马虎虎走一趟，结果事与愿违，不注意抛撒出的菟丝反而会蔓延开来。过去我也烦恼过，气得骂人！"丁凤琴边盛饭边安慰南军生。

"我没注意方式方法，可能会得罪人。陈小花被我发现薅了大豆棵，她还强词夺理不服气，人家吴队长一说，句句在理，她就不敢犟了。"南军生一边吃一边说。

"吴队长是多少年的老队长了，有经验，老百姓心里想什么，他一清二楚。他处理问题都是软中带硬，不服不行。你往后得多向他学习。"丁凤琴交代南军生。

南军生后悔自己带队没经验，考虑不周，让个别落后社员钻了空子，尤其是陈小花光顾薅大豆棵，玉米田中的菟丝肯定没摘干净。想到这里，南军生想趁饭后这段空隙去趟玉米田，察看一下陈小花的劳动情况。

夏日中午的太阳像一个火球，晃得人睁不开眼睛，大地被烤得滚烫，酷热难耐。南军生顾不上休息，换上长袖衬衣，背着背篓，戴上草帽，一头钻进玉米田中。近两米高的玉米丛将南军生淹没。这里没有一丝风，甚至空气有些稀薄，玉米叶在太阳暴晒下卷曲下垂，地上的热气往上蒸，还未干活，南军生已汗流浃背。他咬着牙坚持着，寻找陈小花的足迹。不出南军生所料，她走过的田间，不少菟丝动也未动，即便摘过，也是马马虎虎，所谓摘菟丝不过是走个过场。

南军生蹲下身来，撩开遮掩的玉米叶，一圈一圈地剥去菟丝，再将剥碎的菟丝丢入背篓。他知道如果剥碎的菟丝丢在地上，雨后仍会复活，继续给庄稼带来危害。

一棵，一棵，又一棵，南军生不知道摘去多少菟丝，远处知了的聒噪，玉米田深处"叫官子"的叫唤，他听着更加烦躁不安。南军生摘下脖子上的毛巾，毛巾早已干透，他擦了擦脸，脸上似乎没有什么汗水，努力睁大眼睛眨了眨，只觉得眼花缭乱，视觉重影叠合再分开，他已经看不清菟丝。坚持！再坚持！心中是这样想，突然感觉天旋地转，两眼发花，头重脚轻，不知不觉倒在玉米田中。

却说知青们吃过午饭，各自躺在床上休息，一觉醒来，却不见了南军生。大家都看见他背着背篓走了，到现在没有回来，便出去寻他。"南军生！"刘红和知青们大声呼喊，却不见回答。南军生能上哪儿去？刘红焦急了，催促大家分头去找，找遍全庄三十三户人家也没有见到他踪影。

"别急！你们说说！"听知青们说南军生失踪了，吴以林大吃一惊，披件衣服就跑出来。

中午吃饭还在丁凤琴家谈上午干活儿的事情，反映有个别社员不认真摘菟丝，凤琴姐还列出几个落后人物。知青们说饭后就没见他回房休息，他也没告诉别人上哪儿去，只见他背着背篓走了。大家七嘴八舌分析南军

生的去向。

"会不会去玉米田检查摘莠丝情况，说不定去给某些人做返工活儿也未可知。"刘红思来想去，提出这样的疑问。

"有可能！南军生提起过陈小花干活马虎，去田里找！"方华肯定地说。

"我亲乖乖！这时候玉米地里有四五十度，人哪能进去哟！大家快去找！"吴队长一听，脸都变色了，这还了得！弄不好要死人的！他赶紧吩咐几名年轻力壮的社员和知青们一块去寻找。

"南军生！南军生！你在哪里！"玉米田中回荡着呼叫者的声音，却无南军生的回应。

全庄男女老少得知知青南军生失踪了，都来到田头参与寻找。丁凤琴闻讯心急如火，不顾临产在即，赶来田头等待。

"南军生！你在哪里？"村庄内外到处都是一声声的呼唤。上次两个女知青"失踪"把大伙儿吓得不轻，连公社党委都惊动了。这大夏天的，到处是水，草丛里还有蛇，万一出点意外，就不是小事。知青南军生的失踪无疑引起了全庄人的关心，大家都对这北京来的知青抱有好感，时间不长，俨然成了社员们的好庄邻。刚刚当了半天的代理队长兼记工员就不见人影了，这究竟是怎么回事？社员们急切地想知道。

"队长，找到了，找到了！人在这儿！"在玉米田深处，传出周亮的喊叫声。

人们顾不得刀剑一般割人的玉米叶，纷纷跑了过去。只见南军生躺在地上，双眼紧闭，浑身发软，地上呕吐了一摊。吴以林一看，大声说道："中暑了。赶快背回去拾掇，要是弄成发痧就不好了！"

四

石榴树下，南军生躺在绳床上，吴队长一边用手指掐他的"人中"穴位，一边指挥大家做事。刘红用蘸着井水的毛巾为南军生擦拭脸和身体；方华和时枫他们用芭蕉扇替南军生扇风；丁凤琴为南军生喂凉白开。这一切，都是试图尽快让南军生身体降温，早点苏醒过来。

　　"要有个三长两短，我决不饶你们！"吴队长见陈小花她们也围在四周看，瞪着眼睛对她们说。

　　陈小花她们知道南军生是为她们去返工摘菟丝才中暑的，心中有点害怕，万一出了人命，她们几人说出大天来脱不开干系。她们怎么也没想到，这知青队长咋会这样，做事太较真，大热天的，竟然又回去检查她们干过的活，真是死头脑一根筋。

　　"醒了！醒了！"苏琴琴见南军生眼睛慢慢睁开了，又惊又喜。

　　"军生！你终于醒过来了！"知青们围了上来，关切地问。

　　"南军生，你丫吓死我了！"刘红握着南军生的手，泣不成声，心软的顾小雨也陪着抽泣起来。

　　南军生双眸中出现了刘红、吴队长、丁凤琴和知青们焦急的脸庞，不再是高高的玉米丛。他明白了，现在不是在玉米地里摘菟丝。

　　南军生休息了几天，身体渐渐缓过劲来。这时，队里盖的新房也已经干透，可以住人了。他想最近抽点时间，和知青们把家搬过去，独立支灶，不想再麻烦丁凤琴一家。

　　那边，大队里出工出料，给知青们每人打了一张单人床，还打了一张"地八仙"小桌留吃饭，又打了八个小板凳。方华利用剩下的边角料，自行做了两张简易长条桌子，男女知青一边一张，放放牙具暖壶啥的，顺便还给苏琴琴打了一个小木头箱子。有了这些，再加上队里给添置的锅碗瓢勺和一口水缸，居家过日子差不多就算齐了。以后再需要什么，就得自己花钱去买。

　　南军生找到吴以林，把想法说了，吴以林说行。搬家不是小事，吴以林又去找刘玉恒，请刘玉恒给仔细推算推算，才定下了搬家的好日子。

第十八章

千学不如一看，千看不如一练。

砍柴上山，捉鸟上树。

——民间谚语

一

1970年7月10日，农历六月初八，是刘玉恒选定的日子。按照老皇历，这天是个搬家的黄道吉日。

早饭后，一阵"噼里啪啦"的鞭炮声在九龙口上空响起，知青们告别丁凤琴家的小屋和库房地铺，喜笑颜开地搬进新居。新添置的厨房铁锅里，放着一条大红鲤鱼和一块豆腐。这是丁凤琴按沭阳当地风俗特地送来的"压锅"。新居门上，由生产队会计徐维高亲笔书写下两副对联。一副对联是：上山下乡广阔天地再教育；插队劳动扎根农村为革命。横批是：改天换地。另一副对联是：热血丹心酬壮志；意气风发抒豪情。横批是：青春无悔。

刘红恭恭敬敬地将毛主席画像分贴在两处屋内正中，知青们兴高采烈地忙着搬行李，铺床。队里原打算盖五间的，后来改为七间。正屋五间，男知青住三间，女知青住两间，又加盖两间边屋做厨房。这样一来，八个知青住得宽宽绰绰，也有了专门做饭的地方，像一户过日子的人家了。村上的社员们都前来祝贺，南军生乐滋滋地忙着分发香烟和喜糖。

"南队长，真是对不起你！都怪我们不晓好歹，让你吃苦头了！"陈小花和几名妇女也来了。陈小花手里还捧着一干瓢鸡蛋，其他妇女手里挎着篮子，里面装着丝瓜、黄瓜、吊瓜、豆角、辣椒、茄子、大葱等一应蔬菜。

"哎哟哟！小花姐，您来就来了，还带什么东西，叫我们大家怎么是好？"南军生没想到，几名在他看来有点落后的妇女也都来了，他很有些感动。

刘红出门见到陈小花也是一怔，马上联想到与她争论一事，显得有些尴尬。陈小花笑嘻嘻地一边往她手中塞鸡蛋，一边说道："刘红妹妹，我这人大炮筒子，你别往心里去，都是我不好！"

农村妇女除了爱占点小便宜，品质并不坏，大多是厚道人。比如说，她们有时会趁人不注意，从生产队的草堆上拽几把回去，你要真叫她把整个大草堆弄回家，她又不敢。刚才陈小花这么一说，反倒让同样也是大炮筒子的刘红不好意思起来。

东边邻居陈发乾从家里扛来几根树棒，前面邻居刘玉恒从家里拿来一些铁丝，两人忙不迭地为知青拉晾衣绳，连库房那边的收音机天线都给弄过来了。他们的出现着实出人意料，也让大家忘掉了过去的所有不愉快。刘红给他们递上香烟，还给两人点上火，二人受宠若惊，口中连声念叨着："这才好，这才好！吃罪不起，吃罪不起！"真是远亲不如近邻，一切从头再来。

"大家好！"正在这热闹光景，徐彬彬出现在大家面前。

"哎哟！彬子回来了！"众知青一见，喜出望外，急忙上前拥抱。

徐彬彬受伤后，被父母接回北京疗养。由于沂北公社医院医疗技术和条件差，治疗徐彬彬时腿骨错位严重，北京医院诊治后又实施二次手术，但医院认为错过了接骨最佳时间，无法再校正恢复到原始状态，导致他最终落下腿疾。父母劝他留在家中，写病退申请回京。徐彬彬也想乘机迁回北京，不再回九龙口过艰苦的劳动生活。申请递上好长时间不见动静，等待中感到坐吃山空不是个事儿，时间也难熬，见街道和医院联合开办针灸学习班，便积极报名参加培训。他想掌握一技之长，将来回北京也好就业，即使回不来，在九龙口也能发挥作用。

学习期间，他思念着九龙口一班知青，想起与他们一起朝夕生活的日子，生活虽然艰苦，但这个小集体情投意合充满着欢乐和理想。徐彬彬常常写信给他们，但回信偏少，他理解大家，沉重的农活和紧张的时间，哥儿几个没有空闲去公社赶集，他们还在农村煎熬，什么时候接受再教育期满还不得而知，只能顺应形势和政策。在北京家中过着休闲安逸的生活，徐彬彬感到坐立不安，他还想回到九龙口，与大家一起同甘苦共患难。于是不顾父母劝阻，毅然返回九龙口。

搬入新居住宿的第一天，知青们感到室内空气清新，墙壁散发着泥土的芳香，再也不会闻化肥农药的气味了。大家抑制不住兴奋，终于有了家，而且每人都有一张床，睡觉舒服；女知青们再也不用滚地铺。大家看看这看看那，一切都感到新鲜。南军生和大家围着新居转了一圈，看看室内墙脚旮旯，望望篱笆横梁，步步房前屋后，丈丈留下地块，指指点点，酝酿和规划着知青们未来的生活蓝图。

"地坪弄得不错，跟水泥地坪一样！"徐彬彬赞叹道。

"这里的群众真有办法。他们先把地面铲平，铺上一层暄土，撒上麦糠，泼上水，用石磙子轧，轧过再用棍子慢慢捶实，等阴到七八成干时，再捶。来回三遍，又平整又结实，就成了现在这样。"江淮海解释给他听。

"口袋里还有新粮食。是我们自己的？"徐彬彬又问道。

"那是当然！今年收成好，我们是劳动力，工分高，每人分到二百多斤呢！"南军生告诉他。

"屋后要砌一个男女厕所；墙周边可以栽上树；菜地四周插上围栏，种上菜；这里可以架个瓜架，种上吊瓜丝瓜葡萄；还可以盖猪圈养猪、养鸡。自己动手，丰衣足食。王震伯伯当年在延安时就带领 359 旅开展大生产运动，实现了自产自给，让中央红军在陕北生存下来。"南军生给大家描绘生活蓝图。

"围栏四周还可以栽上花，让菜园美丽起来。"顾小雨接过说。

"对！我们还有个问题，自己开伙，马上就面临烧草困难，生产队的草堆不好再去扯了。"刘红将现实问题摆上桌面。

"先扯点集体的草堆解决眼前问题。从明天起，大家都去割野草晒干当柴火烧。"南军生只能这样面对。

知青新居的厨房内有一座闷灶锅。顾名思义，闷灶锅就是没有烟囱，烧火时烟从锅门出来，直接弥漫在厨房内，熏眼睛、冲嗓子，致人咳嗽。长期下去，墙壁和屋顶会被熏成黑色，不卫生又危害健康。

苏北的农村比较贫穷落后，九龙口家家户户都使用闷灶锅烧饭，知青们的这台闷灶锅还是请吴以勤大爷用泥巴砌的。烧闷灶锅还有另外一大弊病，就是费草，而且晒干的野草烟太大，还有各种刺激性的气味，刘红、苏琴琴和顾小雨被熏得眼泪汪汪叫苦不迭。南军生思忖着要改造旧式灶锅，改善生活环境。

南军生从公社新华书店买来一本《农村节能灶》细细阅读。北方的荣成灶，里下河的大丰灶，都带有明显地方特点，看似漂亮整洁，但造价很高，不适用。去外地学习路程太远，远水不解近渴，南军生要的是适合知青使用，省草、火旺、无烟、干净的灶。如果改造成功，可以在九龙口，甚至虞家湾，进行全面推广。

吴以勤大爷得知知青要改造锅灶，搬来一些土坯让南军生支锅。大家汗流浃背忙活了几天，但支起的锅灶总不满意，不是火不旺费柴草就是烟囱不拔风浓烟回流。一次次试验，一次次失败，大家不禁气馁起来。摆在众人面前的是一堆土坯，怎么办？知青们绞尽脑汁。

"前年我听说古栗林大队有人试验出新型锅灶，不知真假，不妨去看看。古栗林大队离我们这里不远，头二十里路，一天打来回没问题。要是真的，就拜师学艺，要是假的，就当是出去玩一天，认认路。"吴大爷见大家支灶泄了气，忽然想起此事。

"'惑而不从师，其为惑也终不解矣！'吴大爷说得好，我们学艺去！"南军生来了兴趣，马上找吴以林请了假，准备第二天早上早起，和方华一起去古栗林大队向人求教。

二

蜿蜒的虞溪河千年流淌着不息的波浪，传诵着美丽的虞姬传说。自古以来，这里的人们就习惯在岸边栽植栗树，代代相传。不论是哪朝哪代，这里的栗树都枝繁叶茂，生机勃勃。

砌一台锅灶不是什么大工程，南军生决定当天晚上返回。第二天天刚蒙蒙亮，他便和方华吃过早饭，带了两顿饭的干粮装在黄书包里背着，趁着早凉出发了。别看华子人高马大，但是他心灵手巧，对技术方面的事情感兴趣，带上他，南军生心里踏实。

出了村口，南军生看见高大的石榴树上早已挂满了密密的果实。这时候的石榴已经长得有鸡蛋大小了，把树枝都压弯了。前面是绿荫遮蔽的一大片栗树林，他们好奇地仰望着树上累累硕果。南军生去过北京房山的良乡，那里有大片大片的栗林，没想到沭阳这个地方也有。穿过栗林，两人眼前豁然开朗，映入眼帘的是姹紫嫣红的各种花木，馥郁的花香沁人心脾，大小的蝴蝶在花间翩翩起舞。原来，这里的人们不仅种田栽栗树，还有种植花木的传统。见前面有个村庄，南军生对方华说道："这里大概就是古栗林大队了！"

走进村庄他们便打听会砌新型锅灶的人，人们告诉他俩，那是一位姓胡的大爷，还告诉他俩说，这位胡大爷肯动脑筋，爱琢磨，他自己设计砌出来的无烟节能灶火旺、省草，干净卫生。可就是有一条，这老头思想保守，有点"拿头"，不肯让技术外传，就是本队人家求他帮忙砌灶，他也推三阻四，不肯答应。

南军生和方华犹豫了：来一趟不容易，难道就这样无功而返？

"既然来了，就要去见见他，总要争取到一点收获。"南军生决定。

两人汗流浃背地找到了胡大爷家，看到门口有一群孩子在玩耍。

"又来了两位小大哥。"孩童们大声叫唤。

"咣当"一声，胡大爷家院门关上了，不用问，他不愿见客。南军生和方华吃了闭门羹，怔住了。酷暑天气，热得人心烦意乱，满怀希望而来，连本尊的一句话都没搭上，南军生和方华一筹莫展。

"大爷！开门啊！我们是沂北公社的知青，特地向您老请教来的！"南军生不死心，成不成总得见个真章儿吧？他拍着门朝里面大声喊。

院内的人任外面人喊破嗓子，就是无动于衷，不理会，拍了半天门不见里面动静，两人心中嘀咕：今天碰上这么个怪人，真是没辙！

"我只要能把他的锅灶看一看，就能搞清楚其中的门道。"方华对南军生说道。

"成，咱们再想想办法。"

南军生见胡大爷闭门不见，心中失望，听方华这么一说，顿时来了主意，便来到胡大爷隔壁邻居家，向正在剥棒头的中年妇女说道："大娘，我们口渴了，想到你家讨口水喝，行吗？"

"喝吧！"中年妇女应了一声，低头继续剥她的玉米。

两人用水瓢在缸里舀了一瓢水，咕噜咕噜喝了，南军生摘下系在书包上的毛巾，舀水冲了冲，擦了一把满是汗的脸。

剥玉米的妇女这才注意到，这两位面孔生疏的小青年不是本地人，便问道："你们也是来找胡大爷学砌锅灶的？"

"是的，大娘，"南军生问道，"这位胡大爷为什么不开门呢？"

"先进屋凉凉吧！"中年妇女站了起来，背过手捶了捶自己的背。

见两位青年人进屋，中年妇女搬过两个树根段子让他们坐下，递给两把麦秸扇子给他们扇风乘凉。南军生瞅了瞅四周，家里除了一张小饭桌，一只陈旧的木柜，还有堆在地上的一摊玉米棒子，别无他物。

刚才踏上古栗林大队土地，到处花团锦簇，可是社员家里却一贫如洗。这里的人们，并没因为广植栗树和花木而改变自己的经济状况。

这位妇女告诉南军生他们：这位胡大爷本来脾气挺好的，乐于助人，谁请他都到。现在他不愿推广节能灶，缘于一次冲突。老头会瓦工，盖房子喜欢搞点特色花样，他见古典建筑都是弯弯翘檐马头墙，就琢磨着在自家房屋脊梁上创新设计，建了与众不同具有独特风格的龙头脊。不料一群别有用心的人上了门，指着龙头脊说是封建迷信产物，他与爬上墙头拆毁龙头脊的人发生冲突，被人摁住。胡大爷精神上受到点刺激，怕见生人，更怕人爬上屋顶，从此放下瓦刀，再也不帮人盖房子和砌锅灶了。

"原来如此！"南军生感叹道。

"看样子你们是从外地来学砌锅灶的？"中年妇女见两人操一口北方普通话，这才问个究竟。

"我们是北京到虞家湾大队插队的知青，想跟胡大爷学砌新灶。"

"还是北京来的知青，北京可远吧？"中年妇女惊喜地问。

两人微笑着点了点头，答道："挺老远的。"

他们从插队那天起，不知回答过社员的多少次询问。在社员们的头脑里，北京远在天边，那里有天安门，是红太阳升起的地方，既熟悉，又陌生。

"来一趟不容易呀！孩子，这样吧！你们看看我家的锅灶，也是胡大爷砌的，不妨学学。"中年妇女对他们说道。

南军生和方华一听，心中暗喜，便跟随中年妇女来到厨房，搬起铁锅，仔细察看锅灶结构，从送草口、灶底、灶膛、漏灰、挡风口、烟囱、保温罐等处左右测量，画了图纸记录下尺寸。

俗话说：砂锅不捣不漏，木头不凿不通。一次取经学习差点夭折，没想到在胡大爷邻居家偷偷地学了一手，两人满载而归。回家后，两人马上动手。新锅灶需要烟囱往外出烟，可当初筑墙时没有预留，必须重新开洞。谁知凿这个洞可是费了大劲了，这土墙真够结实，几个人轮流用凿子凿，錾子錾，整整鼓捣了一个上午才捣通。南军生和方华经过再三试验，新锅灶终于成功。送进柴草呼呼燃烧，厨房里一点烟尘也没有。大家兴高采烈地庆贺新锅灶落成，时枫特意从大队代销店打来二斤山芋干酒，准备好好庆贺庆贺。

"哎，我说哥们儿，这鸡怎么这么长时间还没烧熟？就是铁鸡也该熟了吧！"徐彬彬抿了一口白酒问道。

"酒都快喝完了，怎还不见菜上？"方华也插上一句。

南军生来到锅灶前，细细端详刘红烧火过程，柴草往后送，火头被烟囱拔风减弱，火头偏后，白费柴草；柴草往灶门口送，火头旺盛却对着锅外，浓烟刹那间回流弥漫。

"怎么回事？"方华弯腰问南军生。

"拔风口出了问题。"蹲在灶门观察的南军生肯定地说。他端下铁锅，在灶膛拔风口塞了一小块土坯，适当减少拔风量，把火的燃点对准锅脐部，经过几次调试，终于排除了故障。

"鸡子熟了！"顾小雨迫不及待地掀开锅盖，用筷子夹了一块肉尝了尝。

"好！为我们成功发明了知青灶干杯！"徐彬彬举起了酒杯。

"干！为知青灶干杯！"

三

吃过喝过，弟兄们吹了一会儿牛，就上床休息了。

这一觉睡得真香，外面刮风下雨打雷的声音他们都没听到。隔壁的三个女知青却被雷声惊醒，又一道雷电闪过，顾小雨吓得抱着头钻进毛毯中。

"快！快去找几个人！"这时，屋外传来有人踩着积水"哗哗"跑动的声音，一边跑，一边大声喊叫，那声音都变了腔调，好像天要塌了。喊叫声惊动了庄上的狗，狂吠不已。

方华在睡梦中惊醒，急忙赤脚起来，打开门一看，一股雨水被风刮进门来，方华往后一退，电光闪处，他看到了路过门口的邻居陈发乾。还没等方华问话，陈发乾气喘吁吁地说道："快！丁凤琴难产，正准备抬上公社医院。"

"啊！"声音传进屋内，知青们大吃一惊。

"快！彬子你在家看门，华子、老时、老海，快穿衣服，我们去抬凤琴姐！"南军生边穿衣边说。

知青们各自顶着块塑料布，冒雨赶到丁凤琴家，这时，吴以林、吴以法、吴大茂、陈进、方二喜、周成财、周亮等七八个人正在忙着绑绳床，做担架。

"凤琴姐，挺住啊！"刘红、苏琴琴和顾小雨穿着湿漉漉的衣服也匆匆来了，刘红握住满脸是汗不停呻吟着的丁凤琴的手，安慰她。

雨天不比晴天，九龙口通往公社医院的乡间土路更加难走，需要四个人抬担架，走上一二里路就要换人。吴以林招呼了队里最有力气的几个青壮年，现在又增加了知青主力军，心里踏实多了。

丁凤琴嫁到九龙口吴家已经八九年了，一直没开怀。这期间曾怀孕过两次，但都不幸流产。接生员说她不容易保住胎，平时要多注意休息，可是她整天带社员劳动，对自己的事不太关心。双方父母很焦急，吴旭父母想趁年迈之前抚养孙子，眼看已到大龄，丁凤琴肚子就是一点动静都没有。北京知青到来后，丁凤琴主动要求照应他们的食宿，这让吴旭和父母始料未及。本不该承接的事却被丁凤琴揽了过来，难免影响她的正常生活和休息。吴旭劝丁凤琴推辞掉知青吃饭的事，但她总认为这是为生产队解决难题，等春天知青房子盖好了，就可以推掉。吴旭想想也是，老婆是党员，又是队干部，不能落后，应该处处维护集体利益才是。

丁凤琴这次怀孕，一家人提心吊胆，生怕出一点意外，偏偏在还不到

产期时，又出现了异常。这可急坏了吴旭和父母，也牵动了全庄社员和知青们的心，大家只有一个信念，尽快将她送往公社医院。

南军生、方华、吴以法、吴旭抬第一肩。这时的南军生和方华已经不是刚来时的南军生和方华了，二百来斤的重物，两人抬起来玩似的，走起来稳稳当当、轻轻松松。但这是雨天，又是产妇，无论如何绝对不能摔倒。他们抬着丁凤琴，冒着大雨赤着脚，沿着高洼不平的乡村土路往前走，水里泥里，深一脚浅一脚，滑溜溜地很难走稳每一步。走了几里路，吴大茂、陈进、方二喜、周成财四人上来换第二肩。第三肩是吴以林、周亮、时枫、江淮海四人。幸亏是人多，不然，这大雨之夜的七八里路还真难走过去。

一行人马不停蹄，一分一秒都不敢耽误，急匆匆往医院赶。

一个小时后，他们把丁凤琴送进了公社医院。这时，暴雨停了，云开天晴，天上繁星点点，发出明亮的光。不巧的是，正逢公社停电，变电所为减负荷拉下了闸刀，让电给涝区排灌站。医院里一片漆黑，唯有产房里靠捆绑的集束手电筒照明，忙碌的医生护士进进出出，都在为抢救丁凤琴争取时间。

众人脱下蓑衣，坐在走廊边上小歇。南军生撩起衣角擦去满头汗水，静候产房传出好消息。

"谁是产妇的家人？"产房门推开了，女医生高声问。

"我是！"吴旭走上前去回答。

"产妇状态不太好，你要有思想准备。又逢停电，什么都不方便。"女医生直截了当地告知吴旭：丁凤琴面临着危险。

众人心一揪，南军生更感到紧张，不知道凤姐到底会有怎样的危险。他默默祈祷着，盼望她能平安渡过这一关。

方华此时也和南军生的心情一样，非常担心和焦急。从女医生的话中他已经听出来，停电对抢救孕妇增加了难度。

"如果有发电机就好了！"方华对众人说。

"什么地方有发电机？"南军生问。

"县里电影队有，放电影离不开发电机。"周亮回答。

"你怎么知道的？"

"我昨天在街心看了场电影。县里下来的，拉两挂平车，有台发电机，咕嘟嘟一响，电灯泡就亮了。"

"电影队在什么地方？"

"听说住在公社文化站。"

"我们去找！"南军生此刻焦急万分，听说电影队有发电机，马上起身去找电影队协商借用。

"嘭嘭嘭嘭！"急促的敲门声在雨后寂静的夜间响起，南军生敲开了文化站的大门。

"谁呀？"里面传出人问话声。门开了，黑暗中也分不出模样，南军生急不可耐地闯了进去，把抢救孕妇、医院急需发电机的情况一说。

"老史、老卢，快起床，拖发电机去医院，救人要紧！"屋里有人吩咐。

"呜呜"的发电机响声在医院里响了起来，产房里电灯泡突然一亮，"哦！来电了！"人们一阵欢呼。

丁凤琴是难产，向县医院求援的电话早已打出，却仍不见县医院的医生到来。吴旭的父母也随后匆匆赶来，众人在产房门外提心吊胆、坐立不安，身上的冷汗始终未干，担心和焦虑一直在折磨着大家。

"孕妇正在抢救中，你们是保大人还是保小孩？"女医生从产房出来，一脸严峻。

众人一听，个个脸色大变，吴旭的亲属们更是吓得慌作一团，不知如何是好。

第十九章

娘疼儿，路样长；儿疼娘，扁担长。

车到山前必有路，船到桥头自然直。

——民间谚语

一

"先生，大人小孩都要！我求求你们了！求求你们了！"吴旭母亲听说这话，"扑通"一声跪下，朝女医生连连磕头。

"大娘，别这样！我们正在全力抢救，院长都参加了，等县医院医生来就更好了！"女医生急忙上前扶起吴大娘。

正在此时，只听见一阵隆隆的汽车马达声传入院内，灯光一闪，车到了，下来几名穿白大褂的医生。众人看着他们进了产房，大家紧揪着的心稍微放松了些，期待奇迹出现，让丁凤琴顺利渡过这一关。

"阿弥陀佛！菩萨保佑！"吴大娘双手合十，口念佛号。

女医生再次从产房出来，告知人们又一个令人不安的消息："孕妇出血太多，需要输血，她是 AB 型，医院没有这种血浆，你们谁是这种血型？"

医生话音刚落，南军生应声答道："我就是！"护士说："你跟我来。"经过化验，南军生的血型果然与丁凤琴匹配。

就这样，北京知青南军生的血液一点一滴地输进了九龙口农妇丁凤琴的身体，此刻的南军生感到无比自豪。他真是没想到，自己的血，竟能在关键时候为抢救凤琴姐做出贡献。

虽然有了合用的血，但产房外的丁凤琴一家却仍然悬着心，万一血量不够，这半夜三更的，上哪儿再去找这种血呢？总不能把南军生一个人的血给抽干吧？

"既然凤琴是，她父母兄弟一定也是！赶快通知她娘家来人！"方华这时插上话。

丁凤琴娘家离沂北公社有几十里路，远水不解近渴，人命关天，怎么办？

真是怕啥来啥，不多会儿，医生出来说血液不够，还需要一些，问谁是 AB 型。吴以林他们是乡下老百姓，都愿意献，但谁也不知道自己的血型是什么，医生把他们挨个化验了一遍，都不是 AB 型。

真的急死人哪！

"来，还是抽我的吧！再抽 100 毫升！"南军生已经抽完血，护士刚要摘下针管，他按住针管坚定地说。

护士有点犹豫，也有点害怕，抽血没有这样抽的，于是讷讷地问道："你感觉怎么样？"

"我没事，继续抽。"

又抽了 100 毫升。这时，南军生感觉脑袋发晕，身体也有点发软，手臂麻木无力，他将后背倚靠在椅子背上，尽量支撑住身体，坚持将血液抽完。他想尽量多献点血，为抢救凤琴姐创造条件。艰苦的劳动和生活，平时又缺乏必要的营养，加之前段时间玉米田中暑对身体影响较大，还没有得到完全恢复，南军生的献血量已基本达到了极限。医生和护士都知道，不科学地加大献血量会严重损害献血者的身体健康，但事到如今，又不得不这样做。

抽罢血，南军生在椅子上休息了一下，想站起身出来，却忽然眼前一黑，整个人软软地瘫倒在地上。身旁的护士一见，连忙扶他平躺在旁边的病床上，并端来一杯水让他喝下。

"军生，你怎么了？"吴旭见状，急忙跑过来问道。

"不要紧，他是献血量太大，身体不太适应，休息一下就好了。"医生摘下听诊器，向众人解释。

吴旭，这个铁打的汉子，顿时泪如雨下，蹲在地下"呜呜"大哭起来："军生，军生，我的好兄弟啊！"

"我也是 AB 型，来抽我的！"两鬓斑白的沂北医院老院长来了，他毅

然伸出了胳膊，抢救孕妇，他义无反顾。

正在此时，发电的电影队史师傅匆匆过来，告知一个令大家紧张不安的消息：汽油不多了，只够再发三十分钟电。

现场一阵窒息，这意味着抢救中途将面临停电危机。

产房抢救，血源紧张，停电在即。问题一个个接踵而至，人们焦头烂额，面面相觑，不知所措。

"去找公社司书记，只有他能帮上忙！"缓过劲来的南军生说道。

"谁有这个面子，夜间能请动司书记？"丁凤琴亲属都是农民，平时不出三门四户，谁有这个能耐？

"行不行都要去试试，事关人民群众生死，我就不相信司书记能无动于衷！"南军生边说边下床穿鞋。

北京的孩子有股"爱谁谁，豁出去了"的闯劲，关键时刻挺身而出，九龙口父老乡亲都知道，没有不佩服的。南军生和方华自告奋勇去找公社书记，不仅丁凤琴的亲属，就是吴以林他们也十分感动。

"谁呀？"刚刚躺下的司书记被急迫的敲门声惊起，心中诧异，又发生什么大事了？急忙起身点亮罩灯，开门一看，见是南军生，便问他什么事，南军生长话短说，医院抢救孕妇，亟须用电。

司守明书记不愧是打游击出身的老八路，心里始终装着老百姓，他拿起桌上电话机，摇动把手："接变电站！"

变电站站长听说要救人，答道："书记放心，立刻调度送电！"

不到一分钟，医院里的电灯就亮了。

几分钟后，司书记来了，虞家湾的周成华书记也闻讯赶来了，还有周成富、徐维高、刘红、苏琴琴、顾小雨他们也来了。

那一夜，真的是好漫长好漫长。直到天明，医院内外仍聚集着许多人，大家都默默期待着丁凤琴母子平安。

"哇！"产房内突然传出一阵洪亮的婴儿啼哭声，一个崭新的生命诞生了！啼哭声冲破黎明，震撼着每一个人的心！

产房门开了，手术医生举着双手走了出来："手术顺利，母子平安！"

听到这个好消息，吴旭一屁股坐到地上，傻傻的半天也说不出一句话；南军生浑身无力，歪在墙根昏昏睡去。

二

　　立秋过后，还有十八天地火。虽然白天比较炎热，早晚却降温不少，夜间也明显凉快了许多。丁凤琴难产得到了众人相助，在公社医院住了个把星期，一切正常后才办理出院。吴旭父母欢喜得合不拢嘴，挨家逐户发红鸡蛋。吴以林和南军生商量，为了表达谢意，是不是请大家"吃一嘴"。南军生想了想说，电影队两位师傅熬了半夜又贴了汽油，连口水都没喝就走了，实在过意不去，是不是可以请他们来给乡亲们放场电影，大家热闹热闹，然后好好招待一下，一举两得。吴以林说这法子好，并要南军生带上吴旭，再带上喜烟喜糖红鸡蛋，专门去一趟公社文化站，找他们面谢，并把电影队带来，包场电影酬谢乡亲，钱由本队姓吴的人家共出。

　　找电影队并不难。南军生和吴旭来到文化站，找到电影队张队长，先是向他们表达了谢意，然后提出了包场电影的愿望。这是好事情啊，电影队队长张国华二话没说，就答应了请求。

　　太阳离落山还早，九龙口生产队的打谷场上就架起了银幕。天刚擦黑，电影队发电机就"呜呜"响了起来。电唱机里的塑料薄膜唱片转动起来，喇叭里响起《我爱北京天安门》童声歌曲。九龙口放电影的消息吸引了附近十里八村的人们，大家奔走相告，扶老携幼，涌往九龙口打谷场，想看一场在家门口放的电影。

　　包场电影是全生产队社员都有面子的事。知青们早早吃过晚饭，带着板凳去占地方，看电影。自从插队九龙口，他们就没有享受过一次正经的文化生活，那高兴劲儿就甭提了。

　　夜幕终于降临了，打谷场上聚集着附近好几个大队闻讯赶来的社员，数千人挤满一场。坐着的、站着的，连树上都爬满了人，一双双眼睛望着场中央灯光下神秘的放映机，无不充满着欢乐和期待。青年男女们早就用香皂洗了脸和头发，有的还喷上花露水，个个衣着光鲜，三五成群地在一起说说笑笑、打打闹闹。那些卖花生的、卖瓜子的、卖香烟火柴的，也早早摆下摊子。这是他们最好的售货机会，岂能轻易错过！

　　当放映员扯去蒙盖在放映机上的大红绸布，试机对光，五彩光束投射在银幕上时，打谷场上顿时响起一阵山呼海啸般的欢呼声。加映《新闻简

报》开映了，毛主席在北京会见外宾的画面出现，大家从银幕上看到领袖神采奕奕的形象。主片是百看不厌的战斗故事片《小兵张嘎》，跌宕起伏的情节无疑抓住了观众的心。

张嘎：卖西瓜了，又香又甜的大西瓜了，吃一口甜掉牙！

罗金宝：你怎么也不问个价？

胖翻译官：别说吃你几个烂西瓜，老子在城里下馆子都不问价！

罗金宝：这年头做事得留点后路啊，别看现在闹得欢，小心将来拉清单！

胖翻译官：你，你，你是八路？

罗金宝：说对了！

张嘎：不许动！

当银幕上胖翻译官惊慌地举起双手时，全场观众乐得哈哈大笑，有个孩子一高兴，竟然"咕咚"一声从树上掉了下来。刘红、苏琴琴和顾小雨三人挤坐一条长板凳看电影，刘红抬起身看看左右，并没有南军生的影子，直到换片时场灯亮，才看到他和放映员坐在一起。

电影散场了，大家扛着板凳，一边走一边兴致勃勃地谈论电影故事情节：大人都成了侦察员罗金宝，小孩都成了小八路张嘎子，可惜那时农村里没有胖子，实在找不到"翻译官"，成为老百姓演绎英雄故事的一大遗憾。

南军生作为放电影的联系人，电影结束后，自然被吴以林留了下来，会计徐维高家正在办菜，准备好好款待县电影队的师傅。一来感谢他们在丁凤琴难产抢救之时伸出援手，二是感谢他们送来了老百姓喜闻乐见的精彩食粮。

那天晚上，南军生心里高兴，竟大醉而归。

三

一觉睡到第二天大天亮，南军生才醒来。睡眼惺忪中，时枫告诉南军生："顾小雨好像有什么心事，不说话，只是哭，刘红正劝她。"

"难道小雨又想家了？"南军生暗想。

顾小雨曾与苏琴琴不辞而别回北京，虽然后来回来了，却并不是心甘情愿。难道现在又有什么问题让顾小雨为难了？南军生心里有些吃不准。他起身下床，洗漱完毕，喝了一杯开水，才感到胃里舒服点儿。走到隔壁看看，刘红、苏琴琴正在劝说顾小雨，只见顾小雨神情恍惚、眼圈发红，情绪十分低落，心想，还是先调节一下气氛再说，便笑着问："小雨，又想家了？"

顾小雨低着头，也不接南军生的话茬，只是用手绢擦眼泪。刘红向南军生摆摆手，让他出去。毕竟女人的事情只能对女人说，有男人在跟前不方便。

南军生知趣地退了出去，心里还是很纳闷：才搬新家，一切向好，这些天没什么大事情啊！

实际上，刘红和苏琴琴也蒙在鼓里，不知道顾小雨为何发生如此变化。看电影时三人还坐在一条板凳上，嗑着瓜子，有说有笑，怎么才两个时辰顾小雨就变了，实在想不出她有什么委屈。

她们就这样无声地坐着，过了好大一会儿，顾小雨才勉强装出一副笑容，低声说："我想我爸我妈了。"

"你个死丫头片子，吓死老姑了！"刘红照着顾小雨屁股就是一巴掌，事情就算过去了。不过，苏琴琴心细，她暗自思忖，事情恐怕没有那么简单，小雨一定有事，只是不便开口而已，于是便留了个心眼儿，注意暗中观察。

夏去秋来，到了大自然向人们提供回报的季节：诱人的石榴笑咧了嘴，露出晶莹剔透的籽儿；玉米棒子露出了黄灿灿的大金牙；高粱一片火红，像一簇簇燃烧的火炬；棉花耐不住寂寞，早已绽开朵朵白花，银色点点布满枝头。

"快起床，南军生要喊劳动了！"刘红催促苏琴琴和顾小雨，大家赶紧穿衣服，今天的劳动是掰玉米。

顾小雨起身刚要刷牙，忽然心中泛起一阵恶心，禁不住要呕吐，她蹲下身来。

"怎么了小雨，不舒服？"苏琴琴奇怪地问。

"没什么。大概是着凉了吧！"顾小雨抹了一下嘴，站了起来，脸色有些苍白，显得异乎寻常。

苏琴琴见顾小雨恶心呕吐，起初真以为是她夜间受凉，但联想到她近期的不正常表现，头脑中的问号始终挥之不去。她越想越奇怪，怎么顾小雨的表现跟凤琴姐怀孕初期相似？难道顾小雨怀孕了？这怎么可能呢？她又没搞对象。想到这里，苏琴琴不禁打了个寒战。

她不敢声张，她要找个过来人问问到底是怎么回事。找谁？无非就是去找丁凤琴。

"来！阿姨抱抱，才两三个月，小家伙就长这么大了！"苏琴琴从小绳床上抱起了凤琴姐家小孩，口中叨叨着："宝贝儿，告诉阿姨，叫什么名字？"

"还没起名字呢，吴旭说想请你们文化人给起一个呢！"丁凤琴一边洗尿布一边问，"琴琴，你怎么有空过来串门？"

"哎哟哟！宝贝儿尿尿了，尿了我一身，跟小水泵似的！"苏琴琴见孩子撒尿，乐不可支。

"哈哈哈！"丁凤琴和苏琴琴都情不自禁地大笑起来。

丁凤琴听苏琴琴讲了顾小雨的反常情况，眉头皱了起来，生理反应特征完全符合怀孕表现，但她不敢肯定这种事情会发生。如果属实，这是谁干的？是当地社员还是北京知青？近年来知识青年上山下乡，特别是单插的女知青，不同程度地遭到污辱，从二队、四队就先后有人传讲。为了顾及个人名声，受辱的女知青大多选择沉默，不敢声张。忍辱负重的心理往往纵容了犯罪者嚣张气焰。但顾小雨如果是和知青们谈对象，一时把持不住也不是没有可能。还是得先把情况搞清楚再说，暂时不要声张。她让苏琴琴把顾小雨叫过来，就说凤琴姐找她有点事。

那天晚饭后，顾小雨来到丁凤琴家，丁凤琴望着坐在小绳床边不吭声的顾小雨。要在从前，顾小雨早就逗孩子玩了，可现在她却低着头，一句话也不说，只顾自己摆弄辫梢。

"小雨，你近来有心事，我心里有数，姐找你谈谈，你是不是遇到什么委屈了？"丁凤琴开门见山。

"我，我，没有……"顾小雨吞吞吐吐，欲言又止。

丁凤琴估计顾小雨心中一定有事，只是羞于开口，便道："小雨，我是你姐，又不是外人，心里有话尽管对我讲，不要隐瞒。对姐说出来，姐为你做主！早说早处理，越迟越难办。"

顾小雨抬头望了望丁凤琴，见丁凤琴正盯着自己，心中怯懦，想躲避丁凤琴的目光，却一阵慌神，再也控制不住自己情绪。

"姐！"顾小雨一头扑到丁凤琴怀中，号啕大哭起来，多日来的耻辱、惊恐、委屈、不安、犹豫全部涌上心头，在丁凤琴怀中得到了释放。

丁凤琴轻轻地拍着顾小雨后背，要她把委屈讲出来，不要窝在肚里。顾小雨此时感觉凤琴姐像母亲一样呵护她、安慰她，不是亲人胜似亲人。还有什么屈辱要继续隐瞒不能讲出来？她终于鼓起勇气，向丁凤琴倾诉放电影那天晚上遇到的不测。

四

那天晚上，顾小雨看了一会儿电影，忽然感觉肚子有些坠胀，便在刘红和苏琴琴耳边悄悄地打了个招呼，想回到宿舍去早点休息。

她回到宿舍门口，正打开锁准备进屋，黑暗中就觉得后面有人尾随。"谁？"顾小雨警惕地回头一望，喝问道。

"我，我。"紧跟在顾小雨身后的，是队长吴以林的堂侄儿、"露头青"吴大茂，只见他一嘴酒气，嘟嘟囔囔。

"吴大茂你干什么？"顾小雨有些惊慌。

吴大茂不由分说，从背后一把将顾小雨推进门，然后将门关上，背靠着门。

顾小雨素来胆子小，她没料到此时会有男子闯上门，而且是有名的光棍汉，这不禁让她心惊肉跳，一时慌了手脚。如果吴大茂图谋不轨，她无法抵抗，今晚上全大队社员都在看电影，附近没有一个人在家，呼天天不应，叫地地不灵。顾小雨心中越来越紧张，想着如何摆脱他纠缠，见他酒喝的不少，顾小雨心中冷静了一下，她赔着小心试图将吴大茂劝走。

"大茂，怎不去看电影？电影太好看了。"顾小雨有意打岔。

"我，我不看！就看你！"黑暗中，吴大茂开始肆无忌惮。

顾小雨一听，脸一下变了色，她明白了吴大茂的目的，她想金蝉脱壳，赶紧离开这危机四伏可能遭遇不测的地方。

"大茂，你让开门，我要去看电影了！"顾小雨找借口要出门，下达"驱逐令"。

但顾小雨的努力都白费心机，在吴大茂心中，觉得这是个难得机会，顾小雨势单力薄，无人相助，只能乖乖顺从。

吴大茂在庄上是出了名的"二杆子"，父亲早逝，与母亲相依为命，家境贫困，除三间茅草屋，别无他物。有媒婆替他物色姑娘，女方上门一看，掉头就走，导致三十岁的他仍未娶上媳妇。

出嫁在外大队的姐姐曾给他介绍夫家一位堂妹，约吴大茂到姐姐家见面。堂妹见吴大茂相貌一般，且满嘴粗话脏话，心中不太高兴。姑娘的父亲与他谈话，他却心不在焉地应付。姑娘父亲见此心中不悦，谁不想自己的女儿嫁给一个通情达理的如意郎君呢？

"你们生产队工分多少钱？吃多少口粮？"姑娘父亲还是耐着性子问吴大茂。那年头，生产队工分钱和分配的口粮代表着穷富程度。

"我又不是生产队会计！怎知道那么多！"吴大茂见女方父亲打听仔细，有些不耐烦，粗俗地嗔道。

女家当即告辞，临走时撂下一句话："他嫂子，你跟我们介绍的都什么人？缺一百个窍都不止，啥也不懂！"

对象告吹，吴大茂心中烦恼，晚上在家一人灌了一斤多闷酒，酒劲上来，不在家睡觉，却出来转大魂，碰巧就看见顾小雨一个人回家，酒壮色胆，便闯进女知青宿舍图谋不轨。

吴大茂见顾小雨要出门，色胆包天，一个饿虎扑食，猛地上前抱住顾小雨："和你玩玩！"吴大茂喷着满嘴酒气，不顾一切地拉扯顾小雨。

顾小雨平白无故遭人污辱，蒙受人生中最大的耻辱，施暴者是本生产队社员，低头不见抬头见；他的堂伯是令人尊敬的吴以林队长，后台硬；论起来，吴大茂还是吴旭五服里的亲戚。顾小雨羞于启齿，也不敢讲，她怕影响自己的名声，只能打掉牙齿自己吞。

丁凤琴一听，气得浑身发抖，张口就骂出声来。没想到吴大茂竟狗胆包天，这让姑娘以后还如何做人？

丁凤琴望着泣不成声的顾小雨，心中焦急，她要把这事报告吴以林，让吴以林来处理。便对顾小雨说："好妹妹，这事你暂时不要声张，我有办法。你先回去吧，该干什么干什么，不要让人看出来。"

第二十章

大路有草行人踩，心术不正旁人说。

不摸锅底手不黑，不拿油瓶手不腻。

——民间谚语

一

顾小雨走后不久，刘红和苏琴琴来到丁凤琴家中，丁凤琴悄悄告诉她俩小雨的遭遇，叮嘱她俩要小心，不论什么时候都不能让小雨一个人待着，她俩至少得有一个人和小雨在一起，防止小雨万一想不开，闹出什么意外来。另外，又叮嘱她俩要死死把住口风，除了南军生，其他任何人都不要说。

刘红和苏琴琴听罢，不禁吃了一惊，把丁凤琴的话牢牢记在心里。

交代过刘红和苏琴琴，丁凤琴来到吴以林家，悄声把吴大茂强奸顾小雨的事情告诉了他。

吴以林听了丁凤琴的报告，如五雷轰顶。在九龙口，在吴姓这个大家族里，怎么会出现这样的丑事？偏偏受害人是北京来的女知青，而造孽者又是自己的堂侄儿。遇到这种事，吴以林一时没了主意。

"大哥，这事你要把握好，妥善处理，不然的话，会闹出大乱子来。"丁凤琴嘱咐道。

吴以林抽了好几支香烟，翻来覆去考虑大半天，最后对丁凤琴说，先安抚好顾小雨，不要惊动旁人。不管最后怎么处理，都要她和刘红、苏琴琴一起，尽快带顾小雨去医院做手术，一切都要悄悄进行，知道的人越少越好。这事要是传播出去，对顾小雨本人和知青们都是严重打击。

吴以林知道，这是重罪，不是一般的耍流氓。这事要让县里知道，吴大茂轻了要坐牢，重了会杀头。可他是穷光棍一条，抓走了，他生病的老母亲无依无靠，又怎么办？

俗话说，猪蹄子焐一百次还是朝里弯。吴以林想找出一个两全其美的办法，既不处理吴大茂，又能息事宁人。吴以林琢磨了半天，觉得还是先找南军生商量商量，看看情况再说，最好是让吴大茂负荆请罪，求得大家宽恕，放他一马。但转念一想，人家万一不宽恕呢，自己替吴大茂说情，岂不是弄巧成拙？要是就这么捂住，不处理吴大茂，万一知青们知道了，不，现在人家已经知道了，说破大天也绝不会放过他，弄不好能直接告到北京去！苏琴琴、南军生都有通天的本事，追查下来，说不定连公社带大队带自己，大大小小干部都能一锅烩了去！纸包不住火，要是被捅出去，让公社司书记知道了，他吴以林就是有十个脑袋，也不够砍的呀！

想到这里，吴以林决定去吴大茂家，把吴大茂的所作所为先告诉他母亲，陈述利害，让她有个思想准备，尽亲戚之情。

"大爷来了！"吴大茂见吴以林登门，心中忐忑不安，大爷准是为顾小雨的事情而来，他竭力装出一副没事人的样子。

说实话，那天晚上吴大茂也是一时糊涂。他在姐姐家相亲受挫，情绪受到影响，晚上又喝多了酒，出来瞎转，路过知青宿舍门口，见到顾小雨一人开门，才陡起歹念。

之后，吴大茂带着一种满足感跟跟跄跄回家，酒醒后才想起昨天晚上的事。在他心目中觉得没什么大不了的，但转念又一想，顾小雨是北京知青，这些知青都是有来头的，苏琴琴带来部队上的车，南军生去公社办事跟走大路似的，他这个死庄户能扛得住吗？这样一想，他心里害怕起来，弄不好最少也得蹲个十年八年牢。吴大茂在忐忑不安中过了好几天，却不见知青们有任何动静，心中窃喜，估计顾小雨是哑巴吃黄连不敢吭声，遂放下心来。再说了，吴以林是生产队政治指导员兼队长，又是自己本家大爷，有事难道不为自家人说话？吴姓族人在全队占绝大多数，他们能把他怎么着！

"你干的好事！"吴以林见吴大茂还装作没事人，气不打一处来，抡起巴掌，先狠狠抽了他一个耳光。

"我，我！凭什么打我！"吴大茂手捂着脸，结结巴巴地说。他心里明白，东窗事发了。

"凭什么打你？你个混蛋！做什么事你没数啊？我打死你这个孬种！我们姓吴的脸都被你丢尽了！"吴以林一边骂，一边从石磨上找推磨棍，他要狠狠地教训这个不争气的侄儿。

吴大茂自知理亏，惧怕吴以林，不敢顶撞，腰一弯、头一低，"刺溜"一下从吴以林背后蹿了。吴大茂这小子，说起来也可怜，家境贫寒，五岁时父亲病逝，全靠母亲胡方霞一手拉扯大，母亲视儿如命，处处依顺他。吴以林作为生产队队长，平时明里暗里对他家照顾不少。胡方霞见儿子被大爷打了，蒙在鼓里，儿子这是什么事情得罪了吴以林，惹他大爷生气？

千不该万不该，吴以林一时性急，大声将吴大茂做的事对他母亲说了。

"这小倔种该死！"胡方霞非常震惊，气恼地说。

"如果女知青不罢休，恐怕大茂要坐牢！"吴以林板着脸说。

"啊！把他逮走，我老婆子怎弄？"

"都是你从小惯的，无法无天！"

"呦！多大点事，就无法无天了？"这时，女社员王秀芝进来了，一脸满不在乎的样子，呱呱啦啦继续说道，"大茂怎么了，不就是跟那丫头谈对象吗？也不算稀奇！"

这王秀芝是队长吴以林三弟吴以科的媳妇，路过吴大茂家，趴墙根偷听到吴以林和胡方霞说事，便插了一杠子。

"你妇道人懂什么？这事传出去麻烦不小！"吴以林一见到三弟媳妇王秀芝，就知道这事想瞒也瞒不住。他这个三弟媳妇是庄上有名的臭嘴，整天到处乱串，东家长西家短，屁大点事到她嘴里，不出半天全庄人都知道。三弟吴以科不知教育过她多少回，也管不住她那张嘴。吴以林想，这事没法跟大茂他妈说了，得另想办法，便起身告辞。

"喊！你看他大爷，神秘兮兮地，有什么麻烦？大不了带回来，不花钱找个媳妇！"吴以林一走，三弟媳妇更加肆无忌惮。

"唉！他三婶子，"胡方霞叹了口气说道，"人家是北京的知青，不是老百姓，人能看上我家大茂这个缺窍鬼啊？你不要瞎搅和了。"

"怕什么？我现在就去找那女知青，先让大茂给她赔个不是。"这王秀芝确实有点缺窍，竟忘乎所以，满嘴跑火车，越说越来劲，越说越不上路子了。

<h2 style="text-align:center">二</h2>

吴以林出了吴大茂家，思来想去，还是不能先把这事报告大队周书记。如果这事到了周书记那里，肯定就定性为破坏知青上山下乡的案子了，他绝对不敢出面来保吴大茂。还是先去找南军生，探探他对此事的态度，商议如何处理，最好能私了。说句心里话，吴以林很想抹平此事，孤儿寡母的，逮走一个，这家人就散了。他当了多年生产队干部，又是老党员、老革命，在九龙口一言九鼎。在庄上，不管谁家出了大小事，都找他主持公道。他左右平衡，不偏不倚，连哄带吓，总能化干戈为玉帛，尽量不出庄就地处理解决问题，称他"德高望重"也不为过。

但这次他想错了。南军生已经知道了这件事，正在考虑怎样让吴以林大义灭亲，将吴大茂绳之以法。当吴以林把自己的想法告诉南军生时，南军生旗帜鲜明，首先指出吴大茂这是犯罪行为，是破坏知识青年上山下乡运动，不只是法律问题，绝对不能袒护，不能拿知青的政治生命和个人前途做人情，必须上报公社处理。否则，一旦暴露，谁都跑不掉。吴以林也毕竟是参加革命多年的老党员，既然后果如此严重，那就不能含糊！他思前想后，同意南军生建议，只能大义灭亲，别无选择。

与此同时，丁凤琴、刘红和苏琴琴陪同顾小雨，去医院做检查。一路上，她们从大道理到小道理，反反复复劝说并安慰着愁眉苦脸的顾小雨，希望她不要萎靡不振，要重新振作起来。

到公社医院一检查，确认顾小雨怀孕了。顾小雨一听，忍不住泪如泉涌、愁肠百结。知识青年下乡来，又是刚满二十岁的姑娘，风华正茂，平白无故遭到污辱，如何让她咽下这口气？当刘红提出给小雨做人流时，妇产科医生对她们说："需要单位写介绍信来，说明怀孕原因，我们才能给她实施终止妊娠。"

丁凤琴和刘红愣住了，怀孕不能等，个人隐私难瞒，这可怎么办？刘红只有向医生求情。

"这是医院规定，不好办。"

既然医院不给做手术，刘红她们只好决定先回村里，找南军生另想办法。

南军生和几个女知青商量了半天，觉得让生产队或者大队开介绍信都不合适，只能去公社请司书记帮忙。等南军生找到司书记时，司书记已经知道了这件事，便让他去找王秘书，南军生拿着王秘书开的介绍信，叫刘红和苏琴琴第二天带着顾小雨去把手术做了。

再说吴以林，从南军生那边走后，直接去了大队，向周成华书记做了汇报。周书记感到事关重大，不敢怠慢，立即安排治保主任仲跻武、民兵营长陈新华先带民兵把吴大茂控制起来，不要让他跑了。然后骑上脚踏车，直奔公社，向司书记汇报。司书记安排治安股汤股长和公安特派员王晨赶快调查清楚，如果情况属实，立即抓人。

三

吴大茂终于被绳之以法。抓走那天，村口石榴树下围着许多人，人们不知道吴大茂——这个看上去还算老实的光棍汉，究竟犯了什么王法。只见吴大茂被五花大绑，后面两名公安民警持枪押着。事到如今，这吴大茂还不知死活，一脸不以为然的模样，一边走一边喊冤叫屈："我家是贫农！我家是贫农！"

这边闹得沸沸扬扬，那边王秀芝则到处散布谣言，说女知青和吴大茂是自由恋爱。女知青也不是好人，事后反悔，把吴大茂冤枉了。后来，王秀芝又出了个馊主意，竟然把哭哭啼啼的吴大茂母亲叫出来，怂恿她去找顾小雨谈判。

王秀芝不知道顾小雨已经做了手术，想叫她把小孩生下来，请刘红先从中调停，调停好了再跟顾小雨说，便悄声与刘红打起"耳擦子"。刘红不听则罢，一听那话，心中那无名火腾地就起来了，指着王秀芝鼻子大骂道："胡说什么！你脑袋被门挤了还是被驴踢了？你怎么不去和他生一个？"

"刘红姑娘，有话好说，不要伤和气嘛！我就是这么一说。"王秀芝尽管挨了骂，却不敢还口。那刘红人高马大，她三个王秀芝也不够打的。

"你们来干什么？"丁凤琴听人说吴大茂母亲和王秀芝到知青那边去，估计没有好事。加上王秀芝不知好歹，嘴臭，到处乱说乱讲，对顾小雨声誉会造成更坏影响，便抱着孩子赶紧过来看看。

"凤琴，你跟知青关系好，求你出面跟女知青求求情，大茂也不是成心的，酒喝多了才做了错事，请她们原谅他，把我家大茂放回来吧！"吴大茂母亲胡方霞带着哭腔哀求道。

"大茂单身一人，现在又被抓去，法办不法办，是死是活还不知道。"王秀芝趁机提出自己的想法。

"你做梦是吧？还嫌丢人没丢够是吧？都到这地步了还胡思乱想，赶快回去！"丁凤琴见胡方霞和王秀芝鬼迷心窍，便板下脸来撵她们。

"赶快走！再乱嚼蛆，我饶不了你们！不识好歹的女人。"正巧吴以林来到知青宿舍，见吴大茂母亲和王秀芝在此胡搅蛮缠，气鼓鼓地呵斥道。

胡方霞和王秀芝被吴以林劈头盖脸训了一顿，不敢再啰唆，只好灰溜溜地打道回府。

外面吵吵嚷嚷，声音都传到屋里顾小雨耳中。顾小雨惶恐不安，臊得脸红耳热，一个弱女子心中承受不起这场打击，在九龙口无故受辱，人人皆知，名声受挫，让她的脸面朝哪儿放？人生正值青春年少，她悲伤、凄楚、无助，在惶惶不安中考虑再三，只能选择逃避，离开九龙口这伤心之地，告别这短暂而又充满屈辱的知青生涯。

南军生和其他知青都理解顾小雨，赞成顾小雨回北京，沂北公社这地方确实不适合她继续待下去了。希望她回到北京后，忘掉过去，重新振作，好好生活下去。

听说顾小雨要走，丁凤琴抱着孩子看她来了。顾小雨见孩子张开小手，心中得到一丝安慰，便从丁凤琴手中抱过孩子，在他额头上亲了亲，孩子咯咯地笑了。顾小雨从提包中翻找出一面小圆镜，递到孩子手中。

"凤琴姐，我在这里受到你多方面照顾，真谢谢你了！"

"别想太多了，希望忘记过去的不愉快，从头再来！"丁凤琴鼓励顾小雨，心中充满了不舍。

为了确保顾小雨的安全，南军生安排苏琴琴陪同顾小雨一起回京，并请苏琴琴顺便去他家一趟，了解一下父母现在的情况，毕竟从书信中知之太少，也不知真假，放心不下。

方华获悉苏琴琴和顾小雨同时回京，心中难免有些担心，他怕苏琴琴也趁此机会一去不返。他知道苏琴琴这个人比较情绪化，心理脆弱，容易受环境影响。顾小雨的事对苏琴琴刺激很大，她还能坚持多久？与她的关系还能维持下去吗？逢场作戏、人走茶凉也不是没有先例。

"你还回来吗？"方华小心翼翼地问。

"当然回来！要回去我俩一起走！"苏琴琴含情脉脉地望着方华，他知道方华的心思。苏琴琴安慰着方华，让他放心，方华心中还是有点不安，生怕苏琴琴会成为断线的风筝。苏琴琴看左右没人，便凑过去给他一个吻。

方华一怔，乐了。

四

顾小雨在苏琴琴陪同下回到北京，父母见女儿回来自然很高兴，但见她一脸忧郁、精神不振，猜不透女儿心思。父母蒙在鼓里，到底怎么了？是不是吃不下农村的苦，或者是和谁闹矛盾了？顾小雨只能以身体吃不消、无法参加劳动为理由搪塞父母，并报街道和居委会知道。

顾小雨回京后无所事事，也很少与外人接触，把自己关在房间里，每天靠画画打发时光。

苏里和李琼见女儿苏琴琴突然回家，误认为她又当了逃兵，细细一问，才知道她是陪顾小雨回家。顾小雨怎么了？李琼打破砂锅问到底，苏琴琴经不起追问，只能告诉他们顾小雨身体不好回来休养，没敢说实话，怕他们担心。苏里和李琼将信将疑，让琴琴在家休息几天再回九龙口。

李琼见琴琴晒黑了皮肤，身体瘦弱许多，猜想女儿在农村受了不少苦，生活艰辛。在家这些天，李琼嘱咐刘妈给琴琴增加营养。刘妈如何不理解，每天鸡鱼肉蛋做给她吃。

苏琴琴在家享了几天清福，心里有事待不住，想去顾小雨家看看。顾小雨正处在身心康复阶段，沉默寡言。想到老同学处走走，他们不是在农村插队，就是在工厂上班。

苏琴琴这次回家，李琼总感觉她有些心事，不像上次思想不稳定，吃不了农村辛苦而当逃兵。李琼与苏里两人商量，决定由李琼出面找琴琴谈一次，进一步了解女儿思想不稳定的根源。

苏琴琴如何没有心事？顾小雨的遭遇和回京对她震动很大，吴大茂的行为在九龙口造成恶劣的影响，也毁了顾小雨的前程。顾小雨在再教育过程中遇阻而返，将来她如何面对人生是个未知数。顾小雨回来了，她怎么办？是回到九龙口继续劳动，还是另找出路？万一也发生像顾小雨这样的事，自己将何去何从？苏琴琴在心里打起了退堂鼓。

苏琴琴如果想回到北京，父母不是没有办法，但现在不是她一个人的事了，九龙口那边还有个恋人方华。自从与方华好上后，苏琴琴整天像掉了魂似的，一日不见如隔三秋，初恋的红绳将他们紧紧地拴在了一起。苏琴琴既舍不得方华，又对继续扎根九龙口持犹豫态度，她心中最好的结果，就是能与方华一起返回北京。

在李琼一再追问下，琴琴对母亲道出了顾小雨的遭遇。李琼一听，十分震惊，想不到会发生这样的事情。把这些青年学生送到农村插队落户，经风雨见世面，吃点苦受点磨炼是好事，但女知青受到污辱就不能容忍了。

这事要落在琴琴身上，孩子的人生前程不就毁了吗？想到这里，李琼感到不寒而栗。夫妻俩就这么一个孩子，自己疼孩子，苏里也疼孩子，事关孩子前途，她不能不好好跟丈夫谈谈。

"老苏，琴琴下乡，你说让她去，我依从了你，让孩子锻炼锻炼可以理解，但要是碰上顾小雨这样的事，你说该怎么办？"李琼心平气和地谈了自己的想法。

无情未必真豪杰，苏里也不例外。要是女儿怕苦怕累做逃兵回来，那是绝对不可以的，但要是自己女儿遭遇顾小雨那样的事情，该如何处理？他确实有点犯难了，让琴琴扎根农村接受再教育的思想开始发生动摇。

女儿知道父母为她将来在打算。是啊，"父母之爱子，则为之计深远"，可是苏琴琴内心很矛盾，万一父母将自己调回来了，方华怎么办？爸爸坚持大龄谈恋爱结婚，苏里三十岁才与二十二岁的妈妈结缘，她二十岁就在九龙口与方华谈恋爱，如何在父母面前启齿？况且，父母如何能接受一个普通工人家庭的孩子做自己的女婿？

一家三口，各有各的心思。

第二天吃早饭时，苏里对李琼说："我还是那句话，原则这条高压线不能碰！其他的你看着办。知道不？"

"知道了。"李琼听出来苏里话中有了些让步，就心中有数了：他不说办也不说不办的事，就等于默许由老婆去办。万一出点事，也好有个退路。

吃过早饭，苏琴琴去南军生父亲的单位，打听南山夫妻的情况，有人告诉她说，两人可能在京郊延庆或者平谷那边学习班学习，具体地址不清楚，具体情况也不清楚，但没甚大事。

第二十一章

不经冬寒，不知春暖。

人往大处看，鸟往高处飞。

——民间谚语

一

穿上绿军装，戴上红帽徽红领章，在部队这所大熔炉里锻炼成长，是何等的荣耀！当兵，成为那时一代青年人追逐的目标。在部队表现突出者还能入党提干，农民子弟乘机跳出农门，谁不向往？但一年一次的冬季征兵，受人数的限制和严格政审、体检、挑选，最终实现梦想者寥寥可数。

苏琴琴要当兵了，她确实没想到，对自己被特招参军一事蒙在鼓里，直到部队派人上门找她谈话，苏琴琴这才恍然大悟。她想起来了，这位不速之客，就是上次陪她和顾小雨返回九龙口的军分区刘参谋。不用问，还是母亲从中协调，自己的人生未来和希望都攥在母亲手中。

"你的政审、体检、迁户口等，属于特事特办。走的程序、手续都由公社人武部门协助办好，不要你烦心。你准备一下，三天后我会派车来接你走。"刘参谋嘱咐苏琴琴。

苏琴琴参军，让大家十分意外，也羡慕不已。九龙口的父老乡亲和知青们议论纷纷。谁能与苏琴琴比？人家命运好，按沭阳话来说就是：人家有大红伞罩着呢！

其实苏琴琴一点思想准备都没有，参军的事让她既兴奋又惊诧，没想到所有安排都是上面办好了的，她到时候跟这位刘参谋走就行了。

"要走吗？"当方华知悉苏琴琴要去当兵的消息，心中一阵酸楚、惆怅、心慌。苏琴琴到部队去，她的人生会随着环境改变而改变，说不准就

| 189

会移情别恋。他们的恋爱基础完全是由自己的感情决定的，但感情以外的东西，或许更能决定他们婚姻的成败。

"我不想走！爸妈也没征求我的意见就擅自作主了。说实话，我对离开九龙口去部队不热心，我要和你们一起在这里战天斗地，接受贫下中农的再教育。"苏琴琴看上去态度很坚决，让方华将信将疑。但不管怎么说，苏琴琴的这番话还是让方华十分感动，心中热乎乎的。难道这么好的机会琴琴会放弃吗？她真的要与自己坚守那份真挚的情感吗？方华似乎不太相信。从方华内心来说，他不想让琴琴离开，但又不想因为自己耽误了她的美好前程。

"既然有这个难得的机会，何必违背父母意愿而放弃呢？你走是对的，九龙口的前途在哪里？"方华虽然无比失落，但还是劝苏琴琴放下感情包袱。

苏琴琴心里明白，自己这一走，很可能就和方华各奔前程了。她十分珍惜这段初恋的美好时光，也十分珍惜这段刻骨铭心的情感，但是，在时代潮流的裹挟下，个人又是何其渺小，谁能自己掌握自己的命运呢？

苏琴琴默默地盯着方华，充满柔情的眸子交汇成一线，让方华不得不转过头去躲避。苏琴琴猛地把头贴到方华胸前，急促地呼吸着，方华顿时慌乱起来，他不敢面对苏琴琴的柔情蜜意。

"华子，我就是走到天涯海角，也要把你装在心里！"苏琴琴抬头望着方华毫无表情的脸，故作嗔怪地用拳头击打他。

此时此刻，方华的内心充满了委屈和无奈，泪水在眼眶里打转，他知道自己改变不了自己，改变不了苏琴琴，也改变不了社会，更改变不了未来的命运。自己就像大海里的一叶扁舟，在茫茫无边的夜色中颠簸，不知何时何地就会倾覆。他用一双有力的大手，抚摸着苏琴琴的后背，心中想着，自己对琴琴到了该放手的时候了。

苏琴琴和方华正耳鬓厮磨，突然从屋外传来刘红的声音，刘红、南军生、时枫、徐彬彬、江淮海几人冒冒失失闯了进来。

"这是干吗呢，黏黏糊糊，弄得跟十八相送似的？"刘红大声嚷道。

苏琴琴和方华顿时脸红耳热，不好意思起来。

"怎么样？苏琴琴，都准备好了吗？"南军生问。

"班长，我决定哪儿都不去了，还和大家在一起！"苏琴琴对南军生说。

"你傻呀！参军是大喜事儿，谁不想去？在部队大学校同样是锻炼，受教育，这么好的机会岂能放弃！走，不走我也要轰你走！"南军生不相信苏琴琴说的是真心话，就是真心话也不行，必须走出去。走出去才能天高地阔，毕竟九龙口太小了，不是施展本事的地方。

"怎么？舍不得方华？明年再争取，把方华也弄进部队，你俩就能在一起了。"刘红不假思索地说。

"不行。就是弄进去也不成。我听说部队有纪律，不许谈恋爱，恋人都不让在一个部队。"时枫对部队的规定略有所知。

"特殊关系能不照顾一下？"刘红问。

"不能够！你别痴人说梦了！"南军生接上说。他心里清楚，苏琴琴当兵是其父母做主，别说一个小小的方华，谁也改变不了这个决定。说实话，南军生还是想让苏琴琴离开九龙口的。你想，来时八个人，一年不到，身体伤残了一个，心灵伤害了一个，这对大家是很沉重的打击。往后还会发生什么谁也不知道。这时候，无论讲什么大道理都是虚伪的。

海阔凭鱼跃，天高任鸟飞。既然人各有志，既然有好的机会和出路，就不该阻挡别人前进的步伐。苏琴琴要走，是大喜事儿，南军生只能鼓励。但要成全两人，至少目前还有很大困难。方华因为苏琴琴要走而情绪低落，属于正常反应，搁在谁身上都会这样。这段由共同插队而建立起来的纯洁的恋情，会不会有一个好的结果谁也说不好。

不管苏琴琴心里怎么想，也不管方华心里怎么想，军分区接苏琴琴的吉普车还是如期来到了九龙口，就停在村口那棵石榴树下。大家都清楚，苏琴琴真的要走了！九龙口的男女老少都来到车前，像看姑娘出嫁一样热闹。吴以林、吴以勤、徐维高、周成富、丁凤琴等人也都来了。吴以林心中有些歉意，生产队没有安排为苏琴琴送行。

"苏琴琴同志参军，是咱九龙口的一件大事。不仅是苏姑娘的光荣，也是我们九龙口全体贫下中农的光荣！女知青当女兵，千载难遇，可喜可贺！希望苏琴琴同志在部队好好干，不论到了哪里，都不要忘记曾经一起生活、劳动过的乡亲们！"吴以林对知青们说。

不管外面吵吵嚷嚷怎么热闹，苏琴琴都好像一脸的不情愿，眼睛红红的，说不完的悲喜交集，道不尽的无比留恋。丁凤琴围着她相劝，方华默默地打着背包，刘红把洗漱用品装进黄帆布包。

"苏琴琴同志，被褥等不用带了，生活用品由部队发放。上车走吧！"刘参谋催促道。

苏琴琴被丁凤琴、刘红等人簇拥着，缓缓走到吉普车前，方华拎着提包往车上放。

"谢谢父老乡亲和战友们！"苏琴琴站在车门前，大声对众人说道。

"姐，我不想离开你！"苏琴琴拥抱了一下丁凤琴。

"上车吧！上车吧！"大家向苏琴琴招呼。

一阵鞭炮声响起，吉普车启动，在弥漫着浓浓烟雾的村道上前行，卷起一阵阵烟尘。石榴树下，是方华高大的身影。他默默地站在那里，目送心爱的人儿远行。从此以后，天各一方，各自心中多了一份牵挂。

苏琴琴走了，真的走了。

二

走了顾小雨和苏琴琴，知青们突然感到冷清了很多。

南军生上午带领妇女和知青们劳动，饭后忽然觉得身上一阵发冷，乏力、倦怠、头晕、哆嗦，忍不住呕吐起来。

"军生，咋的了？"刘红见状，焦急地问。

"我来看下。"徐彬彬放下饭碗，凑了过来。

"是不是吃了不洁饭菜？"时枫递过来一只板凳，和刘红扶南军生坐下。

"头晕，没劲儿，冷。"南军生有气无力地说。

徐彬彬用手摸摸他的额头，看看嘴唇都紫了，浑身颤抖。徐彬彬找出一支体温计插在南军生腋下。

"体温不高，好像是打摆子。"徐彬彬凭他在京的医疗卫生培训经验，估计南军生是得了疟疾。

"打摆子？严重吗？要不要送医院？"方华不免担心起来。

"不用去医院，打摆子就是我们平常所说的疟疾，这种病主要是由蚊子传染，夏季雨水勤，水坑是蚊子的幼虫孑孓繁殖之地。蚊蝇滋生快，蚊子叮了人一口又去叮别人，把病毒发散传播。"徐彬彬对大家解释。

"疟疾不是夏天才发吗？"时枫问道。

彬子说冬天也会发。

"是的呢。这几天方二喜、陈进都蔫了。我估摸着也是得了疟疾。是吧彬子？"时枫又问道。

九龙口的社员，有条件挂蚊帐的人家不多，农民都把买蚊帐当作一种奢侈消费。大多数人睡觉赤身裸体，任蚊虫叮咬，咬急了，就用扇子赶，毛巾甩，或者用巴掌拍。但顽强的蚊子死了一只，还会有更多的蚊子前仆后继，源源不断。后来有人发明在房间里用烟熏，甚至用干辣椒棵子熏，那也只能管一时，下次还来。

徐彬彬清楚，患疟疾要过十几天才能见好，这期间每天都要发作一次，人要受很多罪，苦不堪言。

用中医传统的针灸、拔火罐、推拿等方式，徐彬彬没有临床经验，只有去公社医院寻找药物。在北京学习时，他知道服用奎宁丸能治好打摆子。此时此刻，只有他能帮助南军生治疗疟疾。他决定去一趟沂北医院。

"我去医院找药。"

"你腿脚不方便，让我去吧？"方华和时枫争着说。

"治病的事我比你们懂，不要紧，我能走！"徐彬彬戴上棉帽，穿上大衣，又揣了几块钱，便出了门。

"我和你一道去。"江淮海不放心彬子一个人外出，两人搭个伴，遇到困难还可以帮忙。

"行，老海和彬子一起去。早去早回。"南军生关照他俩。

望着步履不稳的徐彬彬的背影，南军生心中有种热乎乎的感觉，不为别的，就是因为弟兄们的仗义。彬子腿有残疾，行走不便；老海文弱书生，关键时候挺身而出。这都是情分，海一样深的情分哪！但这让南军生有了一丝隐隐的忧虑。天下没有不散的筵席，他们这个群体最终都会各奔前程。假如有了那么一天，兄弟们还会像今天这样手足情深吗？还会那么依依不舍吗？

徐彬彬出生在普通职工家庭，虽不算富有，但总可称得上衣食无忧。他完全可以以工伤为借口，请求回城安排工作，用不着伤愈后再回到九龙口。但是他来了，不仅来了，还安心地在这儿做好自己该做的一切，无怨无悔。他要干什么？他图的是什么？一个个问号在大家头脑里晃晃悠悠挥之不去。

"要病人到医院来诊治，然后凭医生处方才能买药。"药房窗口飘出这么两句话。当徐彬彬和方华在寒风里赶到医院，才知道医院有这一条规定。徐彬彬知道没有医生处方难取药，只能把希望寄托在医生身上。

医生说："病人不来医院诊治，我怎知道他得的是什么病？凭自己主观瞎猜就开药，那怎么行！都是革命同志，万一出了差错，我可担当不起！"

"医生，我敢肯定，病人得的就是疟疾，开几颗奎宁丸就行。"

"你当过医生？这么肯定？"

"我没当过，但是参加过培训。"

"光参加过几天培训，没经过临床，你就敢开药，胆子不小啊！"

"医生你就网开一面，我们都是北京知青，他还在北京学过，多少懂一点医术。"江淮海插上一句，想让医生相信徐彬彬。

"哦！你也学过医？什么等级？"医生不屑地说。他根本就瞧不起面前这两个外地青年人。

医生见这两个小的没有想走的样子，就对他们说："这样吧，你去找找院长，看他怎么说。"

徐彬彬和江淮海找到院长，江淮海一看面熟，仔细一想，哦！这不就是那位参与抢救丁凤琴、后来又主动要求献血的麻脸院长吗？江淮海马上高兴起来，说道："院长，我认识您。"

"你怎么会认识我呢？"院长问他。

"今年夏天时，半夜三更抢救一个难产孕妇，您不但参加了，还献了AB型的血。想起来没？我是和队里一起送人过来的，记得您。当时我们都佩服得五体投地，夸您是白求恩式的好医生！"江淮海这一番话，把院长说得舒舒服服，为买药打好了底子。

"哦，想起来了，想起来了。你们是九龙口的吧？"

"正是！"

院长也是贫穷农家子弟，因农村医疗条件简陋，从小患天花留下了一脸麻子，生理缺陷给他造成了终身遗憾和痛苦。念书时他毫不理会同学对他的嘲讽，发愤努力，报着要彻底改善农村医疗水平的决心，如愿考上了地区卫校。毕业后毅然回乡从事治病救人工作，后来当上了医院院长。

听了徐彬彬和江淮海对南军生患病特征的描述，加上知悉了徐彬彬曾在京参加过医疗培训，院长大加赞赏，对他们说："最近县卫生局要和公社联合举办赤脚医生培训班，各大队挑选一些有文化、有志气、有政治抱负，愿意扎根农村、全心全意为人民服务的青年社员参加，你们愿意吗？"

"什么是赤脚医生？"徐彬彬还是首次听到这名称。

"就是亦医亦农，不脱产不离开本队劳动的卫生员。你是北京知青又参加过培训，可以优先考虑。"院长赏识这个北京知青，也佩服他这股闯劲。

"谢谢院长！"徐彬彬喜出望外，没想到来这趟医院还有意外收获。

院长说："不用谢。刚才你们反映九龙口有知青和社员患疟疾的情况，我这就带医生下去诊治，争取把疟疾发病降到最低点。"

院长用自行车带着徐彬彬，另一名医生带着江淮海，院长一点架子都没有，亲自下队来巡诊，而且用自行车带着他俩，这让彬子和老海很感动。他们对首都来的知青挺感兴趣，一路上兴致勃勃地聊着北京的事儿，对他们来到九龙口后的生活、劳动关心备至。

"你们见过毛主席吗？"院长乐呵呵地问。

"见过。"见过伟大领袖毛主席，是徐彬彬生命中最值得回忆的往事。提起这，他心中就有一种说不尽的幸福感和自豪感。

"真羡慕你们见过毛主席，你们真幸福！我过了年代了，不然，也像你们这样，轰轰烈烈风光一把！"院长自叹逝去的光阴，年龄不如青年人，脚踏车上驮着沉重又呆板坐着的徐彬彬，早已气喘吁吁。

经过院长亲自诊治，南军生和方二喜、陈进等人确诊为疟疾，医生给病人服了奎宁药片，嘱咐了注意事项。并留下两瓶药片，让徐彬彬给其他患者服用。

院长又鼓励徐彬彬，让他当医院的联络员，在患者和医生之间架起一

座沟通联系的桥梁，为改变九龙口缺医少药的现象助力。

九龙口农家墙壁上多了一条条标语：疟疾蚊子传，口服奎宁丸，连服八天整，再发去找卫生员。这是徐彬彬用石灰水书写的，他俨然把自己当成了大队卫生员，不虚度青春年华，做一名对社会有益之人。徐彬彬对自己未来的发展满怀信心和期待。

沂北公社赤脚医生培训班开班了，徐彬彬以全公社推荐赤脚医生第一名被选中，并以各项成绩第一结业。

江淮海没去，他的志向不在这上面，他想当一名浩然那样的作家。

三

"方华，你的信。"南军生手上攥着两封信，一封递给了方华，另一封已经拆开。方华一瞅信封上那熟悉的笔迹，就知道是苏琴琴寄来的。不必问，另一封是琴琴寄给南军生收转给大家的。

苏琴琴当兵走后，她给方华写过一封信，告诉他自己正在新兵集训基地训练，这也是她参加军训期间临时通信地址。苏琴琴说参军都要过军训关，训练期间士兵非常辛苦，等训练结束再另行分配到连队。她劝方华不要精神空虚，不能荒废光阴青春，趁在农村劳动空隙多学习，将来会有用武之地。

捧着琴琴的信，方华内心激动，久久不能平静。他盼了很长时间才获悉琴琴消息，他把信连读了三遍，见信如晤面，一颗对苏琴琴思念之心油然而生。

苏琴琴信中没有谈及两人关系和将来规划，字里行间却体现她对方华的关心。方华琢磨琴琴是不是变了心，他相信环境变了，人也会变，部队女兵稀少，男军官们追求女兵不是新鲜事。况且琴琴父母身居军队高层，女儿终身大事不愁。方华出身低微，门不当户不对，心中有一丝不安，他整日里思念着琴琴，仍想继续与琴琴追溯旧梦，但对二人将来何去何从也难预料。

左思右想，他给苏琴琴写了封回信，除了鼓励苏琴琴要遵守部队纪律，刻苦训练，做一个好战士，还在信中希望她不要忘记九龙口。方华的意思，是想告知苏琴琴，不能因去了部队就改变昔日的恋情。

然而苏琴琴的第二封信却让方华几乎失望，她说部队禁止谈恋爱，这种情结只能埋入心底。

方华惴惴不安，情绪低落，有一种失恋的感觉，精神不振，整天像丢了魂似的，南军生几人都看得出来。

江淮海劝方华要冷静，要认清形势，此一时彼一时，天涯何处无芳草，不要悲观失望。他清楚，苏琴琴这一走，如同撒手纸鸢，一去不复回，感情也就开水兑凉茶，没味了。

南军生深知方华和苏琴琴有着不一般的感情，这感情基础来自上山下乡的一起生活和劳动，牢固的感情靠经营和信任。苏琴琴离开了，部队的环境不一样，追求她的军官肯定不在少数，有她父亲这样的高级军官作背景，谁还与工人子弟的知青延续情感？

"是你的跑不掉，不是你的也无法勉强，随缘吧！"南军生苦笑着，劝慰一脸茫然的方华。

方华内心矛盾重重，他还想搏一把，挽回这前景难料的感情。成与不成，是男人，就该搏一回！

第二十二章

坛口封得住，人口封不住。

吃一回亏，学一回乖。

——民间谚语

一

忙忙碌碌又一年，转眼到了第二年秋天。

农谚云：秋分早，霜降迟，寒露种麦正当时。九龙口普遍秋播之后，绵绵秋雨便滋润了大地，几日后，田间露出了尖尖的麦芽，绿茸茸一片，为来年夏熟作物的丰收奠定了基础。同时，队里留下一部分土地，准备翻耕起来进行冻垡，开春种些玉米、高粱、豆类等。在虞家湾，在九龙口，祖祖辈辈就是这么种地的。

秋收秋种结束，意味着农村进入农闲季节。这时，一部分男人开始外出打猎，主要是围捕黄鼠狼，卖到供销社，赚个好价钱。还有一部分人，忙着卖肥猪、赶集、走亲戚、看对象、办喜事，家家户户，各忙各的事情。

前两天，吴以林队长到公社开了一次会，得知公社要在九龙口实施一项重大决策。

为贯彻落实上级关于"跨黄河、过长江"的指示精神，沂北公社党委、革委会决定在全公社实行"旱改水"，为农业增产增收创造条件。去年已经派南军生带队到江南学习了水稻栽培，技术上没有多大障碍；如果技术不够用，还可以请南方派员前来指导。所以，公社决定先期在九龙口搞试点，然后由点到面，逐步推开，最后在全公社全面开花。

这是改变沂北公社农业发展面貌的重要举措，党委、革委会都十分重视。担任"旱改水"领导小组组长的是公社党委书记司守明，第一副组长是革委会副主任李虎，具体负责相关事项。李虎的人生轨迹并不复杂，高中"老三届"毕业，二十五六岁，"三结合"进的公社班子，正是血气方刚的年纪，敢想敢干、敢打敢冲。还有一个副组长，是虞家湾大队书记周成华。"旱改水"要从他们大队先动手，涉及当地的所有事务，由他负责协调。成员有九龙口生产队队长吴以林、知青南军生等八九个人。

会上，吴以林提出一个疑问："李主任，我们九龙口是丘陵地，高洼不平，不太适宜种水稻。再说了，没有沟渠河网，也没有排灌站，水从哪里来？来水了又怎么上去？"

对于"旱改水"将会受到当地部分干群质疑的问题，李虎副主任早有思想准备。他知道有一些人思想比较保守，万事求稳，没干过的事情总是缩手缩脚不敢干。吴以林既然提出问题来，他就给予解释："旱改水这事，你没干过，我也没干过，但是有人干过。你不去亲口尝一尝梨子，怎么知道梨子的滋味？我们如果坚持老一套不改变，因循守旧，就永远不可能改变贫困落后面貌，大米干饭不会自动跑到你碗里去，年年闹春荒的事情就不可避免！"

这话不仅仅是说给吴以林听的，也是说给在场的所有人听的。李虎清楚，要闯出一条农业发展的新路，干部思想的转变是决定性因素。司书记曾反复交代他，要做好干部群众的思想政治工作，克服一切困难，排除一切干扰，把"旱改水"工作进行到底。

吴以林没种过水稻，但他知道种水稻高产，让南军生去江南学习种水稻技术他是同意的；将九龙口变成鱼米之乡也是他长期以来的愿望。真到实行"旱改水"时，他才明白，九龙口客观条件实在太差，不经历一次脱胎换骨式的苦干实干是不行的。

"现在将麦田毁了，来年秋才能收获稻米，老百姓夏天可就断粮了。"吴以林不是怕吃苦，这么多年艰苦创业都闯过来了，还有什么顾虑可言？他更多地考虑到九龙口社员的实际困难。

"谁让你把小麦地毁了？毁坏青苗在封建社会都是杀头的罪，我们共产党怎能干这种事！先拿冻垡地动手，成功了再全改。"

"要是不成功呢？"

"不成功的话，损失由公社设法解决。"

"这样就行。我们听你的。"

"不是听我的，是听公社党委和革委会的。"

李虎副主任特别强调，从现在起，所有社员不准请假外出，所有能参加劳动的社员一律出满勤，先把九龙墩拿下！

南军生从内心里支持"旱改水"。因为只有实行"旱改水"才能实现旱涝保收，才能让老百姓吃饱饭，才能从根本上改变农村落后面貌。江南学习，如今终于有了用武之地。本来他还准备和刘红、方华、时枫、江淮海、徐彬彬几人趁农闲回北京一趟，看看父母。毕竟来这里两年了，除了彬子，哥儿几个至今也没回过家一次，思念之情可想而知。现在队里要干一件从来没干过的大事，恐怕走不成了。

部分社员也有想法，外出搞副业的希望泡汤了，还不许发牢骚，不准请假，不得擅自缺勤。李副主任有言在先，让周成华、吴以林他们先回去开社员大会，宣传发动，理解的要执行，不理解的也要执行，没有价钱可讲。

"旱改水"第一步是平田整地。按水田标准，坑坑洼洼的地方都要填平，再重新规划河网化。工作量最大的是把七八米高的九龙墩铲平，挖土移土，填平沟渠河汪。

开工那天，李副主任亲自到达现场并发表了慷慨激昂的讲话。九龙墩工地上红旗招展，"奋战九龙墩，实现旱改水"的宣传牌插在九龙墩高处，一场大规模的改造九龙墩战役就此打响。社员们锹挖肩抬，来来往往，一片热火朝天的繁忙景象。知青们参与了这场改天换地的生产斗争，他们没有假期，没有怨言，和社员们一起，挖土抬土。

现在的知青早已不是过去的知青，凡是当地社员能干的他们就能干，当地社员不能干的他们也能干。像这种毫无技术含量的力气活儿，更是不在话下。

九龙口社员日夜苦干，全队动用两辆大牛车、二十多辆手推独轮车和五十多只布兜，共投入一百四十多名男女劳力挖墩移土。全生产队只要能劳动的，几乎全扑上去了。

挖掉九龙墩是个大工程，干部社员心中都清楚，投入这么多劳力，需要愚公移山精神。

"李主任，不能这样干！表层的熟土不能弄去填洼地，得先堆在一边留着；生土不长庄稼，得好多年才能养成熟土，最好是把生土弄去填洼地。"吴以林建议。

李副主任听了吴以林的建议，认为很有道理，毕竟他这主抓农业的革委会副主任也当了两年了，种田的大致路数他懂。

"吴队长的建议有道理，就是工作量加大了，怎么办？"李副主问他。

吴以林说："这不怕，既然弄，咱们就费点手皮子，一次性到位，增加工程量就增加工作量，反正受益的是咱们九龙口人。"

见吴以林这么说，李虎很高兴，对站在身旁的周成华书记说道："果然是强将手下无弱兵。就照这么办！我回去跟司书记商量商量，想法从公社财政上要点钱，给队里补贴补贴。"

"要是这样就更好了，我们大队也出一点。"周书记满脸带笑。他知道，这些老社员，光跟他们讲大道理不行，还得来点实惠的才管用。

"南军生，你们知青有什么看法？"李虎问道。

"我对农业一窍不通，上级怎么安排，我们就怎么干，绝不含糊！"南军生回答。

南军生的表态让李虎很高兴，毕竟是有文化的人，自己的主张能得到知青们的积极响应，并且在大庭广众之下毫不含糊地维护自己的威信，他感到非常满意。心中暗想：北京来的这帮家伙不简单，顾全大局，知道轻重。南军生有水平，值得信赖，可以提拔重用。

李虎见大局已定，便对周成华说道："周书记，你是老前辈，有经验，这里就交给你和吴队长了，我回公社去开会。具体工作，你们研究方案，觉得怎么合适就怎么干！"

"主任你尽管放心，这里保证宜当！"

"那就中！"

二

李虎采纳了吴以林的合理化建议，使工程发生了一些变化，周成华和吴以林决定先保存九龙墩挖出来的熟土，不再用它填沟填洼地，待九龙墩移土结束再用熟土覆盖。这样，虽然多费点事，但保留了可用于作物生长的物质基础，很有意义。

工地上一片热火朝天景象，大家日夜苦干，社员们抬的抬、挑的挑，来来往往，甚是热闹。为了"旱改水"，也为了将来的幸福生活，社员们不畏劳苦，豁了出去。

休息了，荒田里横七竖八地躺着干累了的社员。

"为了吃大米，我们付出了这么多辛苦劳累，值得吗？"方二喜将扁担一扔，仰面躺在地上苦叹道。

"不是'旱改水'，我早就外出逮黄鼠狼了。黄鼠狼皮外贸今年收价高，还奖励布票。我本想赚点外快贴补贴补。唉！这下没有指望了！"陈进也感到十分惋惜。

说实话，作为普通农民，他们大多数人的目光比较短浅，只注重眼前利益，不考虑长远利益。而且，很多人比较懒散，有口稗秫煎饼卷辣椒吃就心满意足了，不思进取。这次"旱改水"，就是对这里农民传统思想的一次严峻挑战。

往年这时，抬沟淤时节还没到，比较闲，大家走走亲戚、赶赶集、赌赌钱，妇女们捻捻纱线、糊糊布革，姑娘们纳纳鞋底，做几双布鞋换换脚，多好！这下，不知从哪里冒出个李主任，蹲这里不走，看着全生产队人抬烂泥，连大队书记、生产队干部都得围着他滴溜溜转。他往土堆上一站，两手掐腰，上下嘴唇一啪嗒，手指随便画个圈，他们社员就得忙大半天，把他们摆弄死了！

"哎！要是改种了水稻，那小麦、稗秫秫、大豆、高粱、山芋还种不？"社员周亮问吴以民。

"小麦跟稗秫煎饼是我们一天两顿主食，吃什么大米？"吴以民有些不满，农民还愿保持传统的饮食习惯。

"这九龙墩自古是龙王窠，扒了龙王窠会坏了风水，龙王要怪罪下来，岂不祸乱？"刘玉恒小心翼翼地说道，小眼睛四周瞧了瞧。

"'地理先生'，你可不要胡说八道啊，当心让公社李主任知道！"吴以民瞟了刘玉恒一眼，警告他。

"嘿嘿！我随便说说，玩笑，玩笑，还是稻秋煎饼好吃。"刘玉恒忽然间意识到说漏嘴了，赶忙岔开。他最大的毛病是嘴尖舌头快、口无遮拦，这年头胡诌一句话就会引火烧身，多次带来麻烦都怪这张臭嘴出言不慎。他知道吴以民也是说笑，不会为难他。打眼往四周看了看，见附近有几名社员，但似乎并没在意他讲什么，都躺在地上，对着太阳眯着眼儿打盹。

刘玉恒沉默了。

刘红、方华和时枫也躺在地上休息。对他们来说，抬泥虽然不算太累，也不是轻快营生。记工员徐士成重新接过南军生的记分权，按劳取酬，按趟记分，谁也不愿和自己的工分过不去！

知识青年抬泥土与男女社员担子相同，享受到一样的工分，年终结算时，社员们总工分都很高，分配粮草后还有节余，而知青们的工分不够分配，还得倒贴钱。虽然不算贴得太多，但让大家心里有点不服气。

南军生也迷惑不解：知青们全年出勤率也蛮高，为什么会出现这样的状况呢？知青们是统一劳动集体生活，一个知青小伙儿养不起自己还得往北京家中要钱，这让大家不理解。

"知青和社员的工分差距，主要是肥料补贴分。社员家家户户养猪养驴出圈肥，换算成工分，全年拉起来就可观了！"吴以林队长这样跟南军生解释。

"要是这样，我们知青也能养猪造肥，增加工分收入。"南军生脱口而出。他了解到当地农民养猪收益高，为国家做贡献又贴补家庭经济支出。

"行啊，这事我支持。"吴以林说，"国家分配的化学肥料很少，庄稼需要氮磷钾养分，没有它不肯长，低产，而农田基肥无疑来自天然的和人造两方面。我们队里的天然肥料就是河淤，隔几年冬天清理一次，还有歇地种植绿肥；人造就是夏天割杂草堆积发酵，家家户户猪羊圈清出的牲畜粪便，都是肥料。"

南军生知道，九龙口社员家家搞副业，上面也提倡，养猪、养驴、养鸡鹅鸭，栽果树，总收入虽说不能胜过种田，但在用钱方面就活便多了，总不能卖了口粮去换钱吧？"旱改水"工程约束了众人外出搞外快，个别社员有意见是正常的。

此刻南军生想到的是养猪，从吴以林口中得知一头猪出粪肥工分可顶

一个壮劳力出工。

"我搞不明白养头猪粪肥哪有那么多?"南军生有点纳闷。

吴以林对他说:"猪还是那猪,粪还是那粪,但里面名堂很多,反映出来的问题也不少。以后我告诉你。"

三

"吴队长在家吧?"门外传来李虎副主任声音。

吴以林和南军生出门一看,李副主任来了。只见他脚一踩,"嘎吱"一声,把自行车支好,然后从黄布包里掏出一份材料,朝他们两人扬了扬。

"大干九龙墩工程进度不快,社员有消极怠工不满情绪,原来是有人捣乱,造谣惑众,散布封建迷信!"李虎大声嚷道。

"李副主任,怎么回事?哪个有这么大胆子?"听李虎在大门口喳喳,吴以林诧异地问。

"你们看!有人检举揭发社员刘玉恒散布迷信思想,说九龙墩动不得,是龙王窠,谁动了龙骨血脉,谁就大难临头!"李虎把材料往石磨上一拍。

吴以林一听,心想,这下坏了,刘玉恒这家伙嘴皮子又痒痒了,乱说乱讲,捅出纰漏来了。这是哪个缺德鬼通风报信、反映给李副主任的呢?拿"地理先生"开涮,不是闲得慌吗?李副主任要干什么?是敲打敲打他吴以林,还是对工程进度慢了有意见?他有点吃不准,只能小心翼翼地解释道:

"刘玉恒是社员,贫农成分,平时表现也不错,就是没事会帮人看看'地理',婚丧嫁娶时帮人合合日子,别的没有什么褒叹。要说他这样的人想破坏工程,我看他没有那个胆量。"吴以林不想让李副主任小题大做,所以出面替刘玉恒打圆场。

"不行!要借此教育广大社员,不能有任何私心杂念,更不能有邪念。吴队长,你不单是队长抓生产,还要抓思想。这边搞'旱改水',他那边散布谣言动摇人心,你能说这事不严重?"李虎这番话把吴以林掐得死死的,弄得吴以林无话可说。看来,李虎是要借刘玉恒"放点血",杀一儆百，警告一下那些有不满情绪的社员群众。

"李副主任，那我回头把刘玉恒教育一顿，吓吓他。再不行，就让他在社员大会上做个检讨。我谅他一个小泥鳅翻不起什么大浪来，也影响不到工程建设。"吴以林耐住性子和李虎商量。

南军生明白吴以林不想动刘玉恒的意思，但李副主任不依不饶。不过，在这段时间的施工过程中，确实有部分社员思想不稳定，牢骚怪话多，老是想出去搞副业抓现钱，影响九龙墩移土进度，连他都看出来了，李虎作为工程的主要负责人能看不出来？南军生正在这么想着，李副主任突然问他："南军生，你说，这该不该处置？"

"是该处置，但要花不少时间，影响工程进度。"南军生话里有话，还是不处置为好。

南军生的意思李虎岂能听不出来，他是一个很敏锐的人，不然也不会年纪轻轻就干到公社革委会副主任的位置上来。他的本意就是想来点狠的，震慑一下那些心怀不满、出工不出力的人，从而提高工程效率。吴以林滑头，想做老好人；南军生言不由衷，显然是和吴以林穿一条裤子。但自己是工程具体负责人，公社党委、革委会下了死杠子，要求限时完成，婆婆妈妈的怎行？

"就这样定了，明天上午十点钟，在劳动现场处置，吴指导员你安排一下！"李虎一言九鼎，不容商量。

李虎说罢，骑上车走了。吴以林想保刘玉恒是保不住了，对李副主任的决定，他只能不打折扣地执行。刘玉恒啊刘玉恒，让你信口雌黄，麻烦又来了吧？罢！罢！罢！就让他吸取点教训，以后再也不要胡言乱语了！

南军生对李虎简单粗暴的工作方法有点反感，但对他雷厉风行的工作作风却有点钦佩。假如他在李虎的位置上，又当如何？

四

第二天上午十点整，教育刘玉恒的大会在劳动现场准时召开。周成华书记主持大会，李虎副主任先发表讲话，讲话结束，只听大队治保主任仲跻武大喝一声：

"把破坏生产的造谣之人刘玉恒带上来！"

刘玉恒坐在下面正津津有味地听李副主任谈形势，没想到突然点到了自己的名字，顿时瞠目结舌，做梦也没想到自己成了教育对象，两个民兵上去，不由分说，拧着他胳膊押上来了。

众人吓了一跳，这好好地怎么把"地理先生"带上来了？有人上场批评刘玉恒，下面"嗡嗡"嘈杂声，刘玉恒也听不清楚说了些什么，只断断续续听到说他造谣，什么破坏风水、龙脉啥的。唉！俗话说，人不走时喝口水都塞牙！他偷偷抬头望了望现场坐着的社员，都是九龙口熟悉的父老乡亲，低头不见抬头见，不管哪家有事，自己从来都没推辞过，谁会这么坏，存心来捣他的蛋呢？没想到随口几句话，就被人检举揭发。真是路旁说话，草窠有人。这草窠里的人是谁呢？他想来想去，也想不出是谁让他吃这苦头。

周成富、周成财、周亮、吴以法、吴以民，不会是他们，刘玉恒心里苦笑，前些天他还为吴以民老父亲去世下地测过风水，感激都来不及呢！吴以科、方二喜、陈发乾，都不会！丁凤琴、吴旭、吴以勤，也不会！对面社员一个个映入眼帘，看哪个都不像是能捣他蛋的人。

刘玉恒双眸不停地转动，扫描着每一个人，心中却在数数，他要找出与他结怨之人，死都不会饶恕他，进阴曹地府也要骑在他身上剋他一顿。

难道是徐士成？这小子有点阴坏，不过这徐士成不在现场啊！这几个月经常去医院照应住院的老婆。自从记工员这职务被南军生临时代理，他意识到这肥缺很可能从此丢失，便赶紧去找会计徐维高，要求回家继续干记工员。徐维高是徐士成叔父，自然会帮侄儿说话，吴以林还能不同意？徐士成又重新走马上任。

刘玉恒想徐士成这家伙鬼精灵，记工分太苛刻，前不久还因评猪粪工分与他吵了一架。徐士成说他家肥料是草木灰拌垃圾充数，只评三级工分。刘玉恒当即就跳了出来，反过来指责徐士成经常夜间推土拌猪粪，自己评自家高分，说他弄虚作假尽挖生产队集体墙脚。

刘玉恒甚至肯定地猜测，他与徐士成一闹，徐士成能忍气吞声？一定是徐士成在报复他！

不过话又说回来，那天他说话时，徐士成并不在现场，也不在他附近，那是谁搬弄是非传出去的呢？当时身旁只有吴以民一人听见，不过吴以民当面提醒过他。吴以民提醒是好意，他们之间没有矛盾隔阂，相反私交甚笃，吴以民老婆生产，刘家还送过挂面馓子。

这人不会那人不会，那么会是谁呢？刘玉恒彻底蒙圈了。

"刘玉恒，只许你老老实实，不许你乱说乱动，破坏生产！"李虎严厉警告刘玉恒。

"我不该胡言乱语！以后一定规规矩矩劳动！"刘玉恒最终承认错误。

难得歇工休息一会儿，知青们懒洋洋地围坐在一起，目睹了整个批斗过程，没有人主动介入表现，连刘红都和大家一样，保持沉默。学生阶段的无知、亢奋、盲目、躁动已成明日黄花，上山下乡的艰苦磨炼让知青们逐渐成熟起来，对问题有了更深刻的现实思考。

第二十三章

走路不怕上高山，撑船不怕过险滩。

好汉凭志强，好马凭胆壮。

——民间谚语

一

北风呼啸，四野茫茫，枯枝败叶随风而落，广袤的淮海平原上显得灰暗而又空旷。九龙口的平田整地工作一天也没有停止，再有十天八天，工程就差不多结束了。

自顾小雨回京、苏琴琴当兵后，北京来的女知青只剩下刘红一人，刘红成了掉队孤雁。她每日面对空荡荡的宿舍和另外两张空床，心中涌出一阵阵落寞和伤感。她每晚躺在床上望着柴笆顶，想念着远在北京的父母，他们怎么样了？本来说好这个秋天回去探家的，因为"旱改水"工程耽搁了。什么时候能回北京现在真的说不准。父母不在身边，没有人呵护她这位衣来伸手饭来张口的公主，现在完全靠自食其力生活，劳动越艰苦，思家情绪越强烈。好在有几名男知青相伴，更有南军生嘘寒问暖，关心备至，才让刘红心中感到些许慰藉，坚定了她今生今世与南军生厮守的信念。

正在这时候，许兰兰进入了他们的生活圈。

许兰兰是本地女知青，在校读书时是一名校花。前几年高中毕业回乡，现在大队教学点任小学耕读教师，半天教课，半天劳动。她身材匀称，五官端正，面容姣好，性格开朗活泼，为人热情大方。去年春节期间搞演出，她表演的淮海戏节目让北京知青大开眼界，穷乡僻壤竟然有这么个美人坯子，而且唱功这么好！许兰兰也就此结识了北京的插队知青，他们见多识广、多才多艺，什么都会。她经常与他们谈人生、谈志向、谈生活，帮了知青们不少忙。知青柴草危机之际，她挑来了自家玉米秸秆救急。

李虎读书时，和许兰兰同校不同班，还比许兰兰高一级，算是学长吧！李虎那时成绩不错，高高大大一表人才，是全校有名的风云人物，能说会道，呼风唤雨。他曾追求过许兰兰，要论条件，也配得上，可许兰兰就是不同意。问题出在一次矛盾上。平时看上去还算不错的李虎，那天竟然因为小事跟老师动手，而且下手很重！这让许兰兰感到非常震惊，真的是人不可貌相！辛辛苦苦教育了自己的恩师他都敢动手，这该是什么样的德行？许兰兰是农村小知识分子家庭出身，从小受到的教育是"天地君亲师，仁义礼智信"，跟老师动手咋行？所以，李虎这次行为给许兰兰留下了极坏的印象，因此她断了李虎的追求，李虎的单相思也就成了火叉一头热。许兰兰和北京知青交往一段时间后，却对南军生产生了好感，没想到刘红"近水楼台先得月"，许兰兰无法夺人所爱，只得退避三舍。况且，北京知青是来锻炼，脚面支灶踢倒就走，谁能保证他们永久地扎根九龙口？许兰兰只能将这份情感深锁心中。

回乡知青与插队知青都是同龄人，有着心灵沟通，许兰兰与大家自然而然地成了好朋友。许兰兰哥哥要结婚，家中房屋紧张，刘红主动邀请许兰兰过来住，许兰兰临时搬入女知青宿舍，与刘红做伴。

今天刘红起得早，她要赶在早饭前去荒野收割荒草，捡拾大风吹刮下来的枯枝，早饭后还要去工地抬土。田陌荒野成了刘红寻觅柴草的好去处。功夫不负勤劳人，她的背篓中盛满了柴草。刘红心情很舒畅，这些柴草够烧两天的，而且枯树枝是硬柴火，火旺、耐烧。

知青们的柴米油盐都靠大家认真统筹计划、精打细算，原来下拨知青的计划煤早停止供应，靠生产队分的草根本不够烧，他们只有自己动手去捡。大家心往一处想，劲往一处使，不放弃任何机会和时间，知青们硬是靠自力更生解决了柴草大问题。至于吃的，只能平时节省一点，社员们各尽所能接济一点，北京家中再补贴一点，有了这"三个一点"，大伙儿也能凑合着过下去。

到了吃早饭时间，空旷的田野上只留下刘红孤单的身影，南军生、方

华、时枫、徐彬彬、江淮海几个大老爷们如不贪睡懒觉，早就该把饭弄好了，饭后还要去九龙墩移土抬泥呢！刘红心中这样想。沉沉的背篓收获让她感到满足，刘红一边走，一边哼着歌，喜滋滋地背着柴草往回赶。

"咦！怎么冒出这么大浓烟？"刘红忽见生产队牛屋上空浓烟滚滚，顿时感到诧异。

"不好！牛屋起火了！"

牛屋不仅冒着烟，还夹着火苗。

刘红扔掉背篓，往火场跑去，边跑边歇斯底里地喊："失火啦！救火啊！救火啊！"

此时此刻，她心中清楚，牛屋内有四犋耕牛，耕牛绝对不能受损失！那是社员的命根子啊，救耕牛要紧！

打谷场上空无一人，刘红奋不顾身冲进牛屋，烟火弥漫，滚滚浓烟呛得她连连咳嗽，火苗燎得她周身疼痛，她有些害怕。但屋内传出耕牛求生的巨吼声，刘红急了，考虑不了多少，她用手帕掩住口鼻，冲进牛屋，浓烟火海中，她不顾一切地伸出一只手去解缰绳。但粗粗的缰绳缠绕在栏栅上，怎么都解不开。乱成一团的耕牛撞来撞去。拼命挣扎，吼声震耳欲聋。刘红既紧张又害怕。她有些着急，索性扔掉手帕，腾出双手，竭尽全力去解缰绳。缰绳解开了，刘红硬拉着将一条大水牛拉到屋外。

"快来人啊！快救火！"刘红大声叫喊，她突然闻到一股焦煳味，有一丝白烟往上冒，低头一看，坏了！自己的棉衣燃着了，她连连扑打，拍灭了棉衣上的火。

此时的牛屋已处于极度危险当中：浓烟，大火，狂躁的水牛，随时都可能要了她的命。可是，危在旦夕，再不施救就来不及了。决不让集体的财产受损失！今天就是死了，也要把耕牛救出来！

刘红横下一条心，又猛地吸了几口气，重新冲入牛屋，草料已经把火引向屋顶柴棚，不断往下掉着火团。刘红猛觉眼前红光一闪，"滋滋"声中，她感到头顶发热发痛，赶紧用双手扑打烧焦的头发。

她不管自己头发被烧成什么样，不管脸被烟熏火燎成什么样，也不管身上衣服被烧成什么样，什么都不管不顾了，头脑里只有一个念头：救牛要紧！好不容易又解开一条水牛缰绳，她转身拉住水牛，只见水牛脊背已被火苗点燃，牛毛"哧哧"燃烧，牛尾巴不停地抽打，撒开四足又蹦又跳，愤怒而布满红血丝的牛眼瞪得吓人。

刘红已经精疲力竭，硬撑着全身的劲拉着水牛脱离了火海。

当刘红抢救第三条耕牛时，火已烧到屋顶，眼看屋顶就要坍塌，暴躁的水牛双蹄腾起，猛地踢向毫无防备正解缰绳的刘红腹部，猝不及防的她疼痛难忍，双手捂住腹部，站不起身来。终于，再也坚持不住的刘红毫无声息地倒下了。

这时，社员们纷纷赶到牛屋前，看到牛屋外散开着两条水牛。救牛要紧！社员们不由分说，赶快解救耕牛，吴以林来了，丁凤琴来了，南军生等知青也来了，社员们闻讯都来了。当大伙儿奋勇抢救出另外两条耕牛时，谁也不知道牛屋地上还躺着连救两条水牛的刘红。

"里面有没有人？有没有牛还没抢救出来？"吴以林大声喊，一面转身数了数耕牛。

"牛齐了！人都出来了！"

"先抢出牛的人是谁？那个穿红棉袄的人呢？"周成富副队长问。他匆忙来到火灾现场时，屋外已经有救出的两头牛，隐约见到一名穿红棉衣的人先他进屋。

"谁？穿红棉衣的是谁？"吴以林追问。大家面面相觑，摇了摇头，全队男女老幼都来到打谷场，目睹火灾现场，相互询问有无人员伤亡。

"刘红穿红棉衣，早上捡拾柴草还没回去吃饭！"南军生一听，大惊失色，"里面莫非有刘红没出来？"他们等刘红回家吃早饭，到现在未见她身影，听周成富这么一问，顿感头皮发麻，坏了！说不定真是刘红！知青们顿时慌作一团。

"啊！"吴以林吃了一惊，脸色骤变，骂了一句话立即冲入火海，周成富、吴旭、南军生他们也紧跟着冲进牛屋。

"危险！不要再进人了！"吴以勤大爷拦住方华和时枫。

全场社员都屏气凝神，祈祷刘红平安，丁凤琴几乎哭了出来，大家焦急地等待。

"出来了！"吴以林、周成富、南军生和吴旭抬着刘红出来了，她早已停止了呼吸，面目全非，全身都烧焦了，人们仅从冒着余烟未烧完的红棉

袄上依稀可辨认出是刘红。

"刘红!"

"刘红!"

大家呼喊着她的名字,纷纷围拢上来,人们被这突发的灾祸惊呆了,现场一片忙乱。丁凤琴和许兰兰啼哭着,脱下自己的棉衣,跪着覆盖在刘红身上。

"轰隆"一声,牛屋屋顶终于在冲天火光中彻底坍塌了。

南军生只觉得天地旋转,头脑一片空白,双腿站立不住,跌倒在地,昏厥过去。

"南军生!"方华、时枫、徐彬彬、江淮海他们大声呼唤,围着南军生,不知所措。

二

北风萧萧,雪花飘飘,人们为失去一名为集体而无私献身的好社员好知青而感到悲伤。

刘红的父母接到南军生的加急电报,闻噩耗大惊失色,悲痛欲绝。他们抑制不住中年丧女的悲痛心情,从北京匆匆赶来九龙口,要见女儿最后一面。

面对刘红的父母,南军生泣不成声,噙着热泪给他们下跪,自责没有照顾好他们的女儿。他后悔自己让大家出去捡拾柴草,如果不去也许刘红就不会出意外,对于她的死,他认为自己要承担责任。

"孩子,起来吧!"刘伯母泪水涟涟,忍住悲痛的心情搀扶起南军生。

伯伯伯母不怪罪南军生一班知青,也不怨虞家湾大小队干部,他们认为女儿勇敢救火是热爱集体的光荣行为,是她插队以后千锤百炼成熟的表现,是她接受贫下中农再教育交出的合格答卷,她的献身精神值得人们崇敬。

"周书记,吴指导员,这里是刘红的第二故乡,她归宿于此,是她的荣耀。就让她在虞家湾永久落户,成为一名名副其实的生产队社员吧!"刘红父亲对周书记说。

刘红父母的宽阔胸襟深深地感动着每一个人，大家都为刘红有这样的父母而骄傲。吴以林用颤巍巍的手，从布包里掏出128元钱，以赎罪的心情递交给刘红的父母——这是全队社员们共同凑起的心愿。

"见外了！"刘红父母婉言谢绝。

南军生欲言又止，恋人不幸离去，他一直处于万分悲痛之中，左思右想，要不要在伯伯伯母面前说出他和刘红的关系。除了本队知青和社员知道，刘红与父母的来往书信一直保密，字里行间从未谈及与南军生的相处。他和刘红约定，将来回北京后再将两人关系公开。

"伯伯伯母，我，我和刘红……"南军生口吃起来。他决定不再隐瞒了，作为曾经的恋人，要将此事告诉刘红的父母。

"孩子，我都知道了，就让她在虞家湾陪你们！"刘红的母亲哽咽着说。

"对于刘红为抢救集体财产而光荣献身，我们大队党支部和革委会打算为她往上申报革命烈士称号。"周成华书记对刘红的父母说。

"谢谢！谢谢周书记！"刘红的父母真诚地向大家鞠躬。

"不敢！不敢！折煞了！"众人一见，慌忙搀扶。

刘红的父母在收拾刘红遗物时，看到一张速写，是刘红和南军生在一起的速写。这是顾小雨临走时留下的，送给南军生作为纪念物，南军生又把它转送给了刘红。

斯人已去，音容笑貌犹存，留给南军生的是无尽思念。面对刘红遗像，南军生号啕大哭，瘫倒在地上。

九龙口哀乐低回，凄婉悲怆，送刘红最后一程。虞家湾大队的全体社员和知青们聚集在九龙河畔，沉重悼念为抢救公共财产而壮烈牺牲的北京女知青刘红，表达对死者的无尽哀思。

刘红的坟墓设在九龙河畔一片石榴林处。南军生想，石榴开花红似火的时候，人们会看到"榴红"，寓意榴（刘）红。她在这里枕着波光粼粼的九龙河，仰望虞家湾上空的蓝天白云，可以朝朝暮暮和一同战天斗地的北京知青们在一起。

由南军生题写的墓碑竖立在刘红坟前。正面写着：北京知青刘红之墓。背面是一道挽联：上山下乡扎根九龙口；战天斗地献身为革命。

江淮海特意写了一首词献给刘红：

江城子·悲刘红

谁言苏北是穷乡？
红徽章，气轩昂。
青春做伴，胸有大风扬。
贫下中农皆榜样，同甘苦，共炎凉。

蒙卿不弃慰彷徨，
解迷茫，话衷肠。
相亲相爱，濡沫影成双。
舍我为公飞蹈火。心痛彻，泪千行。

三

刘红的壮烈牺牲震撼了上山下乡的知识青年，有南京的、淮阴的，也有沭阳的，他们不约而同地来到刘红墓前凭吊，缅怀她的英雄事迹。他们在惋惜中，也为知青群体中能出现像刘红这样的英雄人物而感到无比的自豪。

人同此心，心同此理，周书记和吴以林为虞家湾失去一名优秀的北京女知青而感到遗憾。在征得南军生等知青同意后，要为刘红报功，上报她的英雄行为，申报省里批准刘红为革命烈士。大队党支部、革委会委托笔杆子江淮海写一份关于刘红的先进事迹材料，上报公社。

"不行！"李虎反对。

李副主任为何不同意申报刘红为革命烈士？他认为这是周成华和吴以林应该负责任的重大事故。失火事故出在大干九龙滩实现"旱改水"工程尾声的关键时刻，造成的影响极大，他作为公社干部，农口的具体负责人，不能不说也应该承担一定的领导责任。李虎年纪不大，却比较敏感，他不愿意大力宣传刘红，要进行低调处理，说到底，就是想明哲保身。

"李副主任，刘红为抢救集体利益而牺牲，难道不应在广大群众和知青中宣传这样的英雄事迹吗？"南军生对李虎的做法非常不理解。不管事故的原因是什么，刘红的牺牲是客观存在的，一码归一码，怎么能混为一谈呢？

"这件事已经引起上级有关部门的密切关注。九龙口牛屋为什么会起火？是有人故意放火，还是其他原因，目前尚未有结论。最近将有一个事故调查组进驻九龙口，调查失火原因，希望吴指导员全力配合，全生产队社员一个也不准外出，随时接受调查。"

李虎竟然能说出这样的话，令大家十分寒心。他的葫芦里到底装的是什么药？

周成华、吴以林和南军生面面相觑，没有言语，心情沉重。看来只能等待调查结论了。

南军生心想，不管调查结果如何，刘红的英勇救火行为不容否定，值得大书特书。这也是知识青年中的榜样，在群体中有教育激励作用，对稳定全公社知青扎根农村思想大有裨益。但对领导的这种处理方式硬顶也不是个办法，南军生他们无可奈何，看来还要等待一段时间才能有结论。

只有江淮海，此时已经开始构思，准备以刘红为故事原型，写一个中篇小说，题目都想好了，叫作《燃烧的青春》，或者叫《青春红似火》。

第二十四章

看人挑担不吃力，自己挑担步步歇。

打柴问樵夫，驶船问艄公。

——民间谚语

一

九龙口全体社员和知青们奋战了一冬天，用蚂蚁啃骨头精神，移墩填土，终于完全依靠人工造出了一块平平整整的田地。当这块近百亩的平地展现在社员们面前的时候，有人兴奋、有人感叹、有人疑惑，吃了那么多的苦，流了那么多汗，能换来雪白的大米干饭吗？谁也说不准。

春江水暖鸭先知，柳芽崭露又一春。九龙口迎来了种植水稻的季节，遴选稻种、浸种催芽、种植秧板迫在眉睫。为了保险起见，公社革委会决定邀请江南农业技术员前来助阵，任务自然落到知青南军生身上。

南军生首先想到的是林阿妹，好久没有与她通信了，她生活得还好吗？因为他与刘红的关系，也为了避免刘红多心，从林家浜学习返回后，南军生很少再与林阿妹联系。即使偶尔去信问候，也是当着刘红的面写，末尾不忘带上"刘红问你好"字样。

考虑到这不是私人之间的帮忙，而是公务，南军生建议由公社发函联系南湖公社，请南湖公社派员相助。公函发出几天后，南湖公社打来电话，告知已指派林家浜大队林阿妹于近日携介绍信前往。

这真是个好消息。南军生喜出望外，处于伤感时期的他得到些许安慰，毕竟他在为集体利益而忙碌。

公社王秘书打来电话，周成华书记借来两辆自行车，让南军生和方华去县城接站。南军生见到风尘仆仆的林阿妹，激动地握住姑娘的手，表示热烈欢迎和衷心感谢。

林阿妹见到南军生，第一印象是觉得他脸庞变得黝黑了，身材也消瘦了很多，但一双眼睛更加深沉、明亮，看上去也更加成熟。虽然给人的感觉是热情大方，可总觉得他有心事，具体是什么说不出。

一年多没见面了，如今坐在昔日好友的自行车上，沐浴着和暖的春风，一起往九龙口来，林阿妹感到非常愉快。天空是那么高、那么蓝，沭阳县的一草一木都让她新鲜好奇，内心对异地他乡充满着神秘感，不停地问这问那。

自行车一路向北，她看到了那条宽宽的沂河。啊！好宽好大的一条河呀！她虽然生在水乡，长在水乡，却从没见到过这么宽阔的河，不禁问南军生："这叫什么河？"

"沂河。发源于山东沂蒙山的河。"

"人人那个都说哎，沂蒙山好，沂蒙那个山上哎，好风光……是这个吗？"

"是的，就是这个沂蒙山。"

"伲晓得了，那里有个红嫂是吗？她用自己的乳汁救活了我们的革命战士是不？"

"是的。你懂的还真多！"

"呀！这座桥好长哦！"

"这座桥叫作新沂河大桥，全长大约一千三百七十米，三十九个孔，每孔跨径三十米，是全国最长的双曲拱公路大桥。"

"军生，侬好厉害呦！"

对于林阿妹絮絮叨叨的问话，南军生出于礼貌，尽量客客气气地回答，但敏感的姑娘早已觉察到他有心事。是不是不欢迎她来呀？或者还是有其他原因？难道出了什么事情？

当林阿妹到达虞家湾时，碧波荡漾的九龙河、村口火红的石榴花、郁郁葱葱的紫藤、平坦如席的田野，一一呈现在她的面前，她赞叹不已。

"到了阿妹，这就是我们的九龙口生产队。"南军生指着杨柳包围着的村庄。

"九龙口？为什么叫九龙口？这里有龙吗？"林阿妹问。

"这里面有个民间传说，等你住下来后，我慢慢讲给你听。"方华接过话头说。

"人来了！人来了！"庄上男女老少见来了一位操着江南口音、身穿紧身衣服的姑娘，又都围过来看新鲜："呀！好俊俏的小大姐！"

"这是我们的知识青年宿舍。"南军生支好自行车。徐彬彬听见动静，从屋里出来。

"欢迎林姑娘！我叫徐彬彬。"徐彬彬推开女宿舍房门，打着手势道，"林姑娘，请！"

南军生说："阿妹与许兰兰住一起。"

"刘红呢？"林阿妹问，她想与刘红住在一起。

大家一时都语塞了，相互瞟了一眼，方华见状摇了摇头，试图继续隐瞒。南军生眼圈红了，再回避没有意义，不如把事情真相告诉林阿妹，免得她不断地追问。虽然林阿妹与刘红接触时间很短，但结下了较深的友谊。

"来！先进屋休息下再告诉你。"南军生拎着林阿妹的蓝印花布包先进了屋子，把顾小雨原先睡过的床整理了一下，对林阿妹说："你就睡这张床吧。"

果不出林阿妹所料，刘红真的出事了！当她听到刘红牺牲的经过，再也控制不住悲痛的心情，顿时泪如泉涌、泣不成声。

在南军生、方华、时枫、江淮海和许兰兰的陪同下，林阿妹来到刘红坟墓前祭奠，献上自己亲手用柳条编织的花圈，插上一些红红的榴花，恭恭敬敬献给刘红，寄托她对刘红的真诚悼念和哀思。

二

关于选稻种问题，沂北全公社也没有人懂得，林阿妹详细分析了虞家湾的土质、养分、气候等具体情况，认为应该遴选适宜这里生长的优良稻种，经过培育、试种和驯化后，才能大面积推广，不能急于求成。

李虎副主任一听，这次推平的九龙墩，正好在一百亩左右，林阿妹建议先种八十亩试验，正合适。看江南来的这小丫头虽然年纪不大，但讲起来一套一套的，估计真有几把刷子，李虎心里有点底气了，对南军生和林阿妹说："你们放开手脚干。成了，成绩是大家的；不成，责任我来承担！"

李副主任在公社司守明书记面前表过态，不管怎样，哪怕是头割了，也要把"旱改水"这事干成。县革委会一班领导见李虎年纪轻轻的志向不小，也有干劲，很欣赏他，表示县里会大力支持，把"旱改水"这事干成。如果九龙口能干成，今后可以在全县推广，彻底摘掉沭阳长期缺粮的贫困帽子，意义重大。

司守明书记嘴上不说，心里暗自佩服李虎这人有股天不怕地不怕的闯劲，干大事就得有这样的闯劲。想当年，自己不也是和李虎一样，二十岁不到，弄两杆汉阳造、几把土枪，外加几把砍刀，就把一支小小的抗日队伍拉起来了？本公社农业学大寨运动已经搞了好几年，虽有成绩，但成效不大，要是能在九龙口闯出点名堂，然后在全公社范围内推广，高产稳产多打粮食，不仅可以对国家多做贡献，也可以提高社员的实际生活水平。要是能做到这样，他这书记也算是没白当一回。

林阿妹和南军生听李虎副主任这么一说，反而压力更大，两人经过反复商议，决定不再谨慎和保守，放手一搏。他们采纳林阿妹关于购买优质稻种的建议，在县革委会主管农业的王副主任的努力下，从外地区调来"桂花黄"稻种。

浸种首先要用大缸，吴以林发动社员借缸，承诺适当补工分，为生产队解决种水稻以来的第一个问题。在林阿妹和南军生手把手指导下，将刚刚露尖的稻芽撒在秧板上，蒙上塑料薄膜。大家满怀希望，期待秧苗发芽，奇迹出现。

往秧板田中灌水是亟待解决的大问题。虞家湾没有电灌站，引水进田无疑要靠人工灌溉，向九龙河要水成了大家的不二选择。

前些天，吴以林在林阿妹的现场指导下，已经把稻田的大小沟渠开好，有水就可以种植水稻。问题是要靠人工去戽水，大家有点胆怯。南军生给大家鼓劲："我说各位老少爷们，过去没有排灌站，人家不也是靠人工戽水？咱们先用水斗戽，往后做个水车，就省力了。想吃鱼咱们起早贪黑去戽水，也不怕累，鱼头有火是不是？想吃大米干饭，也得出点力气，怕戽水哪行？"

"唉！不是怕戽水，是怕往后年年戽水！一百亩还能将就戽，要是队里四百亩全靠人来戽，不是命都戽没有了?!"社员们虽然唉声叹气，可该戽水还是得去戽水。知青们更是不甘落后，一天也没少戽，个个累得精疲力竭，两只胳膊又酸又胀又疼，连筷子都举不起来。

"南军生，你小子出了'旱改水'这么个馊主意，把我们累死了！"方华几人睡在床上，拿话挤对他。

"我说哥儿几个，等稻子收下来，大米饭熬鱼，天天可劲儿地造，你们就知道哥哥的好了！"南军生眼皮都不抬，你说你的，我干我的，认准了的事情就要坚持到底。

正在这节骨眼上，大队周书记兴冲冲地赶来，告诉吴以林和南军生一个好消息：他们申请的手扶拖拉机被省里批准了！而且不收费用，是省里支援苏北九龙口"旱改水"的机械物资。

"噢！噢！我们队有手扶拖拉机啦！"社员们和知青得知这个消息，都高兴万分，人们奔走相告，全公社唯一的一台手扶拖拉机竟然落户九龙口生产队，为农业生产帮大忙，大家兴奋炫耀之余，就是闹不清拖拉机怎么能用手扶着开？

"吹牛！哪有拖拉机是手扶着开的？"听说九龙口快要有拖拉机了，其他生产队那叫一个羡慕嫉妒恨。

此时此刻，南军生心中不禁泛起一阵阵波澜，久久不平静。在国家计划物资分配如此紧张的情况下，能特殊照顾，下拨给九龙口生产队一台手扶拖拉机，真是太难得了！南军生回忆起与刘红去南京找罗长凯的经过，多亏了罗长凯叔叔和那位侍厂长，一定是他们在其中起到了大作用！南军生要给罗叔叔写一封信，感谢他们的帮助。

吴以林格外兴奋！一台手扶拖拉机不仅能顶几十个劳动力，也能顶上五六条耕牛，耕地、打场、拖粪、运庄稼，地里的活、路上的活，样样都能干。全大队乃至全公社，九龙口生产队是第一个有了拖拉机的，这方圆几十里，谁有这个？够自己吹一阵子的了！南军生为九龙口立了大功，父老乡亲们要感谢他！虞家湾大队应该表扬北京知青，给他们奖励，没有钱奖励工分也行！吴以林越想越高兴，按捺不住激动的心情，手捧饭碗，急忙忙往知青宿舍走去。

"老大在家吧？"吴以林路过堂哥吴以勤门口，喊了一嗓子，顺便喝了一口稀饭。

"哟，以林啊！来，进屋来吃。饭凉了，让你嫂子给你添勺热饭。"吴以勤听吴以林喊他，手拿筷子就出来了。

"不用了，你吃过饭去场上拾掇拾掇，套几条牛，去城里把手扶拖拉机拉回来。"吴以林叮嘱道。

"中！我吃过就去！"

几名知青和林阿妹正在吃饭，见吴队长来了，都站起身，时枫接过吴以林的空碗，给添了一碗米粥。

"嗬！还是大米粥好吃！"吴增林喝了一口，连连咂嘴称道。

"我们特意为林阿妹准备的粥，她吃不惯煎饼和玉米稀饭。"南军生告诉他。

"小南你做得对。林姑娘是我们九龙口的客人，千万不能亏待她，生活上要千方百计照顾好。招待林姑娘的费用，先从徐会计那里支点出来用着。不够的，我找周书记报销。"吴以林又朝林阿妹说："姑娘，我们这里经济比较落后，照顾不周，你多多包涵啊！"

"还好！还好！吴指导员，伲生活很好。"林阿妹一口吴语，笑盈盈地说。

吴以林喝完粥，放下碗，将板凳往墙角挪个窝儿，掏出旱烟丝卷，一边卷，一边对南军生说："咱们虽然有了拖拉机，可是没有人会开。我考虑着，只能安排吴以勤套牛车，先去把拖拉机拖回来。你等会儿和吴以勤一起，先到公社打个证明，去城里办手续领车。领到车子之后，回来去公社找王秘书，请王秘书带你去找拖拉机站大老李，让他教我们怎么开。"

"嘻嘻！嘻嘻！"吴以林刚交代完，林阿妹就捂住嘴笑了起来。

吴以林和大家对望一下，莫名其妙，一头雾水，林阿妹笑为何事？吴以林又不好直问，把眼神转向南军生。

"阿妹，你笑什么？"南军生问林阿妹，这里只有他俩最熟。

"侬是说用牛车拖手扶拖拉机，这与肩扛自行车是一个道理。"林阿妹直截了当地比喻。稀罕！她没想到虞家湾还出这样的笑话，逗得自己掩饰不住笑了起来。

"这不是没辙了吗？你笑你会开？"南军生问她。

"倷会！倷去帮你们开回来！"林阿妹说。

"你会开？"在场的人非常惊讶，没有想到小姑娘林阿妹竟然会开手扶拖拉机，真是不可思议。

"这没有什么稀奇的，我们村里男男女女都会开。"林阿妹说得一点不假。江南那边农业机械化普及得比江北早，人家早就有手扶拖拉机、水泵、柴油机了，林家浜许多社员都会操作机械，这让落后贫穷的九龙口望尘莫及。

"这么说就不用吴以勤去了？"

"不用，我和林阿妹坐汽车去县里，直接把拖拉机开回来。吴队长你报销车票钱就成。"

"没问题，还可以报销你两人中午一顿饭钱。"

早饭后，南军生就和林阿妹去了县城。下午五点多钟，只听一阵"突突突"的响声，林阿妹驾驶着手扶拖拉机行驶在大路上，南军生骄傲地坐在车斗里，一路风驰电掣，吸引着路边行人驻足观看。人们破天荒地看到小姑娘开着拖拉机潇洒地驶过，无不佩服，个个伸出大拇指。

手扶拖拉机进了庄，全村沸腾起来！众人围着手扶拖拉机指指点点，那股高兴劲就甭提了。拖拉机车斗里满满地装载着水泵、犁铧，几种和水稻种植有关的机械设备，差不多算是配齐了。

北京知识青年南军生的关系开了个大后门，省里发给九龙口一台手扶拖拉机，江南来的小姑娘技术员会开手扶拖拉机等，消息不胫而走，传遍九龙口，传遍虞家湾，全沂北公社都知道了，大家啧啧称羡。全生产队的社员觉得赚足了面子，为自己是九龙口人而自豪。至于男子找对象，外地姑娘找婆家，一听说是九龙口的，成功率直线提升。

九龙口出现了"热地"效应。

三

夕阳将要落山，最后的美景在田间，水鸟快活地咕咕叫唤，黄鳝在水中游弋，青蛙无拘无束地在田埂上跳来跳去，捕虫的鸟儿们开始归巢。九龙口秧板田间，南军生和林阿妹赤着脚，认真观察着秧苗生长情况，施肥、灌水、拔草成了他们的主要工作内容。李虎、周成华、吴以林的不时到来，让他们觉得自己肩上承担着公社、大队和社员们的殷切期望。他们不能懈怠，更不能掉以轻心，他们已经没有退路！

刘红的离世，让林阿妹重新萌生与南军生在一起的念头，碍着他还没从悲伤的阴影中走出来，林阿妹不好主动敞开心扉表露情感。少女的心是骚动的魔鬼，暗恋永远是心里的自私。林阿妹虽然有结缘南军生的强烈愿望，也曾经有过几番强烈的冲动，但她还是努力克制住自己。

说实话，去年在林家浜相处那段时间，南军生对林阿妹也颇有几分好感。他喜欢林阿妹的聪明能干、心思细腻、俊俏玲珑，当地人都认为他俩是最合适不过的恋人。但是，一个希望人留在当地，一个惦念着北京和九龙口，现实需求和感情需求相抵牾，即使没有刘红，他俩要想发展下去，也会有不少困难。

南军生失去了昔日恋人，精神上受到沉重打击，内心里感到孤独、落寞且又无助，是"旱改水"分散了他内心的痛苦。林阿妹的到来抚慰着他那颗萎靡的心，南军生开始逐渐振作起来。他清楚林阿妹是以农业技术员身份被邀请来九龙口的，她的工作是传授种植水稻技术，自己作为此项工作的牵头人，对林阿妹要保持理性、控制距离、节制情感，尤其是失去刘红的伤痛还没有抚平，他不想陷入新的情网。

天边飘着一抹瑰丽的晚霞，黄昏的阳光从云缝中射出来，形成丝丝光束，远处村庄蒙上了一层薄薄的云霭，田间的小溪水也被染得通红。林阿妹和南军生在秧板田中结束了最后的观察，她抬起头来，含情脉脉地望着南军生。南军生笑了笑，轻声说道："差不多了，咱们回去吧！"

"这棵是稗子。"林阿妹指着秧板中一棵微小的杂草，将它薅了出来。

南军生从林阿妹手中接过杂草，仔细看了看，还真是稗子。他从内心里佩服林阿妹的眼尖手快，能从密密的秧苗中发现杂草。两人的眼神交汇到一处，南军生发现林阿妹的一双大眼睛是那样美丽，眸子清澈透明，射出一股让人注目凝神的光芒。

林阿妹双唇微闭，似动非动，静静中她在期待。南军生有点心慌，甚至有点冲动，他好想去拥抱她，但是他更知道这样的拥抱意味着什么。这

时，脚下突然传出一阵"哗啦啦"的响声，把南军生和林阿妹都吓了一跳，南军生赶紧去扶林阿妹，低头一看，原来是水中有条鱼游到他们脚下，搅动一下水花。

"哈哈哈！"南军生和林阿妹尴尬而又开心地大笑起来。林阿妹深情地望着南军生，南军生脸红了。

鱼儿游走了，浪花也归于平静，两颗年轻的心却各自激起了不同的波澜。那是丘比特之箭将要射出了吗？

四

女知青一个个离开九龙口，她们宿舍的主人成了林阿妹与许兰兰，两人成了伙伴。林阿妹的年纪与许兰兰相同，二人思想有默契，性格有包容，又有共同点，所以她们无话不谈，很快就成了莫逆之交。许兰兰对这位来自江南的女技术员由衷地敬佩，林阿妹虽然文化水平不高，但她落落大方、谈笑自若，善于与人沟通，且聪慧、敏锐、宽容，精通农业技术，身上表现出不同一般的优秀特质。贫穷落后、封闭愚陋的九龙口人与她相比，有着明显的差距。许兰兰在北京知青和林阿妹身上学到不少东西。

许兰兰对南军生心有暗恋。刘红在时，她一直不敢流露；刘红走后，她想抓住主动，照顾知青生活成了她接触和追求南军生最恰当不过的理由。

林阿妹的到来又打破了许兰兰的初衷：南军生在林阿妹身上表现出的热情让许兰兰产生疑惑，莫非南军生爱上了林阿妹？不可能！南军生去江南学习过，与林阿妹相处较熟不假，可她来九龙口是帮助集体种植水稻的，南军生不会不顾大局、不知轻重吧？如今刘红不在，林阿妹会不会乘虚而入？见南军生和林阿妹出双入对，时不时关心呵护，她心中不免常常泛起醋意，疑惑、妒忌、不安、自卑，说不出是什么滋味。

爱情啊爱情，是多么美好、多么高尚、多么纯洁！谁不愿意得到它，永远地拥有它？然而，追寻爱情的起跑线在哪里？追求爱情的马拉松的终点又在哪里？这几个被爱情裹挟着的年轻人，那爱情似乎近在眼前，又似乎远在天边。是啊，哪里是我灵魂的倚靠之处？

第二十五章

不下水，一辈子不会游泳；

不扬帆，一辈子不会撑船。

——民间谚语

一

柳丝飘拂，燕子翻飞，秧板如茵，水田似镜。

栽秧时刻到来，九龙口到处是忙碌的人群。吴以科驾驶着手扶拖拉机在水田中耙地，旋耕耙扬起的泥水溅得他满身都是，活脱脱像个泥猴儿，惹得众人哈哈大笑。平整的水田犹如巨幅的银镜，映照着蓝天白云。秧板田里是薅秧的人，路上是挑秧的人流，田埂上的人向田间抛出一把把秧苗，水田里的人拉起条条绳索，栽秧的人们高高地卷起裤腿，弯着腰，把一棵棵秧苗插进水田。好一幅浓墨重彩的水乡春种图，让人兴奋，让人陶醉！

今天，公社司书记特地抽空来九龙口"旱改水"现场察看。他一直惦记着这件事，既然已经开始插秧，就应该有个大概样子了。李虎副主任、周成华书记和吴以林队长陪同司书记都来到田头，指指点点，酝酿着"旱改水"规划的未来。大家都知道，这一炮若是打响了，不仅对小小的九龙口，就是对全县来说也具有非凡的意义。

至于牛屋失火事件，经调查组详细调查研究，最后的结论是：天气干燥，屋内草料自燃起火，与人为破坏无关。李虎、周成华、吴以林和南军生一众人等，遂放下心中这块石头。大家经过研究，决定由大队撰写刘红先进事迹材料，向公社党委汇报，公社审核修改通过后，由司书记签发，再向县里申报，由县里再往省里推荐，争取确认刘红为革命烈士。大队的材料，南军生推荐文笔较好的江淮海执笔，写好后送公社王秘书。

这时，林阿妹和南军生正在向众人传授插秧技术，李虎问："那个小大姐就是南边请来的技术员？"

"是的。小孩年纪不大，技术不孬，什么都懂。"周成华书记回答。

"哦？是吗？下去看看。"司书记说罢，脱下鞋袜，便下到水田里，往林阿妹跟前走去。

林阿妹和南军生正专心致志地现场教学，没发现司书记来到身旁。林阿妹伸出拇指、食指和中指给大家演示："用三个手指夹着秧苗，直插下去，不要歪啊！"

这边南军生也在边插边示范："每人揽一米宽，分成六行，行距大约五六寸宽，尽量上行不要弯曲。"

"二喜哥，你这样插错了，秧苗弯曲了会影响还秧呢！看我的……这样插——"林阿妹边说边纠正方二喜的插法。

"阿妹啊，我不敢看你，看了你我心里紧张，会插得更弯……"方二喜虽然嬉皮笑脸的，但是动作却越来越规范，也插得越来越好。

"是的呢，你看人家林阿妹那手，跟藕簪似的，我们这偢手跟房料差不多，再插也插不出人家那水平！"陈进一边自嘲，一边认真插秧。

陈进的话把司书记逗得哈哈大笑，说道："我们就是要用房料一般的手，去改变九龙口的面貌！南军生，你说呢？"

"啊，司书记来了？"南军生一边跟司书记打招呼，一边向林阿妹介绍道，"阿妹，这是我们公社的领导司书记。就是他把你从南湖公社请来的！"

"书记好！"林阿妹转过身，向司书记打招呼。

"小林同志啊，辛苦你了！我们沂北公社的旱改水工作还得仰仗你啊！"司书记就是司书记，说话真有水平，几句话说得林阿妹心里暖洋洋的，连声答道："书记侬放心好了，伲一定全力以赴！"

司书记对南军生和林阿妹说："你们忙，我再转转看看。"

告别了司书记，大家继续干活。社员和知青们都是首次插秧，头顶着太阳，双脚站在泥水里，一手拿着秧把一手插，还要把握分秧数量，尽量准确，不能多也不能少。时枫、方华人高马大，下到水田栽秧是个苦差事。江淮海还行，还能对付下来。

"老时怎样，累不累？"方华问道。

"我腰都要折了！"时枫确实累得够呛。他直起了腰，用沾满水和泥巴的手，使劲捶着酸疼的后背，再看看前面自己栽得弯弯曲曲的秧行，自嘲道："这三拐两拐要拐到哪儿去了？我晕！"再看方华栽的，也不比自己好多少，时枫不禁大笑起来，大笑道："咱俩是豁牙对豁牙，谁也甭豁（说）谁！"

时枫猛觉得疼痛，腿上好似被虫子叮咬一下，低头一看，一条两三寸长的黑虫正叮在他后腿肚上。"哇！欺人太甚！"时枫用手去揪，却怎么也揪不掉，好似胶水黏住一般。

"老时，用巴掌掴！"社员吴以民站起身来说。

说时迟那时快，只见方华抢起巴掌，"啪"的就是一家伙拍在时枫腿上。那黑虫承受不住猛力打击，脱离吸附的大腿落入泥水中，翻个跟斗，一曲一伸仓皇逃走了。

"啥玩意儿这是？"时枫问。

"这是蚂蟥。"吴以民边插边说。

"哎，我说老时，你猜这蚂蟥是公的母的？"方华一边继续插秧，一边问道。

"华子你就贫吧，这怎么能猜出公母？你说。"

"我说它定死了是一只母的，专门咬你这皮糙肉厚的家伙！"

时枫望了望左右，大家都在弯腰栽秧，进度明显加快了，突然发现身旁水中忽隐忽现地游来一只长长的动物。"蛇！"时枫惊恐地大喊一声，扔下手中秧苗，不顾一切地往田埂上蹿。方华听说有蛇，也吓得往旁边躲。

"哈哈！"方二喜见状，仔细一瞅笑着说，"是你呀？来来来，看我的！"只见他伸出中指，对准水中动物拦腰一锁，锁了个正着。

"不是蛇，是黄鳝！再有两条，晚上吃红烧鳝鱼！"方二喜亮着黄鳝，笑眯眯地对时枫说。

一场虚惊，原来是鳝鱼，知青们遂放下心来。

二

经过这两次折腾，时枫心中打起了退堂鼓，觉得栽秧也不易，栽还是不栽？他看看自己手中的秧把，沉甸甸地丢不下去，苦苦支撑吧！不能在这时候当逃兵。他想起了勇气可嘉的刘红，把自己的青春和性命贡献给了九龙口，难道他时枫还能怕苦？

方华虽然也累得不行，可是他心里有盼头，苏琴琴走之前告诉他说，让她父母想辙，把他也招兵入伍。不过，他心里总是不踏实。苏琴琴来过一封信，告诉她入伍后的情况，字里行间并无任何情话，而社员和知青言语之间也对他俩的结局并不看好。他失望过、懊恼过，对生活也动摇过。没见曙光、没有希望，今后的路怎么走，只能走一步看一步。

前后用了半个月时间，近百亩水稻终于全部栽齐，社员和知青们都累坏了，好歹算歇了一口气。

九龙口的"旱改水"引起了县里关注。前几天，分管农业的县革委会王副主任得知消息，想把推广水稻田间管理现场会放到九龙口召开，届时各有关公社和农场负责人全都参加。

李虎外出开了几天会，现在满面春风地又站在田埂上听吴以林汇报进展情况，眺望着眼前这一片绿油油的秧苗，心中油然升起一种浓浓的成就感和满足感。如果九龙口"旱改水"成功，粮食达了《纲要》，不仅可以给沂北公社带来经济上的发展动力，自己也算是真正立住了脚，谁还敢小看咱？

水稻还秧后的下一步措施是秧田耘耥，松根除草。林阿妹向李虎和吴以林提出，秧苗虽然栽了下去，也还了秧，但接下来的田间管理一定不能放松，水稻分蘖之前要耘耥三次。李副主任听从林阿妹建议，组织社员下田耘耥。

"没料到种水稻还挺忙人的！"

耘耥秧苗也是一件很辛苦的工作，头顶烈日晒着，脚下热水蒸着，人们汗流浃背，用耥耙像刷牙一样一步一步向前耥，还得不时弯腰用手抓秧苗之间的小草。南军生在江南体验过耘耥的艰辛，技术上轻车熟路，现在与林阿妹在田间耥过来耥过去，教大家如何除草。

社员们认为种水稻不如种小麦省事，旱作物耐旱不需灌溉，秋撒一片麦种，夏收一地庄稼。人种天收，不要田间管理，既轻快又省劲，哪有种水稻这样费力操忙。老百姓发发牢骚很自然，"旱改水"不是几句牢骚就可以改变的。知青们说他们就是吃煎饼的命，可怜之人必有可恨之处。春荒时，大人小孩连山芋干稀饭都喝不饱，那样的日子他们说忘记就忘记了。

一份来自林家浜的加急电报送到林阿妹手中，要她立即赶回去参加地区农业技术培训班学习。

林阿妹没有料到返程是这样急促，说走就要走了。她要与南军生再谈一次。

晨光洒落在薄雾缭绕下的九龙口，犹如浣纱少女，郁郁葱葱的秧苗散发着一股清香，河面微微泛起鱼鳞般的片片清波。南军生和林阿妹沐浴着晨曦，并肩走在河岸上，边走边聊。

南军生林阿妹都卷入了这条感情的胡同，尽管各自内心都有万千不舍，但面对现实，平静分手无疑是他们唯一正确的选择。

林阿妹走了，南军生把她送到县城汽车站，一直等她上了车，南军生站在车站门口，目送汽车远去。他心里明白，阿妹此一去天高地远，今生今世，或许再也不能相见了。想到这里，他不禁伤感起来，眼角挂满了泪水。

三

水稻栽插完毕，除了耘稻，还有一个问题，就是追肥。新开垦的九龙墩缺乏基肥，九龙河的优质淤泥都献给了冬麦田，最好的办法就是施用化肥。化肥氮磷钾元素齐全，效果好，在秧苗返秧后能够及时吸收，促进秧苗分蘖成长。化学肥料又从哪里来？这些紧俏物资完全靠国家计划供应，公社司书记打报告申请县物资部门对"旱改水"地区给予倾斜照顾，九龙口生产队落谷时争取到了三十袋碳酸氢氨化肥。杯水车薪，面对九龙口大面积种植水稻，司书记把电话打烂了，求爹告奶地请求相关部门支持。掌握化肥计划分配大权的部门压力也很大，僧多粥少，一下子无法满足全县

的需求。

吴以林急得团团转，只有指望社员们的农家肥了。可社员的自留地、菜地都靠这些有限的优质肥料，谁愿意将它献给生产队集体大田？但季节不等人也不饶人。队里研究决定，各家各户必须优先把猪臊粪上缴生产队，否则扣工分。

消息一传开，家家户户忙着清理垃圾塘、猪圈。徐士成机灵，连夜带领全家上阵，去野外挑泥倒在猪圈里，再掏出锅底草木灰，混在泥土里一起搅拌，冒充猪臊粪。

第二天下午，队干部分成三个组，挨家挨户去验收肥料，按质量数量计工分。农家肥不是上秤称重，而是用皮尺计算体积，按体积和等级换算工分。丁凤琴和南军生一组，头一户就到了徐士成家。他俩刚拉出皮尺测量肥料堆，徐士成老婆朱会芹就走了出来。

"士成说我家猪臊粪好，至少能评上二级。"朱会芹早早把话撂出来，明摆着是叫丁凤琴按照她的意思确定肥料等级。

南军生不懂验肥标准，跟在丁凤琴后面主要是学习，他乍一看肥料，黑漆漆的真像好肥料，质量很好。

丁凤琴上前闻了闻，又用脚踏了踏，太暄，分明就是草木灰拌黑土的假猪臊粪，便对朱会芹说："会芹，要是猛一看颜色呢，还真是像猪臊粪。不过要是仔细一看，全是灰和烂泥，哪有猪臊？这东西上到地里，能长庄稼？太糊弄了，好歹也得差不多吧？"

听丁凤琴一说，南军生莫名其妙，听她那意思，徐士成家是以假当真冒充上等好肥料。徐士成老婆感到难为情，涎着脸说道："嫂姐儿！这猪圈里的东西出来就是肥，不叫猪臊粪还能叫什么？"

队干部分成三组验肥是吴以林出的主意，他自己和徐士成一组，另一组是徐维高和周成富，第三组是丁凤琴和南军生。大家"鸡虫虎棒"相互制约、相互监督，确保验肥公平，凭肥料质量说话，不让劣质肥去混工分，坑害集体。

南军生正感到疑惑不解时，忽然想起以前吴队长说过，这肥料里面有名堂。今天算是长见识了！猪臊粪作为基肥，仅次于塘粪。除了磷含量较低，氮和钾的含量还是比较高的，但有些人利用这机会造假肥料，蒙混过关，实在不可思议。能瞒得过人的眼睛，但怎能瞒得过地里的庄稼呢？问题是九龙口生产队人际关系复杂，家族之间、亲戚之间、庄邻之间，谁也不好得罪谁，凭一两个当家人坚持原则，往往心有余力不足。真肥料、假肥料、优劣肥料都一齐收，受影响的还是生产队这个集体。作为记工员的徐士成，大小也是生产队干部，却带头损公肥私，如果社员都跟着学，不维护集体利益，农田何来高产？过长江跨黄河达《纲要》岂不一句空话！南军生心中顿时恍然大悟。

吴以林想通过这次验肥料，将南军生向前推。他是知青，人又正派，能抵挡私心人情干扰，也想让南军生得到机会锻炼，多掌握一些农业知识。

丁凤琴戳穿徐士成家假肥料的把戏，让南军生茅塞顿开，转头问丁凤琴："怎么验？"

丁凤琴有点左右为难，都是庄邻，又沾点亲戚关系，还都是生产队干部，低头不见抬头见，如果按以往凭人情收下肯定于集体无益，让这小子混到工分，自己也顺水推舟赚个人情。但是这次如果收下了徐士成家的假肥，就违背了吴以林强调的原则性，再次在私情面前妥协了。如果不收，就得罪了徐士成。徐维高和徐士成是叔侄关系，一贯抱团，长期把持九龙口经济大权，谁都不好得罪他俩。今天肥料不收下，徐士成不会就此罢休，就是吴以林亲自来验收，估计也会睁一只眼闭一只眼，小事尽量放绿灯。

"你看这肥料能行吗？"丁凤琴反问南军生，明显带有商量的口气，那意思也很明显，能过就过。

谁知道南军生竟然脱口而出："不能收！"

朱会芹闻言，脸唰的一下白了，她从未遇到的事今天发生了，心中一股无明业火腾地燃烧起来。这场合不好对丁凤琴说什么，她把矛头直接对准南军生，撒起泼来。

"小知青不知道好歹，你有多大能耐偏要跟我过不去？九龙口还轮不到你当家！"朱会芹指手画脚，冲着南军生大喊大叫。

南军生也知道九龙口错综复杂的人际关系，弯套弯子，是一个典型的人情社会的缩影，他不想硬杠，那样会让自己被动甚至吃亏。便好言好语对朱会芹说道："嫂子，要是就你一家，我肯定二话不说就收了，可这回是全队几十户人家，一个看一个的，我不好办不是？再说了，你这是损害集体的利己主义杂念在作怪呢！"

"我利己主义，你大公无私？胡说什么！"朱会芹是庄上有名的厉害婆娘，大家平时都不愿和她一般见识，遇事都让着她。今见南军生竟敢当着这么多的人指责她，急火攻心，干脆骂起了南军生。

"你把脏话带回去！对着自家骂！"南军生气呼呼地回击朱会芹。南军生见朱会芹动粗骂他，脸唰的一下红了，岂容她污辱自己？太不可思议了！南军生心中怒不可遏。

丁凤琴见朱会芹嘴里不干不净骂南军生，感到太过分，要在过去，拉拉弯子就算了。但她此刻要保护南军生，不能让朱会芹欺侮知识青年。另外，丁凤琴有了孩子后，性子泼辣多了，一改过去小媳妇儿羞涩的态度，她再也忍不住，放开嗓门，和朱会芹刀对刀枪对枪干了起来，就差动手厮打。

南军生见丁凤琴两肋插刀上了阵，把战火揽了过去，他处于两者之间，劝也不是，拉也不是，第一次看丁凤琴拿出泼妇架势，心中暗暗好笑。农村干部不好当，大公无私得罪人还需要勇气去化解矛盾，怪不得许多农民仅凭势力和拳头处理问题。

女人们对吵动静挺大，惊动全庄，社员们也不知头东头西，闻声纷纷围过来，想瞅个究竟，一看是丁凤琴和徐士成老婆朱会芹干起架，倒也乐了。意外的是从未见过妇女队长撒泼，奇怪的是徐士成老婆朱会芹常年称有病，不知今天吃了什么灵丹妙药，精力充沛，像个疯子似的大呼小叫。

"吵什么?!"吴以林和徐士成匆匆赶到，喝住双方。吴以林看到路上几方假肥料就明白了，不用问，验肥环节出了争执。徐士成没料到老婆夹不住尿，假肥料问题被抖了出来，千不该万不该与坚持原则的丁凤琴冲突起来，徐士成当着众人面不好发作，脸红一阵白一阵十分尴尬。

丁凤琴见到吴队长和徐士成，主动熄了火。

"姓丁的狗仗人势欺负人！"朱会芹见丈夫和众人在场，心里觉得有底气，骂骂咧咧不肯罢休。

"不许瞎胡闹！"当着队长吴以林和众社员的面，徐士成不好袒护自家，见老婆还喋喋不休余气未消，便上前推她胳膊暗示进屋，离开纷争之地。

"我偏不走！是我不是还是他俩不是？想刁难我？今天不收也得收！"丈夫拉她让她借坡下驴，偏偏她不领会，摔了一下胳膊肘儿，抖擞精神，公鸡斗架似的又冲着丁凤琴嚷嚷。

老婆成事不足败事有余，哪壶不开提哪壶，轮到徐士成感到难堪了，禁不住心中也来了火，上前对着老婆就是一巴掌。这一掌把朱会芹掴得晕头转向，蒙了。丈夫这时不护着她，她感到受了委屈，心里一懊糟，捂着脸，往地上一蹲，一边哭一边大骂徐士成。

"滚去家！"徐维高会计也来了，都是肥料惹的祸，他实在看不下去侄媳妇的表现，气呼呼地冲着朱会芹吼道。

"哈哈哈！"围观众人笑了。

但徐维高叔侄和南军生的梁子算是结下来了。

第二十六章

香花不一定好看，会说不一定能干。

——民间谚语

一

近百亩水田要抓住农时及时耘耥除草，靠"大呼隆"传统干活方式难以保证质量。九龙口"旱改水"的样板田对李虎副主任来说至关重要，一点儿马虎不得。

假肥料纠纷后，徐士成怕这事捅到李虎那里，主动到吴以林、丁凤琴和南军生处承认做法欠妥，代表老婆表示歉意。吴以林觉得徐士成是记工员，让他威风扫地不利于今后工作，且已经认识到自己错误，大事化小，小事化了，也就原谅了他。

李虎要重用徐士成。在生产队里，记工员虽然还进不了班子，但却是最有实权的"现管"，在生产劳动中举足轻重。李副主任对他说，每名劳动力分一亩秧田，耘耥除草保质保量保时间完成，验收不过关必须返工。这道"圣旨"下来，徐士成手里就有了"尚方宝剑"，让知青和社员们叫苦不迭，没有统一出工时间，天不亮下田，天黑透收工。李副主任把这叫"两个黑隆隆，一个急匆匆"。

"累死我了！"方华双脚是泥往床上一躺，叫苦连天。

"再干可要玩命，咱这一百多斤就算撂在九龙口了！"时枫坐在凳子上也附和道。

"饿坏了！南军生和彬子呢？还有老海，他们不做饭上哪儿了？"方华挣扎着起床揭了下厨房锅盖，空空的锅。

南军生此时正在吴以林家，李虎、周成华都在此，李虎当面向他宣布公社的研究决定：任命南军生为虞家湾生产大队团支部副书记，主持工作，不脱产。南军生心中感到突然，没料到自己在农村担任这角色，芝麻官再小也是官，这在上山下乡知识青年中，一年多就当上了干部还不多见。

"你负责抓全大队青年社员和插队人员工作，全大队下放干部、知青，还有几十户下放户，问题不少，要管起来。"周成华书记拍拍南军生的肩膀，鼓励他。

南军生知道，虞家湾下放插队人员较多，嫌劳动艰苦、生活条件差，思想不稳定、对前途悲观失望。酗酒、赌博、装病、逃工、借故回城等现象层出不穷。

周书记言下之意，是希望南军生以知青身份做好表率，多做插队人员的思想工作，稳定队伍，不要闹出什么乱子来。

"还有，军生你要统计懂文艺的知识青年和社员，组建一支大队文艺宣传队，你兼任队长，宣传'九大'精神，表扬好人好事，迎接全县水稻田间管理现场会在这里召开。"李副主任给南军生加了担子。

组织文艺宣传队？南军生清楚，刘红、顾小雨、苏琴琴都是艺术骨干，人才的离去是个遗憾，北京知青仅剩方华、时枫、江淮海和自己，外加一个许兰兰，徐彬彬要加入大队卫生室，且腿脚不便。还有哪些人能加入进来？南军生在考虑。这个消息如果告诉方华和时枫，肯定乐不可支，这阶段的农活他们苦苦支撑着，没有南军生的顽强坚守做榜样，也许两人早就溜之大吉了。

"还有刘红同志的先进事迹材料，也要抓紧弄。弄好了送到公社王秘书那里去。"李副主任一并交代。

苦尽甘来，这几人完全可以偷懒了，洗洗泥腿上岸，不再受苦受累，当文艺宣传队员毕竟比参加生产劳动轻快。

"哎！参加这文艺队伍人员是半脱产，上午劳动下午排演节目。全脱社员们可有意见了，都是青壮年劳动力。"吴以林好像看透了南军生的心思，特地补上一句。他本来对组建文艺宣传队就持不同意见，认为社员就是干农活，民以食为天，凭蹦蹦跳跳能收到粮食？碍于李副主任的决定又不好反对，提点自己的意见谅李虎不会过多干涉。

李副主任见吴以林竟然插上一杠子，总是别他的腿，心中不悦。本来就对他一言一行不甚满意，在这里他是公社领导，他做主说了算。一个小队长算个什么，有意见顶什么用！看周成华书记就尊重他，默不作声。

"不行！现场会即将召开，时间紧任务重，宣传队要全天排节目，不能误大事！"李虎一言九鼎，不给吴以林留一点面子。

"咱队水稻田间管理任务重，劳动力都抽出去怕影响进度。"吴以林朝板凳腿上磕磕烟袋头，表示有意见。

周成华看得出来，吴以林对李虎组建文艺宣传队思想消极，忙时抽劳动力去大队部排节目，生产队还要给工分，对此他有抵触情绪。但李副主任是代表公社，下级能不服从吗？吴以林是自己的老战友，尽管他的本位主义思想是为了维护九龙口生产队的利益，但是对于上级指示，必须不折不扣地坚决执行。

"会议时间临近，先抓紧搭班排练，待现场会后再考虑半脱产问题。"周成华书记提出了一个折中意见，既维护了李副主任的威信，也给吴以林一个台阶下。

"也行。我肚子饿了，吴队长，有什么吃的？"李虎见周书记从中斡旋，也就顺水推舟，缓和一下矛盾。

"都准备好了，老太婆上饭！"吴以林也不想硬着头皮与李副主任相争，都是为了工作，何必得罪公社领导。他提出要吃饭，也是绕着弯儿走路，心中如何不明白。

"没有好的吃，大家一起来吃便饭。"吴大娘捧来一盖帘煎饼热情招呼大家。

"哎哟！我不能在这儿吃，忘了给方华他们做饭了！"南军生一拍脑袋。

"吴大娘，给他们送点煎饼，别饿坏他们，知识青年是建设农村的主力军！"李虎抓起一棵大葱，蘸了点酱，夹在煎饼中咬了一口说。

二

不出南军生所料，方华、时枫和江淮海得知组建文艺宣传队的消息，顿时兴奋起来，稻田不去了！时枫将耥耙朝墙角一扔，弯腰理了理卷起的裤脚，弹了弹土灰。

"别忙着高兴。老海你除了排练演出，我给你三天时间，把刘红的事迹材料写出来，交到公社去。老时和华子，还有彬子，你几人合计合计，帮我挑选队员。一个宣传队，不能就四个大老爷们在台上蹦跶吧？彬子不能蹦跶，做伴奏。除了你们仨，队里还有哪些人能抽出来？"南军生拿起笔记本问。

"实在找不到，咱们四个人演个《四老汉学毛选》也成。"时枫刚缓过劲来，那股嘎劲儿便冒出来了。

"学过毛选呢？"

"再学'九大'。"

"学过'九大'呢？"

"接着学呀！四老汉赞'旱改水'。反正咱哥儿四个都得上。"

"扯淡！"南军生笑着骂道，"老时甭废话，给我上根烟，你好好想想还有谁行。"

要找文艺骨干，九龙口队还真没几个人。周亮会唱淮海鼓锣，方二喜嗓子好会唱几段戏，也算一名。掐指数来数去，连知青带社员也就六个人。这六个人可是生产队整劳动力，吴队长又该心疼了，会放走吗？南军生心中产生问号。

其他生产队对抽人去文艺宣传队都有抵触情绪，大多不愿放人。周书记和南军生一再上门动员，做干部思想工作，表示是公社李副主任的决定。农村人思想再不通，一提官面上的事，就什么都行了。

知识青年有十几名，有来自北京的、有来自南京的，也有来自淮阴和沭阳县城的，当地社员有七八名，代课老师许兰兰也喜滋滋地自愿加入了宣传队。

所有队员都知道，虞家湾大队太穷了：大队欠变电站电费太多，变压器早被停了；订不起报纸，邮递员只送信函；上头来人办事，都在社员家吃派饭。

再穷，也得把这个文艺宣传队办好。

可是，南军生对如何组织领导好这个团队没有把握：一没有演出剧

本，二没有乐器，三没有导演，最重要的是：没钱。一切都要靠自力更生。周成华书记笑眯眯地装出一脸无奈的样子。

没有剧本，有江淮海和自己编，按李虎副主任的要求，主题围绕公社中心工作，政治思想明确，内容贴近虞家湾人民学大寨战天斗地，"旱改水"将要带来水稻大丰收的喜悦。小歌舞好写，《欢天喜地迎丰收》表现沂北公社农业学大寨超《纲要》的丰收前景；《父女俩看新貌》套用《逛新城》曲调，换上新词，反映虞家湾"旱改水"后带来的新气象。这些都是小菜，大餐是要写个地方淮海戏小戏，揭示"旱改水"过程中先进思想行为和落后思想行为之间的较量。李副主任觉得小歌舞要排，重点是要排个大戏。

南军生为难了：没有生活来源和体会如何创作？南军生和江淮海硬着头皮搜肠刮肚拼凑剧本，一稿二稿都让李虎否定了。

戏中缺少矛盾冲突，人物形象不够鲜明，故事情节平淡，任何创作都无法成功。李副主任也不算外行，评价剧本不能说没有道理。

南军生突然想起什么，一拍脑袋：是啊！我身边就有这样的事例，为什么不写？南军生创作灵感来了，手下的钢笔唰唰地写了起来。

一页两页，南军生写了再撕，撕了再写。写着写着，他又迷茫了起来，情节从何处来，故事怎么编？南军生又陷入了困惑。

三

南军生在这边搜肠刮肚，那边江淮海却在笔走龙蛇。他以《关于北京知青为抢救集体财产英勇牺牲的先进事迹》为题，从刘红在读书期间的表现写起，将其积极报名上山下乡、积极参加生产队艰苦的劳动锻炼、克服生活上的一切困难、和社员群众打成一片、接受贫下中农再教育，最后为了抢救生产队财产冲进烈火救耕牛等情况，洋洋洒洒写了一万多字。写好后读给周书记听，书记说很好；又给南军生他们看，也都说不错，该写的都写了，很全面。然后，请大队盖了公章，和南军生一起送到公社王秘书那里。

过了几天，王秘书通知江淮海去公社找他，提出了修改意见。王秘书说，申报烈士材料要有主有次，不能胡子眉毛一把抓，得突出重点，材料才有分量，上级看了一目了然，好处理。江淮海听罢，感觉非常有道理，说回去好好修改。

王秘书又告诉他，他的这个原始材料还是很有价值的，建议两人合作，写一个长篇人物通讯，往省报投稿。江淮海说他准备写一个小说，王秘书说也行，但文艺刊物用稿有限，可以作为下一步，先把这个人物通讯弄出来再说。江淮海说回去就办，争取三天拿出初稿，然后请王秘书再加工提高。

江淮海回去把情况跟南军生一说，称赞想不到沂北公社还有会写文章的人，说起文章写作头头是道。南军生告诉他，人家王秘书也是正经的科班出身，不仅是公社秘书，还是全公社文教负责人兼公社新闻报道组组长，知青和下放户的一摊子事情也归他管，他是公社大院里真正的实权派。南军生又对他说："老海你下点功夫，把这两个材料弄好，说不定对你有好处。"

两人又研究了小戏的事情。江淮海提议说，"旱改水"是新生事物，就以九龙口的"旱改水"为主线，表现先进与落后的斗争。既有群众的落后思想阻挠，也有先进干群的努力奋斗。李副主任、周书记、吴队长和陈进他们，是先进的一方；部分思想不通的群众算落后的一方。南军生说总不能用真名实姓吧，江淮海说先进的一方可以用真名实姓，落后的一方用假名字。演戏嘛，源于生活，高于生活。南军生说："行，就这样写，我先打个初稿，你再加工。还有，你这几天正好抓紧把刘红的材料写写，弄好了送公社，不要耽误了。"

南军生和江淮海两人除了吃饭睡觉，没日没夜地写。那几天，烧水做饭的事情都归了彬子和华子，老时给南军生和老海当"碎催"，专门跑腿打杂。

江淮海的稿件先出来。先进事迹材料以抢救公共财产为重点，突出刘红在危急关头的大无畏精神和集体主义精神；人物通讯主要事迹从来到九龙口插队开始，表现刘红扎根农村不动摇、甘为革命洒热血的共产主义精神。标题是《燃烧的青春》。写好后，江淮海读给知青们听了，大家都感动得热泪盈眶。说就这样吧，他们能感动，其他知青也能感动，很有教育

意义。

送给王秘书后，王秘书又在文字和细节上做了进一步的推敲、加工和处理，盖上公社公章，投给了省报。半个月后，这篇文章在头版三条位置以通栏标题的形式见报。

好家伙，沂北公社一下出了两个先进典型：一个"旱改水"，一个先进知青。这篇人物通讯对于刘红烈士称号的尽快批准，也起到了推动的作用。司书记、李副主任的脸上都有光彩，江淮海也因此出了点小名。至于被公社抽去专门搞新闻报道，那还是下半年的事情。

小戏终于写出初稿了，南军生和江淮海反复探讨了故事主题、情节、细节，觉得大概差不多了，又专门请王秘书给提提意见把把关。王秘书说剧本不错，就是"戏"不太足。江淮海问什么叫"戏"，王秘书说就是矛盾冲突不够，人物细节刻画不够，再下点功夫。戏给人看的，不能光靠剧中人物嘴巴说，排练时要多注意揣摩人物心理活动，通过人物动作把人物性格表现出来。

南军生和江淮海并没有完全理解王秘书的意思，但大致上有了谱。回家以后，又熬了一个通宵，再送到王秘书那里。王秘书看过之后，说就这样吧，业余作者，弄到这样已经很不错了，可以送给李副主任审阅了。

剧本送到李副主任那里，他对剧本又进行了进一步修改，剧情有了一点变动，剧名原为《欢腾的九龙河》，现改为《较量》。新剧本中的反面人物在"旱改水"工程中造谣生事，当稻田撒上化肥后，他趁夜间无人，偷偷挖开田埂，让带肥料的水白白流淌，被社员发现制止后恼羞成怒，挥铁锹砸伤社员，后被逮捕法办。

南军生和江淮海觉得这样也行，无非就是演戏嘛，热闹好看就行，不必较真，于是安排队员排练。

四

令南军生等人刮目相看的是，许兰兰不但自己能歌善舞，还会导演小歌舞、表演唱，把节目排练得非常完美。歌舞有专人导演，南军生顿感轻松，他可以专抓排演小戏。

没有乐器，发动众队员想办法。功夫不负有心人。胡琴、笛子、扬琴、月琴、口琴、快板、大鼓、铜锣、镲子、铴锣都一一借到了手。

虞家湾大队部里有了生气，整日里歌声悠扬，锣鼓喧天，文艺宣传队紧锣密鼓，加班加点排演节目，准备迎接全县旱改水暨水稻田间管理现场会的召开。李副主任和周成华书记隔三岔五来到现场观看指导，提出修改意见，力求节目精益求精。

许兰兰全心全意协助南军生办好文艺宣传队，与南军生配合默契，殊不知姑娘心中隐秘的情感已经萌发，她接近南军生的愿望在进宣传队后有了新的契机。

谁也看不出许兰兰的心思，南军生也未曾料到她会暗暗喜欢自己，只以为她是积极配合自己搞好文艺宣传队，顺利完成公社和大队交给他们的一项重要任务。

研究剧本，观看排练，两人都近距离接触，出双入对，许兰兰的努力让南军生颇有好感。南军生也对这样的好姑娘从心底喜欢，但只当是同事友情，并无其他想法。

节目编排了二十多个，演出时间两个多小时。文艺宣传队万事俱备，专等在现场会上演出。水稻已进入分蘖期，大家还不见县里有消息传来。李副主任首先沉不住气了，频频往县里打电话，得到的回复总是等待。各小队对周成华书记抽劳动力排演节目本来就有点小意见，社员也有闲言碎语，认为队员是吃闲饭，要求尽快解散。解散容易恢复难，周书记岂能同意！坐等也不是办法，迫于压力，周振华同意南军生建议，让文艺宣传队先到各小队巡演，练练手，在预演当中发现不足，及时调整修改。

偏僻地区缺少文娱活动，南军生率宣传队到来，备受大家欢迎。打谷场上锣鼓一响，对弦子的声音一起，社员们就慌了，忙不迭涌来观看演出，队员们格外卖力，到了这个时候，再也没有人说大家是吃闲饭的了。

歌舞《满怀豪情迎丰收》首先拉开演出帷幕，众队员一齐上场，又蹦又跳又唱，招展的红旗和朵朵向日葵一字摆开，呈现心字形，展示人民忠于毛主席，心向红太阳。肩扛锄头手握镰刀表现农业学大寨，欢天喜地迎接水稻大丰收的喜悦心情。

许兰兰的独唱《红太阳照边疆》赢得社员们一片热烈掌声。她台风稳重，歌声甜美，发挥超常，不比专业演员差，具有相当的感染力。这让南军生感到惊讶。南军生呆呆地盯着许兰兰，认为她的演唱还有很大发展空间，这样的人才埋没在虞家湾，可惜了。

方华和时枫的相声《记工分》让人捧腹；南军生的口琴《苗岭新歌》和《大兴安岭篝火》令社员们耳目一新；徐彬彬用竹笛吹了《打靶归来》《阿佤人民唱新歌》，台下一片称赞声，没想到抬淤泥的北京知青个个都是厉害角色。

歌曲、三句半、扬琴独奏、唢呐独奏都是群众喜闻乐见的文艺形式，观众大呼过瘾。

"会拉会唱，这些知识青年有点本事。"

"还是大城市的娃，见多识广有文化。"

淮海鼓锣《三进沭阳城》是社员们最喜欢的地方抗战题材节目。

"当当当！当当当！当当当！""咚咚！咚咚！咚咚！"队员周亮搬上一条长凳子，咕噜咕噜喝碗水，一手敲锣，一手敲鼓，亮亮嗓门就唱开了——

言的是：
抗战烽火燃沭阳，
日本鬼子太猖狂，
占领县城不甘心，
烧杀抢掠大扫荡。
游击队长吕镇中，
化装侦察到城墙，
"良民证的有？"
伪军端枪就把城门挡。
吕队长伸手"啪啪"巴掌响！
"哎哟"二黄捂脸怒目张，
枪栓一拉瞪着眼，
你是什么东西敢猖狂？
吕队长一听怒火强，

"你爹我江湖老大是青帮。"

伪军一听慌了神,

磕头跪拜如筛糠!

"哈哈哈!哈哈哈!"

周亮幽默诙谐的淮海鼓锣演唱、绘声绘色的表演赢得大家一片叫好。

淮海剧《红灯记》折子戏要演出了,但缺少一个跑龙套演员,就是那名卖木梳的假联络员,原来的角色生病了,没来。虽是小配角,但不可或缺。救场如救火,南军生临时拉过队员方二喜充数,简单交代几句,把狗皮帽往他头上一套,卖木梳的就匆忙粉墨登场了。

戏中这卖木梳的人物是个汉奸特务,监视李铁梅一家,他冒充地下联络员来诈李铁梅,想让李家交出密电码。

本来是假联络员按照接头暗号说:"有,要现钱。"谁知中午方二喜喝了点酒,台词刚交代过就忘了,又是头次代演,心中难免紧张。

李奶奶:有桃木的吗?

假联络员:有,要现钱。

李奶奶:掌柜的,拿出让我们挑挑吧!

假联络员:有,不赊账!

这李奶奶和假联络员一问一答却出了差错,台底下观众顿时哄堂大笑。这《红灯记》对白人人都倒背如流,添进一句没有的对白,怎不让人捧腹!

从此,方二喜就有了第二个外号——"不赊账"。

第二十七章

胆大走遍天下，胆小寸步难行。

集体大草堆，不扯会吃亏。

——民间谚语

一

夏日午后的天气犹如婴儿的脸，说变就变。刚才还是耀眼的红花大太阳，转眼间就能降一场大雨下来。这不，宣传队正在第四小队演出还没演完时，只见天空乌云翻滚、狂风突至，"咔嚓"一声，苍穹一道闪电，天崩地裂般的一声巨雷后，顿时大雨如注。演出炸了场，社员们呼老喊少，四散奔逃，只恨自己少生了两只脚。宣传队员们也护着乐器，各自纷纷躲入社员家避雨。

南军生是头儿，只能待大家都跑完了才能最后一个撤。许兰兰见南军生没走，就主动留下来陪他。眼看着社员和宣传队的队员们都撤完了，他才和许兰兰一起，顶着飘泼大雨，匆匆跑进一户社员家的小锅屋里，手里握着的剧本也被淋湿了，两人头发不断往下滴水。南军生边抹头脸边朝拧衣角的许兰兰瞅，发现许兰兰也正在朝他瞅，都是一副落汤鸡狼狈样，两人不禁"扑哧"一声都大笑起来。

相对于北京来说，江苏的苏北也是南方，而且是沿海地区，雨水自然要比北京多得多。自从来到九龙口插队，遇到大雨湿衣服的事情早已司空见惯，没什么新鲜的。这会儿一对青年男女都成了落汤鸡，南军生不禁把许兰兰仔细端详了一下，忽然觉得许兰兰倒像出水芙蓉，眉眼是那么漂亮、身材是那么苗条、笑颜是那么甜美，是那么引人心动。许兰兰也感觉到南军生怔怔地在瞅她，欣赏她，她反而腼腆起来，脸微微地红了，不自然地拽着衣角，不让湿衣紧贴自己的胸部。

俗话说：久旱必有久雨。一旦开了水门，这大雨好似与人过不去，哗啦啦地下个不停。他们在社员家的锅屋里避了好大一会儿雨，大雨还没有要停下来的样子，两人觉得有些着急，想走又愁没雨具，咋办呢？其他队员早都一哄而散，方华、时枫、老海和彬子也不知躲到什么地方去了，不论雨下得大小，家总是要回的，又等了大半个小时，许兰兰伸头朝外望了望，雨好像小了些。

"下小了，咱们走吧？"许兰兰用商量的口气对南军生说。

"走！"南军生披着从社员家借来的蓑衣，许兰兰披着块塑料布，拎着鞋子，双双赤着脚冒雨往回走。

虞家湾一带是白浆化棕壤土和砂礓黑土类土壤，雨后黏脚难行。南军生和许兰兰在泥水中深一脚浅一脚、跌跌撞撞往回走着，这时，暴风夹着大雨再次袭来。突然，许兰兰一声惊叫，头上顶着的塑料布被大风猛地吹入路旁河里，失去雨具的许兰兰呆呆地站在雨中，任其浇淋。南军生赶紧解下蓑衣欲给许兰兰穿上，许兰兰推辞不要，可南军生坚持要给她围上，推搡之间两人都湿透了。许兰兰望着南军生，心中有些感动，犹豫片刻，她忽然举起蓑衣，一半搭在南军生身上，一半搭在自己身上，两人紧挨着。

南军生有些措手不及，没料到许兰兰会这样做。她太冒失了，南军生心中怦怦直跳，有点尴尬、脸红。半搭的蓑衣遮不住雨，许兰兰毫无顾忌，仍拥着他往前走。南军生与姑娘相靠这么近，她薄薄的衣服被雨水湿透；身体热乎乎地散发着热量，身上还散发出一股雪花膏淡淡的香味。天地苍茫，野外除了风雨声，南军生似乎听到她心脏咚咚跳动声，感觉到她急促的呼吸声。南军生激动了，控制不住自己，不由自主地与她贴得越来越近、越来越紧。

许兰兰抹了抹脸上的雨水，眨了眨眼睛，索性扔掉蓑衣，雨中一动不动，凝视着朦胧中的南军生。南军生伸开双手拥抱她，任雨水在身上哗啦啦地流淌。

二

　　大约到了七月下旬，巡演结束了，但现场会的具体时间还没有定，文艺宣传队只有等待。大家也愿意等，反正有人给工分，迟一天早一天无所谓，还赚个在一起热热闹闹、说说笑笑。那天，南军生接到公社团委通知，要他去沭阳县城参加团县委的培训，时间三天。南军生把领导文艺宣传队的任务临时委托给许兰兰，请她代管一下。队员们讥之为"许队副"。许兰兰是高中毕业，又是小学教师，大家开个玩笑，许兰兰也无所谓。没有演出，她就让队员们练练台词和乐器，保持待命状态。

　　正所谓"冷在数九，热在中伏"，天上火辣辣的太阳照射着，地上热烘烘的潮气蒸着，柳树上的知了和瓜架上的"叫官"不分昼夜地叫着，让人心烦意乱。中午时分，大队部里聚集着二十多名宣传队队员，酷暑难耐，大家或用芭蕉扇，或用蒲扇，或用麦秸扇，不停地扇着。

　　正在下棋的周亮说道："二队仲队长整天张大嘴吹牛逼，我们二三十号人到他二队演出，撅腚狼嚎，少说淌了两瓷盆子汗，他连一碗绿豆茶都没舍得烧给我们喝！"

　　"是的呢！"正睡得迷迷瞪瞪的方二喜突然睁开眼，翻过身来说道，"仲大嘴确实不像话！全大队就数他们二队种绿豆多，你要是熬点绿豆茶，搁点红糖，让我们喝喝倒也罢了。你要是实在过意不去，摘几个小瓜给我们压压渴，也行。他整个一只铁公鸡，死活一毛不拔。照我说，不能便宜了他！他不出血，我们不能自己去二队瓜地，弄他几个小瓜压压咳嗽啊？"

　　周亮把手中的象棋子往棋盘上使劲一蹾："能！今晚就去办他！""办他！"众人积极响应。

　　虞家湾大队二队在九龙河南岸种植了一片瓜，是生产队的副业，靠卖瓜能为生产队增加一些收入，也能分一些给社员吃。现在到了甜瓜成熟季节，宣传队队员们每天经过这片瓜田都能闻到甜瓜浓烈的香甜味儿，无不馋涎欲滴。可那看瓜园的俩老头和仲大嘴是一路货色，抠得很，大家经过瓜田，他们连让都不让，一个比一个严，看谁都像贼，谁也甭想从这里摘走一只瓜。

　　"办是想办他，就怕那两个老头不好对付。"有人担心。

"不怕。他有关门计，我有跳墙法！"周亮胸有成竹。

方华、时枫、江淮海等知青队员都愣住了，生产队的瓜怎能去偷？想吃瓜就去做贼？真是闻所未闻。这事干不出来。

这拨当地青年要说偷瓜，个个是虎丫长毛——老手。男子汉要是连瓜都没偷过，那还算个人吗？周亮见知青们犹犹豫豫，就耐着性子给这伙城里来的傻小子们"洗脑"：农村习俗不像城里，在这里"偷"与"拿"都一样，农民到别人菜园摘把豆角儿，薅几棵小葱，也就是顺手牵羊的小事，拿的被拿的都没有人在乎。在社员们眼中，瓜园是集体的大草堆，谁不扯谁吃亏。去拿几只甜瓜解解馋，也不值几个小钱，不犯法。

周亮的歪理邪说把方华和时枫逗笑了，不愧是老江湖，偷不叫偷，叫拿，还理直气壮。周亮啊周亮，我不扶墙——就扶（服）你了！

许兰兰说："这样怕不行吧？队员们万一失手，被人逮住了，会影响整体声誉呢！"一个姑娘家，在宣传队内无职无权，仅凭队长南军生口头委托代管一下，劝说没有力度，男队员们也不理她。许兰兰无可奈何，在虞家湾发生这样的行为司空见惯，她也觉得无所谓，不再坚持劝说，随他们去了。

在周亮组织下，偷瓜队伍很快就成立了，周亮宣布了成员和要求，自任行动总指挥，任命方二喜为侦察队队长，先行抵近侦察，摸清情况；自己亲率夜袭队实施行动；女队员为掩护队并提供后勤服务。方华、时枫等知青队员开始还犹豫，但经不住方二喜的鼓动和甜瓜的诱惑，最后也同意参加夜袭队。

万事俱备，只欠东风，众人摩拳擦掌，只等夜阑人静之时出动，周亮让大家先睡觉养精神，派方二喜去瓜田附近仔细侦察一番。

三

第二生产队的瓜田离虞家湾大队部不过两里地，位于九龙河支流南岸，一面靠路，三面环水，依坡种瓜。方二喜躲在玉米丛中，仔仔细细地瞅那瓜田布局。但见瓜秧丛中露出一只只黄澄澄的大香瓜，鼓鼓肚子的冬瓜青，长长的蓝条纹像青花瓷的大酥瓜，圆溜溜的甜面墩。各种瓜散卧在

瓜田里，散发出诱人的瓜香味儿。方二喜心里琢磨，瓜田东面临着大道，西面是一条不太深的小河，草舍里住着周大爷和仲大爷俩看瓜田老头，凉床就摆在草舍门口，视线开阔，对整个瓜田一览无遗。河西岸上是一片玉米地，玉米已经长得快有一人高，形成一道天然的屏障。看来，夜袭队只有借助青纱帐的掩护，从河西面向东，泅过十几米宽的小河，再直抵瓜田最为妥当。

午夜时分，万籁俱寂，天空繁星闪烁，唯有远处村庄传来几声稀稀拉拉的狗叫。虞家湾大队部内，周亮正运筹帷幄，做最后的动员，他要求在确保安全的前提下，速战速决，不得贪多恋战。

"出发！"

队员们跟随着周亮，悄无声息地向瓜田进发，穿过大豆田埂，跨过小渠小沟，脚踏沾满露水的青草，前往那片玉米地。穿过玉米地，对面就是瓜田了。众人轻轻撩开玉米的阔叶，蹑手蹑脚走了进去。

前面就是康平桥！《奇袭》电影中战斗小分队的形象深深地印在人们脑海中，然而这里既非康平桥，也不是去炸毁它，而是为了偷瓜。大家来到河边，趴在玉米丛下，仔细观察着对岸，紧张而又刺激。

时枫、方华、江淮海等人是没经历过战斗的新手，心中怦怦跳个不停，他们越接近瓜田越紧张。华子和老海还稍微好点儿，老时是吃过亏的人，那次赌博被抓的事至今记忆犹新，这回又是平生第一次当贼；要是被人抓住，就吃不完兜着走了，明天全虞家湾都知道，北京知青是鸡鸣狗盗之徒！他心中有点后悔，不该加入这个队伍，但湿手已经插进面缸，缩是缩不回来了，只能随波逐流。这时候要是打退堂鼓，万一这伙人失手了，肯定认他是叛徒、内奸，就是浑身长嘴也说不清了。豁出去了，干吧！

此时，彼岸香气袭人的甜瓜在向他们召唤，谁参加战斗谁就有战利品！只见周亮匍匐着向前移动了几步，然后一招手，队员们一个接一个下了河，游过去了。时枫、华子、老海三人不会游泳，怕水深淹着，悄声问"水深吗"，边上人告诉他们"得底，没事"。于是，他们也学着别人的样子，脱光衣服，裹成一团举在头顶，水温是那么宜人且舒适，半腰深的河水并没有危险存在，几人放心大胆地蹚水过河。

上了岸，周亮和先到的队员们伏在岸上瓜田边，悄悄地做进一步的观察。野外的凉风轻轻掠过瓜田，青草上已经落满了露珠，虫儿们躲在草丛中尽情地歌唱，一只胆大的青蛙好奇地打量着这伙不速之客。"各人轻点，按计划行动！"周亮压低声音说道。然后屁股一撅，率先爬进了瓜地。

瓜田里黑影憧憧，大家都在寻觅甜瓜，瓜舍里透射出豆一般大小的微弱光亮。时枫几人竭力控制着心跳，学着别人的样子弯腰去摸找，连续摸到五六个大小不等的瓜，不管三七二十一就摘了下来，方华急忙铺开衣服来打包。

远处传来锣鼓的响声，这是女队员们在掩护他们行动。"这伙人也真想得出来！"时枫心中不禁暗暗发笑，他们这是声东击西，让人误以为文艺宣传队在排练节目。

"回去吧！"方华附在时枫耳边悄声说道。

周边的黑影在狂扫瓜田后，越来越少，该悄然收兵了。

返回路上，时枫和方华狂跳不止的心才慢慢平静下来。首战告捷，两人有一种成就感，心中充满喜悦。老海近视眼，戴眼镜，晚上眼神不济，只摘了两个，一大一小，其中一个还是面墩瓜。

参战人员顺利返回大队部，和没去参加的女队员们一起，喜笑颜开地分享战利品，一边吃瓜，一边讲述各自的惊险经历。

周亮收获最多。他扎住裤子双腿，当口袋用，把瓜从裤腰装进去，装满后再束紧裤带，满满地像驴马驾辕那样，套架在自己肩上。方二喜最有经验，去时特地从家里拿了一条化肥袋，化肥袋里装满了又熟又甜的大瓜。他喜滋滋地专拣插苘秸秆子的摸，白苘秸秆子在夜色里格外醒目，一摸一个准——那是预留瓜种插的记号。

"'不赊账'，你也够缺德的，连种瓜也不放过。"许兰兰骂了他一句。

"嘿嘿！姑奶奶！想吃好瓜，啥事都干得出来才行！"方二喜满脸堆笑，顺手递一只大酥瓜给她。

"唉！"方华和时枫看看自己偷来的瓜，个头儿又小又没熟，吃了一口生瓜，太苦，时枫连连往外吐。老海两手捧着那个大面墩猛吃，一边吃一边说："香，真香！跟面包一个味儿！"

大伙满足了欲望，吃饱了瓜，该分手回家了。周亮最后提醒大家，不能有一点痕迹留下，瓜皮瓜籽要掩埋好，保守秘密，谁也不能透露这次偷瓜消息，只当啥事儿都没发生过一样。

方华抖抖被瓜弄得脏兮兮的衣服，穿衣时习惯性拍拍口袋，这一拍让他大惊失色："坏了！口袋中的演唱材料不见了！"

周亮闻言，顿时紧张起来："你好好想想，到底带没带着？丢在什么地方了？"

大家也紧张起来，要是丢在瓜田里，他们可就彻底暴露了！

四

方华想来想去，确认出发前演唱材料还装在口袋中，回来就失踪了。周亮说："先把屋里仔细找找。"大家赶忙四处寻找，三间大队部，除老鼠洞外，全找了个遍，毫无踪迹。想想！再想想！方华绞尽脑汁仔细回忆，突然脸唰的一下白了，进瓜田后用衣服包瓜，演唱材料肯定无疑落瓜田了！

众人一怔，明天俩老头发现瓜田被人糟蹋的惨样，再发现了演唱材料，肯定带着证据去找仲大嘴报告，后果相当严重。大家哑口无言，你望我、我看你，沮丧、后悔、紧张、害怕一齐涌上心头，空气仿佛凝固了，心中没了辙，不知所措地望着周亮。

"方华你办这熊事，这不是害死我们吗？"不管大家怎么抱怨，方华都像霜打的茄子，蔫了。

"别瞎抱怨了，事不宜迟，赶快去瓜田找，一定要找到它！"周亮是主谋，又是组织者和带头人，心中焦急，完美的结局被这些知识青年给搅乱了，去偷瓜怎能带演唱材料？真是成事不足，败事有余！现在啥也甭说了，怪谁都为时太晚，只有再回去寻找才是正着。

"淮海，你眼神不好，就别跟着一起去了。你先回去吧。"周亮吩咐老海。

江淮海说道："我还是在这等你们吧。大丈夫有福同享，有难同当，我怎么能自己先闪了！"

方华和时枫心有愧疚，牵累了大家，让众人冒着风险重返瓜田，千不该万不该随周亮来偷瓜。心有悔意，却要面对现实，二人下定决心，演唱材料找到后就再也不干了，再大的诱惑也不能败坏北京知识青年的名声！今晚这事儿要被南军生知道，吃不了兜着走，肯定要遭到严厉批评。唉！方华啊方华！时枫啊时枫！都是榆木疙瘩脑袋，一根筋连着，愚蠢至极！两人想到一起去了。

不管咋样，找不到东西又岂能罢休？沉重的心情与原先兴冲冲来偷瓜大不一样，大家怀着矛盾心理再进瓜田。

不知什么时候天上飘来一片乌云，遮盖住满天的星星，远处不时有闪电瞬间闪过，一场雷雨即将来临。瓜田里漆黑一片，四周仍然静悄悄，大家不再寻觅甜瓜，而是集中精力到处寻找丢失的演唱材料。偌大的瓜田，旺盛的瓜秧叶片将地面遮盖得严严实实，拨开秧叶仔细寻找，没有发现它的踪影。众人泄气了，演唱材料到底丢哪儿了？是不是方华和时枫记错了？大家站在瓜田中，疑惑而又无奈。

时枫心想，还是回到用衣服装瓜的地方，便与方华重回原地，再三寻找仍两手空空，希望渺茫，两人直起腰身怔怔地站立。

"再想一想。"周亮不耐烦地在方华耳边轻声说。

"应当是在此地。"方华肯定地说。突然他发现脚前一米处有片白花花的东西，弯下腰一摸，哈！是演唱材料，已经被露水打湿了，东西找到了！方华高兴地差点喊出声。

"找到了！"时枫悄声告诉周亮，周亮闻言大喜，一颗久悬的心终于放下了。

"撤！"周亮对着瓜田中黑影命令道，声音明显提高了一个分贝。

"汪汪汪！汪汪汪！"突然从瓜舍处传出狗叫声，方向对着这儿，它发现了入侵者。

"谁？"一声喝问从远处传来，连续的狗叫引起看瓜老头的警觉，瓜田中有不速之客？似乎他往这边来了。

众人一阵骚乱，怕被仲老头和周老头抓住，齐往河边跑，扑通扑通跳下水，只有一个念头，逃！尽快脱离险境。

方华和时枫不顾一切地跑，感觉心快要堵住嗓子眼儿了，窒息、心悸、晕眩一齐袭来，大脑一片空白，唯一的念头就是逃离。玉米地里像锯齿一样的叶片拉伤他们的胳膊，两人全然不顾，只是撒开丫子挣命地跑。

"叭"的一声，方华在奔跑中不慎被玉米棵绊了一跤，爬起来继续亡命徒一般地跑。

狗叫声消失了，四周又恢复了寂静，危险远去。出玉米田是一处土坡，两人瘫倒了。方华揉揉摔疼的腿，时枫抹了抹刮疼的胳膊，半晌才站了起来，不知这是什么地方？他们迷路了。

"晦气！快走华子！"时枫定定神，才看清楚他俩躺在一座坟茔上，方华吃了一惊，吓得一骨碌爬了起来。

"你们怎么到现在才回来？"徐彬彬腿脚不便，今晚无事在家睡大觉，见方华、老时和老海这么晚才回来，睡眼惺忪地问道。

"哦！排节目呢！"时枫答道。

几个人又累又困，洗也未洗，倒头就睡。

第二十八章

人怕没志，树怕没皮。

人有恒心万事成，人无恒心万事崩。

——民间谚语

一

培训结束，南军生从县里回来，带了两件礼物送给许兰兰：一块美丽牌香皂，一盒芒果牌牙膏。这些都是城里流行的时髦商品，党校服务部允许凭开会报到证供应。许兰兰拧开牙膏盖，闻了闻充满果香味的牙膏，再闻闻芬芳馥郁的香皂，心中充满了愉悦。

"你当官了，还想与农村姑娘相处吗？"许兰兰讷讷地问。

雨中恋情曾让她大胆、疯狂和冲动，南军生乖乖当了她的俘虏，接受了从天而降的爱的冲击。云开云散，彩虹再美丽终究也会飘逝。疯狂之后终要回归理性，此时的她有点羞涩，晶莹的大眼睛脉脉地望着南军生。

南军生点了点头。他在县城培训期间，各公社来了不少女青年，不乏对南军生流露好感的人。他不想去拈花惹草，不敢再涉水蹚河，经过与刘红和林阿妹的两段感情，他实在不敢再去想男女恋爱、成家立业的事。他不相信命运，但总感觉冥冥之中自有定数，他跳不出那个圈。

他曾经反复想过：知识青年能不能在农村谈恋爱，可否与农村姑娘牵手？这是一个人的终身大事，许多不确定因素随时都会改变一切。在沂北公社和虞家湾大队，知识青年对爱情的追求，和当地姑娘结成姻缘多有先例，年轻人漂移不定的情感有了避风港，不能不说也是件好事。许兰兰年轻漂亮、聪慧灵敏、活力四散，待人接物落落大方，完全不像一个农村女孩。她的出现让南军生眼睛一亮，南军生有些心动，正值青春年少，追寻爱情正逢季节。

许兰兰是知性之人，她如何读不懂南军生埋藏在心中的萌芽？天堑通途难搭桥，楚河汉界谁逾越？她感到与南军生的接触不能心急，只能慢慢来，瓜熟自然蒂落，水到自然渠成。

南军生虽然没有向许兰兰表达过自己的爱，但已在行动上向她表达了心中的爱慕。初恋的分分秒秒都那么珍贵，南军生向许兰兰叙说着参加县城培训的情况。

两人正在叽叽咕咕说着话，"吱呀"一声，门被推开了，方华冒冒失失地伸进头来说道："军生，周书记找你。"

"什么事儿？"南军生站起来问道。

"没说，让你去大队部找他。"

"是不是要开现场会了？"

"没说，好像不是。你去了就知道了。"

二

周成华书记今天找他，不为别的，是因为这段时间省城和地区来虞家湾插队的知青情绪发生了较大变化。他们借故一个个离开农村，尤其七队、九队两个队的知青返城较多。这种现象其他大队也有，公社司书记知道后，指示各大队立即采取措施，将知青回流控制在萌芽状态。周成华约南军生和生产队干部到车站再做做知青思想工作，劝说他们安心留下。

南军生不敢怠慢，立即来到大队部，周书记长话短说，带着他和两个队长就往县城赶。到了县城长途汽车站，候车室里早已熙熙攘攘挤满了旅客，拎着帆布包，背着被褥，多是下乡知识青年，他们在等待检票发车。虞家湾插队的知青见到大小队干部来，有人惊诧，有人一脸无所谓，票已购，心已定，谁也阻拦不了他们回城。

"虞家湾的知青同志们，都跟我们回去吧！大家工作上、生活上有什么困难，可以直接向我反映，我尽量帮你们解决！"周成华书记大声劝导着。

"周书记，既然你来了，我们就打开天窗说亮话：不是你对我们不好，也不是虞家湾的社员对我们不好，我们实在是没有办法！劳动辛苦点，我们能承受，问题是来了几年了，吃，吃不饱；住，住不好。没过一天好日子！十天八天行，三个月两个月也行。可是这样长年累月看不到头，不行。这种日子我们受够了！"九队知青愤愤地说。

"粮食不够，生活劳动艰苦，是人过的日子吗？"七队女知青眼泪汪汪地诉苦。

候车室里其他知青也纷纷围上来叫苦叫屈，离开农村回城的强烈意愿形成共鸣，秩序一片混乱。

"要吃饭！要幸福！"有人喊起了口号。

"要老婆！要回城！"有人跟着起哄。

周成华一行听到他们七嘴八舌反映农村现状，既苦又累，这是铁的事实，思想教育在现实面前显得太空洞无力，没有人再接受语言上的安抚。当年上山下乡时的毛孩子还听话，政治上的动员、组织上的压力尚能起点作用。两年过去了，生活的磨砺使他们逐渐成熟起来，思想和认识都已经成人化，不甘留在农村、脱离苦海的想法动摇着他们的初心。

"知青战友们，我是虞家湾的北京知青南军生。我和大家一样，两年来饱尝艰难困苦。我们当初上山下乡就是听从了祖国召唤，去接受贫下中农再教育。在建设农村最需要的时候，大家半途而返，对当年的理想和抱负食言了，是不是？"南军生站在长凳子上大声道。面对吵吵嚷嚷的声音，他以一名北京知青的身份与他们沟通。

"你别飞机上吹喇叭——唱高调！少说这些陈词滥调，我们不听！翻翻老皇历，都什么年代了？"知青中有人喊道。

"你说这话是什么意思？！"南军生见有人煽动知青不满情绪，心中愤怒，指着那人道，"你说是什么年代？毛主席让我们上山下乡接受贫下中农再教育，不是让我们来享福的！你竟敢否定我们这个火红的年代，是何居心？说！"

南军生是高干子弟，大院出身，见过大世面，像这种上不了台面的老油条他见得多了。几句硬话就把那小子摁住了。

"听说你这个北京知青没来几天就当了大队青年书记，你这官是送礼换来的吧？谁知道你小子将来是留在此地当官还是回北京享福？北京知青都有背景，不是大干部子女就是皇亲国戚，我们比不上！"又有人喊道。

"我是干部子弟不假。可是我到虞家湾，社员干什么我干什么，社员吃什么我也吃什么，和社员们风里来雨里去，同甘苦共患难，我已经下定了决心，坚守当初的诺言，永远扎根虞家湾！"

"你就吹吧，你真能一辈子扎根虞家湾吗？"突然，知青宋伟江从凳子上站起来，指着南军生问。

"能！大丈夫怎能言而无信，出尔反尔？！不管是你，还是我，还是大家，年轻人就应该服从党的需要、祖国挑选。如果党和人民需要我留在农村当农民，我就无怨无悔留在农村，为新农村建设做贡献；如果党和人民需要我进城做工人，我就参加城市建设；如果党和人民需要我去保家卫国，我南军生二话不说，扛起枪就上战场；如果党和人民需要我扎根在沂北，我义无反顾就在这里结婚安家生子！这就是我的承诺！"南军生慷慨陈词，赢得众人一片掌声。

那个叫宋伟江的知青无语了，大家显然被南军生的表态所触动，路在何方？有人犹豫，有人心不在焉。周成华佩服南军生的口才，更佩服他的态度，希望他向本大队知青做最后的挽留。

"虞家湾有几十名来自天南海北的知青，各个小队的具体条件不一样，有安置好点的，也有安置差点的，这是现实。但我们面临的一切困难都会得到慢慢解决，没有过不去的坎儿。我周成华生活并不富裕，但我敢向你们保证，我在虞家湾有一张煎饼，也要撕半张给你们，大家一起同舟共济渡难关。"周书记循循善诱，晓之以理，动之以情，耐心劝导。

周书记一番话说得入情入理、入心入肺，几位女知青被感动了，哽咽着，是走还是留，心中犹豫不定。

"检票喽！你们走不走？不走莫后悔啊！"宋伟江扛着行李卷儿，拎着帆布包，一边往前走，一边催女知青。

"大家不要急着离开，再想一想！那么多的知青战友都还坚守在虞家湾，为什么不与他们为伴，甘愿当逃兵？"南军生竭力劝阻着。

"去你的吧！敢拦我回家？让开！"宋伟江气恼地伸手一推。

南军生冷不防，又被身后女知青行李一绊，一个趔趄，往后跌倒，脑袋碰到长凳子，顿时鲜血渗出。

"南军生！南军生！"几位女知青见状吓坏了。

南军生手捂着脑袋，鲜血从手指间流出来，女知青陈秀秀急忙从衣袋里掏出手帕，按住南军生伤口，南军生松开的手全是鲜血。

"怎么样？"周成华书记关心地问。

"不要紧，破点皮。"

不管怎么说，还是有十几名男女知青随他们返回，本大队真走的，只有两三个，但他还是在想下一步该如何改进工作。唉，说来说去，还是农村穷啊！假如有那么一天，农村的条件比城市还好，他们想回来，农村还不要呢！

三

瓜田被偷翌日，二队队长仲大嘴就向周书记报告，说瓜田被扫荡，损失惨重。他们怀疑是大队文艺宣传队集体所为，但苦于没有证据，不敢肯定，反正这偷瓜的事儿在外面被传得沸沸扬扬。周书记心里有数，十有八九是宣传队这帮小青年干的。事情虽然不大，但他觉得还是找南军生谈一谈为好，他既要维护新任团支部副书记的形象，又要严厉批评他放任不管队员的错误，帮助他进步。

南军生刚从县里学习回来，对偷瓜的事一无所知，听了周书记含蓄的批评，他有点蒙。是谁犯了错误？是故意还是恶作剧？是对自己领导的不满意，还是对宣传队排练不满意？问了几个队员，大家守口如瓶，矢口否认。

解铃还须系铃人，偷瓜若是文艺宣传队所为，许兰兰肯定知道，他要让她不打自招，自己供出来。南军生假意告诉许兰兰，因为偷瓜的事，周书记要处分他，还要解散宣传队。精明的许兰兰上了当，她不想让心爱之人背黑锅挨处分，便竹筒倒豆子，详细讲述了那晚集体偷瓜的经过。

南军生听罢，又好气又好笑，这些家伙，简直就是一群活土匪啊！地方社员偷瓜也就罢了，知青参加不行，特别是文艺宣传队队员，肩负宣传教育责任，应该以身作则才对，这不让人笑掉大牙吗？南军生越想越气恼，狠狠地数落了许兰兰一通。

许兰兰受了委屈，心中想不通，她没料到南军生会生这么大气，不就是几个瓜吗？有什么大惊小怪的！偷瓜在农村中非常普遍，就是吃，也不拿去卖，群众也不当回事儿。南军生太较真，许兰兰翻着白眼不服。

方华、时枫、江淮海同样少不了被南军生批评一顿，几人都表示后悔，恨自己没有主心骨，随大流参与偷瓜，为北京知青形象抹黑。

"哈哈！"徐彬彬这才明白那夜几人迟归的原因，华子、老时、老海当了回偷瓜贼，真逗。他后悔自己那天晚上在家睡大觉，没跟他们一起去。

"下不为例！"南军生说道。要想人不知，除非己莫为，全大队社员都知道了，瞒就瞒南军生一人。南军生承认管理不到位，让队员瞅了空隙干了丑事。他要向周书记汇报，借此事整顿一下宣传队纪律。

"还有你，彬子，还后悔自己没参加，啥出彩的好事情啊？"南军生又数落徐彬彬。

"闲着也是闲着，寻找点刺激呗！"

当天下午，南军生向周书记汇报了情况，承认了错误，自己也做了检讨。周书记对他说："吃了不疼糟蹋疼。弄几个小瓜吃吃就算了，糟蹋瓜田、摘走人家种瓜可就不对了！"周书记不说偷，也不说拿，说"弄"，虽是一字之差，可真有水平。

大队部里，宣传队队员正在开会，南军生不留情面地批评大家，让参加偷瓜的队员检讨，保证不再犯类似错误。

"这件事影响极坏，偷瓜的队员要赔偿二队瓜种钱，每人都摊，我身为队长，没尽到管理责任，也要自罚。"南军生斩钉截铁地说。他当着众人面掏出两元钞票，交到时枫手中。

众队员怔住了，随之而来的是不满。多大的事儿？偷鸡摸狗在农村司空见惯，被抓到的小蟊贼也不过挨几下揍。偷几只瓜算得了什么？众队员原以为检讨一下就过关了事，没料到南军生又打又罚，弄得大家心里很不痛快。

"仲大嘴不高兴叫他自己来，赔什么赔？就你南军生吃里爬外！"周亮愤愤道。

方二喜等人既不肯认错也不出赔偿，除知青队员外，反对者是大多数。尤其是当地的队员满不在乎，摆出一副死猪不怕开水烫样子，吵吵嚷嚷简直要掀翻了屋顶。

"我们是宣传队，不是普通老百姓，素质过硬才能教育群众，有则改之无则加勉，犯了错误就要改。"南军生坚持原则，在矛盾冲突时他丝毫不让，以理服人。

"你总不会领大家去二队赔礼道歉吧？"周亮讥讽道。

"毛主席曾经说过，锦州那地方出苹果，战士们从树下走过，没有一个人去摘，纪律严明，战士们都认识到我们是人民的军队，决不损害群众利益！我们文艺宣传队也要做表率，不能违反纪律。"南军生要各人认识到错误。

"人家那是人民军队，我们是什么？我们是杂凑班子，说解散就解散，什么都不是，拿什么跟人比？"

南军生耐着性子教育，大家当耳旁风，公说公有理，婆说婆有理，不但不承认错误，还尽说风凉话，尤其地方队员老牛筋顽固，拿他们也毫无办法。南军生心中有气，碍着身份又不好发作，见周亮和方二喜不顾大局乱搅一通，有些按捺不住，毕竟年轻气盛，性格倔强，这无名之火腾的一下就烧了起来。

"今天不检讨不赔钱就是不行！"南军生嗖地站起来，指着周亮愤愤道。

"我就不检讨不赔钱，你南军生能把我怎么样！"周亮也跳起来，用手指着南军生。周亮生性倔脾气，个性强，黑脸红起来像个紫茄子，脖底青筋暴跳。

"你周亮说话要文明，不能爆粗！"南军生不依不饶。

"我就爆粗，我看你小知青欠揍！不教训教训你，你还真拿鸡毛当令箭使了！"周亮沉不住气冲上前来，抓住南军生衬衫就动手。南军生也紧抓住周亮满是汗渍的衬衫。

"哎！不能动手！"众人一看，赶紧上前劝架，许兰兰和方二喜抱着周亮胳膊，方华和时枫拉着南军生，大家硬是将火气正盛的双方拉开。事情发展到双方僵持不下，甚至动手，真是始料不及。

"你们要干什么？"门口传来周书记声音。不知何时，周书记和李副主任来了，显然他们都看到了刚才这一幕。

　　"文艺宣传队必须检查，尤其是周亮，作为策划者要深刻反省，停班三天，视本人态度再做处理！"李虎盯着周亮说道。李副主任年纪轻轻却很老到，他对周成华说："要建设社会主义新农村，首先要培养社会主义新农民。这件事要严肃处理，好好杀杀农村的歪风邪气。"

　　周亮蒙了：半路上杀出个程咬金，华容道冒出了关云长。李虎将周亮推向风口浪尖，本大队周书记好说，公社李副主任却难对付，抓着个偷瓜贼把柄，岂不丢死人了？周亮越想越害怕，心底冒出股股凉气。

　　"文艺宣传队要集体认错，深刻检讨，保证永不再犯！这事儿由南书记负责，凡调皮捣蛋者一律退回生产队劳动，工分打八折看表现，以观后效！"

　　还是周书记有办法，治理这班家伙，拿工分说话最有效果。他望着一声不吭的队员，表态支持南军生，也暗示他要妥善处理周亮。

第二十九章

天不生无用之人，地不长无名之草。

人不在大小，马不在高低。

——民间谚语

一

到了八月下旬的时候，水稻开始扬花，九龙口到处洋溢着醉人的稻花香。那年的水稻，穗子长得又长又大，十分喜人。这时候公社下来通知，现场会五天后在虞家湾大队九龙口生产队召开。会议议程是：先参观九龙口生产队稻田，然后到大队部开会，会后看演出。参会人员：全县各公社党委书记、革委会主任、主管农业的副主任、各大队支部书记和革委会主任。

李虎代表沂北公社在大会上讲话，风风光光露了一回脸。南军生他们的演出也大获成功，给虞家湾和九龙口争了光。

此事暂时放下不提。

再说自从徐彬彬参加赤脚医生培训班后，公社医院院长对他刻苦钻研医疗卫生技术的态度非常赏识，专门抽调徐彬彬到公社医院实习。徐彬彬不负众望，跟医生们学习针灸、推拿、拔火罐、按摩等中医疗法，同时又兼学西医医术。在医生指导下，徐彬彬在实习期间为不少患者解除了病痛，自己的医术也获得了进一步提高。

周成华书记早就有在虞家湾大队建立卫生室的想法，苦于虞家湾没有合适的人才，一直没有建起来。今见徐彬彬学有长进，又是个腿脚不便的北京插队知青，而且是在虞家湾落下的残疾，心中一直过意不去，便有心抬举徐彬彬。在征得公社医院支持和吴以林同意后，虞家湾大队把建卫生

室列入计划，让徐彬彬担任半脱产赤脚医生。

卫生室首先得有个"室"，也就是群众就诊的固定地点，但现在没有，怎么办？大队部仅有布满蜘蛛网的四间主屋和三间边屋。主屋不能动，那是办公的地方；三间边屋可以利用，可是已经破旧不堪，泥坯墙早已剥蚀，麦穰苫的屋顶早被麻雀钻出了一个个洞，成了麻雀的天堂。外面下大雨，屋内下小雨，平时很少有人光顾。

徐彬彬望着阴暗潮湿、空荡荡的边屋，屋里只有一张空床和一张三条腿的办公桌，缺腿的一角是用土坯支撑着的。地上高洼不平，一只癞蛤蟆爬来爬去，散发着一股浓浓的霉味儿。徐彬彬摇了摇头，对周书记说："卫生室不卫生，咋弄？"

周振华望着徐彬彬，也觉得边屋条件太差，不像个样子，便对徐彬彬说道："没事，重新拾掇一下就中。"

一群麻雀又飞来了，在屋顶上聒噪嬉戏着。"去！"周书记弯腰捡起一块土坷垃，用力向屋顶扔去。麻雀们"嗡"的一声，像一阵风似的慌张飞去，留下一阵短暂的安静。

周成华不愧是老书记，有的是办法。大队没有钱，把任务下摊到各生产小队，每个小队出两个人，自带工具和麦穰来大队部报到，饿了各自去家吃饭，大队不管饭，连主屋带边屋一起弄。

抓了不花钱的差，靠各小队的支持，一个星期不到，三间边屋就焕然一新了。徐彬彬又拐着瘸腿，到公社医院找院长，不知从哪里弄来二三十斤石灰背回去，搅和成石灰水，用笤帚疙瘩一刷，好家伙，满屋子亮堂，跟正规医院差不多！

建立卫生室，除了方便群众看病，周成华还有一点小小的私心：他的亲侄儿周晓峰初中毕业后没有工作，他这个做大爷的想照顾小孩有个体面的事情做，就正好借这个机会，把边屋修好，开个供销社代购代销点，让周晓峰干半脱产的售货员，一举两得。

四间主屋仍然是大队部，边屋两间做卫生室，一间做代购代销店，考虑到往返九龙口知青点吃饭住宿不便，徐彬彬把住宿设在卫生室。

二

一阵"噼里啪啦"的鞭炮声，宣布虞家湾大队卫生室建立了，农村仍用这种喜庆形式庆贺和广而告之。公社医院老院长专程来虞家湾大队，和周书记一道，为卫生室挂上匾牌。徐彬彬被任命为大队卫生室赤脚医生，各生产队配上一名兼职卫生员。

"希望你能当一名合格的赤脚医生，全心全意地为人民服务，为虞家湾治病救人！"老院长语重心长地对徐彬彬说。

徐彬彬涨红了脸，在举目无亲的他乡，能得到老院长的特殊照顾，他心里很是激动，只顾连连点头，不知道说什么好。

虞家湾农民看病要到七八里开外的沂北医院，稍微重点的，只能用绳床四个人抬过去，徐彬彬当年腿部骨折，就是被大家用这样方式送去治疗的。自下乡以来，徐彬彬目睹了这里卫生条件太差，他曾有过想法，用自己学到的医疗技术为社员们治病，改变缺医少药现象。没有中草药，他到田头河边寻找；为试验银针针灸效果，他在自己身上扎针亲自感受。用他的话来说，《本草纲目》就是明代李时珍尝百草试验出来的良方。为方便社员治病，徐彬彬离开了九龙口知青集体生活，将铺盖搬到卫生室居住。

自从大队部有了卫生室和代销店，每天来瞧病购物的社员络绎不绝，原先冷冷清清连老鼠都不愿来的大队部开始有了鲜活气。空闲时，徐彬彬拿起竹笛吹奏，自娱自乐，排遣着内心的寂寞与无聊。

那天下午两点多钟，又开始下大暴雨了，一直不停地下。俗话说：西南雨不上来，上来漫沟埃。大雨下得沟满河平，大队部对外的交通断了，路上全是积水。徐彬彬坐在凳子上看着雨水发呆，心里想着，要是在北京，街道上也应该到处都是脚脖深的水了。

"徐医生！我弟弟肚子疼得翻来滚去！请你快去看看！"十队社员鲍俊仁穿着蓑衣，赤着脚，急匆匆赶来，脸上汗珠子，身上水珠子，"唰唰"往下流。

看着鲍俊仁一脸焦急的样子，徐彬彬二话没说，急忙穿上雨衣，背起药箱，就和鲍俊仁一起出了门。

晴天土路对徐彬彬而言，还可勉强而行，但雨天道路一片泥泞，到十队有五里多路，病人亲属心急如焚，徐彬彬深知早一分钟医治就能减少病人一分钟痛苦，他如何不急？深一脚浅一脚艰难地往前走，走着走着，脚底一滑，他扑通一声摔倒在泥水地上。

"哎呀！徐先生，我背你！"鲍俊仁对满身泥水的徐彬彬说。

"怎能让你背，我自己走，不碍事！"徐彬彬小时候在爸爸背上撒过娇，感冒了去医院打针，都是爸爸背着去，他觉得在爸爸背上是一份依靠、一份踏实和一份骄傲。长大以后，就再也没有经历过，成年人了，他怎能好意思让人背着？徐彬彬一再坚持自己走。

一不小心，徐彬彬又滑了一跤，药箱摔了出去。满身泥水的徐彬彬不顾一切地去捡，嘴里喃喃自语："摔坏了！摔坏了！"

"你就来吧！快！快！"鲍俊仁蹲了下来，背对着徐彬彬，执着地要背他。

徐彬彬感动了，无语就是默许，鲍俊仁背起了徐彬彬，雨水不停地流到鲍俊仁身上。一行热泪流进鲍俊仁的脖子里，他似乎有感觉，这种泪与水的交融，正是病人家属的一种期盼，也是医患双方彼此心灵的契合点。

"我先给你几颗宝塔糖打虫丸，大便时你看下有无死虫随大便排出来。"病人并无重病特征，很像肚内蛔虫引起的疼痛。

安慰病人服下宝塔糖，徐彬彬带走病人粪便标本，他要将它送到公社医院，再用显微镜化验一下才能确诊，毕竟大队卫生室条件简陋，没有这样的医疗设备。

让病人家属感动的是，徐彬彬带着臭烘烘的标本，还要送去公社医院化验。这雨一个劲儿下着，徐彬彬如何回去？

"我再背他回去！"鲍俊仁仍然要送徐彬彬。

"不用了！刚才已经让你受累了，我能走！"徐彬彬连连摆手，谢绝鲍俊仁再背自己。

"咔嚓"一声，电闪雷鸣。

徐彬彬自己冒雨走了回去，一路风雨，一路艰辛，一路满足。他心里记着先贤说过的话：不忘初心，方得始终。

三

针对徐彬彬的特殊情况，吴以林没有再让他参加生产队劳动，工分照记，半脱产俨然成了全脱产。

十队社员鲍俊仁是个老实人，那天徐彬彬冒雨到他家给弟弟看病，看过之后一口水没喝就走了，心里感动了好几天。人家一个北京来的知青，跟咱无亲无故，凭什么顶风冒雨来给自己弟弟看病？他头脑中忽然冒出个想法，能不能想办法方便腿有残疾的徐彬彬出诊？为他买辆脚踏车如何？这个想法一出来，把他自己都吓了一跳！要知道，那时的脚踏车是大件，比现在的小汽车还金贵，不是普通人家所能拥有的，连公社大院里骑车的都寥寥无几，一般干部出来进去的，也得全凭"11号"（两条腿走路）。鲍俊仁一打听，一辆新脚踏车要一百六十元，而且是紧俏商品。这么贵！车钱从哪里来？鲍俊仁是个农民，外表看起来粗俗，内心里却很细腻。琢磨了几天，他终于又想出了一个办法：凑钱！

"凑钱？怎么个凑法？"周成华书记听了鲍俊仁的汇报，吃了一惊：这个平时老实巴交的庄户人，竟然冒出这么个念头来，不禁感到非常诧异和不解。农村有为五保户、特困户、逃荒、剃头、摆渡、说书等凑钱凑粮，从没见过为赤脚医生凑钱买自行车的。大队党支部书记带头为赤脚医生凑钱购买脚踏车，违不违反政策？公社司书记要是知道了，会不会怪罪下来？

鲍俊仁却胸有成竹，慢条斯理地对周成华说道："书记啊，买这挂脚踏车子，不是给你骑，也不是给我骑，是给卫生室徐先生骑。徐先生骑车不是出去游山玩水，而是给全大队社员看病抓药，受益人是全大队社员，我料想全大队也不会有不晓好歹的人。哪家大人小孩没有个头疼脑热的，是吧？再说了，徐先生又不是好腿好脚的，父母都在北京，他一个人在这里没疼没热的，我们不心疼他，谁心疼他？我们不帮他，谁帮他？"

鲍俊仁这一番话入情入理，说得周成华心里酸酸的。半晌，他才说出一句心里话："事是好事，可是我不能出面哪！"

"这你放心，我早就想好了，不需你周书记出面，不反对就行。具体事情我去办好了，有事你只管往我身上推。"鲍俊仁就要周成华书记一句

话。

"那中!"周成华说罢,就地从身上掏了一块钱,说:"这是我出的,你拿着吧!"

鲍俊仁接过钱,说:"周书记你放心,我是什么人你知道,我保证把这件好事办好!"

鲍俊仁攥着皱巴巴的1960年版的红色一元钞票,票面上是一个漂亮的姑娘,风光地驾驶着拖拉机。他知道,必须凑齐一百六十张这样的钞票才能换来一辆脚踏车。尽管这件事情很麻烦,甚至很难,但是他充满了信心:周书记在暗中支持我!

老百姓没有现钱,凑钱是行不通的。社员们平时需要用钱,必须背点粮食去市场卖,哪家也没有现钱在家收着。就是有个三块两块的,也舍不得拿出来。要说凑点粮食,倒十分乐意。特别是帮徐彬彬买车子,方便给大家看病,没有一家说孬话,你家一升麦子,他家一瓢玉米,家家都出,没有空过的。这让鲍俊仁喜笑颜开,双手撑开口袋让人往里倒粮食。九龙口小青年不高兴了,徐彬彬是咱们队里人,要凑粮食也该我们出头,凭什么轮到你十队鲍俊仁抛头露面,到处乱跑做好人?

"都是弟兄,都是弟兄!替徐先生办事,你办我办还不都一样?一里不分亲,二里不分庄,来来来,帮帮忙,架架势!"鲍俊仁笑吟吟地解释。

社员们自发凑钱凑粮为徐彬彬买了辆脚踏车,让他感激涕零,深知这是老百姓对他的关爱,也是对他从事赤脚医生工作的充分肯定,体现出医疗知识对于人民群众的价值。他暗自下定决心:好好干,决不能辜负了父老乡亲!

徐彬彬非常珍惜这辆来之不易的脚踏车,天天用毛巾擦啊擦,擦得车上没有一点灰尘,擦得两只钢圈雪亮。庄邻看对象、带新娘子找他借车,徐彬彬都会以公车专用的理由谢绝。路途近出诊,他自己也不骑车,路远的地方他才会骑车去。徐彬彬执拗地坚持着自己的底线:平时少骑,阴雨天不动。他将脚踏车蒙上大被单,再用绳子吊在屋梁上。

徐士成来借车了,他谅徐彬彬不会打面子,再说自己是生产队记工员,平时与知识青年关系不错,借车去趟老丈人家,骑着"永久"牌脚踏车也风光一次。没料到徐彬彬说这是集体财产不好外借,其实徐彬彬不知谢绝过多少人了。

"我就骑上街一会儿，回来就还你。"徐士成死打硬磨。

"骑我也不能将脚踏车借你骑。"徐彬彬诙谐地回绝道。

"你徐彬彬开什么玩笑？告诉你，这车钱还有我徐士成一升小麦呢！"见徐彬彬就是不答应，这让他心中非常失望。

"死头脑一根筋！"徐士成只能在心里骂他，出出气。

四

上次宣传队员们偷了二队的瓜，南军生让大家赔钱，结果惹了众怒，还差点和周亮打起来，过后想想，还是自己不对，简单粗暴，没有工作方法。周书记说得对：批评要重，处理要轻。

"瓜是我们拿的，人家有损失了，不赔偿人家说不过去。不过呢，这钱还是我自己想办法解决吧！"南军生不说偷，说拿，队员们听了，心里的气顺了不少。

"周亮你也不要害怕，能有多大事啊！"南军生对周亮说，"是我不对，周亮你不要生气啊！"

南军生有自己的想法，赔偿款一定要给二队，但钱从哪里来是个问题。要队员掏恐怕不现实，只有他个人承担才能行得通。但他现在也不是富豪，跟大家一样，都很穷了。节骨眼上，只能试着找父母要点钱，旁的还真没有好办法。

晚上，他给爸妈写了一封信。

爸爸妈妈：

你们好！近期工作很忙，没有常给你们写信，请你们见谅。您二老还在"五七"干校学习吗？劳动可要力所能及，不要干重活儿，妈妈身体怎么样？念中。我知道妈妈在战场上不慎患上关节炎，希望妈妈多保重身体。转眼来虞家湾两年了，思想、身体都接受了磨炼，皮肤晒黑了，人也成长为大小伙子了，如果回家，恐怕你们认不出我了。

蒙公社、大队领导的厚爱，为让我进一步锻炼，安排我当大队团支部副书记，主要负责知识青年和下放户工作。

　　还有一件事相求：我急需用点钱，请爸爸妈妈帮助，秋后结算如有盈余，还给你们。

　　此致

革命敬礼！

儿子：军生

1970 年 8 月 6 日

　　老两口接到信，满心欢喜。"哎，老沈，你看看，儿子有出息了，都当上大队团支部副书记了。"南山看完信，高兴地说。

　　"是吗？"沈慧系着围裙，不顾满手水珠，急忙接过信来看。读完信，沈慧心中疑惑：难道儿子生活上遇到困难了？还是他生了病？军生为什么没说借钱用于何处？

　　"老南，赶快给儿子汇点款，肯定急用。"沈慧对南山说。

　　"好，我现在就去！这小子也会玩花花肠子了。"南山从抽屉里拿出几张钞票，他想汇出 50 元，另外 10 元交给单位。在被冲击和进"五七"干校期间，南山一直攒着钱，准备补缴党费。作为一名老党员任何风吹雨打都动摇不了他的信仰。

　　他从"五七"干校回来后，每周还要去单位报到。

　　沈慧比南山回来早，单位安排她到劳资部门上班，不再从事机要工作。因为她身体多病，告假在家调养。她早就打算与南山一道，去南方走一走，散散心，会会当年的老战友，再到沭阳去看看儿子。

　　南山见到单位革委会主任，考虑再三，还是决定把请假条递上。出乎意料的是，这位主任离开椅子，为南山倒了一杯水。这让南山有些感动，还从没受到这样的礼遇。

　　"南山同志，你去南方看看儿子，也是人之常情，我就批准你两周假吧。"主任沉吟半天，严肃地对南山说。

　　令南山没想到的是，主任破例将他送到楼下，握着他的手叮嘱不要超假。

　　南山感到欣慰，主任的一句"同志"让他内心激动。心中暗想，也许自己新的生活就要来到。阴霾终会散去，他将沐浴春光，重新焕发精神，为党和人民多做工作。

火车一声汽笛，缓缓驶出北京，南山和沈慧望着车窗外的冀中大平原，田野里的大豆、玉米、高粱都快成熟了，农村不久就要进入收获季节。两人沉浸在思念之中，火车太慢了，他们恨不得插翅飞到虞家湾去见儿子。

随着火车驶入苏北，南山睁大眼睛竭力盯着窗外的一草一木，寻找过去的印象和足迹。过去这里是淮海抗日根据地，正是南山和沈慧战斗过的地方，淮海行署和军区机关就驻扎在沭阳张圩、周集一带。南山作为淮海行署机关的一名干部，驻扎在六塘河畔，妻子沈慧在军区司令部内负责机要工作。

沈慧也陷入沉思之中。离开烽烟滚滚的战场二十多年了，如今脚下这片土地既熟悉又陌生。至今她还记得当年在抗日根据地哼唱李一氓主任作词作曲的《抗中校歌》。那是一段烽火连天的岁月，是一段青春闪耀的岁月。她不由自主地轻轻哼唱起来：

淮海平原上，
繁荣的村庄，
不怕敌人封锁扫荡，
我们安下战时的课堂。
在战斗中学习，
在学习中工作，
在工作中成长。

进入沭阳地界，沈慧心中越来越激动，头脑里不断浮现往事，像放映机飞速通过胶片一样，犹如一幅幅电影画面再现，让她回到残酷的战争年代……

第三十章

好汉凭自强，好马凭胆壮。

走路不怕上高山，撑船不怕过险滩。

——民间谚语

一

"南军生！"南军生正在忙着做晚饭，忽听屋外有人喊他的名字，抬头向外一看，他简直不敢相信自己的眼睛：这不是自己朝思暮想的爸爸妈妈吗？他使劲揉了揉眼睛，仔细一看，果然是爸妈来了！

"爸！妈！你们怎么来了？"南军生心里一阵激动，竟然有点语无伦次，不会说话了，只是望着父母呵呵地笑，眼角溢着泪花。

"这孩子，我们怎么就不能来？"沈慧假装生气地说道。

"伯伯！阿姨！进屋来坐吧！"时枫、方华、江淮海几人闻声也走出厨房，见到南军生父母来到九龙口，非常意外，也非常高兴。

南山和沈慧端详着儿子，虽然脸色黝黑，人也有点消瘦，但显得高大壮实，俨然一个棒小伙，心里很高兴。南山连声夸赞："小子，行！"南军生伸出臂膀，亮起肌肉；又脱掉汗衫，转过身，让妈妈看得清楚。

"老南，要是走在路上，咱们还不一定认得出来！"沈慧见到儿子的模样，十分欣慰，对南山说道："人哪，还就得磨炼！"

南山夫妻这次是因私外出，加上自己目前的实际情况，他们临行前没有和任何老战友打招呼，也没和地方上有关部门联系，所以，一切都显得很平常。

老两口打量了知青们的住房，又家前屋后转了转，看了看知青们种的菜地，对几个年轻人说道："条件不错，比我们当年强多了，就是屋子里显得有点乱。"

开饭了，吃的是玉米和小麦二合一摊的煎饼，菜是小干鱼炒辣椒、长豆角烧老豆腐、凉拌黄瓜、小葱炒鸡蛋，喝的是棒子面粥。南山见了，夸奖道："伙食不错嘛！炒菜技术也不错！"

南军生笑道："就是佐料不全。拌黄瓜没有醋，也没有洋河大曲。"

"这就不错了！"南山说道，"当年打鬼子时，我和你妈妈能吃饱肚子就不错了，哪还有这么多讲究？"

"煎饼也是你们自己摊的？"沈慧问。

"摊煎饼是细活儿，我们几个干不了，都是乡亲们帮忙。"南军生几人抢着回答。

爸妈来到九龙口，南军生格外兴奋。吃过饭，稍事休息，就带他们去田野里参观即将收割的水稻。远远望去，金灿灿的水稻齐崭崭平整如切，密密匝匝的水稻，穗头大，颗粒饱满，微风吹来，金浪翻滚，似在向远方的客人致敬。南山得知儿子为试种水稻也付出过很大的努力，对儿子既敢想敢干又脚踏实地讲求科学的精神很是赞赏，他鼓励南军生他们要有求知求学热爱科学的精神，为早日改变农村一穷二白面貌做出贡献。

在南军生带领下，南山夫妇还观看了省里下发的手扶拖拉机。南军生手攥摇把插进柴油机孔加劲一摇，拖拉机"突突"地启动了，冒出股股青烟，南军生跳上拖拉机，娴熟地开动起来。

"多亏了罗长凯叔叔的支持！"南军生说。

南山早就知道他这位老战友从中帮助，可连封感谢的信都未顾上写。南山不知道他现在情况如何，不是假期太短，很想借此机会到南京去会会他。

南山又详细了解了他们一起下乡的八名北京知青的情况，对刘红为抢救生产队财产而光荣献身感到敬佩，深为她英年早逝而惋叹，也为上山下乡知识青年中涌现出这样的时代英雄而感到自豪。

"我听过金训华的事迹报道，北京知青中出现先进典型的新闻不多。"南山说。

"刘红上报革命烈士还没有批下来。"南军生无奈地说，只是上报材料还不行，上面要派人内查外调，还要去刘红家。

"哦！"南山缄默。

"爸，我给您的信收到了吗？"南军生问，他关心的是钱，生怕爸爸不同意。

"哈哈！收到了，不然会到这儿来？"南山笑着说。他心中有数，儿子惦记着汇款的事。南山纳闷，邮路怎么这么慢，汇款多日了，南军生怎么还没有收到？南军生要钱何用？南山要寻根究底，他并不了解南军生要这笔钱是为人揩屁股。

南军生把宣传队队员偷瓜的事情讲述了一遍，南山和沈慧听后都大笑起来，真没料到儿子会这样用钱，一举两得，既赔偿了二队的经济损失，又团结了手下一班队员。看来儿子当了"官"后有长进，学会了妥善处理问题。

二

早就听知识青年说南军生父亲在北京是个大干部，人们也都知道他爸爸当年在苏北这边打过仗。吴以林心想，既然在苏北这边打过仗，自己和周成华书记、车把式吴以勤几人，当年都是华野的兵，说不定还是战友呢，便赶紧过来先看看，如果是，再通知周成华他们。

"来了你们？我们这里条件差啊，不要见外啊！"吴以林见了南山，客气地说道。

"爸，妈，这是我们队吴指导员。"南军生介绍道。

吴以林见到这位北京来的客人，皮肤黝黑、长脸大眼、腰板挺直，一看就是当过兵的。尽管他穿一身蓝色卡其布半新中山装，袖口卷着，一双千层底布鞋，鞋头上沾着被露水打湿后的泥土，看上去跟九龙口老社员差不多，但是只要一看他那双眼睛，看他的举手投足，无不显示出一副不怒自威的神情。

"您好！军生他们在这里劳动和生活，多亏了吴指导员和众乡亲关心照顾，非常感谢！"南山握着吴以林的手说。他操着一口带安徽口音的普通话，一句半句还夹带着苏北方言。

吴以林见南山平易近人，待人和蔼，谈笑自若，没有官架子，原先的拘束心情便渐渐放松了。

"首长,听说你以前在这里打过仗?"吴以林问道。

"打过,"南山答道,"一九四〇年以后就从南边过来了,这边沭阳、涟水、淮阴、淮安都打过仗。打过宿北战役就去了山东。"

"哦!我也参加过宿北大战,我们大队还有一个参加过抗日,一个参加过宿北大战。我把他们喊来见见您行吗?"吴以林问。

"行啊,那可真是太好了!"南山说道。

吴以林很高兴,急忙安排方华去喊周成华书记和吴以勤大爷。

听说南军生的父母来了,据说还是北京大干部,不禁吸引了全庄社员都来看望。门里门外都是人,热闹得跟办喜事一样。沈慧笑容可掬,忙着给大伙搬板凳,板凳不够坐,来人朝墙根一靠一蹲。南军生忙着向父母介绍,也不忘分点糖果给孩子们,南山向社员们递上"大前门"香烟,社员们接过来一瞅,乐了:这可是带锡纸的好烟,高档,值钱!有人舍不得抽,朝耳朵上一夹,傻傻地憨笑着。

"你瞧这爷俩,真像,活脱脱大模拓小模子!"

"南军生妈妈真年轻,还没有白头发,像小大姐一样!"

"他爸也不像大官,穿戴都普通,跟咱种地的社员差不多!"

"差不多?你开什么玩笑!别看南军生他爸穿得普通,你看人家那架势,那眼神,有劲,一看就不是一般人!"

……

"乡亲们!我家军生和同学们在这里插队,给大家添了不少麻烦,承情了!谢谢你们!"南山见来了不少社员,不忘问候大家。

大家正说着话,吴以勤来到南军生他们住的地方,见了南山,不禁一愣。他简直不敢相信自己的眼睛,左瞧瞧、右看看,仔细端详了半晌,开口问道:"敢问首长可是新四军三团的南营长?"

"是啊!我就是三团三营营长南山,你认识我?"南山站了起来,莫非在九龙口还能遇到当年的老战友?急忙问道:"你是哪一位?"

"报告营长!三营二连四班班长吴以勤,向首长报到!"吴以勤举起粗糙的大手,双脚一并,"叭"地向南山敬了一个标准的军礼。

"你就是那个和三个鬼子拼刺刀的独胆英雄吴以勤?"

"是的！首长！"

正说着话，周成华进来了，一见南山，马上就认出来了，"叭"的一个立正："首长好！班长周成华前来向南政委报到！"

一看这阵势，吴以林也待不住了，马上也立正敬礼："战士吴以林向南政委报到！"

原来，1946年涟水保卫战前夕，周成华和吴以林原先所在的县大队上升为主力部队，编入华野1纵。1947年，1纵参加了宿北大战。周成华和吴以林在一个班，所在连队奉命执行穿插敌后任务，他们利用夜色伪装成国民党士兵，搅乱敌人作战计划，又乘敌混乱，顺手牵羊，俘虏了敌军一名上尉军官。在战后团部举行的总结表彰大会上，周成华等人受到上级嘉奖。

"你叫周——周——周成华！他叫吴以林！想起来了！打起仗来不要命的两个家伙！夹起炸药包就上，炸敌人的坦克！我当时在望远镜里看得清清楚楚，你们两个家伙，被气浪掀起屋脊高又重重摔在地上，一个仰脸，一个趴着，我以为你俩肯定是牺牲了，没想到你俩还能活着回来！"南山一边兴奋地叙说往事，一边擦着眼角的眼泪。

"我当时给震蒙了。那次搞穿插时，要不是他放了个响屁，敌人也发现不了咱。都怪他那天晚上吃得太多，逮到萝卜跟不要钱似的，死命吃了好几个，后来就降不住了！"周成华指着吴以林说。

一番话，说得南山和社员们都大笑起来。

吴以林扭怩地笑着说："宿迁那边的'窜心红'萝卜又脆，水分又足，好吃。"

"成华，当时怕不怕？"南山问道。

"在县大队时，没打过大仗，开始有点怕。真打起来就不怕了。看国民党坦克车在战场上横冲直撞，我只是感到心里来气，就想把他给炸趴，没想别的。"周成华回答。

"你呢？"南山问吴以林，"周成华夹着炸药包上去了，你为什么也夹着个炸药包上去了？"

"我俩一个村子的，又是一起当的兵，他上我就上。活就一起活，死就一起死。如果他炸不掉，我就给他再来一下，反正是拼了！"吴以林说得很轻松。

多年来，周成华一直珍藏着当年的嘉奖令，嘉奖令上清晰地写着团长梁进、政委南山的名字。一晃二十多年过去了，今天竟然能在九龙口又见到颁发嘉奖令的南政委！物是人非，众人感慨不已。

"各位请坐！我们是老战友，不必客气！"南山客气地招呼几位老战友、老部下。周成华心中激动，滔滔不绝地讲起当年战场上出生入死的战斗经历。

南军生这才恍然大悟，爸爸为什么要让他到沭阳插队，就是让他多了解父辈们的革命业绩，继承革命传统，热爱淮海老区，建设淮海老区。南军生暗暗在想：这是一片神奇的土地，自己要在这里努力工作，为建设革命老区贡献出自己的智慧和汗水，实现光荣梦想。

三

在九龙口遇到老战友，南山和沈慧都非常高兴，有熟人在这边，对南军生各方面的成长很有帮助。她希望知识青年能早日结束再教育锻炼，返回北京。南军生也老大不小了，回京先安排工作再结婚成家，眼看她快要从工作岗位上退下来，含饴弄孙成了沈慧的梦想。

在和几个北京知青聊天时，沈慧从时枫口中得知，南军生有了女朋友。

"谁呀？"沈慧问道。

"就是在这宿舍住的许兰兰。"时枫心想这种事不能瞒着伯母，迟早要告诉她，不如干脆公开。

沈慧吃了一惊，她没想到儿子会在沭阳搞了个对象。她和南山来后，就安顿在女知青宿舍，许兰兰回家住了。沈慧见过许兰兰几次面，姑娘模样倒也长得俊俏，皮肤白皙，身材苗条，嘴也很甜，张口闭口"叔叔、阿姨"叫得挺欢实。姑娘惹人喜爱，看得出姑娘有些文化素养，沈慧仅知道她是位小学老师。这个情种！和他爸当年穷追她一样，是个拼命三郎，早早谈了恋爱。沈慧心中暗暗高兴，认为儿子眼光不浅会找女朋友。甭说，沈慧还是满意这女孩儿的。

冷静下来后，沈慧又不得不考虑现实问题：这丫头是农村户口，将来怎么迁进北京城呢？要是安排在北京郊区的海淀、通县或者顺义、昌平什么的，也不是做不到，但说来说去还是农村。将来儿子回城后，凭自己在岗位上努力，在工作中学习锻炼，理想和美好前景都会一步步实现。在九龙口扎根，与土坷垃打一辈子交道，能有什么出息？

不行！终身大事非儿戏，要慎之又慎，父母不干涉孩子的恋爱婚姻，给孩子提个参考建议还是有权利的。沈慧要与儿子细谈一次。

当沈慧提出这些具体问题时，南军生一时无法回答。毕竟，母亲讲的都是实际问题，出发点也是为了自己好。起先自己与刘红谈恋爱，虽说刘红出身工人家庭，但好歹她还是北京人，又同是知青，将来回北京比较容易。如今与一个农村姑娘交朋友，将来确实有很多问题不好解决，母亲的担心是很正常的。难道自己不准备返城了？如果自己铁了心在这偏僻的虞家湾安家，父母会同意这门婚事吗？

"军生，你还年轻，要慎重考虑，头脑不能糊涂，情从心生，轻率决定会遗憾终身，为了自己的前途和未来，你再好好想想。"沈慧再次提醒他。

南军生涨红着脸，说道："妈，这事您和爸爸都不要急。我和许兰兰的事能不能成，现在也不好说。我认为这里的农村很好，我也已经适应了这里的生活。再说了，许兰兰对我也很有感情，我俩情投意合处得来，再处一段时间看看，反正现在又不结婚。您看呢？"南军生毕竟不是小孩子了，对于自己的婚姻、前途等问题已经有了自己的考虑。他既要尊重父母，也要尊重自己的感情。

"这姑娘是不错，我承认喜欢她，但她是农村人，不可能随你回北京，你难道在这地方生活一辈子？"沈慧还是在这个问题上纠结。

"老沈，农村也没有什么不好，当年我们都是从农村走出去的呀！等我退休了，到农村种点蔬菜，栽几棵树，养些小鸡小鸭小猫小狗什么的，过点悠闲自在的田园生活，不是挺好吗？"南山清楚儿子正在恋爱季节，让他立刻放弃与许兰兰的交往，恐怕思想上一时还转不过弯来。见沈慧对儿子陈述利害关系，便乘机打了个圆场。

南山与沈慧不同，尊重儿子对婚姻的选择，支持他落户农村劳动锻炼，认为年轻人就要多磨砺才能有出息。是金子，到哪儿都会发光。没有本事，把你放在北京也没用。儿子长大了，有了自己的思想和主张，作为父母，不应干涉孩子的婚姻。

一家三口，各有各的想法。

四

"南政委！"门外传来周成华书记的叫声。

"哎哟！是老战友啊！"南山迎出门去。

周成华意外地见到老首长南山，心中格外高兴，逢人就讲，全庄人都知道了南军生爸爸是他和吴以林、吴以勤的老首长，现在北京当大官。难得首长来九龙口，他非要请南山夫妇到家里来吃顿饭不可。南山深知当地老百姓生活还艰苦，不想去打搅他们一家，婉言谢绝。周成华不甘心，一次又一次来诚心实意邀请，并说喝稀饭也要去他家坐坐，盛情难却，南山只好答应。

到了周成华家，南山望着周家三间简陋的茅草房，虽然身为大队书记，但屋内除了几件简易的旧家具，一辆旧自行车，也看不出与普通社员有什么不同。南山和沈慧叹了一口气，心中后悔不该来周家做客。

南山摘下眼镜，揉了揉眼睛，定了定神，这才注意到墙上挂着的镜框内镶着一张宿北大战嘉奖令。纸张早已变黄且有受过水浸的斑痕，但落款上的毛笔字仍清楚可辨。

"是老南签名的笔迹。"沈慧走近仔细一瞅，认出那是南山写的字。

"真的！这是爸爸当年为周书记签发的嘉奖令！"南军生看了镜框后才相信，小小的虞家湾，竟然有这样一段光荣记忆。

"怀念不如相见。南政委，沈大姐，你们能到我家来坐坐，不仅是我个人的荣幸，也是虞家湾全体老百姓的荣幸，更是革命老区一百多万沭阳人民的荣幸！吴以林和吴以勤，您手下的两个老兵，马上就到。首长请上坐！"周成华热情地招呼着。

这时吴以林和吴以勤也来了。吴以林专门去供销社找人开后门，买了两瓶泗阳洋河大曲；吴以勤专门煮了十几个自家鸭子下的蛋，在九龙河叉了两条青鱼，带到周成华家来加工。

那顿饭，在那个年代的乡下，确实算得上是丰盛的。四个凉菜：凉粉皮拌黄瓜，熏猪耳朵，捆蹄，咸鸭蛋；八个热菜：烧皮肚、烧肉坨子、烧青鱼、烧鸡蛋糕、烧籽乌、烧小鸡、烧黄花菜，加一个烧千张。八样，一个不少。

菜整好，众人恭请老首长夫妇坐了上首，周成华、吴以林、吴以勤三个老兵作陪，南军生坐下首斟酒。南山见状，说："你们太破费了！"

周成华说道："老首长见笑了！都是沭阳家乡土菜，没有一样值钱东西，就是表达对老首长的敬意。"

南山是带兵的出身，性情豪爽，和战士们是血水里拼打出来的感情，没有那些虚情假意的客套，话说到这份上，直接叫："倒酒！"

南军生把酒倒上，南山说："第一杯酒，敬那些牺牲了的战友！"

各人站起，一饮而尽。

"再倒酒！"

"第二杯酒，敬那些活着的在各个地方各个岗位上的老战友！"

各人又一饮而尽。

"第三杯酒，为我们今日重逢！永远牢记战友情！干了！"

三杯干过，南山动情地对南军生说道："小子，新中国从哪里来的？就是千千万万像你们周书记、吴队长，还有你吴以勤大叔这样的革命战士流血牺牲打下来的！他们年轻时和你一样，也有父母也有家，可是为了新中国，扛起枪就跟敌人拼命去了，他们才是真正的英雄！他们都是有功之臣，可现在和你们一样劳动、一样生活。你们接受贫下中农再教育，首先要接受他们的再教育。懂吗，小子？"

"我记住了，爸！"

周成华、吴以林、吴以勤轮番给南山夫妇敬酒，南山与大家谈笑风生，谈农业、讲生活、拉家常话，给众人留下了深刻印象。沈慧与丁凤琴坐在一起，她听南军生介绍后，方知她就是为知青们做过饭的妇女队长，有功劳也有苦劳，是一位令知青们尊敬拥戴的大姐。

"辛苦你了！"沈慧转过头望着丁凤琴，感激地说。

"不辛苦，应该的！知青们千里迢迢来插队，生活不容易，理所当然照顾他们。"丁凤琴回答。

那顿饭，南山喝了不少酒，高兴！

返京的日子到了，老兵们和九龙口社员们都赶到知青宿舍为南山夫妇送行。时枫开手扶拖拉机去送他们到汽车站。

"老沈，我们是第一次坐手扶拖拉机吧！以前只见过东方红拖拉机耕地。"南山对沈慧说道。

"是呀！是第一次。想当年南下大进军追赶溃散的国民党军队，坐辆缴获的美式破吉普，初次坐汽车，原想风光一下，谁料开一路坏一路，修修开开，颠簸死了，我怀着军生真怕颠小产了。难为你南山想得出来，舍不得扔了这破车，让警卫班战士推着老爷车走。哈哈！"

南军生送父母上了客车。

"前途是光明的，道路是曲折的，小子，好好干！"南山拍拍南军生肩膀，用坚定的眼光看着他。

响鼓不用重槌。南军生点点头，一切尽在不言中。

第三十一章

保障国家的征购粮，
留足集体的储备粮，
余下再分给社员做口粮。

——民间谚语

一

南山夫妇离开九龙口之后，大家心里高兴了好多天，传讲着南山和周成华他们的故事。在传讲过程中，人们少不了添油加醋，越讲越神，周成华、吴以林、吴以勤，个个都成了天不怕地不怕的盖世英雄。

大约到了九月中旬，秋天的九龙口，风轻云淡，九龙河边，田野上一片金灿灿，水稻喜获大丰收，社员们怀着喜悦的心情投入开镰之中。

"我看亩产700斤不成问题！"吴以林手攥一把割下来的稻子，望着大穗头喜滋滋地说。吴以林的想法是：丰收了，群众可以多分配些粮食，那种靠勒紧裤带过紧巴日子的岁月一去不复返了。

"咱们一季就超《纲要》了。"南军生心中充满自豪。虞家湾人长期吃煎饼、糊摊饼、玉米疙瘩、山芋稀饭等粗粮，这下收获了水稻，可以改变饮食习惯，像南方人一样吃上大米干饭了。苏北，也可以成为鱼米之乡。水稻让知青们看到了希望。

人们起早贪黑忙于收割，即将吃上大米饭的愿景在欢声笑语中成为热情劳动的内在动力。一片片水稻被割下来，金毯般铺展开；一捆捆稻把犹如根根排列有序的枕木，隐藏在水稻间的田埂纵横交错地渐渐显露出来，像八卦阵又像渔网，将田野有序分割；稻茬齐刷刷地立着，好像在诉说丰收的自豪。一阵阵"突突突"的声音打破原野的宁静，手扶拖拉机派上了用场，在稻田间留下一道道车辙。收割下的稻谷被一车车运到了打谷场上，机械化运输替代了原来的耕牛木车载运，社员们感到方便快捷多了。

吴以勤大爷今年失了业。他站在地头，看手扶拖拉机装运水稻，心中感叹不已："还是这铁家伙厉害！大刀片就是干不过机关枪！"

与麦子的杂乱无章上场不同，水稻收割后它要扎成一捆捆小把，用人工摔打脱下稻粒，这无疑增加了社员的劳动量，人们对它又喜又忧。

南军生提前向林阿妹发出要求支援的信件，得到她的响应。林阿妹二话没说，支持两台换下的脚踏脱粒机。南军生大喜过望，立即赶往江南，林阿妹说当地可以仿造机械脱粒机，用手扶拖拉机作动力，比人工脚踏脱粒要省力省时间。

南军生这才了解到，江南大面积水稻种植区早已摆脱人工脱粒，向农业机械化发展了。九龙口初次种水稻，一切尚在摸索之中，所有技术都依靠林阿妹无私支持帮助和指导，南军生心生感激。他十分珍惜与林阿妹之间的友谊，今生今世不能成恋人，做个知己又有何不好？

打谷场上是堆积如山的稻谷，妇女们头顶三角围巾，戴着口罩，两人一组，配合默契，各伸出一只脚去踩踏脱粒机。脱粒机不停地翻转着轮齿，脱下的稻粒金豆般四处飞溅，一耙耙稻谷搂走又是一耙耙接着，满场尽是金黄色的小山丘。

为早日把水稻脱尽，确保颗粒归仓，吴以林下令：脱粒机二十四小时运转，歇人不歇机子。

"乖乖！这么多稻子！"社员们围着一摊摊稻谷七嘴八舌，话语中充满着喜悦，他们相信秋季有水稻做大头垫底，粮食分配明显要比往年多。

吴以林坐在石磙上，边抽烟边望着一摊摊稻谷，他在思考稻谷该怎么分配才好。

那边是急不可耐的社员们，有的人攥着口袋等待分粮。中秋节快要到了，大人小孩都盼望着能吃上一顿香喷喷的大米干饭呢！还有外队的剃头匠、裁缝、说书的、摆渡的，沭阳俗话叫作"收时坊"，也都闻讯赶来，希望能从中分一杯羹。

会计徐维高见吴以林默默地盯着粮食出神，知道他心中在想什么。

"先分点吧！"众人喊道。他们急着要尝尝大米的味道，也把全年的希望押在年终分配上，谁家不愿意多摊一点口粮？

"急什么？等全打下来再分粮不迟。"吴以林抽完烟站了起来，问徐维高："你看怎么分？"

"老办法，三分天下：保障国家的征购粮，留足集体的储备粮，余下再分给社员做口粮。"徐会计说。

"我同意，"吴以林说，"过去征购粮食品种杂些，我看还是照旧，初尝甜头，不妨多分些稻谷给社员。大家辛苦了大半年，个个眼巴巴地盼着它丰收，就让社员们多尝尝大米的滋味！"作为一队之长，他想让老百姓多得点实惠。

南军生的想法与吴以林一致，他完全可以拿试种水稻为理由来向公社讨价还价，不增加征购额和粮食品种，让老百姓多得些实惠，刺激一下群众，调动他们来年种水稻的积极性。

二

李虎副主任来了，他望着满场稻谷，脸上写满了笑意。九龙口"旱改水"首次试验水稻成功，无疑有他的一份功劳。他是沂北公社主抓农业的领导干部，"旱改水"的成功，不仅使人们在今后的工作中有了努力的方向，为实现沂北公社农业增产增收提供了有力保障，也为自己个人未来的进步打下了坚实的基础，于公于私，都是一件大好事。

一个星期前，江淮海被抽调到公社新闻报道组去搞新闻报道，王秘书成了他的顶头上司。虽然写写画画是他的专职，但公社党委办公室的大小杂事随时叫他去办，书记、副书记、主任、副主任都喜欢拿他"使嘴子"。还有公社大院里的那些职能部门，凡是涉及写写画画、跑跑溜溜的事，都抓江淮海的差。小伙有文化，在待人接物尤其是嘴皮子方面，一般人比不过他，因此，他很快就打开了局面，给上上下下、左左右右各方面都留下了很好的印象。

县里"旱改水"现场会的召开，加上县广播站和省报的宣传报道，让虞家湾早已名声在外，周成华自然成了"红"书记，吴以林也成了"红"队长。听说李副主任来了，周成华急忙赶来，抓起一把谷粒细细端详，心里也格外高兴，认为九龙口栽种水稻成功为在全大队推广"旱改水"开了个好头。

"李主任找你。"南军生正在场上摊铺稻谷，吴以林过来叫他。

李副主任找几个大队干部和生产队干部开碰头会，是想把公社一项决定通报给大家。为了迅速推广"旱改水"成果，决定在全公社扩种一万亩水田，动员九龙口为了整体利益做出点贡献，要将收获的水稻作为种子，让给其他大队试种，省却去外地兑换稻种的麻烦。

"我不赞成这个方案！"南军生毛头毛脑脱口而出。

南军生突如其来的一句话让大家有些愕怔。李副主任的决定不仅仅是南军生心里不乐意，周成华、吴以林等人也想不通，到嘴边的话被南军生抢先说了。周成华碍于公社领导的脸面不好表态，吴以林心中也感到别扭。

"我不理解！"吴以林憋了半天，还是撂出一句话来。

南军生没料到公社竟然会这样安排。全生产队社员和知青们为种水稻吃苦受罪，累得跟孙子似的，大家盼望着水稻早点开镰，早点吃上大米，尝尝"桂花黄"的味道。这大米还未尝就要被别人拿走，无论是谁，心里都会产生抵触情绪。

"都是干部，意见可以保留，但公社的决定要坚决执行！"李副主任到底是嫩了点儿，这个时候，需要做好当地干部群众的思想工作，不能急着表态。霸王硬上弓，往往会把事情搞砸。

"李主任，如果这样说，我没法表态，有必要大队开支委会或者全体干部会议集体讨论！"吴以林板着脸，脖颈儿粗粗的青筋一跳一跳，格外突出。

"我认为动用生产队的水稻，应当先听听社员们的意见。"南军生乘机也插上一句，言外之意，拥护吴队长的意见。

"你吴以林是生产队政治指导员和队长，有权决定！"李副主任也拉下脸，稚嫩中看出老成，他心中早就沉不住气。

"我不是反对公社决定，而是要考虑到社员们的利益，多为他们设身处地想一想。就是要拿我们的稻子去做种，怎么拿，得有个说法，总不能平白无故空空两手就把我们的劳动成果拿走了吧？是不是？"吴以林终于冷静下来，换了口气说。

"是啊！如果决定违背了社员们的意愿，我认为就应该收回成命！"南军生也紧跟着丝毫不让。

李虎没想到南军生半路杀了出来，南军生是北京知识青年，有文化有知识有闯劲，特别是为九龙口"旱改水"立下汗马功劳，是青年干部培养对象。他紧跟在吴以林后面，处处追随吴以林，这倒还在其次；而他追求自己的昔日同学许兰兰，听说这俩人现在还打得火热，这让他心中更是万分恼火。

"你姓南的瞎掺和什么？我和生产队长谈事，你插什么嘴?!"李虎指着南军生狠狠地说。

"是你让我来的，我提提意见难道不行？我是北京知青，我也是九龙口生产队社员，这儿的一草一木也有我的一份贡献！难道我没有发言权？"见李虎这样对待他，南军生也来了气，据理力争。

"公社的决定自然有公社的道理，理解的要执行，不理解的也要执行，在执行中理解。"李虎拿这句话出来压人，确实很有分量。

这句话一出，吴以林、南军生当时就哑了火，低着头生闷气。

周成华初次见南军生发火，心中佩服这小知青到底是老首长的后代，有血性、有骨气，敢与李虎激烈争论，说出了他们想说的话，也为自己和吴以林挡了驾。

俗话说：路边说话，草窠有人。这场边上干部们一争论，早被躲在草垛旁的方二喜偷听到，他立即把这消息传给在场上忙碌的社员们。社员们停下手中的活儿，围拢到一起，七嘴八舌议论稻子的事情。

脱粒机不再隆隆地转动，唯有人们不满的叽叽喳喳声音传来。

"我们社员辛辛苦苦一年，就把这点粮食送给别人，凭什么？"

"孩子们连大米粥都未尝过，我们舍不得！"

"明年我们还种水稻，也要稻种，都给外人，岂不竹篮打水一场空！"

"我们社员不同意！"

……

社员们都围了过来，李虎成了众矢之的，脸上红一阵白一阵，直冒虚汗。没想到大队干部动员九龙口社员齐上阵，这里面没有一个人为他作挡箭牌，他有点招架不住。

"怎么啦？"场边上传来公社司守明书记的声音，只见他推着自行车往场上走来。

司守明心里很清楚，公社做出这个决定，九龙口干部社员肯定会想不通，兑换稻种遇到阻力也是正常的，有必要给社员们讲清楚。李副主任今天来传达这件事，他有点不放心，特地过来看看。到九龙口社场上一看，干部们大眼瞪小眼，社员们你一言我一语，七个和尚八样腔，他什么都明白了。

"大家都过来，都过来，我给你们讲讲这件事。"司书记一边架自行车，一边心平气和地对大家说。

"司书记来了！"周成华和吴以林见司书记来了，好像见到了大救星。

"链条长了，车掉链子，以林去帮我找个扳手紧紧。"司守明满手是油污，扯了一把稻草，边擦手边尴尬地笑着说。

"都去干活！"吴以林吆喝着赶走众人。

司书记跟周成华、吴以林和南军生解释道："扩大'旱改水'面积，是我们沂北公社学大寨的实际行动，也是考虑到宏观的整体利益，为全公社都能吃上大米，为明年实现全面达《纲要》的重要规划，九龙口牺牲点局部利益，舍小家才能换来全公社大家的利益。你们九龙口是农业生产先进典型，应当走在各大队前列，社员们一时想不通，发些牢骚也可以理解，希望大家要多做耐心细致的思想工作。正确的路线确定之后，干部就是决定因素。希望我们大小队干部发扬大公无私的集体主义风格，识大体，顾大局，多理解，多考虑，让干部和社员们都想得开，愉快地接受决定。今年九龙口社员少吃了一些稻米，但明年肯定会多起来，总体粮食分配上会平衡。社员们初次尝到了甜头，会提高种植水稻的积极性，来年的大丰收会让外公社的社员们眼红。也不是一点不给你们留，你们可以适当少分一些，多拿出点稻子来给外大队兑换稻种。兑换稻种也不会让群众吃亏，外大队来换稻种，每三斤小麦或者四斤玉米，换一斤稻种，两下都划算，是不是？这个经济账大家都会算，何乐而不为？"

司书记这样一说，大家都表示可以理解和接受，南军生感到后悔，自己还没听李副主任把话说完就匆忙表态，没有从大局和整体利益考虑，说明自己还是水平不够。司书记把决定说透，大家口服心服。这名老八路出身的公社书记工作作风就是不一样，不服不行。南军生从中学到了做干部的思维和方法，理解了气也顺了，对李副主任说道："李主任，刚才是我不对，您不要往心里去啊！"

有了司书记出面解围，李虎如释重负，他不得不佩服这些老领导有丰富的群众工作经验，遇到问题耐心细致，以理服人而不是以势压人，所以受到人们的广泛尊敬。比起司书记，李虎自叹不如。见南军生主动赔礼道歉，为了不得罪这位如日中天的北京知识青年，借坡下驴，便也走上前去，与南军生握手言和："没有什么，都是工作，都是工作。"

见问题解决了，司书记问周成华："我们今天午饭在哪里吃？"

"说了半天，把这事忘了！以林呢，赶快安排凤琴做饭。"周书记又关照吴以林："今天中午做一锅新大米干饭，让司书记和李主任尝尝，看味道怎么样。不要忘记了啊！"

<h1 style="text-align:center">三</h1>

夜幕降临，南军生、方华和时枫正在吃晚饭，隔壁女知青宿舍房门"吱呀"一声响，有人打开锁进去了。听到声响，南军生端着饭碗出来察看，原来是许兰兰。

自南军生父母来九龙口后暂住在女生宿舍，许兰兰又回到家里住宿。多少天未与南军生见面，心里难免思念。姑娘家又不好抛头露面，也不知道他父母对待两人关系是什么态度，能否接纳她这位农村姑娘，心里一直忐忑不安。羞于打听的她，只能被动地听从命运安排。

小别数日如隔年，南军生和许兰兰一见面就拥吻起来，好似蝴蝶恋花，犹如蜜蜂采蜜，两张嘴唇紧紧地贴在一起。

"唔！唔！我问你。"许兰兰挣脱开南军生的嘴，轻声问他。

"什么事？"南军生仰脸朝床上一躺，望着屋顶出神。

"你爸你妈知道我俩关系了吧？他们怎么说？"许兰兰用手帕擦了擦嘴角，撩下头发问。

真是问到点子上了，南军生料到许兰兰非问此事不可，女儿家敏感性比男孩强，涉及终身婚恋问题定会打破砂锅问到底。

南军生左右为难，说真话怕会伤姑娘自尊心，说假话自己从来没有过。南军生从在城里读书到下乡插队，缺乏社会知识。他还不太清楚农村的风尚习俗，也未注意到人们用异样眼光看待他和许兰兰相处。他与许兰兰的感情是年轻人一时的疯狂冲动，还是恋爱婚姻的良好开端？结果是善始善终还是半途而废？南军生似乎处于懵懂之中。他们处于情感萌动期，对异性追求是人的本能，南军生确实没有备课，一切顺其自然。面对许兰兰的追问，他突然间感到此事非同小可，这不同于前些天与李虎的争执，稍有不慎会惹出麻烦。

许兰兰与南军生热恋，不仅仅是他们两个人的事，牵一发而动全身，世上没有不透风的墙，庄上甚至全大队都知晓他和许兰兰的关系。许兰兰一度感到幸福的来临，也憧憬过未来的生活。现实中她也顶住来自各方的压力和流言蜚语。有人说南军生是北京知青，迟早会回城，他不可能带走许兰兰；也有人说两人不过是萍水相逢，终究会分道扬镳。李虎死死追着许兰兰不罢休，让她感到如魔鬼缠绕难脱身。按照苏北农村的风俗，男女婚事是一件很重要的大事。许家要求男方有个承诺和仪式，有一根红线紧紧地拴住南军生，姑娘就能光明正大地在众人面前抬起头来。私下来往卿卿我我，没有结果或不成功的男女接触，会招致人们的非议，还有可能被当成伤风败俗来对待。

"爸爸妈妈让我们两人自己做主。"南军生还是违心地说出这句话。

"是真的吗？"许兰兰不相信自己的耳朵，心中窃喜，她与南军生交往几个月，等的就是这句话。她犹如吃了一颗定心丸。

"真的。"南军生又重复了一句。

"你爸爸妈妈对我满意吗？"许兰兰望着床上南军生的脸又追问道。她对南军生所说并无猜疑，相信他不会说假话。

"满意！说你漂亮、知性、能干，聪明伶俐是个好姑娘！"南军生伸出双手，一把搂住许兰兰，在她脸蛋上又亲了几下。

"是吗？骗人！骗人是小狗！"许兰兰与南军生脸贴脸，撒娇地说。

"我叫你小狗！"南军生乘机挠了许兰兰胳肢窝一下，痒得姑娘躲开，她又瞅准机会，伸手挠南军生。两人嘻嘻哈哈地嬉闹起来。

"咚咚！咚咚！"

"谁呀？"两人一惊，南军生慌忙从床上坐了起来。

"大队派人送来紧急通知。"时枫在门外喊。

"知道了！"南军生回答。

"嘻嘻！你们忙！你们忙！不打搅了！"

门外传来时枫的几声坏笑。

第三十二章

要吃辣子栽辣秧，要吃鲤鱼走长江。

不担三分险，难练一身胆。

——民间谚语

一

秋收秋种之后，公社人武部召集基干民兵冬训。方华、时枫以及大队里其他地方的知青、部分青年社员被抽到大队训练，然后再择优到公社集训。

方华第一次参加军训，觉得新鲜；时枫出身军人家庭，经常听他老爸讲战争年代的事情，心里有点数，对这种训练没当回事。在大队民兵营长带领下，大家全身心投入训练，都是训练些队列、瞄准、刺杀、投弹等基本的步兵单兵技术。初训时，各人还正儿八经有模有样按正规动作操练，时间一长就有人心不在焉，觉得太单调枯燥无味：手握木头枪，投着教练弹，整天"一二一，一二一"辛苦跑步，没多大意思。

大队训练结束后，方华和时枫被编入虞家湾基干民兵排，拉到公社集中。到了公社，见到那么多各大队的知青战友，南京、淮阴、沭阳县城的都有。众知青兴奋之余，有聊不完的话题，最主要的还是说农村太艰苦，昼思夜想的是何时回城。南京知青小丁还唱了一首在知青中广为流传的《南京知青之歌》：

啊～南京，

我可爱的故乡！

啊～南京，

何时才能回到你的身旁?

蓝蓝的天上,

白云在飞翔,

美丽的扬子江畔,

是我可爱的南京古城,

我的家乡。

啊～长虹般的大桥,

叱咤云霞,

横跨长江,

雄伟的钟山,

凝聚在我的家乡。

告别了妈妈,

再见了家乡,

金色的学生时代,

已载入了青春史册,

一去不复返。

啊～未来的道路多么艰难,

多么漫长!

生活的脚步,

深浅在偏僻异乡。

跟着太阳起,

伴着那月亮归,

沉重地修理地球,

是光荣而神圣的天职,我的命运。

啊～我们的双手绣红地球,

赤遍宇宙,

憧憬的明天,

相信吧,一定会到来。

啊～南京,

我可爱的故乡!

啊～南京，

何时才能回到你的身旁，你身旁？

深沉、忧郁而又动听的歌声瞬间打动了知青们的心，引起了大家发自内心的共鸣。方华找来笔记本，把全部歌词都记录下来，并很快学会了曲谱，没事就哼哼唱唱。

是的，要说感受最深刻的一定是方华了。苏琴琴参军之后，来信越来越少，是工作太忙，还是另有新欢？那段短暂的刻骨铭心的爱，无时无刻不在煎熬着方华。在感情的旋涡里挣扎，方华身不由己且又无能为力，有时觉得自己不知道哪一天就会坠入无底深渊。

"嘀嘀嗒！嘀嘀嗒！"凌晨两时，众民兵正在熟睡之际，突然，寂静的夜色里传来一阵紧急集合号声。

"快起！快起！"排长起床集合。

时枫揉了揉惺忪的睡眼，一边极不情愿地系鞋带，一边瞎咕哝。昨晚他与方华头脑亢奋，到隔壁与外大队知青聊到半夜，刚回来睡下就被闹醒了。

等大家集合后赶到公社小礼堂，发现里面站满了民兵。前两排民兵都攥着真步枪，还有几名民兵扛着轻机枪，四个民兵抬着一挺重机枪。再看台上站着的公社干部，全挎着手枪，露出的红绸带在灯光照射下格外醒目。干部们一脸严肃地望着匆匆进入礼堂的民兵。

没有人讲话，大家屏住呼吸，方华盯着那些拿着步枪神气活现、一脸自豪的民兵，觉得自己太寒酸了：握着杆木头枪如何与他们相比？什么时候他们也能鸟枪换炮，挺起胸膛走在街上，让老百姓叫声好，那才叫露脸。

"为什么我们没有真枪？"方华贴着时枫耳边悄声问。

"前排是公社机关民兵营，大多是退伍军人。"时枫也看到了截然不同的待遇，心中羡慕。他知道全公社仅有几十条步枪，只够一部分复退转军人使用，他刚参加集训时就了解到了。

"立正！"身着军装矮矮胖胖的公社人武部祁部长发出口令。他看看手表，然后低声对司书记说了句什么，司书记点了点头。

"同志们！据刚刚得到的消息，现在，有一小股武装敌特乘机袭击平阳公社，目前战斗正激烈。上级要求我们立即驰援，消灭这股敌人！"祁部长从枪盒中掏出手枪，在空中一挥："跑步，出发！"

大家一听，原来是发生敌情。有人开始紧张起来，你望望我我望望你，没料到今夜动了真格，上前线打敌人。有人害怕，小腿肚子不由自主地筛起糠来；有人担心，敌人肯定有枪有子弹，我们手中的木头枪管什么用？怎么着也得发两个手榴弹给我们吧？时枫毕竟是老四野军人的后代，听说要打仗，立马兴奋起来："今夜怎么着也得弄挺机枪扛回来，叫他知道咱北京爷们的厉害！"

方华初时心里也紧张，可一见时枫那股兴奋劲儿，心里踏实了许多。他问时枫："怕不？"

"我怕什么！枪一响，上战场，老子下决心，今天就死在战场上！"

"手里没有家伙咋办？"

"抢丫的！"

"咋抢？"

"甭管，到时候你跟我一起行动就成！"

时枫这么一说，方华心里有谱了，不如豁出去！要是在战斗中拿住个把俘虏，就立个功，露露脸；要是牺牲了，就当名革命烈士，和刘红一样，轰轰烈烈光荣一生。

队伍沿着205国道跑步前进，到平阳公社有二十多里路，还未下来一半，方华发现队伍中不断有人掉队。时枫倒是精神抖擞，一副睛等着拿人的架势。

方华不再多想，随着队伍向前跑，双腿越来越沉重，腿肚子发胀，几乎不听指挥，挪动每一步都很困难。

"停止前进！"带队人命令。

队伍停下了，大家气喘吁吁，疲惫不堪。

"刚刚接到消息，平阳敌特已经被消灭了！"人武部长宣布道。

行动取消，队伍打道回府。有人庆幸没到战场去，有人唉声叹气，感到失去了一次参战机会。

"这就完事了？"

"哪有什么敌特？不过是场拉练演习而已！"

方华和时枫全指望今夜弄杆真枪扛着的，结果白忙活一场，身上那股劲儿没使出来，心里有些懊躁。

二

县人武部举办打坦克培训班，方华和时枫等人又被推荐去县里学习。

方华做梦都没想到，当基干民兵还能到县里学习打坦克。名额有限，全沂北公社仅派五个人来，说明公社人武部非常重视。

没穿绿军装却当了民兵。民兵也是兵，离当解放军就一步之遥。他要认认真真地学，军事也是一门学问、一门技术，万一将来去当兵，新兵训练就会轻车熟路。

县人武部会议室里张挂着一幅幅苏 T62 坦克的构造图，教官侧重讲解坦克性能、火力配置、发动机位置和乘员情况。并指出，这种重型坦克火力猛，是苏修的地面主战武器，但也不是无懈可击。这种坦克缺陷很多，掌握了它的致命弱点，就可以摧毁它。

短暂的理论学习结束了，接下来就是实战演习。战场设在乡下古栗林中，用黄土堆成"坦克"形状，大概有十几个这样的土堆。教官讲述了战术要领，又做了两遍示范，然后才开始炸"坦克"。

"轰！轰！"爆炸声震耳欲聋，一辆辆"坦克"被炸得破烂不堪。方华心中咚咚直跳，紧张异常，真枪实弹去演练，那炸药包的威力虽然不是很大，但稍有不慎也会酿出事故。操作规程要求点燃导火索六秒内，迅速安放到坦克后面的发动机上，人员要及时躲避。

"有把握吗？方华！"教官问。

方华点了点头，他已经从前面的民兵爆破中学到经验，准备用最短的时间，准确无误地完成爆破任务。

教官拍拍方华肩膀，鼓励他做好准备。说来也怪，此刻方华那颗紧张的心反倒平静下来，自己都感到奇怪：办起大事，心理素质竟这么好，真爷们儿！

"方华出列！"指挥员命令。

方华听清楚了，该出场了，前方就是战场，一辆苏 T62"坦克"虎视眈眈地向他驶来，塔炮、机枪都对准他，千钧一发之际，他暗暗告诫自己，不能出一丝一毫差错。方华勇敢地抱起炸药包冲了上去，一秒、两秒、三秒，他接近了"坦克"。打蛇打七寸，炸"坦克"炸发动机。方华知道"坦克"发动机在尾部，他要利用塔炮快速转动的两三秒跳上去安装炸药。方华紧紧抱着炸药包，瞅准塔炮转过去的空隙，猛地一跳，蹿上"坦克"，找准发动机，迅速安放好炸药，一拉导火索，导火索瞬间迸发出蓝色火花，发出"滋滋"的响声。他跳下"坦克"，弯腰往战壕跑过去，并举枪瞄准"坦克"。教官说过，炸毁的坦克中可能有乘员要逃生，不及时消灭会留下后患。

"轰隆"一声，一股烟柱直冲天空，泥沙溅起有七八米高，空气中弥漫着炸药的气味。"坦克"被摧毁，坍塌的泥土散落一地，高高的土丘从人们眼帘中消失得无影无踪。

"时枫！"

"到！"

"上！"

"是！"

只见时枫把炸药包往左胳膊弯中一夹，右手抄起一根短棍当枪使，就地十八滚，一边猫着腰往前冲，一边用"枪"在腰间"开火"，嘴里"哒哒哒"不停射击；然后奋起一跃，跳上"坦克"，安放好炸药包，导火索一拉，火星喷出；接着腾地从"坦克"上跳下来，又是一阵翻滚，找个隐蔽点，做出举枪射击的姿势。

教官一看，连声喝彩："老把式！老把式！"

部长问他："你上去炸坦克，为什么还要带冲锋枪？"

"报告部长！敌人坦克一般不会单独行动，后面有步兵跟随，互相掩护，必须先消灭敌人步兵才能上得去！"

"你为什么不举起枪来射击？"

"报告部长！战场上，战士不仅要会打眼线，还要会打腰线。腰线出枪快，开枪快！"

"你怎么会这一套？"

"嘿嘿!"时枫笑着回答道,"我爸是四野的老兵,他告诉过我,当年在东北打廖耀湘新六军的坦克,就是这么干的!"

"好小子,是块当兵的材料!"部长夸他。

三

军训结束不久,冬季征兵就开始了,南军生将这一消息告知时枫、方华和徐彬彬。

"今年是哪儿的兵?"时枫问。他从小就想当兵。小时候见到解放军,他们都会行少先队礼,口中叫"解放军叔叔好"。在北京没当成兵,这回在九龙口,一定要把兵当上,一是早日脱离苦海,二是圆那少年时代的梦。

"听说是兰州军区。"南军生说。

"兰州军区!"方华随口应了一声。兰州军区,那不正是苏琴琴当兵的地方吗?方华心中突然涌起一股强烈的愿望:去当兵!去兰州!去和苏琴琴在一起!

"唉!我是当不成了,这辈子只能靠这点手艺吃饭了。"徐彬彬拍拍腿,遗憾地叹了口气。

南军生也想当兵。他从小就有这想法,爸爸妈妈都是军人出身,自己身上流淌着军人的血液,年轻人就要有抱负、有理想。难道还有比穿上绿军装、保家卫国更吸引年轻人的事情吗?他又转念一想,每年征兵名额有限,全公社适龄青年有好几千,能让他们北京来的三名知青都如愿吗?好像不大可能。还有,他现在是虞家湾的知青头儿,又是大队团支部副书记,公社和大队能同意吗?还有兰兰,会让他飞走吗?兵还没当,就有了这么多牵挂,想到这里,南军生苦笑着摇了摇头。

"这个兵,我当定了!"方华斩钉截铁,不容商量。他心里清楚各人都有自己的想法,都适合去报名当兵,条件也不比他差。为了和苏琴琴在一起,也为了纯真的爱情,无论如何他必须争下这个名额。

"我也是!"时枫想法简单,当兵回城。

"南军生,你想去吗?"徐彬彬问。徐彬彬心里矛盾,自己不够条件也罢了，其他三人都符合，万一他们都走了，就会落下他独自一人苦守虞家湾。想到这里，徐彬彬心里不禁有点悲凉。

"想。"南军生应道。

"你要去报名？"徐彬彬问。

时枫和方华同时抬起头来，惊讶地盯着南军生。如果都去报名参军，条件最优的莫过于南军生。如果是三取一，他俩都没戏。

"唉！"方华失望地坐在板凳上，仰头看着屋笆；时枫望着窗外，风吹落叶，如蝴蝶般飘零；徐彬彬坐在床沿上，低头沉思：知青战友，平时一个个看似不错，真到了关键时刻，还是各顾各的啊！

沉闷了半晌，时枫突然笑出声来，说道："现在啊，我打个比方，仅仅是打个比方啊！军生好比是嘴巴，我和华子好比是两个鼻孔，平时看着三人关系不错，一天到晚待在一块儿不散埯子，到了关键时候，嘴巴吃饭，俩鼻孔只能闻味了！"

听了时枫这个比方，南军生"扑哧"笑出声来，骂道："老时你这是啥比方！"

"我是话糙理不糙。华子，你说是不是吧！"

"都这时候了，老时还有心思开玩笑，你心真够大的！不管怎么着，反正我是要报名参军的！"方华霍地站了起来，大声叫道。

"我也是定死了要走！"时枫点了根香烟，滋滋地吸起来，一副爱谁谁的样子。

"我就要当兵！看谁敢阻止我？！"方华气急败坏。

"算了算了！都是一屋住的老同学，还不知能不能当得上，自己人就先掐起来了。你以为你报了名就能当上？还要体检、政审，麻烦着呢！"徐彬彬想从床沿边上站起身来，床边拐杖不慎碰倒在地，他弯腰捡拾，脚底不稳，一下跌倒在地。

众人连忙去扶，将徐彬彬扶到床上坐稳。徐彬彬敲打自己的腿，埋怨自己行动不利索："你们都走吧，我哪儿都不去，就在这虞家湾生活一辈子。还有，你们去公社见着老海了吗？"

"见着了。"时枫说，"这小子在公社那边吃香得很，还送了我两盒'大运河'香烟。诶，你别说，这'大运河'可一点不比'大前门'次啊，真好抽！"

"没留一盒带回来给大伙儿尝尝？"

"我抽了一盒，留了一盒。我老时是那种人吗?!"时枫一边说，一边在包里翻腾，从中找出了一盒淮阴卷烟厂生产的"大运河"牌香烟。"来来来，点上点上！"时枫先给各人递上一支，又把烟和火柴放在小桌上，"各人自便啊！"

"这还差不多，像个兄弟的样子！"

南军生点上一支烟，抽了两口。他是"思想烟"，有也能抽，没有不想抽，没有瘾。他十分理解时枫和方华的内心，大丈夫志在四方，当兵也是志向和出路，竞争也在情理之中。可惜的是插队毁了彬子，如今弄得进退两难，最为无奈。还有老海，被公社借去帮忙，还不知他有什么想法。

"说了半天，老海是什么想法还不知道呢！"徐彬彬接回刚才的话头。

南军生说："老海正在兴头上，我觉得他对当兵不感兴趣，他想当作家。他就是想当兵，也得自己在公社大院里找人自想办法，不能占了咱们知青的名额。你们说呢？"

"叫他自己找辙行，说他不想当兵，我看不一定。他一门心思想当个李英儒、金敬迈那样的军旅作家，谁知道他是怎么想的？"徐彬彬说。

"他爱咋想就咋想，反正我是不走，我和彬子留在这儿看家。我支持你们参军。你们谁走了我都替你们高兴！"南军生说。

南军生的表态让三人之争降到两人，时枫和方华松了一口气。

时枫和方华报名后，先是大队目测；目测没有问题，又到公社医院体检；公社没有问题，又参加县里体检。结果，两人身体都合格。

体检合格，政审也没有问题，问题是名额限制，两人只能走一个。怎么办？

南军生深知竞争激烈，想找找关系托托人情，看能不能让他们都走。他第一个想到的人就是公社司书记。

"你要走？"司书记疑惑地问。几次接触，司书记已经喜欢上这北京小知青，准备好好培养，提拔使用。

"不是我，是另外两名知青。"南军生连忙解释。

"哦，小南你要是想走我不会放你的！你就留在沂北吧，农村也能大

有作为。"司书记一边拿起电话，一边笑着对他说。

"祁部长，九龙口有两名北京知青想当兵，体检、政审都合格了，你和部队带兵的协商下，酌情考虑，能不能照顾一下。哎！哎！中，中，小南，那两人叫什么名字来着？"司守明问南军生。

南军生赶忙回答："叫时枫、方华。"

司书记把名字又告诉了祁部长，并对南军生说："今年征兵名额比往年少，我说归说，祁部长那边也要平衡。还是一颗红心、两种准备吧！"

听司书记这么一说，南军生学到了书记的宝贵工作经验，既帮了忙又坚持了原则和底线，还落个人情账。时枫啊时枫！方华啊方华！我责任尽到了，剩下的就是看你们自己的造化了。

四

南军生出面请公社司书记关照，当兵有了希望，方华和时枫只有耐心等待了。

方华似乎胜券在握，做好随时走的准备。他给苏琴琴写了一封信，表示他可能去参军，而且是去苏琴琴所在地兰州。

与方华相比，时枫更有信心。那次军训，公社武装部部长、县武装部部长、教官，都说他是块当兵的材料。他不去，谁行？

等了几天，公社祁部长叫江淮海回了趟九龙口，通知南军生：时枫和方华两人都够当兵的条件，但名额确实调不开，只能走一个，让他们自己决定去留。

南军生把大家都喊过来，并且把公社祁部长的意见跟大家说了一遍，各人都不作声。事关个人前途，确实很难表态。

时枫抽了两支烟，然后平静地说："华子去吧，我不想当兵了。"

众人惊愕地看着时枫：他是怎么了？

时枫说："我这几天想通了。我当兵只是为了我自己，华子当兵是为了两个人。我还有机会，华子不能等。"

听时枫这么一说，方华的眼泪当时就"唰唰"流下来了，紧紧攥着时枫的手，一句话也说不出。

此时此刻，南军生反反复复只说着一句话："仗义！真仗义！老时，哥哥服你了！"

大队通知，后天早上七点，方华他们几个虞家湾新兵到大队部集合，由民兵营长带队，送到公社集合。明天老海事多，走不开，就在今天晚上给方华送行。

南军生、时枫、徐彬彬、江淮海几人，一碟炒鸡蛋、一碟秋豆角丝炒辣椒、一盆冬瓜烧肉、一盆大白菜炖粉条，徐彬彬从大队代销店打来三斤白酒，为方华送行。

哥儿几个也没有废话，酒倒在碗里，抢起来喝。喝着喝着，方华哭了，哭得很伤心，鼻涕眼泪一大把。他舍不得一起插队的弟兄，舍不得九龙口，更觉得对不起老时。南军生递上手帕，方华接过，双手捂住鼻孔，往门外而去。兄弟手足情，岂是几句话说得完的？

临行前，南军生、时枫、徐彬彬和江淮海，每人塞了五块钱给方华："带着吧，应个急。"

到了这时候，已经不是钱的事了，满满的都是兄弟情义。

方华，这个来自北京、一米八五的大男孩，终于带着万千不舍，毅然踏上了追寻爱情的漫漫征途。

第三十三章

骏马是跑出来的，好兵是打出来的。

是骡是马，拉出来遛遛。

——民间谚语

一

载着新兵队伍的闷罐车冒着长尾巴似的浓浓白烟，发出有节奏的"咣当咣当"声，一路向西飞驰。越往前走，越感到寒冷，穿着新发下来的棉袄、棉裤、棉鞋、棉帽子、棉大衣，好像也挡不住从车门缝里钻进来的刺骨风寒。新兵们看不到外面的景色，只能一圈圈围坐着聊天。此时的方华心情大好，他觉得离苏琴琴越来越近，估计再有几天，就能来到心爱的恋人身边。

方华在上车前给苏琴琴发了一封电报，告诉她自己已顺利参军，并且就在兰州。直到现在，他也还没有搞清"兰州"和"兰州军区"的区别是什么。在他心里，兰州再大还能比北京大？他早就想好了，到了兰州，下车头一件事，就是买一张兰州市交通地图。有了地图，想去哪儿去哪儿，找苏琴琴就方便多了。

在沭阳出发的时候，他被带兵的连长指定为新兵班长，领着十几个来自各公社、各单位的新兵。新兵们看着这位身材高大、相貌英俊，来自北京的插队知青，心中充满着敬意，一路上"班长，班长"叫个不停，还时不时给他上根好烟，听他讲北京的趣闻逸事。方华从来没有享受过这种待遇，加上心里高兴，不由自主地就表现出"北京侃爷"的特点，云山雾罩，真真假假，把这些乡下小伙吹得一愣一愣的。

他很满足，也很惬意。想喝水有人倒，想抽烟有人点，除了撒尿拉屎，别的事都有人代劳。虽然这样的长途跋涉单调而又枯燥，但他心里很充实。

火车走走停停、停停走走，经过三天三夜的驰驶，终于在一个四等小站停下来。

此时已是半夜时分，新兵们陆续走出了车厢。暗灰色的天幕上没有繁星，也没有月亮，只听到凛冽的寒风吹在电线上的呼啸，分不清东西南北。

"我乖！这么冷啊！"这是新兵们下车的第一句话。

方华在北京长大，北京的冬天也非常冷，他晓得北方冬天的厉害。可这个地方似乎比北京还要冷，夜风吹在脸上，像刀子一样拉脸。方华打了个寒战，把大衣使劲往身上裹了裹。部队带兵的人见这帮来自江苏的小子这么不经冻，也不去管他们军容整不整了——这才哪儿到哪儿？算起来这只是小点心，大餐还在后头呢！

来到陌生偏僻的地方，方华的第一个感觉就是不适应。他想起当初从北京到九龙口插队的那个夜里，也是这么黑，也是这么冷，八个同学在新沂火车站广场上跑步，没觉得多么难——那是为了一个理想、一个信念。如今呢，是自己一个人单飞，他要生活在一个完全陌生的新环境里——这是为了自己的爱情和个人的前途。性质好像有点不一样，但也是为了理想和追求，谁都可以理解。

下了火车，换乘汽车，就是那种盖着草绿色帆布篷的军车。车在积雪的公路上颠簸行驶，四野是一眼望不到边的雪。而所谓的路，也不过是被车轮碾压出来的辙印，看不出路在哪里。汽车轮子都是绑了防滑链的，跑起来不是那么快，还颠簸得厉害，晃得人心里难受。

这种路，那时候有一个非常震撼的名称：国防公路。这种路即使不下雪，也不好走。很多路段高洼不平，当地人称之为"搓板路"。汽车在"搓板路"上跑起来，似乎能把人都颠散了架，五脏六腑也不在一块儿了。

天色渐渐放亮，周边的景物也看得越来越清楚。终于，他们在一个兵站停了下来。

新兵们开始下车。有的人早已冻得手脚麻木，有的人腰腿坐得僵硬回不了弯儿，下车的时候，连车后的挡板都扒不住。下车后的第一件事，就是找地方撒尿。可这地方好像没有厕所，带兵的人喊道："到房子后面撒就行！"于是大家排成一字长蛇阵，迎着北风撒起尿来。那尿撒在雪地上，只不过刺出一个小拇指粗细的黑窟窿，并且立即结成了冰。

在兵站，他们吃上了一顿热饭。热腾腾的羊肉汤配上红彤彤的辣油，汤里是大块的萝卜，真好喝，暖心暖肺的！主食是雪白的白面馒头。桌上摆着一盆兵站人员自己做的"油泼辣子"，掰开馒头，用筷子挑一些辣子夹进去就是菜。饿了快一天了，新兵们谁也不说话，只是一个劲埋头吃饭！

两碗羊肉汤外加两三个大馒头下肚，各人身上开始暖和起来，说话的舌头也利落起来。

"这就是兰州？"

"到兰州没有？"

没有一个新兵敢问带兵的干部，只能自己瞎猜。有的说还没到，有的说已经过了，谁也没个准头。出发前带兵干部说了，部队有保密规定，不能随便打听。大家稀里糊涂到了这里，也分不清东西南北，反正有人管，跟着走就是了。

吃过喝过，新兵们休息了大约半个小时，活动活动腿脚。会抽烟的抽支烟，不会抽烟的吹吹牛，走动走动。

时间一到，大家继续上车赶路。

这下就不是在平地上走了，上了盘山公路。

天色灰蒙蒙的，云层好像压得很低，汽车缓缓而行。在被风吹起的后挡风帆布外，大家看不见江苏冬季的枯萎草木，也看不见结冰的河流湖泊，除了雪还是雪，只不过是平地变成了高山。山间没有人烟，也没有牛羊在山坡上吃草。这是什么地方？是兰州吗？兰州可是大都市，怎么走到了这儿？苏琴琴难道也生活在这儿？一个个大大的问号萦绕在方华的头脑里。

经过二十多个小时的颠簸，路上吃过三顿饭，才到达终点——他们要去的地方。

这是部队营房。营房的石头墙上，醒目地刷着一行大字：提高警惕，保卫祖国，要准备打仗！

一杆鲜艳的"八一"军旗在寒风中猎猎飘扬。

二

大伙儿下了车，重新编组，不管是江苏的、山东的、河北的、河南的，打乱了重新编。分头住进宿舍。每间宿舍大约四十平方米，住一个分队三个班总共三十多人；每个班睡一铺大炕。炕上垫着厚厚的羊毛毡，羊毛毡上铺一层草绿色的军用垫被和雪白的被单，屋里散发着浓烈的羊毛膻味儿。

新兵们进了宿舍，哇！宿舍里真暖和！方华试了试炕上的羊毛毡，热乎乎的，便招呼手下："来来来，同志们，先把铺铺上！"

刚入伍的新兵还没学习内务，大伙儿还像在家里一样，胡乱把被子、出发前部队发的旅行包和衣物等杂七杂八的东西，一股脑放到铺炕上。

"同志们！"新兵分队长是老兵班长代理，他向大家喊道："请同志们像我这样，把各自的铺整理好！看好了，开始！"

分队长首先做了示范，大家跟着学。然后，分队长再一个一个纠正，很有耐心。

整理好之后，分队长跟大家说："这里是新兵训练基地，大家要经过两个月的新兵训练，合格后再分配下连队，希望大家认真对待，刻苦训练。等会儿后勤上还要给大家换发羊皮大衣和羊毛大头皮鞋，暂时不要出去。厕所在宿舍西面。"

不多时，管后勤的过来换发大衣和棉鞋。大衣和棉鞋全是羊毛里子，拿在手里沉甸甸的。棉帽子也换了，样式和原来一样，三块瓦，就是厚实了很多，上面还有一个可以拉过来的、大约一寸宽带绒的长舌头。分队长说，这个舌头是活动的，拉过来可以保护鼻子。

当天没有训练，分队长要大家好好休息休息，醒醒脑子。

确实，经过几天的晃荡，大家个个晕晕乎乎，也不知到了啥地方，反正是有吃有喝有地方住。既来之，则安之，到了这时候，方华也不管那么多了。新兵训练嘛，这一关是必须要过的。安下心来，好好训练，待新兵连训练结束，到了连队之后，再联系苏琴琴不迟。

那天夜里，新兵们扎扎实实睡了个好觉。至于夜里谁错牙、谁放屁、谁打呼噜，只有分队长知道，新兵们个个睡得死死的，谁管那么多闲事干吗！

训练开始了。幸运的是方华在沂北有过民兵训练的基础，所有军训科目对他都是易如反掌。最难熬的是时间和等待。新兵没有娱乐活动，除了训练就是学习。与外界一切通信都中断了，他知道苏琴琴在什么地方，可苏琴琴却无法知道他现在哪儿。睡觉前的一小段时间里，他想念苏琴琴，也惦记着南军生他们。过了几天，部队允许新兵每人写一封信给家里报个平安，地址只能写上"青南15号信箱"字样。

训练班班长告诉他们，面前这座山叫作巴颜喀拉山；这个镇子是青海省最西边的一个小镇，与西藏甘肃四川几省毗连，距甘肃省会兰州两千多公里，距青海省会西宁一千五百多公里。

咋这么远啊？我是来兰州军区当兵的，怎么跑到青海省来了？还这么远，比北京到沂北公社还远！居然跑到了偏僻的巴颜喀拉山脚下！

方华做梦都没料到，这地方比起插队时的江苏九龙口还要落后。方华有点懊悔。可是，既然已经穿上绿军装，想回去是没有可能了，说什么都是白搭。目前只能走一步看一步，看下面怎么说，保不齐还能分去兰州那边。

从这座大山到那座大山，在群山环抱的地方安顿下来，新兵训练结束后又重新分配，方华被分到甘南地区一个小镇上的军营里。

分到这里的一共是三十六个新兵，方华说是应了《水浒传》三十六天罡之数，还算吉利。这里是内卫部队，驻扎着一个连。到了之后，先填写一张表，各人报出自己的特长。

大多数新兵说自己会种地，指导员说种地不算特长，这里无地可种。轮到方华，方华说自己会打篮球，还会木工和厨师。指导员说这里地方太小，到团部还有二百来公里，打球用不上，自己玩玩还行；木工活不是天天都有，也不能在连里设一个专职木工；厨师行，到连队炊事班干炊事员吧！方华心凉了，嘟囔着嘴，愁云写在脸上。指导员说："小方同志，咱们部队有'八大员'：司号员、收发员、军械员、饲养员、给养员、种菜员、炊事员、理发员，这八样工作都很重要，不是每个人都能有机会去干的。"

听了指导员的解释，方华心里感到稍许安慰，他只是后悔把自己只给知青做过饭当成厨师给报上去了，万一做不好，怕人笑话。

三

再说苏琴琴那边。她接到方华的电报，不禁大吃一惊！惊的是这方华也没和她商量，自己冒冒失失就参军入伍了。这让她感到措手不及。她原来的计划是，让爸爸为她争取一个名额，给方华特招入伍。虽然苏琴琴现在还没敢向父母开口，但还是有希望的。他现在这么一弄，下面的事情反而很被动，不好办了。

苏琴琴进部队后不久，有人注意到她小提琴拉得好，并且把她推荐给部队文工团。文工团测试后感觉不错，还有很大的发展空间，于是着意加以培养。她十分珍惜这来之不易的机会，刻苦学习，不断提高自己的演奏水平。她庆幸自己离开了农村，远离了度日如年般的劳作生活，从心底里感激母亲让她发挥了自己的爱好与特长。但是，夜深人静的时候，她还会想起九龙口，想着南军生等一班甘苦与共的战友。她已经跳出苦海，可他们何时才能出头？九龙口的生活固然艰苦，但苦中作乐的岁月仍然令人留恋，何况还找到了自己的初恋？要不是发生了顾小雨那样的不幸事件，也许她还不会走得如此匆忙。

苏琴琴的演奏水平提高很快，文工团团长非常赏识她创作演奏的曲子，让她在军里春节文艺演出中崭露头角。

频频参加演出，苏琴琴不负众望，用西洋乐器演奏中国音乐，往往让官兵们耳目一新。在调演结束后，某部政治部决定抽调一部分演员，组成巡回演出小分队下基层进行慰问演出，活跃基层的文化活动。苏琴琴有幸被抽调到这个小分队。

苏琴琴一直在忙排练和演出活动，方华每半个月都要写一封信给她。苏琴琴收到信再回信，中间往往要耽搁一些日子。当她得知方华分配后的团部时，急忙找来地图，仔细一找，好家伙，两下相距将近两千公里，想见一面的机会太少了。

方华知道苏琴琴很忙，他不好意思老是去分散她的精力。即使苏琴琴有时回了信，字里行间也没有滚烫的语言，没有山盟海誓，只有平平淡淡的几句问候。方华的心底一直惴惴不安，生怕苏琴琴会移情别恋。部队不准谈恋爱，但他也不想让这次参军的目的付诸东流。他老是在心底里暗自想着：要是能和她见上一面就好了。不管将来能不能成为夫妻，说说心里话总是一种对自己的精神安慰。

四

军营的生活既紧张又有规律，每天吹号起身，又吹号熄灯，炊事员虽然在训练上没有一般的战士辛苦，但全连上百号人的饭菜总得按时按点做出来。尽管部队饭菜没有什么花样，基本上翻来覆去就是那么几样，可方华还是积极钻研烹饪技术，没事就看菜谱，照菜谱学着做，尽可能把现有的食材多搞出点名堂来。

连长、指导员都说了："能做山珍海味的厨子不算真有本事，能把普通食材做出山珍海味的滋味来，才是好厨子，真功夫！就好比志愿军在朝鲜战场，你拿飞机大炮把美国佬干掉不算能耐，拿机关枪手榴弹干掉美国佬才算是真本事！"

方华想想，是这么个道理。因此，他有空就琢磨各种食材怎么搭配，哪样多放点儿，哪样少放点儿；什么时候下锅，什么时候起锅。有一段时间，他几乎魔怔了，头脑里一天到晚净是这事儿。还别说，几个月下来，方华的技术还真大有长进，经他手做出来的饭菜就是有滋有味，干部战士都爱吃，夸他技术好。

"方华，上级首长和文工团要来咱们连慰问演出，你想办法整几个拿手好菜招待。"连长通知。

"是！"方华一听，既高兴又疑惑。高兴的是文工团来演出了；疑惑的是，在这偏僻山区，盼星星盼月亮几个月才不容易看一场电影。山区巡回放映，靠几匹马驮着电影机下到连队还能对付，演出可不是三两个人的事情，这是真的吗？苏琴琴会来吗？方华头脑里冒出这样的想法，但很快自己就否定了。军部文工团一百多号人马，连人带服装道具乐器，得装多少车？若是小股队伍来演出，哪能这么巧，苏琴琴就在这支演出队伍里？方华苦笑着摇了摇头。不管怎样，连长的指示必须坚决照办，他马上就和炊事班的战友们忙活起来。

当兵没有两年以上没有探亲假，岗位特殊也让他请不了假。大山深处没有客车通达西宁，更不要说兰州，仅有每半月一次送给养的军车来往。慰问团的到来让战士们兴奋无比，只要是外边来人，无论来了谁，大家都会兴奋半天，何况是军部文工团来演出呢？战士们一个个乐呵呵地忙着打扫卫生，整理内务，搭戏台子；炊事班把舍不得吃的最好的干货也拿出来，准备整几个像样的好菜出来，个个忙得不亦乐乎。方华准备做三个特色菜：干菇牛肉，酸菜羊肉，红枣腊肠。

慰问团真的来了，全连官兵列队迎接，欢声雷动，那个热闹劲就甭提了！慰问团团长来到厨房，亲切慰问炊事班的战士们，并要求他们停下手中的活儿，去看一次难得的演出。

方华洗过满是油腻的手，脱下白围裙服，换上整洁的军服，坐到战士群中，欣赏文工团的慰问节目。

歌舞、曲艺、杂技、魔术，一个个节目精彩纷呈，让战士们笑声不断，拍肿了手。

方华也被这些节目吸引住了。台上一分钟，台下十年功，文工团员的精湛演艺离不开勤学苦练。自己现在是炊事员，为什么就不能在厨艺上成为一名高手呢？他一边看一边心里想。

"下一个节目，小提琴独奏曲：《毛主席来到咱农庄》。演奏者：苏琴琴。"报幕员走到台上报幕。

"哎哟！我的天哪！"方华一听，苏琴琴？哪个苏琴琴？是不是他那个苏琴琴？会不会是重名？他简直不敢相信自己的耳朵。应该是她！那首《毛主席来到咱农庄》小提琴独奏曲是她的拿手节目。没错，一定是她！方华那颗激动的心顿时怦怦跳了起来。

苏琴琴出场了。她穿一身得体的绿色军装，戴着无檐女式军帽，留着齐耳短发，左手持琴，右手持弓，精神抖擞地走到台中央，把弓放进左手，向全体官兵敬了一个标准的军礼，然后才落落大方地操琴演奏起来。

方华见到台上的苏琴琴，感觉快要认不出来。入伍后的苏琴琴已经不是一副娇小姐模样，完全是一名英姿飒爽的女军人。

方华凝视着苏琴琴，看她的手指在琴弦上滑动，欣赏她眉宇间的优雅与自信，让每一个音符都流淌进自己的心房里。

"哗！"一阵热烈的掌声，方华这才回过神来。

演奏结束，苏琴琴上前一步，又向战士们敬了一个军礼。

方华咧开大嘴傻傻地笑了，笑得那样开心、那样自然，他相信台上的苏琴琴看到了他。

演出结束了，机会难得！方华头脑中只有一个想法：见苏琴琴！就在战士们出场排队时，他不顾纪律和众多战士看到，瞅着空隙，毫不犹豫地跑上了台。

"苏琴琴！"他脱口而出。

"呀！是你啊！方华！"苏琴琴转过身来，感到十分意外和惊奇，真没想到会在这里见到方华。她原以为方华军营靠县城，没料到他们连队独守在这三省交界的大山深处。真是凑巧，千里下基层演出，竟然有缘相会。望着一身戎装的方华，比在九龙口时健硕多了，他依然是那么英俊、潇洒、挺拔。苏琴琴内心有点激动，连忙伸出手去，和方华握手。

"你好吗？"方华腼腆地说。

"我挺好的。你也好吗？"苏琴琴热情地问候方华。

"南军生他们也都挺好的吗？"

"都挺好。大家让我问候你。"

"骗人。他们知道你能见到我？"

"知道，知道我一定能见到你。"

这时，指导员走过来问道："方华，你认识人家？"

"认识，"苏琴琴接过话头，"我们是同班同学，一起上山下乡的战友——现在是部队的战友了！"

"哦，是这样，方华，你们聊一会儿吧！"指导员说。

"方华！集合！"台下传来炊事班长呼唤声。

"来了！"方华掉头大声回答。

"你去吧！我会等着你！"苏琴琴望着天真质朴又有点傻乎乎的方华，脉脉含情地说。就是这么一句话，让方华心中再次荡起波澜，他呼吸急促起来，几乎窒息了。众目睽睽之下方华别无选择，他犹豫片刻，举手向苏琴琴敬了个军礼，算是送给苏琴琴的见面礼物。苏琴琴也回了方华一个礼，表示对他们双方感情的维系和尊重。

方华高兴得像孩子一样飞奔而去，突然又停住脚步，回过头来看了苏琴琴一眼，见苏琴琴正远远地望着他。

吃中饭时，她再次看到方华，不过此刻他正锅上锅下忙碌着，没有言语，没有交流，只有会意的眼光交汇。

方华知道苏琴琴爱吃冬瓜，他破例烧了一盆冬瓜，放了一点海虾皮，让菜更加有味。班长莫名其妙地直眨眼：这小子怎么弄了一道计划中没有的菜？碍着众人的面，班长不好训他，到口的话又咽了回去。

方华瞅个空子，亲自端上这份含着暖暖情意的白玉般的烧冬瓜，摆在苏琴琴面前。苏琴琴明白，这是方华一颗温暖滚烫的心，方华爱着她，她也深爱着方华。此时无声胜有声，一切尽在不言中。

慰问团走了，方华也失眠了。那天夜里，他翻来覆去睡不着。从沭阳到这儿数千公里的路程，两分钟的会面，一秒钟的握手，尽管如此，这兵也算是没有白当，值了！

第三十四章

男怕入错行，女怕选错郎。

娶妻娶德不娶色。

——民间谚语

一

方华自从见过苏琴琴，心情好了许多，打那以后，他死心塌地当兵，有空就钻研烹饪技术。暂时放下不提。

却说南军生、时枫、江淮海、徐彬彬四人，这年总算是结伴回了趟北京，临走时带了些沭阳的土特产。有阴平花生米，新河白果、栗子，悦来黄花菜，庙头千张子等，每人还特地带了二十斤桂花黄大米。那大米跟水晶珠子似的，颗粒晶莹饱满，带着一股浓郁的香甜味儿。

过了初十，各人按时归队，又开始了新的一年的工作和劳动。南军生被任命为大队团支部书记，磨正了，基本上算是脱产；江淮海继续到公社上班，每月拿24块钱工资，口粮还在生产队，但是得出钱来买；时枫节后也被生产队安排了个小小的职务，做民兵排长，多拿半个整劳力的工分；徐彬彬还在大队卫生室上班，每天接待社员前来就诊，针灸、拔罐、推拿、抓药、煮汤药、打针、包扎外伤，里里外外一个人，天天忙得不亦乐乎。虽然他已经搬到医疗点住宿了，但吃饭还在九龙口知青点，不算走远。

徐彬彬是个性格比较安静的人，人也长得比较秀气，属于"北人南相"，他要是不开口说话，你根本看不出他是北方人。没事的时候，他就看看医书、吹吹笛子，日子过得平静且有规律。但这种平静很快就被打破了，原因是他会吹笛子。

徐彬彬不但会吹笛子，而且吹得很好。他爱吹笛子完全是受他北京街坊的影响。街坊是首钢工会的一名干部，笛子吹得好，徐彬彬没事就去他家听他吹，渐渐就爱上了。街坊见这孩子喜欢，又有悟性，便开始教他。他从小学二年级开始学，一直到初中毕业，前后吹了六七年，也算是有些功底了，基本的技法技巧他都会。笛子伴随徐彬彬成长，从少年到青年，一直没有放弃。街坊说笛子吹得再好也不能当饭吃，但是能陶冶人的情操，抒发人的感情。

上了高中后，功课渐紧，徐彬彬吹笛子的时间也就越来越少，几乎很少摸过笛子。只是在组织宣传队演出时，他才吹一吹。下乡插队前，他把以前用过的长长短短七八支竹笛都找出来，擦干净，用牛皮纸包好，揣进背包，带到沭阳来了，幻想着过一过田园牧歌式的生活。

来到九龙口之后，一开始也没用得着，天天抬淤泥累得半死，哪有精神吹这个，觉还不够睡的呢！前年生产队搞春节晚会、后来的大队宣传队，他的笛子才派上用场。到底是接受过正规训练的，水平远比当地那些野路子出身的"吹手"高出许多，可是会吹笛子并没有改变他的命运，要不是学了点医术，说不定还得继续参加田间劳动。

在劳动中不慎造成残疾后，他一度非常消沉，认为自己一生的幸福和理想将就此终结。后来，南军生送给他一本《钢铁是怎样炼成的》，他一下看入了迷，对主人公保尔·柯察金崇拜得五体投地。保尔说过："人最宝贵的东西是生命，生命属于人只有一次。人的一生应当这样度过：当他回首往事的时候，他不因虚度年华而悔恨，也不因碌碌无为而羞愧。在他临死的时候，他能够这样说：我的整个生命和全部精力，都献给了世界上最壮丽的事业——为人类的解放而斗争。"这段话深深震撼着徐彬彬的心灵。此后，他时时刻刻以保尔为榜样，决心做一个身残志坚、为共产主义事业奋斗到底的人。

当上赤脚医生后，他终于认识到了自己的人生价值，找到了自己的人生定位，精神状态一天天好起来。每解除一个患者的病痛，他就有满满的成就感和幸福感。清脆悠扬欢快的笛声让他释放了苦闷、孤独、迷茫、痛苦和不安的心情。

社员来看病，他忙中抽闲吹一段，一来解解闷儿，二来缓解患者病痛。有时社员会特地邀请他吹一段，只要不忙，他总是尽量满足大家要求。乡亲们对这个北京来的小知青多有赞誉，夸他性格好、医术好，小大哥长得好，笛子吹得好，待人处事好，是个典型的乡村"五好青年"。

那天晚饭后，闲来无事，徐彬彬又搬条凳子，坐在卫生室门口吹起来。先吹了个河北民歌《小放牛》，后吹了个《牧民新歌》，吹到兴头上，又来了个《催马扬鞭送粮忙》。

这时，大队代销店里出来一个人，叫王芳芳，也是虞家湾人，二十刚出头，听到这优美的竹笛声，便从屋里走出来，一边拍着巴掌，一边笑盈盈地说道："好听好听！再来一个！"

卫生室和大队代销店是隔壁，代销店里有一男一女两名营业员，男的是大队书记周振华的侄儿周晓峰，女的就是王芳芳，初中毕业后进到代销店上班。当下，王芳芳是徐彬彬的唯一听众。徐彬彬见姑娘求他，心里高兴，很愿意趁机在美女面前露一手，便又得意地举起竹笛来，给她吹了个《喜相逢》。王芳芳屏住呼吸，两只眼睛几乎一动不动地盯着徐彬彬，徐彬彬假装没看见，偶尔瞟上王芳芳一眼。而每当徐彬彬的目光对准自己时，王芳芳就会嫣然一笑，把两个小酒窝送给他。

"你教我吧！"王芳芳冷不丁冒出一句。

"你想学？"

"想。"

"想学得拜师呢！"

"拜什么师！赶快教我！"

"好好好，算你狠！来，笛子这样拿，横着吹。"徐彬彬见姑娘主动想学，当然乐意收这个女弟子。

"嘟！"芳芳试着吹了一口，竟然能吹响。

"先学找音准。这样，1234567，"徐彬彬耐心地纠正王芳芳指法，"好学，只要多练几遍就能学会。"

当徐彬彬的手触碰到王芳芳的手指时，就像有一股电流瞬间通过全身，有点麻酥酥的感觉。

王芳芳本来就不是真心想学吹笛子，只不过是找个由头接近徐彬彬。吹了一会儿，王芳芳说："这笛子先放我跟前，我得空就练。"

"行，你拿去吧！"

姑娘心中充满着愉悦和期望，回到代销店屋里，没事就把笛子拿出来，将自己的嘴唇放在徐彬彬嘴唇贴过的地方，幻想着有朝一日能与徐彬彬唇儿相对、人儿相偎。

二

在虞家湾，王芳芳虽然不能和许兰兰比，但也算是个美人坯子，不用托人，三天两头就有人来给她提亲。父母想着，这闺女也老大不小了，该给她找个婆家了。可是王芳芳心里早就有了意中人，不管谁来提亲，她都一推再推，说："不急不急，我才多大，着什么急？"

那天早上，母亲对她说："丫头，陈奶奶替你物色了一个小大哥，听说不孬。今天逢集，约你去街上看看人，就在新风照相馆旁边。"

"不看！我的事自己管，你就不要在里面瞎掺和了。"王芳芳不想让母亲为她忙活提亲的事。

"死丫头，这怎么能叫掺和呢！你都多大了，还不找婆家？再拖一气就没人要了。"

"没人要就没人要！我刚进代销店，等等不迟。"

王芳芳母亲有点纳闷儿：人家好心好意介绍，男方是邻大队一位木匠，人长得可以，家庭条件也不错，怎么女儿就不同意呢？难道她心中有人？见王芳芳一副不情愿，拿闺女也没有办法。女儿说得也有道理，刚上班不久，让她再玩两年也行，人往高处走，水往低处流，在代销店做事或许能找个条件更好的。

王芳芳初中毕业后，先是务农，跳出农门是青年人梦寐以求的事，经在公社供销社当副主任的伯伯照顾，安插她到刚营业不久的虞家湾大队代销店上班，脱产当了营业员。那时候的营业员官称"会计"，即使是在大队代销店也很吃香，社员们想买点紧俏东西得求她办。王芳芳情窦初开，徐彬彬便走进了她的心中，不禁有点痴迷。徐彬彬是北京来的插队知青，有文化有知识有技术，他会不会扎根农村不知道。万一将来政策变化，知青们都离开虞家湾，他会带自己走吗？当时的农村，男女自由恋爱还不太流行，大多是媒人介绍，父母包办。要是一个女孩子去主动追求男方，人家会说闲话。再则他腿有残疾，父母能接纳吗？话又说回来，她喜欢徐彬彬，徐彬彬喜欢不喜欢她还不知道呢！别到时候弄个"火叉一头热"，多难为情，王芳芳的内心还是有矛盾的。

王芳芳不愿当传统婚姻的牺牲品，她要拼一把，颇有点"我的青春我做主"的架势。你不去争取，怎么就知道不行？王芳芳处处关心照顾徐彬彬，主动接触，热情来往，徐彬彬如何不懂姑娘的心思？只是他不好表露，有时心中也难免有点自卑：虽说我是北京人，北京人又怎么啦？谁愿意嫁给我这个残疾人？

代销店周晓峰从城里回来，带来了一个好消息："沭阳人民剧场正演出革命现代京剧《沙家浜》，北京来的原班人马，和广播喇叭里唱的一模一样，好看！"

"真的假的？"

"那还能假？我昨天晚上才看过！"

"傻（吹）的！你去沭阳看大戏，还原班人马……"

"我真不是傻（吹）的，确确实实！"

说者无心，听者有意，王芳芳灵机一动，待周晓峰走后，见四下没人，故意对徐彬彬说："呆子，我们也去沭阳看场戏怎样？"

"看是想看，但是我走不开哟！"徐彬彬叹口气。其实他真心想去，却怕社员们知道一男一女出去看戏影响不好，便婉言拒绝。

王芳芳知道徐彬彬是找理由推辞，但她不想放弃这个与他单独在一起的机会，便对徐彬彬说道："我想看。你有自行车，我们一起去看晚场，没人知道，怕什么？"

王芳芳的执着让徐彬彬感到为难了，与她一起去看戏，意味着两人的关系非同一般，慢慢就会演变成公开的秘密，他就会被动地承认两人的恋情，他有些犹豫。

"还是不去了吧。"

"去，一定要去！"

"真的不想去！"

"不去拉倒！往后我永远不理睬你了！"王芳芳涨红着脸，有些生气。

"去就去，豁出去了！"徐彬彬心一横，答应了王芳芳。

徐彬彬出身于北京普通职工家庭，家庭条件不算好，也不算太差。自从他腿部受伤后，父母为他将来的出路颇费思量。自从他学会了针灸，总算是有了个安身立命的手艺，不管将来怎样，孩子总会有一碗饭吃，不至于受劳苦。他后来自愿返回九龙口，父母也理解，既然孩子大了，就让他自己闯去吧！

父母的宽容大度让徐彬彬心中没有了担心和牵挂。他也认真思考过，在农村找媳妇安家似乎也不是没有可能。来时八个人，已经走了好几个。刘红不说，顾小雨走了，苏琴琴走了，华子走了，南军生路子野，迟早也得走。江淮海借用到公社，门道多，说不准哪天就发达了。只有他和老时还在农村窝着。老时没有后台，虽然暂时没有什么好办法，或许他明年就能当兵走了。只有自己，随着年龄的增长，接受贫下中农再教育遥遥无期，今后怎么办，一点谱也没有，只能顺其自然，走一步看一步。

三

初春的傍晚，月亮已经升起，路边的柳树已经绽出新芽，晚风中还稍稍带着点凉意，通往沭阳县城的公路上行人稀少，鲜有车辆驶过。徐彬彬破例公车私用，在距离村庄一里多路的地方，带上王芳芳。他骑着自行车，后座上坐着心情舒畅的王芳芳，她一手抓住车后架，一手搂着徐彬彬的腰，砂石公路凹凸不平，颠簸得厉害，她会趁势把身子贴在徐彬彬的后背上。为避人耳目，免得村上人闲言碎语，两人选择傍晚进城，看完戏，再神不知鬼不觉地悄悄回来。

戏已经开演了。徐彬彬从剧场外面买了袋瓜子，倒在王芳芳手心。王芳芳与徐彬彬紧靠着坐在一起，望着舞台上郭建光那英俊潇洒的亮相，一曲《朝阳映在阳澄湖上》的优美京剧唱腔让全场观众欢腾起来，郭建光的独唱变成了全场观众大合唱，气氛十分热烈。脍炙人口的现代戏唱腔早已被人们从广播喇叭筒中听得滚瓜烂熟。

两人头靠头依偎着，心中早已陶醉，根本就没有心思欣赏剧情。徐彬彬初次与女性紧坐在一起，有些不自然，王芳芳身上散发着淡淡的"雅霜"雪花膏的清香，沁人心脾，十分宜人。徐彬彬似乎听到了彼此剧烈心跳的响声。

黑暗中，王芳芳借要瓜子把手伸了过来，搭在彬彬手上。徐彬彬像触电一样抖了一下，他心跳加速，仿佛心脏快要从喉咙中跳出来，堵塞在他口中。王芳芳侧过头，含情脉脉地望着徐彬彬，心中感到异样的满足与幸福。徐彬彬沉默片刻，终于紧紧握住她颤抖的手，一股暖流迅速传遍了全身。王芳芳大胆地将头倚靠在徐彬彬肩头，斜看着舞台上的沙家浜芦苇荡。

"哎哎！前边两位，能让开点吗？挡着我了！"后排的观众轻声喊道。

徐彬彬和王芳芳赶紧分开来，相视一笑，但手却攥得更紧，生怕对方跑掉。王芳芳在心里骂那后排的人："就你事多！"

终于散场了。剧场里的大灯全部打开，王芳芳牵着徐彬彬的手，恋恋不舍地往外走。当徐彬彬从看车处推出自行车，观众人流已经散去，空荡荡的街道上只有他俩，显得寂静与孤零。他想和王芳芳走一段路，看看夜晚的沭阳街景。

"上车走吧！"王芳芳说。

"快下来！"王芳芳刚坐上了车座，徐彬彬突然喊道。

他刚才推车时就感到不太正常，有点吃力，他借着路灯细细地检查，原来是后轮胎瘪了。

"坏了，不知是小皮嘴坏了还是轮胎慢跑气，没法骑了。"徐彬彬心一沉。

"那怎么办？"王芳芳焦急地问道。

"找气筒打气。"

可夜间上哪儿找气筒？修车的早就收摊了。徐彬彬一时没了主意。

"要不我们就找旅社住一宿吧？明天找到气筒再回去。"王芳芳建议说。

没有介绍信住不上宿。就是住上了，一男一女任何证件都没有，夜间治安查房也会遇到麻烦。本来是准备掩人耳目悄悄进城，再不动声色悄悄回去，这下好了，竟然出了意外。今晚要是不回去，明天天一亮，卫生室和代销店见不到他两个人，岂不是完全暴露了？

　　黑暗中，两人面面相觑，一股凉气从头顶传到脚底板。他们心里清楚，今天晚上是必须要回去的。这头三十里路要靠两条腿走，别无他法。

　　徐彬彬垂头丧气地推着自行车走，瘪了气的轮胎与钢圈在砂石路上发出"叽叽咕咕"的响声。他明白轮胎瘪了就会与钢圈摩擦，车到家，轮胎也就废了。徐彬彬心疼众社员为他买的自行车，已经破例了为了私事骑它进城了，不能再让公物损坏。想到这里，徐彬彬咬了咬牙，弯下腰，一使劲，扛起了自行车。

　　"你——扛着走？"王芳芳没料到徐彬彬如此动作，她惊呆了。

　　"走！不然内胎就磨废了。"徐彬彬掉头对王芳芳说。

　　走了三十分钟，他们上了新沂河大桥。夜里的风越来越大，从沂河淌里蹿上来的风更大，他俩不禁打了个哆嗦。俗话说"远路无轻担"，何况徐彬彬本来腿就有残疾，肩上再压几十斤的自行车，车大杠硬朝他肩膀肉里钻，疼得他咬紧牙关苦苦支撑着往前走。走到大桥中间的时候，早已累得气喘吁吁。

　　"叮当当！叮当当！"后面传来自行车铃声，一前一后两辆自行车从他们身旁驶过。

　　"嗬！新鲜啊！只见过人骑车，没见过车骑人，今天撞上了！"两个骑车人调侃徐彬彬。

　　"去你的！"王芳芳回敬路人。

　　"哈哈哈！"骑车人迅速骑离。

　　王芳芳望着前面艰难行走的徐彬彬，心里充满自责。都怪自己想看戏，要不然也不会让心上人吃这么大苦，受这么大罪。

　　"我换换你！"王芳芳劝徐彬彬停下脚步。

　　"唉！你行吗？"徐彬彬放下自行车，一屁股蹲在桥边的人行道台阶上，苦笑着。王芳芳扛起自行车，晃晃悠悠勉强走了几步，不行，实在扛不动。怎么办？先下大桥再说，用扁担抬着走，两人不约而同地想到。好不容易下了大桥，两人顺着路旁大树寻找，费了九牛二虎之力，才扳下一根树权当扁担用。

　　两人抬一阵歇一会儿，苦趣又变成了乐趣。

　　鸡叫三更的时候，精疲力竭的徐彬彬和王芳芳才回到虞家湾。

不久，上面传达了文件，国家发生了一件地动山摇的大事。知青和社员们闻讯吃惊不小，心里也不知是啥滋味。

"唉！真没想到形势发生了这样的变化。"时枫摆弄着收音机，把听筒戴上，收音机中传出《三大纪律八项注意》的歌曲声。

不管国内发生了何种政治大事，跟党走毋庸置疑，在父母亲和丁凤琴、吴以勤等党员的鼓励下，南军生决心追求进步，争取早日投入党的怀抱。南军生积极主动表现，丁凤琴和吴以勤都表示愿意当南军生的入党介绍人。

对这件事比较敏感的是南军生。在他的心里，这不是一个人或者几个人的事情，后面一定会有从上到下的人事大变动和政策的大调整。而他首先担心的是苏琴琴，这个事件毫无疑问会改变她的命运。

第三十五章

严寒数九，冬大如年。

火叉一头热。

——民间谚语

一

二十四节气中的冬至到了，沭阳民间有"冬大如年"的说法，农村都十分看重这节气。冬至前一天叫冬晚，老百姓的生活虽然不太富裕，再穷的人家也要买鱼买肉过节。

冬晚这天家家都要蒸馍头，蒸馍头后再炜豆子，炜熟的豆子放在蒲包中，放在厨房草窝里捂，豆子发酵后放入大葱、生姜、辣椒、花椒、冬瓜、盐等调味，做成酱豆子。社员们早晚饭都用酱豆子当小菜，沭阳人吃饺子不花钱去买醋，都用酱豆汁蘸饺子，酱豆汁倒成了一种味道鲜美的调味品。

冬至过后，离年不过五十天，吴以林决定放两天假，让大家好好过年前这个节。知青们乘空闲去沂北街赶集。当然赶集不忘买点鱼肉回来，改善一下伙食，打打牙祭。

社员乘机外出打猎，收获不少野鸭和大雁。许兰兰的父亲不忘给未来的女婿送来一只鸡和几棵大白菜。

"我们大家沾了军生的光，礼物不拒，受之无愧！"时枫一边拔鸡毛，一边笑呵呵地说。

"这老岳父不忘女婿节日生活，真该谢谢他。"徐彬彬边烧锅边插话。

"哎！我说彬子，你的丈母娘怎么没有表示？"时枫笑着问。

俗话说，世上没有不透风的墙，徐彬彬与王芳芳谈恋爱的事隐瞒不

319

过，还是被女家透露出来。

"没忘记，嘱咐我明天正冬去她家吃饭。"

"这别人就无法享受了。"时枫笑了。

"怎么无法享受？"屋外面传来江淮海声音。

"哎哟！老海，你也来啦！"时枫站起来说。

"快来！"江淮海说。

江淮海支好自行车，只见他从车龙头上摘下一条大鱼和一挂肉。

"发财了？老海。"南军生出门问，他接过江淮海递给他的一挂肉。

"冬至又逢星朝天，主任说放两天假，都回家过节去。我家在哪里？还是回九龙口知青宿舍和你们一起过节。"

"公社发的鱼肉？"徐彬彬问。

"公社哪能发这些，都是别人送的。"

"老海当公社代理秘书，有人送礼了。"

"后窑大队河塘戽水，我和公社王秘书有事走哪儿，大队干部非送几条鱼。"江淮海将沉甸甸的鱼往厨房地上一放。

"乖乖的！这条大鲤鱼起码有七八斤重！"

"猪肉是谈寨社员谈运斌送的，我不要不让。"

"无功不受禄，你当秘书做些什么受人巴结？"

"不是！上个月谈寨大队社员谈运斌奋不顾身跳入河中勇救落水小孩，我得悉后写了稿子，广播站播出了，报纸上也登了。小孩家人为报答谈运斌救命之恩，前几天杀猪上街卖肉，顺便割了块肉送给他，谈运斌又转送给我。"

"看来做好事会受人报恩。"

"把鱼割成块腌起来，随时想吃都方便。肉就包饺子。老海回来了，咱们几人喝点酒一醉方休！"南军生说。

"全动手！"南军生、时枫、江淮海和徐彬彬四人高高兴兴地包起了饺子。

冬至快乐，大家猜拳行令痛快地喝酒。

"你们才吃饭呀？"门外传来姑娘银铃般的声音。

"哟！是玉珍呀！来，一起吃饭。"大家站起来客气地说。

"你们都吃吧！我吃过了。"姑娘说。

"你先坐一会儿，大家马上就吃过。江淮海你开下女生宿舍门，让玉珍坐坐。"

江淮海看着另三个人嚷嚷着饮酒取乐，倒也热闹，便找钥匙打开女知青宿舍门锁。

这位姑娘是生产队长吴以林的大女儿，名叫吴玉珍，她也是妇女队的队员。无事不登三宝殿，时枫心想，这时候姑娘上门找知青，肯定有事。

"江淮海，二喜从部队来信，我不识字，请你帮我念念。"吴玉珍忸怩地从口袋里掏出一封信。鼓足勇气，涨红着脸对江淮海说。

信封上寄信地址是山东长岛某某部队，不用多问，这是当兵的方二喜寄来的。

方二喜是位本庄青年农民，黝黑的脸倒也五官端正，长着一脸喜相，憨憨地见人就笑。二喜家境一般，在庄上算个经济中等人家，凭劳动挣工分。他上到小学四年级便辍学务农。方二喜的特点是喜欢与人插科打诨，说些幽默风趣的话，逗得社员开心捧腹。方二喜有一副热心肠，爱帮人家忙，前几年丁凤琴难产，方二喜二话不说，深夜冒雨抬她去医院。丁凤琴心中过意不去，总想什么时候报答他一下。

吴玉珍年龄二十，正是芳心涌动年华，她身材苗条，长长脸庞，皮肤微黑，脸上长着一个天然酒窝，嫣然一笑，惹人喜欢。

俗话说皇帝女儿不愁嫁，生产队队长的千金，说媒的人不少，吴玉珍也相过不少，但没有一个她看上眼。

说来也奇怪，这九龙口的方二喜偏偏看上本庄的吴玉珍。

在沭阳农村不太盛行自由恋爱的年代里，"男女授受不亲"的封建思想仍然在人们头脑里根深蒂固。二喜在本庄与吴玉珍天天见面，不好主动去接触她，就托丁凤琴出面为他去吴玉珍家提亲。丁凤琴见方二喜求她，便一口答应，心甘情愿做一次媒人。

吴玉珍见丁凤琴亲自上门说媒，也是心有灵犀，被二喜幽默风趣的语言和乐观向上的生活态度所吸引。与这样的人相配，生活中不乏葱花油盐，有滋有味。

吴以林见女儿没意见，也就答应下来，双方家人都同意，这门亲事就初步定了下来。

其他青年知道后便调侃道："这叫九龙口'自产自销'。"

早也好晚也好，好事情偏偏凑巧，正在这时候，二喜报名参军被批准，还未来得及举办定亲酒席，二喜当兵要走了。

玉珍见穿上绿军装的二喜更加英俊潇洒，心中窃喜。二喜要走，她送行到沭阳。没有花前月下，没有海誓山盟，这恋爱才开场，没有谈情说爱诉衷肠，这些都随二喜当兵飘若浮云。

二喜上车走了，吴玉珍望着远去的车辆，心中怅然若失。

二喜当兵去了山东长岛，临走连玉珍的手都没牵下，心里痒痒的，有些不甘，又十分思念，便写一封信告平安，也寄托情丝。玉珍心中想着二喜，明白未来就是他方家的人，连一句情话都没说，也不会说，二喜临行就等来玉珍一句话："你走吧！我在家等你四年。"

二喜插翅飞了。

想见二喜不容易，见到二喜的信激动好半天，可是自己是个睁眼瞎，不识字，洋气话叫文盲，她不知道信中内容是什么。吴玉珍想请别人看看二喜在信中说什么，可是庄上识字的仅两三人，除了会计徐维高就是记工员徐士成，还有代课老师许兰兰。会计徐维高年纪大，不大适合看情书；记工员徐士成喜欢在妇女面前打情骂俏，不稳重，吴玉珍怕他有人前没人后地瞎说；许兰兰是老师，但前两年有人传说方二喜想追她，至于许兰兰心中如何想，是答应还是拒绝不得而知。后来许兰兰当了代课老师，显然眼光高了，此事也就不了了之。请她看二喜情书，似乎不妥。

吴玉珍考虑半天，唯有请知青们帮她看看。三个女知青，苏琴琴当兵，顾小雨回京，还有一个刘红不幸遇难。

看来这封信只能请男知青看。

"请你看看信中说什么？"吴玉珍对江淮海说。

"亲爱的玉珍。"江淮海读了一句，瞭了吴玉珍一眼，只见她脸瞬间红了。

亲爱的玉珍：

　　你好！

　　我自离开家乡沭阳后，一路火车奔跑，夜里到达山东胶州半岛，然后乘船到海里的长岛，在一个训练基地集训。我们沭阳来的新兵很多，认识的有一起来的王俊、王成、朱锁成、鲍俊斗等。听训练班长说，新兵要训练一个多月才结束。在这里纪律很严，一切行动军事化。新兵们相处很好，伙食也不错，比在家强。玉珍，不要惦记我，有空去我家（以后就是你家）看看父母。也替我问候你家大爷和大娘。

　　此致

敬礼

二喜

12 月 20 日

　　江淮海一口气读完信，然后把信交给吴玉珍。

　　吴玉珍获悉了信的内容，激动而又忐忑不安的心才慢慢平静下来，她吁了一口气。吴玉珍心里一直有个担心：方二喜当兵离开家，凭他聪明的头脑，在部队表现好，万一提干当了军官，还会理睬自己这个不识字的农村姑娘吗？这定亲就是圣旨？吴玉珍的担心不是毫无理由，要怪就怪自己不识字。

　　"淮海哥，麻烦你了！"玉珍感激地说。

　　"不麻烦，有信还可为你读，需要回信大家都可帮你写。"江淮海对吴玉珍说。

　　"饭要凉了，你抓紧吃饭吧！"吴玉珍歉意地对江淮海说。

　　"哟！酒不要喝完，留点给我！"江淮海送玉珍出门后大叫起来。

　　"有酒！"徐彬彬回答。

　　"哈哈哈！"

　　江淮海回到男生宿舍，南军生、时枫和徐彬彬喝酒正酣，见江淮海坐下来，时枫指着半碗酒说："这是留给你的酒。"

　　"哎哟！留这么多呀！"

　　"兄弟四人的感情酒一定要喝！"

"我下饺子给你当菜。"徐彬彬站起来。

"吴玉珍来找你干什么？"南军生问。

"方二喜从部队写信来，她不识字请我读读。"江淮海端起酒杯就喝。

"信里写的什么啊？说给我们听听。"时枫笑嘻嘻地问道。

"没有什么，就是平安信。"江淮海答道。

"诶，提起这事儿，我倒有个想法，九龙口社员文盲多，大家看能不能办个扫盲班，我们北京知青教他们识字。"南军生道。

徐彬彬端上热气腾腾的饺子。

"小姑娘恋爱信送给你男生看，也是无可奈何。"江淮海边往碗中盛饺子边说。

"我看行！趁冬天农活少，我们办个识字速成班，牛屋暖和，就在那里办。"南军生说。

"时枫，淮海，都能当教员。"徐彬彬提出。

"我就是太忙。"

"这里是你家，你小子不要躲，晚上，星期天，都要来。"南军生往碗里盛饺子。

"行！1947年我爸在涟水和沭阳周集一带从事革命工作时，就办过扫盲班。我爸常讲，叫什么黑读通识？黑板报、读报、通讯员、扫盲识字，还获得了淮海区政府表扬。现在家里还收藏着当年扫盲油印本。"江淮海一边找醋瓶一边说。

"老革命当年的奉献精神值得我们知青学习。"徐彬彬说。

"军生说得对，知识青年下农村，不仅接受贫下中农再教育，也要送文化下乡，让文盲社员接受我们再教育，反哺农民。我同意办个识字班，让年轻的小伙子和姑娘们都来学习。像吴玉珍这样的人，要是自己会写信，甜蜜蜜的情话她自己就能和二喜鸿雁传书了。"江淮海夹起一只饺子放嘴里。

"我忙中抽闲吧！"江淮海夹起一只饺子放嘴里，边嚼边说道。

吴以林听南军生提议办个扫盲班，如何不同意，自己女儿都找知青看信，也是迫于无奈，谁让她不识字。

吴以林当即召开队干部会议协商此事。

北京知识青年们主动提出办个扫盲班，教社员们识字，队干部们当然乐意，商量制定社员学习制度，用工分奖惩社员学习，调动社员脱盲积极性。

"晚上学习，白天推迟一小时上工，让社员们有充足时间休息。"周成富提议。

"行！"吴以林赞同。

太阳还未落山，周成富的喇叭就响起来了，吴以勤早早将耕牛一条条牵出牛屋，然后将脏兮兮的牛屋打扫干净，静候社员们来学习。

夜幕降临，姑娘们手持一盏盏小油灯，端着小板凳陆续来到牛屋，听北京知识青年教识字。

第一晚授课是江淮海，他乘周末早早骑车来到九龙口，责无旁贷，他懂得为社员上课的重要性，正儿八经地当起了扫盲老师。

"看看！还有不少人带鞋底来纳，是学识字吗？要学就要认真学，有文化将来能找好青年，识字出门在外不为难。每天晚上要点名，扫盲班办完后要考试，凭成绩给工分。"开课第一天，吴队长开门见山，既批评又提出扫盲要求。

扫盲班办起来了，一下子来了三十多个人报名，姑娘们叽叽喳喳好不热闹，连吴队长和周队长也来参加。江淮海和时枫两人轮流做教员。江淮海每天晚上准时到，有事就由时枫教学。

姑娘们都正儿八经地识字，生怕落后。

二.

江淮海三天两头往九龙口跑，夜晚再回到沂北公社住宿，王秘书见他精神不振，认为江淮海身体不佳，一问才知道他经常晚上去九龙口为姑娘们扫盲。

"你们九龙口知青为辅导农民学文化开了个好头，这是个新生事物，应该大力宣传推广，明天召开各大队干部会议，我要在会上向大家推介。江淮海做个典型发言。公社提倡有条件的大队小队都可以照葫芦画瓢，先干起来再说！"司守明书记知道后非常高兴，并指示王秘书："你让公社扫盲校长刘宗玉去协助北京几个小青年，一定要把扫盲班办得有声有色，成为我们沂北公社一个亮点！"

全公社扫盲工作轰轰烈烈开展起来了，南军生他们十分高兴。但令江淮海没想到的是，竟然有一位参加扫盲的姑娘动了心思，对马灯光亮下的扫盲教师江淮海有了好感，害起了单相思。

姑娘叫周成芳，年方十九岁，是生产队副队长周成富的堂妹。

北京几名知青都高大伟岸，具有北方人豪爽豁达的性格。而江淮海却北人南相、白白净净、中上个头、身材匀称，待人态度和蔼，有一种谦谦君子风度，白皙的脸上始终洋溢着笑容。

周成芳呆呆地望着江淮海，心中泛起波澜，下课了，大家都说说笑笑地离开牛屋，唯独姑娘迟迟不走。

"淮海哥，路上黑灯瞎火，我胆小害怕，你陪我一起走吧！"周成芳试探着说。

江淮海是明白人，如何不懂姑娘的心思，他婉转地对姑娘说："你快回家吧！喏！这盏马灯给你拎去。"江淮海将手中马灯递给周成芳。

"你骑车带我走几步吧！"姑娘又来了主意。

"恕我不送你了，我要抓紧回公社，还要熬夜写材料。"江淮海婉转地谢绝。

周成芳没有赢得江淮海那颗心，只好怏怏不乐地离开牛屋。

在那个年代里，周成芳也真够胆大，她看北京知青来到九龙口插队，徐彬彬赢得了爱情，南军生收获了许兰兰的芳心。难道主动进攻的她就不能圈下江淮海？江淮海在她心目中是一位帅男，机不可失时不再来，她想借扫盲学习之际透露心扉，赢得江淮海的心。不料江淮海借故推辞，姑娘失望了。

江淮海为何不愿理睬姑娘？原来他心中有个秘密一直没有公开。江淮海家里还有个姐姐，比他大一岁。

江淮海上山下乡去农村插队，姐姐分配到小学当一名教师。实际上姐姐并不是江淮海亲姐姐，而是一位烈士的遗孤。

1947年2月20日，江淮海爸爸江建华所在部队在掩护北撤干部家属队伍到达沭阳安峰山时，突然遭到国民党军队28师李良荣部的包围，江建华和战友们浴血奋战一整天，弹尽粮绝。深夜突围时，一位战友受了重伤。战友弥留之际对江建华说："我爱人在战斗中牺牲了，留下个刚满月女儿，临时寄养在沭阳北桑墟乡一位蒋姓老乡家中。如果你冲出去，请你收养她。长大后做女儿做儿媳我都愿意，你答应我，我也就瞑目了。"

江建华含着热泪答应了战友要求。江建华他们经过浴血奋战，直到凌晨，终于突出重围，而那位战友却英勇牺牲了。

解放后，江建华夫妇重回安峰山，凭吊了烈士，他们不忘战友重托，又寻到桑墟乡，接走烈士的遗孤，并把她养大成人。

在姐弟俩的问题上，江建华夫妇有个想法，就是待他们长大后自己选择相互关系。

姐姐江淮涟和弟弟江淮海在北京一起读书长大，感情深厚。上山下乡运动时，江建华特意留下女儿江淮涟，让江淮海去农村插队锻炼。下乡后不久，江淮涟被分配到海淀区某小学，成为一名教师。

淮涟知道她的身世，与淮海姐弟相称，感情深笃，长大以后关系如何发展，谁也不愿早早挑明。

江淮海的想法与众不同，他不愿意在农村谈对象扎根安家。他要利用一切空闲时间抓紧学习，写报道、写小说，走文学道路，将来当一名作家，等待知青再教育期满回北京发展。

公社王秘书知道江淮海晚间去扫盲，忙到深夜才返回，便承揽了他的许多工作，让江淮海精力充沛地去九龙口。

知识青年上山下乡来到沂北，不仅仅是参加生产劳动，还从事脑力劳动，利用自己学到的文化知识改变农村一穷二白面貌，为建设社会主义新农村贡献青春。知青们参加农村扫盲，应该鼓励和大力支持。

北京知青办夜校为社员们扫盲很快引起其他生产队效仿，许多外大队知青也来参观学习，办夜校一时在沂北公社蔚然成风。

"这样的事例不多，应该及时报道扫盲夜校的新闻。"司守明书记获悉后，对王秘书说。

有司书记的鼓励，江淮海又亲自担任扫盲教员，有亲身经历，有感受，有体会，他决定自己动笔写稿子。

三

"沭阳人民广播站，现在是新闻节目：沂北公社虞家湾大队发挥知识青年在建设社会主义新农村中的积极作用，利用他们的知识文化专长，开办扫盲夜校，为广大社员脱盲作贡献。"

"哎！哎！听播音！听播音！"

几位知青正在穿衣起床，广播喇叭里传出他们举办夜校的新闻。

大家顿时兴奋起来，自己开办扫盲夜校的事情被沭阳广播站播出了。

"这则新闻有可能要引起上面重视，甚至在农村推广。"南军生一边穿衣服一边说。

江淮海这些天够兴奋的，不仅投稿被县广播站采用，连省里的报纸以及省地广播电台都报道了。

前来取经的知识青年和报社采访不断，司守明传达通知：县里要在沂北公社召开扫盲现场会。

不仅江淮海在忙，公社上上下下也在忙，南军生更忙，为的是迎接全县扫盲现场会在虞家湾大队召开。

江淮海的一篇报道引起全县轰动，知青们都知道了沂北公社北京知青开办扫盲夜校、为不识字社员扫盲的事。后来江淮海被县里抽去新闻报道员培训班学习，还在培训班上做经验介绍。

江淮海真是出尽了风头，也坚定了他走新闻报道和文学创作这条路的信念。

第三十六章

人无一生富，世无一辈穷。

十年河东十年河西。

——民间俗语

一

冬天又来了，外面下起了小雪。扫盲教学暂告一段落，大多数学员有了明显收效，基本达到了小学二三年级水平。南军生和时枫今天无事，就在屋里围着火盆看小说。小说是江淮海送来的手抄本，南军生抱着的那本叫《归来》，时枫抱着的那本叫《一双绣花鞋》。两本小说都是江淮海抄在大笔记本上的。小说中有不少错别字，有的句子也不太通顺，但是内容不错，情节拿人。两人也不说话，津津有味地看着。

"梆梆梆！"有人敲门。

时枫站起身来，以为是谁来找他去代两宝呢，谁知打开门一看，四目对视间，时枫当时就愣住了："苏琴琴？"

南军生抬头一看，果然是苏琴琴！

苏琴琴站在门外雪地里，望着两人半晌说不出话来，呆呆地一动不动。"苏琴琴，快进来吧！"南军生和时枫上前接下她的背包和拎包，热情地招呼她进屋，苏琴琴这才回过神来，跺跺脚上的雪。

走了一年，知青宿舍还是老样子，没有多大变化，只是觉得冷清了些。可不是嘛，三个女生都不在了，男生只剩下南军生、徐彬彬和时枫，彬子白天还在卫生室上班，没时间回来。彬子现在和王芳芳搞起了对象，时间就更少了。火盆里燃烧着玉米芯，火苗正旺，室内暖烘烘的。时枫忙不迭去拿水壶倒开水："南军生，老海拿来的茶叶呢？来点儿！"

"在抽屉里，你自己找。"

"苏琴琴，喝水。"时枫沏了杯茶端到苏琴琴面前，接过她手中的拎包，放在饭桌上，转身随口问道："你不当兵了？"

苏琴琴苦笑了一下，应道："不当了，退伍了。"

南军生没多说话。他已经瞅出苏琴琴有点不对，憔悴的脸上有些倦色，好像是受了委屈，不用问，心里也猜出个八九不离十，便安慰她道："回来也好，我们还是一起干。"

南军生见苏琴琴身着军装却没有领章帽徽，一定是提前退伍了。退伍后，上级肯定是让苏琴琴哪里来还回到哪里去，回不了北京，却不去投亲靠友，又来到九龙口，说明她还是信任这班老同学。

父母的事情归父母的事情，同学的事情归同学的事情，不能搅和在一起。在这一点上，南军生和时枫都把握得住。落井下石、嘲笑挖苦，这种事情他们干不出来。苏琴琴从走向辉煌到跌入深渊，大起大落，转了一个圈，又回到原点，心理落差还是很大的。不过，当了一年多兵的苏琴琴也不是当初的苏琴琴了。人情冷暖，世态炎凉，她已经能够勇敢面对。最有说服力的例子就是南军生，他现在不是活得好好的吗？既然命运弄人，那就从头再来好了。

退伍前，苏琴琴曾给父母写过信，但都是石沉大海、杳无音信。她唯一亲近的人就是远在青海的方华，而方华又不在身边，寄一封信要走一个多月，她只有耐心等待。

"琴琴，方华找你去了，你见着他了吗？"南军生问。

"见着了。他当兵的地方太远，离兰州还有将近两千公里的路，在山沟里。"苏琴琴回答。

"唉，早知道是这样，还不如我去呢！这下好，你跟华子俩转着圈捉迷藏！"时枫点起一支烟，用火筷子拨弄火盆中的玉米瓤。

"真是没辙！"南军生说，"没事儿，天无绝人之路。琴琴回来就回来，塞翁失马，焉知非福，咱们另想办法。老时，做饭吃，今晚吃点好的，给琴琴接风！"

二

方华收到苏琴琴的信，已经是半个月之后。他站在菜筐边迫不及待地撕开信封。

看了苏琴琴的信，方华顿时瞠目结舌，简短的内容只告诉他她要提前退伍，别的啥也没说。这消息令方华猝不及防，乱了方寸，一时间竟不知如何应对。他清楚接到这封信时，琴琴已经返回九龙口。十年河东，十年河西，她又回到了原先插队的乡间。

"方华，咋搞的？菜里盐放多了，齁死人！"炊事班长嚷道。

那几天，方华头脑一直迷迷糊糊，一副魂不守舍的样子，注意力不集中，老是做错事。

"小方，是不是有什么心事？"班长问他。

"班长，确实有点事。都怪我。"

"什么事情，能跟我说说吗？也能帮你拿拿主意。"

"是这样，班长，你还记得去年春节前文工团来演出的事情嘛？"

"记得，你不是还和人家握了手吗？"

"是的。"方华把自己和苏琴琴的事情前前后后、仔仔细细给班长讲了一通，最后问道："你看我该咋办？"

班长说："不管咋办，你得把三年兵先当齐了再说。"

方华心中有事儿，翻来覆去一夜没睡好觉，他在考虑下一步怎么办。为追随苏琴琴，他千方百计，不惜挤掉老时才争取入伍来到西部，结果仅仅见到她一面。想长期与她在一起，绝无可能。这步棋走错了！问题是，现在苏琴琴回到了九龙口，她该如何面对今后的生活？

"不行，我去找排长。"方华边穿衣边说。

"干什么？"同室战友见方华一骨碌翻身下床，不解地问。

"我要办理退伍。"

"你神经啊？半夜去惊动人家！"

方华听战友一说，猛然醒悟，半夜两点钟去打搅排长，是不是头脑进水了？想到这里，方华用手拍拍脑门，唉！明天再说吧。

第二天天一亮，他忙不迭地找到排长，提出自己想退伍。

"小方，部队不是放牛场，不能你想来就来，想走就走，服役必须满三年以上才能复员退伍。"排长见方华冒冒失失地来说这件事，心中有些纳闷，这小子怎么了？

想回去是没戏了，他有点泄气，心中没了辙，想提前退伍，时候未到，日子还要熬下去。目前能做的，就是一心一意扎根军营当好兵，最好争取入党。

三

苏琴琴回来后，情绪一直比较低落，整天愁眉不展。南军生示意许兰兰多加陪伴，慰藉她一颗失落的心，这让苏琴琴倍感温暖。

"学校缺一个代课老师，苏琴琴是最适合人选，是不是可以想想办法？"许兰兰向南军生提出。

这真是个好机会！正愁苏琴琴没有事做，许兰兰的建议让他眼前一亮。看来这事要找周成华书记协调才行，代课老师的岗位是半脱产。

"这事我要跟公社文教股和吴以林队长通个气，首先要得到他们的同意，生产队还要给工分。"周成华留有余地。

虞家湾大队有个教学点，只有初级小学，还是复式班。只有三名教师，除了许兰兰，另两名都是初中生，水平不行。教育局视导检查听课，其中一名教师竟然把"马驹子"念成"马狗子"，把"喝酒"写成"唱酒"，让人哭笑不得。这个教师是原大队退下的副书记儿媳妇，尽管误人子弟，周成华顾及同事面子，也不好撵她卷铺盖走人；公社文教股颇有意见，决定在寒假期间调整她。

公社主动当了家，不用大队得罪人就能解决问题，周成华如释重负。可公社教育师资力量薄弱，上哪儿找到又红又专的老师顶替？公社文教股让虞家湾大队自己重新找一个合适的，把足球踢回了虞家湾。

南军生介绍苏琴琴，周成华认为从北京知识青年中挑选代课教师切实可行，苏琴琴有文化基础，有艺术天赋，有知识青年的身份，还当过兵，再合适不过。

"行，就先让苏琴琴当临时代课教师。"周成华沉吟半晌，终于拍板。

临时代课！南军生有些不领会，已经"代"了，为什么要再加个"临时"？南军生仔细琢磨了一下，负负得正，他终于理解了周成华的良苦用心。多了"临时"二字，回旋余地极大，苏琴琴该干什么干什么，谁也管不着。即使上级万一哪一天追查责任，"临时"嘛，有何不可？南军生从内心里服气：这个周书记，看似文化水平不高，智商却不低，是一条真正的老狐狸！

南军生把这个消息告诉了苏琴琴，苏琴琴喜出望外，感激地对南军生和许兰兰说："真是太感谢你们了！"

"以后咱俩就一起去学校了。"许兰兰微笑着说。

当代课教师温暖着苏琴琴那颗冰冷的心，这温暖来自南军生和许兰兰无微不至的照顾，在她陷入困境万般失落之际，她感受到了来自知青群体的关怀。三、四年级的语文课，两个班的音乐课，苏琴琴的课程排得满满的，与欢蹦乱跳的孩子们整日在一起，苏琴琴心里很充实，逐渐从阴影中走出，阳光又呈现在她灿烂的脸上。她再次拉起了久搁不动的小提琴，欢快的乐曲从灵巧的指间奏响，飘扬在乡村小学的上空。孩子们围拢过来，静静地聆听这美妙的音乐，佩服这个当过知青又当过解放军、一口普通话的年轻老师。

四

春节又到了，时枫独自回了趟北京，南军生、江淮海和徐彬彬都没走，在九龙口过年。

南军生当上了大队干部，方华当了兵，徐彬彬干起了赤脚医生，连复员不久的苏琴琴也很快地成了小学代课教师，而自己只是一个小小的生产队民兵排长，天天修理地球。光阴似箭，日月如梭，青春一天天飞逝而去，自己的未来往何处去？时枫一直在思考这个问题。别看他外表粗豪，内心里该想的事情他还是一遍遍仔细地想过。今年有不少插队知青已经受不住农村艰苦，不断往省、地区和县里群访，目标只有一个：回城工作。

南军生拦住了他，不让他加入串联的知识青年上访群体，身为大队共青团干部的南军生要对稳定当前形势负责，时枫理解南军生的做法，这是为了将来也为了自己和大家。回北京去看看其他插队外省的同学，从他们那里得到一丝信息和安慰，也是他另外一个想法。

时枫回到北京了。久违了的首都和家乡，几年前的印象如故，京城面貌依旧。他站在长安街上，望着公共汽车和自行车人流，匆匆驶过的车辆没有人发现一名孤单的北京知青站在街边。

到家歇了两天，他去看顾小雨。走进宽街一处胡同，顾小雨家还是在那所变化不大的大杂院里，不同的是院门口那数百年前的龙凤石鼓、装饰美化用的"朱雀、玄武、青龙、白虎"瓦当和美轮美奂的檐画等都消失得无影无踪。时枫暗自思忖，这种事自己当年可没少干过。

时枫见到了顾小雨，她感到非常意外。顾小雨现在大门不出，二门不迈，一天到晚就是关起门来不停地作画。地板上、墙上，到处是画，俨然一个家庭美术馆。

"大家都好吧？"顾小雨放下画笔，关心地问。

"都好，就是刘红，前年为抢救队里的耕牛牺牲了。"时枫双手捧着茶杯，低沉地回答道。

"啊！"顾小雨呆住了，嘴巴张得老大老大，手中的画笔掉落下来，地上沾满了墨迹。

顾小雨意外地得到刘红命丧九龙口的噩耗，她们是同班同学，同赴沭阳插队，同居一室，情同手足，现在刘红英年早逝，顾小雨哭了，哭得非常伤心。

她离开九龙口后，没有再与他们联系，不是不想，而是不知道说什么、怎么说。时枫又介绍了九龙口"旱改水"大获成功、方华和苏琴琴搞对象、苏琴琴先当兵、方华后当兵的事情；又讲了江淮海被公社借用、徐彬彬当了赤脚医生的事，最后重点介绍了南军生的情况。

"说了半天，你自己情况怎么样？"顾小雨问他。

"我？仍然是革命群众，每天参加队里的劳动。"

"老时，其实你是一个大好人！"顾小雨说。

"这年头好人有啥用？我是无所谓，你今后怎么打算？"时枫关心地问顾小雨。

"找个地方安身立命，最后是出家，远离红尘。"顾小雨并不想对时枫隐瞒心里的想法。

"难道你想独身为尼？"时枫吃惊地问。

"不想拖累别人。"顾小雨父母想为年龄渐大的她介绍对象，都被她婉言拒绝，她不想再委身于人。

"别想那么多，小雨，你还是得从阴影中走出来，天不会塌，地也不会陷，好好活下去才是硬道理。像我这样，难道不过了？我相信未来。"时枫鼓励顾小雨。

顾小雨摇了摇头，苦笑着，她托时枫带给丁凤琴孩子两件玩具，一串铜风铃，一辆铁皮做的小汽车。

"凤琴姐的宝宝到处跑了。"时枫笑着说。

"时光过得真快！"顾小雨脸上终于露出一点笑容。

时枫在京期间没有见到老同学，天各一方，插队北大荒的、大西北的、大西南的，到处都有；留城的都在工厂企业上班，在各个岗位忙碌。走过街道，时枫感觉到了居委会大妈异样的眼光，似乎怀疑他是知青队伍中的逃兵。

时枫要见的人还有南军生的父母。这是南军生的意思，因为母亲一直关心自己搞对象的事。她对许兰兰既有好感又有顾虑。父母离开九龙口后，母亲经常给南军生写信，劝他要理智，不要一时冲动，自毁前程。

"我就不想让他在农村早早谈恋爱。"沈慧为时枫倒了一杯水。

"阿姨，我也有同感，知识青年总不能待在九龙口一辈子吧！"时枫顺着沈慧的话说。

南山和沈慧从苏北回京后，南山单位领导班子实行了"老中青"三结合，南山担任了某部革委会副主任，享受副部级待遇。沈慧岗位也未变动，不过是在单位里挂个闲职。

南山与沈慧意见不同，南山认为孩子不小了，恋爱婚姻应由自己选择，父母就不要横加干涉。知识青年上山下乡到农村插队，锻炼了体魄、磨炼了意志、提高了觉悟，他们是国家栋梁，未来属于他们。儿子看中农村姑娘，说明有他的考虑和选择，他们不能鼠目寸光，门缝里看人看扁了。要相信孩子已经长大，不是多年前那个唯唯诺诺的乖宝宝，他的路要让他自己走。

　　"让军生自己去闯，路还长着呢！"南山这句话分量很重，既是对沈慧也是对时枫所说的话的答复。

　　沈慧很无奈。儿大不由爷，女大不由娘，有什么办法呢？她白了南山一眼，不好再说什么。

　　时枫返回九龙口，向南军生通报了他父母对其婚姻的态度，南军生心中涌起一线希望，不管怎么说，要想办法改变许兰兰的现状，为将来创造条件。

第三十七章

人不在大小，马不在高低。
人往高处走，水往低处流。

——民间俗语

一

周成华书记传递给南军生一个消息，公社给了虞家湾两个推荐上大学的名额。按照公社要求，要推荐一名回乡知青，一名插队知青。在回乡知青中，挑来选去，唯有许兰兰符合条件。周书记还告诉他，推荐许兰兰上大学，公社李虎副主任是特地打了招呼的。至于插队知青，不管是北京的、南京的，还是淮阴的、沭阳本县的，只要下放劳动两年以上、表现突出，都有被推荐的资格。只是名额太少，表现好的知青有近二十个，一时不好定夺。

说是好消息吧，自己不一定能轮得上；说是坏消息吧，总还有那么一点机会，至少许兰兰有希望。

"要是许兰兰走了，你舍不舍得？"周书记笑眯眯地望着南军生。他知道南军生和许兰兰的特殊关系，故意这样试探他。

"当然舍得！这么好的机会，我怎能拖她的后腿？"南军生当然高兴。能去上大学，对许兰兰来说，是她跳出农门、改变人生的唯一机会。

"这事还没有确定，你暂时先不要告诉许兰兰，心里有数就是了。"周书记关照他。

"行。插队知青怎么安排？"南军生问周书记："有什么条条杠杠和具体程序吗？"他期望自己也能赶上这班车，实现两人双双进大学的梦想。

"有。"周书记说，"你今晚通知所有知青到大队开个会，文件在我办公室抽屉里，你给大家念念。按照自我申请、群众评议、大小队审核的程序，把材料报公社招生办去。王秘书是招生办主任，他具体负责。这次上大学，按照文件精神，基本上是社来社去，也就是从哪里推荐来的，毕业后还回到哪里参加工作。"

周书记又说："你等会儿去大队，在大喇叭里喊喊，通知大家来开会。"

南军生这下明白了，不管插队知青还是回乡知青，上大学要有个承诺，这个承诺就是要永远扎根在沂北公社，为建设社会主义新农村做贡献。于是答道："行。我现在就去通知。晚上再通知一遍。"

南军生知道李虎曾追求过许兰兰，许兰兰也没瞒他。这次李虎主动替许兰兰打招呼，是出于同学情谊，还是想重续前缘，南军生也拿不准。但不管怎么说，让许兰兰去上大学，将来有一个好的前程，是南军生发自内心的愿望，哪怕她将来追随李虎而去，也不能让她失去这样的好机会。可是要说南军生一点也不吃醋，心甘情愿地让自己心爱的人做别人的媳妇，那是骗人。

周书记走后，南军生去大队部通知开会，路上碰巧遇见了许兰兰，他心里实在憋不住，还是把这个消息告诉了她。许兰兰又惊又喜，几乎不相信从天而降的馅饼会砸到她头上。当她得知李虎也从中帮忙，许兰兰怔住了。她深知李虎内心还恋着她，自己要是接受了他这番好意，就欠下了他的人情债，今后怎么还？要是不接受，恐怕再也没有机会了。争取还是放弃？许兰兰感到左右为难。

"有必要去一趟！"南军生心中真舍不得许兰兰走，但为了她的前程，自己必须放手。许兰兰家没有过硬的后台，回乡知青也不是她一个，狼有狼道，蛇有蛇道，说不定冒出个谁来，就能把她给顶掉，为保险起见，还是得请李虎加大力度，从中帮忙。

"我不想去找他。"许兰兰对南军生说，"万一他要是跟我说些啰七八嗦的，怎么弄？"

"能有什么啰七八嗦的？无非就是他想追求你。追不追，是人家的事；爱不爱他，是你的事。大主意自己拿，人正不怕影子歪，怕什么？事关重要，你最好还是去一趟。"南军生劝许兰兰正视现实，机会稍纵即逝，不能赌气任性。他是团支部书记，全大队几十个知青的具体情况他都清楚。

"偏不去！难道你不爱我了？"许兰兰故意使小性子。

"爱！真正的爱谁也夺不走！"南军生坚定地说，"一事归一事，主动权在你手里，自己把握好就行了。"

他告诉许兰兰，以后在一起成家立业，进京的门槛很高，凭一个农民身份进北京，恐怕比登天还难。如果上了大学，有了文凭，又是城镇户口，将来进京的难度就要小得多。南军生这么一说，许兰兰有点明白了，决定单枪匹马去见李虎一次。

二

到公社找到李虎，李虎正在宿舍里看书。见许兰兰来了，赶紧起身把她让进宿舍，搬过椅子请老同学坐。

"李主任，听说今年要推荐人上大学，有这事吗？"许兰兰假装事先不知道。

"周书记没跟你说吗？"李虎见到许兰兰主动找上门来，很高兴，从抽屉里拿出一张表格，对她说，"喏，给你，我从王秘书那里拿来的。"

"谢谢老同学！"许兰兰客气地说。

"瞧你客气的，听着都生分。我们是同学，我不出力谁出力？你不要不领情啊！"李虎看着许兰兰，笑眯眯地说。

"老同学的情我还是要领的，谁叫我们是同学呢？"许兰兰不卑不亢。

"光是同学情，就没有别的什么情啊？"李虎嘿嘿笑着回应，许兰兰知道他想说什么。

"别的还有什么情啊？要是爱情，我现在已经有对象了，你来晚了一步，赶不上趟了。"许兰兰笑呵呵地说。

"谁呀？就是那个北京知青南军生吗？"

"是的，就是南军生。作为老同学，我感谢你对我的帮助，更希望你支持我的选择。"许兰兰在李虎面前挑明了与南军生的感情，也巧妙地拒绝了李虎的单相思。

李虎听罢，说道："南军生人不错，你还是蛮有眼光的。"

"你说的是真话还是假话？我怎么听起来像假的？"许兰兰看着李虎，开着半真半假的玩笑。

"真话真话。我虽然现在身上担着这点差事，终究是乡下土包子。我和南军生接触过几次，这个小青年还是蛮有水平的。"到了这个时候，李虎只能自己找个台阶下。不管怎么说，自己也是公社干部了，不能做出那种乘人之危的小人勾当。

拿到表格，这件事就八九不离十了。告别李虎，许兰兰回到虞家湾，参加大小队组织的推选。许兰兰符合推荐条件，人际关系也好，大小队党员干部和贫下中农代表一致通过。周成华书记不得不忍痛放行，他清楚大队教学点离不开她，走了许兰兰，教师缺人的难题又摆在他面前。

李虎虽然利用职权帮助老同学上大学，但许兰兰条件合格，谁也说不出什么。论起条件，李虎年纪轻轻地就做到了公社革委会副主任，前程似锦，他也不想在感情的旋涡里转来转去，也许今生和许兰兰没有缘分吧，强扭的瓜不甜，罢了罢了，不如就做个同学也好！

虞家湾插队知青总共有六十一人，参加生产队劳动两年以上的四十八人，表现比较好的十二人。这十二个人中间，南京、北京、淮阴、沭阳的都有。南军生是大队团支部书记，主持推荐评选工作，不好参与竞争，主动退出，实际参与竞争的有十一个人。沭阳本地的两个人，刚听到一点风声，就开始八仙过海各显神通，钻窟打洞，找门子、托关系；淮阴三个人，其中一个有点门道，关系七拐八拐已经找到周成华这儿了；北京的还剩下时枫、徐彬彬、江淮海三人，只有江淮海在公社大院混得久，好像有点关系，能认识这个书记、那个主任，可到了裉节上，谁也不肯真出力帮忙；剩下南京三个人，有两个是女知青，天天缠着周成华，搞得他也没办法。

周成华是个老江湖，知道上面下来的关系，自己谁也得罪不起，干脆在大队成立一个临时"招生小组"，自己任组长，南军生任副组长，主持工作，把这事全交给南军生，自己闪了。

南军生有办法，他连夜起草了一个推荐评分标准，按照细则打分，公开透明，谁也捣不了鬼。谁得分最高，谁走人。弄到最后，南京知青丁家新以 1.5 分微弱优势胜出。一颗红心，两种准备，大家继续努力，明年再争取。

这么一个挠头的难题居然被南军生轻松破解，周成华从内心里服气：真是后生可畏！这家伙要是在实际工作中再磨炼几年，不得了！

许兰兰要走了，南军生和苏琴琴赶到汽车站为她送行。

李虎也来了，毕竟是同学一场，见到替许兰兰拿行李的南军生，心中虽有不快，但还是主动向南军生伸过手去，一边握手一边说："你们俩什么时候结婚，得请我喝喜酒啊！"

"那是肯定的！感谢李主任大力帮忙！没有李主任成全，兰兰不一定能上得了大学。"场面上的话南军生也学会了。

"应该的，谁叫我和兰兰是老同学呢，你说呢，兰兰？"李虎一边说着，一边从提包里拿出一个缎面烫金笔记本，递给许兰兰："做个纪念。希望老同学学习进步！"

"谢谢李主任！"许兰兰笑着接过笔记本，"我也希望老同学取得更大成绩！"

汽车开动，留下一路烟尘。李虎、南军生、苏琴琴他们望着远去的汽车，各自都有不同的感想和心事。在如风逝去的日子里，他们还有许多事情要做。

三

送走许兰兰之后的一段日子，南军生心里空荡荡的，好长时间也没回过劲来。冥冥之中自有天意，自己今生恐怕就是属于九龙口了。

他有个事情心里一直放不下来。入党申请书递到大队党支部几个月了，至今没有消息，他又不好问周书记，觉得自己担任大队团支部书记还不是党员，于情于理都说不过去。他渴望早日投入党的怀抱。

南军生没料到入党过程会很曲折，九龙口生产队党小组在讨论时就遇到了波澜。

在党小组成员会议上，丁凤琴说："我和以勤大爷是南军生入党介绍人。"丁凤琴愿意当南军生的入党介绍人，是因为这班知青在锻炼过程中已逐渐变得成熟，农村需要这样的知识分子，党组织需要这样的新鲜血液，南军生申请入党完全可以考虑。

"介绍人没问题，知识青年下来是接受贫下中农再教育。南军生同志本人表现不错，不过他的家庭情况目前尚不太清楚，是不是先放一放再说？"会计徐维高发表意见。

丁凤琴当然不同意徐维高的说法，她坚持认为南军生年轻有为，立场坚定，完全可以胜任。在九龙口这几年进步很大，群众评价很好，是知青群体中的佼佼者。

吴以勤也同意丁凤琴所说，并确信南军生父母绝对可靠，凭当年革命战争期间的表现，他们不应该有什么问题。

吴以勤想坚持自己的想法，但嘴巴跟不上有文化、会跟风、伶牙俐齿的会计徐维高。徐维高说得好像也有道理，对待南军生入党问题上是要慎重，但心里很别扭。他没有文化，心里有话，可就是茶壶煮饺子——有货倒不出。

"我以二十多年党龄担保！"吴以勤有点急了，在鞋底上狠狠敲了敲烟锅，冒冒失失撂出这句话，他有点不服气，也有点鲁莽。

"这是党小组会议，各人都可以发表意见，以勤你不要激动，慢慢说。"党小组组长吴以林见吴以勤有点来火，赶紧劝他。讨论了半天，吴以林一直在吧嗒吧嗒吸烟，一句话都没讲，耐心听取大家对南军生入党问题的意见。

副队长周成富心中复杂，他与南军生在劳动上接触较少，但对南军生的表现却颇有好感，心底里也想让他通过入党申请。周成富带领大家干活是一把好手，生产劳动中他总是冲锋在前，不怕吃亏。但由于受文化程度所限，他说不出道理来，只能跟着感觉走。尤其是徐维高说的问题，他想想确实很有道理，不宜急拿，便发表了自己的看法："我的意见，先暂时放一放为好。知青进入农村基层党组织，不知道全公社有没有先例，先等一等，看一看，不着急。"

五个党员中有两人持不同意见，让党小组组长吴以林有点为难，个人来说他心里是同意的，他这一票很重要。他想当场表态，三比二，少数服从多数，一点悬念都没有。可是吴以林思前想后，两人存在不同意见，说明南军生的前进路上还有阻力，他们是出于公心还是私心吴以林一时还搞不清楚。他不想与徐维高和周成富争高低，也不想为了南军生的进步而得罪他们。他选择了弃权，实际上就是同意了再等一等的意见。

党小组最终没有通过南军生的入党申请，而是暂缓。吴以林不能旗帜鲜明地公开表态，让丁凤琴和吴以勤大失所望。

会计徐维高对吴以林这个态度比较满意。农村长期存在着旧的保守势力、家族观念、传统习惯、排外思想和狭隘的本位主义观念，徐维高一直对知识青年有不同看法，片面认为他们下乡来是与九龙口社员争夺田粮，增加人口负担。南军生在其侄儿的肥料问题上坚持原则不让步，让徐士成和他感到难堪，一直心存不满，今天对南军生的入党申请浇点冷水，压他一下，也好让这帮小知青知道他徐维高这个"地头蛇"的厉害。

知识青年的到来，对文化落后的九龙口来说无疑是个挑战，尤其是和徐士成这样的本土青年形成竞争。南军生代理妇女队长兼记工员就是一例。徐士成生怕权力会旁落，心中忐忑不安。徐维高心知肚明，授计徐士成乘老婆病未痊愈状况下，找吴队长好说歹说，才又把记工员的大权收回来。

徐维高要徐士成申请入党，但到大队党支部那一关卡住了，周成华认为他表现平平，不少群众对徐士成有看法，说他私心太重。徐维高没有办法，只能暂时把这事放在一边，等待机会。

四

这段时间，虞家湾这边发生了这么多的事情，把知青们的内心搅和得很乱，而远在青海当兵的方华却毫不知情，死心塌地当兵，聚精会神炒菜。没事时，就和战友们打打篮球。

转眼又是一年。到了深秋季节，天气已渐渐寒冷，野外的牧民已经把牛羊赶了回去，筹集牧草准备越冬。军营里的战士们也早就习惯了这样的气候，比刚来时耐冻多了。

"换人，让方华出场，排长叫他！"班长在场外对裁判说。

"排长叫你。"班长对方华说。篮球场替换上其他队员，方华满脸汗水地走出场外，顺手接过战士递过来的毛巾，边擦汗边问班长啥事。

方华的军营生涯即将结束，随着日期一天天临近，他突然有一种恋恋

不舍的感觉。他已经习惯了军营生活。在部队这所大学校里，他学会了遵守纪律，学会了时时处处要有集体主义观念，提高了思想觉悟，开阔了视野，锻炼了意志和体魄，感受到了浓浓的战友情。军营是封闭场所，规矩太多，无论干部还是战士，平时要求站有站相、坐有坐相、走有走相，东倒西歪、邋邋遢遢是不行的。他与苏琴琴的恋情被制约，只能通过鸿雁传书来寄托美好的感情。要退伍了，又要恢复另一种生活了，方华十分感叹，就像老兵们说的那样：当了兵后悔三年，不当兵后悔一辈子。

"你退伍回去应当填什么地方？"排长给方华递来一张退伍复员申请表。排长认为方华是北京知青，本人退伍返回原籍的意愿完全可以考虑。

"回江苏！"方华脱口而出。

"你小子不回北京了？"

"不回北京，回江苏，回沭阳！"

他早就想好了，退伍了就回沭阳。尽管退伍返回北京名正言顺，政策允许，然后就是安置工作，不需要再到虞家湾继续接受艰苦煎熬，但苏琴琴在沭阳，她正处在人生低谷，她更需要自己去关心、照顾和抚慰。为了和苏琴琴在一起，他决定重返虞家湾。

爱情的力量是巨大的。爱可以改变自我，也可以改变别人；可以让人疯狂，也可以让人冷静。方华，已然做出了无悔的抉择。

"江苏沭阳，还回去当知青？你可要想好了啊！"排长抬头望着方华，不解地问。

"早就想好了，我还回到我们的知青点去！"方华坚定地回答。

一个月以后，方华回来了。村口的那棵石榴树还在，树叶儿早已随风飘零，光秃秃的枝干在空中摇曳。

当他重新站在知青宿舍门口时，九龙口拥来许多社员，围着他评头论足。大个子方华依然英俊洒脱，褪色的军装合身得体，容貌没变，只是成熟了许多，看上去更有男人味儿。苏琴琴按捺不住内心的激动，涨红着脸上前接过方华的提包，时枫顺手接过背包。几年时间，方华对九龙口思念依旧，他掏出一包"兰州"牌香烟散给乡亲们，笑眯眯地叫着众人的名字，与大家握手又拥抱。

"老时，军生、彬子和老海呢？"方华问道。

"军生现在是大队干部，一天到晚忙得很；彬子是大队赤脚医生，除了吃饭回来，整天在卫生室待着；老海抽调到公社搞新闻报道，不常回来。"

"就你一个人站长桩？"

"是的。听说大队最近要安排我当民兵营长，还是个副的，我不想干。"

"是莘强似素，是官强似民，老时你还是先干起来再说。我到隔壁看看苏琴琴，你先忙着啊！"

方华见时枫在做饭，瞄准空当溜进女知青宿舍，也不说话，捧起苏琴琴的嘴巴就亲。

"哎！别急！门！"苏琴琴正在洗手，见方华猴儿急地拥抱她，还想关门劝阻，但抵挡不住他猛烈的突袭，只好举起湿漉漉的手，任他疯狂。方华伸出腿，"吱呀"一声带上门。几年的军营约束，人生的大起大落，一千多个日夜的思念，如今终于团聚。

暴风雨终于停歇，苏琴琴喘了口气，嗔怪道："你个傻子，跑山洼里当了三年兵！"

"是的呢，我那时也不知道兰州和兰州军区是两个概念。这次退伍才经过真正的兰州。兰州火车站不错！"

方华说完，和苏琴琴一起大笑起来。

"开饭喽！开饭喽！"屋外，时枫不停地用勺子敲动着搪瓷碗。此时，南军生和徐彬彬闻讯也赶回来了，三人早就在外面等待方华和苏琴琴演绎的一曲"蝶恋花"谢幕。

"华子！你这家伙！"南军生见方华出门，迎上前去捣了他一拳，两人紧紧拥抱。

"老时，上菜，给华子接风！"

"彬子把酒拿出来，今晚一醉方休！"

一盆猪肉炖粉条，一盆红烧大家鱼，哥儿几个大吃大喝，说着几年来的趣闻逸事。

久别重逢，情感依旧，说不尽的千言万语，道不尽的兄弟情谊。

"满上！干了！"

第三十八章

三个臭皮匠，顶个诸葛亮。

不到黄河心不死。

——民间谚语

一

方华退伍后，沭阳县有关部门把他安置到沂北公社粮管所工作，任后勤副主任，定为二级工，每月工资三十五块钱。这在当年是很不错的一份工作。何况在那年月，粮食系统是一个热门行业，无论干部还是职工，多少都有点油水可捞。1975年沂北公社成立农业学大寨工作队时，方华也被抽了进去。在粮管所，他是一个普通职工；下到大队里，他名义上就是一个干部了。所以，在沂北公社的知青当中，像方华和苏琴琴这种关系和待遇，还是令人称羡的。

沂北公社农业学大寨工作队下面又分成十八个工作组，分赴十八个大队。李虎是工作队总负责人兼虞家湾大队工作组组长，总揽虞家湾的各项党政工作。他一到虞家湾，就马上召开全体干部社员大会，传达了上级指示，并宣布着手组织文艺宣传队、青年先锋队、生产突击队、铁姑娘战斗队。他说："学大寨，要狠抓思想落实、作风落实、措施落实、组织落实，全面调动广大干群农业生产积极性，掀起大干快上热潮，确保虞家湾大队全面超《纲要》！"

虞家湾大队的干部群众对学大寨是坚决支持的，从来没有二话，但具体怎么学、学什么，如何才能学出成效，却始终不得要领，时间一长就有点"皮"了。现在李虎提出的这些理论说来说去还是虚的，没有实质性内容，包括周成华书记在内，也处在观望之中。

此时的南军生对农业生产还只是一知半解，他甚至相信李虎副主任那一套是对的，认为千方百计挖掘人的劳动潜力才能增加粮食收成。社员普遍缺乏大公无私的集体主义精神，私心杂念太重，不改变他们，发展生产就是一句空话。

全体干群大会散会之后，接着召开大小队干部会议，要求各人表态拿措施。

地劲也出了，人也尽力了，学大寨也学了好多年，到头来就是不见多大成效。吴以林当了多年生产队队长，庄户上的事情他最清楚。所以，他和几个队长只是低头抽烟，不讲话，先看看大队干部怎么说。

周成华书记也不知道从哪里说起，只能从好办的先下手。他交代南军生按照李主任的要求，三天内把文艺宣传队成立起来；又布置各生产队队长，把各队十六岁至三十岁的男青年拢到一起，成立青年先锋队；三十岁往上到五十岁的男女劳动力成立生产突击队；十六岁往上没结婚的小大姐组成铁姑娘战斗队；再以大队基干民兵为基础，成立一个攻坚突击连。

李虎说这个办法好，有创造性。突击连的任务，就是哪里最困难就往哪里冲，重点突破。

九队队长老仲说，这都好弄，人现成的，撮到一起就行。关键是增产问题从哪里下手，劲得使到点子上去。

老仲的话也是大家想说的话，大家小声嘀咕了半天，吴以林站起身来说："请李主任先给我们指个路子，我们大家好议议。"

"既然大家没有门子，我就先提个不成熟建议，大家看怎么样。"李虎清了清喉咙，提高声音说道，"九龙口的先进经验告诉我们，只有扩大'旱改水'面积，才是提高虞家湾全大队粮食总产量的唯一办法；只有全面实行'旱改水'，才能在虞家湾实现达《纲要》。没有别的好办法！"

李虎这么一说，下面的干部马上议论纷纷，嗡嗡嚷嚷，争得很厉害。将虞家湾大队土地全部改种水稻，有人说行，有人说不行；说行的人少，说不行的人多。作为李虎这样的年轻干部，他更信奉"真理往往掌握在少数人手中"，或者说，他是"明知山有虎，偏向虎山行"。但他毕竟是学大寨工作队总负责人、虞家湾的工作组组长，得让下属把自己想说的话说出来，他再拍板决定，方显稳妥。冒冒失失就做出决定，怕有人说他"不相信群众"。但庄户出身的虞家湾大小队干部，却哪里知道上级领导口中说出来的所谓"不成熟建议"，其实就是领导内心的实际意见和主张。让你看看议议，其实就是想获得你的肯定与支持！

大家议论了半天，李虎开口说话了："周书记，你说说吧！"

周成华直截了当："我看这个法子不行，不符合我们大队的实际情况。"

李虎没想到自己的建议首先被大队书记一句话就给否定了，脸上顿时有点挂不住，红一阵白一阵，下不了台。

二

眼看会议僵在这里开不下去，工作组成员、公社党委宣传科干事小马说话了："周书记，既然你说不行，就请你说说不行的理由；另外，你再说说怎么弄才行。怎样？"

"好，我就说说。"周成华说道，"我们虞家湾地形复杂，土地大多是高洼不平的丘陵和土墩子，只有一条排涝用的九龙河，水量有限。多年来，以种植玉米、大豆、山芋等旱作物为主。如果改种水田，就要平田整地，搬掉几个大土墩，推平丘陵，达到水田标准。九龙口只是一个生产队，几年下来也只不过改了两百多亩水田。局部'旱改水'成功，不能说明就可以全局成功。再说了，这两百亩水田，社员们拼死拼活干了两个冬春，累得拉血才把地平出来。要是全面推广，意味着虞家湾要用十年左右时间才能实现。庄稼地让你搞试验田，万一没有收成，老百姓吃什么？墩泥怎么移，再怎么返填？没有机械化操作，单凭人力上阵，困难之大可想而知！还有，改了之后，九龙河这点水，根本不够全大队四千亩水田灌溉，水从哪里来？就是有水，又怎么弄上来？仅靠九龙口生产队一台水泵，昼夜二十四小时不歇机器，也抽不出那些水来供全大队用！"

周成华书记一番话，立即得到各生产队"三大员"的积极响应，认为全面"旱改水"不可行。

小马又问："那你说说怎么干才行？"

周书记回答："怎么干才行，我倒是没想好。"

会场上烟雾缭绕，与会者个个交头接耳。周成华的这些问题，都是实实在在的问题，没有一个是瞎编的。这些问题不解决，全面推行"旱改水"就无法实现。

对于在虞家湾全面推行"旱改水"，李虎也曾思考过很久，在现有条件下，想提高粮食产量，舍此绝无更好的办法，但他没料到自己精心绘制的蓝图竟然会遭到下面的反对。他有些泄气，坐在讲台前仔细想了一会儿，站起身说道："要想彻底改变虞家湾贫困落后面貌，目前唯一的办法就是全面实行'旱改水'。九龙河的水不够用，上级已经建立了江都大型排灌站，加上洪泽湖的三河闸和二河闸提水，把长江水和洪泽湖水引到淮沭河，再引到我们这边的友谊河来。公社计划在虞家湾建个排灌站，说到就到，不用担心。如果大家怕苦畏难，事情还没做，就缩手缩脚，这也不行，那也不行，难道大米干饭能从天上掉下来？我们吃几年苦，受几年罪，为子孙后代留下一顿饱饭，我看是值得的！再苦再累，你能比人家河南林县人民修红旗渠、大寨人挖石头造梯田还苦还累吗？"

李虎这一番话也是句句在理，让人找不出理由说他不对。

最后，他对大家说："今天的会是动员会，首先解决思想问题。大家回去好好想想，怎样才能创造有利条件，克服不利条件，把全面推行'旱改水'这事进行下去。"

李虎深知自己在公社班子中是属于资历较浅的一位，要想站住脚并有所发展，就得拿出点实实在在的成绩来。在虞家湾蹲点几年，他对这里的人情、队情、地情等各方面还是比较了解的。他有一个雄心勃勃的规划，就是先从农业上突破，打下基础；然后再搞多种经营，把集体经济壮大起来。但他的规划不但不能得到大队书记周成华的支持，还一口气说了那么多的困难，一句话，就是不想干。看来这个老同志在大队书记位置上干久了，政治上不求上进，工作上墨守成规，缺乏继续革命精神，要改变虞家湾面貌，他是第一个拦路虎。好吧，不换思想就换人，下次周成华再是这个态度，就想个办法撤了他。在撤掉周成华之前，先办两个小队长吓吓他！

李虎最后说："在虞家湾全面推行'旱改水'的规划不能变，也不会变，必须坚定不移地推行下去！给大家两天时间准备，大后天就动手！"

遵照周书记的指示，南军生一天之内就组建了文艺宣传队，并指定了负责人，着手编写剧本，排练节目。又请徐士成媳妇赶制红旗，为大战虞家湾"旱改水"工程做前期造势工作。

已经种下去的麦田暂时不动，先拿冻垡的土地开刀。李虎要求各生产队先画出各自的规划图，交到大队汇总，再画出"旱改水"总规划图，按图办事，在限定时间内完成任务。树标兵，插红旗，倒数一二三名的，小队长撤换！

三

事到如今，不是大家想干不想干的问题了，人们分头组织人员，准备工具，只等第三天早上就动手。

第二天下午，李虎召集大队干部开个碰头会，落实相关工作。正说着话，大队通信员朝屋里正开会的南军生喊道："南书记，外面有人找你。"

找他的是县电影队张队长，南军生忽然想起前些天周书记叫他出去联系放场电影。这些天忙，竟把这事给忘记了，没想到电影队会在这时候来，真不是时候。

电影队拉了两辆平板车，满载着放映机、发电机和行李来到虞家湾大队。大队部里里外外早已围满了叽叽喳喳兴高采烈的孩子，看电影成了孩子们童年时代最快乐的享受。

"干什么的？"李虎闻讯出来，一脸严肃地问南军生。

南军生告诉他："大队前些天联系放两场电影，现在放映队来了。"

"现在是什么时候？不准放！明天早上全大队社员要平田整地，今天夜里要好好睡一觉，把精神头养足，明天好干活！"当着电影队张队长的面，李虎直接挡横。

"李主任，是不是让社员们把电影看了？磨刀不误砍柴工，大家伙儿放松一下，不会耽误明天干活的。"南军生小心翼翼地和李虎商量。电影队既然来了，却不准放，是不是太不近人情了？老百姓心里会怎么想？

"不行！"李虎不容分辩。

周成华书记心里清楚，是他叫南军生请来的电影。人家来了，李主任却不让放，让南军生在众人面前丢了面子，他心里过意不去，想把责任揽过来，无论如何要给社员看一次电影的机会。

"李主任，放电影是我让南军生同志联系的。既然电影队已经来了，社员们也知道了，好歹将就放了吧，要是不放，不好向社员交代。下不为例，行不行？"周书记继续和李虎商量。

"周成华，你身为大队书记，真是岂有此理！"李虎正要找由头收拾周成华，见他又来和自己较劲，火气立马上来了，"我说不行就不行！哪个来说也没用！不能放就是不能放！"

要是论起资格，周成华是老党员，当过兵、打过仗、负过伤，大队书记也干了十几年，在虞家湾威信很高，就是公社司书记也得敬他三分。这个李虎才几天道行，今天居然指名道姓熊起他来，他心中格外恼火，拳头攥得"咯吱吱"响，恨不得把李虎摁在地上捶一顿，但他还是强压怒火，忍了。

此时此刻，周成华和南军生都非常尴尬，怎么办呢？周成华和南军生只能厚着脸皮单独与张队长协商，一再表示歉意，并答应给电影队一些补偿。今晚的事情，前后经过张队长看得一清二楚，他对周书记和南军生说："这事不怪你们。什么主任，一点水平没有！"

电影队拉着板车走了，社员们目瞪口呆，那些外大队跑来看电影的群众听说电影队被公社李主任撵走了，个个火冒三丈，把李虎祖宗八代骂了个遍。李虎又把火气撒到周成华身上，说他是成心和工作组过不去，当天晚上就宣布周成华停职检查。六队队长吴以林、九队队长老仲，因为"旱改水"态度消极也被撤掉队长职务。六队队长由周成富代理，九队队长由指导员暂时代理。

李虎这个决定在虞家湾引起很大震动，大小队干部人人自危，不知哪天得罪了工作组，随时都会被撸下来。

四

虞家湾没有了大队书记，又找不到合适的村干部代理，只好暂时由工作组小马临时兼着。从现在开始，全大队一切行动都要听从工作组指挥，

工作组听从李虎指挥，令行禁止，言出必行。第三天早上，各生产队就开始了平田整地工作。地头插着红旗，摆放着宣传栏，男女老少齐上阵，口号阵阵冲云霄，看上去热火朝天。劳动休息的时候，宣传队表演节目，也算是有板有眼。

这样的情况没坚持一个星期，忽然传来一个令人震撼的消息：李虎被上面来人带走，隔离审查了！

虞家湾的所有人，包括工作组的人也不清楚是什么原因，正干在兴头上的李副主任为什么被隔离了。李虎一走，平田整地的事是否还继续干下去？小马也拿不定主意，不说干，也不说不干，他成了没头的苍蝇，毫无头绪。没办法，只好去找周成华商量。

周成华说："我现在是下台干部了，说了不算。不在其位不谋其政，你还是另请高明吧！"

小马又去找南军生。南军生说："任命一个干部要有组织程序，处理一个干部也应该有组织程序。李主任凭个人一句话，就把一个干了十几年的老大队书记撤了。照我看，要想把工作继续进行下去，还是得请周书记出山。"

让周成华出山，小马做不了这个主，又不知李虎到底出了什么事情，将来是什么结果，他不敢乱动。

事情就这么晾着。社员们照样去工地，但工地上却不见干部的身影。没有干部在场，工分哪个给？社员们也成了没头苍蝇。

过了一个多星期，上面下来人，调查李虎在虞家湾的情况，其中特地提到"旱改水"问题。

李虎被隔离审查，是因为有人举报他在农业学大寨运动中不顾实际，大做表面文章，破坏学大寨。专案组人员中，曾有他得罪的人，想借这个机会扳倒他。但审查了几天，专案组认为李虎确实不顾实际，做表面文章，但他背后也没有老干部支持，所以定不了他的案子。因此，就来到沂北公社，重点是他蹲点的虞家湾大队，调查他破坏学大寨问题。如果这个问题能坐实，谁也保不了他，扳倒他就易如反掌。

专案组来之前，已经掌握了一些情况，尤其是他未经组织程序就撤掉坚持实事求是的老大队书记和两个生产队队长。专案组的想法是，多找一些干部群众代表，尤其是把被李虎无辜撤掉的大小队干部找来，这些人对李虎有意见，不怕找不出他的毛病。

还是在大队部办公室，专案组把虞家湾大小队干部，尤其是把周成华、吴以林和九队老仲几人都找过来了，剩下的两名工作组人员列席会议。专案组也没有废话，直截了当说明来意，要求大家检举李虎的罪行。

事到如今，看来李虎算是死路一条了。

第三十九章

人靠自修，树靠人修。

一理通，百理融。

——民间谚语

一

李虎现在成了一只仅剩下半口气的"蔫老虎"，有个挨过李虎训的队长揭发了他在工作中听不进基层干部意见、做事主观主义的错误，专案组人员做了记录。那人讲完之后，大家又沉默下来，会场气氛一片沉闷。

专案组组长点名要周成华发言，说："周书记，你是大队书记，虞家湾的带头人。李虎在这里蹲点好几年，这次又是学大寨工作组组长，他的所作所为你应该最清楚。你说说！"

从专案组组长的语气中，周成华知道他想要自己说什么，他也更知道自己应该说什么，于是掐灭手中的烟头，站起身来，平静地问："既然上级领导要我说说，我就说说。请问是让我说真话，还是说假话？"

此言一出，人们无不把惊异的眼光投向这位下了台的大队书记。按照人们以往的经验：干部不干，必定捣蛋。这是其一。第二，周成华作为大队书记，与李虎交往最多，这几年没少受他窝囊气。第三，是李虎撤掉了周成华的书记职务，周成华肯定对李虎有意见。现在让他讲，他一定会讲出让专案组满意的话来，给李虎这小子致命一击，出出心中这口恶气。

"当然是说真话。"专案组组长一边回答，一边用期待的目光看着周成华。

"好。"周成华说道，"我是一个有着将近三十年党龄的老党员，老退伍军人，长期以来受党的教育和培养，在组织面前不应该讲假话。在我看来，李虎同志年轻，有文化、有抱负、有干劲，但是缺少历练，也缺乏农业生产的基本知识，在工作中往往会出现不顾实际、急于求成的情况，缺乏耐心细致的思想政治工作，有时候简单粗暴，缺少工作方法，造成部分干部群众对他不满，这是事实。但是，这都是思想认识问题、工作方法问题，可以在以后的工作中改进，而绝不是立场问题，不是阶级观念问题。他在虞家湾大队推行'旱改水'，出发点是好的，从已经实行了'旱改水'的九龙口生产队来看，'旱改水'是成功的，也取得了显著的成绩，县里还在九龙口开过现场会。这次他不顾具体情况，要强行在虞家湾大队全面实行'旱改水'，确实有点急躁，条件准备不足。可以说，我开始对他这个决定是有抵触情绪的，甚至是反对的。我被他撤了职是事实，这不符合组织程序。撤职之后，这些天我也仔细想了想，李虎同志的说法和做法也不是完全没有道理。他说要让我们多吃点苦，多受点累，给子孙后代留一顿饱饭，这话没有什么不对。而我作为大队书记，年龄也比他大得多，却不能积极支持并配合他的工作，也没有和他进行深入交流，就直截了当在会上全盘否定了他的意见，这也是不对的。总的来说，我还是那句话：思想认识问题和工作方法问题不能等同于立场问题和阶级观念问题。我刚才讲的只代表我个人，不代表大家意见。我所讲的每一句话都由我负责。其他同志有什么不同看法，可以在这个会议上讲。我讲的有什么不对的地方，请领导和大家批评指正。"

这一席话顿时在会上引起了积极的反响，人们议论纷纷，认为老书记讲的确实是事实。这时，南军生站了起来，说道："我是一个插队知青，现任大队青年书记，我赞同周成华书记的观点：李虎同志的错误，只是思想认识问题和工作方法问题，完全可以在党组织和人民群众的教育帮助下得到改正。请专案组的领导同志能够认真听取我们基层同志的意见，也希望上级领导能给李虎同志一个公正的结论。"

接着，从一队到九队，从干部到群众，都发表了和周成华、南军生他们差不多的意见，专案组的人一条条都做了记录。最后，专案组组长发表了总结讲话。他说："李虎的问题我们很快就会做出结论。有人反映他破坏学大寨的问题，我们今天也基本上掌握了具体情况。周成华同志能出以公心，全面、公正地评价一个年轻干部，不愧是一个有觉悟、有水平的老党员！"

散会后，专案组的人撤走了，但虞家湾参加会议的人却没有散去，人们围着周成华和南军生，继续议论李虎的问题和是否继续推行"旱改水"问题。

"周书记，你今天为什么不狠狠剋李虎这家伙一下子？"

"李虎副主任还年轻，办事急躁，缺少方法，不是大毛病。李虎熬到这个位置不容易，我要是在这时候胡说八道，就毁了他的前程。再说了，乘人之危、落井下石这种事，我周成华干不了！"

"南书记，你好大胆子，人家今天明明就是来收集整李虎材料的，你看不出来？还替李虎说好话！前些天把电影队撵走的事情你忘记啦？"

"撵走电影队，我丢的是面子；推进'旱改水'，让社员吃饱饭，得到的是里子。我南军生不能只要面子不要里子，对吧？再说了，他大不了把我这青年书记撤职，还能把我插队知青给撤了？我才不怕他哩！人总得讲个道理吧，是不是？"

"往后平田整地的事情是不是还接着干？"

"接着干。按部就班，循序渐进，争取用几年时间把这件事做好，给子孙后代留下一顿饱饭来！"周成华坚定地说。

打那以后，虞家湾上上下下、老老少少，没有不佩服老书记周成华和北京知青南军生的。尤其是南军生：这小伙子虽然年轻，但直气、讲理、不怕事！

二

经过两年苦读，许兰兰获得了中师文凭，从地区师范学校毕业。按照当初"社来社去"的分配原则，许兰兰没有离开家乡，而是分配到沂北公社中心小学担任了一名语文教师。她依然穿着朴素，举止大方，看上去更加成熟，更有气质。

在自由恋爱还不大盛行的农村，恋人关系必须明确公开。随着年龄增长，婚姻成为摆在两人面前的大问题。一个大姑娘不能糊里糊涂与南军生维持这种不透明的关系，公开让众人知道才能让感情牢固。

许兰兰摊牌了。

南军生与许兰兰的想法一致，他深爱着她。插队九龙口，几经挫折，巧遇这段缘分，他认为这是天意，心中发誓今生今世非她莫娶。让南军生忧虑的是母亲沈慧的介入，干涉他俩在农村恋爱。南军生深知母亲是为他好，为他的前途担心。南军生早已从母亲封封来信中看透了她的心思，但母亲的这种爱如同千钧重石压在他身上，让他难以抉择。以前，他总是说些模棱两可的话来敷衍母亲，但终不是长久之计，现在该是对许兰兰有个明确交代的时候了。

不行！事不宜迟，他要去北京，好好做做母亲的工作，让母亲回心转意，同意这门婚事。乘暑假许兰兰尚未上班，南军生跟大队请了假，和许兰兰一起踏上了返回北京的旅程。

第二天上午，他们在北京永定门火车站下了火车，一个熟悉而又陌生的首都出现在他俩眼前。离开家几年了，北京好似变化不大，依然是红墙碧瓦、高楼林立，民警手握指挥棒指挥交通，公共汽车、各种各样的小汽车和自行车来来往往，川流不息，一切井然有序。

"北京比淮阴大多了！"许兰兰感叹道。

"那是，"南军生答道，"一九六七年我和几个哥们骑着自行车，把北京四九城大街小巷都转了个遍！"

当汽车路过西四的时候，南军生告诉许兰兰："从这儿往东不远就是天安门广场，红太阳升起的地方。过两天，我带你过来玩玩。"

"嗯。"许兰兰望着车窗外的街景，心中一半是幸福，一半是紧张。北京啊北京，不知你能否容得下我这个乡下丫头！

南军生回北京还有一项重要任务，就是帮助苏琴琴寻找父母，了解情况。自苏琴琴从部队返回九龙口后，每次给他们的信总是被退回，也没有信主动寄来，不知到底是什么原因。爸爸妈妈失踪了！方华曾想和苏琴琴一起来寻找，但是被苏琴琴拒绝了。爸妈这段时间肯定遇到什么麻烦了，不便与她联系。苏琴琴承受着巨大的精神压力，她没有好办法，只能默默地等待，祈祷父母早日渡过难关。

他们在西城区百万庄站下了车。按照事先商议好的办法，南军生在离家不远的地方找了一家招待所，先把许兰兰安顿下来，然后南军生先回家

探探路子，待做好了父母的思想工作，再过来接许兰兰，这样就能避免意外的尴尬。

南军生在告别许兰兰前，给许兰兰留下了十五斤全国通用粮票，这是请方华办的；又给她留下二十块钱。许兰兰还没上班，身上没有钱。南军生自己攒了点钱，又向方华借了二十块钱，身上总共有五六十块钱。这在当时已经是一笔巨款了。招待所住一宿一块二毛钱，饭店里吃一顿便饭也就几毛钱，南军生给许兰兰留的钱个把星期完全够用。

安顿好许兰兰，南军生就回家了。

三

回到家中，南军生的父母都很高兴，只是母亲沈慧的老毛病又犯了，严重的风湿性关节炎让她痛苦不堪。儿子不在身边，南山整天忙于上班，请不了假，没有时间在家照顾夫人。

沈慧这病，是大军南下时落下的。她生南军生时，部队已经打到浙江、江西一带，又赶上六七月份，雨水正多。她所住的野战医院被国民党残兵和特务袭击，突围路上遇一条大河阻隔，紧急之中沈慧不顾生产尚未满月，便抱着婴儿蹚水过去，转移到山间时又遭遇暴雨浇淋，从此落下病根。

南军生回来，见母亲病重，便赶紧把沈慧送进医院住院。护理、打饭、照顾、跑腿都落到南军生身上。儿子的突然出现，让南山和沈慧格外高兴，也对他在医院上下忙碌感到欣慰，但沈慧的心结却始终没有解开。她想乘此机会与南军生好好谈谈，让儿子回心转意，放弃在农村找对象，做好返城的心理准备。

现在的南军生已经不再是刚下乡时的南军生了，他已经非常成熟，有勇气，也有办法去面对一切艰难险阻，不再躲躲闪闪。对于婚姻问题，他敞开心扉与母亲交流。他说，城里人与农村人谈恋爱、结婚，是历史的必然，毫无疑问。消灭三大差别，城乡差别也是其中的一项，是迟早的事，目前只不过是受到某些政策的影响，但是不用很久，这种情况一定会改变，不用担心。

"难道你打算在农村生活一辈子？"沈慧问他。

"在农村生活又有什么不好？儿子现在做的，就是要把农村建设得像城市一样。妈，不出三十年，最多五十年，农村一定比城市还好。到那时，你想去乡下办个农村户口人家还不一定要你呢！"

"你就贫！"沈慧忽然想起那个与儿子交往甚密的女代课老师，便问道，"那位叫许什么兰的姑娘呢？"

"您是问许兰兰吗？她今年已经师范毕业，现在也是城镇户口，分配在沂北中心小学当老师。暑假过后一上班就可以拿工资了。"南军生听母亲主动提到许兰兰，立即转入正题。

"哦！"沈慧有点惊讶，想不到这个乡间小学代课老师进大学深造了，不错。

"妈，你看许兰兰怎样？能做您的儿媳吗？"南军生故意试探。

"行是行，就怕你回城的时候，想把她和儿女也带进北京，会有相当大的困难。"沈慧说道。

母亲说的是事实，外地户口进北京确实困难重重。不过，他已经从母亲的口吻中，感觉到母亲对自己与许兰兰谈恋爱有点松口，不再像以前那样生硬拒绝。

"不管是城里媳妇还是农村媳妇，关键是看你自己有没有感情基础，有了就坚持，没有就要快刀斩乱麻，尽早分手！"南山手提饭盒走进病房，听到母子俩又在商量媳妇的事，便插话表态。

"咱娘儿俩谈正经事，你别搅和！哎，怎么又是苤蓝肉丝和萝卜汤呀！吃腻了！"沈慧打开饭盒盖，发起牢骚来。

"医院食堂有这伙食就已经不错了，还挑！哪如家中小灶，谁又顾得上呢？"南山劝她。

南军生乘母亲吃饭之余，向爸爸使个眼色，示意他到外面去。在走廊尽头，南军生把与许兰兰谈对象经过一五一十地向爸爸全盘倒出，征求爸爸的意见。

"哈哈！你这小子真够大胆，擅自带女朋友进京，搞先发制人，你想逼宫啊？"南山一听笑了起来，"怎么将她晾在招待所里，这样吧，我来做你妈工作。"

老爸这么一说，南军生就有了底气，他们要将许兰兰隆重推出，让她来照顾母亲住院期间的生活，循序渐进，培养感情。

"老沈，我帮你找了一个人服侍你，包你满意，让你住院期间生活质量有保障。"南山一本正经地说道。

"你能找到人？吹！"

"真的，都找好了，随叫随到。"

"谁呀？"

"许兰兰！"南军生脱口而出。

"她？人家在苏北呢！"沈慧一怔。

南军生道："许兰兰在招待所住着待命呢，就等您老人家一声令下，立马过来报到！"

"傻儿子，快去！你怎么能把人家晾在外头，没这个道理嘛！"

"嘛！小的这就去给您带人！"

南军生如同吃了四喜丸子，心中高兴，撒开丫子，一溜烟跑了出去。

"这小子，跟你是一路货色！"沈慧看着南山说道，自己也乐得哈哈大笑起来。

四

许兰兰一个人待在招待所里，人地生疏又转向，没有南军生带着她，哪儿也去不了。这两天，南军生陪护母亲住院，没过来看她。按常理说，她这位未过门的媳妇应该伺候婆婆才对。南军生回家是怎么说的，他母亲又是如何对待这件事情，同意还是反对，许兰兰一概不知。望着窗外鳞次栉比的高楼，她心烦意乱、忐忑不安。她不知道这繁华的首都能否接纳一个默默无闻的乡下姑娘。

"兰兰，成了！下面就看你的表现了！"南军生把情况仔仔细细跟许兰兰一说，许兰兰顿时高兴起来："啥叫表现？儿媳伺候婆婆，天经地义，你就放心吧！"

两人加快脚步，刚进医院病房，许兰兰就亲切叫道："阿姨好！"

"哎！"沈慧笑着应道。定睛一看，许兰兰一身列宁装，小翻领，白衬衣，与在九龙口初见时判若两人，举止文雅、大方，白皙的脸庞上架着一副近视眼镜，显得颇有涵养。

"来，丫头，坐我跟前。"沈慧亲热地拉着许兰兰的手，开始拉起家常。无非是些农业生产、社员生活、许兰兰家境这些杂事。

聊了一会儿，沈慧对南军生说："你现在和兰兰去招待所，把房间退了，领兰兰回家住。"

"成！我这就去！"

南军生说罢，就和许兰兰去招待所了。办完了退房手续，南军生带着许兰兰回到家中。两人也顾不上休息，就开始打扫整理房间。整理好之后，南军生又去菜场买点肉、小青菜，准备给父母包顿馄饨，换换口味。

下午五点多钟，两人又来到医院，进了病房，许兰兰说道："阿姨，我给您包了点小馄饨，趁热吃吧！叔叔呢？"

"还没下班，一会儿就来了——真香啊！"

许兰兰盛馄饨时，汤里撒了香菜末、香葱末、海虾皮，还滴了香油。沈慧刚打开饭盒，一股香味顿时弥漫了整个房间，她不禁夸赞起来。

"来时盛了两份儿，我手里这份是给我爸的。"南军生把他手中的饭盒放到床头柜上。

许兰兰在南军生家天天变着法儿改变沈慧饮食，让她食欲大增，洗漱吃饭大小便清洁卫生都由许兰兰来护理，沈慧觉得有福气，俨然把她当成家人。同病房的病人见姑娘嘴甜、能干，打听沈慧是她什么人。什么人？没过门的儿媳妇呗！沈慧不再瞒人，心中充满着欢喜和自豪。

过了几天，沈慧望着许兰兰突然说道："孩子，该改口了，不能再叫阿姨了。"

许兰兰一怔，很快明白过来，连忙叫声"妈"。

"哎！"沈慧笑吟吟地答应着，这一声拉得很长很长。

五

自己的事情算是彻底办妥了，南军生和许兰兰满心欢喜，下面该办苏琴琴的事了。受人之托，忠人之事，南军生带着许兰兰去找苏琴琴父母。

"请出示证件！"门卫值班员挡住南军生。南军生掏出介绍信，请求面见苏里副政委。值班员拨通内线电话请示联系。

"对不起！本院没有这位首长。"值班员对南军生说。

咦！奇怪！苏琴琴的家就在院内左拐青松掩映下的第二排青砖小楼，当年开展学雷锋活动南军生来过这里，苏里副政委应当是这院内高级军官，怎么值班员不认识？

"我们是后来的换防部队，小楼现在的主人也不是您所说苏副政委。"值班员再次帮助电话联系，结果令人失望。

换防？那么先前部队又去了哪儿呢？堂堂苏里副政委和夫人消失得无影无踪，上哪儿能找到他们呢？

"难道他们没有上级部队？"许兰兰插上一句。她见南军生百思不得其解，便提醒他。

"对了！"许兰兰一说，南军生想起来，去找他们上级军区司令部呀！南军生和许兰兰没有白来，军区司令部值班员帮助一查，还真有一位军官叫苏里。人呢？在什么地方上班？住哪儿？许兰兰连续不断地打听，值班员面对一系列问号，只回答"不清楚"三个字。南军生心里明白了，这些都属于军事秘密，对方不宜公开番号、换防地址以及首长住处。

"爸爸打听不到就找妈妈。我听苏琴琴说过，她妈妈在幼儿园当主任，我们去幼儿园找她。"还是许兰兰提议。

南军生佩服兰兰头脑机敏，遇事反应快，要让她当团支部书记肯定比自己强。南军生兴奋起来，拉着她的手疾步如风，他们把希望寄托在幼儿园。

幼儿园负责人的回答再次让两人彻底失望，李琼主任早已调走，现在何单位上班无可奉告。

"见鬼！真是莫名其妙！"南军生嘴里嘟囔着。一圈跑下来毫无收获，两人有些沮丧。

第四十章

灯不挑不明，理不说不透。

不挑担子不知重，不走长路不知远。

——民间谚语

一

虽然没找到苏琴琴父母，但二人总是尽了力。第二天，南军生带许兰兰去逛北京城。

他们早早起来，先乘车来到天安门广场。坐北朝南的是雄伟的天安门，当年举行开国大典的地方！在这里，曾响起过"人民万岁"的惊天动地的呼声！广场东面是中国历史博物馆，西面是人民大会堂，南面就是前门，广场中心是巍峨的人民英雄纪念碑。这些景物，以前只是在报纸或者书上看到过，而现在，自己就站在广场上，许兰兰感到激动、喜悦、自豪、幸运，光荣感油然而生。她开阔了眼界，增长了见识，为自己能随心上人来到首都而格外兴奋。南军生找到专门在广场上为游客照相的人，请师傅以不同背景、不同角度给许兰兰照了不少照片，两人还特地以天安门为背景照了一张合影。临走时，南军生给照相师傅留下地址，以便洗印出来后寄过去。

逛过天安门广场，他们又游览了故宫。出了故宫，他们来到了北海公园，还租了条小船，在水面上划起船来。南军生一边划着船，一边和许兰兰唱起《让我们荡起双桨》。南军生告诉她，这首歌就是在这儿诞生的。"真的？"许兰兰很惊讶，她更惊讶的，是北京这个地方有太多太多的历史古迹和新鲜故事。

在北京期间，许兰兰每天去医院照顾未来的婆婆，南军生出去会见几个老同学。

等南军生他们回到九龙口，北京的照片已经寄到虞家湾了。大家见到许兰兰在天安门照的照片，尤其是两人的合影，不到一天，虞家湾就传遍了：许兰兰和南军生好上了！都去过北京、认过婆婆了！

二

司守明书记开会回到沂北公社，他已经知道李虎副主任的事。

李虎三天前也被解除审查，从县里回来了。见司书记到家，不等他休息片刻，马上过去见他。

"你到底怎么回事？"司书记一脸严肃地问他。

"追查我关于以前的事情，"李虎回答道，"最后查无实据，就把我放了回来。"

"就这些？"

"幸亏虞家湾的干部群众为我说了好话，要不然——"

"怎样？"

"要不然我这次就要吃大亏了！"

"是的，李虎同志。"司书记语重心长地对他说，"你主抓农业，成绩我是肯定的。蹲点是深入调查研究，倾听干群意见，不是搞大规模运动。想改变现状要结合具体实际，循序渐进，稳扎稳打，不能贪功冒进，重大决定一定要多和同志们商量，征得公社和大队同意，不能独断专行、意气用事。"

"书记说得对。当初我也想政治经济一齐抓，加快改变虞家湾面貌，有点急躁了。"李虎也不隐瞒自己的想法。

"听说你把周成华撤了，还撤了两个小队长，有这事没有？"

"有。这事我做得太鲁莽。"

"这次要不是周成华，你能过得了关？"

"是的呢！过两天我去虞家湾，亲自给他恢复名誉，恢复职务。司书记你看行吗？"

"人家无缘无故被你弄了个闷伤风，你想让人家干，人家愿不愿意还不知道呢！"

"那怎弄？"

"我先找他谈谈，看看他有什么想法。"

看来李虎在虞家湾弄的一屁股屎还得司书记来帮他擦。

第二天，司书记来到虞家湾周成华家。司书记知道他被李虎停职检查，肚里委屈。他要和周成华好好谈谈，化解矛盾，让周成华恢复原职，继续工作。

"成华，听说你的书记职务被李副主任给撤了，而在专案组会议上，你还替他说好话。为什么呀？"

"司书记，你是了解我的。我这个人，就公来讲，坚持原则，实事求是；就私来讲，我这个大队书记说到底还是老农民。李副主任不一样，他是国家干部，年纪轻轻熬到这位置不容易，我不能为了自己出一口气把他一辈子的前程给毁了。人总得讲点良心不是？"

"成华，我就是佩服你这一点，有肚量，拿得起，放得下！我这趟来，是想叫你把书记捡起来继续干。"

"司书记，你是我的老领导，说实话，我是不想再干了！不是我拿翘，是我们这些人的思想确实跟不上趟，对新生事物接受程度差，文化水平也不够。"周成华摇摇头，向司书记掏出了心窝子。

司书记没料到周成华未复职就要辞职，有些意外。前几年他曾向司书记提出辞职申请，都没答应。周成华在虞家湾当大队书记是称职的，先后经过初级社、高级社到生产大队，他都是领头羊，经过各种运动的锻炼磨砺，一路闯关，经验丰富，司书记心中非常清楚。

"成华，你不要撂挑子！"司书记劝说、挽留、一再动员，甚至用了激将法，但周成华去意已决，不打算回头。

司书记见状，叹了一口气，沉思片刻，问他："你退下来打算干点什么？"

"我听老领导的，你安排我干什么我就干什么。"

"公社现在筹建一个黄砂矿，有个矿长的缺，你愿不愿意去？"

到社办企业去？周成华闻言，还真心动了，再一问，社办企业这摊子现在改由李虎分管，他有点犹豫不决。

"你是怕李虎再找你麻烦?"司书记问道。

周成华笑了笑,不作声。

"我跟你说,成华,李虎现在欠你一屁股人情,他想还都还不清,还敢再找你麻烦?"司书记也笑了。

"我去公社文化站当站长行不行?"周成华试探着问。

"就你那点文化还想当站长?"司书记笑着说,"你以为文化人好摆弄的啊?一步三个心眼子,不中不中!"

"那行,我还是去黄砂矿吧!"

司书记说道:"这还差不多。你走了,虞家湾大队书记又由谁来接班?"

"吴以林行不?"周成华沉吟半晌,推荐了九龙口生产队队长吴以林接任。在他眼里,吴以林也是老党员,为人正直,在群众中有一定的威信,能够胜任。

司书记说吴以林文化不够,年纪也大了,干不了多久又要换人。周成华又推荐了几个,议来议去,不是这问题,就是那毛病,总觉得不适合挑大梁。犹豫了一会儿,周成华灵光一现:在知青中寻找对象!

司书记听周成华这么一说,猛地醒悟过来:对呀!知识青年见过大场合,有文化,又年轻有为,几年锻炼下来,应当有人才可选。

"南军生!"两人不约而同,脱口而出。

"先让吴以林当书记,南军生当副书记,既支持老吴又配合他工作,作为副手也是个锻炼。"司书记说。

周成华遗憾地告诉司书记:"虽然老领导考虑周全,但南军生目前还不是党员。"

"老周啊老周!不是今天我批评你,你们早就应该想到了。知识青年追求进步,你们要积极发展他们入党,不能求全责备。"司书记直截了当地批评他。

"我现在停职了,没有权怎么解决南军生组织问题?"

"成华你不要跟我瞎啰唆,后天上午我再过来,在支部大会上宣布你复职。你必须答应我恢复书记职务后,一如既往,把全大队工作抓好。南军生作为积极分子列席会议。"

三

到了第三天上午，司书记安排学大寨工作组通知全体大小队干部，包括周成华、吴以林和九队老仲等十几个被李虎撤掉的人，一起过来开会。

首先是司书记发表讲话，他充分阐述了"旱改水"对改变沂北公社贫困落后面貌的意义，这是公社党委和革委会的决定，必须坚定不移地推行下去，不能怕苦畏难。但工作组在落实过程中急躁冒进，调查研究不够，周密规划不够，仓促上马，造成一些消极影响。这个责任，主要由他来负。李虎副主任和工作组的其他同志，遇事要多和虞家湾的干部群众商量，不要独断专行，更不要自作主张，否则就要犯错误。

"我们的下一代必须要吃上大米！"司书记说，"虞家湾两年内超《纲要》，我还得加点压力。李副主任不能因为受到一点小挫折就灰心丧气，而是要振奋精神，带领同志们继续大干社会主义！在座的各位都是精通农业生产的行家里手，都是群众的带头人，希望大家把这个头带好，而不是带坏！"

司守明书记真是有水平：他既维护了李虎的威信，又指出了他的不足，还保护了虞家湾党员干部的自尊心和积极性，把紧箍咒套在大小队干部头上，让他们舒心的同时感到肩上有重担，比李虎的强人所难更有说服力。

司书记这样一说，道理讲明讲透，众人脸上又绽放出笑容，场内交头接耳，大伙心服了，气也顺了。

"我的话讲完了，下面由李主任接着讲。"司书记说道。

"同志们！"李虎副主任站起身来说，"首先，我向大家做个深刻检讨。在前一阶段的工作中，我既犯了主观主义错误，也犯了官僚主义错误，给农业学大寨运动造成了一些损失，希望大家多多批评指正，也希望司书记和公社党委给我处分，我都真诚接受！另外，我宣布周成华同志从现在起恢复大队书记职务，老仲恢复生产队队长职务！各位同志在专案组调查我的工作情况时，能给我以公正无私的评价，我在此表示衷心的感谢！也希望同志们在今后能继续支持我的工作，我们一起同心协力，彻底改变虞家湾的面貌！"

"李主任说得很好，大家鼓掌！"司书记说罢，带头鼓起掌来。

司书记接着说道："周成华书记为人正派，工作能力强，希望你继续当好虞家湾带头人，做好虞家湾干部群众的主心骨。有问题没有？"

"没有问题，请司书记和公社党委放心！"周成华当场表了态。

接着，李虎又宣布恢复了上次被撤换的生产队干部的职务。

吴以林躲在墙角默默地抽烟，竖着耳朵听，司书记说的都是实话，句句在理，听着叫人心里舒服。李虎宣布周成华和十几名大小队干部恢复了职务，名单里却没有他的名字，他有点发蒙，难不成全大队就我一个人犯错误？凭什么就处理我一个人？吴以林的脸拉得很长，他想不通。他的政治指导员和生产队队长职务已分别被丁凤琴和周成富取代，没有岗位安排自己，他又不好大庭广众地问，心里七上八下不是个滋味。

"吴以林同志，在新职务宣布之前，你以支委名义到大队协助周成华书记工作。"司书记对吴以林说。

吴以林一怔，很快就明白了，乐呵呵地接受了安排。

一天云雾散，会议继续进行。

司书记继续给大家讲话："同志们，今年天灾比较多，也比较大，要特别注意做好防范工作，千万不能大意！春天的时候，东北海城发生了大地震，人员、财产损失不小。今年夏天雨水大，要注意防洪排涝，提早防范。李主任要和大家一起，深入田间地头，疏通沟渠，做到排水通畅，尽可能减少损失。"

"行，请司书记放心。"

几天后，虞家湾召开大队党支部全体党员会议，通知南军生也来参加。吴以林告诉南军生，他是以积极分子名义列席支部大会。在会场上，南军生前后望望，都是党员和干部，周成华、吴以林、丁凤琴、吴以勤等人似乎在用坚毅的眼光鼓励他。在这个时刻，南军生感到党的神圣、伟大、光荣，也对党组织无比向往，他相信加入党组织的步伐加快了。

南军生明白自己距离党组织越来越近了，不再是一名普通的北京插队知青，今后一定要处处以先进思想武装自己，积极表现，争取早日投入党的怀抱。

向往已久的那一天终于来到了！这是个神圣庄严的时刻，虞家湾大队部里，墙上张挂着马克思、恩格斯、列宁、斯大林、毛泽东等人的肖像，肖像下面是一面鲜红的中国共产党党旗，金色的锤头和镰刀格外醒目。

"我志愿加入中国共产党，拥护党的纲领，遵守党的章程，履行党员义务，执行党的决定，严守党的纪律，保守党的秘密，对党忠诚，积极工作，为共产主义奋斗终身，随时准备为党和人民牺牲一切，永不叛党。"南军生握着拳头，在领誓人吴以林的带领下，和四位积极分子一起，面对庄严的党旗举行宣誓。

南军生入党了，成为沂北公社第一位加入党组织的知识青年。此刻，南军生心中充满了激动，追求信仰初心已定，"永远跟党走"成了他终生不渝的坚持。

那天，阳光格外灿烂，南军生的脚步也格外轻快。回家的路上，他不禁高声唱起了《国际歌》。

第四十一章

西南雨不上来，上来漫沟埃。

——民间谚语

一

到了 1975 年 7 月下旬，正是大暑过后的多雨季节，气候炎热多变。由于公社黄砂矿筹备期间亟须用人，周成华只得提前上任，吴以林接班，南军生被任命为大队党支部副书记，给吴以林当助手。

那天上午，刚才还是响晴白日，忽然间，大块乌云就从西南方向铺天盖地压过来。没多大工夫，只见天空电光一闪，接着就是"咔嚓"一个炸雷，老天就像漏了似的，暴雨倾盆而下。这雨一下就没开眼，从上午下到下午，傍晚时分渐渐停了。人们刚松一口气，一顿饭工夫不到，又接着下起雨来，大一阵，小一阵，反正就是不停。到了第二天接着再下。连续不断的暴雨倾注在沂北大地，到处沟满河平，柴草被淋湿，很多房屋开始漏雨，秋熟庄稼被淹没在水里。沂北公社遭遇到百年不遇的灾害性天气，也给刚组建不久的虞家湾新党支部一班人带来了严峻的挑战和考验。

"怎么办？"南军生初次遇到这种情况，一时不知所措。

"不要慌！"新任党支部书记吴以林第一次下达指示，"所有共产党员、共青团员、大小队干部，一律挨门逐户去检查，一家不许漏掉！凡是房屋危险的人家，立即转移到安全地方安身，特别是五保户老人！干部临阵脱逃的，就地免职，追究责任；党员临阵脱逃的，按党章党纪严肃处理！"

虞家湾原来是丘陵地带，但近年来九龙口"旱改水"平整田地变成了凹地，各条水系压过来，到处一片泽国。农田全部被淹，房屋浸泡在水中，低洼地带已有住户房子进水，面临倒塌的危险。

吴以林刚上任就遇到灾害性天气，他叮嘱南军生："我去上湖几个队，你去下湖和九龙口，那几个队你熟悉点，一定要将危房里的社员转到安全地方安置好，不落下一家。记住了，决不能死一个人！"

"行！我这就去！"南军生应道，"下湖的党员干部立即出发！跟我来！"说罢，披上蓑衣，光着脚，就和一队的几个党员干部消失在浓密的雨幕中。

他们蹚着水，高一脚、低一脚，一家一家、一户一户，仔仔细细，像过筛子似的筛了一遍又一遍。当筛到五保户周大娘家时，老人死活不肯走："我这把老骨头，土都埋到脖梗子的人了，不走了！不走了！死也死在屋里头！"

南军生和几名干部苦口婆心地劝说，可她死活就是不走。房子漏雨严重，屋内进满了水，泥坯墙已经变得酥软，随时都会倒塌，后果不堪设想。

此时此刻，容不得半点犹豫，南军生腰一弯："不走也得走！"背起周大娘就往外走。

"我的拐杖！我的钱！"紧急关头，周大娘大叫起来。其实，她的拐杖就是一根木棍，席子底下有一个揉得皱巴巴的手帕，手帕里包着四五块钱和一丈多布票，大概这就是她全部家当和值钱的东西。

南军生把周大娘背到知青宿舍安顿下来，交给苏琴琴和许兰兰，转身又要朝另一家去。

"南军生，我和你一起去。"许兰兰突然从房内跑出来，自告奋勇地参加救灾队伍。

"行，你把雨衣穿上！"

他们来到庄西头，南军生说道："吴大茂家房屋太危险！"

吴大茂家的房屋本来就破旧，少说也有三四十年了，低矮的院墙已多处坍塌，仅有一扇简易木门挡住通往外面的路。

吴大茂因顾小雨的事被判刑八年，现正在洪泽湖劳改农场服刑。他走后，家道就更败落了。南军生想起第一次春节时来这里看赌博，时枫差一点在这里沦陷，再联想到顾小雨的事，心中非常憎恨吴大茂。他的犯罪改变了顾小雨的人生轨迹。南军生也气吴大茂母亲胡方霞，不顾顾小雨的感受和隐私去找她求情，败坏了顾小雨的名誉。在南军生眼里，这家人简直就是人渣！但此时此刻，他重任在肩，再看看病恹恹卧床不起的胡方霞，顿生慈悲怜悯之心，也容不得他多想，必须尽快让胡方霞脱离险境。

胡方霞还不愿走，发誓死也要死在这破屋里，南军生瞅瞅屋顶，多处漏水已经把土墙渗透，再不走就危险了。

"快穿上衣服！"许兰兰不容胡方霞多想，掀开破棉被。

"走！"南军生背起胡方霞就走。

"南大兄弟！让我自己走吧！"胡方霞哭泣着哀求南军生。她没有想到北京知青不计前嫌，危难时舍命救她逃出生天，心中有如火烧，泪水止不住"哗哗"往下流。

连续转移了七八户人家和五保老人，南军生几乎累得瘫倒。他饥肠辘辘，顺便走进丁凤琴家，抓起桌上一张煎饼，卷点咸菜就吃起来。

"我烧口水给你喝。"许兰兰关心地说。

南军生狼吞虎咽，摆摆手。

"轰隆！"一声闷响从庄西头传来，声音在雨中格外清晰。

谁家房屋倒塌了？众社员闻声大惊，纷纷出门察看，南军生心中一怔，一手抓着煎饼，一手抓起蓑衣，急匆匆走出丁凤琴家。

"吴大茂家屋塌了！老嫚肯定砸死在里头了！"

雨中，社员们围着残垣断壁指指点点。

"没事，吴大娘刚才转移出去了！"许兰兰告诉众人。

胡方霞刚转移走房子就坍塌，幸亏里面没有人，南军生嘘了一口气，心里仍未轻松，他不知道其他队人员转移安置情况怎样。作为新上任的大队党支部副书记，千斤重担压在肩上，越是紧要关头，越要挺身而出，丝毫都不能含糊。此刻，南军生又急匆匆赶往下一个生产队。

老天爷始终板着脸，一直没睁开眼，一个劲只是下雨！下雨！现在更糟糕的是，有粮无草，加上水源污染，老百姓吃饭成了问题。怎么办？社员们普遍出现了恐慌不安情绪。

二

吴以林、南军生走遍全大队所有社员家，首先要解决社员们的吃饭喝水问题。

吴以林是当过兵的人，他有办法。他让人到地势稍高一点的地方，用铁锹挖井，不需要深，一米五到两米就行，土壤有过滤功能，渗出来的水比较干净，可以饮用；把倒塌房屋的房料抽出来，劈开当柴烧；半干不湿的木柴，也可以烧；不能烙煎饼，抹疙瘩吃，填饱肚子就行！解决了吃饭问题，其他问题才有可能接着解决。

吴以林虽然没有什么文化，但经验就是财富。南军生不得不服！

如果说当初解决知青的生活难题在整体面前不过是小事，那么关心全大队群众冷暖安危就是大事。南军生这时才体会到当一个基层干部的艰辛。

老天爷丝毫不顾及人世间的承受能力，大暴雨连续肆虐了二十多天，人们再也忍受不了这苦难。九龙河早已水满，危机四伏，吴以林和南军生匆匆来到河堤上，望着满满一河水，担心万一决堤，全大队的庄稼和村庄就会被淹没，危及两千多口人的性命和四千多亩庄稼的收成，责任重大！

"紧急动员！所有精壮劳力立即出动，加固河堤！"吴以林下令。

险情就是命令！虞家湾全体知青和本地青壮年社员马上集合，奔向河堤，挖泥、装袋、扛袋、码袋，凡是低洼堤堆都进行了加固。吴以林和南军生仍不放心，又沿着九龙河边巡查一遍，这才稍微放点心，想蹲下来抽袋烟，不料一屁股未坐稳，跌倒在地。

"哎！吴书记，你怎么啦？"南军生急忙上前搀扶。

吴以林突然咳嗽起来，脸成了紫黑色，气喘吁吁，有气无力地说："不要紧，我歇会儿就好。河堤安危是大事，切不可掉以轻心！安排男子汉固守堤防，昼夜巡查，紧要关头要立刻抢险！"

前段时间，吴以林就知道自己身体出了问题，身体越来越瘦，脸庞发黑，全身乏力，这段时间又忙，没顾得上去医院检查。在抗洪救灾的关键时刻，他要坚持，决不能倒下。要是在这个时候离开岗位去治病，靠南军生独当一面，他不放心，毕竟他还毛嫩，缺乏经验。

把吴以林送到卫生室，徐彬彬一诊断，立刻做出决定，必须立即送吴书记去公社医院检查治疗。

南军生马上安排人送吴以林去医院。当他目送吴以林远去时，一种孤独无助的感觉涌上心头。这种感觉当年爸爸送他下乡插队时也有过。吴书记临走时千叮咛万嘱咐，把重担放在南军生肩上，并要一班支委协助他抓好当前抗洪救灾工作。南军生明白，失去了主心骨，自己肩上的担子更重了！

南军生在大堤上奋战护堤，三天三夜没合眼。身上湿了，分不清是雨水还是汗水。饿了，吃几口许兰兰送来的煎饼；渴了，喝一口九龙河水。浑身疲惫不堪，脸也瘦脱了一圈。许兰兰心疼他，每天都到大堤上去，不离南军生半步，细心照顾他生活。

"回去睡一觉。"不仅是许兰兰提出，丁凤琴、吴以勤等支委都来劝他。南军生不能累倒，非常时期，紧要关头，虞家湾离不开他，因为他现在是大队党支部副书记、社员们的领头人、老百姓的主心骨。

"当当当！"一阵急促的锣声传来，接着是周亮那撕心裂肺的大叫："快上堤啊！水漫顶了！"

南军生一惊，从床上一跃而起，匆匆往河边跑去。河水上涨速度真快，与大堤相平，风雨中，河水一波波掠过堤坝，再不护堤就危险了。

"快！装泥袋加固！"

"各家没有袋子了！"

"快把我们宿舍的木板床抬来！"南军生对时枫大喊。

时枫还在犹豫：床抬来还怎么睡觉？

"快去！"南军生看出此刻时枫的心思，他顿时急眼了。

板床抬来了，砍树、砸桩、挡水，但水还是从隙缝处流出来，而且几张木板床远远不够。怎么办？南军生急中生智，将长裤子脱了下来，吼道："快装泥！"

大家马上明白过来，纷纷效仿，转眼间，几百条长裤被送上堤坝，有男子汉的，也有妇女老人的，还有孩子的。在这关键时刻，还有什么不能献出来的呢？

终于，九龙河水被拦住了，河水也开始缓缓下降，水患得到有效控制。人们松了一口气，大堤上横七竖八地躺着穿着大裤衩的社员们，满身泥浆。南军生往地上一躺，竟然睡着了。

许兰兰望着狼狈不堪的南军生，上前给他盖上一件衣服。

三

第二天上午，司守明书记和李虎副主任等一班公社领导，披着雨衣，卷起裤脚，赤着脚，蹚水来到虞家湾，召开沂北公社大队领导班子紧急会议。

"沂河、淮沭河、六塘河、洪泽湖、骆马湖等河流湖泊均已水满，大沂河水已远远超过警戒线。我们这一带堤防最为薄弱，随时都会出现溃堤危险。一旦溃堤，将殃及沿岸七个公社，大量群众的生命财产和东陇海铁路的安全都将受到威胁。"

现场没有一人讲话，静得一根针落地都听得见，众人都紧张地盯着司守明书记的脸。

司守明严肃地向大家说道："为减少损失，省里和地区抗洪救灾指挥部决定，从沂河北岸虞家湾段主动破堤泄洪，丢卒保车，把损失降到最低。虞家湾人民将要付出一定的牺牲，南军生，你明白吗？"

南军生大吃一惊，太突然了！在场的所有人呼吸急促了，一时不知所措。

"情况紧急，事不宜迟，省里仅给我们十个小时撤退群众时间，一分一秒都不能浪费，今夜零点准时爆破，解放军工兵已经上堤安装炸药。现在我们的任务是立即将沂北公社老百姓一个不漏地撤往县城，先到公社大门口集中，由县里安排各种车辆送人。"司书记停顿了几秒钟，严肃的目光扫过全场。

众人被这突如其来的决定弄蒙了，个个心中早已慌了神儿。

"司书记，拖家带眷怎么走？粮食、衣被、牲畜、杂物怎么带？"虞溪沟大队项书记一直在抽烟，听到这里再也憋不住了，他磕下烟袋锅站起来大声说。

项书记的问题引起会场上一阵骚乱，大家都和他一样，这难题落到谁的头上都不好办。

"这样看，跟过去跑反差不多哎！"

"是差不多。过去跑兵反，现在是跑水反。"

"水火无情，不跑恐怕不行！"

"生命第一，安全第一！什么东西都不带，人必须走！民兵连紧急集中参与大转移。各大小队干部明确分工责任到人，包人头到人，来不及一家一户做思想工作，凡是不想走的人，必要时采取强制措施，绑也要绑到县城！"司书记坚定地说。

"绑也要绑到县城！"司书记的话在耳朵里嗡嗡作响，南军生感到震惊。他第一次听到公社领导干部这样决绝果断的话，并且还是出自他一向敬重的领导的口中。他简直不敢相信自己的耳朵！紧要关头，没有大担当的人真是难以做出这样的决定。

震惊之余，南军生更感到焦虑。这些天加固九龙河堤和转移五保老人就遇到那么多的困难，现在让老百姓放弃庄稼、粮食、牲畜、房屋，一切赖以生存的财产都丢下，空空两手离家逃命去，群众的思想能通吗？如果不配合怎么办？

"这是党交给我们的任务！共产党员必须开动脑筋和智慧，确保大转移按时完成，不落下一人！"司书记抬起手腕看看手表，他心中清楚，这么重大的事情，太意外了，太突然了，不仅群众不理解，连干部都无所适从。他没有再做详细解释，时间不等人！

果不出司书记所料，南军生转移群众遇到相当大的阻力，甚至有社员认为移到墩上水淹不着；也有社员舍不得丢弃房屋财产；还有社员存在侥幸心理。南军生知道群众思想太复杂，一下子承受不了突然变化，靠一家一户细致动员做工作显然已经完全没有可能，必须动用一切手段，紧急撤离，唯有如此，才是对人民生命安全负责，否则就是对人民犯罪！

南军生将全大队党员、干部、共青团员和基干民兵组织到位，分组分工，责任落实到人头，先转移思想通的人家，再转移动摇不定的人家，最后再解决顽固困难户。

"就带点衣服，其他什么都丢下！"南军生见"地理先生"刘玉恒还迟迟不动，怒声喊道。

此刻"地理先生"一家正围着猪圈一筹莫展，刚下窝的一群仔猪嗷嗷地拱着母猪的乳房。这是刘玉恒家的摇钱树，现在要他丢下这群猪确实于心不忍，刘玉恒哭丧着脸左右为难。

"南书记，能不能撵着猪一起走？"

"不行！现在顾人性命要紧！"

"丢下猪我损失就太大了！"

"你命都要没有了，还猪！抓紧走吧！"

刘玉恒望着身边撤退的社员，挑着孩子的男子汉，挎着包裹的妇女，携扶着老人的姑娘，心中不是滋味，突然蹲在猪圈旁，双手抱头号哭起来。

"莫号了刘大先生，快走吧！有那号的功夫，还不如赶快打一卦，算算什么时候雨停。你这窝猪可值钱了！"社员陈发乾路过刘玉恒家猪圈时，故意调侃他。

"去你个熊样！都什么时候了，你还有心思撮趣！"刘玉恒一边抹眼泪，一边斥责陈发乾。

"我鸡也不逮猪也不撵，净身出户，上面会照顾我们灾民生活，走吧！"陈发乾说。

陈发乾一家心情轻松，什么都没带，看来他们想得通，不像别人家顾虑重重，舍不得丢下财产。看来不走是不行！南书记说了，此刻一切都是身外之物，人的性命最重要！别人家能忍痛放弃一切，他又有什么理由不走？不如撇撇脱脱，全家顾命要紧！

"走！"刘玉恒终于想通了，"真是倒天大霉！"

知青点上，时枫把大被单子一理，被子衣服零用东西往上一扔，捆成个包袱，对苏琴琴说道："我去卫生室，和彬子一起走。他一瘸一拐不方便。"

"成！老时你照顾好彬子，千万别出事啊！"苏琴琴对时枫说道。

"放心吧您哪！你们也要注意安全啊！"时枫说罢，便出门而去。

许兰兰已经过来将南军生的衣服被子打成包裹，但她却不知道南军生现在什么地方，只知道他在各生产队跑，人命关天，责任重大。

苏琴琴背上小提琴，环视空荡荡的屋内，所有床都被搬上大堤贡献给抗洪护堤。锁上门后，她回头望了望知青宿舍，只见雨水从屋檐上顺流而下，还有那淋湿褪色的对联。她知道分洪以后，宿舍将没入水底，一切都将不复存在。这地方虽然简陋，但毕竟是他们生活了几年的家，留下过他们太多太多的青春回忆。苏琴琴有些伤感，有些恋恋不舍。

南军生身披蓑衣，穿着水靴，蹚着雨水，挨队督促检查，时间越来越紧，仅剩下六个小时，乘白天抓紧催促转移，天黑之后就会更加困难。分洪之后这里就是一片泽国，万一工作有疏忽，落下人未走，那还了得！

"南书记，五队有几个老头老太不听劝说躲了起来，干部们正分头去找！"五队副队长气喘吁吁赶来报告。

真是怕啥来啥！南军生一听，顿时心急如火。

他知道麻烦来了。

四

天上哗哗下着雨，老人们能往哪儿走？最大的可能就是土墩上的玉米田。南军生组织十几个人，像篦头发一样，把偌大的玉米田篦了个遍，终于把五队的几个老人找了出来。

"南书记！七队有社员将猪往墩上赶，也有人向高处搬粮食搬财物！"七队会计在田边大声喊叫。

"都什么时候了，还顾这些猪？"南军生虽然气恼，但他也理解农民们的艰辛与不易。这些财产，或许就是他们一家赖以生存的命根子，要放弃它们，谁不心疼！但在此命悬一线的紧急时刻，还有比生命更重要的吗？

七队指导员和队长正在与往高墩处赶猪的社员吵架，有些老人不想离家，试图躲在墩上。队长气急败坏，扭着不听劝阻的社员撕打起来，众人急忙上前拉架劝解，吵嚷声声。

"南书记，他不让我放猪崽！"赶猪人气愤地告状。

"谁再耽误时间，给我绑了！"南军生喝道。到底是将门虎子，关键时刻，毫不拖泥带水。他声音有点嘶哑，但坚定的语气不容商量。司书记说过，基层干部有时就要动点粗，凭和风细雨式的教育，他们不吃那一套。

"书记，我们几个老太婆就在这墩上住，大水淹不到这墩上。"老人向南军生苦苦哀求着。

"不行！你们必须离开！不落下一人！"

关键时候，公社干部、机关人员也赶来支援协助，南军生和大小队干部认为来了救星，非常及时，大家迅速地投入大转移中。

时间一分一秒地过去，太阳即将落山，离爆破分洪还有五个小时。雨停了，西面天空竟然出现一丝余晖，但谁也不敢对它抱有一丝侥幸心理，南军生依然不折不扣地执行公社命令，完成这史无前例的大迁徙工作。

沂北公社广场人声鼎沸，车来车往，停放着各种汽车、拖拉机，还有驻沭部队支援的军车。群众陆续往车上爬，江淮海、方华、许兰兰正在车下一一登记名册。

"虞家湾落实情况怎么样？"司书记等公社领导现场指挥，见南军生匆匆赶到，司书记严肃地问。

"司书记，社员大都已经上车转移，仅剩八队四名社员没到齐，我们大小队干部正在四处寻找。"

"你干什么吃的！不知道时间紧迫吗？"司守明火冒三丈，向南军生亮下手表。

"几名老太太躲了起来。"南军生解释。第一次挨司书记严厉训斥，南军生脸有点红，他承认自己疏忽，没有工作经验，让几名老太太钻了漏洞。

许兰兰瞟了一眼南军生，她想和南军生一起上车走，见司书记批评他，知道南军生心里不是滋味，欲言又止。

"马上回去找，找不到人你别上车！听清楚没有？！"司书记大声说道。

几名老太太躲到哪儿去了呢？有人认为应该扩大搜寻地，相邻的七队六队庄稼地也应该去找；也有人认为雨天地烂小脚老太太走不了多远，应当从近处再找。南军生听了大家意见，左思右想，忽然头脑中冒出一个大胆想法——老太太们没有走，就在庄上隐秘地方藏了起来。

"不太可能，我们也找过，她们相约外出躲藏的。"老太太家人都这样认为。

"回头望，再仔仔细细篦一遍！"南军生果断下令。

果不出南军生所料，四名老太太就躲在猪圈里。她们见天黑了下来，群众都撤走了，庄里一片寂静，便庆幸地从猪圈里走出来。她们理理衣衫，掸掸灰尘，撩撩头上草棵，心情轻松地走向各自家门。

"我的姑奶奶啊！你害死我们了！"寻找的干部们与这群老太太正迎对面，埋怨着。

"我们不走，在这里看家。"老太太赖在地上不愿走。

"快背她们走！"一点余地都没有，南军生坚决地命令。

当南军生一行急三火四地赶到公社时，离预定时间还有两个钟头。办公室里仍亮着灯，司书记正在焦急等待，他愁眉紧锁，一边踱着步一边抽着烟。广场上仅剩下最后三辆车，沂北公社已全部完成大转移任务，只剩下公社干部和南军生等人。许兰兰仍坚持在车门口等南军生，她要和他一起走。

"抓紧上车吧！"司守明见到南军生，终于松了一口气。

"丁零零！丁零零！"

"是，是的，好的！好的！"公社王秘书在办公室里接电话。

"司书记，县抗洪指挥部电话，上游天气转晴，沂河沭河水位开始回落，省地县要求暂停分洪，密切观察水情和天气。"秘书抑制不住兴奋，连珠炮似的告诉司书记这意外的好消息。

司守明书记嘴里"哦"了一声，身子软绵绵地瘫倒在地上。

第四十二章

多栽花少种刺，留着人情好办事。
不摸锅底手不黑，不拿油瓶手不腻。

——民间谚语

一

洪水退去，沂北等公社转移的群众又回到自己的家园，恢复灾后生产和生活秩序。南军生召开虞家湾大小队干部会议，组织清沟排水，整理庄稼。旱作物的损失比较严重，唯有九龙口的二百亩水稻安然无恙。通过这次长达二十多天的洪涝灾害，人们才真正认识到"旱改水"的重要意义，也认识到水利建设的重要意义。

忙了十多天，南军生和许兰兰抽出空隙，去沭阳县城探望正在中医院住院治疗的吴以林。南军生从医生处了解到吴以林患的是黄疸型肝炎，病情不容乐观。

"哎呀！周书记也在！"见周成华也在病房里，南军生惊喜地说。

"军生和兰兰啊！"吴以林见到他们来探望十分高兴。

望着又黑又瘦的南军生，周成华和吴以林心中清楚，抗洪抢险南军生吃了不少苦，做了不少工作，赢得了社员们的称赞，也积累了工作经验，不再是当初的南军生了。目前来看，他完全可以胜任大队党支部书记这一职务。

周成华告诉他："一个人纵有三头六臂也难面面俱到。做干部的，要善于团结人、组织人，调动大家的积极性，齐心协力做工作。如果不管大事小事，样样事必躬亲，你就是累死，也难以处理好全大队的工作。"

"军生同志，周书记说得对。领导领导，一是领，二是导，要不然，

你就浑身都是铁，又能打几根钉？"吴以林也提醒他。

"是的。周书记一走，我就没有主心骨了；吴书记再一走，我感到自己跟没头苍蝇一样，一点主意都没有了。我现在就巴望吴书记身体早点好，早点回去。周书记不忙的时候，也抽空回去给我们指点指点。"南军生诚恳地说。

"不在其位不谋其政，你们好好干。大队里就那么点事情，时间一长就熟悉了。"周成华安慰并鼓励南军生。

"光说工作，我什么时候吃你们的喜糖啊？"周成华突然问道。

"我们明年底结婚。"南军生脱口而出。

许兰兰闻言一愣，心想，两个人还没有商量过，怎么就在外人面前直接表明婚期了？原先微红的脸瞬间变成大红布，心中怦怦跳个不停。她又瞟了一眼南军生，见南军生和两位老书记有说有笑，十分自然，没有一点说假话的样子，自己也就美滋滋地点了点头。

再说时枫。他当时带着徐彬彬一同离开虞家湾，去县城躲避洪水。洪水没来，他和徐彬彬在县城玩了一天，特地到新阳桥头的国营饭店里下了顿馆子。本来还想再看场电影的，徐彬彬心里惦记着王芳芳，又惦记着吊在梁头上的自行车，便催时枫早点回去。回到了沂北公社，他们先去粮管所看望了方华，方华又把江淮海喊过来，吹了会儿牛，晚饭由方华招待，在单位食堂里加了两个菜，还喝了点酒，这才各自回家。

回到知青点上，时枫赶忙喊了陈进几人帮忙，去河堤上把床弄起来，在河里洗刷干净，两人一张，吭哧吭哧抬回了家。

陈进几人走后，时枫躺在床上抽起烟来，忽然感到身心十分疲惫。想想自己，来到九龙口已经七个年头，今年已是二十七八岁的人了，眼看就奔三十，脑袋开始谢顶，如今无家无业不说，何时返城还遥遥无期，难道这辈子就交待在九龙口了？眼见着南军生、方华、江淮海、徐彬彬、苏琴琴等人都有了自己的工作岗位，脱离或半脱离生产队劳动，唯有自己，弄了个民兵副营长的差使，每年只补助半个劳力的工分，天天该出工还得出工，这样的日子哪天是个头？

他越想越懊恼，梦想着早日离开虞家湾，脱离苦海，回到北京去。他急于知道外界的信息，尤其是北京的，期望有好消息出台。他与许多知青和同学联系，知青不断上访或借故回城不归的消息纷至沓来，他们都和他一样，怀着迫切的心情和强烈的愿望在等待。

"要走都走，要不走都不走，凭什么有的走了有的走不了？有的人表现一般却凭借各种关系走了，有的人一直表现很好却没有走的机会？凭什么！"时枫感到很不服气。第一次他是主动把参军的机会让给方华的，第二年他再去验兵，人家说他年龄过了三个月，当不成了。为了自己的哥们，咱不抱亏，可总不能老是这样连个说法都没有吧？不行！他要去九队，那里有不少插队知青，大家在一起聊聊，看看有没有新的消息。想到这里，时枫起身穿鞋。

时枫正在系鞋带时，"吱呀"一声，南军生推门进来了，问他："这么晚了去哪儿？"

"出去遛遛弯儿！"时枫顺口答道，他不想让南军生知道。他现在是书记，管着知青哩！

出了门，时枫直奔九队知青宿舍。好在那边的知青宿舍不远，就在九龙河西岸。他敲开九队知青宿舍门时，发现屋里已经有男男女女很多人，吵吵嚷嚷，屋里弥漫着烟雾，有人站着、有人坐着、有人躺着，还有两位在本子上抄写什么。

"老时来了，这边坐！"有人打招呼。

这群知青大多来自南京、淮阴和沭阳县城，与时枫一样，时刻关心着自己的命运，经常聚集在九队知青点，相互沟通信息，发发牢骚、吹吹牛皮。

"我们正在商量，后天大家都去县知青办告去，你去不去？"宋伟江递给时枫一支香烟，问他。

"去！"时枫毫不含糊，"咱们不能老这么干耗着，是死是活总得有个准信是吧？"

"就是，再耗下去，咱们这辈子就完蛋了！"

宋伟江是南京来虞家湾插队的知青，瘦高个、长脸、大眼睛，留一撇浓密的小胡子，篮球打得好，还会拉手风琴，就是不大安心参加生产队劳动，经常借故往省城家里跑。前几年在沭阳汽车站，周成华书记带人来劝阻，把南军生推倒受伤的就是他。闯了祸的宋伟江回城后，冷静下来一想，还真得罪不起大小队干部，户口关系还在虞家湾，人离开不等于户口迁走，万一将来招工回城，他们要是攥着关系不放人，那就完了！思来想去，宋伟江觉得还是回来为好。你别说，这个南京小伙还真是条汉子，能屈能伸，他二话不说，买了两条红"南京"香烟，两只盐水鸭，登门负荆请罪，两条"南京"烟送给周成华书记抽，两只鸭子送给南军生补身体，又是赔礼又是道歉又是做检讨。周书记对这班知青也没有什么好办法，只要认了错，往后不给虞家湾惹麻烦就行，便睁一只眼闭一只眼，随他去了。这几年宋伟江表现也还不错，但因为没有关系，每次招工招干升学当兵什么的好事总轮不着他。一九六九年的老知青走得差不多了，他却还在虞家湾猫着。

"老时，你说咱们集体去告，这事能行吗？"有人问他。

"你不去怎么知道行还是不行？"时枫使劲吸了一口烟，又使劲地吐出来。

"是啊！告他！"

二

一封匿名检举信摆在公社司守明书记案头，检举揭发虞家湾大队九龙口生产队会计徐维高和记工员徐士成有经济问题。司书记划着一支火柴，点燃香烟抽起来，嘘了一口，眯着眼又端详了一次检举信，陷入沉思。

这些年经常接到类似的检举信，揭发大小队干部侵吞集体财产或者多吃多占问题，但经过认真调查，不乏社员不了解事情真相，凭主观臆断乱怀疑，不负责任地随意诬告，造成不良影响，但这封匿名信不像是一般群众举报。从列举事实来看，逐条逐项，事实、日期都清清楚楚，并且有证明人。可以看出，检举人坚持数年收集疑点。如果调查属实，徐维高和徐士成所贪数量就比较大，是两只硕鼠。

司书记打电话把南军生叫到办公室，交代他："由虞家湾大队党支部、革委会和驻虞家湾学大寨工作组一起，组成联合调查组，由你任组长，对九龙口生产队进行查账，一定要实事求是，把问题搞清楚，决不冤枉一个好人，也决不放过一个坏人。不允许任何人假公济私，贪赃枉法，挖社会主义墙脚！你要当好这场戏的主角。"

"我对查账是外行。"南军生说。

说实话，他对这封检举信颇为费解。这会计徐维高看上去一贯维护集体利益，为人低调老实，做事勤恳务实，账目比较清楚，在九龙口群众中反映良好。当初为了扯生产队麦穰给知青铺铺，吴旭还差点和他打起来，他能损公肥私、存在重大经济问题吗？徐士成虽然比较滑头，也早就有社员怀疑他小本子上有问题，但他掌握的不是经济账而是工分账，要查他肯定有问题，但多几分少记几分，能有多大出入？南军生更清楚，被查的人，都是生产队里有点权力的老熟人，低头不见抬头见，这是个得罪人的差事，他似乎有点犹豫。

"你不要有顾虑。公社财政股抽两名会计一起参加，协助查账。你是虞家湾大队副书记，老吴又不在，你责无旁贷——当干部哪有不得罪人的？我也会得罪人。但是，你不得罪他，他就会得罪贫下中农的利益，得罪社会主义集体经济的利益。你明白吗？"司书记好像看透了南军生的心思，耐心教育引导他。

"我明白了。"南军生知道，公社党委书记做出的决定没有讨价还价的余地，必须坚决执行。

徐维高和徐士成叔侄俩做梦都没料到查账会查到自己头上。南军生先找两人谈话，要其端正态度，协助配合查账工作，最好是自己交代问题，争取主动。

南军生和查账组一班人决定先从徐士成入手，查账组调查了一个个证人，落实每一件可疑记分账目，证据确凿后，再短兵相接。

"士成，你家属常年养病不出工，但记工账上却出工很多，每天都是满分，你如何解释？"

"你家总共养两头猪，每季出圈粪都是全生产队数量最多、质量最优，比养老母猪人家的粪肥还多，这是怎么回事？你解释一下。"

"壮劳力大忙季节出工满分不过是十二分，你为自己记十三分，理由何在？"

"这，这，这可能当时记错了！"徐士成经不起追问，心里慌了，脸上红一阵白一阵，直淌虚汗。

"士成，俗话说，纸包不住火，雪掩不住土，工作组是有证据而来的，希望你针对自己的问题主动如实说出来，处理时也会酌情考虑。"南军生耐心劝导。他虽然与徐士成有些小过节，但多是为维护集体利益而引发，没有私人恩怨。再说了，都是本生产队社员，他并不想一棍子打倒，拉一把昔日的记工员，让他迷途知返也在情理之中。

几个回合下来，徐士成有点沉不住气了，避重就轻开始交代小问题。

与徐士成不同，徐维高是个老江湖，在会计岗位上一干十年，账目较精，人称"铁算盘"。他不相信自己账目有过错会被人抓住把柄，所以，工作组来查账，他心中并不紧张，要证据摆出来才心服口服。

南军生深知徐维高不好对付，拿不出证据，打不了胜仗倒在其次，要是徐维高反扑过来，那可不是闹着玩的。工作组研究了一个晚上，决定不和徐维高正面接触，从源头查，掌握线索后再顺藤摸瓜。徐维高最大的疑点是粮食征购，工作组外调人员赴粮管所核账。

许兰兰对南军生负责查账很担心，都是本庄社员干部，徐姓又是地方大族，查账容易得罪人，对南军生在虞家湾工作会有影响。果不出所料，帮徐维高叔侄俩说情的还真不少，求南军生高抬贵手，睁一只眼闭一只眼，大事化小，小事化无，与人方便，与己方便。

也有好心人劝他，说知青下乡不过是镀镀金，不知哪天就回城了，还是多栽花少种刺，留着人情好办事。言外之意，让南军生放他爷儿俩一马，言语中还带着点威胁成分，南军生听得出。

南军生是初生牛犊不畏虎，他不信这个邪，不管谁来说情，他都坚持要一查到底。全大队的党员干部和社员都在关注查账进程，南军生认为，正义的事业总会赢得群众的支持。

夜晚是工作组忙碌的工作时间，功夫不负有心人，线索一条条追查，工作组有了明显收获。南军生连续熬了几个夜，他揉揉疲倦的双眼，张开双臂伸伸懒腰，他要回去睡上一觉，补充一下能量，以利再战。

漆黑的夜一片寂静，偶尔从远处村庄传来几声犬叫声，公鸡拉长喉咙传递更天的报时信息。通往九龙口的土路不再坑坑洼洼，这有他南军生的功劳，他发动全大队社员趁冬季农闲时铺平了这条道，现在他骑着自行车，感觉平稳，心里盘算等查账结束后再捡拾些砂礓，让软路基变硬起来，雨天出行就方便多了。

正走着，前面路旁的树丛里突然窜出两条黑影，手里拎着家伙，堵在路中央，拦住南军生的去路。

第四十三章

船稳不怕风大，有理通行天下。

只有上不去的天，没有过不去的山。

——民间谚语

一

却说南军生夜晚在大队部查账回来，正走着，路边树丛里突然窜出两个人，堵住他的去路，他不禁心中一惊，喝问道："谁？！"

那两人也不答话，一左一右围了上来，其中一人举起手中家伙照着南军生头顶就劈下来。南军生来不及多想，往后一撤步，带着风声的棍子"呼"的一声从他面前劈过，劲道十足。

南军生从小在机关大院长大，整天看负责警卫的解放军叔叔练习擒敌拳，小时候跟在人家屁股后面瞎比画，长大了就跟解放军认真学，那几十个招式他都会，徒手夺棍这一手也练过。部队那一套，都是伤人的硬本事，来虞家湾参加劳动天天累个半死，根本用不着那个，没想到今夜派上了用场。

南军生撤后一步，接着往前一个垫步，左手顺势抓住棍子前半部，右手抓住后半部，胳膊伸进去一别，同时飞起右脚，直奔对方下腹。那人"哎哟"一声，被踢了个正着，棍子脱手，仰面便倒。说时迟，那时快，另一人窜到南军生面前，抡起棒子就地一扫，南军生躲闪不及，急拿手中夺下来的棍子，使了个"蟒蛇出洞"，直捣那人小腹。

这一家伙，弄了个两败俱伤：那人扫中了南军生的迎面骨，南军生捅中了那人的心口窝，双方都痛得哇哇大叫。那两人见遇到了硬茬子，不敢恋战，弃了棍棒，连滚带爬逃走了。南军生也不追赶，蹲下身子使劲搓着小腿。棒子打在迎面骨上，真疼！林冲棒打洪教头时，用的就是这一招，不知那家伙是如何学会的。

"南军生！南军生！"这是时枫的喊声。

原来时枫睡醒一觉，发现南军生还没回来，这些天又忙着查账，得罪不少人，怕出什么乱子，便来大路上接他。近前一看，果真出事了。急忙问道："怎么了，军生？"

"有人偷袭我！"

"人呢？我废了丫的！"

"跑了。"

时枫四下一看，早没了人影，愤愤骂道："北京知青也敢打，反了他了！"

……

"什么？南军生被人打了！"司书记闻讯大吃一惊。

大队党支部副书记被袭，谁与知识青年有过节？肯定是和南军生介入查账有关！"这还了得！给我查！"司书记立即指示公安特派员王晨进驻办案。

经医院拍片检查，南军生的臁骨并无大碍，只是肉皮青了一块，休息两天就行。

"告诉我是谁干的？"吴旭气愤地问道，似乎与偷袭者不共戴天，随时准备出手教训他。

公安特派员王晨认为，袭击南军生的人肯定与查徐维高和徐士成的账有关，要想破案，就从两人的亲属和社会关系查起。袭击者遗留下的棍棒是推磨用的磨杖，也成了一大证据。徐彬彬提供了一条线索，傍晚见徐士成小舅子来过大队部，是不是来打探情况值得怀疑。八队生产队队长暗访后也来报告，徐士成小舅子家早晨推磨换了新磨杖，经邻居辨认丢下的磨杖就是他家的。

证据确凿，徐士成小舅子参与袭击大队党支部副书记南军生，性质恶劣，王晨二话没说，就把嫌疑人带到大队部。

"应该知道政策吧？坦白从宽，抗拒从严，老实交代吧，不交代你今天甭想回去了！"王晨把枪和手铐往桌子上一拍。

徐士成小舅子早吓得尿湿裤子，全身颤抖，嘴里哆哆嗦嗦，做梦也没料到这么快就暴露了。到了这时，不说是不行了，他只得交代自己伙同姐姐和邻大队亲戚密谋教训南军生的过程。不一会儿，那个亲戚也被带到，王晨上前扒掉他衣服，胸口旁边肿了一个鸡蛋大的疙瘩，这显然是被南军生那一棍子捣的。王晨从心眼里佩服南军生，北京这小子有两下子，两个壮小伙手持棍棒，也没打过他一个人。

"完了！你真糊涂啊！"徐士成见老婆、小舅子、亲戚都为了他而涉案被抓，大惊失色，"我交代！我交代！恳请你们放他们一马！家中还有个五个月大吃奶的孩子。"

"军生，看看这查账得罪了多少人？自己摊上这么个报复，何苦呢？"许兰兰一边喂饭一边嗔怪地说。

"我不去得罪他们，就得罪了广大社员群众！"南军生说。

工作组内查外调，刨根问底，细针密织，账目清查取得较大突破，徐维高与公社粮管所人员内外勾结，十多年来利用粮食征购、上河工、换籽种、招待来人、请客送礼等，侵吞生产队粮食两万多斤，款四千四百余元。徐维高和粮管所职工王某等人被逮捕法办，徐士成主动交代，坦白多占工分并做了经济退赔，被撤去记工员职务。

二

鉴于九龙口生产队干部变动太大，南军生特地去县里找到吴以林。吴以林建议由周亮担任会计，至于记工员，人选太多了，随生产队自己选定。南军生认为可以，回去之后，又拿到支委会上讨论，大家一致通过，这事就算定了。

周亮初中毕业，是和南军生一起入党的九龙口生产队社员，南军生通过近几年来对他的观察，认为他完全可以胜任。

宣布那天，周亮说他不懂账，南军生告诉他："业务不熟不用怕，我让七队会计教你。"

九龙口还缺个副队长。"我看吴旭能行。"队长周成富说。

"不中，哪有一家两口子都当生产队干部的。"丁凤琴不同意。

"陈进怎样？"

"行。"

"记工员谁来当？"

"周业民干吧！"

"行。"

"妇女队长呢？"

"赵菊花行吗？"

"行。"

"那就这样报大队？"

"行。"

九龙口生产队新一届干部名单报到大队，大队研究批准，干部就算配齐了。

县里决定从各公社医疗点挑选一部分水平较高人员，参加县里举办的赤脚医生培训班，时间一个月。徐彬彬被选中，心中欢喜，今天他在四队为人针灸，人家招待吃饭，喝了点酒，带着酒气晃晃悠悠地回来了。在卫生室躺了会儿，口中干渴，又急着要把好消息告诉王芳芳，便敲开了隔壁代销店的门。

原来代销店夜间都是周晓峰值班，近来小周回家结婚，值班任务自然就落到王芳芳身上，她约了邻居小姑娘陪伴。这天晚上小姑娘有事不能来，所以店里只有王芳芳一人留守。

徐彬彬进了代销店，顺手把门闩拴上。听徐彬彬说要去县里学习，王芳芳又喜又忧，喜的是心上人又要上新台阶，忧的是徐彬彬一直对结婚含含糊糊定不下来。拖了那么长时间，眼见自己年龄越来越大，万一将来他回了京城，留下自己，岂不鸡飞蛋打一场空？

"这辈子就爱你一个人！"徐彬彬信誓旦旦。

"鬼才相信！"王芳芳摇头。

"不信这晚就表演给你看！"徐彬彬吹灭罩灯，一把搂过王芳芳，狂热地亲吻起来。

"你疯了，让人看见！"王芳芳半推半就。

"我爱你！"徐彬彬一边说，一边把她推倒在床上，翻身压了上去，嘴唇封住王芳芳的口。

"别！别！"王芳芳紧张极了。

徐彬彬正要说话，忽然听见一阵"咚咚咚"的敲门声，把他俩吓了一跳，大半夜的，怎会有人来商店购物？莫不是被人发现了？慌乱之中，两人急忙寻找衣服。

"谁呀？"王芳芳一面穿衣服，一面故作镇静地问。

"芳芳啊，我是刘成科，麻烦你起来一下，我买盒火柴。"

"哦！半夜里买火柴干什么？放火去啊？"王芳芳点亮罩灯，急中生智指指床底，暗示徐彬彬赶紧躲进那里。

里面的床与外面的代销店仅靠一节货架相隔，未婚男女半夜三更同居一屋，要是被人发现传出去，那可不是闹着玩的，弄不好能把徐彬彬那条好腿也给砸折。

徐彬彬受了惊吓，酒也醒了，一时不知所措，见王芳芳指床底，心里明白过来，上衣也没穿，急慌慌就往底下钻。惊慌中，头被床框撞了一下，他也顾不了疼痛，连滚带爬钻了进去，用手捂住嘴。真正演绎了一出现代版的戏剧《柜中缘》。

"家里小孩肚子疼，来请徐先生看看，卫生室门上锁，也不知他上哪儿去了？等等他，抽袋烟没火柴。"门外的人说。

王芳芳和徐彬彬一听，脸都吓黄了，刘成科进代销店不仅仅买火柴，还要等徐彬彬为孩子看病。两人紧张了，这可怎么办？徐彬彬还出不出去？

"给！"王芳芳见徐彬彬藏好，用手撩撩乱发，从货架上取下一盒火柴。她不想让刘成科进屋，万一看出破绽就麻烦了。可门打开，刘成科接过火柴，丝毫没有想走的意思，他还要等徐彬彬，孩子在门外哼哼叫疼呢！王芳芳和徐彬彬急不可耐，巴不得人走关门熄灯尽快结束这尴尬局面。床底脏兮兮的还有蚊子嗡嗡咬人，徐彬彬大气也不敢喘，真是难受到极点。

"徐先生今晚可能去九龙口知青点了，听说方华过来玩。"王芳芳急中生智，编了个谎，想赶紧把刘成科支走。

"那我去找他。"刘成科果然中计，背起孩子走了。

徐彬彬有点内疚，自己酒后无德，贪图一时欢娱，耽误了给小孩看病，对不起刘成科。想到这里，徐彬彬急忙爬出来，抹抹零乱的头发，拉开门闩就要往外走。

"缺窍！等等，我先看看。"王芳芳急忙拦住他，她耳朵贴着门缝听了听，相信门外没有人才打开门。

"你干的好事！"王芳芳按着徐彬彬的鼻子嗔怪道。

"呵呵！"徐彬彬觍着脸笑着。

徐彬彬出门后，跛着脚就去追刘成科，边走边喊，刘成科最终还是听到了。

那年年底，徐彬彬回了趟北京，征得父母同意后，便在虞家湾和王芳芳结了婚。

三

说话就到了 1976 年春天，九龙口村头的那棵石榴树又开花了。今年的榴花特别多，也特别红，谁经过这里，都禁不住要喝一声彩！

那天上午刚上班，司书记就通知南军生立即到公社来一趟。南军生不知又发生了什么事情，赶紧叫时枫陪他到公社来。司书记告诉他，上面来了通知，这次招工回城，北京插队知青首批有三个名额！南军生又喜又忧，喜的是回城的日子终于等到了！忧的是名额有限，七名知青只能先走三人，自己享受不到。司书记有言在先："你小子马上就要接替吴以林，当大队党支部书记。责任在肩，别想脚底板抹油，趁机溜了，我叫许兰兰老师看紧你！"

"呵呵！"南军生傻笑着。

回来的路上，时枫骑车载着南军生，一路心花怒放，眼睛笑得眯成一条线，乐得合不拢嘴，把自行车骑得风驰电掣，颠得南军生连连喊屁股疼。

回到九龙口，南军生叫时枫火速把几名北京知青都叫来。除了顾小雨，在沂北公社的还有南军生、方华、江淮海、时枫、徐彬彬、苏琴琴，一共六名。方华已经参加工作，不算，还剩下五人；自己这次不走，还剩

下四人。大家要开会协商，决定谁走谁不走。

苏琴琴首先表态："我暂时不走。"

"这不正好，我、彬子、老海，三个人都走了，一个不剩！"时枫说道。

南军生说道："上次参军，老时让给了华子，这叫啥？叫仗义！琴琴这次主动不走，也叫仗义！哥们弟兄就得这样！我认为，这次无论如何也要安排老时走。剩下两个名额，彬子和老海没的说，在沂北公社这些年不容易，但还有顾小雨怎么办？"

提起顾小雨，各人的心情不禁沉重起来。

"我看照顾一下小雨吧？"苏琴琴说。

顾小雨离开九龙口后，一直以养病为借口居住北京家中，户口却仍在虞家湾。机会难得，错过了这次，谁知道啥时候才能有下一批？且顾小雨的年龄也不小了，该对她以后的生活负点责任。

"顾小雨已经回去了。"时枫担心提她会影响别人。

"她还是虞家湾插队知青。"南军生解释。

大家缄口不言。时枫一直在农村劳动，大家自然没有意见；顾小雨虽然不在这里，但情况特殊，大家也不好和她争。剩下一个名额，是给徐彬彬，还是给江淮海？

徐彬彬心中忐忑不安，原想与众知青在一起劳动、学习、生活，不料腿伤致残，歪打正着又让他学了赤脚医生，有了为农民行医服务的工作，而且已与王芳芳结了婚，不能丢下她，也就安于现状，不去想回城的事。谁料政策姗姗而来，知青回京分配工作，这让徐彬彬慌了手脚。走，王芳芳已经怀孕，不能丢下她；不走，将来众知青都回去，剩下他一人在虞家湾，后半辈子怎么办？

"我也要回去！"徐彬彬脱口而出。

徐彬彬主动提出要求，显然是和江淮海形成了一对一竞争。大家一时无语，不知怎么说才好。

"彬子，你说说你的理由吧！"南军生毕竟做了领导，水平要比他们几个高，他想在竞争中尽可能地考虑方方面面，平衡利益。让顾小雨先走，显然是出于同学情、战友情，是对弱者的同情与照顾；但对于徐彬彬和江淮海，两人的条件基本上是半斤对八两，不相上下。

"我，我，我……"真叫他说说理由，徐彬彬倒张口结舌起来。

"各位兄弟，我仔细想了一下，"江淮海说道，"还是让彬子先回去。他结过婚了，将来有可能就留在沭阳，如果两口子都是老百姓，日子怎么过？至少也得是单职工吧！至于彬子将来回不回北京，那是后话。我现在一个人，无牵无挂，怎么都好办。"

谁也没想到问题就这么顺利解决了，大家都松了一口气。南军生说，能设身处地为对方着想，到底还是咱北京的爷们儿，有范儿！

四

顾小雨在北京接到南军生电报，告诉她回沂北办理户口迁移消息。寥寥可数几个字，却是她盼望已久的大事。她对姗姗来迟的工作分配心里并不乐观，在家时间长了，渐渐养成了一种惰性，衣来伸手，饭来张口。几年来她一直以画画打发时光，少有书信与知青们联系，她似乎忘了九龙口那段经历。

顾小雨起初沉浸在忧伤之中，她的作品也随情绪而变化，幅幅画面怪石嶙峋、云遮雾罩、色调暗淡、风格怪异，深山峡谷中透不出气来，令观者摇头。顾小雨参加区、市书画展的作品都被退回，评审老师认为这类作品不符合当前形势，存在太多的消极因素。

顾小雨作品也不是被全盘否定，也有专家认为这是具有个性特点的作品，作者具有扎实功底和大胆老练的泼墨风格。如果加以正确指导，改变创作构思，融入积极向上的情感投入创作，其作品进步指日可待。

区文化馆邀请她参加青年书画培训班，以提高她作品创作水平，一位姓殷的老师走进了她的创作空间，也成为重启并改变她人生道路的重要人物。

殷老师比顾小雨大三岁，他与原女友都是北京美院学生，本来有着幸福生活的憧憬。当年大串联，他们相约乌江口写生，女友不慎跌下悬崖被湍急河流卷走。失去女友让殷老师陷入悲伤之中，多年来他没从心情低谷中挣扎出来。当他慢慢接触了解顾小雨后，才知她是一位插队知青，有过艰苦劳动的磨砺。同样坎坷的人生经历和心灵的沟通，让殷老师心泛情感浪花，除了精心辅导顾小雨艺术创作外，对她的追求也热情主动大胆起来。

顾小雨一直有顾虑，一个女孩子失去贞操，意味着身价名誉会大大降低，无颜再与人谈婚论嫁。她想向殷老师坦诚表白，但始终难以启齿，她迈不出这个坎，担心殷老师知悉后会产生心理变化，嫌弃她、远离她。通过一段时期的接触，顾小雨觉得他是位可以托付终身的老师、大哥哥和恋人，在所爱之人面前有什么可隐瞒？顾小雨终于鼓足勇气，向殷老师如实诉说了自己的一切。

"你受苦了！"殷老师听完她泣血椎心的哭诉，深深叹了一口气，将小雨紧紧地搂在怀中，不停地用手帕擦拭她的泪水，爱抚一颗受到伤害的心。他懂得在千万名上山下乡插队知青中，小雨是其中苦苦挣扎的一员，她的遭遇是不幸的，也是值得同情的。

顾小雨感受到他的关心抚慰，逐渐从那片灰暗的阴影中走出，性格渐渐变得开朗起来。在殷老师辅导下，她的创作水平日臻成熟，作品汲取中国画之精髓，其特点是造型夸张、笔墨简练、情趣盎然。在她笔下，云雾缭绕、山峦起伏、瀑布飞泻，一幅幅大气磅礴的山水国画跃然纸上，俨然大家精品。

在区书画作品展上，顾小雨的《山泉潺潺》获第一名，《黄河之水天上来》获北京市青年书画作品展第二名。女画家顾小雨崭露头角，令首都书画界同人刮目相看。

"哎！我跟你说正经事。"顾小雨在画室中推开吻她的殷老师。顾小雨不再称他为老师，改称"殷"或"哎"。

"雨，你说。"殷老师望着她。

顾小雨把电报从画案上拿给他，是喜事！小雨可以名正言顺回城工作了。殷老师乐了，要知道顾小雨是插队知青，户口仍在苏北农村，不迁回北京会影响他们将来的结合。他们两人哪里知道，顾小雨这次能回北京，完全是知青战友们主动让出来的名额！

"你陪我去沭阳办手续好吗？"顾小雨对殷老师说。

"成！小雨，我现在就去买火车票，咱们早去早回。"

第四十四章

不经冬寒，不知春暖。

能大能小是条龙，只大不小是条虫。

——民间谚语

一

顾小雨在殷老师陪同下前往九龙口。当汽车接近沭阳县境时，顾小雨心中忐忑不安起来：这是她当年插队的地方，也是她失身受辱的伤心之地。看到那一块块田地，一片片庄稼，那似曾相识的环境，不禁暗自神伤。她担心九龙口人是否还会接纳她，是否还会有人旧事重提让她无地自容。她用不安的眼神看着殷老师，此时此刻，殷老师好似已看透她的心事，紧紧搂着她的肩膀，让她觉得有了一座可以倚靠的大山，心中渐渐平静下来。

顾小雨的回来让大家高兴万分，南军生对她已有了男友倍感欣慰，小雨终于可以从阴影中走出，沐浴爱的阳光。

"小雨！"身后传来声音。

"姐！"顾小雨转头一看，是丁凤琴。她好多年未见丁凤琴了，便激动地与她拥抱起来。

"大毛子，过来，叫姨。"

顾小雨这才注意到丁凤琴身后躲着一个大眼睛忽闪忽闪、怯生生的小男孩。一看模样，不用问，这就是凤琴姐的儿子，当年难产时费尽周折保下来的宝贝蛋。

"宝贝儿，吃糖。"顾小雨蹲下身来，递给他一袋糖果，男孩望着陌生的阿姨，迟疑一下，又回过头去望着母亲。

"拿着吧，阿姨给的。上次时枫带回你给他买的玩具，他特别高兴，夜里睡觉都抱在怀里，没过几天就被他玩坏了。"丁凤琴笑着说。

"这次不是玩具，是小球鞋，穿上试试！"顾小雨从提包中拿出一双小球鞋。

"让你破费了。"丁凤琴感激地说。她抱过孩子，让他坐在腿上，顾小雨把鞋套上孩子的小脚。

"正合脚，谢谢姨。"丁凤琴高兴地对孩子说。

"姨买的！姨买的！"小男孩兴奋起来，嘴里不停地说，蹦蹦跳跳地跑了。

顾小雨知道生产大队和小队领导班子换了。吴以林先接了周成华书记的班，现在南军生又接了吴以林的班，干起了大队书记。生产队这边也全换了新人。虞家湾有将近一半的土地实行了"旱改水"，九龙口的人也变得精神抖擞，不再那样老气横秋。再看南军生、方华、江淮海、时枫、徐彬彬，一个个器宇轩昂，显得更加成熟、沉稳，个顶个都是硬邦邦的男子汉。

顾小雨还知道方华在公社粮管所工作，现在已经当上了副所长；徐彬彬在大队卫生室做赤脚医生，并且和王芳芳结婚成家，小日子过得挺美；江淮海在公社当上了党委代理秘书，左右逢源吃香得很；苏琴琴做了代课教师，无论大队还是公社，只要有重要演出活动，都得请她出马；时枫也当上了大队民兵副营长，这次回城人员中有他一个。都很好。

顾小雨也明白，这次南军生、江淮海、苏琴琴主动放弃回城，是为了成全自己。她从内心里感激他们。当年，他们一起抬淤泥，一起锄地，一起栽秧；老时笨手笨脚地往晒绳上挂衣服，江淮海和徐彬彬坐在地上下棋，苏琴琴与方华打耳语，南军生和刘红在石榴树下说悄悄话——往事历历在目，顾小雨不禁感慨万千。

南军生安排时枫去公社，通知江淮海和方华，就说顾小雨回来了，让方华多买几个硬菜，晚上大家到九龙口聚聚。时枫走后，南军生、苏琴琴、徐彬彬、顾小雨、殷老师一行人来到刘红墓前，祭奠这位因抢救集体财产而牺牲的北京知识青年，也算是顾小雨向刘红告别。她长眠在枝繁叶茂的小树林里，与波光粼粼的九龙河为伴，昨天插队谈笑风生，今日分手阴阳相隔，顾小雨再也抑制不住内心的悲伤，扑倒在长满紫云英的坟茔上，泣不成声。

回到知青点时，老时、老海、华子几人正忙得不可开交，他们在准备晚餐呢！方华围着围裙，一点也不像个所长的样子，手里拿着菜刀，叮吟咣唧，颇有点大厨的架势！老时和老海打下手，杀鸡、剖鱼、择菜；许兰兰在刷盘子、洗碗、洗酒盅子。方华一边斩着肉馅，一边趁着那股劲儿，唱着《毛主席的战士最听党的话》。华子见了顾小雨，高兴极了，口中叫道："姑奶奶，请上座！彬子，给姑奶奶上茶！菜一会儿就齐了！"

"老殷，咱们这拨老同学有意思吧？"顾小雨问殷老师。

"呦，这位是？"方华望着殷老师问顾小雨。

"这是殷老师，小雨的未婚夫，画家！"南军生抢过话头回答道。

"不错不错，殷老师，您请坐。我们和小雨是老同学，平时斗嘴斗惯了，您可别见怪啊！"方华笑着说道。

"看到你们老战友久别重逢，还是如此深情厚谊，我很感动！"殷老师说道。

"你们陪殷老师和小雨聊聊天，我今晚露一手，蒸沭阳特产酥鸡糕给你们吃。才学会的，好吃！"你别说，这方华天生就是做厨子的材料，沭阳这边的特色菜肴他差不多都会做。

"辛苦你们几位了！"顾小雨和殷老师对老同学的热情接待深表谢意。

那天晚上，哥儿几个敞开了喝，敞开了吃，说不尽的千言万语，道不尽的离愁别绪，哭一阵，笑一阵，五斤沭阳老白干喝了个罄尽！

该走的，终于走了；不该留的，终于留下了。是耶？非耶？情耶？意耶？在时代洪流的裹挟下，谁能主宰自己的命运？

第二天，顾小雨、时枫和殷老师回了北京，不久，时枫被安置在北京海淀区清河镇针织厂做了机修工；顾小雨因为有绘画特长，被安排在区文化馆创作室做创作员；留在沭阳的徐彬彬被安置在沂北公社医院做了一名药剂师。

二

1976 年是不平凡的一年。

十月，阳光灿烂，秋高气爽，村口的那棵石榴树上硕果累累，南军生从省农科院引进的优质杂交水稻试种后大获成功，虞家湾又迎来了一个丰收季节。

开镰了！稻田上空洋溢着欢声笑语，人们挥动着镰刀，收割着希望和喜悦。

"捉螃蟹！"突然从稻田中传出一阵惊呼，顿时田间一阵忙乱，人们纷纷丢下镰刀，在稻丛中追逐螃蟹。横行霸道的东西慌不择路，一只只束手就擒，成为社员们的囊中之物。

"都给我。"南军生见人们把螃蟹当玩偶，攥着镰刀要敲砸螃蟹壳，急忙劝阻道。

"喏！都给你。"记工员周业民用稻草扎起螃蟹爪子，一只只丢在田埂上。

"母的最好，它味道鲜美膏脂多。"南军生说。他小时候跟爸爸在北京饭店里招待老战友罗长凯吃过一次螃蟹，馋嘴的他至今记忆犹新。

"哎！谁捉到螃蟹都不要扔，南书记全要！"周业民双手合拢，做喇叭状大声喊叫。

"好嘞！"社员们响应热烈。

徐彬彬从公社医院回来了，苏琴琴从沂北中学回来了，许兰兰也从沂北小学回来了，他们不约而同地聚在知青宿舍，庆贺这不同寻常的日子。许兰兰端上一大盆蒸熟的螃蟹，黄澄澄的惹人食欲。苏琴琴迫不及待地伸手拿过一只，掰掉蟹爪放在嘴中细细咀嚼。

"别急！"徐彬彬从床底拿出帆布包，取出四瓶洋河大曲酒。

"今天一醉方休。"徐彬彬提议。

"彬子发财了？"苏琴琴问道，"这可是高档酒，奢侈消费，彬子你从哪儿弄来的？"

"王芳芳家的！"徐彬彬脱口而出。

"快把王芳芳也请来！她是知青家属，缺不了！"苏琴琴说道。

“她怀孕了，怕不来！”徐彬彬迟疑不决。

“快去！”南军生命令。

徐彬彬跳上自行车飞快而去。

王芳芳挺着肚子，面对大家有些腼腆，红红的脸显得兴奋，心中怦怦直跳。

“以后常来聚聚，一家人别不好意思。”许兰兰端上菜说。

“徐彬彬和你有功劳，即将为我们知青培养接班人。”南军生对王芳芳说。

“好陈酿！”酒瓶盖打开，一股醇香扑鼻而来。

南军生似乎在思考什么，他轻轻地端起面前的酒杯，眼中闪着泪花，然后把整杯酒倾洒在地上。大家怔住了！又很快醒悟，这杯酒是献给刘红的，九泉之下，她也应该分享这不是节日的喜庆日子。

那天，众人都醉了，连苏琴琴都开怀畅饮，许兰兰劝都没劝住。南军生、徐彬彬都莫名其妙，她今天反常，从来没有见过她这样的酒量。

徐彬彬倒出酒瓶中最后一杯酒，直到一滴都没剩。

大家都哭了，哭得伤感、哭得舒心、哭得喜悦，眼角泪光闪闪，看得出对今后人生的期待，没了愁容、没了忧闷、没了烦恼，一切都从酒中得到缓解和释放。

“国家可能要有……有重大政策变化，我们要有心……心理准备。”南军生喝了那么多酒，口吃起来，他心里清楚。当了大队党支部书记后，他思想上成熟了许多。

苏琴琴瘫坐在地上，红晕上了脸颊，头发也乱了，她此时最思念的，还是爸爸妈妈。

三

一封电报递到南军生手上，让他喜出望外，这是苏琴琴爸爸苏里发来的。电报内容简短，询问苏琴琴是否在虞家湾。电报地址发自南京市，苏琴琴爸爸妈妈终于有了下落。

苏琴琴看到家里的电报，悲喜交集，激动地捂住脸哭泣起来。几年的等待、辛酸、忧虑和期盼终于有了结果，心中压力一扫而去，她感到坦然和轻松，迫切想见到爸爸妈妈。

当年苏里、李琼夫妇被迫中断与外界联系。后来所在部队又调防他处。之后，苏里转业到南京航校担任系书记，李琼也随苏里到了南京。当苏里、李琼重新工作后，他们首先就是联系几年未见的女儿，她还在兰州吗？但一封封信都石沉大海。看着贴有"查无此人"改签条的信封，他们又专程赴兰州寻找苏琴琴，没想到女儿提前退伍，又返回了原先插队的沭阳。

"下面复习《草原上升起不落的太阳》，66623，开始！"苏琴琴指挥学生演琴小提琴曲。

优美抒情的音乐声响起，飘到教室外面，玻璃窗上映出一男一女两个人影，朝教室里面张望。苏琴琴望着谱子，抬头举起指挥棒，无意中瞟向窗户。

"哎哟！"苏琴琴一声惊叫。

苏琴琴又惊又喜，没料到爸爸妈妈会来沂北，在中学见到琴琴，李琼与女儿相拥而泣。一家人历经艰难曲折，人生的灰暗和低谷怎不让人刻骨铭心。阴霾散去，全家终于得以团聚。值得爸爸妈妈欣慰的是女儿有了出息，担任沂北中学音乐老师，小提琴班孩子们的演奏倾注了女儿大量心血，在这里她的特长得到发挥，受到校长、老师和家长们的肯定。

"小提琴班月底要参加县、地区文艺会演。"苏琴琴自豪地告诉爸爸妈妈。

"好啊！都有什么节目？"李琼擦着泪花问。她知道《毛主席来到咱农庄》是女儿过去的拿手作品。

"有《草原上升起不落的太阳》和刚创作的《沐浴春天的阳光》。"苏琴琴回答。

沐浴春天的阳光，是啊！春天来了，苏里切身体会到形势变化真快，从部队转业到地方，一切都变了！他们要尽快适应航校工作。对于家庭问题他们要和女儿谈谈，琴琴到了恋爱婚姻年龄，她是怎么想的？在中学当代课老师以后又怎么办？到了考虑现实问题的时候。

苏里和李琼告诉苏琴琴，按照政策，可以申请将唯一的女儿调进南京市，分配就业也可以得到照顾，在南京市区找对象。

苏琴琴说，要调南京也行，得连方华一起调。这些年，要是没有方华，自己都不知道如何熬过这漫长的艰难岁月。苏琴琴还告诉父母，她和方华都老大不小了，准备今年底或者明年初就结婚。

苏里和李琼非常理解女儿的遭遇，也非常理解女儿的这份感情。但要是一起调到南京，确实很有难度。再者，苏琴琴似乎也不太情愿走，她热爱音乐老师这个职业，她离不开这些可爱的孩子，孩子也离不开她。她现在中学任教，是公社司书记的关心和厚爱，并将她列入特殊技能的教育人才上报，正在为她转成正式教师而努力。她不想辜负司书记对她的厚望。

苏里和李琼经过这次挫折，对人生感悟很多，对名呀利呀这些东西已看得很开，觉得婚姻大事还是由女儿自己决定为好，鞋子合脚不合脚只有穿鞋的人自己知道，做父母的尽量不要瞎掺和。他们感激公社司书记和大小队干部以及知青们，有了他们的关心、爱护和帮助，孩子才得以渡过人生的难关，一直走到今天。

方华也特地从粮管所来拜见了未来的岳父母，老两口见方华长得高高大大一表人才，说话办事稳稳当当，心里也很满意。回南京前，苏里和李琼正式告诉苏琴琴：你自己的事情就由你自己做主吧！

四

到了1977年金秋十月，南军生像平常一样，带着社员们忙着秋收秋种，他准备在忙完秋收秋种之后，组织全大队社员把本大队的各种水利设施好好整理一下，该挖的挖、该清的清、该建的建，还准备把老旧的大队部拆了重建，盖成砖瓦结构的房子。这几年大队农副业都搞得不错，有了些积累，换换面貌，也在情理之中。

那天他正在九队和干部们谈关于大队小水利的事，江淮海骑着自行车来了，老远就喊他："军生，快来！有好事！有好事！"

南军生说："老海你喊啥！有什么好事还值得你专门跑一趟！"

"好事，好事，天大的好事！快来看！"江淮海手里举着一张报纸，朝南军生晃。

"我瞅瞅!"说罢,南军生接过报纸一看,是一张《人民日报》,便往路边地上一坐,展开报纸,只见一行醒目的大字映入眼帘:高等学校招生进行重大改革。时间是 1977 年 10 月 21 日。

"可以考大学了?凭成绩上大学了?"南军生似乎有点不相信自己的眼睛,可是,白纸黑字就摆在自己的眼前,而且是中央的决定,不由得他不信!

上大学是那一代人梦寐以求的事情。这个梦,已经破碎了十年,如今还能捡起来,把它圆上吗?

"怎样?是不是好事儿?"江淮海问道。

"当然是好事。"南军生回答。

"考不考?"

"考!"

"我也考。但是离考试时间已经很短了,得抓紧复习复习。"

"是的!老海,要不你请假回来住,咱们一起复习复习?"南军生和江淮海商量。

"行,我回去找领导商量商量。"

"还有,复习得需要书,你帮我找找。别忘记了。"

"忘不了,您瞧好吧!"

江淮海走后,南军生满脑子都是关于考大学的事。快三十岁的人了,居然还有考大学的机会,实在值得珍惜。回到家把这事跟许兰兰一说,巧了,她倒是保存了一套高中教材。

"赶快找找。"南军生迫不及待地催促道。

许兰兰翻箱倒柜,把自己以前学过的课本往外找,南军生在边上一本本整理,不全,高中一年级的数学书少一本。行,就这也比空空两只手强多了。南军生打开课本,那已经沾上了霉味儿、有点泛黄的书页就像分别已久的老朋友,是那么熟悉而又陌生。

"学过的知识还记得吗?"许兰兰问道。

"有点生,不复习不行!"南军生答道。

恢复高考制度是那么令人兴奋,机会又一次眷顾了知青们,南军生、江淮海、苏琴琴、徐彬彬都在抽空复习,问方华,方华说没有时间。许兰兰只要没事，晚上就回来辅导南军生。

与此同时，身在北京的顾小雨也在积极备考。

说实话，他们只想能够再次获得上大学的机会，对于是否能回北京工作和生活，已经不是那么急切了。青山处处埋忠骨，何必马革裹尸还。这么多年，经历了这么多的人和事，他们早已看淡了一切。

第四十五章

天下事难如人意，有情人终成眷属。

世上唯有读书好，跳出农门步步高。

——民间谚语

一

尽管他们都是"老三届"高中生，但毕竟学业荒废得太久了，有些知识还能记得，有些知识早就忘得一干二净，需要从头再来。他们从初中一年级课本开始，一点点往下捋，尤其是数理化，得一题题往下做。不会的互相请教，几个人都不会的，就记在本子上，等星期天和许兰兰去沂北中学，再向中学老师请教。但不管怎么说，他们的底子还是厚实的，复习起来要比那年代的初高中毕业生轻松得多。

正当南军生全力以赴复习的时候，公社来了通知，县里要在虞家湾大队召开秋收秋种现场会，作为大队书记的南军生只得丢下学习，全身心投入现场会准备工作。南军生初次应付县里会议，没有经验，司书记特地派了江淮海来协助。公社有要求，要借这个会议突出沂北公社的形象，树立虞家湾先进典型，该搞的花架子还得好好搞一下。好在江淮海这些年在公社里经受了官场上各种各样的锻炼，这一套花活儿他是门儿清，弄起来轻车熟路。

宣传队又恢复起来，苏琴琴和许兰兰都被抽了进来。南军生忙着准备各种材料，江淮海忙着布置会场，写讲话稿、编剧本，两人着实忙了好几天。

秋收秋种现场会如期召开，县领导对虞家湾大队农业生产很满意，对大队党支部书记、北京知青南军生评价很高。忙完了这一切，离高考初考的日期已经很近了，南军生他们这才又匆忙投入复习。

徐彬彬的时间还算宽裕，那些天他就住在医院宿舍，很少回家。最担心他的是爱人王芳芳，一天到晚心事重重，生怕徐彬彬考上大学之后把她甩了。这种事，前几年多有发生，没什么稀奇的。

"你都有工作了，还考什么大学啊？"王芳芳惴惴不安地问他。

"妇道人家，你懂什么！"徐彬彬望着满脸愁云的王芳芳，平静地说道，"考上了，不仅学到知识，还是干部身份。我现在说是药剂师，其实还是工人。那能一样吗？"

王芳芳不懂这些，就怕风筝一飞，线断了。

1977 年恢复高考后的第一次考试，分为初考和统考两次考试。初考先淘汰掉一批，剩下来的再继续参加统考。11 月 28 日，是初考的日子，考场设在沂北中学，南军生和本公社的数百名考生一起走进了考场教室。

这时候的天气已经很冷，考生们的心却是热的。停滞十年的高考得以恢复，让大家看到了新的希望，每个人都想证明自己。考场如战场。丢下铁锹的手再拿起钢笔，似乎有千斤重，考生们谁也没有底，也不知卷子深浅，不知自己会做多少，心里难免有些紧张。待考卷发下来，南军生仔细一看，觉得考题有深有浅，似乎不是太难。他先选择比较浅的题目做了，后面深题让他犯了难，好像见过也做过，可就是想不起来用什么方法解题。

江淮海、徐彬彬和苏琴琴倒是好些，毕竟他们的复习时间比较充裕。尤其是江淮海，这些年在公社里鞍前马后，既有功劳又有苦劳，要不是司书记硬留，恐怕他早就走了。这回，司书记法外开恩，特地批准他放下一切工作，全力迎考。

南军生面对一道道既熟悉而又陌生的试题，努力回忆着，做着。

没过几天，初考成绩就下来了，他们几个都通过了初考。通过初考的考生，要在 12 月 23 日、24 日两天参加在县中举行的统考。

这段时间更加紧张了，谁也不敢大意，不分白天黑夜，大家一个劲地学呀，学呀。那时候，农村中学也没有高考复习资料，就是跟课本死磕。南军生心里清楚，他能通过初考多少有些侥幸，初考试题中，他还有不少不会做。统考的题目只会深，不会浅，他需要付出更多的努力。

统考的日子终于来临了。参加统考的考生被统一安排住在县委党校，据说那是过去大地主程震泰家的房子。考生们一律打地铺，地上铺着厚厚的麦穰，麦穰上面铺一层大柴席，各人自带铺盖。没有铺的，就两个人倒腿，铺一床盖一床。吃饭在县中食堂。头天晚上他和江淮海、徐彬彬、苏琴琴几人去县中食堂吃饭，发现食堂四周的墙壁上贴满了各种各样文理科的题目和解题方法、答案。

"人家的高考复习是这样搞的呀？我们几个完全是瞎子摸大象！"徐彬彬惊道。

"是的呢！沂北中学老师给我们辅导时也没这样讲过题目，看来要完哪！"

高考辅导确实有点学问，但关键还是看学生平时的学习积累和对学过知识的掌握程度，老师辅导只能起到画龙点睛的作用，不能起到决定性作用。尽管如此，南军生他们还是感到很不安。

接下来是紧紧张张的两天考试。江淮海和南军生是报考大学，徐彬彬和苏琴琴是报考中专，分在不同的考场里。

值得一提的是苏琴琴，她考的是淮阴师范学校，但加试器乐小提琴。文化考试时，她成绩并不理想，在分数线边上，还差两分，没办法，她只能鼓足勇气，要把丢失的文化分在专业分上补回来。加试那天，在地区器乐考场，老师先指定了两首曲子让她拉，她都顺利通过；后又让她演奏两首自选乐曲，她演奏了拉了无数遍的《毛主席来到咱农庄》和《草原上升起不落的太阳》。

"好！"她的演奏让主考老师感到惊讶，这完全是专业水准，考生中不多见。至于音阶、识谱、背谱、音乐小品、技法等基本功，苏琴琴也都顺利地通过了考试。

二

接下来便是漫长的等待。

春节前，结果终于出来了。第一个接到录取通知书的是江淮海，他被北京农业大学录取；接着是徐彬彬，被淮阴卫生学校录取；再就是苏琴琴，以专业分优等被淮阴师范学校录取。

南军生高考分数不够，没有参加政审和体检，落榜了。他有些沮丧，是继续复习参加明年的高考呢，还是返回北京接受分配工作，或者是干脆算了，继续干他的大队书记？他有点拿不定主意。

事关南军生的一生，许兰兰不好表达自己的意见。既舍不得他远走高飞，又不愿误了他的前程，那段时间，许兰兰的内心十分纠结。

南军生的内心也十分纠结。他既想实现上大学的愿望，也想在虞家湾干一番事业。虽然今年没考上，但若是静下心来踏踏实实复习一年，明年再考还是有一定把握的。可转念一想，自己大队书记刚当一年，各项工作也逐渐上了路子，要是就这样拍拍屁股走了，实在对不起组织上对他的培养，也对不起虞家湾的父老乡亲。

正在此时，北京市在插队知青中有计划名额招工分配，这对于插队虞家湾的北京知青来说无疑是件特大喜事。

南军生高考失利，急坏了远在北京的母亲，母亲告诉他这是最后一次招工分配机会，这次要是放弃了，以后再想进京可就难上加难。

南军生回信告诉父母，自己暂时不打算回北京。要么凭本事考大学考回去，要么就留在沭阳，踏踏实实在农村干一番事业。靠国家政策招回去算什么本事！

"好小子，有点尿性！"南山夸赞道。

"这孩子，也不知他是怎么想的，农村大队书记又不是职业革命家，说到底还是个农民，他就那么一根筋，气死我了！"沈慧只能干生气。

"大丈夫志在四方。陈永贵是农民，人家还干副总理呢，你怎么说？"南山自有他的一套。

"你这不是抬杠吗？全国有几个陈永贵？！"沈慧回敬他，"依我看，军生就是舍不得许兰兰。"

"这不挺好吗？我当年还舍不得你哩！"南山是哪壶不开提哪壶。

"我看咱们还是再和他谈一谈为好。你说呢？"

"他要硬是不肯回来怎么办？"

"那我就彻底死了心了！"

沈慧一个人前往沭阳，见到南军生后，做了最后一次长谈，结果正如南山所料，南军生决定留在沭阳，不回北京。

"是金子，到哪儿都发光；是好汉，当农民也有出息；是尿包，你把他放在北京也没用！"南军生斩钉截铁，一点余地也不留。

"那你打算和兰兰什么时候成亲？"沈慧叹了口气，回京不成，那就只能退后一步，把儿子的家给安好。

"我们准备在五一劳动节结婚。"南军生告诉母亲。

"五一劳动节？也行。"沈慧沉吟了一会儿，说道，"到时候我和你爸争取过来参加你们的婚礼。"

"那就太好了！"

沈慧临行前给南军生留下两千块钱，让他自己置办结婚用品，不够了再给。

三

司守明书记特地约见了南军生，推心置腹地和南军生交流了一番。他对南军生说："自从你来到沂北公社第一天，就给我留下了非常好的印象。算起来你到这里也十个年头了，从一个毛头小知青，成长为独当一面、领导着几千人口的大队党支部书记，全公社只此一例，就是在沭阳全县也不多见。这次招工是走是留，关系着你的个人前途，不能因为你是一棵好苗子我就耙着你，尽管我心里不太情愿放你走。第一次招工我留你，是想培养你；这次招工我如果再不放你，弄不好就会害了你，误了你的前程。天下没有不散的筵席，连我自己都不可能在沂北公社长期待下去，你要是继续待在虞家湾，后任的领导是否还能继续重用你，我不好说，也不敢说。"

司书记这一番话掏心掏肺，说得南军生心里暖洋洋的。他沉吟了一会儿，说道："司书记，我想好了，还是决定留在虞家湾。"

"为什么？"司守明颇感意外。

"司书记，我留下来，从大道理上来讲，要实现农业现代化，首先要农民现代化，我留下来就想做一个现代化农民的带头人；从小道理上来讲，我在沂北十年，组织上培养我、关心我、爱护我、重用我，虞家湾的乡亲们关爱我，我从内心里舍不得走。人，不管怎样，总得讲点良心不是？我在这边娶妻生子过一辈子，有什么不好？"南军生也实话实说。

"怕你将来后悔呢！"司守明说道。

"大老爷们儿，一口唾沫一根钉，哪有反悔的道理！"南军生态度坚决地表示。

"好！那我就按照你不走的打算做好安排。"司书记对南军生说，"上面已经找我谈过话，我的工作可能会有变动，你暂时不要声张，心里有数就是了。"

话都说到这份上了，南军生心里还有什么不明白的？

从司书记那儿出来，南军生来到沂北小学找到了许兰兰，对她说："我妈同意我们结婚了，日子定在今年五一劳动节，行不行？"

许兰兰闻言，心中一块石头终于落了地。她问南军生："结婚的喜期，按照农村里的风俗，是不是得找刘大先生合合日子？"

"行，你做主。告诉刘玉恒，尽量安排在今年五月份，不冷不热的，我爸我妈好过来参加咱们的婚礼。"南军生嘱咐道。

"好吧！"许兰兰应道。

四

春风送暖，艳阳高照，九龙口村头的那棵石榴树又到了开花季节，火红的花朵开满了枝丫，格外鲜艳夺目。

南军生和许兰兰结婚了！喜期是刘玉恒合的，五一劳动节那天催妆，五月二日，农历三月二十六，是正日子。

消息传遍了虞家湾，南军生扎下根来，做了虞家湾人的姑爷，这在农村是件新鲜事儿，也是天大的好事。家家户户，不管以前有没来往都准备出喜礼，喝喜酒。

江淮海、时枫、方华和苏琴琴相继离开后，知青宿舍只剩下南军生一个人住在这里，显得有点空旷。不久，王芳芳弟弟要结婚，为腾喜房，徐彬彬也拖家带口搬到这里来生活，住在东面的两间，也就是原来女知青们住的地方。西面这三间，正好做了南军生和许兰兰的喜房。

南军生要办喜事，在家休养的老书记吴以林来了，队长周成富、指导

员丁凤琴、会计周亮、记工员周业民、老党员吴以勤等人也都来了。

"这样办喜事太寒碜!"吴以林看后很不满意。

"行啦,吴书记!简单朴素一点好。"南军生笑着说。

"这样!"吴以林吩咐周成富他们,"先买两方砖头,把这个大通间子间一间。以前他们几个人都是光棍,无所谓,现在是一户人家了,总得有里有外。再弄点石灰麻刀,找瓦匠把屋里粉刷一遍,见见新;队里伐两棵树,打张大床、吃饭桌子,再安两条大板凳和几个小板凳。往后要是有人来谈工作,你家连个坐的东西都没有,还能坐在地上谈啊?"

老书记一番安排,令南军生十分感动,他对吴以林说道:"你们想得太周到了。这样,事情麻烦你们去办,钱不能叫集体出,我自己出。"说罢,就从床底小木头箱子里拿出五百块钱,交给周亮。周亮说用不了这么多,三百就够了。南军生让他先拿着,多退少补。

"许家与我们沾亲带故,你就是晚辈新亲戚,为知青操办喜事,也没有人会说什么的!"吴书记把大主意定下来,具体事情各人分头去办,一定要把南军生的喜事办得风光热闹。

"是啊!你现在就是虞家湾的女婿,许家半个儿子!听我们话没错!"周成富笑着说。

"你只管当你的新郎官,其他事情全由我们来安排!"丁凤琴接过话头说。

队干部几人当场就分了工:丁凤琴代表南军生,算婆家人,这边的一切事情皆由丁凤琴做主操办;周成富也代表男家,拿大总;周亮负责来往账目登记,并兼知客;吴旭负责采买、找厨子等后边这一大摊杂事。需要人手,他们去找,南军生一概不管。南军生又告诉丁凤琴,自己不懂得该给许兰兰那边买点什么,南军生又拿出一千五百块钱交给丁凤琴,委托丁凤琴全权代办。

女婿!儿子!这些称呼,让南军生由衷地感到温暖、亲切。他心里明白,自己已经真正融入虞家湾,成为虞家湾的人了。

第二天,周成富就带一班庄邻来帮助拾掇房屋,屋顶用麦穰重新翻苫一遍,又去公社综合厂买了两方青砖,手扶拖拉机拉了一车石灰、几十斤麻刀,把房子间成里外间,然后粉刷一新。老旧的知青宿舍顿时升级为爱的巢穴。

南军生没料到吴以林等人会为他操办喜事，抬桌子的、记账的、支锅的、烧锅的、买菜的、择菜的、炒菜的、跑堂的、说喜话的，应有尽有，各司其职，忙得不亦乐乎。

正日子那天终于到来了，新房门两旁的大红对联是："大地香飘蜂忙蝶戏相为伴；人间春到莺歌燕舞总成双。"门前空地上摆了六个桌堂子，一时间宾客盈门，整个虞家湾几乎家家都来出礼，大总和知客忙得不可开交也接待不过来。吴旭专门请了当地最有名的马厨子，马厨子带了三个徒弟还紧张；六张桌子开成了流水席，吴旭一天跑了两趟沐阳补充食材。

"南军生当新郎官，祝贺！祝贺！"大嗓门声音从屋外传进来。

"哎呀！司书记您怎么来了？"南军生又惊又喜，想不到堂堂公社党委书记上门来贺喜。

"南军生许兰兰喜结良缘，我司守明难道不来讨杯喜酒喝？"司书记笑眯眯地说。司书记接过南军生的喜烟，点燃后转身指了指，新上任的仲秘书抱着一块大号的玻璃匾走进来，匾上写着：互敬互爱好伴侣，同心同德好姻缘。

周亮把司书记和仲秘书安排到喜房里的正席就座，由老书记周成华、吴以林、丁凤琴、方华、小学朱校长和公社组织科马科长作陪。刚要开席，李虎不知从哪里得到消息，专门骑车从县里赶过来，参加南军生的婚礼。不是老领导就是老部下，大家见了面非常高兴。丁凤琴赶忙让出座位，请李虎就座。

这边人一齐就开席，冷菜热菜一个劲上。屋里屋外，到处洋溢着欢声笑语。

"哎哟！南书记爸爸妈妈来了！"众人站了起来。

南山和沈慧风尘仆仆赶来，他们没料到儿子婚事来了这么多人祝贺，热闹的喜庆场面令两人喜出望外。

"这是公社司书记，这位首长是南政委，南军生爸爸，也是我当兵时的老首长。"周成华连忙介绍。

"对不起各位，买票不及时，迟到了，实在抱歉！"南山向在场的虞家湾干群作了个罗圈揖。

"谢谢首长为我们送来南军生这样优秀的知识青年，他们为建设新农村发挥了聪明才智和力量，真是好样的！"司守明书记紧紧握着南山的手，眼前这位看上去衣着朴素、平易近人的人，就是人们传说中的北京大干部。

"不要感谢我，是我要感谢你们！南军生能有今天的成绩，与司书记和组织上的关怀培养分不开！"南山感激地对众人说。

"当年打宿北大战，南政委在陈老总的 1 纵队 11 团。"吴以林接上说。

"我也参加了，我是粟老总手下的兵，1 纵队 3 团 2 营。"司守明书记兴奋地说。

"原来也是老战友啊！"南山上次到虞家湾来，遇到周成华、吴以林和吴以勤，这次又见到司守明，都是当年浴血宿北的老战友，那种激动的心情简直无以言表！

南山与司守明两人一见如故，周亮赶紧安排重新上一桌菜，请南山夫妻就座。席间，自然谈到南军生扎根虞家湾的事情，司守明书记对南军生的选择给予了很高的评价。

"这与你关心照顾密不可分，没有你这公社书记厚爱，他们也许早回北京了。我希望他扎根虞家湾，当一名名副其实的社会主义新农民。"军人无戏言，南山的话司守明信。

"司书记，等我退休后，也想来这里生活，过过农家日子，颐养天年。"南山一点也不隐瞒自己的想法。

"好啊！欢迎您来！届时我也差不多退下来了，在这九龙河边盖两幢房子，咱们紧挨着，岂不快哉！"司守明乐呵呵地说。

"行！一言为定！"南山也笑眯眯地回应。

外面的鞭炮声响起来了，新娘子来了，人们高声呼喊起来。

只见许兰兰身穿红嫁衣，脚穿绣花鞋，淡抹脂粉，显得喜庆而又漂亮，沈慧见了，心中十分高兴。接着人们开始往屋里搬箱子、柜子、脸盆架等嫁妆。闹房的人窜里窜外、争烟争糖，忙得不亦乐乎。

南山夫妻在虞家湾待了五天就返回了北京。南军生此后便与徐彬彬做了邻居，过起了普通人的日子。彬子个把月就回来一趟，毕竟家里有了老婆孩子，不放心。苏琴琴回沂北都是在华子那边，偶尔也会过来看看。

第四十六章

山高有攀头，路远有奔头。

不怕路长，只怕志短。

——民间谚语

一

再说江淮海考上北京农业大学、接到录取通知书后，在沂北玩了几天，老朋友们忙着为他送行，快到春节了才回到北京家中。

父母见儿子凭本事考了回来，格外高兴。老爸问他："你怎么不考文科学农业，不想当作家啦？"

江淮海告诉父亲："我国农业人口多，而且农村至今还比较贫穷落后。在农村这些年接触了很多人和事，我觉得要搞四个现代化，首先要把农业现代化搞好。文学这东西能出名，但不能解决实际问题，我还是想踏踏实实学点知识，做点实事。"

他这一番话把老爸说得一愣一愣的，心想：这小子的话听起来确实很有道理，比自己还有见识，成！这些年在农村还真没白混。

寒假很快就过去了，江淮海自己背着被窝行李，徒步前往学校报到，虽然家在北京城里，但他坚持住校，除了吃饭睡觉，他把所有的时间都用在了学习上。由于他长期在农村生活，对于农业上的很多具体问题都有着一定的感性认识，所以在学习中往往更注重实用；同时，对农业生产和农村发展中存在的问题，又能够站在理论的高度进行分析，因此，获得了老师和同学们的一致好评。

紧张的学习时间总是过得很快，回北京快半年了，尽管时枫所在的清河针织厂距离他所在的农大并不算太远，江淮海也一直没有时间去看望他。放暑假之前，考试什么的都已经结束，没什么要紧的事了，他决定去一趟坐落在海淀清河镇的针织厂，去看看时枫。

到了清河镇针织厂，厂里的人告诉江淮海，时枫是招工回来的老知青，1976年清明期间，因为犯了事被抓起来了，听说在内蒙古那边劳改。

没想到时枫回城却摔了一跤。江淮海怏怏不乐，心情沉重。暑假期间，江淮海哪里也没去，在家埋头读书。

放了暑假，苏琴琴、徐彬彬都回到了沂北公社。苏琴琴借住在粮管所的一间房子里，徐彬彬回九龙口老知青点的家住，每天在家带带孩子做点家务，日子过得平静而又安逸。

转眼又到了秋天。虞家湾今年收成不错，由于种植了水稻新品种，亩产大大提高，都在500斤左右，算上麦子，总产量实打实地维持在800多斤，完成了亩产达《纲要》指标。粮食暂时是够吃了，但南军生仍不满足，心中一直在盘算：怎样才能让这有限的土地继续保持稳定上升的产量？如何再上新台阶？他心中只有这个想法，具体怎么办却没有头绪。

傍晚时分，他从大队部回来，许兰兰已做好了晚饭。再一看屋里，吴以民和陈进正在等他。

陈进神秘地低声告诉南军生，他有个亲戚在安徽凤阳，过去那里特别穷，一到春天，家家户户出去逃荒要饭。据说那边有人悄悄地搞了土地包干制，社员们种集体的地，忙自己的责任田，尽个人的责任，提高了种田积极性，今年粮食大丰收，各家各户能落下不少粮食。他们是不是也可以向他们学学，把生产队里的田地分了，让各家自己种。

"分田单干？这倒是新鲜事！"南军生对这则新闻很感兴趣。

"边吃边聊吧！"许兰兰说。

"人家能弄，我们凭什么就不能弄？"吴以民在一边鼓劲。

"即使现在形势变了，但是没有中央文件，咱们自己瞎搞不行！再说了，你又不是亲眼所见，光听说能行吗？"南军生不同意。

"哎呀！人家全动起来了，如果上面不默许，凤阳人吃了豹子胆也不敢搞！如果咱们要搞，只能悄悄地干，不能大张旗鼓。"陈进献计道。

"我看这事咱们先不要着急，观察一下再说，反正咱们现在粮食也够吃，不需要像凤阳人那么着急。是分田单干还是包产到户，不管怎么干，都不是多打几斤粮食少打几斤粮食的问题，而是个路线问题。"南军生是大队书记，在重大问题上，他既要相信群众，更要相信党，不能头脑一热就拍板行事。

"照我看，反正土地是国家的，大集体种也罢，大包干种也罢，谁也不能把土地带走了，不过是改变一下种地的方式。我看大包干无非就是加强种地的责任心。要是上面不认可，社员就再把田块交给队里，还是回到从前，生产队集体干。你们说呢？"吴以林插嘴说。

关于农业增产问题，南军生曾思考了很久。实行责任制，生产队在过去的劳动中也不是没有过，比如说锄地、插秧、收割庄稼，吴以林、周成富就经常按人头分给大家做，谁先做完谁回家。效率确实比大呼隆要高一些，但是也高不了多少。按照目前的生产力水平，就是社员们把劲全都使足，要想大规模提高土地的粮食贡献率也不会太理想。农村、农业的发展出路到底在哪里，他还是朦朦胧胧说不清楚。既然说不清楚，就不能蛮干，也不能听风就是雨，冒冒失失把地分给社员去单干。

他耐心听完大家的意见，对他们说道："这事先别着急，先放一放、看一看，我们大家都有个思想准备。如果确实有利于农业发展，上面一定会有个说法。真要实行起来，也是很简单的事情，一两天就可以办妥的。你们说呢？"

众人见南军生虽没有明确的态度，但也没把话堵死。如果非要霸王硬上弓，把生产队的土地分到各家各户手里去种，别说南军生一个小小的大队书记，就是再大的官也没有这个胆量。

二

第二天上午，司守明书记通知南军生，要他到公社来一趟。南军生不敢怠慢，骑上自行车，急急忙忙赶往公社，司书记正在办公室里等他。

坐定之后，司书记对他说："既然你不打算回北京，就先把招工的手续办了。办完招工，我再按照有关程序给你办理'以工代干'手续，继续在沂北公社工作。"

"什么叫'以工代干'？"南军生问。

"你办完招工手续之后，本人的工作性质还是工人，拿工人的工资，但安排在党政机关的工作岗位上，不是干部性质。等到以后有机会，再转为国家干部。"

"那我是不是还可以在虞家湾工作？"

"当然可以。"司书记点起一支香烟，平心静气地对南军生说道，"不仅可以，而且还能为更多的大队工作。一个共产党员，总不能把眼睛只盯在虞家湾一个小地方，是不？再说了，你当了工人之后，也不耽误考大学。考上了你就走，考不上你还有事做。目前的形势你多多少少也看出来了，将来一定会发生较大的变化，我要是还把你摁在虞家湾，不让你动弹，就是对不起你了。"

南军生想了想，这确实是一个两全其美的好方法，进退有据，司书记真是个负责任的好领导，对自己的前途考虑得十分周到，便对司书记说道："行，听您的，就照您说的办。"

司书记说："既然你同意了，我就安排人去替你办了。"

从司书记那里出来，南军生去粮管所找方华，把事情跟方华说了一遍，让方华帮着拿拿主意。方华思忖了一会儿，说道："我看这事行。到底是老八路，既会用人，又会关心人。司书记虽然文化不高，但他身上的优点够我们学一辈子的。"

"是的。"南军生说道，"我们读过几天书，就觉得自己了不起，在今后的人生道路上，要学的东西还很多呢！"南军生和方华又聊了一会工作上的事情，忽然想起苏琴琴，便问道："苏琴琴人呢？"

"买菜去了，一会儿就回来。"

"苏琴琴毕业之后，你们打算怎么办？"

"毕业之后，结婚啊！"

"结婚之后呢？"

"看琴琴怎么说吧。"

"依我看，你们最好还是想办法调到南京去。她父母年龄大了，身边没有人照顾不行。"

正说着，苏琴琴买菜回来了，见到南军生，高兴地问道："大书记怎么有空来我们家玩了？"

"我这个大队书记可没有你家方所长吃香哦，谁见了都巴结！"南军生乐呵呵地打趣道。

"撑死了就是一个股级干部！"

"股级也是干部。今天中午吃什么？"

"烧鱼，炒豆腐。"

"不行，再去买点肉，弄点红烧肉吃，我这些日子肚里空得慌！"

"成！我顺便把兰兰也喊来，中午一起吃饭。"

"兰兰不在学校，放假了。她在九龙口家里，不用喊了。"

苏琴琴又出门买肉，方华从抽屉里拿出两条香烟，一包茶叶，找报纸包了，揣进南军生的挎包里。

"都是人家送的。"方华笑着说道。

"华子，吃点喝点小小不言的，无所谓，可千万别贪污腐败啊！"南军生半开玩笑地对方华说道。

"我华子是那种人吗？放心吧哥哥！"

中午吃饭的时候，南军生又把今天的事情跟苏琴琴说了，苏琴琴说这是好事，并说他们班就有工人考上学校带薪上学的，还是司书记想得周到。南军生也劝苏琴琴毕业以后想办法和华子一起调南京去，把父母照顾好，不一定非留在沭阳不可。司书记最近也要调动工作。

方华说："我们从北京来的哥儿几个，虽然经过九九八十一难，总算都修成了正果，就是可惜了刘红。"

提到刘红，苏琴琴悄悄地瞪了方华一眼，怕伤了南军生的心。南军生说道："一个时代有一个时代的使命，一个时代有一个时代的担当。刘红无愧于这个时代！我们大家都不会忘记她。虽说再过一两代人，人们可能会忘记她，但我们这一代人是无论如何也不应该忘记她的。"

历史的发展，每前进一步，都要付出沉重的代价。要奋斗就会有牺牲。在那个特殊的年代，千千万万的知青不仅牺牲了青春，有的甚至牺牲了生命。即使在改革开放十多年以后，知青们仍然付出了巨大的牺牲：无数老知青在上有老、下有小的境况下，无奈地从企业下岗，经历了一番比插队更加艰难的痛苦。这，或许就是他们的宿命？

三

半个月之后，南军生的招工手续办妥了，由于在农村劳动的时间都算工龄，所以直接定为二级工，和方华的工资一样多。经过司书记的努力，南军生被任命为公社党委组织委员，兼任虞家湾大队党支部书记。

1982年1月1日，中共中央发出《全国农村工作会议纪要》，明确指出包产到户、包干到户或大包干"都是社会主义生产责任制"。1985年，沂北公社改为沂北镇人民政府。此时，南军生已经晋升为该镇主管农业生产的副镇长。

转眼到了1985年夏天。那年七月中旬，南军生正在虞家湾检查夏粮生产情况，大队通讯员气喘吁吁地跑到田里，说北京来人找他。南军生问人在哪里，通讯员说在镇政府。南军生问是什么人找他，通讯员说不知道，只说是中国科学院的。

中国科学院，南军生想了半天也没想起那边有什么熟人，不知是什么事情，于是赶紧骑上自行车风驰电掣地赶往镇政府。

到了办公室一看，我的天，原来是江淮海和时枫！

"老海，老时！原来是你俩！"南军生高兴地大喊大叫起来，完全不顾及镇长的身份了。

"好小子，都当上镇长，土皇帝了！"时枫又开起了玩笑。

"去你的吧！为人民服务！"南军生乐呵呵地说道，"走走走，去宿舍坐！"

到了宿舍，南军生先给他俩沏上茶水，问道："你俩咋到一块儿了？"

"嗨！"江淮海道，"我农大毕业后，又考上了研究生，三年读完之后，现在分配到中国科学院农业研究所。趁正式上班之前，特地约老时来看看你。等到上班以后，就没有时间了。"

"老时呢？"

"我是调休，另外请了三天假，平时也没有时间。"

江淮海接着说道："我找老时可费了劲了。我1978年暑假找过他，没找到，一直到1979年夏天才找到他。"

"老时到哪儿都是条汉子！现在工作怎样？结婚了没有？"南军生问

道。

江淮海在北京上大学期间，他姐姐江淮涟与一名军人结了婚。江淮海则与同班一名女同学相爱，毕业后在北京结了婚。夫妻俩同被分到中国科学院农业研究所工作。

"结了，孩子都三岁了。你结婚了吗？"时枫问。

"我的孩子也三岁了。我老婆是许兰兰，认识不？"

"咋不认识？"时枫道，"这个女孩不错的。军生你好眼力！"

"华子和苏琴琴呢？"江淮海问道。

"他俩调到南京去了。苏琴琴的父母在南京工作，年纪大了，身边没有人。"南军生又把苏琴琴父母的情况给他俩仔细讲了一遍。

"华子做得对，仗义。"江淮海和时枫异口同声地赞叹道。

几个人又把当初方华急赤白脸要参军、结果却和苏琴琴捉了一大圈迷藏的事说笑了一遍。江淮海说："不管咋样，老时当初主动让出那个名额，就是个纯爷们儿！"

"我倒觉得没啥，应该的。"时枫说道，"要说我当时真不想走，那是瞎话。可是一想到华子和苏琴琴的事情要黄，我也就顾不了那么多了。"

"彬子呢？"

"他卫校毕业后，分配到县中医院工作。我打电话叫他回来一趟，咱们好好聚聚！沭阳这边，就剩我和他两人了。"南军生说道。

"司书记还在这边吗？"江淮海问道。

"他调到县委农工部当部长去了。估计这一两年差不多要退休了。"南军生回答道，"我每次去县里办事，都要去看望看望他。"

"司书记很有水平，不是一般人！"江淮海说道，"我在他手下那么多年，学了不少能耐。"

"老海，你是农业的科班出身，将来我们沂北乃至沭阳，农村和农业的出路到底在什么地方，你能给我讲讲吗？"南军生主管农业，对农村和农业的事情更关心。

"既然你问到这个，我就尽我所知，跟你聊一聊。"江淮海一本正经地说道，"就目前来说，首先要把粮食生产抓上去。粮食产量要上去，光是靠包产到户是不够的，还要靠科技。比如说农业机械化水平的提高，农药、化肥和良种的使用，等等。一段时间以后，还要树立大农业观念，扩大农业生产的范围，办好乡镇企业，包括村办企业，实现农村剩余劳动力的转化。"

"等等，老海，什么叫'大农业'？"南军生对这个新概念很感兴趣。

"所谓大农业，简单来说，就是把农业做成一个产业链。比如说，随着农业生产技术的提高，粮食产量越来越高，老百姓吃不完，怎么办？就要想办法把剩余的粮食进行深加工，变成各种各样的新的产品，用于市场销售。农业发展了，必定会推动城市的进一步发展，从而带动农业的观光旅游。"

"照你这么说，城里人还会到咱们农村来旅游？有钱人不都是到大城市看高楼大厦、名胜古迹或者到名山大川去旅游吗？农村有啥好看的？"

"这你就不懂了吧？我读研究生期间，老师不仅带领我们跑遍了全国各地的重要粮食产区，还带领我们考察了欧美国家的农业生产地区，人家那里的农业观光旅游火得很！还有，沭阳这边属于资源禀赋比较差的地方，没有什么矿产，交通运输条件也比较差，但却一直有种植花卉苗木的传统，将来一旦开始大规模的城市建设，必将对花卉苗木有巨大的需求。所以说，现有的土地不一定非要种庄稼，要让有限的土地发挥出更大的经济效益。有关部门要注意这个问题，提前做好规划。"

"老海，士别三日，刮目相看，果不其然。现在我们这里已经有人开始小规模种植花卉，听说一棵几寸长的地柏松就能卖到一块钱。到底是北京农大的研究生，眼界就是不一般。我看这样行不行，请你明天和我一起去看看司书记——现在是司部长了。他是德高望重的抓农业的老领导，你把你刚才说的这一套给司部长说说，怎样？"

"我这是纸上谈兵，怎敢在老领导面前班门弄斧？"

"不不不，老海你错了。"南军生说道，"沭阳的发展需要新思路、新规划、新布局、新起点。我相信司部长一定会很感兴趣，并且结合我们沭阳的具体实际，县里一定会制定出一套切实可行、符合我们沭阳发展的方案来。"

江淮海说："行，我先跟老领导说个大概，如果县里需要，我可以想办法请我的导师来一趟，也可以请中国农科院的专家来一趟，到时再具体筹划。"

"一言为定！我们明天上午就进城！"

正聊得热闹，徐彬彬回来了，老远就喊："老海！老时！"

只见徐彬彬满头大汗，端起南军生的茶缸，咕嘟咕嘟猛喝一气，喝罢，对南军生说道："给我再满上，渴死我了！"

时枫笑着说道："彬子还这德行！人家都镇长了，你还吆三喝五的！"

"他就是省长，也得把茶给我满上！"

"瞧，连彬子也成老油条了！好好好，我给您重新沏一杯茶，还不成吗？"南军生笑道。

"这还差不多！"徐彬彬一边说，一边从黑提包里往外拿东西，"这是给老时的，两条'大运河'；这是给老海的，两袋上好的龙井；这是给南军生的，两包上好的碧螺春！"

"彬子发财了不是？"南军生笑着说道。

"狼有狼道，蛇有蛇道，反正我不是偷来抢来的。你要是不要，我就拿回去。"徐彬彬假装要往回拿。

"慢着！还有往回拿的道理？放这儿！"南军生喝道。

"南军生，别光吹牛，今天午饭怎么吃？"徐彬彬问道。

"我跟食堂说过了，午饭在这边吃，晚饭回九龙口吃。都安排好了。"

"那就成！"

四

且不说几个人回到九龙口见到一班老相识的快乐情景，单说第二天南军生和江淮海、时枫去县委农工部拜见老领导司守明部长。司部长见了几个北京知青心中格外高兴，寒暄之后，南军生直奔主题，让江淮海把昨天讲过的话又仔仔细细跟老领导讲了一遍。司部长听得十分认真，还不时地做记录。江淮海讲完之后，司部长赞叹道："喝过墨水的就是不一样，今天全是新东西，实打实的干货。我抽个时间，跟县里的领导汇报一下。如果需要，还得麻烦小江请北京的专家、教授们来给我们做具体指导。"

"沭阳是我们的第二故乡，如有需要，必当全力以赴！"江淮海当即表

态。

"那就好！那就好！"司部长笑着对江淮海说道，"当年我们费了九牛二虎之力搞的'旱改水'，现在已经在全县推广，我们沭阳目前已经是全国商品粮基地，面貌大大改观。我搞了大半辈子农业，现在可以安心退休了！"

那天中午，司部长打算按照北京来的专家标准安排在县政府招待所接待，江淮海说不用了，这次就是以私人身份来看望老领导的。等下次陪同北京来的专家、教授时，再跟着沾沾光不迟。司部长笑着说道："小江是越来越有水平了。"

告别了司部长，南军生陪江淮海在沭阳县城转了转。

江淮海说："沭阳县城有变化，但不太大。"

南军生说："改革开放刚起步，一切都会好起来的！"

尾声

　　光阴似箭，转眼几十年过去了。2017年春的某个晚上，已经退休多年、满头花白的江淮海应邀来到六朝古都南京，参加一个科技研讨会，会议空隙泛舟秦淮河，在桨声灯影里，重温那个遗失了好久的文学梦。

　　坐在游船上，对面有个人老是盯着他看，他也觉得这人有些面熟，就是想不起叫什么名字，不禁开口问道："先生贵姓？府上哪里？"

　　那人开口道："免贵。我姓宋，南京本地人。"

　　"先生可在苏北沭阳插过队？"

　　"插过呀！苏北沭阳县沂北公社虞家湾大队。"

　　"我姓江，也在虞家湾插过队。"

　　"江淮海！"

　　"宋伟江！"

　　"哎呀呀！老知友！老知友！"两人异口同声喊道，两双大手紧紧地握在一起。

　　两人少不了畅叙离开虞家湾后各自的经历。江淮海得知宋伟江返回南京后，由于工作安排困难，在居委会的帮助下，他带领几个"老插"白手起家，借用居委会的一间临街小屋子，蒸包子卖。后来竟然越做越大，接连开了几十家包子店，安排了二百多个就业无门的知青，后来上升为大集体企业，他自己还被评为区"新长征突击手"。前些年也退休了，没事就出来转转。秦淮河上的这个旅游公司还有他们公司的股份在里面。

　　"老江，你知道方华方所长在什么地方吗？"

　　"不知道。自从他调到南京，我们就失去联系了。老宋你知道？"

　　"我知道哎！当年我们卖包子，面粉、油、猪肉什么的，特紧张，不好买，幸亏有方所长支持，我们才能干下来。他现在是南京'芳华大酒店'董事长，生意做得很大！"

"是吗？那太好了！"

"要说咱们这帮知青，插队锻炼的最大收获，就是吃苦耐劳，办法多、不服输！"

"老宋说得是。"

"你想不想见见方华和苏琴琴？"

"太想见到他们了！"

"那咱们走着？"

"走着！"

待游船一靠岸，几人打了辆出租车，不多时，就来到了芳华大酒店。一个电话上去，没几分钟时间，只见方华西装革履、风度翩翩地向他们迎面走来。

久别重逢，别有风味！

方华问江淮海："这位是？"

"我朋友，姓张，也是咱们中学校友，我当年的文友。"江淮海答道。

"一家人不说两家话。"方华立马打电话，安排聚餐。

当天晚上，虞家湾的几个插友又着实畅叙了一番。

三天后，江淮海开会结束。方华、苏琴琴和宋伟江陪着江淮海他们游览南京的名胜古迹，一连玩了三天。到了第四天，方华对江淮海说道："咱们去沭阳找南军生和彬子玩玩吧！"

"成啊！听说沭阳变化很大，我很想去看看！"

于是方华开车，拉上苏琴琴、江淮海和老张，直奔沭阳。宋伟江因为有事在身，不能前往，临别前请江淮海他们到夫子庙前的饭馆里，美美地吃了一顿南京特色菜肴。

几十年过去，沭阳发生了翻天覆地的变化，该县积极发展工业经济和花卉苗木产业，沂河北好几个乡镇都形成了较大规模的花卉苗木基地，由此也带动了旅游产业，成为远近闻名的乡村观光旅游区。各种种植业、养殖业、服务业百花齐放，促进了县域经济的蓬勃发展，沭阳早已跻身全国百强县。

到了沭阳，见到了南军生和徐彬彬，他们都是做爷爷的人了，不过都没闲着。退休后的南军生给儿子创办的花木园林公司当参谋；徐彬彬退休后被沭阳铭和医院聘用，继续发挥余热；许兰兰退休后担任了教育局关工委委员，做起了关心下一代的工作。

顾小雨从北京师范大学毕业后，分配到海淀区某中学担任美术老师。其作品常在市、区画展上获奖。后来她与殷老师结婚，婚后生活美满，育有一个女儿，考上中央美术学院，现在首都美术界小有名气。

刘红因抢救集体财产而壮烈牺牲的英雄事迹后被多家媒体报道，经过再次申报，刘红终于被省里追认为烈士。相关部门还号召广大青少年向刘红学习。

令人惋惜的是，老领导司书记现已作古，他毕生奋斗的事业已经如他所愿，今日的沭阳正以崭新的面貌呈现在世人面前。

一年又一年，春到九龙口，村头那棵石榴树开满火红鲜艳夺目的花朵。

2018年是知识青年上山下乡五十周年，为隆重纪念这一重大节日，回顾当年的青春岁月，铭记知识青年们曾经做出的奉献，由虞家湾村委会、虞家湾花木发展总公司以及南军生个人出面发出邀请，欢迎曾在虞家湾插队的各地知青回访。

一辆辆轿车驶入九龙口，停靠在知青宿舍门前。全村的人都知道了，当年插队的知青们回来了。

知青旧居仍然保留着原样，屋前屋后知青们栽种的柳树和桑树长成了参天大树，成为对插队九龙口最好的纪念。房屋虽然破旧斑驳，但是在绿荫环抱中显得尤为突出，门前瓜架、菜园和鸡窝无不证明房屋里还住着主人。

知青宿舍门前悬挂着横幅：热烈欢迎老知青第二故乡回访团。

南军生、许兰兰在门前迎接客人到来。

虞家湾村民们都来了，围在旁边指指点点。

"这是插队七队的胡晓鲁、张阿涛，还有黄江州。"

"哇！这名美女知青叫刘文江，还有姜秀铭。"

"看！四队的成静村、成静宝姊妹俩。"

"哟嗬，王俊、丁家新，还有江涛也来了。"

岁月沧桑使南军生略显苍老，鬓发略有斑白，黑黝黝的脸庞，充满坚毅的眼光仍炯炯有神。

许兰兰戴一副眼镜，虽然进入老年，但不失知识分子气质。

顾小雨和殷老师来了，方华和苏琴琴来了，时枫来了，徐彬彬和王芳芳也来了。

九龙口的父老乡亲都来了。丁凤琴、周成富、吴旭、周亮、周成财、赵菊花、周业民、方二喜等来了，大家与知青们热烈握手交谈。

丁凤琴与顾小雨、苏琴琴紧紧拥抱。

气氛热烈，亲切交谈，回忆往事，不时引起开怀大笑。

时枫和徐彬彬亲切地叙谈着昨天的故事。

时枫进门望望："知青宿舍还有人住吗？"

南军生说："我和许兰兰会经常回来小住，找找当年的感觉，不忘初心，方得始终。"

在这既隆重又热烈的时刻，大家深切地缅怀知青老战友、革命烈士刘红。老知青们自发地来到九龙河畔，穿过花红似火的石榴林，来到刘红烈士墓前，虔诚地向老战友三鞠躬。

知青宿舍门前摆满桌子、凳子，桌子上面是水果和茶水，众人入座。

"各位父老乡亲，各位知青伯伯阿姨们，各位来宾，我是虞家湾村党支部书记兼村委会主任吴强强。首先我代表虞家湾村党支部、村委会，代表虞家湾村 2800 名村民，热烈欢迎远道而来的客人。大家对我不熟悉，我是丁凤琴吴旭的儿子。"吴强强首先致欢迎辞并介绍自己。

"大毛子！"知青们惊呼起来。

大家交头接耳。

众知青根本没想到，当年为抢救丁凤琴冒雨去沂北医院，生下这个顽强的小生命，现在已经成长为虞家湾带领乡亲们脱贫致富的领头人。

大家眼前浮现出过去的那一幕幕：抬绳床冒雨去沂北医院，泥泞不堪的道路，集束手电筒照射做手术，发电机发电，老院长和南军生伸出胳膊献血，大毛子拿着顾小雨给的玩具、穿顾小雨买的鞋蹦跳着。

"接下来请北京老知青、虞家湾花木发展公司董事长、古栗林公社党委原书记南军生先生讲话。"

"各位父老乡亲，各位知青战友，五十年前，我们知青来到虞家湾，接受贫下中农再教育。为建设社会主义新农村，我们吃过苦、受过累，熬过艰苦的生活。青春岁月磨砺了我们的意志，锻炼了我们的体魄，也提高了我们思想道德水平，坚定了我们建设社会主义新农村的信念，使我们内心不断强大起来。实践证明，知青无愧于这个年代、无愧于历史、无愧于人民。后来大家奔赴各地，走上不同的工作岗位，同样是奉献自己的聪明才智。

"在这里，我们十分缅怀司守明书记、周振华书记、吴以林书记、吴以勤大爷等人！我们来到这里得到他们的照顾和关怀，我们内心非常感激。我们向他们的后人表示由衷的谢意！还有革命烈士刘红，她永远长眠在这片土地，为我们树立了知青光辉的形象和榜样。如今，当年的知青都知之不青，全都光荣退休，进入老年。这次重逢就是通过对九龙口、虞家湾、沂北公社和沭阳第二故乡的回访，激励我们要继续发扬知青精神，为实现伟大梦想而努力奋斗！"南军生发言说。

欢迎仪式后，众人分乘三辆电动观光车参观。

稻虾栽养、水上乐园、农家乐、葡萄采摘园、水面垂钓、林间养殖、电商物流园等农业观光点，让众人目不暇接。

"小龙虾！小龙虾！"顾小雨指着河边农民起虾，对着正摄影的殷老师说。

"晚上让你吃个够！"南军生说，"大家都留个地址，等各人到家后，我发的龙虾快递也就到了。"

方华凑过头说："军生，我在南京的芳华大酒店龙虾供货指望你了，回去我派人来签合同。"

"行！方总，我叫南晨阳跟你签。"

"谁？南晨阳！"方华一脸疑惑。

"哈哈！你不知道，南晨阳就是我们的儿子，虞家湾花木发展公司总经理。老南退休后在人家屁股后面当个参谋。"许兰兰笑着说。

"徐彬彬女儿徐晓阳，上海医大毕业，现在沭阳铭和医院。"

"顾小雨女儿殷婷婷，在中央美术学院任教授。"

"苏琴琴儿子方欣欣在南师大音乐系任教。"

"青出于蓝胜于蓝!"

"哈哈哈!"车上各人笑逐颜开。

春意盎然,花团锦簇,芳香馥郁,呈现一派生机勃勃。

"近些年沭阳发生了翻天覆地的巨大变化,积极发展花木经济、虞姬文化以及农业观光旅游,一跃跻身全国百强县,花木已成为沭阳主要产业,沭阳也成为远近闻名的文旅区。"导游在车上用电喇叭介绍。

观光车从静谧幽雅的古栗林中穿过,坐在前排的方华掉头说:"军生,还记得当年咱俩来学支灶,是从这里走过的吧?"

"是啊!那时老百姓还没有将花木扩种起来,我在虞家湾大队时一再动员,每生产队种植一百亩,老百姓都想不通。现在形势变化,市场花木走俏,家家都从事花木经营,花木产业互联网1+1让这里的农民脱贫致富。"

"苏琴琴你在想什么?"徐彬彬问。

"我在构思创意贝多芬小提琴奏鸣曲第一乐章《春天》,考虑以古栗林为背景大舞台演奏。"苏琴琴心中充满遐想。

"哇!这么漂亮!"当观光车进入沭阳沂河淌油菜花景区,金灿灿的油菜花吸引了车上众人。

"桃花净尽菜花开","十里闻清香,五里见花黄",顾老师一边摄影一边高兴地吟诗。

"军生,明年我可要带区书画协会画家们来这儿写生。"顾小雨忍不住回头说。

"没问题!欢迎画家们从北京来,食宿车我的花木公司全包了!"南军生说。

"好嘞!"顾小雨兴奋地说。

观光车行驶中。

"哎!我说老南,天津老板的电话怎么又打到我手机上?"许兰兰回头递手机给南军生。

"南董事长,我订的五百万元花木,车辆怎么还没到?"电话中传出焦急的天津口音。

"河北、山东大雾,车辆今天晚上能到,你放心。"南军生说。

时枫望望周围，在南军生耳边小声说："我说军生，大家都混得风生水起，下一代也增光。不瞒你说，我在北京没法和大家比，招工回京后分配在海淀区清河镇针织厂当机修工，效益不好。前些年下岗和老婆搞小吃，勉强糊口。今天我看了你们的发展很有启发，当年我要是留在沭阳跟你干，也不至于今天这窘相！"

"你的意思是？"南军生问。

"现在农村比城里有发展空间，我想回来，再当老知青！"时枫说。

"都是当年知青战友，兄弟一场，来吧！建设社会主义新农村，凭智慧凭本领创业，有什么不欢迎！"南军生说。

"一言为定！"时枫高兴地说。

"驷马难追！"南军生和时枫击掌。

观光车驶入沭阳国际花木城，正逢中国沭阳花木节开幕，现场人山人海，到处是参加开幕式和参观的群众。

一盆盆花木盆景造型摆满路边，吸引众多游人拍照参观欣赏。

众人下车参观，兴致勃勃地指着各种奇花异木，集体合影。

"沭阳石榴甲天下。"你瞧，无论城里还是乡下，路边是望不到边的一盆盆石榴盆景，恰似一片红绿相间的海洋，火红的石榴花热情奔放，在阳光照耀下灿烂夺目，迎接着五湖四海的宾朋。

2019 年 3 月初稿于苏州红树湾
2020 年 5 月二稿于沭阳颖都家园
2021 年 3 月三稿于沭阳颖都家园

难忘当年榴花红（代后记）

夕阳西下，红霞万朵，缓缓流淌的沭河上闪耀着万道金光。我漫步在林荫道上，抬眼望去，两旁的法桐早已满树金黄，宛如千万只展翅欲飞的蝴蝶；而那一树树火红的枫叶却又如五月的榴花，红得那么好看，那么动人心魄。走在这深秋的季节里，我的心里充满了感动，也充满了留恋。

岁月流逝，无声无色，只留下一段段抹不掉的记忆，让我在未来的日子里细细咀嚼。

五十年前，我作为一名知青，到苏北沭阳县的偏僻农村插队落户。那时的我不过才十六岁，还是一个懵懂无知的少年。在那广阔的天地里，我和社员们同吃、同住、同劳动：春天，我们一起挖沟，开墒，播种，插秧；夏天，我们一起锄地、薅草、逮菟丝；秋天，我们一起收割水稻、玉米，播种小麦；冬天，我们一起抬沟淤、扒河。夏日的骄阳晒黑了我的皮肤，冬天的寒风吹裂了我的双手……那是一种煎熬，也是一种磨炼，我的内心也在日复一日、年复一年的劳动中不断强大起来，为我后来的工作和生活积累了宝贵的经验，并成为我人生中不可多得的一笔宝贵财富。

历史无法改变，人生可以选择。我为生在这个伟大的时代而庆幸，也为当过下乡知青而自豪！实践证明，为建设社会主义新农村，上千万知识青年，把青春和汗水献给了祖国，献给了人民，他们无愧于那个时代。历史定会铭记那一段峥嵘岁月，铭记那为祖国建设付出了宝贵青春的上千万知青。

为铭记历史，弘扬艰苦奋斗精神，从2017年起，我就开始埋头创作，要将这段真实的历史写出来，用以教育后代。我当过知青，既有亲身经历，更有刻骨铭心的生命体验，所以，在整个创作过程中，无须刻意地去创造什么、加工什么，不过是将那段生活自然回放而已。

当年榴花红似火，而今榴花胜火红。历史，就是在这生生不息的薪火相传中得以延续和传承，不以人的意志为转移。我在创作过程中，得到了吴国仁主席、杨鹤高老师、吕沭谖主任等同志的大力支持；宿迁市文联仲向阳主席在百忙中为本书题写了书名，在此一并表示衷心的感谢！

作者

2023 年 3 月